LA CARRETA
DE LA LIBERTAD

Novela original escrita por:

Alfredo Hernández Rodríguez
"Freddy"

ISBN-13: 978-1503221802

ISBN-10: 1503221806

Copyright © 2006 - "La carreta de la libertad"

Autor: Alfredo Hernández Rodríguez *"Freddy"*

Reservados todos los derechos. Queda rigurosamente prohibida, sin la autorización escrita del titular del copyright, bajo las sanciones establecidas en las leyes, la reproducción parcial o total de esta obra por cualquier medio o procedimiento, incluidos la reprografía y el tratamiento informático, así como la distribución de ejemplares mediante alquiler o préstamo público.

Imagen de la portada: Alfredo Hernández *"Freddy"*
Diseño de portada y paginación: Ahmed Martel, Director de *PublicoSuLibro.com*

Impreso en los Estados Unidos de América.

Primera Edición.

DEDICATORIA

A todos aquellos que huyendo de la feroz dictadura, tomaron el camino del mar en pos de la libertad y murieron sin alcanzar sus sueños. A todos ellos mi homenaje.

Freddy

AGRADECIMIENTOS

A los que soportaron el incesante teclear en la arcaica máquina de escribir y guardaron el secreto de la proscrita computadora.

A mis hijos que lo son todo para mí.

Freddy

ACLARACION

Cualquier semejanza con la realidad es pura coincidencia. Aunque la triste y dura realidad cubana, más allá de cualquier coincidencia, supera la imaginación.

Freddy

PRÓLOGO

"La Carreta de la Libertad" es la historia de un balsero cubano, y hago esta especificación de cubano, pues sólo la desesperación que vive el pueblo de Cuba es lo que lo ha llevado a utilizar este medio de forma masiva para poder escapar de una férrea y feroz dictadura impuesta por un Tirano, cuyo nombre omito en toda mi obra.

Ante la realidad que viven los cubanos, muchos de ellos, incluyendo ancianos, mujeres y niños, en su afán por alcanzar la libertad, arriesgan su vida en una peligrosa y temible travesía marítima, en la cual, la tragedia, el horror y la muerte, enarbolan su bandera a diario.

La narración de esta travesía, logrará hacerlo vivir y sentir momentos únicos e inolvidables, tal si usted fuese un viajero más en la balsa "La Esperanza", subjetivo nombre del mísero medio utilizado para huir a través de una de las más peligrosas corrientes oceánicas, donde los voraces tiburones se disputan el festín de carne humana puesta a su alcance.

Esta travesía con ribetes de aventura sin igual, lo harán reflexionar en aspectos tan elementales en la vida de un ser humano como la fe, el amor, la familia, las ansias de libertad, la esperanza y otros más.

Aquí nos encontramos con lo inverosímil y a su vez verosímil, aunque nunca llegando a la cruel y despiadada realidad que la suerte o destino dentro de la misma vida nos depara.

El reflejo de las costumbres, se entretejen con maestría de un marcado humor criollo y una implícita denuncia política del aberrante sistema que, con su demagogia priva de los más elementales derechos humanos a los habitantes de tan hermosa isla, otrora "La Perla de las Antillas", la que hoy ante el abandono y el implacable paso de los años, nos muestra el desmoronamiento de sus históricos pueblos y ciudades; poniendo al desnudo su inigualable capital que gime ante el cáncer de las ruinas que ya proliferan en cada barrio, en cada cuadra, en cada esquina y en cada casa.

Este valeroso balsero cubano, opositor como tantos otros miles dentro de la Cuba Castrista, conocedor de la imposibilidad de luchar contra el siniestro sistema del absoluto y supremo tirano, auto-titulado: "Comandante en Jefe", no ve otra salida a su irreversible y miserable situación que no sea la de escapar en una balsa que, paraboleándola a semejanza de una típica y guajira carreta, hoy en ellas calladamente se efectúa de manera denigrante, un desalojo social, político, religioso y cultural.

"La Esperanza", rústica balsa construida con una cámara de tractor y varias tablas, será escenario y remembranza de trágicos, impresionantes e imborrables momentos, de hombres que arriesgaron sus propias vidas en aras de la libertad.

Alfredo Hernández
"Freddy"

ALFREDO HERNANDEZ RODRIGUEZ "FREDDY"

La carreta de la libertad.

"La libertad Sancho, es de los más preciosos dones que a los hombres dieron los cielos. Con ella no pueden igualarse los tesoros que encierra la tierra y el mar encubre; por la libertad, así como por la honra, se puede y debe aventurarse la vida".
Don Quijote.

Estaba por todas partes, incluso debajo de la gruesa tela de mi camisa, sentía su aliento glacial y como campo de trigo se me erizaba el cuerpo buscando calor. Este efecto provocaba escalofríos a lo largo de mi columna vertebral terminando por hacerme castañetear los dientes. Los nervios en máxima tensión se aliviaban irrigando mi piel con un oloroso rocío de sudor; al parecer mi organismo no interpretaba el clima. Lo cierto es que mi coraje antes valorado por mí en un grano de arroz se había incrementado a un simple puñado del preciado alimento, haciéndome recordar de golpe lo acaecido una noche en la barriada de Lawton. Fue el día en que fuimos al parque Dolores a escribir un cartel en contra del régimen. Escogimos aquel amanecer de fin de semana para que junto a los festejos carnavalescos que se celebran cada año en Centro Habana con motivos del asalto al Cuartel Moncada[1], aquí en el barrio se hiciera presente nuestro rechazo a la dictadura y a ese horrible y sangriento hecho que realmente marca la era del terror revolucionario.

Esa noche no llegué a tocar la lata ni a mover la brocha, siempre guardé la distancia con estos objetos; algo dentro de mí me

---

[1] Cuartel y hospital militar atacado por una pandilla uniformada el 26 de Julio del 1956.

impulsaba a evitar que me manchara en un descuido. No era parte del grupo de primera línea, por lo que me designaron a vigilar en la esquina de la avenida. Sólo tenía que silbar si se acercaba alguna guardia del Comité[2], el patrullero, o veía algo que pusiera en peligro la operación. Realmente a esa hora de la madrugada el barrio competía con la tenebrosa quietud y soledad de un cementerio. Gracias a Dios que nada sucedió, pues con la boca no hubiera podido dar el alerta. El estómago me brincaba de manera inevitable y el aire se me había escapado por otra vía; a lo que resté importancia echándole la culpa al enorme montón de basura descompuesta vertida en la acera desde hacía varios días.

¡Qué guapo me porté aquella noche en presencia de los demás! Hasta me mantuve sereno cuando en retirada nos cruzamos con un siniestro patrullero completamente oscuro que pegadito al contén se desplazaba lentamente por la avenida, y justo frente a nosotros se detuvo para pedirnos nuestros Carnet de Identidad[3], documento que precavidamente los tres teníamos, y justificamos la andanza diciendo que regresábamos de los carnavales.

Ya se podía contar conmigo, había logrado dominar el mismo sistema nervioso que días atrás hizo con mi corazón lo que le vino en ganas. Eso ocurrió a la hora de tocar calderos vacíos en señal de protesta por el hambre existente. Ese día mis manos se volvieron de plomo, me pesaban tanto que no tenía ni fuerzas para hacer sonar bien duro la hambrienta olla, y mi corazón más temeroso que emocionado, latía a tal ritmo que parecía que cualquier vecino podía escucharlo. Tuve que soltar el caldero y taparme el pecho con las manos para aplacar el ruido. Aquello tampoco había sido nada comparado con el asalto de los agentes de la Seguridad del Estado a la casa de Pérez, un disidente amigo mío el cual se había declarado periodista independiente y que además, había inaugurado en su hogar una biblioteca independiente para que toda persona interesada en leer sin ser adoctrinada, encontraran información y conocimientos del mundo real más allá de sus fronteras. Aquel día me encontraba de visita en su casa leyendo unos recortes de periódicos extranjeros y

---

[2] Perteneciente al Comité de Defensa de la Revolución (CDR).
[3] Cédula para identificar al ciudadano y en la cual además de aparecer todos tus datos, tenía unas hojas de anotación para escribir en ellas tu condición política, etc.

recogiendo el libro: "Contra toda Esperanza". Durante aquel suceso, el cuerpo se me enfrió de un tirón. Hay personas que sirven para todo, pero tratándose de algo contra el gobierno yo siempre fui un cobarde. Es una pena pero tengo que ser cívico, ese era yo, y ya estaba harto de ser así, y conociéndome como me conocía, decidí darle un vuelco a mi vida y hacer lo que de mí nadie se imaginaría.

Abandoné por completo mi escondrijo que consistía en una prehistórica grieta de escaso metro y medio de profundidad escarbada en el diente de perro. Estaba solo, me probaba a mí mismo. No sé de dónde sacaba valor para realizar esto y, concentrado en los recuerdos, no me percaté de un desnivel y mi pie pisó en falso.

–¡Coño, por poco me caigo! –exclamé en voz baja al tiempo que trataba de recuperar el equilibrio con ambas manos, pero al apoyar la derecha sobre los arrecifes, tuve que retirarla con rapidez al sentir que algo caminaba sobre ésta.

–¡Qué susto me ha dado ésta cucaracha de mierda! –me dije y sonreí nervioso, frotándome las manos tan fuertemente que borré no sólo el rastro del repugnante bicho, sino también la impresión que dejó en mi mente.

Resultaba una noche perfecta de comienzos de verano. La brisa llegaba fresca y húmeda, dándome el ánimo que necesitaba. La quietud y el silencio, hermanados como nunca antes, permitieron que en un momento mi agudeza auditiva, ante un posible enemigo, pudiera identificar entre el zumbar salvaje de los insectos el amenazante vuelo de un sediento mosquito. Este enjambre ávido de sangre se disputaba el más mínimo espacio libre de mi piel la cual mordían con indecible placer. Eran tantos que calculé que cabrían en un escaparate. A estos bravos y audaces guerreros aéreos se le sumaban las hormigas bravas, y cómplices de la situación, una de ellas me picó con tal furia el tobillo que me lo inflamó. Tras rascarme con desespero, opté por ignorar la ardentía. No podía perder ni un segundo.

Lentamente metí la mano dentro del bolso y suavemente saqué la bomba con mucho cuidado. Estaba fría como un muerto, parecía que la mochila se hubiese transformado en un refrigerador. Mis dedos se pegaban al metal tales si estuvieran imantados. La coloqué con delicadeza a mi lado evitando que se golpeara.

A consecuencia de la posición a gachas que había adoptado para no ser visto, las rodillas se me entumecieron un poco. Mis ojos hacían un esfuerzo supremo por definir en la oscuridad los objetos. Tan importante era la operación que realizaba con las manos como observar si alguien se aproximaba.

¡Qué locura de nervios! Se me secaba la garganta cual arroyo que pierde su cauce, y deduje que el vigoroso escape de aire a través de mis fosas nasales era capaz de hacer sonar una trompeta.

Desenvolví la parte principal del equipaje, y sin pensarlo más, acaricié todo el conjunto. Primero tanteé con los dedos, luego con la mano, hasta encontrar la válvula que hábilmente conecté a la manguerita de la bomba compresora de aire. Comencé a inocular el gas a ritmo sincronizado, tal como lo había practicado un sinfín de veces. No hubo receso ni supe de fatigas, pues el característico silbar de la misma me inspiraba cual nota de una peculiar sinfonía. El recién nacido valor y las ansias de libertad, los llevaba dentro de mí.

No fueron en vano los días que pasé gastando el grabado casi extinto de mis botas cañeras en aquel campo deportivo lleno de escombros y hierbas otrora orgullo de la comunidad. Aquel trillo que yo había creado cruzando sobre otros de diverso origen, no era más que una metáfora en tierra de lo que me proponía en el mar. Ese gigantesco mar de atracción inmensa cuya majestuosa presencia ya respiraba, estaba frente a mí. Callado, cauteloso y misterioso, el mar esperaba sereno cual si él también se ocultara de los que me podían ver; se había convertido en mi cómplice. Era extraño pero me transmitía seguridad. Tal vez conociendo mi otrora cobardía se mantenía en silencio para darme la opción de probarme a mí mismo, pues yo era otro decidido a jugársela en él.

Me rasqué el cuello y con la cabeza hice unos cuantos movimientos giratorios a derecha e izquierda y hacia cada hombro.

—Qué clase de mosquitos —susurré—, me tiro rápido o un cabrón de éstos me hace una transfusión sin condiciones higiénicas.

Cogí las mochilas y las trasladé hasta el mismo borde de la costa, donde las coloqué con sumo cuidado. Llevaban un necesario y valioso arsenal para sobrevivir la travesía a la que ya estaba dando comienzo.

Apresuré la maniobra de ensamblaje tantas veces ensayada en la quietud de mi cuarto. Se trataba de una cámara de tractor revestida con lona y un fondo de tablas atados entre sí con su conjunto de sogas. Mi materia gris funcionaba a toda capacidad, no podía obviar ni un sólo detalle. Por fuera irían dos mochilas cargadas con lo imprescindible y los remos bien ensamblados; nada podía quedar suelto, éste era un factor esencial si quería resultar victorioso en mi duelo con el mar.

Para mí, el mar es una de las cosas más hermosas del mundo y desde niño lo admiré por su grandeza. Conocía de su furia, y la fuerza implacable de sus olas al romper en la costa atrás la llegada de un frente frío o un huracán, me llenaba de emoción y sensación de aventuras. Aprendí a respetarlo en temporadas que pasé con mis padres en la casa de la playa de Guanabo la cual el gobierno, alegando que estaba en una zona petrolera, les confiscó (entiéndase nos robó, pues nada dio a cambio; esa era la soberana opinión de mi papá). Allí me enamoré del mar y supe que para cruzarlo había que estar bien preparado, pues su mansedumbre era aparente. Una cosa era en la orilla y otra en su señorío. Ahora era el mar quien me separaba de la libertad, y para alcanzarla debía cruzarlo. Así que ¡Cuidado! Mucho cuidado con olvidar el más mínimo detalle, ignorar alguno haría subir la escala en el termómetro de los riesgos.

El terreno era un verdadero guayo gigante que extremaba la dificultad para caminar, una caída podría arruinarlo todo; y mi precaución para no pisar en falso me hacía consumir vitales segundos de la huida. Mi cabeza giró a derecha a izquierda. No había ni una luz en toda la zona. La oscuridad era tan real que me acariciaba con amor maternal y cubriéndome cual manto de seda negra evitaba que fuera detectado. Al mismo tiempo, descorría su hechicero velo alrededor de mí permitiéndome identificar los objetos con mi aguda visión. Por momentos valoré sacar el espejito destinado a las señales, para verme los ojos. Después de tanto tiempo escondido allí me estaba dando la sensación de que se me habían convertido en ojos de gato. Esforzándome por detallarlo todo, vi una jaiba que me espiaba; con rigor fijé la vista en ella, que apresurándose se escondió tras una piedra.

Estaba solo. Ya nada ni nadie impediría la determinación tomada hacía unos meses atrás. La gota que había colmado la copa ocurrió la mañana del domingo electoral, cuando vi con mis propios ojos como las boletas electorales eran llevadas de casa en casa para que los que faltaban la llenaran a favor de los elegidos por el Partido Comunista. Al hacerle ese señalamiento de proceder fraudulento al presidente del *comité*[4], uno de los delegados de la comisión secamente me contestó:

—¡La Revolución es invencible!

Aquella noche anunciaron el triunfo masivo de las elecciones y luego vino la posterior entrevista con la corresponsal extranjera, donde henchido de cinismo, el autoelegido "Presidente" explicó cómo el pueblo votó unánimemente por él. Lleno de ira, salí al patio y le di una patada a una lata vacía que había al lado de la puerta y tras ésta golpear y retumbar ruidosamente contra la cerca del fondo, exclamé:

—¡Cojones… y mi boleta anulada no cuenta!

Cauteloso, regresé a donde ya completamente armada me esperaba la balsa. Así la llamaban todos, pero la mía, a diferencia de otras, con mucha fe, yo la había bautizado.

Ese día lo recordé con cierta nostalgia. Fue la mañana del domingo anterior cuando por complacer a mis padres y a la Flaca que me rogó le hiciera caso a Lola, fui en bicicleta hasta El Rincón[5]. Al viejo Lázaro[6] no le debía ni le prometía nada. Parado allí, me sentí ridículo ante aquella estatuilla que necesitaba de manos humanas para ser restaurada. Convencido de mi propia fe, le rogué a Dios protección para mi alma y que evitara me comiera algún despiadado pez al cruzar ese mar lleno de cruces y lágrimas. Ya eran tantos los desaparecidos, digeridos o mutilados por los tiburones, como los que habían llegado. Le pedí que el precio de la libertad no me lo cobrara en salud, ni en dinero, ni en amor.

—Si quieres, quítame el poco pelo que me queda —le dije.

Recuerdo que pegué un brinco que por poco hago un espectáculo; tan concentrado estaba en mis plegarias que la cera caliente cayó de golpe en mi mano como diciéndome:

—¿Qué te cobre esa bobería? Nada más te quedan cuatro pelos y para colmo llenos de horquetillas.

Eso me hizo regresar a la realidad y me puse de pie. Aquella vela

---

[4] CDR, en cada cuadra hay uno para vigilar a los vecinos y dar información o denunciarlos al gobierno si fuese necesario.
[5] Santuario a las afueras de la ciudad de La Habana donde se le rinde adoración al Santo Lázaro.
[6] San Lázaro.

fabricada por mí con desechos de otras usadas en los sistemáticos apagones, se había consumido más de la mitad y mis rodillas estaban gritando por un masajito. Y aún me esperaba el penoso regreso en bicicleta. A esa hora de la tarde debido a la escasez de ómnibus, aumentaba la circulación de rastras y camiones que transportaban personal. Recordé el adagio de un tocayo amigo mío que siempre al verme en mi ciclo me repetía:

—Venganza china, lenta pero aplastante. De pedalear, la gandinga vas a soltar o en un accidente ni el cuento contar.

Me apresuré cuanto pude llenando la botella con agua bendita. Luego me eché un poco de agua por encima, más por el calor que hacía que por tradición o convicción. Tras refrescarme, a Dios le imploré:

—Por favor Jehová deme suerte en el camino.

Durante el viaje de regreso el paisaje estuvo matizado por populares y alegres carretones tirados por caballos de melodioso trotar que justificaban su utilidad ante sus dueños, los cuales en sus sueños ansiaban comérselos al menor signo de debilidad, pues hasta cuidarlos era una ardua tarea debido a la proliferación de carniceros clandestinos que se aprovechaban del menor descuido. El gobierno acusaba de contrarrevolución y lucro a estos matarifes, pero era la manera en que a veces los pudientes resolvían la proteína necesaria que el régimen omitía de la alimentación básica. Mi padre afirmaba que el gobierno con una res le daba de comer a todo un municipio por un año. También hacía la comparación de que a principios de los años treinta sólo había harina y que pasó un hambre del carajo, pero que a nadie se le ocurrió sacrificar una res y mucho menos un caballo para vender la carne a contrabando. Incluso, si se le partía una pata a la bestia, se le daba un tiro y la enterraban.

Ahora, la mayor parte de la población de la zona se movía en este medio de transporte, lo que me hacía recordar las viejas películas del lejano oeste.

—Parece que estamos regresando al pasado —comentó uno que se cruzaba conmigo en una bicicleta idéntica a la mía. Le sonreí.

—Esto es vida —gritó otro que venía detrás de mí.

—Aprieta el culo y dale a los pedales, comemierda —murmuré.

Otro ciclista que pedaleaba en sentido contrario al mío me alertó de que la policía estaban registrando todos los bolsos y pidiendo el

Carnet de Identidad. Al doblar la curva, mi vista tropezó con un patrullero y un camión de la Brigada Especial[7]. Hombres uniformados junto a los policías efectuaban un operativo en la zona. Varios vehículos de la década de los cincuentas y anteriores hacían fila, la mayoría con los maleteros abiertos. El disgusto en las caras de los pasajeros reflejaba la tensión del momento. Tuve la suerte de no ser detenido para el cacheo debido a que un ciclista que transportaba un televisor soviético planteaba a los oficiales que era absurdo pedir la propiedad de un equipo obsoleto y roto, con más de diecisiete años de uso.

—Psicosis de registrar —me dije y recordé de golpe el bolso color hueso viejo que le compré a un merolico en la calzada de Diez de Octubre y que decidí estrenar una soleada mañana de verano.

La inmadurez de mi juventud en flor me hizo caer en mi propia trampa al querer burlarme de la enfermiza envidia que es la esencia misma del comunismo y la madre de la chivatería en Cuba. Aquel día llené el bolso de papeles estrujados y sin más salí a la calle. Ya en la acera, observé como la vieja Nena con sus inseparables espejuelos tan grandes como los ojos de una lechuza, no perdía ni un solo detalle de cuanto ocurría en la cuadra. Dejé que observara bien lo cargado que iba mi reluciente bolso y eché a andar. Vi como esta chivata de mierda rápidamente alertó al miliciano que estaba de posta en la puerta del sector de la policía que daba al costado de su casa. Consciente de lo que me proponía continué la marcha y al llegar justo a ellos, el uniformado me detuvo exigiéndome ver lo que llevaba en el bolso y al comprobar que sólo eran papeles viejos y estrujados, ásperamente me interrogó:

—¿Y esto qué cosa es?

—Papeles —lacónicamente le respondí.

—¿Tú me quieres hacer bobo a mí? ¿O tú te crees que yo soy un comemierda? —expresó despóticamente, y muy indignado me ordenó entrar al local que fungía como sector policial.

Dentro del no muy espacioso local que distaba solo a tres casas de mi hogar, por primera vez observé la reja de cabillas de hierro que servía de puerta a un improvisado calabozo que estaba en la

---

[7] Su denominación lo incluye todo, grupo militar armado y fuertemente entrenado para reprimir a la población, tanto en las calles como dentro de las casa, aunque haya niños.

habitación del fondo.

—¡Coñooo...! En lo que vino a parar el puesto de vianda de los chinitos. ¿Quién lo iba a decir? —clamaron mis neuronas.

El sicario, tras volver a revisar el bolso minuciosamente, espetó:

—¡A mí no me jode nadie! ¡Tú lo que estás es vendiendo el bolso! —Me miró lleno de recelos.

—Se ve que está nuevecito —dijo mientras registraba los compartimentos. Al terminar la requisa me interrogó:

—¿Tú tienes la propiedad de este bolso? ¿Dónde lo compraste? A mí sí que no me vengas con cuentos que estos bolsos no se venden en ninguna parte —Y a la sazón decretó:

—El bolso queda confiscado. Eso es para que no vengas hacerte el cabrón.

No sé cuál cara de idiota habría puesto al comprender que yo mismo me había hecho un número ocho. Acto seguido, sin darme tiempo siquiera a proferir palabra alguna, me ordenó:

—Déjame ver lo que llevas en los bolsillos. Vamos, dame el Carnet de Identidad y la billetera —instó con exasperación.

Cuando me exigió la cartera me invadió un frío que ni en invierno había sentido pues recordé que en la misma llevaba escondido desde hacía mucho tiempo un billete de a un dólar como el capital de la suerte ya que mi bisabuela Josefa siempre decía: "dinero llama dinero".

¡Ñooo...! Suerte que tenía dos o tres pesitos manigüeros y no le dio por buscar a fondo y encontrar mi talismán. De hallarlo me hubiese costado varios años en prisión. La tenencia de divisas era fuertemente castigada por la dictadura.

Mirándome despectivamente, el miliciano de mierda me espetó:

—¡Vaya!, te pusiste de suerte y te puedes dar con un canto en el pecho que El Jimagua, (jefe del sector[8]) no está por aquí.

Al pronunciar aquel nombre, mi mente materializó la vívida imagen de un trágico accidente nocturno ocurrido en la misma esquina de mi casa y donde El Jimagua, sin miramientos, a una muchacha fallecida en el mismo que se encontraba tirada en la calle, le quitó el reloj de pulsera, una cadenita de oro y una sortija muy

---

[8] Jefe de una subunidad policiaca instalada en cualquier local y que cubre una zona de varias manzanas en los barrios.

linda; sus palabras gruñeron a mis oídos: Esto es para evitar que alguien se los robe. Sentí un enorme escalofrió.

–Sino, vas derechito de cabeza para la Cuarta Unidad y te metes el fin de semana trancadito allí –dijo el sicario amenazándome–. Nuestra meta es limpiar el barrio de *gusanos*[9], vagos y delincuentes. Así que arranca y vete echando por donde mismo venías antes de que se me ocurra levantarte un acta de advertencia por peligrosidad[10] y se te complique más la vida.

Miré lleno de odio a aquel miliciano prepotente, mísero y ladrón, que tras coaccionarme, ofenderme e intimidarme, en tono jactancioso me permitía seguir mi camino. Con la soberbia impotente de mi propia inmadurez, apretándome los dientes regresé a mi casa. Ahora, con la experiencia de los años vividos, en mi pensamiento amplié:

–Cualquier día nos obligan a transportar las cosas en bolsas transparentes; el robo se ha generalizado a todos los niveles. La imperiosa necesidad nos hacía camuflar el concepto de robo en nuestra propia forma de pensar. Era tanta la penuria que podríamos llegar a ser exonerados de culpas. ¡Cuánta desdicha ha generado este sistema comunista que su propia policía ha adquirido la costumbre de registrar y confiscar descaradamente para poder saldar su propia miseria!

–Ladrones –murmuré mirándolos de reojo, y producto de la repulsión que me daba todo esto escupí.

También recordé que al entrar hecho un toro bravo a mi casa, fui directo al fondo del patio donde se encontraba la caseta de guardar las herramientas y tras retirar el candado de la rustica puerta, halé la misma hacia afuera dejando escapar un bochornoso tufo de vieja saturación. Con la mano arruiné una estratégica tela de araña y el arácnido buscó refugio en un travesaño del techo de zinc. Moví hacia un lado un cajón lleno de piezas inútiles que estaba en un rincón del suelo pero que nadie nunca se animó a desechar por temor a necesitarlas algún día y desenterré una magullada caja metálica propiedad de mi hermano mayor. Sintiendo que el corazón me iba a estallar, la abrí. Metí la mano y saqué una envoltura de trapos que desenrollé al instante. Ahora tenía entre mis manos algo con que

---

[9] Despectiva denominación con la cual llamaron desde el mismo inicio de su dictadura a los cubanos que no están de acuerdo con la revolución. (robolución)
[10] El enunciado lo dice todo.

poderle reclamar a aquel hijo de puta mi bolso y mi humillada hombría.

Estaba enterita, muy bien lustrada y engrasadita, olía a metal y pólvora quemada. Era un antiguo revolver de metal negro con empuñadura carmelita; estaba bien pesadito. Le di vueltas al cilindro que giró de maravillas. Cogí varias de las balas que estaban en una envoltura aparte y las coloqué una por una en sus respectivos agujeros, cerré con sumo cuidado el cilindro y medité por unos instantes. Luego la aferré en mi puño y apunté imaginariamente hacia el local de la esquina donde minutos atrás había sido vilmente despojado de mis pertenencias y mis derechos. Vi al sicario salir riendo con mi bolso colgado en su hombro y sin más: ¡Bang, bang!, fue la certera detonación dentro de mi imaginación. Ahora yo, al igual que mi hermano Tony, eso era lo que quería hacer.

¿No sé de donde coño mi hermano había sacado este revólver? Siempre guardó ese secreto, pero lo que nunca me ocultó fue su existencia y que la quería para algún día rendirle cuentas a aquellos milicianos que bien él sabía dónde vivían, y que con la altanería propia de los inmundos revolucionarios, un día en una fiesta en el barrio, le confiscaron la vieja grabadora *Grundig* de cintas por estar poniendo a *Los Beatles* y música americana. También le gritaron gusano infinidad de veces y le cortaron el pelo aquella noche delante de todas las muchachas que estudiaban con él en la universidad, y además, le ripiaron el pantalón tubo que era la moda del momento. Terminó en un calabozo de la unidad policial de la cual salió tras múltiples gestiones de mis padres. Había pasado mucho tiempo de aquello, pero mi hermano me juró que él jamás los olvidaría, y aunque estuvieran viejos, el día señalado para cobrarse justicia él iría incluso hasta con una soga. Él no era un asesino en potencia, así no se consideraba. Era la rabia de aquella humillante noche la que lo quemaba por dentro.

—Al menos tengo que darles un par de gaznatones a esos hijos de putas —me dijo lleno de furia—. Si cada vez que estos tipos hijos de perras que se prestan para mantener el sistema comunista recibieran una enorme paliza o una carga atronadora como ésta que tengo en la mano (dijo refiriéndose al arma que ahora yo empuñaba), ¡aquí otro gallo cantaría!

Todo aquello era cierto, pero él había dejado pasar el tiempo esperando una caída del régimen para que en ese momento de alguna ley marcial, ir y aplicar la ley de su garrote. Ni él ni yo éramos unos asesinos, pero de que tenía unos deseos tremendos de pegarle un par de tiros a ese sicario de la esquina, qué no les quepa la menor duda. Y si se muere, ¡que se joda!, en la vida se mueren muy buenas personas y este tipo de hijo de puta muchas veces dura toda una vida.

Recuerdo que con extrema precaución volví a colocar todo en su lugar, dejando estas ideas de lo que quería acometer para otro momento. Sé que es un error comportarse como un cobarde pero es que un enorme por ciento de las personas como yo, ingenuamente siempre pensamos que algún día se hará justicia.

Con mucha precaución, cuidándome de chóferes negligentes, recorrí las decenas de kilómetros que separaban al sagrado convento de mi casa. No era mucha la diferencia con lo que la vida me mostraba: soportar y sufrir la desgracia que la revolución me imponía o morir en el mar con dignidad buscando la libertad.

Al llegar, armé la balsa completa y con letras color naranja le puse por nombre "La Esperanza" pues era lo único que me quedaba en esta vida. En humildad y respeto al Altísimo incliné la cabeza cerrando los ojos y guardé unos segundos de silencio. Cogí La Biblia y leí el Padre Nuestro. Acto seguido busqué en Proverbios el capítulo tres, versículo seis. Realicé la lectura en silencio y al final al tiempo que rociaba la balsa con agua bendita, en voz alta dije:

—Amoroso Padre Celestial, te reconoceré en todos mis caminos, en nombre de Cristo Jesús. Amén.

Al llegar a la orilla, el agua me salpicó las botas. Revisé el conjunto por última vez. Era el momento de rectificar cualquier error y apaciguar dudas. Pasé rápido repaso en mi mente a todas las cosas y el resultado fue ciento por ciento de acuerdo lo planificado. Las tablas, que durante un mes estuvieron sumergidas en una bandeja con petróleo, quedaron perfectamente fijadas a la cámara. Las perforaciones realizadas a la madera por la cual pasaba la soga permitían una atadura perfecta y el agarre entre ambos elementos hacía que quedaba como un todo único. Cuidadosamente fui penetrando en el agua hasta las rodillas. Una soga atada a mi pantalón y rodeando a la vez mi cintura, me unía por el otro extremo a la balsa; ésto no permitiría que "La Esperanza" se alejara más de tres metros de mí. Me incliné con los brazos abiertos y cogiéndola con firmeza, la alcé para dejarla caer sobre el mar. Se oyó un sonido suave e invitador propio del lugar. Tiré de la soga con cariño, la delicadeza de la acción denotó un gran lazo de afecto y admiración por mi nave cargada de sueños y ansias de libertad.

Ya al borde de la costa y guardando precaución para que no rozara los filosos dientes de perros, amarré a los exteriores de la balsa las mochilas y otros enseres. Revisé mi espacio y cogí los remos; al tocarlos me dio la impresión que era mi corazón quien lo hacía. Un escalofrío me recorrió la piel desde los pies hasta la cabeza que, a pesar de estar cubierta con un pañuelo negro a semejanza de pirata, también recibió la extraña sensación. Pasé el remo por el lazo que lo fijaría al lugar de apoyo a un costado de la balsa, amarrándolo con cierta holgura con una soga más fina que estaba sujeta a un cáncamo incrustado por mí al extremo de la empuñadura. Realicé la misma operación con el otro remo y revisé una vez más que estuvieran en la posición correcta.

Mis ojos de gato volvieron a inspeccionar el lugar. La escurridiza jaiba había abandonado su escondite, tal vez temiendo ser arrestada como cómplice. Era la hora de la telenovela brasileña y de seguro que el guardafronteras que custodiaba la zona no perdería su oportunidad para verla.

Decidido, sin pensar más que en mis viejos y en la Flaca, me mordí los labios, tragué en seco, apreté el culo y dando un certero brinco sobre mi balsa, caí sentado en diana perfecta sobre "La Esperanza". El mar me acogió suavemente, recordándome el cálido beso de una mujer.

Me acomodé a mis anchas en lo que a partir de este momento se convertiría en el espacio vital de mi existencia. Agarré firmemente los cabos de los que impulsarían mi nuevo medio de locomoción y, por instinto, dando unos ligeritos toques con el remo, me ubiqué con respecto a la orilla.

Una ligera llovizna propia del eterno verano isleño comenzó a caer. Entonces me percaté de que el cielo se encontraba sumamente nublado. Al salir de mi escondite no reparé en el cambio de tiempo. El ajuste de mí vista a la oscuridad, la complicidad del aire con su calma chicha, la lucha contra los insectos y la tensión de que alguien se aproximara, me anuló la atención hacia los demás detalles, y como había previsto la ausencia de la luna, eché de menos la tardanza de las amorosas chispitas de la noche.

El aire despertándose de su aburrimiento me sacudió un poco como alertándome que el tiempo corría y debía partir. La hora había llegado. Respiré profundo y el conteo regresivo se apoderó de mi mente: Tres, dos, uno. ¡A remar! Comencé muy despacio, suave, dulcemente, casi sin hacer ruido pero con mucha seguridad y firmeza. Me balanceaba en cadencia armoniosa al igual que un arco de violín. Era un movimiento delicado, nada fuerte, calculado para el mayor tiempo posible sin fatigarme. Este ejercicio tantas veces repetido en tierra ahora me daba una concentración absoluta y una confianza que antes no conocía en mí.

–Bienvenido este valor –dije para mis adentros. Y continué remando con holgura un gran tiempo durante el cual afloraron viejas sensaciones como aquella que tuve una tarde otoñal al montar un ferry que bordeaba el litoral habanero. Desde éste barco vi alejarse lentamente como si se me escapara la vida, a: El Morro y El Malecón. Aquella vez me sentí triste y afligido, y para mis adentros pensé:

–El día que tenga que emigrar lo haré en avión.

Otra sensación que realmente vibró en mí, fue la de percibir libertad al alejarme de la isla cuando en realidad debería sentir nostalgia.

Recuerdo que durante el verano anterior estando en la playa tuve la misma impresión cuando me alejaba a nado de la orilla. En aquella ocasión tenía que regresar, ni pensar en irse a nado, sólo los más grandes recordistas, y eso con sofisticada técnica y enormes medidas de seguridad. Para los demás esa opción era una locura, a pesar de que éstas ocurrían con frecuencia.

Sacudí la cabeza para despejar pensamientos tontos que pudieran ponerme la carne de gallina.

–Aunque la gallina del cuento llegó –me dije con una sonrisa en los labios y me acordé de la ponedora que se fue como balsera y en Miami sólo ponía un huevo al día, pues no se había ido para rajarse el culo trabajando.

–A los cubanos se nos ocurren cada cosas burlándonos de nuestra propia tragedia que en vez de hacernos reír nos debiera hacer reflexionar –mi propia materia gris comentó.

El aire comenzó a correr un poco en dirección al oeste. De alardoso supuse oeste, pues realmente no sabía ni en qué dirección corría el aire, pero lo cierto fue que aumentó la llovizna fría, que ahora de forma intermitente abordaba mi balsa y a la vez humedecía en mayor grado mis ropas destinadas a protegerme contra el frío. Realmente esto no me importaba debido a que mi cuerpo adquiría la temperatura de un deportista en plena faena.

–¿Y acaso no era un atleta en esta balsa? –me cuestioné mentalmente y agregué–. Me preparé para esta modalidad.

Acostumbrado a discurrir en la tragedia que vivía mi pueblo, pensé.

–Con la fiebre del turismo, cualquier día se le ocurre al loco[11] hacer una competencia de cruzar El Estrecho. Este tipo es capaz de todo por dinero, aunque políticamente ya le está sacando provecho a esta tragedia que debido el privilegiado verano de nuestra isla, perdura todo el año –y rematando la frase, sentencié–. Balsero o no, aquí cualquier estilo es de vida o muerte. El cielo se iluminó en el preciso instante que pronuncié la última palabra.

–¡Solavaya, que se vaya! –exclamé de golpe en un susurro.

¡Qué clase de coincidencia más cabrona! Ese relámpago me había dejado con la visión de un negativo, acelerando mis nervios en cuestión de segundos. Había visto una embarcación bien grande y cerca de mí. Sí, estaba seguro, estaba ahí como a doscientos metros, pero completamente a oscuras al igual que yo. Eso no podía ser un buque fantasma, la luz duró menos de un segundo pero la vi. Mis ojos no me engañaban. El cuarto oscuro de fotografía clandestina en el que laboré por años me había entrenado sin quererlo. La había visto, no cabía dudas. Era un barco. ¡Era la *Griffin*[12], coño! Y estaba ahí, pero estaban violando las más elementales normas de la navegación mundial.

–Qué normas ni qué mundial, esta gente viola cualquier cosa – sentenció mi pensamiento. Por eso estaba yo allí, huyendo, tratando de escaparme de ellos. Y si alguno de ellos me vio cuántas violaciones comenzarían a ocurrir con mi persona, ni imaginarme quería. Ninguna luz había sido encendida cuando mi ínfima duda

---

[11] Una de las tantas formas o maneras de llamar al Dictador. Ejemplos: Bola de Churre, en su etapa estudiantil universitaria. El caballo, patilla, e infinitud de nombretes.

[12] Nombre que en el argot se le da a la guarda costera cubana.

quedó hecha trizas. La chispa de un fósforo al encender un cigarrillo delató su presencia.

—¡Son ellos! —exclamé perdiendo el aire.

Un movimiento de músculos en mi garganta y mi respiración acelerada se volvió arrítmica. Comencé a enfriarme con rapidez; algunos escalofríos recorrían lentamente mi cuerpo.

—Si me cogen, no van a creer que estoy pescando, pues ni anzuelo traigo —me dije lleno de estupor.

—¿Quién coño va a traer un anzuelo en una balsa? —cuestionó mi ignorancia de marinero.

Nuevamente relampagueó, pero ya me encontraba acurrucado en el interior de "La Esperanza". En contados segundos había colocado los remos a manera de travesaños y desenrollado sobre ellos la lona que estaba atada a un costado de la balsa y que cumpliría la función de protegerme contra el sol o la lluvia. Todo era negro, mi lona, mi pañuelo, mis cómplices remos, mi cámara...

—¡Coñooo...! —gritaron mis neuronas, y mis ojos se abrieron frenéticamente cuales pelotitas de pin pon—. El nombre está escrito con letras color naranja. ¡Qué clase de comemierda soy!

—¡Oh Dios protéjeme! —exclamé salido de mi alma. De repente, la nave se iluminó por completo y observé rápidos movimientos en la cubierta.

—¡Ñooo...! Trabaron a alguien —susurré sin aliento.

Vi como subían a cubierta a varias personas que inmediatamente eran esposadas con las manos a la espalda y luego obligadas a sentarse sobre el área de proa. Uno de los soldados disparó varias ráfagas hacia la superficie del oscuro mar. Supuse que estaba asegurando el hundimiento de la balsa. Apagaron las luces y de repente se encendió un reflector. Éste, con estilo de haz de luz en un escenario, comenzó su trabajo, pero a diferencia del otro, no consistía en iluminar para agradar o ayudar, sino para capturar y joder a personas que intentaban escapar de la isla.

—¡Cojones! Con todo lo que remé y que ahora me vengan a coger de mansa paloma. ¡Qué suerte más cabrona! ¡Qué vida más mierda la mía! —exclamé en mi interior.

La barra de luz pasó sobre "La Esperanza" una o dos veces. O estaban ciegos o el conjunto en el que yo me encontraba resultaba más oscuro que la noche. Sin atribuirme ningún mérito les digo que cuando de camuflaje se trate no cuenten conmigo, pues si no me vieron fue gracias a Dios. ¡Aleluya! ¡Aleluya!

Apagaron el reflector y un ruido se mezcló con las últimas estrofas del Padre Nuestro que muy bajito yo susurraba, y cual una jicotea saqué la cabeza y oí cómo se alejaban. El no haber sido descubierto inundó mis venas con ese elíxir de libertad que nos hace tan feliz. El cielo continuaba iluminándose esporádicamente y aproveché este fenómeno para continuar dejando atrás el sur, la costa y el comunismo.

Mi idea de mantener el rumbo correcto no era otra que alejarme de la costa lo más rápidamente posible, y como de esto último yo estaba seguro, este conocimiento me llenaba de optimismo y facilitaba la fuga. Pensé en lo inútil que en estos momentos y a esta crucial hora resultaba mi brújula, la cual conseguí sin tan siquiera proponérmelo.

Todo ocurrió un día jugando a las damas en casa de un amigo de apellido Medina. Aquella tarde de sábado, al tomarnos unos tragos de alcohol elaborados por él con no sé qué invento casero, caímos en el tema de la crisis económica y social que cada día se hacía más aguda en el país. De repente, recordamos a un vecino suyo chofer de una guagua de transporte urbano que días atrás en un apagón, con el vehículo lleno de familiares y amigos, había roto las cercas del Consulado Mexicano y tras pedir asilo político, todos fueron sacados con uso de violencia autorizada por el país acreditado. Se desconocía la suerte de ellos y muchos presagiábamos lo peor, pues hasta se hicieron registros y ultrajantes actos de repudio[13] en las casas de todas las personas involucradas. Entre tragos, continuamos hablando hasta comentar de los cubanos que con más oportunidades se

---

[13] Refinada, horrible y aberrante forma gubernamental para destruir la imagen de sus oponentes (aunque solo discrepe de palabras). Se efectúan preferiblemente frente a sus casas para aterrorizar y escarmentar a la población, o en algún lugar público o en el propio centro de trabajo. Es un acto en coordinación con la PNR, donde el gobierno solapadamente reúne sus miembros del PCC, agentes de la Seguridad del Estado, de la UJC, las MTT, la CTC, la FMC, la FEU, el SMO, las FAR, el CDR, los Pioneros, así como a lacayos y lame botas de todo tipo, e incluso reclusos a los que se les dan prebendas) En estos viles y deshumanizados actos propios del mismo siniestro sistema que los engendra, son organizados, controlados y dirigidos secretamente por altos funcionarios del Ministerio del Interior. En estos actos todo está permitido (no importa que familiares, ancianos y niños puedan ser víctimas del mismo) y la prensa oficialista los resalta como una efusiva muestra de indignación de los denigrantes revolucionarios; bajo la solapada complicidad de la prensa acreditada que se calla, o muy democráticamente le siguen el juego a la dictadura.

quedaban en el exterior y de los que no tenían esta vía y usaban otras, a veces geniales, pero en la mayoría de los casos muy peligrosas y en un elevado por ciento fatales. Ésta era la situación que enfrentaban los que se lanzaban a cruzar el mar en balsa; por esta ruta era necesario el uso de una brújula, sin la cual se convertiría la travesía en una verdadera ruleta rusa.

–Una brújula de verdad –afirmé, mientras avanzaba una pieza en el tablero. Fue en ese instante cuando Medina expresó:

–Allá en la cooperativa pesquera puedo conseguir una de las que traen los botes de salvamento. Son de las mejores –agregó y se quedó unos segundos en silencio como si estuviera evaluando la manera de adquirir una de ellas, luego dijo– Es muy riesgoso, si me cogen voy de cabeza para el tanque[14]. Por menos de mil quinientos pesos no meto las manos en la candela –y movió su ficha.

–¿Y más barata? –noblemente cuestioné, haciendo otro movimiento con otra de mis piezas.

–Lo barato sale caro –respondió con la clásica sabiduría callejera e hizo una jugada en la que perdí una ficha.

–El precio que dijiste no está a mi alcance –comenté con cierto desconsuelo y moví otra ficha.

–¡Eeeh…! ¿Te vas a tirar? –disparó su pregunta, al instante que efectuaba un movimiento errado con su pieza. Mi jugada puso fuera de juego su ficha y logré hacer corona.

–Lo estoy pensando –le respondí.

–Sí es para ti, ¡Qué coño! Claro que es más barata –aseguró–. No mucho. Es que el arroz y los frijoles cada día se ponen más caros y hay que darles de comer a los negritos. –Realizó una jugada también haciendo corona.

–¿Cuál sería el precio final? –indagué.

–A ver –dijo cavilando la situación. Y con la palma de la mano abierta, cual si fuera una hoja de papel, con el índice derecho trazó una raya vertical imaginaria y tres ceros.

–¿Cuándo la vengo a recoger? –precisé sin más rodeos, viendo que la partida quedaba tablas.

–Dame tiempo a cuadrar las cosas. Para el fin de semana que viene de seguro la tengo –concluyó él.

---

[14] La cárcel en argot popular.

La recogí en fecha. Resultó ser del tamaño de un tibor y pesaba unas cuantas libras, un poco deteriorada por el uso y el tiempo, pero aparentemente no había sufrido golpes.

–Es una maravilla –expresó mientras yo guardaba silencio.

–Es una brújula de alcohol, de las mejores, lo último –aseguró y comenzó a explicarme cómo instalarla y utilizarla. Lo demás... bueno, lo demás sería asunto mío.

Como no tenía respuesta posible para justificar una brújula, tomando precauciones para no levantar sospechas y evitar el ser detenido en la calle por algún agente de la policía, me marché con el instrumento oculto en una cajita de cartón amarrada a la parrilla de mi bici.

Aquí en la balsa, al acariciarla por encima de la mochila, la sentía más fría que un trozo de hielo. Una extraña sensación me hizo presentir que esta inversión había sido un derroche; la había comprado para que me guiara en el camino de esta peligrosa y desesperada huida, y en el mismo inicio de la partida era lo más inútil que poseía. Arranqué con una mueca ese pensamiento de mi mente y muy positivo me dije:

–Seguro que mañana me será muy útil.

Habían pasado muchas horas desde que comencé a remar en forma cadenciosa. Ahora la fatiga estaba presente en mí, y callada como es su costumbre, se filtró a través de mi piel con esa forma enigmática de despojarte de tu propia vida. Evitando que se llevara el poco aliento que me quedaba, solté los remos que ya me pesaban cual si fueran de plomo y me dejé caer en el interior de "La Esperanza".

Cerré los ojos y me tomé un merecido descanso. No sé si dormité poco o mucho tiempo, solo sé que cuando desperté ya en el cielo se comenzaban a ver grandes espacios sin nubes. Hacía mucho que la lluvia no me molestaba. Todo parecía indicar que ésta no volvería a importunarme. El viento, al igual que su compañero el mar, parecía dormir en absoluta calma. Un tercer elemento inmenso les cuidaba el sueño, y éste era el silencio. Fundidos en un todo, quietos, cual fiera que acecha su presa, aguardaban lo impredecible.

En ese momento, sentí un miedo colosal. La humedad de la ropa pegada a mi cuerpo llegaba hasta mi alma. Presentí el fluir inagotable que corría por mis venas y escuché el latir precipitado de mi corazón; entonces, con ambas manos intenté controlar todo su desenfreno.

Un relámpago tardío iluminó débilmente el límite del horizonte; sólo distinguí una línea de misteriosa perfección. Intentando romper todo este embrujo sepulcral comencé a silbar de forma suave la inmortal e inigualable *"Guantanamera"*[15]. Luego, siguiendo a mi pasión por lo celestial, busqué en el cielo una señal que me sacara de esta incertidumbre. Observé algunas estrellas y jugué a identificar ciertas constelaciones que me eran comunes.

El cielo se descubría rápidamente, con magia encantadora su belleza empezaba a derramarse sobre mí, que atónito, no hacía más que mirar la tan impresionante muestra de infinitud de estrellas y luceros nunca antes apreciados por mí en todo su esplendor. Dignos de su función orgánica ante la absoluta oscuridad, mis ojos enfrentaron por vez primera el encanto de un baño de estrellas. La genuina magia nocturnal me hizo olvidar la triste realidad de la cual huía y a pesar de encontrarme en una balsa a la deriva y a la buena de Dios, resultó una noche de glamur inolvidable. De repente, una hermosa y única estrella fugaz cruzó el firmamento, su estela de luz me pareció eterna, e impresionándome, quedé fascinado sin tan siquiera pedirle un deseo.

−¡Coño! −exclamé−, y todavía hay quienes afirman pedir tres deseos mientras dura su luz. Sonreí con la certeza de que era una romántica bobería.

−Si tuviera mi telescopio −me dije, y recordé con emoción el día en que por vez primera vi a través del instrumento a Saturno, a Júpiter y a la señora Luna; fue un momento que no olvidaré. Mi hermano Tony poco dado a exclamar, exclamó:

−¡Esto no tiene igual!

Un vecino nuestro entrado en tragos y maravillado con la imagen creyó ver una nave espacial, pero sufrió un desengaño al comprobar que era una basurita en el lente. Los más materialistas ya creían que era la NASA y los más soñadores los marcianos. ¡Qué momentos aquellos! Y qué tiempos también fueron aquellos en que nuestro indiscreto lente enfocó a través de una deteriorada ventana a una afligida anciana escogiendo arroz ante la tenue luz de una vela, y a una madre meciendo y agitando el abanico para que su bebé

---

[15] Popular canción cubana conocida internacionalmente.

conciliara el sueño. Casi siempre al final, algunas de aquellas múltiples ventanas abiertas debido al calor nos permitía recrear la vista con criollitas que no soportan el vestir, convirtiendo la actividad en otra forma muy sana de pasar la noche.

Aquella noche de apagón[16] idéntica a las otras, continuó regalándonos sus encantos, y tras el vuelo de un cocuyo junto con el cantar de unos grillos y el maullido de un gato enamorado, escuchamos los gemidos de placer que provenían del último cuarto del solar[17] vecino. Nos desplazamos por las azoteas hasta un ángulo desde el cual podíamos observar la ventana abierta de par en par de la mulata más voluptuosa del barrio. Su mosquitero camero filtraba la luz de una vela y la silueta de la infatigable Lucia junto a la del afortunado de turno se reflejaban en la pared de su cuarto posando en diferentes posiciones de fogoso combate sexual. Ella decía que la vida por muy miserable que fuera había que vivirla. Nuestros corazones latían excitados, y ante la imposibilidad de una mejor vista, nos conformamos con aquel panorama chinesco, donde particularmente yo recordé la primera noche que junto a ella pasé y en la cual me confesó: Antes de que me coman los gusanos, sudaré mis maracas, mi coneja y mi ano.

Respiré con nostalgia al recordar aquel momento pasado, pero conocedor de lo que detrás de aquellas ventanas acontecía, recordé que la descomunal morena siempre acostumbraba a guardar dentro de su desvencijado refrigerador uno o dos vasos de su orine, para en el mejor receso de su descarga carnal, brindárselo a su semental como si fuese cerveza, tratando con esto de que el elegido al bebérselo quedase atrapado por la magia de su cuerpo y ella no padecer jamás otro desengaño amoroso. No eran pocos los que se habían embriagado con aquel amarillento y espumoso licor; suerte que yo siempre he sido medio abstemio y aquella noche inocentemente rechacé su invitación. Aquellos dos vasos repletos de su contenido aún estaban vívidos en mi mente cuando me asalto la

---

[16] Modo muy popular en la Cuba revolucionaria de soportar pacientemente el corte de la electricidad durante 4 o 8 o 10 horas y más. Estos apagones ya son históricos, llevan decenas de años efectuándose sin compasión; de veras que son unos aguantones.

[17] Cuartería de no muy buena reputación en la época de la república. Hoy, tras varias décadas de abandono total, quienes hubiesen vivido en ellas, de ver las se enfriarían de espanto.

sospecha de que al no funcionar lo de la bebida, ¿cuál sería su nuevo ardid en su afán por hallar el hombre que realmente la amase?

–Mira si yo estaba claro aquella noche –me dije para mis adentros, y sonreí con malicia.

De ese embrujo sexual me enteré por confesión casual de mi bisabuela Josefa, amiga de Lucia, mientras mi octogenaria ralea me alertaba con los ojos bien abiertos de no caer en las garras de esa puta loca.

Arnaldo el curda en su afán por ver más, perdió el equilibrio y cayó de bruces sobre unos tarecos en el patio vecino. Colmillo, el corpulento perro guardián del lugar, tras un salvaje ladrido se le fue encima hecho una fiera. El borrachín de Arnaldo, aterrado y bajo los efectos del estimulante alcohol, pegó un brinco que terminó del otro lado de la cerca junto al asustado gato cantor el cual profirió un maullido capaz de erizar hasta los pelos de los difuntos, y sin tan siquiera mirar atrás, salieron hechos una exhalación a través de un pasillo de desahogo. Nosotros al escuchar los gritos de, ¡Ataja, ataja!, vociferado por algún vecino, terminamos corriendo encorvados por el techo, poniendo nuestra honradez a buen recaudo. Ya eran más de las once y media de la noche y el apagón persistía.

La ciudad, soñolienta y aparentemente tranquila, simulaba ignorar su futuro, y por mucho que su deteriorada hermosura fuese maltratada no dejaba de ser el refugio forzado para un pueblo sin futuro. Sus casas, prácticamente en ruinas, gemían al continuar fingiendo en este colosal cementerio donde ellas semejaban tétricos panteones y en los cuales podían verse sombras desprendidas al pasar alguien frente a la luz de una vela o un quinqué. En otras, las luces de algún vehículo herían las sombras provocando que estas se deslizaran por las paredes, dando la impresión de siluetas chinescas que en macabra armonía jugaban a las escondidas. Luego del ruido del auto, quedaba un gran silencio, un silencio enorme como el que ahora estaba sintiendo sepultar mis oídos, tan inmenso que el latir de mi corazón comenzó de nuevo a simular el ritmo de tambores africanos. Mi cuerpo se puso rígido.

–¿Qué pasa, coño, qué pasa? ¿Qué me está pasando? –grité para mis adentros e infundiéndome valor–. Ponte para las cosas que estás pegadito a la costa. Ésto es solo el principio, déjate de pendejadas. O te amarras los cojones a la cintura y echas p'alante como todo un hombre, o serás un saco de mierda toda la vida.

La noche como quién dice recién comenzaba, y a pesar de ser un primerizo en esta oscuridad oceánica, ya yo estaba bien mayorcito para dejarme amedrentar por mudos fantasmas y silencios nocturnales. ¡Qué cojones!, alguna vez en la vida uno tiene que probarse a sí mismo que es un hombre.

Respiré profundo, el aire humedeció todos mis bronquios llenando mis pulmones de un aroma gratificador.

–Qué clase de humedad –expresé embriagado con su elíxir oceánico y tuve la sensación de que la superficie del mar se mezclaba con el aire y en apasionada nube de cariño hacían el amor.

Encogí los hombros y sonreí llenándome de felicidad; esta vez era por la libertad, y fue más profunda mi alegría cuando pude identificar la estrella Polar tantas veces buscada y observada desde la azotea de mi casa para no equivocarla jamás. Este genuino faro celestial grabado en mi memoria, ahora resplandecía ante mis ojos. No resultaba una estrella extremadamente brillante, pero de todas formas me pareció encantadora. Quedé extasiado con ella, me mostraba el camino que tanto añoraba; siguiéndola iría sin tropiezos hacia el norte, hacia la libertad.

Mis tripas cantaron y no de alegría. Me pasé las manos por el estómago e imaginé un festín de arroz con pollo como el que hice el día en que vendí el telescopio para comer. Suspiré como nunca. Recordé a mi bisabuela Josefa, Isleña de orgullo que decía: "Hambre es cuando uno no tiene qué comer y no sabe cuándo es que va a volver a comer".

Ese aún no era mi caso, tenía cosas más importantes que no podían esperar. Aunque me creía bien alejado de la costa sabía que no era lo suficiente y no podía ponerme a bobear por un poco de gritería estomacal. Yo no padezco de úlceras. Además, en ocasiones anteriores cuando estaba trabajando pasaba el mismo tiempo y más prolongado también sin comer, y para colmo por un salario que no resolvía nada. El último alimento lo había digerido al medio día para evitar los vómitos, esta medida la había previsto debido a que en una conversación alguien me dijo que los vómitos son horribles.

Con cuidado de mariposas, mis manos se posaron tiernamente sobre los pesados remos, los fui apretando lentamente hasta aferrarme a ellos. Respiré con ánimos de hacer un gran kilometraje, a la vez que escudriñaba el cielo tratando de delimitar la constelación de la Osa Mayor.

–Qué imaginación –pensé–. En cambio yo la llamaría la Olla Mayor. Y más ahora que tengo un hambre que no la brinca un chivo.

De repente escuché un descomunal y escalofriante rugir de ultramar a mis espaldas. Algo había surgido del océano reclamando vaya a saber usted qué… y estrepitosamente se había hundido en las profundidades. Los huesos se me ablandaron de golpe y mi estómago, junto a mis tripas, dieron tres vueltas malabáricas que en puro espanto me informaron habían aliviado el cuerpo de un tirón. El olor me dio en la nariz. "La Esperanza" se movió bruscamente cual si le hubiesen dado una patada. La respiración se me atascó en el pulmón, y nada más de imaginarme la bestia, me enfrié como un helado de vainilla. Ante el espanto de lo incógnito y la realidad de la muerte, todos los vellos del cuerpo, sintiéndose víctimas seguras, entraron en erección perfecta, contrario a mi varonil orgullo que aterrorizado lo sentí volverse un guiñapo. El corazón se me detuvo justo en la boca donde una trágica mueca amordazó mi rostro, y mis horrorizados ojos más que mirar a la nada, telepáticamente querían visualizar lo desconocido.

–¡Pa'l carajo! ¿Qué coño fue eso? –vociferaban histéricas todas las neuronas de mi tembloroso cerebro que ahora en alerta roja a punto de estallar indicaban sin equívoco miedo absoluto peste a miedo real. El silencio era de ultratumba. No sé cuánto tiempo pasó, jamás lo podré determinar.

–¡Ay Dios mío ayúdeme! ¡Ayúdeme mi Dios! –repetí mentalmente, pues quedé mudo debido a la contracción de los músculos en mi garganta. Deseé escaparme de mi propio pellejo pero no había lugar diferente al que me encontraba que irónicamente en estos universales segundos era el más real y por lo tanto el más seguro del mundo.

–¿Qué estás esperando? –me gritó el alma desesperada.

–¡Estás vivo coño, reacciona que nos comen crudo! –vociferaba todo mi ser.

Mi lengua, poco a poco comenzó a moverse y activó la secreción salival, luego humedeció los labios; estos se encontraban algo dañados debido a la presión ejercida por los dientes. Respiré larga y profundamente tratando de llenar no sólo mis pulmones sino también mi exhausto cuerpo. Fue así cuando comencé a sentir vida de nuevo y sentí palpitar mi corazón.

Mi cerebro, que minutos atrás parecía estallar, se había repuesto un poco y volvía a controlar todas las funciones de mi yo. Me envalentoné y muy ecuánime comencé a remar. El chapotear de los fieles remos le devolvió el alma a todo mi ser.

–¿Quién coño había dicho que tenía hambre ni que me interesaran tanto las estrellas? ¡Ni cansado estoy! –hablé para mis adentros. Y para sacar de mi mente terroríficos pensamientos, entoné con orgullo y valor una interminable *"Guantanamera"* al tiempo que con mis abnegados remos alcancé un impulso tal que no supe cuándo paré de remar.

Agotado, retiré de mi frente el pañuelo empapado de sudor, lo enjuagué, lo exprimí y lo volví a colocar con precisión en mi cabeza. Me aferraba a la idea de haberme alejado lo suficientemente de la siniestra bestia que me asechó, y aunque me había apendejado como nunca, no soportaba la idea de continuar así. Así que con mucha precaución me senté en el borde de la balsa y tras zafarme el lazo de seguridad al tacto, me quité el pantalón y el calzoncillo y con suma cautela los lavé en el mar, y echándome agua con las manos me limpié de todo el susto ocasionado por aquel inmenso ruido encubierto de misterios. Restituido mi decoro y hecho todo un hombre, como si nada hubiese ocurrido, de nuevo listo para la batalla, pegué manos a los remos y continué la tirada. Supongo que habría pasado más de una hora cuando realmente fatigado paré de remar.

El tiempo había corrido, y más sosegado, saqué de una mochila un pomo plástico y bebí hasta saciar la sed. Más tarde revisé los imprescindibles remos y los coloqué como traviesas que me permitieron asegurar la lona sobre ellos, quedando de esta forma cubierto por el calculado techo.

El mar había despertado y balanceaba "La Esperanza" cual columpio de portal. Tras una noche sin dormir, ésto provocaba el cierre continuo de mis párpados. El día anterior a la salida no pude pegar los ojos debido al intenso combate pasional que sostuve con la Flaca, que sumado a la incertidumbre del viaje, me hizo pensar que bajo la tensión de la huida no iba a dormir la primera noche. ¡Cuán equivocado estaba! Me acurruqué cuanto pude y recosté la cabeza sobre una mochila que, a pesar de su contenido, resultó tan suave como la más humilde almohada. El sueño nadó hasta mí y envolviéndome con su sonsera me provocó el placer de saberme por primera vez libre, y sin reparar en la inmensidad del océano, "La Esperanza" quedó a expensas de él.

Me vi junto a ella caminando por encima del célebre y romántico muro del Malecón Habanero. Su alegría me hacía vibrar de felicidad, ella era mi amor ideal, tal pareciese que estuviésemos hechos el uno para el otro. En una de las tantas paradas de la calurosa caminata, nos detuvimos frente a una enorme vidriera para turística que quedaba del otro lado de la avenida. En el espacioso local exponían varios carros deportivos de fabricación europea, entre ellos un exuberante y reluciente descapotable rojo de línea aerodinámica que despertaba la imaginación del más incrédulo de los hombres. Mi media naranja, al igual que yo, quedó fascinada ante la real presencia de aquel vehículo que se exhibía tras el cristal.

–Es una desfachatez mostrar estos carros a un pueblo que anda a pie, en guagua o en bicicleta y que ni tan siquiera los puede tocar – expresé con gran molestia, y a la sazón mi Dulcinea me comentó:

– Sí pudiera, ¿sabes lo que haría?

–No –le contesté.

Ella, señalando a uno de estos exóticos carros, me respondió:

–Yo entraría y me sentaría en ese flamante carro deportivo rojo, lo encendería y acelerando a todo lo quedé, saldría a través de la vidriera desparramando todos los cristales, y chillando gomas desde el mismo centro de la calle partiría hecha un bólido por toda la avenida del Malecón, pasaría el túnel, y ya perseguida por un enjambre de tenebrosas perseguidoras incapaces de detenerme, pues el carro es "extranjero", y cuando llegara a la playa de Santa María, después de rodar a mis anchas el deportivo sobre la arena, lo incrustaría en el mar.

Hizo una brevísima pausa e inspirada como nunca, continuó:

–Créeme que quedaría con los brazos extendidos hacia el horizonte, en una pura metáfora por alcanzar la libertad que añoro, porque si ese carro fuese anfibio ahora mismo ejecutaría evasión a tanta desilusión.

Tanto yo como algunos transeúntes que observaban la exposición, la miramos lleno de asombro.

–¡Como en las películas del sábado! –exclamó un hombre que se encontraba a mi lado, y fascinado con esa audaz idea, le dije:

–Sí pudieras hacer eso, te acompañaría, sería fantástico e inolvidable, pero no dudes que si nos cogen nos van a echar un tongón de años. Tal vez den un escarmiento y hasta nos fusilen.

Con los ojos llenos de un brillo malicioso y trayendo a colisión una de las más usadas frases de mi bisabuela Josefa, ella sentenció:

–A un gustazo un trancazo.

La tomé por su cálida cintura y tras apretarla con pasión, cruzamos nuevamente la avenida para continuar nuestro paseo por encima del legendario muro habanero, comentando esta vez que lo mejor era largarse de este país para poder tener los mismos derechos que los extranjeros.

Nuestros pasos nos llevaron al lugar de siempre, ubicado al fondo del lujoso Hotel Nacional. Marcando la zona, la popular cafetería La Piragua ahora prácticamente abandonada, y el famoso monumento al Maine[18] donde el pueblo en un arranque de incitado patriotismo derribó el águila posada sobre sus columnas, las cuales hasta hoy permanecían vacías y daban la impresión de estar cansadas de soportar el recuerdo de aquella efímera jornada y la espera de una anunciada paloma que aún nadie sabía hacia dónde voló. Lo cierto es que ni águila ni paloma. Después de cincuenta y tantos largos años de una revolución contra las buenas costumbres, la decencia y la familia, se había demostrado que solamente cabían las ensangrentadas botas del Comandante[19].

Armonizando hegemónicamente el paisaje, un hermoso conjunto de altos edificios diseño del pasado capitalista que aún sonrientes, trataban de ignorar el abandono de los años, y en su fuero interno sentían el orgullo de no haber sido superados por las esquemáticas edificaciones socialistas en ningún lugar de la Isla.

La Flaca decidió sentarse en el muro. Los rayos del sol que

---

[18] Monumento a un barco de guerra Estadounidense, hundido al parecer por un sabotaje y que provocó la intervención de Estados Unidos en la Isla.

[19] Título auto asignado por el propio Dictador en Jefe, vencedor de ninguna batalla y usurpador de todo puesto cívico, gubernamental y de cuanto se creó en nuestra patria. Entiéndase dueño de Cuba.

comenzaba a ponerse le iluminaron el rostro haciendo irradiar su encanto ante mi mirada de hombre enamorado. Ella comentó de lo atareado del día en el hospital, de la docencia en su último año de la carrera, de las dificultades y de todas las tareas políticas que les hacían perder un tiempo formidable, pero en las que si no participaba la expulsaban.

El recuerdo del enorme rotulado plasmado en el muro a la entrada de la institución universitaria me martilló la frente: LA UNIVERSIDAD ES SÓLO PARA LOS REVOLUCIONARIOS.

–¡Basta! –expresé, y evitando que aquella consigna me malograra la tarde, la miré sonriente y le dije:

–Sonríe, te voy hacer unas fotos.

–¡Ay mi Chini…! desde que salí por la mañana no me he vuelto a arreglar. Mira como estoy –expresó con esa característica coquetería femenina que nos hace vibrar de emoción.

El diafragma de mi cámara *Zenith* inmortalizó la belleza de su figura que para mí era inigualable. Su sonrisa coloreó la caída de la tarde mientras su pelo, sin reparar en formas, jugaba con las suaves caricias del viento, donde una gaviota enamorada despedía el crepúsculo con su alegre peregrinar.

La noche llegó junto con el alumbrado de la famosa avenida, y tras su presencia, comenzamos los delicados besos y roces que hicieron elevar la temperatura de nuestros cuerpos. Era necesario ir a alguna parte. ¿Pero a dónde?, era la pregunta de orden.

–¡A una posada[20] ni muerta! Los colchones son un asco, no hay sábanas ni agua, y misteriosos huecos en las paredes –expresó muy molesta–. Mis amigas me lo han contado todo y mientras yo tenga mi cuartito ni de visita iré. –Finalizó, apretándose contra mi pecho.

Nuestro juego de amor elevó su calentura que ya pedía un alivio a gritos. Su saya de estudiante, larga y ancha de color oscuro, permitía toda libertad de acciones, y cubriéndose con mi cuerpo de alguna mirada indiscreta, ella sin pensarlo dos veces, con sofisticado arte bajó su prenda interior, entre, ¡Qué deseos tengo! ¡No aguanto más! ¡Estoy volá! Terminando por tenerla al fin entre sus manos; luego de envolverla bien me la pegó por un segundo en la nariz, y guardó la

---

[20] Antiguos motelitos que hoy solo se usan para el desahogo de las parejas que no tienen donde intimar. La mayoría han desaparecido y están en asquerosas condiciones los que quedan.

íntima prenda en el bolso.

El olor de su intimidad me penetró hasta el tuétano, y tras exhalar el mismo, le dije:

—Hay que meterle mano ahora mismo pues para mañana se pudre.

La agarré por la cintura elevándola y sentándola sobre el muro. También me senté yo, quedando recostado a una de las pequeñas columnas. Terminaba de acomodar nuestros bolsos a manera de pantalla, cuando ella observando que no se acercaba nadie, me bajó la cremallera del pantalón dejando al fin libre mi fogoso y erecto honor, y tras saborearlo con pasión, en un enorme suspiro me susurró:

—¡Saladito… me saca de quicio!

Cruzó una pierna sobre mi cintura y en un éxtasis de placer, mirando con desprecio al lujoso hotel destinado al turismo, expresó:

—¡Jamás podrán sentirlo como se siente aquí!

Sus ojos brillaron cual luz de soldadura, y entregándose a una verdadera locura de amor, besándome con pasión me marcó los labios. Ella cerró los párpados; en cambio yo me mantenía vigilante al tráfico o a cualquier transeúnte de los que merodean el lugar.

Bajo su ancha saya que cubría cual paraguas nuestra unión, ella se movía con soltura, jadeaba y olvidaba el lugar. Mi corazón palpitaba tan veloz como el de ella tras sus calientes pechos, ahora apretados entre mis manos. En sus ojos se reflejaba el vibrar de mi cintura y la locura del momento sobre aquella interminable y legendaria cama de piedra. Mi cuerpo hervía de pasión cuando de repente una ola rompió en el muro y nos salpicó totalmente.

Me sacudí sobresaltado, abrí los ojos y respiré profundamente al sentirme satisfecho. Comprendí por el movimiento agitado de "La Esperanza" que algo sucedía. Separé la lona que me daba cobijo y los rayos del sol asaltaron mis ojos cegándolos por un instante. Me senté y estiré los brazos. El mar estaba erizado por completo, lo bastante feo como para superar mis cálculos. A pesar de todo, me sonreí al darme cuenta de que me había mojado por placer, y lleno de alegría me dije:

—¡Como esa flaca tetona no hay otra!

Cruzando los dedos índices de ambas manos los besé y afirmé:

—Si llego, te mando a buscar.

Ella sabía que no podía meterla en esta locura. Esto superaba cualquier expectativa. Aquí nadie sabía nada, unos triunfan y otros morían. Ésto es a cara o cruz. Bueno, le juré que cuando llegara inventaría para sacarla junto con mi familia. Afirmé todos estos pensamientos con un gesto de la cabeza.

Retiré completamente la lona enrollándola y colocándola en un borde exterior de la balsa, acto seguido dejé los remos libres y en posición de trabajo. Luego me quité el abrigo que no se encontraba mojado del todo, lo doblé y lo sujeté sobre el otro borde. Pasé las manos por el paño que cubría mi *testa* y froté con firmeza el cuero cabelludo activando la circulación y despertando mis pensamientos. Me soné la nariz a mis anchas y quité algunos mocos que insistían en no abandonarme. Luego, en un gesto malabárico me puse de pie y miré hasta donde alcanzaba la vista; no se veía nada.

–¡Volé! ¡Estoy en la Corriente del Golfo! –la exclamación hizo vibrar todo mi pecho, y gesticulando mi puño cerrado frente a mí, emocionado grité:

–¡Soy libre coño, soy libre!

El corazón me palpitó lleno de felicidad. Me sentía libre al fin, libre como nunca antes, y con toda la energía que emanaba de esta sensación, grité:

–¡Abajo el Comunismo! ¡Abajo la Revolución!

Y llevando arraigado el nombre propio del satánico líder como una mala palabra y sabiendo que otros que lo llevan no son culpables, me reservé el derecho de omitirlo, como también él omitió la voz del pueblo y todos sus derechos. Entonces, aún con más energías y con la satisfacción del asco que su figura me provocaba, con más fuerzas grité:

–¡Abajo el Comandante de mierda en jefe! ¡Abajo, so hijo de puta, abajo!

Mis ojos brillaban, mi pecho inflamado se desahogaba conmocionado. Sentirse libre era algo único. ¡Coño, era otro hombre! Nada más que alejarme de ellos y la vida tomaba otro sentido.

Excitado con la dicha de saberme libre y de sentir el elixir de la libertad, me sentía renacer. La real sensación de sentir la libertad me hacía entender su esencia y todo mi ser se sacudía de regocijo. Nada más que por el placer de sentir la libertad vale la pena arriesgar la vida.

—¡Libre, soy libre al fin! —grité desaforado, pues ahora me sentía el hombre más feliz del mundo, y ante esta emoción, tuve que contener las ganas de saltar y saltar de júbilo, pues temí caerme al mar. Haciendo un llamado a la cordura, contemplé el hermoso mar que me acogía y aún emocionado, eché otro vistazo al inmenso océano que se encrespaba ante mí. Con gran agrado me percaté de que el mar no tenía nada del otro mundo. Era un oleaje normal como el que se aprecia desde la costa. Mi boca emitió un sonido de conformidad.

—Una olita cualquiera y me parecía fuerza cuatro[21] —negué la realidad de esta evaluación con la cabeza.

La dicha de ser libre echaba por tierra cualquier cálculo errado, y muy sonriente, nuevamente me senté. Saqué un envase de plástico herméticamente sellado como los demás que llevaba en las mochilas. El hambre me picaba y de qué manera, y sabiendo el festín que se avecinaba, las tripas me saltaron de júbilo.

—Una tostada con mantequilla —dije animándome. Esto resultaba un lujo tanto aquí como allá. Un mordisco y ya estaba en el estómago, abrí otro pomo plástico que contenía miel de abejas, me lo empiné tragando un buen buche. Luego saqué un platanito, lo pelé, y ya estaba junto con sus compañeros de dieta, incluida la cáscara.

—Aquí no se desperdicia nada —sentencié.

Debido a la manifestación de un excelente apetito, repetí todo. Me saboreé la boca frotando la lengua sobre los dientes y labios. Después pasé la mano cual servilleta sobre ellos, mientras que con la otra me acaricié la barriga. Levanté las cejas cuanto pude al tiempo que hinchaba el pecho lleno de satisfacción.

—Barriga llena corazón contento —rebotó en mi memoria la frase de mi amada bisabuela Josefa. Sonreí colmado de regocijo.

Guardé las cosas y las amarré. Abrí la otra mochila, destapé un envase extrayendo de su interior un reloj digital plástico con una sola parte de su manilla. Eran las once de la mañana, llevaba más de medio día en el mar, lo guardé. Con mucho embullo saqué la brújula y al momento me di cuenta de un gran error. No podía precisar con ella en qué posición viajaba ni hacia donde se movía "La Esperanza", debido a que la aguja de la brújula giraba hacia un lado u otro, o daba vueltas completas.

---

[21] Categoría de huracán.

−¿Y ahora qué? −me pregunté y continué−. Con este oleaje que no asusta a nadie se puede remar, ¿pero quién puede mantener una dirección remando? −Pensaba embobecido, mientras el disco tatuado con la rosa náutica giraba cual trompo loco dentro del envase con alcohol. Comprendí que al igual que una pelota de playa que se aleja flotando sobre las olas del mar, "La Esperanza" daba vueltas sin sentido de orientación.

−¡Uh, vaya técnica! −exclamé−. Esto me costó todos mis ahorros equivalentes al salario de seis meses como maestro. Moví la cabeza de un lado hacia otro, esta vez con gesto de resignación.

−Cada cosa con su cosa, en un bote de salvamento una brújula es muy útil. Claro está, con ocho o diez personas remando o con un motor, pero dentro de esta cámara...? −me reproché ya algo disgustado y comenté:

−No la inventaron para ésto. Y uno se cree que se las sabe todas ¡Comemierda!

Miré al astro rey cuyos rayos comenzaba a picar bastante, mientras el cielo lucía su hermoso color azul de verano. Ni gota de nubes a la redonda, el aire corría con brisa agradable y el día prometía ser un océano de sol.

Bajé la mirada y comencé a revisar mi pequeño mundo, el borde de la cámara se veía en buen estado, la presión de aire no había disminuido; verifiqué esto presionando con la yema de los dedos la superficie de la cámara sin lograr formar hoyos sobre ella. Rectifiqué el enrollado de la lona, acomodé los remos y comprobé que todo estuviera en su puesto. Sentí deseos de orinar y con mucho cuidado me puse de pie para ejecutarlo como un verdadero hombre. Observé que aún sobre mi hombría permanecían los rasgos en tinta realizados por la Flaca al escribir su nombre en un arrebato de erotismo.

−¡Qué noche! −expresé, recordando con la más placentera sonrisa y lleno de orgullo. La satisfacción de hombre afloró en mi rostro y respiré con hondo placer la frescura de aquel mar tropical.

Cerrando los botones al tacto en juego con el vaivén veraniego del mar, quedé tieso como una vela al ver casi completa sobre la lejanía del horizonte una enorme chimenea. Estaba desconcertado, lo que estaba viendo era una chimenea, una real chimenea. ¡Una chimenea de verdad! ¡Pa'l carajo! Toda la alegría de la victoria se me desvaneció como el agua entre los dedos. Me vi y me sentí de nuevo esclavo.

–Que poco dura la felicidad en casa del pobre –golpeó repentinamente la vieja frase de mi bisabuela Josefa en mi mente, más desechando el desaliento y la tristeza, con astucia me cuestioné:

–¿Esa chimenea, de dónde coño la conozco?

A una velocidad que atropellaba las demás ideas, mi mente emitía información sobre altas elevaciones, y justo con el golpear de mi diestra en puño contra la palma de mí otra mano, exclamé:

–¡Ya sé! ¡Es la termoeléctrica!

De golpe llegaron recuerdos de mis viajes a Matanzas cuando visitaba a mis primos. El viaje lo realizaba a través de la concurrida Vía Blanca, ahora con remodeladas cafeterías y estanquillos para uso turístico. El Apartheid monetario se había impuesto dentro del sistema comunista. La Revolución cubana enarbolaba su principal conquista: La miseria.

–Para admirar este sistema eran necesarias tres razones: ser un estúpido, un oportunista, o un hijo de puta –pensaba cada vez que pasaba por aquellos lugares. De noche, en varias ocasiones vi la torre encendida. Lo recuerdo bien porque en un viaje al verla a oscuras comenté lo peligroso que resultaba para la aviación, y el chofer del auto de alquiler clandestino expresó:

–El día que ocurra el accidente dirán que fue un sabotaje de la CIA.

No cabían dudas, la conocía muy bien.

–¡Pa'l carajo! –exclamé escapándoseme la vida.

–¿Qué ha sucedido? –me interrogué ya sin aliento y sentándome de un tirón quedé atónito ante mi situación.

Estaba aquí mismo, en sus narices; me estaba regalando. Había viajado durante la noche desde el oeste de la Habana arriesgándome todo este tiempo frente al litoral, y suponiendo que estaba en medio del océano, y de norte nada. Y otra vieja frase de mi bisabuela Josefa me golpeó de repente: "Siempre sale un comemierda a la calle".

–Y también al mar –me reprendí.

Cogí la brújula y la fijé donde había previsto. Agarré los inseparables remos con un ímpetu nunca antes experimentado. Respiré a pulmón lleno y comencé a remar. Ahora sí sabía la dirección, y si no me habían cogido después de todo lo que pasé, no iba a virar para atrás.

—¿Rajarme yo? —me cuestioné—. ¡No qué vaaa...! ¡De eso nada! ¡Dios sabrá qué irá a pasar!

Remaba con ánimos de un león marino, observando cómo se alejaba y a la vez se perdía sumergiéndose en el horizonte esa acusadora chimenea que por momentos dio la impresión de querer atraparme. Continué remando varias horas de forma titánica, y dándole fuerzas a mí voluntad me repetía:

—No te desesperes, mantente calmado para que la cadencia al remar no se pierda, hazlo suave, sin apuros, lo importante es no parar y mantener el ritmo.

Ahora era necesario observar el rumbo que indicaba mi costoso registro de direcciones, por lo que en algunas ocasiones rectifiqué la marcha corrigiéndola por la indicación que marcaba la brújula. Durante todo este tiempo me mantuve tarareando *"La Guantanamera"*, así me infundía ánimos, alegría y valor.

El descanso llegó más por necesidad que por deseos. Un engarrotamiento de los músculos provocó oleadas de dolor que asfixiaron mis energías. Solté los ya plomizos remos, mis dedos comenzaron a arder debido a la pérdida de la epidermis en las palmas de las manos. Finísimos hilos de sangre dibujaban los contornos de los diminutos surcos que existen en ellas. La molestia me provocaba algo de desesperación, y a lo único que atiné fue a esperar con calma la disminución del dolor al tiempo que descansaba.

El sol se había rodado de lo alto de su trono quedando de forma notable al oeste de mi rumbo. Levanté la vista y contemplé la eterna frontera donde cielo y mar batallan por la hegemonía del infinito azul.

Aún no era tiempo para divisar a algo o a alguien, por lo que me deslicé hacia el interior de "La Esperanza" de forma que mi cuerpo quedó tan cómodo como en un sofá. Estiré las piernas con placer pero las recogí inmediatamente poniéndolas a buen recaudo. Era mejor no tentar a los tiburones, aunque hasta ahora no había visto ninguno, pero el ruido de la noche anterior estaba aún vivo en mi mente; además, por sí o por no, era mejor precaver. En películas los he visto saltar y llevarse a la gente del barco; sé que pensaran que es una exageración, pero imagínese usted ahora aquí donde estaba yo. Una manada de juguetones delfines saltando y haciendo piruetas cruzaron no muy lejos de mí, impregnándole una belleza sin igual al paisaje.

—¡Mira si estoy claro! —expresé lleno de recelos y moviendo afirmativamente mi cabeza. Pensé quitarme las botas pero no me gustó la idea. El mar y sus peces no me resultaban ahora tan graciosos y mucho menos amigables.

Me acomodé lo mejor que pude y miré el reloj, comprobando con asombro que había roto mi propio récord de navegación. Eran pasadas las tres de la tarde, había estado remando sin parar más horas de lo planificado. Cogí un pomo de agua y bebí cada trago lo más despacio que pude, logrando con esto mitigar la sensación de sed. Había consumido el primer pomo del viaje. Lo guardé, costumbre que tenemos en la Isla de estar guardándolo todo pues nadie puede predecir si después de algún tiempo lo desechable se haga necesario.

Tomé miel acompañada por un huevo hervido, complementado con un platanito. Tremendo almuerzo, capaz de competir con el de un comedor escolar de la dictadura revolucionaria comunista.

A pesar de llevar puesto pulóver blanco más camisa marrón de mangas largas y pantalón de mezclilla, desde hacía muchas horas el sol venía picándome la piel por encima de la ropa. El efecto de sus rayos sobrepasó mis pronósticos, la blancura de mi piel estaba siendo castigada por el taladrar indetenible de los rayos infrarrojos que no respetaban el tejido de mis prendas ni daban tiempo a correr a alguna gota de sudor.

Me quité el pañuelo y con una mano me eché agua sobre la cabeza, mi rostro también recibió con agrado el refrescante líquido. Me percaté de que el mar había cambiado de color, el azul lindo que todos conocemos y con el que nos habituamos a colorearlo desde la infancia, se mudó por uno oscuro de matiz siniestro donde nada bueno se podía albergar. La transformación se produjo de forma solapada, no hubo indicio que lo delatara; ahora su aspecto era feo y tenebroso, no me gustaba nadita de nada.

Con mucho cuidado me puse en pie. Las dos tablas del fondo me resultaron de un valor inimaginable haciéndome sentir sobre algo sólido y firme entre tanta masa líquida. Esta pequeña plataforma de madera se convirtió en algo fundamental, síquica y espiritualmente, pues me hacían sentir seguro de estar parado en un punto de la tierra, digo del mar.

No hubo dificultades con el equilibrio pues habituado ya al cariñoso meneo del océano, me mantuve un buen rato de pie observando el horizonte. Nada, ni una nube ni una gaviota, nada... estaba yo sólo parado allí.

–Bueno –me dije, y acariciándome los cuatro pelos que me quedaban, continué mi monólogo:

–Hasta ahora ningún problema, no vómitos ni mareos, como viejo lobo de mar, consciente de que así sería.

Siempre calculé de tres a cuatros días poniendo a prueba mi voluntad, y no llevaba ni uno.

–Ya perdiste la primera noche –me habló la conciencia.

A sabiendas de que no somos dueños ni de nuestros propios pasos y que todo cálculo a veces no sale como se espera, levanté los brazos estirándolos y junto con ellos todo mi cuerpo. Entonces, mirando a la inmensidad, me cuestioné si todavía estaba dentro de las aguas territoriales del mísero imperio comunista, y dándome ánimos con una mente muy positiva, me respondí:

–¡Al fin me escape!

Hacía mucho tiempo que había perdido la costa, la enorme chimenea y todo lo que recordase a una nave fantasma, y cuando esto sucede, significa que hay unas cuantas millas de por medio entre la isla y quien huye. De todas formas no estaba seguro, no tenía manera de verificarlo ni tampoco de averiguar mi situación geográfica, por lo que no me podía confiar ni podía afirmar si me encontraba por debajo o por encima del Trópico de Cáncer. Tampoco sabía si estaba en la Corriente del Golfo o no, ya que nunca antes había pasado por este lugar. Nunca realicé viajes ni por mar ni por aire hacia fuera del país; si esto último hubiera ocurrido jamás hubieran visto mi alma regresar. Con tal de librarme de la pesadilla en que vivía, estaba dispuesto a quedarme hasta en Haití y caminando atravesar La Española[22] para luego ver como cruzaba en alguna *yola*[23] el tenebroso Canal de la Mona rumbo a Puerto Rico.

–Es del carajo la cantidad de planes e intentos de travesía que hace un cubano para escaparse de la mierda en que vive, tal es así que ya se registran comunidades de cubanos en numerosos países –sentencié

---

[22] Isla que comparten Haití y Rep. Dominicana
[23] Pequeña embarcación de Rep. Dominicana

en mi pensamiento.

Agarré mi pantalón por la cintura y tiré hacia arriba alzando también mi orgullo. Luego me senté. Las manos me ardían cual si hubiese tocado un metal caliente, con resignación las contemplé un buen rato y expresé:

−Aunque revienten, van a tener que continuar trabajando, con ustedes construí esto y con ustedes cuento para seguir adelante.

Mirando la inmensidad del mar, recordé cómo logré construir "La Esperanza". Fue a comienzos de Enero, estando de paso por la loma del Chaple enclavada en lo alto de la barriada de Santos Suárez con su hermosa vista de la ciudad. Allí, a pleno mediodía de brisa exquisita sentado junto a unas amistades del barrio, presenciábamos un juego de pelota callejera. Jóvenes y adultos, algunos descalzos, otros en pantalones cortos y a torso descubierto, daban lo mejor de sí.

−¡Quieto...! −se oyó el grito seguido de la algarabía. Al instante todos comentamos la jugada.

La pasión por la pelota prendía desde la misma cuna y así, en el polvo de unas cuatro esquinas sin apenas recursos, jugando a mano limpia, surgían peloteros de talla mundial. El DEPORTE ES UN DERECHO DEL PUEBLO, me vino a la mente la jactanciosa frase del Dictador, el mismo que suprimía todo derecho.

−¡El caballo![24] −exclamó alguien procedente de un tablero de dominó improvisado en un portal que hace esquina y que colindaba con nosotros.

−En esta mesa ese animal no se nombra −dijo Mondongo, un voluminoso mulato pelado al rape que mostraba sobre su pecho al descubierto una gruesa cadena de oro dieciocho con un medallón de la Virgen de la Caridad.

Un flaco de pelo desgreñado envuelto en una nube de humo, golpeó con delicadeza su cigarrillo, haciendo que la ceniza se acumulara dentro de una cajetilla vacía. Este enclenque compatriota, tras mirar fijo al fornido mulato, recibió la respuesta por la cual esperaba:

−¡No llevo *asere*[25], no llevo! −expresó Mondongo estirando lo

---

[24] Apodo dado al dictador debido a que este animal ocupa el # 1 en la Charada.
[25] Forma vulgar de saludarse ciertos hombres.

dicho con disgusto. La frase se repitió y se repitió por cada participante, volviendo finalmente el turno al jugador inicial, el cual mostrando el doble de la misma ficha, muy eufórico expresó:

—¡Se trancó!

—¡Te lo dije *Yenika*,[26] te lo dije! ¡Nada más que nombraste al caballo y todo se jodió! —Esta vez Mondongo volteó enérgicamente sus fichas sobre el tablero y alzando sus corpulentos brazos mostró el grajo que empapaba sus axilas, y tras frotarse con un trozo de trapo rojo la reluciente calva color chocolate, se dio un enorme trago de alcohol.

—¿Qué le pasa a mi bestia que lo veo todo sofocado? —cuestionó la negra Tripita que recién llegaba contorsionando su esquelético y rumbero cuerpo, reluciendo en su amplia sonrisa un exuberante diente de oro.

—¡A mí na'! —respondió su consorte guapetonamente, vociferando—. ¡Aquí todo el mundo sabe que yo soy Mondongo de ongo, de sipirí pongo de güiro morongo y que a cualquiera se la pongo!

Estallando sus dos manotas frente a su rostro desafiantemente, quedó a la espera de alguna respuesta.

Ella lo abrazó muy melosa por la espalda y le plantó tremendo beso de chupete en la bemba. La negra Tripita, de exageradas argollas plateadas e infinidad de collares religiosos, vestía como siempre su semitransparente blusita de tiritas color púrpura y una reducida minifalda de mezclilla, desflecada y toda descolorida que terminaban codeándose con las desgastadas chancletas mete dedos.

Tras mirar a todos en la mesa y sin mediar palabras, ella extrajo un cigarrillo de la cajetilla de Populares que se encontraba sobre el tablero, y sin preámbulos lo encendió con una desgastada fosforera de gas, amarillenta.

—¡Oyeee... respeeeta, que no son míooo...! —dijo Mondongo abriendo exageradamente sus corpulentos brazos, más esta, con su aguaje solareño, al tiempo que meneando desafiante sus hombros y manos a forma de jarra sobre su cintura, le respondió:

—¿Y a mí queeé...?

—¿Cómo que qué? —cuestionó su consorte con seriedad. Ella le replicó con un nuevo qué interrogativo envuelto en el humo de su

---

[26] Amigo en el argot de los guapos.

primera bocanada, y Mondongo con toda su hegemonía le rebatió:

—¿Qué que de qué?, no te vayas a creer que porque yo *tengo un baro*[27] esa cajetilla es mía, ¿me oísteees? Esa caja de cigarros es de Mandarria y hoy no estoy para buscarme problema'. Mira que el día está más que sala'o.

—Desmaya esa talla Bestia que aquí todo el mundo te respeta – arguyó Tripita dándole un exagerado arqueamiento a su cuerpo del cual ella alardeaba de tener treinta y siete movimientos y ninguno repetido.

—Qué volá más fula es esa Mondongo Tú y yo somos cúmbila del tanque, y hoy estoy amplio –le dijo en tono suave Mandarria, un negro que se jactaba de ser oriundo de legendarios guerreros Congos-Carabalíes, pues su constitución física y su porte, no tenían nada que envidiarle al Hércules mitológico.

—Así se habla, *asere*. Pa'eso son los amigos –sentenció la negra Tripita, mostrando el vistoso y recién estrenado diente de oro al alargar el sonido de la última vocal.

El flaco, que por todos era reconocido como un buen timbalero de descargas ocasionales, con la punta de sus dedos rítmicamente hizo retumbar el tablero. Cachimba, el cuarto jugador, resultaba en un morenito de pelo muy ondulado y de delineadas patillas y barba cerrada en un candado tan fino como su bigote. Este estilizado compatriota ostentaba la bien ganada fama del mejor montador y bailador de ruedas de casino de la zona. Ahora, a la sazón de la sonoridad, con sus huesudas manos de uñas largas y muy bien cuidadas, tomando el compás al vuelo, de forma muy acoplada lo acompañó. Mandarria repiqueteó con un trozo de metal la botella de ron, y contagiado con el melodioso tamborilear de este habanero solariego y el repiquetear en el cristal; por pura inercia Mondongo redobló acompañándolos con dos fichas de dominó.

El rumbero cuerpo de Tripita se contorsionó desde las mismitísimas entrañas de su africana sangre y la rumba se formó tan sólo con este estribillo que a todos nos contagió:

—¡*Es un escándalo!*

¡*Mi negra con diente de oro!*

---

[27] Popular expresión de los muertos de hambre cuando tiene más de cinco dólares en el bolsillo, ropa barata mandada desde Miami o una cadenita de oro. No he conocido a ninguno que haya regalado su libreta de racionamiento.

¡*Es un escándalo*!

Hacía adelante y hacia atrás, los esqueléticos hombros de Tripita marcaban el contagioso compás de aquel sonar cubano-africano. Sus brazos agitaban la retreta de pulsos metálicos ensartados en su muñeca. Su cuerpo era la viva estampa de la rumba, la conga y el guaguancó. Pareciese que una descarga espiritual de ancestros de la selva tórrida se apoderara de su alma provocándole un estremecer desde la mismitísima punta de los pies hasta las puntas de sus manos elevadas sobre su cabeza. Y en un impás de la rumba que la acompañaba cuando el repiquetear se hizo más agudo, estática como el asta de una bandera y girando sobre sí misma, mostraba a todos el convulsionar rítmico y frenético de sus abultados glúteos. Tras el mágico encanto de este baile religioso popular, un minuto no fue nada y de igual de comenzada la pachanga el momento artístico folklórico llegó a su final.

–¡Y eso que no me he dado un buche! –dijo Tripita mirando de frente a su corpulento semental.

–Tócate y relájate mi reina –dijo Mondongo, extendiéndole un vaso mediado de ron–, que cuando llegué la noche nos vamos a arrebatar.

Tripita lo miró de lado, sabiendo lo que significaban aquellas palabras, y tras una ligera sonrisa, tragó de un sólo tirón el etílico contenido, demostrando también quién era ella.

Luego de acomodar con la punta de sus dedos su estirado y rojizo pelo corto, y tras varias bocanadas al cigarro popular, se lo puso en la bemba a Mondongo "La Bestia". Realmente el adjetivo de bestia le encajaba de perilla a este corpulento moreno, pues donde esta insólita pareja vivía era verdaderamente una cueva de la era moderna. Un viejo y abandonado garaje de un otrora lujoso caserón ya derrumbado y convertido en ruinas, resultaba el asentamiento residencial de estos singulares personajes. El reducido local ahora pintado de un color rosa morado violáceo, matizado en su fondo por un penetrante y poroso tizne oscuro empotrado por años en la pared, delataba las ansias de los que moraban allí a tener algún decoro para vivir. Este arcaico garaje carecía de baño, de agua corriente, de cañerías de desagüe y de electricidad. La única bombilla que allí se encendía era alimentada por una extremadamente pesada batería de un camión soviético *Kamaz*, la cual para recargarla había que llevarla sobre una maltrecha carretilla de albañilería a un taller cercano donde al parecer tal vez le hacían el favor.

Esta singular pareja hacía sus necesidades sobre periódicos o bolsas de nailon o cartuchos, los cuales acostumbraban a arrojar a un pasillo lateral de un almacén en desuso; así también ocurría con el contenido de la palangana en la que fregaban o lavaban sus enseres. En un cubículo posterior de la ruinosa mansión era donde muchas veces cocinaban con recortes de maderas que recogían por las calles. En los incontables días de apagones, era impresionante verlos laborar en aquel lugar. Allí también la Bestia y su inseparable Tripita, junto a sus tres negritos cocotimbas, siempre que el clima lo permitiese, se bañaban a cielo descubierto con una tiznada y abollada lata de aceite llena de agua y un jarrito. Realmente su existencia daba grima.

—¿Serían ellos objetivamente el producto del hombre nuevo de la tan cacareada y abominable revolución socialista? —pulsó mi pensar, pues que yo supiese, ya avanzada la otrora República ninguno de nuestros compatriotas había vivido en semejantes condiciones.

—¡Qué clase de jeba! —exclamó un enano gordito y cabezón que estaba subido arriba de un cajón, haciéndome salir de mis juiciosos pensamientos.

Todos nos volvimos para observar a una criollita sin rival que pasaba frente al grupo. Era una mulata tierna en flor que parecía una diosa caída del cielo. En su pelo amarillo, tejido en trenzas, se sujetaba una flor de Mar Pacífico de un rojo carmesí tan brillante como el que reflejaban sus carnosos labios.

—Coño, El Beny[28] tenía mucha razón cuando cantaba *"Cada vez que veo una mulata, la mente se me desbarata"* —exclamó Chucho el Salsa, haciendo un verdadero gesto de reverencia al pasar de la muchacha.

Virgilio el Bizco, acomodándose sus viejos espejuelos de pasta, con voz semejante a un trueno la piropeó:

—Mami, te escapaste de un video clip.

Ella con mucha melodía, pícaramente le respondió:

—No papi..., de donde me voy a escapar es de este sala'o país. Aquí el que no ligue un gallego está embarca'o.

Continuando su camino, dejó al grupo en un coro de risas. Mamey,

---

[28] Beny Moré, inigualable cantante cubano.

tras contraer su musculoso cuerpo y poniéndose más colorado que de costumbre ante aquella colosal mulata, sin más opción acarició con esmero la visera de su gorra que mostraba el emblema de los *Florida Marlin*s, y muy potente expresó:

—Las putas se van en avión y a nosotros que nos coma el tiburón. ¡Qué coño! No digo yo si me pongo para ligar una *yuma*[29] aunque tenga que ponerle un cartucho en la cabeza.

—¡Cooño...! —exclamó Papacito el Temba—. ¡Es una desgracia haber nacido hombre en este puñetero país.

Y tras mirarse a sí mismo y observar la suciedad que dejaban en sus manos y depauperadas ropas el coger ponches a las cámaras de autos y bicicletas durante todo el día, termino por declarar:

—Yo mujer, hubiese sido cabaretera y si ahora fuese joven, jinetera.

Al instante, mi agudizado pensamiento crítico se disparó con la siguiente comparación: Las antiguas prostitutas de la república no son más que un mito de cabaret y de una deslumbrante Habana que sucumbió ante tanta mutilación revolucionaria. Ahora eso sí, las infantiles jineteras de la fanfarreada y ruinosa revolución, están en cada rincón, en cada calle, en cada pueblo, en cada centro educacional, en cada centro de trabajo, en cada hotel; están por doquier. El aberrante burdel revolucionario es el desahogo sexual de todo admirador del podrido e inhumano sistema comunista.

—Estamos retrocediendo en el tiempo —comentó Virgilio lacónicamente y acomodándose los viejos espejuelos que usaba para corregir su estrabismo, fue y se sentó en el borde de un muro para sí contemplar mejor el juego de pelota.

—Esto cada día que pasa se pone más duro. El barrio se está cayendo a pedazos —afirmó el más gordo y narizón del grupo, a quien apodábamos Mantecón.

—Aunque no nos vemos como tal somos los mendigos de nuestra propia miseria —especificó el enano. Y tras gesticular con sus brazos de la cabeza a los pies, atravesó con un dedo el doble hueco de la camiseta que llevaba puesta, y desalentado con su propia situación afirmó:

—Es la única que tengo hace dos años y medio.

Miré las aberturas detenidamente y luego a las chancletas que

---

[29] Argot cubano para referirse a EEUU y todo lo que tenga que ver con ese país.

llevaba puestas que daban pena. El pantalón mostraba un jirón zurcido en la rodilla y la tela del mismo estaba desgastada en los bajos, por la parte de atrás. Le eché un vistazo a toda aquella gente reunida allí; excepto yo, que daba clases en el horario de la mañana y el Temba que lo hacía por cuenta propia en la ponchera, el resto no trabajaba, trabajar había perdido todo su sentido. Pero en el muro que encuadra la esquina aún se podía leer el descascarado rótulo: ¡HASTA LA VICTORIA SIEMPRE!

–¿Cuál victoria? –me cuestioné, y con más saña me repetí la pregunta al ver recostados a la sombra de aquella mugrienta pared a una parejita de ancianos demacrados y blancos en canas que llevaban varias horas ofertando a los transeúntes diferentes artículos al parecer ya inútiles en su hogar. Entre estos enseres se podían observar: una olla de presión con el cabo roto y manchada por el hollín de una hornilla sucia, una sartén negra como el carbón, una cazuelita tiznada y abollada en el fondo, varios cubiertos manchados de amarillo pálido, diversos botones y carreteles de hilos de diferentes colores, así como varias agujas y alfileres, ¡y un dedal! Sobresaliendo en este rastrojo de utilidades como piezas de mayor valor, una plancha eléctrica tan antaña como ellos y dos bombillos incandescentes de bajo voltaje. También habían algunos libros viejos en los que pude apreciar el rastro indeleble de la polilla, del mismo modo, entre ellos aprecié dos diccionarios *Larousse* de carátula dura, uno de ellos Ingles Español, que me venía de perillas, pero no tenía dinero.

Justo ahora frente a nosotros, pasaba un conocido demente de la ciudad dándole vueltas a un tanque metálico de cincuenta y cinco galones completamente vacío. El retumbar inútil de aquel bidón lleno de eco me estremeció de a lleno. Mis ojos agudizaron la mirada y sin temor a equivocarme en mi pensamiento concluí:

–Soy de aquí, pertenezco al esfuerzo de esta miseria sin esperanza ni futuro y de aquí me tengo que largar.

El barrio parecía ser el mismo pero en realidad no lo era, se caía a pedazos, agonizaba, y la ausencia sin previo aviso de Picúa, Botella, Marciano y El Corcho, así como de tantos otros y otras personas de mejor educación y formación, iban cayendo en el olvido. Apartándome un poco de toda aquella nostalgia juvenil, me encontré con un amigo de la infancia medio albino bajito y cabezón, conocido por Yoyito en la Habana. Él se dedicaba a vender ropa de la *shopping*[30] y a grabar casetes. Luego de yo examinar algunos casetes de música *rock* de los años ochenta y decirle que estaba pela'o, le hablé de mis deseos de largarme, y el destino quiso que resolviera con él lo de las cámaras de tractor. Me aseguró que sólo tenía que hacer *un cuadre*[31] con su cuñado quien era jefe de un almacén en el campo y que era necesario la entrega de un neumático viejo ya que no podía haber faltante del artículo por lo que significaba.

–Cuando de fuga se trata –comenzó diciéndome en tono confidencial–, le ponen el ojo a las cosas.

Y halándose suavemente con el índice el párpado inferior del ojo derecho, me aclaró:

–Con la recuperación de las viejas cumplen el plan.

–¿Qué plan? –cuestioné preocupado.

–Aquí siempre hay un plan, sino esto no fuera lo que es –sentenció. Sonreí, y él en tono satírico expresó:

–La cámara vieja algún racionalizador será capaz de dejarla como nueva.

Al escuchar esta frase el cerebro se me iluminó y muy serio le dije:

–Que sean auténticas... ¡de fábrica! Sino, ¡ni me la traigas!

Con él también cuadré la lona y la soga. La madera la resolví una mañana de domingo en un plan tareco en la barriada del Cerro. Toda la inmundicia acumulada durante años estaba siendo recogida debido a la necesidad de sanear el barrio, ya que una epidemia de dengue no declarada comenzaba a afectar el municipio. Por lo que expurgando entre lomas de tantos desechos conseguí algunos objetos para mi empresa.

Ese día fui con mi primo Tomasito, residente de la zona y hábil en asuntos de darle valor a los trastes que votan en las esquinas. Él, revolviendo entre los desechos de varios lugares resolvió algunas piezas de interés. Al ver una de ellas exclamó:

–¡Aquí está la tapa del congelador *General Electric* MW del '54!, hacía años que la buscaba –y con aires de sabelotodo, aseguró–. Es una verdadera antigüedad. Y de veras que lo era. Más bien diría que

---

[30] Shopping: Inglesismo adoptado por la población en la revolución para denominar a las tiendas donde realmente están los artículos y en las cuales solo podían comprar los extranjeros con sus dólares, ya que en las tiendas originales al quedar vacías, solo conservaron su nombre "tiendas".

[31] Un arreglo, ponerse de acuerdo o hacer un negocio en bolsa negra.

era un dinosaurio de la refrigeración, pues debido a la escasez de refrigeradores en el país el equipo de su casa tenía hecho un horrible injerto de una unidad de enfriamiento industrial en el humilde aparato doméstico. El ruido que este motor hacía era tal que por las noches se ponían tapones de algodón o papel en los oídos para poder al menos dormir, aunque ya al paso de los años se habían adaptados.

Después de comentar el hallazgo, encontró una colcha de dormir toda ripiadita que enrolló con sumo cuidado, pues de ahí sacaría bayetas de trapear y vendería algunas. Él para esto tenía tremenda chispa. A estas cosas mi primo iba preparado. Sacó de la jaba destornillador y alicate, y con ellos comenzó una ardua tarea que consistió en extraer clavos, tuercas, bisagras, pestillos y todo cuanto pudiese dársele algún valor. Casualmente aquel día encontramos el pedazo de espejo que él mismo cortaría para mi viaje y para el retrovisor del carro que su difunto padre le había dejado.

Él estaba muy orgulloso con esa herencia. Era un *Ford* del cuarenta y uno, aún con su color original verde botella, muy bien tapizado y sin ningún golpe, aunque ya tenía sus achaques debido a los años. En una ocasión, viajando en el carro y bajando por la Calzada de Jesús del Monte, un gato negro se interpuso en su camino y, al frenar de repente, el capó salió disparado golpeando al animalito. El gato, después de un fuerte maullido, tal una centella, penetró por el destruido portón de un solar sabiendo perdida una de sus siete vidas. Ese día se cayó el retrovisor de la puerta.

Un anciano al pasar junto al basurero donde nos hallábamos, comentó a su pareja:

—¡Coño!, lo que hace un cubano desde que las ferreterías sólo tienen el nombre, pues ni guayabitos le quedan.

—La necesidad es la madre de toda invención —respondí con una típica frase de mi bisabuela Josefa, y para mis adentros dije—, y para los cubanos la única solución.

Esta frase se solidificó de un golpe al encuentro de mis llagadas manos con los remos, y en un murmullo expresé:

—Estos si tienen historia.

Cogí los acertados propulsores marinos y los acomodé sobre los bordes de "La Esperanza" y mirándolos comencé a recordar. Eran el regalo de un gran amigo condenado a siete años de prisión por haber sido sorprendido en una fuga en la cual intentó escaparse junto a un socio que era su *brother* en esos trajines. Él siempre se refería a su balsa llamándola "El Muñeco". A veces cuando llegaba al grupo y todos éramos de confianza, Damián decía:

–Estoy armando un muñeco que es una belleza.

Un día me puse de acuerdo con él y fui a ver "El Muñeco". Tras sortear varios recipientes mediados de agua de goteras aún persistentes de la lluvia caída la noche anterior, quede estático en el centro de la habitación. Tirada en el suelo había una colchoneta sin tender más una almohada sudada sin funda, a su lado se erguía una antiquísima mesita de noche y sobre la misma, una vieja lámpara sin pantalla mostraba orgullosa cual un desvencijado faro su bombillo incandescente. Reclinada a un costado, con el barniz gastado y descascarado por sus andanzas, había una romántica guitarra de cajón que de tan sólo mirarla incitaba a tocarla. A estos elementos, se sumaba un arcaico tocadiscos de maletica con algunos *Long Play* sin estuches, regados por el piso. Un cenicero mal oliente y abarrotado de colillas clamaba tregua ante tanta nicotina quemada. Un poquitico más allá, un vaso de cristal virado junto a una botella de ron ya vacía descansaban la nota anterior; ambos sobre una hoja de periódico amarillenta y manchada, marcaban su lugar. Amontonados a un costado de la colchoneta varios libros de diversos géneros respiraban algo del polvo que yacía sobre ellos. *"La Edad de Oro"*, que mantenía su gallardía como telón de fondo a un pequeño busto en bronce del Apóstol[32] José Martí, era el indicativo más sobresaliente de que las universales ideas de este glorioso cubano seguían siendo el mayor tesoro de nuestra patria. Y cerrando el ángulo del cuarto, un ventilador tan surrealista como una obra de Dalí, evitaba que el sofocante verano fuese más crudo de lo que la obligatoria miseria imponía. También podían apreciarse pegados a la pared, recortes de periódicos y revistas extranjeras que mostraban fotos en blanco y negro y a colores de automóviles y grupos de *rock*, así como una considerable colección de auténticas cajetillas de cigarrillos extranjeros ya vacías y que le daban cierto colorido a aquella vetusta pared. A un costado de este *collage*, había un afiche alusivo a la película *"The Thing of The Swamp"*. El afiche estaba montado sobre

---

[32] Título con el cual los verdaderos cubanos nos referimos a nuestro grandioso e inigualable José Martí. Para mi propio criterio, el más grande de todos los cubanos y uno de los pensadores más grande de la historia universal. Lean y comparen.

un marco de madera sin pulir. La horrible bestia del pantano cargaba en sus brazos a una hermosa y risueña muchacha cuya imagen recordaba a una de nuestras indiscutibles criollitas; junto a ella, algún chistoso escribió, ¡Qué suerte, encontré un *Yuma*!

Me sonreí y continué la minuciosa observación de aquella depauperante habitación de paredes desconchadas y llenas de humedad. Ahora le tocó el turno a una descolorida camisa colocada en un perchero que colgaba de uno de los tantos clavos existentes en la arruinada pared. En otro clavo, sujetado por un arquito de alambre de cobre, una fotocopia de un billete de cien dólares pegado sobre una tablita que en su parte superior pirograbada mostraba la frase: "SE BUSCA".

Volví a sonreír. Damián, mirándome de reojo me comentó:

—Yo no le pido a Dios que me los ponga en el bolsillo sino que me ponga donde están.

Tras haber señalado con su brazo extendido el norte, hizo una pantomima, tal si algún magnetismo secreto lo atrajera hacia aquella dirección geográfica. Sonriente, este gran amigo mío se dirigió hacia la desvencijada ventana de escasas persianas que permitían el paso de la claridad del día cual si fuesen luces de un escenario. Con cuidado abrió de par en par las hojas de la ventana, pero una de ellas, la más mutilada por el comején, se inclinó peligrosamente hacia afuera del marco. Damián observó por un tiempo la persiana y al convencerse de que el alambrón que suplía la función de bisagra no se partiría, juntó las palmas de sus manos frente a su pecho a modo de plegaria y tornando su mirada hacia el cielo, dejó entrever que sólo gracias a la providencia aquella ventana aún, si de aquel modo se le pudiese llamar, seguiría cumpliendo su función.

Para mí aquella ventana estaba lejos de poder proteger a la habitación de un aguacero o temporal, seguro estaba de que no resistiría el próximo ciclón. Lo mismo pensé del techo, el cual podría venirse abajo el día menos pensado, pues se veían al desnudo las corroídas vigas de principios de siglo. No hice ningún comentario, pues la miseria en que mantenían sumergida a la población ya resultaba endémica, común y cotidiana.

También adornaba la habitación un magullado espejo enmarcado en madera tallada. Al costado de éste colgaba una reluciente corbata de rayas inclinadas, matizadas en azul de tonos muy bellos. Me acerqué a la llamativa prenda de vestir y la toqué. Era de una textura muy suave y brillante.

—Es de una tela muy buena —manifesté.

—¡Es seda *my friend*, seda! —exclamó Damián casi eufórico—. De seguir como vamos aquí nadie va a poder identificar una prenda de algodón.

Acto seguido me cuestionó:

—¿Te gusta?

Sin ningún tipo de rodeos afirmé con un gesto, y sin más ni más me sugirió:

—Póntela para ver cómo te queda.

Más yo deseché la propuesta con un gesto inequívoco.

—¿Sabes hacerte el nudo? —me preguntó. Y lacónicamente le respondí que no, comunicándole sin pena alguna que era la primera vez en mi vida que tocaba una corbata.

—Desde chicos —comenzó diciendo—, los comunistas nos enseñan a ponernos una pañoleta roja amarrándola con un vulgar nudo, no sé cómo no se ha estrangulado ningún pionero; de veras que Dios protege a los niños.

Hizo un alto en el que se arrascó la espalda con el marco de la puerta y luego de estirar todo su cuerpo con el esquelético movimiento, continuó:

—Las elegantes corbatas sólo las vemos en fotos, películas y programas de televisión. Es una rareza hallar una de ellas en algún hogar cubano. La corbata es una prenda de vestir de mucha elegancia, es un sello de gala capitalista, todo lo contrario a la chabacanería socialista que no la ha erradicado para poder camuflarse en el toque de distinción de la diplomacia mundial.

Acabando de decir esto, cogió la corbata y con mucho estilo se la anudó a su cuello desnudo, cayéndole por encima de su holgada camiseta.

—Mi abuelo fue quien me la regaló el día de mi boda —dijo mientras se acicalaba frente al espejo e imitando la voz del octogenario prosiguió—, para que al menos luzcas como un hombre de clase en la ceremonia.

Me reí ante la improvisación y él continuó:

—Mi abuelo me enseñó a hacerme el nudo, y no he olvidado cómo, porque a veces cuando se me sube a la cabeza la aristocracia que nos extirparon, me la pongo como sea y frente a mi espejo de la fortuna recitó: ¡Corbata, corbata mía, cuando llegará el dichoso día en que al igual que mi abuelo pueda lucirte con orgullo y alegría en mi cuello!

Terminando de decir esta frase ante el espejo, se volvió hacia mí y continuó disertando:

—Porque salir aquí en este país con una corbata es un anacronismo, aquí todos los trajes son distintos tipos de uniformes militares: ejército, milicianos, policías, el G2[33]. ¡Bah…! ¡Qué repugnancia me da todo este verde olivo!

Acercándose a la ventana escupió hacia el patio donde crecían varios árboles. Ahora frente a mí, sin más rodeos, movió una plancha de *playwood* que estaba arrinconada en una esquina de la habitación y tras imitar con su sonora voz los acordes iniciales de *La Quinta Sinfonía de Beethoven*, me dijo:

—¡Aquí está "El Muñeco"! ¡*Parapapááá…, parapápááá…*!

Tras haber repetido los acordes de esa esplendorosa obra, fue y tomó un poco de agua de una botella.

Desencanto y tristeza eran muy poco para lo que aquella cámara amarrada a un tablón y envuelta en una malla me transmitían. Ella en sí misma llevaba implícita el desespero de nuestro propio fracaso. Una balsa como esa, como tantas otras idénticas a ella, sólo nos podría conducir a la muerte, habría que estar muy cargado de sueños y ansias de libertad para pensar que con algo así uno pudiese alcanzar el verdadero derecho a la vida. Tragué en seco y muy ecuánime le dije:

—No hay otro remedio.

—¡Morir o vivir! —me respondió en igual tono, y tomando su sonora guitarra la arpegio con verdadero encanto, comunicándome que:

—Si tuviese aún las dos bellas copas de Bacará que mi difunto abuelo uso en el brindis de su boda, y que mi madre cumpliéndole sus deseos dejó que se las llevara a la tumba para quitarle el placer a este hijo de puta de que algún día se las pudieran robar en una intervención. Aunque fuese con agua brindaríamos para sellar el incierto destino de mi partida.

Sentí que la sangre me vibraba en el pecho ante la magnitud de lo

---

[33] Tenebrosa organización militar creada por la dictadura del Jefe, con las más refinadas y burdas técnicas creadas por los comunistas, las cuales el régimen cubano a sofisticado.

que aquella frase significaba. Más con la ecuanimidad que muchas veces me caracteriza, observé que junto a aquella humilde balsa, recostados y atados por un cordel, sobresalían muy espigados los necesarios remos.

—¡Están bárbaros! —le dije, señalándolos con la vista. Él sin pensarlo dos veces, los cogió y me los entregó.

—Te los regalo —dijo seriamente—, con la condición de que les des trabajo; algo útil… ya sabes.

La insinuación estaba implícita. Sonreí sin pronunciar palabras. En mi mente brilló una esperanza. Algo me decía que esos viejos y pálidos remos me conducirían a la libertad. Él, arpegiando su guitarra con delicadeza, inundó toda la habitación con la agradable armonía de la canción *"House of the rising sun"*, y en su inglés lleno de forros callejeros, comenzó a tararear la melodía. Después de un certero y armónico golpe de las cuerdas, detuvo el ritmo y aplaudí su ejecución. Damián, apesadumbrado con su propio pensar, con ternura acarició la sudada colchoneta. Entonces declaró:

—¡Coño, si fuese una alfombra mágica hubiese volado el charco hace más años que el carajo!

A pesar del desconsuelo de no poder hacer realidad esta imaginación, nuestros ojos brillaron, y una sonrisa llena de malicia afloró en nuestros rostros.

Damián afianzó nuevamente su guitarra haciéndola repiquetear con los inconfundibles acordes de *"Hotel California"*. Traté de acompañarlo en este auténtico himno de nosotros los pepillos, pero que va, él era un auténtico *Rock Star*.

Luego, con su típico optimismo me explicó que no utilizaría los remos debido a que en el nuevo tipo de fuga planificado por ellos no resultaban convenientes. Su plan consistía en dos cámaras de camión forradas con lona y tejidas con sogas, y revestidas con pedazos de neumáticos para darles mayor consistencia. Además, usarían viejas botas cañeras y unos gastados guantes de trabajo. Yo continuaba escuchando asombrado, mientras él, arpegiando con dulzura el instrumento, proseguía explicándome los pormenores de su proyecto.

Se colocarían a ambos extremos de la rada habanera y cuando saliera un barco de origen extranjero previamente seleccionado, desenrollarían una cuerda de varias decenas de metros en cuyos extremos estarían ellos. El buque, al pasar por el centro de la soga, trabaría la misma en la proa y los dos serían arrastrados por la nave. El reforzamiento de las cámaras era para protegerlas de los escaramujos impregnados en el casco. Así viajarían por un buen espacio de tiempo, tal vez decenas de millas afuera, y luego se soltarían a la deriva en medio de la Corriente del Golfo. Después se unirían y que la suerte la decidiera La Virgen de la Caridad.

Con un rápido gesto se persignó y continuó:

—En medio de la Corriente del Golfo remar es un cuento ¡Cuídalos! —terminó por decir enfáticamente. Y con la mirada del astuto halcón que cruza el horizonte, guiñándome un ojo afirmó:

—Sé que les darás un buen uso.

Esta vez, las notas de la guitarra emitieron un énfasis de validez.

—Te juro que estoy pela'o —le dije—, pero si quieres te puedo pagar con alguna camisa mía que te guste.

Él, hinchado de orgullo y pasándome un brazo por encima, en tono más confidencial me confesó:

—Nadie me los puede pagar. Me costaron...

Y haciendo sonar una por una las cuerdas de su guitarra, con voz grave y en su inglés de acento duro, Damián declaró:

—*blood, sweat and tears*.

—Excelente banda musical —afirmé sonriente.

Damián repitió los acordes pero a la inversa, y junto con la agudeza de su mirada comenzó a narrar:

—Una noche tormentosa me fui a la entrada de la bahía de La Habana con un socio de Lúyano que se llamaba Julio Cesar. Eran alrededor de las once y estaba lloviendo a cántaros, y lo más veloz que pudimos cruzamos la Avenida del Puerto. Rápidamente salté al muro y al instante, sin pensarlo, me tiré a las oscuras aguas del canal; si lo hubiera pensado jamás hubiese realizado semejante acción. Cuando caí, una capa grasienta de petróleo me tragó al instante, la impresión de mi zambullida era la de la misma muerte. Al salir a la superficie me encontré envuelto por aquella baba viscosa que me apretaba hasta el corazón, todo prieto y apestoso como lo más oscuro del cimarrón. El penetrante olor de la mezcla de crudo me taponeaba los pulmones. El faro del Morro, al destellar con su luz de ensueños, me resultó tan lejano como la luna. Pero rápidamente me controlé. Ya no podía volverme atrás. Mi tirada olímpica me separó de golpe decena de metros del muro y salí al otro lado de un bote.

A Julio Cesar se le aflojaron las patas del susto, y con su rabo de mula chorreando agua cual cola de gallo mojada, me buscaba sin resultado, y llevándose las manos a la boca, repetía mi nombre casi al mínimo de decibeles. Él disimulaba caminando en dirección opuesta a una posta militar que hay a la entrada de la bahía. Decidido, me subí a medias en un bote, agarré un remo y quedé sorprendido. ¡Qué desilusión!, estaba amarrado.

—Qué vivo es este pescador —me reproché y nadé hasta el otro, donde me ocurrió lo mismo. Me catalogué del gran comemierda de la noche, pero en el siguiente bote la alegría me sorprendió. Allí cogí el par de ejemplares que ahora tienes.

Hizo un respiro en el cual los ojos le brillaron rememorando el triunfo, y a un golpe de arpegio continuó narrando:

—Teniendo como único sostén los remos, nadé en la misma dirección de mi *brother*, casi una distancia de doscientos metros hasta el embarcadero de la lanchita de Casa Blanca. Por suerte no había ni una sola persona en la parada, cosa rara para el céntrico lugar; creo que fue debido al torrencial aguacero que caía y lo tarde que era.

Tiré los remos para la acera y comencé a tratar de subir, pero la grasa incrustada en el atracadero no me permitía salir. Además, en esa zona hay una cavidad a nivel del mar y la masa viscosa al golpear contra el muro hacía un sonido seco y monstruoso, dándome la impresión de que me iba a tragar. Toda aquella área impregnada de petróleo se me convirtió en una barrera infranqueable, ya no tenía ni una gota de fuerza. La cosa se me puso bien fea, y debido al esfuerzo por aferrarme al pegajoso contén perdí algunas uñas. Mis fuerzas cedían ante la imposibilidad de trepar ese concreto encebado. Creí que aquello era mi final. En eso llegó Julio Cesar que andaba casi loco buscándome por el borde, y con mi último aliento le grité:

—¡Sácame de aquí! —Corrió hacia mí y de un tirón me puso a salvo.

—Si no te grito ni me ves, y con esa sordera. ¡Cojones! ¡Si no te pones para las cosas, te quedas! —le dije y sin más escupí varias veces tratando de lijarme la garganta con la lengua; hasta la bilis me salió en el empeño. Permanecí por algunos segundos completamente estático y con cierta apnea. Julio Cesar recogió los remos y volviéndose hacia mí, conteniendo la risa manifestó:

—Te pareces al monstruo del pantano.

—¡No jodas! –exclamé con el coraje de vuelta en el cuerpo y salimos corriendo bajo aquel interminable palo de agua que se convirtió en nuestro cómplice pues permitió la operación sin las indiscretas miradas de los típicos chismosos.

Llegamos a casa de mi suegra en cuestión de minutos. Toque a la puerta lleno desespero y rápidamente abrió mi mujer. El fuerte maullido que pegó el gato al espantarse fue lo único que atiné a escuchar antes de que Carolina cerrara la puerta de un tirón sin tan siquiera darme chance a moverme. Repetí la operación, esta vez ordenándole que me abriera, lo cual hizo a pesar de lo histéricos ladridos del perro. Ella continuó mirándome impresionada durante algunos segundos sin atinar a nada. Triunfador, yo sostenía a modo de lanzas los espigados remos a ambos lados de mi cuerpo. El agua continuaba cayendo a raudales sonorizando nuestras figuras, y rompiendo el estupor le dije:

—Carolina soy yo, Damián.

Fue entonces cuando reaccionó y dijo:

—¿Dónde te caíste?, sólo se te ven los ojos.

—Tuvieron que pelarme al rape y afeitarme el cuerpo sin jabón. Usaron detergente en polvo, era lo único que había.

Y tras hacer sonar alegremente su guitarra, afirmó:

—¡Ni el SIDA me entra!

Después de oír toda esta historia, le dije:

—¡Estás loco! Y eso de fugarse amarrados con una soga a un barco de noche, nada más se le ocurre a dos guanajos como ustedes –y añadí–, deja de comer lo que pica el pollo, porque si lo hacen y no se matan, hay que ponerlo en el libro de "Los *Récords Guinness*".

En ese instante recordé la brújula que guardaba en mi escaparate y de que su ideal función sería en un bote. Entonces le sugerí:

—Ponte para un motor y avísame.

Su plan resultó ser un fracaso. Carolina pasó por mi casa y me contó lo sucedido. Después de trabada la soga, la corriente de los lados del barco los tiró fuertemente contra el casco haciendo girar las cámaras como aspas de ventilador y al chocar éstas con persistente violencia, hizo que ambos se soltaran a sólo unos minutos de comenzada la operación.

—Por poco se matan –afirmó ella con voz triste–, la suerte fue que ocurrió frente a la bahía y pudieron nadar hasta la playa del Chivo que da al otro lado del Castillo del Morro; casi desfallecidos llegaron allí donde los sorprendió una patrulla de guarda fronteras.

–¿Por qué no nadaron hacia el Malecón? –pregunté desconcertado, y con cierto pesar añadí–. Se hubieran mezclado con la gente.

–Pero lo que va a suceder no está escrito –contestó ella nostálgicamente.

Era cierto, ahora yo acariciaba sus valiosos y útiles remos. Los que no servirían para la Corriente del Golfo; bueno, eso estaba por ver.

Coloqué por parejas las yemas de los dedos e hice presión con las manos hasta estirar el engarrotamiento y las llagas que en ellas perduraban después de tanto batallar con los incansables remos el invisible camino del mar.

"La Esperanza" estaba compuesta por una cámara de tractor enfundada en una lona. Las tablas que formaban el piso estaban redondeadas en los extremos y quedaban empotradas entre la cámara y la lona, esta última perforada en varios puntos bien calculados para ser tejida en ella misma. Aquí no había clavos ni tornillos, todo quedaba ensamblado a manera de un emparedado. El amarre de la malla tejida con soga de henequén evitaba holguras y me protegería contra cualquier posible embestida de los escualos o bestia similar. Los espacios entre las cuerdas que cosían el conjunto, permitían la colocación de objetos aprisionados que no podían salirse fácilmente. Donde se acoplaban los remos, un refuerzo practicado en madera facilitaba el trabajo de estos. Otra cámara pero de camión, venía desinflada y doblada quedando atada al extremo frontal; o sea, la proa de esta gallarda balsa. Las dos mochilas se mantendrían cerradas salvaguardando su vital contenido que estaban envueltos en bolsita de nailon y que en el caso de las medicinas llevaban doble protección. Nada oxidable, nada de cremalleras, todo cerraba por botones o lazos. En cualquier parte se podía fijar lo que fuese necesario, y como medida suprema incluso yo estaba amarrado.

La lona arrollada en la popa estaba pintada de negro, y por la otra cara de esta una circunferencia anaranjada para cuando me encontrase en medio del mar la viraría y este color facilitaría el ser detectado por aviones de rescate u otra nave. También trataría de usarla como vela cuando el viento soplara a mi favor, no sé cómo, pero esa era mi idea. Además, me podía hermetizar con ella y soportar cualquier tormenta. Este pensamiento cual lechuza que cruza la noche activó en mí la vieja frase guajira de mi bisabuela Josefa: "¡Sola vaya que se vaya!"

No podía negar el apego a las arraigadas tradiciones, más mi fe me llevó a rectificar y uniendo mis manos a manera de plegaria sobre mi pecho, en mí pensamiento exclamé:

—¡Evítelo mi Dios!

El centro de la balsa quedaba completamente vacío permitiéndome espacio para pasar la noche acomodado en posición fetal cual si estuviera en un sofá dormiría a pierna suelta.

—Bueno, esto sería dos o tres noches —pensaba yo.

Estando prisionero de mis recuerdos vi salir de la mochila más grande una lagartija verde como la hoja tierna de una matica de tilo. La talla del reptil evidenciaba su adultez y desarrollo.

—¿Qué hace este animalito aquí? —me cuestioné, rompiendo con asombro la mudez de aquel encuentro.

—La verdad que suceden cosas increíbles —terminé por decirme.

Traté de cogerla, más con movimientos ágiles escapaba de mis manos, y en uno de estos intentos, dio un salto que fue a parar a las cuerdas de la malla protectora. Corría por el borde de "La Esperanza" y ágilmente se metía entre las cuerdas y pliegues de la lona, mientras que yo con los dedos trataba de tocarla para que saliera de la ranura en la cual se había escondido. Al lograr rozarla, saltó a otro lugar y en veloz carrera fue a parar al borde exterior de la balsa, a donde no la seguí; temía que cayese al mar. La observé pasearse de lo lindo por toda la balsa, y buscando la forma de aliviar los deseos de comunicarme con alguien, le dije:

—Estás embarcada, aquí no hay mucho lugar a donde ir, así que no te va a quedar más remedio que hacerte amiguita mía.

Ella permanecía moviendo su colita de un lado para el otro.

—Si no te estás tranquila —le dije—, te puede costar la vida. Un salto en falso y, ¡lagartija al agua!

Caminaba lentamente por el borde de "La Esperanza" mientras yo le hacía la siguiente declaración:

—Desde este momento serás mi mascota, lo que significa que tendré que cuidarte y alimentarte, esto último únicamente con migajas de pan —me respondí y sentencié en tono alegre—, has llegado en pleno período especial[34], al borde la de la opción cero[35], pero no te preocupes, donde come uno comen dos.

Luego de este monólogo que acariciaba la fábula, me mantuve callado mientras la veía saltar y moverse alegremente por el borde de "La Esperanza". Mi inmovilidad fue tal que logré engañar sus reflejos y saltó sobre mi pantalón, subiendo hasta la cima de mi rodilla. Entonces, con la agilidad de un felino la atrapé entre mis manos, y expresé:

–El encanto de la paciencia es que todo lo puede.

En un desvarío loco de mi existencia, al acercarla a mi boca para darle un besito de bienvenida, una genuina esencia varonil me hizo rechazar este acto. El gesto de la duda disfrazó mi cara y comencé un minucioso examen de su sexo. La revisé una y otra vez sin notar señales que la delataran como macho. El famoso pañuelo color rojo no se notaba y a pesar de haber sido pésimo estudiante de biología, mis raíces guajiras me hicieron llegar a la conclusión de que este ejemplar era femenino. Mi mano derecha rozó con rapidez la superficie del mar, y con el dedo ya sobre la cabeza del reptil, le dije:

–Te llamarás Entretenida, de otra manera no te hubieras subido en esta balsa.

Tras caerle una gota de agua sobre el lomo, se movió con la agilidad propia de los reptiles. Acto seguido la guardé dentro del pomo plástico vacío. Mordí la boca del pomo escachándola, y dándole tan solo media vuelta a la tapa, creé un pequeño orificio por donde le entraría el aire. Entonces la vi moverse hasta quedarse quieta.

–Aquí estarás a salvo de ser un bocadito exótico para los peces –le dije y reflexionando continué–. De seguro montó en la costa o cuando recosté las mochilas a las plantas del jardín en la terracita del fondo en casa de mi mamá. ¡Vaya usted a saber! Tal vez tenía sus motivos para el viaje; allá estos son los que se sobran.

A modo de fraternizar con mi mascota, le comenté:

–Me voy por abismales problemas políticos y económicos, por la gran crisis psicológica, espiritual, cultural, moral y social que genera

---

[34] Etapa indefinida, de carencia y necesidad aguda que sufre el pueblo y que el régimen dice que comenzó en el '90, pero todos sabemos que fue muchas décadas antes.

[35] La palabra por sí sola lo dice todo, y de hecho no dista casi nada de la situación real que ya se vive en la Isla.

este tipo de dictadura. ¡Me voy porque no soportaba más!

Respiré hondo y quitando la vista de ella, miré con tristeza la inmensidad del mar que transpiraba su indomable naturaleza.

La tarde comenzaba a decir adiós con un reguero de nubes manchadas de colores muy vivos. La brisa golpeaba suave y la nostalgia se aferraba a mí. Comencé a tararear *"La Guantanamera"* que ahora era como un himno en la travesía, pues a cada rato me venía a la memoria y cantándola la repetía hasta saciarme.

Lentamente la calma hacía mella en mí. El olor a soledad comenzaba a embriagarme; sacudí la cabeza para apartarla de ella, quería evitar cualquier tipo de depresión. El tiempo galopaba sobre la espuma de escasas olas y algunas de ellas sonreían sin preocupación. Miré al sol que hinchado de tanto irradiar calor y sofocado producto de su ardiente trabajo se precipitaba sobre el océano dando la impresión de que en él refrescaría todo el fogaje de su plasmático cuerpo. La belleza de este encuentro me resultaba indescriptible, la majestuosidad del instante me embobecía. Me encontraba extasiado cuando un boom enorme a mis espaldas me hizo volverme con rapidez. Sólo atiné a ver la espuma que desaparecía como por arte de magia junto con lo que lo provocó. La onda en el agua fue lo último en desaparecer.

"La Esperanza" se bamboleó y todo mi cuerpo se puso en estado de alerta. Mis manos se aferraron rápidamente a los poderosos remos. Este ruido resultaba muy similar al escuchado la primera noche, el cual se había acuñado en mi memoria; creo que de por vida. Mis ojos permanecían fijos en el lugar donde se produjo la zambullida para luego continuar deslizando la mirada sobre la quieta y pulida superficie de la sábana oceánica, teñida con el hermoso matiz solar. Nada delataba al intruso; era imposible precisar dónde había ocurrido la aparición. La intranquilidad galopaba sobre mi pecho, el tiempo corría y el causante del misterioso ruido no mostraba su identidad. La caída del sol se acentuó y la sombra de mi cuerpo comenzó a bañarse en el dorado mar con morboso placer. Ya estaba más sereno y había acabado de soltar los útiles remos, cuando cual una estrella fugaz salida de las entrañas del océano, un enorme pez de cabeza ancha y frentona, brilló como el oro. Su impecable resplandor iluminó con la belleza de su verdoso y dorado color la nostalgia de la tarde. El vuelo del hermoso pez tuvo lugar a unos escasos metros de donde me encontraba. "La Esperanza" se bamboleó y el sonido dejó de ser un misterio para mí. Respiré con alegría y pensé que tal vez un magnífico ejemplar para cocinar me había destrozado los nervios la noche antes; como ahora éste a punto estuvo nuevamente de acabármelos.

–¡Haz todos los ruidos que quieras! –le grité y gesticulando con mi mano derecha le mostré el dedo del centro fuertemente erguido. Me sentía inflado de valor, aunque sin engaños, presentía que realmente ninguna relación había entre este chapotear común y el descomunal rugido ultramarino de la noche anterior. Tratando de no darle mucha cabeza al asunto, decidí dar comienzo a una nueva ración de alimentos. Saqué de la mochila el pomo con la miel de abejas y bebí un poco, dejando que cada trago llegara al fondo de mis entrañas. Repetí la acción unas tres veces y realicé la misma operación con el agua. Satisfecho y calmada mi hambre, guardé todo revisando que cada cosa estuviera en su sitio.

Cuidadosamente me puse de pie; estirarme me hacía muy bien. Eché un vistazo a la redonda y, comprobando la ausencia total de seres civilizados, le di movimiento a mi cuerpo para activar mis músculos. De nuevo en posición de remar, observé con gran interés la dirección de la brújula, la rectifiqué dando unos remazos a un sólo lado y cuando caía el rumbo, rompí a remar con optimista paciencia cuidando el ritmo y la orientación, y resistiendo el profundo dolor de mis manos.

Una misteriosa transformación del mar me hacía aplicar más fuerza para desplazarme. No creo haber avanzado mucho pero de todas formas estaba seguro de continuar avanzando.

–Ni una gaviota –pensé–. En las películas cuando sale el mar siempre se ve alguna gaviota y hasta ahora yo no he visto ninguna.

Este detalle y el oscurecimiento del océano, reafirmaban mi forma de pensar, por lo que expresé:

–Debo de estar en la Corriente del Golfo.

El esfuerzo de remar y la ayuda real o imaginaria de la famosa corriente, me habían adentrado en el verdadero mar con el cual tantas veces soñé. La tarea había sido ardua pero no me sentía cansado. Además, yo no pretendía forzar mi organismo, y aunque la enorme cantidad de sol recibida mermaba mi rendimiento, aún me sentía entero. En este lugar remar parecía la cosa más absurda del mundo, pero hice caso omiso a aquellas ideas escuchadas en tierra y lentamente seguí remando. Esta actividad me mantenía el carácter optimista y positivo, pues la concentración que requería la lucha contra el oleaje, mantener la dirección, avanzar e ignorar el dolor de mis llagadas manos, me fortalecían los pensamientos y las ideas; las debilidades psíquicas o mentales quedaban a puertas cerradas. Lo importante era mantenerme en forma. No debía derrochar mis limitadas energías, sino resistir con inteligencia y valor. Aún siendo así, el mar te traga con una facilidad del carajo.

Cuando me quedé a la deriva, eran evidentes los primeros signos de oscuridad. El aire se tornó frío y la intranquilidad del mar se hizo sentir. Comprendí que era hora de prepararme para una nueva noche, pero esta vez con más *confort*.

—La noche se ha hecho para dormir —sentenció mi pensar. Con gran regocijo y placer acaricié delicadamente mis adoloridas manos, y meditando en la labor de las mismas expresé:

—Todavía les queda mucho remo por halar.

Los infatigables remos quedaron atados a ambos lados, después saqué un pomo de boca ancha al cual le había retirado el fondo para que sirviera de pantalla a la llama de la vela. La vela era más gruesa de lo común, la fabriqué de esa forma para que durara lo más posible. También saqué la base de madera que presentaba dos calados de diferentes diámetros en los cuales quedaban fijas la pantalla protectora y la vela. Cuando todo estuvo listo, aseguré la base con un cordel al punto de apoyo de un remo y cerciorándome de que no se caerían, procedí a encender la fosforera de gas, rastrillé varias veces el mecanismo de encendido y nada. Me cagué en su madre mil veces, pero aún así se negaba a cumplir su función. En uno de estos intentos la llama surgió al instante de presionar con el dedo pulgar y a pesar de que casi me quema; la alegría me inundó por dentro y con hondo placer exclame:

—¡Hoy tendré luz!

Puse mi mano a manera de pantalla mientras trataba de encender el pabilo. Ahora este cordelito de mierda, sabiendo lo útil de su función, se extremó. Su deber era arder como una puta vela, pero ahí estaba, extremándose, a punto estuve de quemarme, más al fin prendió, después de haber acabado prácticamente con mi paciencia. ¡Cojones!, la desgracia del comunismo aún me perseguía. Cuando no es una cosa es la otra. ¡Vaya pa'la mierda ese sistema!

"La Esperanza" tenía luz propia. Mi pequeño mundo se preparaba para la segunda noche en el mar. El inmenso abismo de oscuridad se enfrentaría a la luz de mi llamita que a partir de ahora daría vida, magia y encanto a "La Esperanza". Su tenue quemar calentaba mis manos, mi corazón y mi fe; respiré satisfecho.

–Adiós al peligro de la noche –pensé.

Observando lo funcional de mi invento y la paz que me daba la luz de aquella pequeña llamita, pasé un impredecible rato extasiado en su candilar hasta que un rugido en mi estómago me sacó de aquel letargo. Realmente tenía hambre, no soportaba un mayor lapso de tiempo sin probar un buen bocado.

Comencé a sacar paqueticos con comida pre-elaborada. Dos huevos cocidos que después de quitarle la cáscara cayeron en mi bolsa digestiva como una plomada. No me decidí por los que quedaban, pues temí una explosión sin igual en mi digestión. Me comí dos platanitos con sus respectivas cáscaras que ya se estaban poniendo prietas y guardé los restantes para el día siguiente. Pensé nuevamente en la mezcla que hacía, pero es que no había podido resolver nada más para la travesía, y cuando el hambre aprieta hay que meterle el diente a lo que venga. Continué la cena con unas tostadas que debido al clima se habían puesto zocatas. Le di algunas migajas humedecidas con saliva a mi mascota pero al parecer no tenía hambre, pero a las mías les unté mantequilla; esta última había sido resuelta por la Flaca para el momento especial en la noche de despedida, cual si viviéramos "*El último tango en la Habana*". El recuerdo de aquel momento me hizo exclamar con nostalgia:

–¡Qué nochecita!

Bebí y un eructo se me escapó sin avisar. Me sentía lleno a pesar del pequeño menú. Ahora tenía otro pomo vacío, este último también lo tapé y guardé.

–Siempre sirve para algo, uno nunca sabe qué sorpresa te depara la vida –me dije con cierto recelo y ni con el pensamiento quise pensar. Si de una cosa estaba seguro era de la necesidad de flotar.

–¡Que Dios me proteja! –exclamé, y recostándome lo mejor que pude, con una sonrisa de paz, comencé a reposar mi digestión.

Con movimientos delicados y suaves la vi llegar muy callada, evitaba ser delatada hasta por el más ligero titilar. Con su característico velo de embrujo y seducción, se acercó cuál si nada, decorando toda la escena con su empalagoso perfume de misterio que provocaba una atmósfera densa e inquietante a mi alrededor. Obstinada por abrazarme con su cuerpo frío y húmedo, tejió con sombras el espacio real hasta que sin poder más, ya desesperada, se sentó a mi lado cual impertinente compañera. No pudo abarcar todo el lugar, gracias a que la llama fiel de mi lámpara la hería sin descanso en un mudo duelo por el reducido y vital espacio de "La Esperanza". El desigual combate se llevaba a cabo hasta en el más recóndito rincón, y a pesar de la montaña de sombras que se desplomó sobre nosotros, la luz no se doblegaba y se empeñaba en mantener su cimero lugar.

Me acurruqué en silencio. Esta vez tenía las rodillas unidas y mis brazos las enlazaban por el centro de las extremidades, fundiendo mis articulaciones a manera de candado. Mi pecho pegado a los muslos y mi mandíbula incrustaba sobre y justamente entre las rodillas, resultaba la posición en que observaba la silenciosa danza de la llama al vaivén de las olas.

Mis ojos, más hipnotizados que embrujados, se recreaban con la llamita que por momentos temblaba de frío y en otros, bailaba al compás de misteriosas melodías que armonizaban un silente vals logrando arquear sus contornos con mágicas curvas que, con adorable ternura caían en infinita suavidad, lo que hechizaba por completo mis pupilas ante un festival de formas que mezclaban lo exótico y erótico sin igual. A veces la llamita era gruesa y redonda como una pelota, otras larga y afilada, puntiaguda cual una aguja; nada la detenía, la gravedad no era obstáculo, saltaba al espacio ágilmente como buscando el infinito, de donde procede y pertenece.

El aire llegaba fresco y al igual que laborioso artesano, comenzó a tejer sobre mis ropas un manto de rocío con hilos de frialdad y aroma de pescado. Sentía como su pasador de hielo hincaba mi cuerpo a través de las ropas haciéndome tiritar. La baja temperatura convertía mi aliento en tenues nubes de vapor, parecía que aquí convergían todas las formas de manifestación del vital elemento. Mi cuerpo, acostumbrado a temperaturas tropicales, estaba siendo dañado por este microclima oceánico y los dientes me sonaban como castañuelas. La sal se convertía en minúsculos granitos sobre mis manos, mis orejas, mis mejillas, mi nariz y mi boca, donde justamente se aferraba a mis labios informándome con singular ternura de que ya era parte del mar.

Cogí el abrigo, me lo puse y tras abotonarlo por completo, lo acaricié lleno de satisfacción por haberlo escogido para el viaje. Ciñendo el viejo abrigo a mi cuerpo, este me hacía extrañar el calor de mi cama en los días invernales y de lluvia y así como la calidez de los efusivos abrazos de mi bisabuela Josefa y en ese orden pensé en mi madre que de seguro estaba pegada a la radio desesperada; con la angustia recostada a un vaso de té pasaría horas sin escuchar la tan ansiada noticia que sólo Dios podía darle.

En este momento yo miraba hipnotizado la danza de la vela, pero también construidas por mí, estarían las otras consumiéndose frente a la imagen de la Virgen de la Caridad que a la vez, estaría llena de flores frescas. Recuerdo que antes de irme la bañaron con mi mejor perfume. Lo mismo ocurriría con el icono de San Lázaro pues León, mi viejo, su promesa también haría. Mis padres no podían soportar por sí mismos esta carga, la necesidad de compartir la angustia era tan vital para ellos como respirar.

Sin poder evitarlo, cada uno de mis seres queridos cobró forma en mi cerebro que gradualmente se transformó en una gigantesca pantalla, apareciendo en primera plana la boda de mi hermana Rebeca con un francés. Las cosas para la ceremonia se resolvieron con la cooperación de toda la familia más la ayuda del todopoderoso billete norteamericano que convertía al país en un reino del soborno. Mi madre siempre decía que sólo la muerte escapaba al poder de los dólares.

—¡Dólares, dólares! ¡Con ellos no hay crisis! —repetía la cotorra cada vez que los oía mencionar.

Ahora mi hogar es alegría, alboroto y música. El destello de la luz inmortalizaba cada pose de felicidad que mezclada con las sonrisas, la música, los chistes, los dulces, las cervezas y el ron, entre otros tantos detalles, hacían olvidar cotidianas preocupaciones. Los niños correteando de un lado para otro esparcían su alegría. Familiares e íntimos amigos de la casa elegantemente vestidos para la ocasión, hacían un conjunto único de felicidad.

El regalo que mi fallecida bisabuela Josefa le hiciera a la primogénita al cumplir los quince, en esta ocasión, llena de orgullo Rebeca lo mostraba sobre su pecho, donde los destellos de las vistosas piedras daban vida al fascinante crucifijo. Recordé que este símbolo de la cristiandad fue el detonante para su separación como economista en el Ministerio del Azúcar y resultando todo en el encuentro posterior con quien ahora era su esposo y con el cual en Francia vivía.

Me llegaron a la memoria algunos invitados de aquella ceremonia que, al igual que mi hermana ya habían abandonado el país. Visualicé la actuación de la hermosa cantante lírica de apellido Pérez que tan magistralmente interpretó en la boda el *"Ave María de Schubert"*, acompañada al piano por el joven oriental René, un virtuoso del teclado que después de haber abandonado el país vía Venezuela, hoy estaba radicado en Miami. También recordé a Carlitos el hábil orfebre que no regresó de su exposición en España, a donde su primo Fernando arribó dentro de una lata de un avión de pasajeros de Cubana y al ser detectado por las autoridades de emigración, fue maltratado física y verbalmente para luego ser entregado a la seguridad cubana acreditada en la embajada de dicho país y deportado sin el menor escrúpulo a la isla y donde ahora sufría una larga condena. Igualmente me vino a la memoria la inteligente y risueña Susana; su suicidio conmovió a todos, ella había quedado en shock después de ser expulsada de la Facultad de Psicología por plantear lo absurdo de que una novia entregara su ramo de boda a un busto de carácter político colocado frente a la escalinata de la universidad. Apreté los dientes y encogí la nariz, se me arrugaron los ojos y varias gotas de mi alma corrieron indeteniblemente por mi mejilla.

Cuántas personas bonitas se fueron y cuántas quedaban en la Isla sufriendo las consecuencias de una feroz dictadura. Y yo aquí, separándome de todos, incluso de mi viejo barrio el cual llevo tatuado en mi alma. Vinieron a mi memoria aquellos días cuando me erizaba de los pies a la cabeza de tan sólo pensar en tirarme al mar tratando de escaparme, tratando de alcanzar la libertad. ¿Pero qué? aún aquí, en esta terrible, enigmática e incierta situación, yo no me arrepentía de la decisión tomada y ratificada aquella tarde en que me quedé mirando embelesado toda la sala y la saleta que en su conjunto resultaban de un gran espacio en mi hogar, y donde con más esmero mi madre ponía en cuidados para las vistas de las visitas. La lámpara del techo llena de transparentes lágrimas de cristal que destellaban gamas de colores al ser impactadas por la luz, las hacían parecer diamantes suspendidos en ella. Sus tres finísimas pantallas de cristal bellamente tallado encerraban las bombillas de las cuales solo una iluminaba, la escases de bombillos golpeaba esta joya de la sala, la cual mi madre con muchísimo cuidado tres veces al año ella misma limpiaba; no confiaba en nosotros, pues la rotura de alguna de estas delicadas pantallas sería irreparable y seguramente irremplazable. Lámparas como estas no existían en ventas desde hacía muchísimo tiempo en ninguna de las ya escasas tiendas del país. Los cuadros en las paredes ya iban perdiendo sus vistosos colores al soportar el paso de años colgados allí. La gran luna de espejo hermosamente enmarcada, continuaba dando el efecto de mayor amplitud a toda la sala y los candelabros de bronce hacían muchísimo tiempo que no alumbraban, pero aún continuaban fieles custodiando las márgenes laterales del espejo. El aparador lleno de hermosos juegos de vasos de diversos colores con sus orgullosas jarras, todo de finísimo cristal, eran ya una reliquia intocable; solo mi madre con muchísimo cuidado y esmero los limpiaba. También estaba el confortable juego de sofá con sus dos butacones recién restaurados en vinil rojo por Pepín el tapicero; esta vez mi madre predecía que si lo cuidábamos aguantarían treinta y tanto largos años más.

En la mesita de centro con su cristal perfectamente lustrado, un hermoso conjunto de tres robustos elefantes rojos de diferentes tamaños e impresionantes colmillos, le daban la espalda a la puerta y parecían mirar el retrato de mi hermana mayor enmarcado en un espejo tallado de flores y mariposas. El cenicero de cristal ovalado, pulcro como siempre, se mantenía nuevo aunque realmente me doblaba la edad. En la pared del fondo de la saleta, mantenía orgulloso su posición original el aún sonoro piano vertical con su intocable colección de figuritas de barro, de cristal y de porcelana. Una enorme mampara de cristal de color amarillo claro pegado al techo era la encargada de controlar la iluminación de esta área. Exactamente debajo, la barnizada y pulida mesa redonda con sus seis sillas de madera y atractivo diseño hegemonizaban el lugar y continuaba soportando el bellísimo centro de mesa formado por un enorme y grueso plato de cristal marrón de forma irregular sobre el cual descansaba una finísima bola de cristal color rosa en cuyo interior aún quedaba la arena que otrora sujetaba a un hermoso ramillete de flores enceradas. Los alargados búcaros azules celestiales colocados a los costados de los descansos de las columnas, continuaban allí inmóviles desde que yo era pequeño. Haciendo esquina, el viejo televisor *Admiral* ciego y sin ningún uso desde hacía no sé qué tiempo, aún permanecía en su sitial; tal pareciera que competía con el mueble de la radio tocadiscos que desde hacía muchísimo tiempo atrás se había quedado mudo. Aun así, desahuciados por el rigor de la dura vida, permanecían inmóviles cual adornos codiciados tan solo por la nostalgia de mi madre.

Los cuatro robustos sillones de caoba muy bien trabajados y que jamás se quejaban de su incansable balancear, resultaban los favoritos de todos en la casa. Entre éstos, una bonita mesita en la que se encontraba una manoseada guía telefónica de principios de los sesenta y que cuidadosamente acomodada en su base, resultaba un documento vivo de la detenida civilización en la que nos hallábamos. Colocado en un apoyo intermedio, una delicada figurita de porcelana mostraba aún su reluciente belleza frente al paso de tantísimo tiempo, y en la cúspide de la mesita, uno de los más importantes y privilegiados artículos de la casa. El aún no obsoleto *Kello*, que lustrado como siempre, orgulloso nos avisaba de cualquier llamada con su estrepitoso timbrar. Allí, seriamente custodiado por los regios balances de caoba: El teléfono, era el único artefacto capaz de comunicarnos con los seres del más allá y donde las quinceañeras en su día se venían a retratar aparentando conversar con alguien, tal vez un prometido. En las inmovibles masetas de las esquinas de la saleta, crecían desafiantes y muy verdes las nuevas generaciones de arecas.

Todo en mi casa resultaba de afínales de los años cincuenta, así era en casi todas las casas que conocía o visitaba. Las casas se habían convertido en cápsulas donde el tiempo se había quedado atrapado. Sí, habían pasado décadas y continuábamos con los mismos muebles debido a que ya no existían mueblerías y no se vendían sillones como en el que yo me encontraba. Ya no había carpinteros, todos al parecer se habían largado mucho antes que Papote. También se había ido Caruca la costurera que con magnificas combinaciones decoraba de cortinas las puertas y ventanas de toda la casa. No me cabía la menor duda, estábamos detenidos en el tiempo y no hay cosa más horrible que estar detenido en el tiempo, pues se adquiere una dimensión de museo social que paradójicamente hace retroceder.

—Retroceder —recalcó mi mente. Retroceder social, cultural, tecnológico y mental: ¡No! No lo soportaría mi intelecto. Yo tenía que escapar de este brutal inmovilismo impuesto que ya consumía nuestra existencia.

El aire frío silbó en mis oídos indicándome lo tenebrosa que resultaría la noche. Presintiendo que pasaría algo, escudriñé pero no vi nada. Insistí en detallar algún cuerpo, pero mi vista no superó los treinta centímetros; tropezaba con un impenetrable muro de oscuridad. Mi olfato tampoco delataba nada que no fuese la fatídica humedad impregnada de salitre y de un espíritu oceánico superior a mi propia vida.

Era una noche sin estrellas y mi ser comenzaba a congelarse por dentro con una idea abstracta no identificada. Un presentimiento indescifrable, misterioso e hiriente que no dejaba espacio para ignorarlo. El temor a que en las profundidades la curiosidad de algún ser extraño fuese despertada por la luz de la vela, y que subiendo veloz virara "La Esperanza"; me desarmaba el cuerpo cual un rompecabezas. Este pensamiento no me gustaba nada de nada y evitando que prendiera en mí, decidí apagar la admirable fuente de luz y cubrirme con la lona dejándome arrastrar por la corriente tal como lo había planificado, pues ya con los recuerdos tenía suficiente.

Mi boca disparó un soplo certero sobre la llamita y la oscuridad nos tragó de golpe haciendo que mi alma se refugiara en mi interior; había muerto. Minutos después, el maravilloso órgano visual comenzó a vislumbrar el cielo a través de aquella tenebrosa masa. Pude observar que pequeñas nubes lo manchaban. Con mucha cautela eché una mirada a la redonda y la ausencia de luz me hizo comprender cuán sólo estaba. En busca del sueño, oré y volví a orar, no conciliando lo anhelado. Volví a abrir los ojos y eché otro vistazo. Repetí las oraciones terminando por mirar al cielo. Esta vez, algunas estrellas con la belleza de su titilar inigualable, motivaron en mí el inesperado viajar a lo lejos, quedando por un buen rato cautivo de su eterno brillar.

—Si fueran las luces de algún barco —me dije con tristeza, y moviendo la cabeza en gesto negativo, agregué—. De todas formas están muy lejos para venir a buscarme.

Me recogí dentro de "La Esperanza". Me ajusté el abrigo, cerré el toldo dejando esta vez hacia el exterior la parte anaranjada. Revisé al tacto que quedara lo más hermético posible mi humilde refugio, y rogando el sueño rezando un Padre Nuestro sin final.

A pesar de que el vaivén de las olas resultaba sumamente agradable, la incertidumbre del momento que vivía impedía que el necesario y reparador sueño llegara. Ahora, una indetenible orquesta de grillos desafinados invadían mis oídos, y concentrado en este zumbar de preocupaciones, la campiña cubana floreció en mí.

Lo primero que visualicé fue aquella clandestina valla de gallos donde Joaquín, famoso por sus magníficos ejemplares de peleas, hoy apostaba un verraco de doscientas libras a favor de su impresionante gallo bolo color indio quemado, logrado mediante un cruce de agresivo gallo fino con guineo. El contrincante, robusto animal de cabeza roja como una braza, saltó eufórico y el violento encontronazo de aquellas pechugas seguido por un revoloteo huracanado desprendió plumas multicolores que fueron atrapadas en el aire por algunos fanáticos. No duró ni un minuto; uno de los cuerpos cayó al suelo convulsionando, la sangre criolla manchó la viruta y se sintió el olor de la vida que se escapaba. ¡Qué pelea! El bullicio elevó la presión en los presentes, pues una nueva batalla se avecinaba para complacer el palpitar de corazones.

Las apuestas iban de boca en boca o rodaban de mano en mano. El gallo bolo de gruesos muslos desnudos ahora más colorado que un mamey, con sus espuelas metálicas de a pulgada parecía ser el matador perfecto de cuanta ave osara entrar en su territorio. De nuevo todo comenzaba. Se hizo la presentación dando un ligero choque de pechugas a las aves. La gritería hacía hervir la sangre en las venas de los allí reunidos. Ya estaban en el aire, la pelea estaba sellada. Esta vez un gallo fino de puro linaje y vistosos colores penetró hecho una exhalación, y el emplumado gladiador de minutos atrás con su cola entre las patas, cual gallina asustada corrió por el interior del cercado tratando de escapar y pegando unos chillidos que daban pena.

El merolico que mataba el hambre a los participantes en el espectáculo terminó adquiriendo la desmoralizada ave al intercambiarla con el dueño por un pan con croqueta. Joaquín, guajiro cerrero de gran honor, no volvería con ese gallo pendejo a su bohío.

–¡Quieto todo el mundo! ¡Qué no se mueva nadie! –tronaron las órdenes que, junto a los disparos al aire, sorprendieron a todos los presentes.

Aquel operativo policíaco de seguro era obra de un chivatazo, e igual que manada de ciervos ante el rugido del hambriento león resultaba la estampida hacía los matorrales colindantes. El verraco pegó un chillido de cochino sacrificado para fin de año que reactivó aún más mis neuronas. Vi volar al gallo bolo, y saltar cuales perros jíbaros a Joaquín y otros paisanos por entre los marabúes, con tan mala suerte que los esperaban policías apostados estratégicamente. Éramos tantos que muchos lográbamos cruzar el cerco a pesar de las órdenes y los disparos.

En la huida, el merolico no me perdía ni pie ni pisada y tras cruzar un arroyo a toda carrera, saltamos dos cuerpos completamente desnudos que enredados como bejucos en una cerca quedaron con sus rostros pasmados al vernos pasar. Sólo atiné a escuchar la voz desesperada de aquella adúltera que gritó:

—¡Corre Anastasio que mi marido nos mata!

Este aterrador grito, al parecer nos inyectó mayor velocidad, y metiéndonos por un atajo caímos en un bajío que nos hizo rodar pendiente abajo no sé cuántos metros. Terminando por quedar ocultos en una maleza de hojas altas y filosas. Les juró que me desguabiné todo, pero como hombre que soy ni me queje.

Sudorosos y jadeantes, permanecimos quietos y en silencio mientras que con preocupación y recelo, a cada rato intercambiábamos miradas en las que la incertidumbre interrogaba la realidad circundante. Pasado algún tiempo recobramos el color en los semblantes con la incierta certeza de que estábamos en un lugar seguro.

Casi media hora después, cuando solo la quietud del monte transpiraba su naturaleza con el hermoso trinar de un sinsonte, cautelosamente nos pusimos de pie. Luego de comprobar que por el momento el peligro había pasado, nos arrancamos y sacudimos todos los guijarros y guizazos que permanecían prendidos a nuestras ropas.

—La cosa se puso fea —comenté rompiendo el hielo, y él tras mirarme de reojo opinó:

—Nos cogieron asando maíz.

—Escapamos por un pelo —dije en tono jovial.

—Escapar lo que se dice escapar. Es cuando uno se larga de este país –afirmó el merolico.

–¿Piensas que largarse es la solución? –le pregunté sin rodeos.

–¿Quién no? –a secas interrogativamente afirmó.

–Los Comunistas –respondí.

–Los fideñangaras, querrás decir tú –indicó en tono ofensivo.

–¿Los qué... dijiste tú? –cuestioné con el humor implícito, y al él ver la incógnita de mi rostro, deletreándome su original definición, me aclaró:

–Fi-de-ñan-ga-ras. Asquerosa filosofía del que me repugna hasta su nombre.

Acto seguido lanzó un asqueroso escupitajo a la maleza.

–Este tipo piensa igualito que yo –dije para mis adentros y sutilmente le repliqué:

–Bueno, comunistas o fideñangaras, pa'l caso es lo mismo.

–Nooo... no es lo mismo –sentenció con cara de sabelotodo–. Comunistas son los que se creen el cuento del Marxismo-Leninismo y fideñangaras e hijos de putas es otra historia.

Elevando un poco los hombros e inclinando la cabeza, le di mi aprobación al tiempo que casi en un susurro le pronunciaba la palabra correcta que definía nuestra situación nacional.

–¡Revolución! –exclamó lleno de ira repitiendo mi frase, y tras dar unos pasos disertó–. La involución dirás tú. Una involución a la anormalidad y a la degradación humana. Porque las revoluciones o una revolución, ocurre en una etapa bien determinada de la historia humana, ocurre en un momento X, en un día, tal vez en una semana o un mes, o a lo sumo en uno, dos o tres años, que ya eso para una revolución es bastante pero que bastante tiempo. Pero una revolución no puede durar toda una vida o una eternidad, pues ya estaríamos en presencia de una involución demagógica representativa de una entidad o líder esclavista. El concepto revolución en nuestra patria es equivalente a sumisión.

Déjame decirte que la verdadera revolución se llevó a cabo en nuestra patria en los primeros cincuenta años de república, en los que se alcanzaron tremendos éxitos y desarrollo en lo económico, político y social, con sus errores claro está. Ese ímpetu de progreso que nos puso en los primeros lugares de América Latina, no se les enseña a los pioneritos ni a nadie en ningún nivel escolar; solo se habla de la lucha de los mambises, la intervención americana, uno o dos presidentes tildados de ladrones, del dictador y del triunfo de revolución pa'ca.

Terminó expresando con su mirada clavada en la mía.

—No me había fijado en ese detalle de la historia —dije afirmando levemente con el rostro.

—Y ahí no termina todo —continuó diciendo—. Si hiciéramos un buen estudio, este demagogo realmente no lleva sangre cubana, pues él no es de estirpe mambisa. Él es hijo de un insular con sangre de conquistador y latifundista; él no tiene estirpe de sangre cubana sino de sangre tirana.

—Coño guajiro apretaste —expresé lleno de emoción—. ¿De dónde tú has sacado toda esa filosofía?

—Lo de guajiro lo llevo con mucho orgullo, aunque ya no me pega, pues he rodado mucho mundo y tengo mucha escuela —expresó lleno de una cubanía muy profunda, y al instante me disparó una frase muy certera—. Oye asere, tú no eres de por aquí.

—Soy de La Habana —le respondí—. Estoy de visita en casa de un primo que es ingeniero de la futura Central Atómica.

Intransigente con cualquier alusión que hiciese yo al sistema, con saña sentenció:

—Atómicas son todas las centrales estupideces y locos proyectos del contrarrevolucionario en jefe. Una de las primeras fue poner al mundo al borde de un holocausto nuclear.

Y tras una sarcástica sonrisa en su rostro imitadora de un loco endemoniado, cuando terminó de darle vueltas a las orbitas de sus ojos, continuó:

—El Cordón de La Habana, El Plan Niña Bonita, la cacareada Zafra de los Diez Millones, Las Ocho Vías, el soñado Metro de La Habana, ¡bla, bla, bla…! ¡Mierda y porquería nada más! La autoprivación masiva y la destrucción del país han sido lo único exitoso.

Sus palabras me revelaban sin ningún tipo de tapujos que este cubano conocía con lujos de detalles el grave deterioro que estaba sufriendo nuestra patria en manos del loco en jefe. Y para buscarle un poco más la lengua, haciéndome el chivo con tontera le pregunté:

—¿Entonces para ti no ha habido ningún logro?

—¿Cuál logro?, ¿de cuál logro me van a hablar en este país? Si aquí lo único que hay por donde quiera que te vires es un hambre y una miseria del carajo.

—Bueno, no podemos negar la alfabetización —indiqué. Más con su característica forma de contestar, me rectificó:

—El adoctrinamiento dirás tú. Mira hasta donde ha llegado esta demagogia que aquí no hablamos ruso gracias a la providencia, y no lo digo porque sea como una segunda lengua para mí, lo digo porque en muchas escuelas sustituyeron las clases de inglés por el ruso, o se te olvidó la cantidad de programas de *"ruskisi pa'rayo"*.

Tras escuchar esta aterradora pronunciación en el perfecto idioma de los *"tavarish"*, con una repulsiva mueca a flor de labios, exclamé:

—¡Pa'l carajo!

Sin tiempo para otra manifestación, él continuó con su disertación:

—Alfabetizar para: *"Ser culto para ser libre"*, como sentenció nuestro Apóstol José Martí, eso ya es otra cosa, por ese fundamento levanto mi mano. Pero alfabetizar para adoctrinar, manipular, tergiversar y sojuzgar a su antojo, eso es un sofisma.

—¿Eso último qué significa? —pregunté y con su típica sabiduría me respondió:

—Una verdad a medias, te hace sentir satisfecho y resulta la estafa perfecta. Déjame decirte como ejemplo que esto de la alfabetización y la salud pública es una de las más burdas mentiras del satánico en jefe, pues nuestra patria, la verdadera Cuba, estaba a la vanguardia de muchísimos países de América y Europa en estas ramas sociales. Si no me crees infórmate bien, documéntate, instrúyete con la gente vieja que sabe el pasado. Sacúdete el adoctrinamiento de encima para que tu mente sea libre.

—Eres un cuchillo para el régimen —dije sonrientemente.

—Para la dictadura que no es lo mismo ni se escribe igual —sentenció.

—Pues régimen no es el polvo de la chancleta de lo que vivimos —con locuaz sagacidad finalice su disertación.

—De lo que sufrimos —arguyó él.

—¡Coño, no me dejas poner ni una! Tendré que ajustar mi léxico —expresé.

—Han sido los golpes quiénes me han hecho encontrar las verdaderas definiciones para desenmascarar a este improvisado Robín Hood del Caribe, que en aras de los desposeídos, no solo les robo todos los bienes a los ricos y al país, también troncho a la clase media y dejo sin posibilidad de mejoras a los pobres, pues nos volvió pobres a todos. ¡Aaah…! Pero al que tan solo tenga la idea de quitarle su poder absoluto, ¡le arranca la cabeza!

—¡Oooh…! Esa frase es bien fuerte. Te pudieran hasta fusilar –expresé con temor.

—¡Fusilar, fusilar y fusilar! –pronunció a toda voz y continuó–. Fue la consigna que enarbolaron desde un principio estos pandilleros que encasillados como "revolucionarios" y alzados en la sierra, sin el más mínimo respeto a La Constitución del 1940, masacraron a campesinos que se les oponían y a sus propios seguidores si desertaban. ¡Revolucionarios no! ¡Sanguinarios! ¡Basta ya de tergiversar los términos!

Permanecimos mirándonos fijo frente a frente. Él, muy seguro e inmovible en lo planteado. Yo, maravillado de encontrar a alguien que se expresara así.

—Debes haber vivido algo muy grave cuando te manifiestas de esa manera –le dije–. Aún no sabes mi nombre y no te has reservado tu descontento y tu ira.

—Tú no eres del G2 –dijo él, mirándome fijamente.

—¿Qué te hace pensar eso? –cuestioné, tratando de intrigarlo.

—El que dio el chivatazo en la valla, en la valla se quedó, y tú huías cual si yo te persiguiera –expuso él muy risueño y agregó–. En la abertura de tus ojos descubrí que eras otro más de mi bando.

—Tremenda psicología la tuya –manifesté.

—Sordo a las verdades de mi padre y cegado por la propaganda imperante, me hice uno de ellos –confesó lleno de remordimientos y continuó–. De joven me tragué el cuento pero me hizo tan mala digestión que lo vomité casi al costo de mi vida.

—No exageres –respondí jocosamente.

—Te lo contaré, pues como bien dijera el Apóstol Juan en su Evangelio 8:32 "… y conocerán la verdad y la verdad los libertara…" –dijo, señalando con su mano hacia arriba. Sin preámbulos le pregunté:

—¿Eres cristiano?

—Desde que dejé de ser comunista –El énfasis de su afirmación llevaba implícito un profundo placer, y sin miramientos continuó–. Estando en las montañas de Nicaragua, apoyando y entrenando a pilotos de helicópteros de guerra…

—Internacionalista —dije cómo aquél quién no quiere las cosas.

—Mercenario comunista —afirmó con una mueca de disgusto—, definición verdadera de tan infame palabra. Fui un miembro más del obligatorio ejército esclavo que posee el César de esta isla.

Yo estaba perplejo con toda aquella disertación, y él, tras dar algunos pasos mirándome fijamente, continuó:

—Me gradué de piloto de MI-25 y otros modelos en un polígono a trescientos kilómetros de la ciudad de Kiev en la ex-Unión Soviética y me estrené en Etiopía. Deserté en Nicaragua junto a mi hermano menor que es médico.

—¿Cuántos años les echaron? —pregunté lleno curiosidad.

—¡Coño habanero… espera a que te lo cuente! —reclamó abriendo los brazos. Hice un gesto de resignación al tiempo que me sentaba sobre un tronco de árbol caído. Él prosiguió su relato:

—La negativa de un campesino nicaragüense a enrolarse en el Ejército Sandinista y la orden a otros de sus compatriotas a que lo golpearan brutalmente y dejaran prácticamente crucificado en una alambrada de púas del campamento, desbordó la copa que ya estaba llena dentro de mí. A esto se sumó la prohibición a que mi hermano Ladislao, médico de la tropa, lo atendiera. Esa noche un espíritu de amor al prójimo se apoderó de nuestras almas y reflexionamos respecto a nuestro deteriorado ideal. Entonces mi hermano y yo cambiamos de parecer.

Luego de liberar al pobre hombre, nos fugamos a la selva colindante. Su pésimo estado físico no le permitió continuar la travesía más allá del mediodía, y ya al filo del atardecer, en una emotiva plegaria en la cual pidió por nuestra salvación, se encomendó a Cristo y su agonía terminó.

Guardó silencio y elevando su mirada de un azul tan intenso como el cielo más allá del copo de una palma que nos daba sombra, dejó que sus memorias volaran a la eternidad. Los recuerdos no solo estaban en su mente, también le latían en el torso, y más sereno continuó:

—Qué te puedo contar de aquel momento, ya no era yo, ya nosotros no éramos nosotros. Ya nuestras vidas alcanzaron otro sentido. Tuvimos que dejar el cuerpo de Marlon tendido allí sobre la maleza. Durante la persecución hirieron a mi hermano Ladislao en una pierna, la bala le atravesó la pantorrilla sin tocar los huesos. Con mi cinturón le apliqué un torniquete sobre la rodilla. Desgarré las dos patas de nuestros pantalones para con ellas taponear y vendar fuertemente la herida. Luego con dos trozos de ramas que corté y parte de la tela ripiada, le entablillé la pierna todo tal como él me lo indicaba. Realmente no sé cómo no se desmayó. Corté una gruesa vara para que pudiese apoyarse y continuar la huida. Mi hermano me devolvió el cinturón y dejó un leve torniquete el cual él mismo controlaría. Decidí coger su fusil y darle mi pistola para que junto a la de él tuviera dos hierros con que hacerle frente a cualquier situación. Con él en estas condiciones, nuestra captura sería cuestión de horas. Pero como yo soy el mayor, decidí que él escapara, pues estábamos pegados a la frontera. Mi hermano Ladislao es médico y tiene las manos limpias de sangre derramada. Si lograba escapar, tendría la oportunidad de alcanzar un mejor futuro, pues habla muy bien el inglés. En cambio yo, yo era un mercenario más del sangriento sistema comunista; era yo quien tenía que enfrentar a mis propios entrenadores. Aquel atardecer de Mayo le hice bien difícil las horas a los que me tendieron el cerco y mi hermano logró cruzar la frontera hacia Honduras.

Gasté mi parque impresionando como todo un buen gladiador, tratando de intimidar pero evitando esta vez matar o herir a quienes ya sabía serían mis verdugos. ¡Gracias a Dios!, sin ser lesionado me atraparon con los cañones aún humeantes de las temibles AK-47 sobre mi agitado pecho. Las palabrotas y los violentos golpes del capitán Tabares, enfurecido por la fuga de mi hermano, no me amilanaron. Atado de pies y manos y colgado de un grueso gajo, me llevaron de regreso hasta el campamento. El no poder capturar a mi hermano, a pesar de que le siguieron el rastro durante más de un día, provocó más violencia e insultos en mi interrogatorio, donde esta vez perdí un diente. Algún día ese degenerado las va a pagar –me especificó mostrándome su mutilada dentadura y continuó–. Aquel día me sentaron desnudo en una silla metálica y a la intemperie pasé la noche. En la madrugada sentí congelarse mis pulmones y mis testículos, y sin llegar a perder la razón pero muy débil y extenuado, justo al romper los claros del almuerzo cuando la silla casi me freía, me ponían pedazos de hielo en los genitales. Luego dejaban que el metal me quemara nuevamente los mismos. Sin agua y sin comida, así transcurrieron tres días hasta quedar desfallecido.

—¿Y eso de ponerte hielo para qué? –pregunté.

—Es una tortura en la que te dejan estéril –me respondió con tristeza–. Luego me obligaron a vestirme con el uniforme de campaña todo asqueroso y lleno de cuanto insecto que pica. Después me ataron las manos a la espalda y me enyesaron hasta el cuello.

Yo lo observaba sin perder detalle de todo.

—Allá en la ex-Unión Soviética –dijo él–, en el polígono de entrenamiento, conocí a una rusita que luego se hizo noviecita mía; ella me regalo una pata de conejo y desde entonces siempre la llevo conmigo. El capitán Ramiro colocó dentro de mi boca el romántico amuleto y me selló los labios con cinta adhesiva; incluyendo los ojos. Él, sínicamente me aseguro con el mayor sarcasmo del mundo que sería la única momia que cagaría su propia suerte. Luego, bajo sus propias órdenes, me tiraron sobre un camión y colgado de cabezas en un AN-24 me trajeron de vueltas a Cuba; llegué inconsciente

Pasmado ante aquel relato, lleno de sinceridad le manifesté:

—Los hijos de putas están en cualquier parte.

—Las risotadas de aquella despedida aún retumban dentro de mi mente –dijo él–. No me tragué la patita de puro milagro, pues tragué saliva con pelos hasta decir no más.

Cuando el avión aterrizó en Santiago de Cuba –prosiguió él–, un miembro del MININT[36] retiró la cinta adhesiva sin el menor escrúpulo. La violencia de la acción desgarró pedazos de pelos en mis cejas y en la nuca. ¡Mira!, aún tengo algunos claros.

Después de mostrármelos, continuó:

—Al oficial descubrir la intragable patita, la revisó dudoso durante varios segundos. Entonces el muy hijo de puta la colocó de nuevo en mi boca y al dar la orden de que me llevaran, lo oí decir: ¡Qué suerte más puñetera!

Fui a parar directo a la tenebrosa Kilo 7[37] en Camagüey. Allí entre las burlas y las ofensas, al cortarme el traje de yeso, terminaron ripiándome toda la ropa. Ya yo no daba para más, y tras tantos días sin alimentos de nuevo sufrí la perdida de la conciencia y al parecer,

---

[36] Ministerio del Interior, algo similar al terrorífico G2, pero con otro nombre.

[37] Subjetivo nombre de una ergástula cubana, (Kilómetro 7) se han creado tantas que superan las centenas, siendo el país que ocupa hoy el primer lugar en población penal.

dándome por muerto o por error, fui a parar a una enfermería en la que con certeza puedo alegar que no me pusieron ni un dedo encima. Al volver en mí, estaba sobre una camilla metálica abollada por el uso y los años. Sólo una toalla pestilente y manchada de curaciones, era lo único que tenía tirado por encima. Ni un cangrejo moro me hacía na'; era hueso, hueso na'ma'. El estante y el botiquín, estaban deteriorados y vacíos. ¡Ay del que llegara accidentado!

Me saqué la pata de conejo que aún tenía en la boca y escupí algunos pelos, no sé cómo no me ahogué. ¡Dios es grande! Me incorporé atándome la mugrienta toalla a la cintura, y al comprobar por la hendija de la puerta que mis carceleros estaban en el pasillo fumando y haciendo chistes con la enfermera, fui hasta la ventana del cuarto y la abrí de par en par; estaba en la planta alta. Ya había oscurecido. Entonces me descolgué desde una penca de un cocotero que daba justo al lado de la ventana y caí a tierra; por poco me descojono todo.

La calle estaba desierta, corrí encorvado hasta la esquina cruzando la vía. Al doblar la esquina, me tropecé con un negro alto y flaco como una vara de tumbar gatos y tan lleno de arrugas como una pasa. Él salía de un pasillo, y sin más ni más le pedí de favor que me ayudara, pues le dije que me habían asaltado.

—Mire cómo me han dejado —fue lo primero que se me ocurrió. Acto seguido, aquel buen samaritano me entró a su cuarto que resultó ser la primera puerta del pasillo de donde él había salido y me dijo:

—Blanquito, estás más pálido que un fantasma y no tengo nada que darte, mira como vivo.

El cuartucho parecía un barracón en miniatura. Aquel hombre aún no había superado la miseria de la colonia, pero con mucha dignidad y entereza, cual todo un caballero, expresó:

—¡Tota' qué cubano!, no voy a ser más pobre de lo que soy.

Tras dirigirse a un rincón de la habitación, sacó de un viejo baúl una antiquísima bataholas y una camiseta que a lo sumo le quedaba una o dos lavadas y me las dio. Me puse las ropas a la velocidad de un pedo y tras beber un poco de agua fresca de la tinaja, me dijo:

—Al menos ya has recuperado el alma, pues parecías escapa'o del mismitísimo infierno.

Sin mediar otra palabra que no fuera la repetición de unas sinceras gracias, agarrándome el pantalón en un puño, salí y continué calle arriba, sabiendo que el negro Liberato sólo me dio su nombre como aliciente de hermano.

Desesperado y con la urgencia de hallar lugar seguro pues temía sufrir un desmayo de un momento a otro, caminaba lleno de sigilo, y al pasar por el lado de un camión estacionado pero con el motor en marcha y las luces encendidas, sentí que su ronronear me atraía como un imán. Al ver la calle que se me presentaba desierta me trepé a la cama del mismo, acurrucándome debajo de una lona grasienta y con costras de fango.

–¡Se fuéee...! –Tras escuchar este desesperado y maléfico grito, tragué en seco y me quedé quietecito. Más mi cuerpo automáticamente entró en tensión al de repente sentir el abrirse y cerrarse de la puerta de la cabina estrepitosamente.

–Ya no se puede ni comer tranquilo ni un dichoso día ¡Qué ganas tengo de que se caiga! –expresó alguien ya sentado en el interior del camión.

–Aguántate la lengua que te pueden oír –escuché la dulce voz maternal que terminó por decirle–, ya deberías estar acostumbrado a que los apagones estén a la orden de día. ¡Qué Dios te bendiga en el camino, hijo mío!

Esta última frase me devolvió el alma al cuerpo y el rugir del motor hizo vibrar como nunca mi corazón.

El vehículo se puso en marcha y yo busqué una hendija por donde mirar el trayecto, vi como salió del pueblo y tomando carretera se alejó. Respirando lleno de felicidad estaba mi propia fortuna, cuando la brisa, el cansancio y el calor de mi escondite, me noquearon.

Tras dormir como un lirón, la sofocante temperatura de mi escondite y el correr de chorros de sudor por mi cuerpo me hicieron despertar. Con sumo cuidado me destapé y noté que la tarde recién comenzaba; al levantarme quedé descubierto. Los perros comenzaron a ladrar desaforadamente y no atiné a nada. Después de tanto correr y huir, me habían cogido asando maíz.

–Qué clase de verraco soy –fue lo que como guajiro que soy pensé.

Allí, debajo de una mata de aguacate que recién comenzaba a florecer, vi atada a la misma una yegua vieja que tras temblarle todo el pellejo del cuerpo espantando a un sinfín de moscas y guasasas, me miró indiferente. Las gallinas que se encontraban a su lado, continuaron picando lo que pica el pollo. Pero varios niños descalzos y sin camisas y con el envidiable dorado tropical que nos matiza, quedaron estáticos sujetando los cordeles de sus papalotes y chiringas que llenaban de alegría aquel pedazo de cielo. Uno de ellos que estaba en chancletas de palos y calzoncillo atlético, chupando mamoncillos y sin soltar el racimo de las manos, fue corriendo a toda prisa y dando gritos avisó a sus padres, que sin demora llegaron frente a mí.

Muy ecuánime los saludé y les pregunté dónde estaba, ellos me respondieron que a kilómetro y medio de Morón; fue entonces que escuché cantar al gallo. Les narré que era de Las Villas y que de paso por Camagüey fui asaltado y me escondí en el camión. Ellos al ver mi vestimenta, mi forma de expresarme, mi débil estado y los moretones sobre mi cuerpo, no se creyeron nada. El camionero, recostándose a un banco del fresco portal y mirándome fijamente a los ojos, me dijo:

—Tú estás escapado de alguna prisión o de alguna unidad militar. ¿Qué has hecho?... No lo sé, pero me has caído bien y te voy a ayudar.

—¡Dios está conmigo! —dije para mis adentros.

—Me sirvieron harina en cazuela, boniato hervido, un huevo criollo frito y una sabrosísima limonada; era la vida misma. Luego de una amena conversación donde les relaté mi verdadera odisea, me dieron una camisa gris de cañero, almidonada y planchadita que olía a limpia como las que preparaba mi madre. Me dieron una soga para atarme el pantalón y también me regalaron unas botas viejas y duras como una roca y que realmente no daban para más.

Tras un sinfín de ladridos de tres perros zatos, Heriberto y Rosa Linda junto a sus chamacos, me despidieron con ese gesto característico del guajiro cubano cuando ya iba terraplén abajo.

Las botas resultaron insufribles, las golpeé varias veces contra las piedras y el pavimento para ablandarlas pero fue inútil, tuve que ponerme tiras de hojas ripiadas de mata de plátano para evitar las ampollas. A campo travieso, realicé la mayor parte del camino, evitando el ser reconocido por alguna patrulla.

Tomé agua de canales y regadíos, comí de las frutas que me encontré en el camino y en una arboleda de mangos me di un atracón que hizo historia pues realmente llegué a cagar pelos.

Se sonrió a sus anchas y prosiguió:

—Caminé tres días y noches hasta llegar a la casa de mi tía Virginia Caridad en Trinidad. Hace un año y medio que estoy prófugo, y la Seguridad ha montado operativos en mi casa y en la de otros familiares míos, pero no han dado conmigo —confesó lleno de orgullo y muy seguro de sí mismo.

—¿Y por qué a mí? —pregunté admirado.

—Te dije que eres de mi bando —ratificó, y me sonreí.

—La semana pasada —dijo él lleno de orgullo—, recibimos carta de mi hermano Ladislao que desaparecido después de aquel incidente, lo creíamos muerto.

Se sonrió satisfecho y continuó:

—Ese guajirito tiene el carapacho más duro que una jicotea y conoce el monte mejor que las hormigas bravas y el majá.

Tras reírse muy sanamente, prosiguió:

—Atravesó Centro América, una verdadera odisea que duró un carajal de meses. Al llegar a Honduras, aún débil de la travesía por la selva y hecho un guiñapo humano, con la pierna inflamada por la infección y al borde de una gangrena, sin más recursos que él mismo, acudió a una iglesia. Los bondadosos y amables curas que al principio parecían ayudarlo de buena fe en su desgracia, tenían la intención final de templárselo. Temiendo también a que lo delataran o asesinaran, aún convaleciente tuvo que poner los pies en polvorosa y no parar hasta llegar a ciudad Juárez, pegada a la frontera con los Estados Unidos. Allí, sin tan siquiera tener un sólo centavo, entró a una taberna para tomarse un vaso de agua e ir al baño. Dentro de la taberna tropezó con un coyote que al descubrir que él era un cubano indocumentado, amenazándolo, quiso extorsionarlo, y debido a eso tuvo una pelea con ese peligroso pandillero.

Mi hermano Ladislao no sólo estudió medicina, como militar pasó un fuerte entrenamiento de defensa civil, y además, él no es ningún comemierda. El coyote*, desafiantemente blandía una filosa navaja, y Ladislao tan rápido como una centella, cogió el vaso de cristal que estaba sobre la barra y se lo tiró por la cabeza impactándolo fulminantemente de a lleno en un costado de la frente del coyote, y rebotando tal si fuese un boomerang, el vaso describió una parábola en el aire e intacto fue capturado nuevamente en la poderosa zurda de Ladislao que sin darle tiempo ni a respirar esta vez le estrelló el vaso en la cara. El cuerpo del coyote cayó redondo y ensangrentado en plena taberna, y ante el asombro de los presentes que se quedaron boquiabiertos, Ladislao salió como bola por tronera y sin pérdida de tiempo se enfiló hacia la garita fronteriza que está en la ciudad de El Paso.

Allí la suerte lo acompañó, pues él no tenía los dos dólares para pagar el cruce del puente y otro cubanazo, artista de la televisión que llegaba huyendo en un taxi, se los dio. Así, juntos cruzaron el puente. En la otra garita, al decir que eran cubanos que pedían asilo político, les permitieron pasar sin ningún contratiempo. Después de los trámites reglamentarios de emigración fue a parar a Austin, Texas, y de allí a Miami.

—¡Miami! —exclamé emocionado.

—Miami, la meca de los cubanos libres —ratificó con regocijo y reveló—. Mira sí Dios es grande, que tal vez en cuestión de días mi hermano y yo nos volvamos a ver, pero esta vez en tierras de libertad.

—Libertad —pronuncié la palabra alzando mi vista al hermoso cielo azul cuya majestuosidad le daba sentido a la palabra.

—La verdadera, la única —sentenció con la firmeza que lo caracterizaba—. Yo no soy el único que añora ser libre. Yo estoy huyendo de estos hijos de putas porque ya me señalé, pero aquí todo el mundo está bajo libertad condicional. Aquí, de tan sólo nacer ya tú caes en la ilegalidad, aquí todo el mundo está preso desde que nace; esto es una gulag[38] tan horrible como la descrita por Alexander Solzhenitsin en su libro *"Archipiélago Gulag"*. Solo los comemierdas ignoran su propio derecho a vivir en libertad.

Terminó aquella breve disertación con un brío desbordante y tras una amplia sonrisa y el fulgurar de sus ojos, interioricé la libertad con una nueva perspectiva. Él me puso una mano en el hombro y muy seriamente me dijo:

—Habanero, dime la verdad, ¿Tú no serás de Pinar del Río?

No pudiendo contener mí magnifica sonrisa, le revelé:

—Me llamo Nelson y puedes estar seguro que soy de la Habana, y no me he leído ese libro que acabas de mencionar a pesar de que me considero una polilla.

---

[38] Campo de concentración sovietico.

—Yo lo leí en ruso, pero sé que está en español. Te lo recomiendo, es el desenmascaramiento de las tenebrosas entrañas del comunismo –dijo con desprecio y sentenció–. El comunismo junto con los comunistas, no es más que la filosofía de un numeroso grupo de miserables y envidiosos que al llegar al poder, son capaces de destruir la más avanzada sociedad.

Quedó mirándome a los ojos por un instante. Emocionado con aquella disertación extendí mi mano derecha, la cual apretó efusivamente.

—Cristóbal Batista[39] –dijo pronunciando enfáticamente y lleno de orgullo su apellido. Y yo haciendo alusión al mismo y paraboleándolo con el antiguo presidente derrotado sentencié:

—Ese fue el primero que voló.

—Bueno, y si Dios quiere, también yo volaré el charco –Terminando la frase, abrió sus brazos y comenzó a dar vueltas en círculo cual una avioneta, e imitando el sonido peculiar de ésta su rostro irradió felicidad.

—¿Pero te vas en avión? –desconcertado le pregunté. Y al instante se detuvo.

—Ganas no me sobran –respondió con cierto pesar.

—Pero como estas imitando a un avión, pensé… –dije encogiendo mis hombros.

—Ese sería el puntillazo a mi gran sueño –expresó con nostalgia.

—¿Entonces?

—En un lanchón, coño –respondió lleno de euforia–. ¡En un tremendo lanchón rumbo a Gran Caimán!

—¿Y dónde coño queda eso? –cuestioné.

—Óyeme, yo no sé de qué parte de la Habana tú serás, pero tienes que haber nacido muy, pero muy pegadito a Pinar –me dijo con cara de preocupación, y a secas amplió–. Gran Caimán está en el corazón del Caribe, es un lugar muy frecuentado por los cruceros de turismo.

Ubicado ya espacialmente en la geografía caribeña, le advertí:

—Pero eso queda al sur, más lejos aún.

—¿Y qué habanero, y qué? –respondió como la cosa más natural del mundo, y fuera de todo pronóstico me dijo:

---

[39] Este apellido siempre va a estar relacionado con el Presidente del anterior régimen al cual se le otorgó el funesto título de dictadura.

—Este comunismo es una reverenda mierda y esta misma noche me largo en el lanchón. ¡Vamos!, embúllate y ven conmigo, te voy a demostrar que el nombre del Almirante no lo llevo por gusto. Verás como con ese lanchón cruzaré los siete mares, y contra viento y marea iré en busca de la tierra de la libertad.

Ante aquella inesperada invitación, quedé de una sola pieza, jamás había pensado en irme clandestinamente y mucho menos hacia el sur. Me sonreí como un tonto, y tal cual yo era le dije:

—No, no, gracias, muchas gracias, de verás que te lo agradezco.

—¡Despierta habanero, despierta!, y averigua si en tú familia hay algún pinareño. Mira qué la luz de a'lante es la que alumbra —me dijo Cristóbal Batista, dándome nuevamente algunas palmaditas por los hombros.

Moví alegremente mi cabeza riéndome de toda su jocosidad, y él alzando su mano, me mostró una llave de cobre cuyo llavero resultaba ser la pata de conejo, e interrogadoramente me dijo:

—¿Qué tú crees?

Con una seguridad del carajo, sentencié:

—Esa pata de conejo está para llegar.

Mirándonos fijamente a los ojos nos estrechamos las manos, su rostro irradiaba el espíritu y la fortaleza intrínseca de un hombre de éxito. Apuró sus pasos cogiendo un trillo que subía la colina. Desde lejos lo vi agitar sus manos a modo de última despedida, mientras se perdía entre los matorrales.

La tarde terminaba por caer y la característica melodía de los grillos se extendía por el lugar. Mis oídos se hicieron eco de la misma debido a que el mal rato pasado me comenzaba a afectar; mi psiquis siempre respondía así a situaciones estresante.

Sentía una presión enorme encaprichada en aplastar mi calma. El pulso comenzó a acelerarse tal una bola de nieve rodando hacia el valle: lenta, pequeña e imperceptible pero desbastadora. Por momentos sentía que mi cerebro junto con mi cabeza estallaría. Conocedor de esta dolencia que en condiciones adversas me poseía, me pregunté:

—¿Me estará subiendo la presión?

Calmé esta duda, contestándome qué entonces me dolería la cabeza pues este era un síntoma que en mí no fallaba.

Pensé quitarme las botas y quedarme descalzo, ésto siempre me resultaba un buen remedio, pero desistí; era mejor morir con las botas puestas. Aunque realmente las botas con las cuales siempre soñé no eran éstas de cañero que ahora llevaba puestas, sino unas botas tejanas de cuero, bordadas y repujadas como las del "*Llanero Solitario*"[40]; sueños de niño... frustraciones impuestas por los comunistas. Sentí ganas de pararme y estirarme, y a pesar de que la oscuridad que había era del carajo, con mucha precaución así lo hice. Créanme lo que les digo, esta acción tan temeraria para mí me hacía sentir como un titán, y tras respirar profundamente el espíritu del océano, volví a mi posición.

El sueño no llegaba y comencé a intercambiar los rezos por algún recuerdo agradable, evitando presagiar lo peor; pero ni los recuerdos se quisieron presentar.

Comencé a silbar "*La Guantanamera*" sin resultado favorable. No lograba mantener nada más de diez segundos en la mente. Me estaba poniendo nervioso y debía controlarme lo antes posible, necesitaba controlar el estrés o estaba perdido. Decidí contar de forma regresiva del cien al cero pues ni pensar en contar ovejas; en mi patria esa costumbre se perdió. ¿Quién iba a contar ovejas con el hambre que se está pasando? Empecé a contar regresivamente desde el mil hasta el cero, y enfrascado en este ejercicio mental, me fui sumergiendo cada vez más en el profundo sueño ansiado desde hacía horas.

La telepatía, viajera incalculable, transportó mi mente convirtiéndome en observador invisible de mi propio hogar. La radio se había convertido en el objeto más importante después de mi partida. El valor de dicho equipo resultaba inestimable. El sonido característico del noticiero de emisoras del exilio detenía hasta la más íntima actividad orgánica, debido a que en ellos muchas veces informaban de los afortunados que lograban llegar a tierras de libertad.

La tensión y la expectativa corrían por la casa como niños traviesos. Mi madre no dejaba de rezar y decir plegarias a la Virgen. No se podía controlar a pesar de haber ingerido considerable dosis de psicofármacos y tazas de tilo y té. En su desesperación volvió a ser presa de los cigarrillos. La ansiedad y la inquietud apretaban su garganta impidiéndole ingerir alimento alguno. En cambio mi viejo,

---
[40] Héroe de ficción del lejano oeste.

con sólo pequeños sorbos de café mantenía la serenidad de su cuerpo; estaba dispuesto a mantenerse así hasta conocer con lujo de detalles la suerte de su hijo en peligro. Era una verdadera huelga de hambre que se prolongaría hasta que San Lázaro y Dios, les otorgaran sus más fervientes deseos. Amén de promesas las cuales pagarían sin falta, incluso si cayeran raíles de punta; mis demás familiares competían a la par de ellos.

Mi hermana menor al verse sola en su cuarto, lloraba para descargar parte de la tensión. Luego se daba ánimos a sí misma y comprendía la necesidad de ser fuerte para ayudar a nuestra madre en caso de ser el peor de los desenlaces, y al llegar a esta conclusión, comenzaba nuevamente a llorar por otro buen tiempo. Este círculo vicioso sólo se rompía al ser llamada para preparar tilo, té o café.

Mis hermanos junto al viejo y otros amigos de la casa, formulaban las más disímiles variantes siempre con la seguridad de que me salvaría; para ellos yo resultaba un tipo de suerte loca. En cualquier modalidad de las especuladas le daban un final feliz con ribetes de heroicidad. De esta forma engañosa se infundían valor para enfrentar el momento e inducían confianza restándole terreno al tenso clima que inundaba todos los rincones de la casa. Trataba de evitar que el caos y la desesperación se adueñasen de la situación. La calma no sólo era necesaria en las mujeres, también ellos la precisaban, pues de cierta manera una extraña sensación les mordía el alma, y se miraban con esa expresión incierta donde por costumbre la muerte suele sonreír burlona y esperar para dar su mortífero abrazo.

El incansable tic, tac del reloj no permitía descanso al minutero, el cual hizo correr las horas sin tropiezo alguno. La incertidumbre se convertía en un gigante que ya no cabía en la casa. Era necesario controlarlo pues en cualquier momento podía romper paredes y transformar aquel sereno hogar en una impredecible tragedia. Se hacía necesario mantener atada la paciencia a sus puertas y ventanas para que nadie descubriera las horas de angustia y desesperación por las cuales pasaba la familia. Todos sabían lo difícil de la travesía. Este combate podría durar una semana y hasta más, pero siete días era el tiempo límite para dar por concluido el viaje; con éxito o no. Después de este periodo sin noticias mías, tendrían que personarse en la policía para indagar por mi paradero; al menos tendrían la esperanza de que yo pudiera estar detenido y por ende vivo. Esta sería la última carta a jugar y no resultaba del agrado, pues si la situación en el país era crítica y hasta en cierto punto insoportable, cuál no sería en prisión, donde las ideas, la conciencia y los derechos humanos, permanecían amordazados y vejados en los más oscuros y tenebrosos calabozos de la Dictadura. Cualquier ansia de justicia y libertad en Cuba resultaba una locura, por lo que la única solución seguía siendo esperar un tiempo prudencial; a lo mejor la noticia llegaba haciendo realidad el deseo de todos.

El movimiento del mar embelesado en una danza con Morfeo, no me dejaba despertar, y mecido con la mejor técnica, mi sueño se derramó en un profundo letargo. En el mismo estado en el cual visité mi casa, llegué al cuartito de la Flaca. Ella era prisionera de un insomnio cruel que se había enredado en sus sábanas y no la dejaba pegar los ojos. Cuando por momentos lo lograba, un fantasma repugnante le hablaba al oído del peligro en el cual me encontraba, haciéndole ver que junto a mi balsa viajaba un impresionante pulpo de dimensiones monstruosas y sus tentáculos me atrapaban en medio de una aparente e ingenua calma, envolviendo "La Esperanza" en un abrazo mortal y arrastrándome hacia las profundidades. Mi imagen se perdía en el abismo de sus ideas. Sobresaltada y sudorosa abría sus ojos llorosos. Su respiración asmática indicaba un esfuerzo físico y psíquico poco común en ella, haciéndole utilizar su atomizador.

Las pastillas, lejos de ayudar a la estabilidad mental, la estaban sacando de su característico biorritmo alterando todos sus nervios. Su desesperación la llevó a pensar que necesitaba una dosis más fuerte de calmante e ingirió otros. Se llevó las manos a la cabeza retirando el calzoncillo mío que usaba a manera de gorro, y al movimiento de rotación de su cuello, hizo ondear su cabellera suelta frente al remendado ventilador. Comprendió que la paranoia camuflada en las paredes de su cuarto sólo pretendía envolverla en un torbellino de imágenes que se perderían con el tiempo y temiendo lo peor, se repetía mil veces:

—Debo calmarme, su fe y Dios lo ayudarán.

Dándose aliento con la última frase lograba calmarse por contados segundos para luego continuar con monólogos que llenaban el vacío de sus oídos.

—Todo saldrá bien... con la ayuda de Dios. Él lo planificó de manera correcta... ¿De verdad mi Dios? No puede fallar... ¡No, no, no… no puede fallar! –quedaba encasquillada en las últimas palabras.

Luego recordó el caso omiso que hizo a todos aquellos regaños y señalamientos que sus padres le hicieran respecto a mí persona, alertándola siempre de que yo la perjudicaría, pues ellos eran del Partido Comunista y ella ¡una militante de la Juventud Comunista! ¿Quién les iba a decir a ellos que su hija se enredaría con un *gusano* como yo?

–Menos mal que mi papá no sabe nada, sino lo mete preso o lo manda a fusilar –afirmó con la mirada baja.

La incertidumbre carcomiéndole sin parar, no la dejaba conciliar el sueño y sintiendo que el mundo se le venía abajo, cogió el calzoncillo estrujándolo fuertemente entre sus manos, y tras olerlo intensamente, cuestionándose exclamó:

–¡Ayyy…! ¿Qué me haré?

Más serena, cabizbaja y llena de nostalgia, recordaba aquellos días cuando todo estaba preparado para escapar en horas de la noche en la embarcación de Rafael, un arquitecto amigo mío a través del cual nos conocimos.

Lo ocurrido aquel verano pasó por su mente como una centella sin avisar. La Flaca llevaba el pelo recogido y atado a la nuca, se encontraba planchando el uniforme y algunas prendas, entre estas, se encontraba el pulóver de vistosos colores que una amiga de la infancia le había enviado desde Miami. Esta prenda de vestir en su lado izquierdo a la altura del busto, mostraba un rustico bordado realizado a mano por su inexperta madre para tapar la colorida y hermosa rúbrica de: *Florida*. Mis suegros habían concluido que esa palabra podría señalar a su hija en la facultad de medicina y vincularla con la mafia y la *gusanera* de Miami. Yo le había dicho a la Flaca que en Camagüey hay un pueblo con ese nombre pero ella me respondió:

–Para los comunistas es una mala palabra.

Al pensar en Miami, automáticamente toda la energía de mi cuerpo se reactivó y para mis adentros cavilé:

–El sistema comunista es la última carta de la baraja. Su estúpida ideología convierte al más avezado intelectual en un retrasado mental.

Sentado a la mesa, con escasas herramientas y mi gran inventiva, yo intentaba reparar el desvencijado ventilador plástico de fabricación rusa. La noche anterior, a éste arcaico artefacto se le había partido la base, y tras la acostumbrada batalla entre la Flaca y yo, habíamos terminamos durmiendo sobre el frescor del suelo, pues el sofocante verano transformaba cualquier cama en un horno. Luego le tocaría el turno a la batidora rusa. A ésta era necesario fijarle el vaso metálico de fabricación criolla y que no ocurrieran salideros. Yo había comprado una guanábana a una señora en la Calzada de Mantilla y quería deleitar a mi princesa con un batido bien espeso y lleno de hielitos triturados. Estábamos en nuestro nido de amor, frase con la que bautizamos el cuarto de una división interior de la casa de su abuelita.

Ella estaba censada en esta casa, ya que así era la única forma de heredar una casa dentro de las leyes revolucionarias. Para los que no tuviesen esta opción, resolver una vivienda resultaba ¡del carajo! Pero la Flaca gozaba del privilegio soberano de que el día en que su abuelita falleciera podría quedarse con la vivienda.

–¡Eh… mi yunta[41]! Ábranme la reja del pasillo, es algo importante –se escuchó la voz llena de intriga de Rafael. Nuestro amigo nos había vociferado a través de un cartón medio suelto que substituía el cristal faltante en una ventana de la cocina, desde hacía no sé qué ciclón atrás.

Aunque él siempre era un poco misterioso para sus asuntos, por la cara que traía pensamos en algo grave. Rafael se sentó en el sillón que estaba próximo a la puerta, y nosotros acomodados en la cama quedamos atentos.

–Ustedes saben que mis viejos están de visita en Miami –comenzó diciendo. La Flaca y yo, afirmando con nuestras cabezas, nos miramos sorprendidos.

–Les anuncio que se van a quedar –expresó muy sereno.

–Qué bueno –dijo la Flaca.

–Es lo mejor –rematé yo.

–Ahora te quedas con la casa –dijo la Flaca.

–Y con el viejo yate de veintiún pies en el río de Santa Fe –notificó él con enorme insinuación. Nosotros nos quedamos mudos y él continúo–. No quiero que mi familia viva la miseria a la cual

---

[41] En el argot cubano, gran amistad entre dos personas.

estamos condenados, ni que mis hijas sean inducidas a gritar que quieren ser como el genocida del Ché[42]. Mis hijas van a ser como su mamá y su papá. No como ese guerrillero asesino que después de sonar el cañonazo de las nueve acostumbraba a fumarse plácidamente un tabaco sentado en su oficina de La Cabaña[43] mientras se llevaban a cabo fusilamientos a heroicos cubanos opositores a esta asquerosa revolución. Incluso a varios de ellos, sin jamás efectuárseles un juicio, él mismo les dio el tiro de gracia. Tampoco quiero que vayan a trabajar como esclavos a esa promiscua y denigrante "escuela al campo" donde se dice que se forja al hombre nuevo. ¡No! ¡No quiero que mi familia sea condenada por su forma de pensar!

No sé qué cara pondríamos, pero hizo una pausa mirándonos profundamente como si escudriñara nuestros cerebros para continuar. Esta vez, el ritmo de la conversación se tornó despacio, suave y preciso. Las palabras sonaban con firmeza; la seguridad de su voz nos hizo cautivo de sus ideas, y refiriéndose a la Flaca, comentó:

—Tus padres son rojos come candela y tu militante de doble moral, que incluso estudias el Evangelio a cada rato con mi mujer. Pero este con quien te acuestas, es mi yunta desde que nos comíamos los mocos, por eso te lo presenté y sé que ya piensas igual que él.

Hizo otra pausa donde por un momento la sonrisa afloró a sus labios, y retomando el tema, con seriedad prosiguió:

—Ahora soy el patrón de la embarcación, salgo y entro con ella sin ningún problema. Sólo hay que buscar un punto para recoger a las nenas con ustedes y largarnos de este sala'o país para siempre.

Su voz resultó agitada por el desespero y la emoción de lo que se avecinaba, y tratando de convencernos de algo que para nosotros era más que cierto, continuó:

—El otro día en casa, a mi mujer la visitaron unos creyentes, y durante su predicación me leyeron un pasaje de la Biblia que prendió en mí, ratificándome que este es un país condenado a lo peor. El texto está en Deuteronomio 28 y trata sobre las consecuencias de la

---

[42] Terrorista y connotado asesino argentino que bañó con noble sangre cubana toda nuestra patria.

[43] La Cabaña: Legendaria fortaleza a un costado de la bahía de La Habana que alcanzó su mayor tenebrosidad bajo el mando del terrorista conocido por el alias del Ché. Los cientos de arbitrarios fusilamientos que realizó este inescrupuloso asesino, causaron horror y espanto, en la familia cubana y mancillaron el ideal humano, y que nombrado presidente del BNC, socarronamente firmaba lo billetes con su repugnante alias.

desobediencia para aquellos que niegan a Dios.

Extrayendo del bolsillo posterior de su pantalón una pequeña Biblia, nos leyó el pasaje de interés que ya traía subrayado y que dice así: "...maldito serás en la ciudad y el campo, el fruto del vientre, el fruto de la tierra, la cría de los animales. Dios te herirá con epidemias, con sequía y calamidad. Tu buey será matado delante de tus ojos, y tú no comerás de él, te quitarán las cosas y no te serán devueltas. Tus hijos serán entregados a otro pueblo y sufrirás por ellos y no podrás evitarlo. El extranjero que habite en medio de ti te prestará a ti, y tú no le prestarás a él; él será por cabeza, y tú serás por cola".

El realismo de aquella lectura no dejaba espacio a las dudas. Un silencio enorme invadió la habitación, sus chispeantes ojos escudriñaban los nuestros. Entonces expresó:

—He venido a plantearles el proyecto a ver qué les parece.

Esta vez se prolongó la pausa, comprobando con la vista lo tonto que lucían nuestros rostros.

—Claro está, tenemos que perfeccionar el plan —dijo en tono confidencial.

Nuevamente se prolongó la pausa cómplice de lo que se tramaba e inclinándose hacia adelante junto con el quejumbroso sillón, y dándome unos familiares golpes sobre las rodillas, con la mirada fija en mí, enfatizando dijo:

—Sé que le vas a poner todo el corazón a la causa.

Me observaba como si sacara al descubierto mi cerebro, y con una sonrisa que era todo un carnaval, inclinándose nuevamente hacia adelante junto al plañidero sillón, poniendo ahora sus manos sobre mis articulaciones, cuestionó:

—¿Qué me respondes?

Sin pensarlo dos veces, lleno de emoción y entusiasmado, le contesté:

—¡Mi yunta, cuenta conmigo! ¿Qué hace falta?

Se recostó cómodamente en el lloroso sillón, y balanceándose, continuó hablando de la salida mientras la Flaca preparaba el café. Todo lo hilvanamos a las mil maravillas, éramos dos caracteres en uno que se fusionaban para burlar al enemigo.

Ella rememoraba de aquella noche la hora decisiva de la partida; casualmente de fondo la radio tocaba *La Barca de Oro*. La Flaca, más nostálgica que nunca, me apretó contra sus pechos, donde escuché el palpitar agitado de su corazón. Entonces con voz temblorosa, me dijo:

–¿Lo oyes?

–Si –le contesté y ella prosiguió:

–Mi Chini… van las niñas, tengo miedo, y esa idea de irme en una lancha en medio de la noche no solo me aterra, sino que me da tan mala espina ¡Que ni loca iría! Tú bien sabes que yo tengo mis visiones.

Quedé mirándola fijamente y le recordé la vez que por estar comiendo mierda perdí una gran oportunidad. Más ella con angustia en la voz declaró:

–Si nos cogen nos vamos a podrir en la cárcel.

–Libertad o nada –dije a secas.

–No tenemos ninguna de las dos cosas pero nos tenemos el uno al otro.

La súplica implícita en la frase me molestó tanto que antes de que terminara de hablar no sé ni cuantas cosas dije.

Comenzó a llorar y me pidió por todo lo grande que había en el mundo que no me fuera.

–Piensa en tu familia –decía ella llena de tristeza–, en mi abuelita que tanto te quiere y que de seguro se morirá de tristeza al saber la noticia de mi partida.

Me pidió por todos que no lo hiciera, tenía tanto miedo. Además, sus corazonadas nunca le fallaban.

–¡Tengo un presentimiento que ni muerta me iría! ¡No lo hagas mi Chini, no lo hagas! –me suplicaba arrodillada sobre la cama.

Comencé a dar vueltas en la habitación como una fiera enjaulada. El sólo pensar que podía perder esta segunda oportunidad me sacaba de mis casillas, pero pudo más el amor que cualquier otro anhelo al ella expresar con esa voz que encierra a la razón:

–Hazme el amor, mi Chini. Hazme sentir toda tu pasión antes de perderte.

Sus apetitosos pechos se inflamaron delatando su envidiable volumen debajo de la fina tela de su corta bata rosada llena de vuelos, y a pesar de mi encabronamiento, quedé extasiado ante aquellas pronunciaciones que amenazaban atravesar el tejido de la provocativa prenda de dormir.

Recuerdo la cara que puso Rafael cuando le comuniqué mi decisión. Aquello fue como reconocer un crimen que jamás hube cometido. Mi amigo me miró con asombro y pasándome el brazo sobre los hombros, con mucha ecuanimidad me dijo:
—Dos tetas halan más que una carreta.
Al despedirse se me aguaron los ojos, y al abrazarle le dije:
—Te deseo toda la suerte del mundo, sé que vas a triunfar.
Un mes después llegó la carta en que contaba la travesía, la cual había semejado una excursión, y que ahora que había llegado sabía dónde nos había dejado. Aclaraba que a muchos no les iba bien desde el principio debido a que estaban acostumbrados a vagabundear en Cuba. Ésta era la peor de las emigraciones existentes en el mundo pues tenía que tener presente que las personas dejaban todo lo que habían alcanzado en la vida para comenzar de cero en otro país, con otras reglas y sin derecho a regresar si les iba mal. Pero a pesar de esta dura verdad, finalizó así:
—No desistas de escapar. Si llegas serás un hombre libre. Además, cuando mueras resucitas aquí ¡en la *Yuma!*
Sus palabras aumentaron mis ansias por escapar, razones sobraban y éstas me habían conducido a convertirme en el balsero solitario que ahora era. Ella recordó aquella tarde en el hospital cuando ingresaron a su abuelita grave de salud. Me le acerqué, y muy bajito al oído le dije:
—Te quiero con toda mi alma, pero en cuanto fallezca Yuya, no tengo día fijo para tirarme al mar, y en esta no puedes ir.
Aquella frase le tocó el alma con la fuerza que entrañaba; nada me detendría. Ella había malogrado la oportunidad de escapar de la gran tragedia nacional impuesta por el loco y esclerótico Dictador en Jefe. Entonces me respondió:
—Vete mi Chini, y si puedes sacarme de aquí por otra vía, ¡hazlo! Yo le tengo terror al mar y sus bichos.
Acurrucándose sobre mi pecho con voz entrecortada terminó por decir:
—Si por allá te me enamoras... ay de mí, pero te juro mi Chini que jamás te olvidaré.
La frase me hizo feliz.
Ahora de rodillas y doblada sobre nuestra cama, no hacía otra cosa que apretar contra su rostro el viejo calzoncillo de paticas usado por

mí el último día, aspirando así el olor de su macho. Cuando parecía llegar a la asfixia, se levantó y nuevamente se acomodó en la cabeza el maltrecho calzoncillo, jurando que mi olor era la paz de su vida. De todas formas no lograba dormir y le rezaba a las mil vírgenes deseándome toda la suerte del mundo, y expresando en voz alta:

—¡Lo amo coño, lo amo! ¿Cómo lo dejé ir? —En ese instante se dio cuenta que el volumen de la radio retumbaba y corrió a accionar el control. A medida que el bullicio se duerme cualquier ruido toma magnitudes de estruendo, y su recién reparado radio de fabricación rusa embriagado por la madrugada cantaba de alegría.

Un ritmo criollo muy cubanísimo y sandunguero, deleitándome los oídos me despertaba, más el sonido típico de una guitarra alegrándome el alma terminó por sacarme del profundo sueño. Mi corazón trotó como corcel libre en la llanura al escuchar una melodiosa voz de mujer de timbre angelical que claramente decía: *"...de mi tierra bella, de mi tierra santa..."*. Al volverme, ya era un piano o una rítmica batería acompañada de tambores y maracas.

—¿Qué era aquello que de emoción inflamaba mi pecho? —cuestionó de golpe mi ser. Me destapé a la velocidad de un peo, pues era una radio la que yo escuchaba y que me avisaba de la presencia de alguien. Abrí los ojos y la belleza de la luz limpia y fresca del amanecer me saludó llena de vida. Desesperadamente busqué y vi que a escasos metros de "La Esperanza" se desplazaba una cámara con un desvencijado paraguas prendido a ella que me impedía ver su interior. Al otro extremo, un pomo plástico con capacidad tal vez de medio galón, al parecer había sido incrustado de un solo golpe en la punta astillada de un pedazo de madera que servía de pequeña asta a un ripiado pulóver blanco con una bandera cubana impresa en él.

"...La tierra te duele, la tierra te da, en medio del alma cuando tú no estás...". Este estribillo me caló profundo, estrujándoseme el corazón cual si hubiese probado marañón. Preparándome para lo peor, con cautela mi vista buscó más allá de los bordes de la fantasmagórica cámara que se veía falta de aire y tal parecía haber sido colocada con manos de seda a unos metros de "La Esperanza". Un bulto indefinido era en su conjunto toda aquella patética balsa, lo que me trasmitía una incertidumbre gris a pesar de lo contagiosa que resultaba la música; sólo ella indicaba que algo humano estaba o había estado allí.

"*...En cada calle que da mi pueblo, tiene un quejido, tiene un lamento...*". La sonoridad de la frase y su contagiosa música me embriagaron cual trago de ron, y un extraño escalofrío me recorrió sin respetar las más elementales reglas de circulación orgánica. No sabía si gritar o saltar. Sin pestañar, inspeccioné la superficie de la solitaria e enigmática balsa que se me aproximaba, tratando de hallar indicios que delataran la presencia de un ser viviente. Con gran tensión me fui incorporando, teniendo cuidado de no perder el equilibrio, hasta ponerme por completo de pie.

La soñolienta luz del amanecer provocaba una mezcla de colores pálidos que jugaban sobre todos los contornos con predominio del rosa pastel. Mi vista se descorrió con precaución hacia el interior de la balsa que ya se arrimaba. Presagiando lo peor, y cual si un invierno me golpeara, mi alma se heló al distinguir dos cuerpos prácticamente anudados por sus articulaciones. Aferrados, tal vez evitando que la vida se escapara de entre ellos; resultaba el final de una situación sin salida. Ya los tenía pegaditos, cuando los di por muertos, pues faltaba ese halo característico que te anuncia la vida. Sobre el borde de la cámara un radiecito de color acre continuaba sonando. El único movimiento lo provocaba el mar que suavemente los deslizaba hacia mí.

Uno de ellos tenía el pantalón remangado hasta las rodillas y una camiseta rasgada. El color rojizo de su piel resaltó tanto que superaba el matiz del amanecer. El otro, de piel negra, parecía escapado de un palenque. Su bermuda de tela fina a la altura de las rodillas, parecía haber sido ripiada de un tirón.

Descubrí que uno de ellos respiraba al percibir el movimiento del pecho. Me acomodé lo mejor que pude arrodillándome en los bordes de "La Esperanza", y a pesar del dolor que me provocaba la lesión en mis manos, logré asir la otra balsa y mantenerla unida a la mía. La quietud y la tensión del instante presagiaban lo inimaginable. No me atrevía a nada, sólo observaba y detallaba tan calladamente como el mismísimo silencio de la inmensidad que se me hacía cómplice del tétrico hallazgo. La incertidumbre propia de la desgracia, me anudaba el hablar y aún impresionado con lo que veía, precisé positivamente que el otro hombre vivía y quedé de una sola pieza observando bien a estas almas en pena.

El que estaba rojo como un tomate hizo un gesto suave con el hombro y volvió a quedar quieto.

–¡Ey familia! –les dije suavemente como si yo mismo temiese despertarlos de sus sueños. Mi segundo intento fue en vano, el espacio tragó mis palabras. Subí el tono y tampoco obtuve respuesta, pero ya decidido, prácticamente les grité:

–¡Eeeyyy... familia!

El de la gran insolación abrió con mortandad los ojos y tras hacer un enorme esfuerzo, logró desprenderse de su compañero; provocando que la radio cayera al fondo del mar ahogándose la agradable música. Luego exclamó:

–¡Gracias Virgen Santa por salvarnos!

El otro compatriota también había abierto los ojos. Su mirada resultaba como perdida en el espacio y dudo mucho que reconociera que era de día o de noche o si yo estaba allí presente, y aunque su aspecto no daba seguridad de lucidez, lo oí expresar:

–¡Oh *Changó*[44], no me abandones!

El primero en despertar, después de un grandísimo esfuerzo se sentó. Observándome sin precisar lo que sucedía, parecía oscilar en el lugar. Su cabeza parecía no hallar el equilibrio de antaño, amenazaba con caer nuevamente de un momento a otro, arrastrando consigo al cuerpo que la sostenía.

–¡Agua...agua! –murmuró.

Saqué un pomo de agua y le di de beber. Al instante, como recibiendo energías del fondo de su ser, realizó un gesto torpe y desesperado intentando quitarme el pomo. Velozmente retiré el envase antes de que pudiera adueñarse del mismo. Lo más ágil que pude me incorporé a mi balsa, y mejor posicionado le comuniqué:

–Óyeme, no soy virgen ni nada que se le parezca, y tampoco te has salvado. Soy uno más en medio del mar. Ponte para ésto o todo puede irte peor.

Tras esta aclaración, continué:

–No puedes tomar tanta agua, solo la necesaria, pues el cuerpo la desperdicia. Además, tu amigo también la necesita y tampoco le puedo dar mucha. El agua la controlo yo y hay que ahorrarla.

Llevó sus manos a las sienes, tal si buscara concentración para un diálogo, entonces con voz trémula preguntó:

---

[44] Entidad de una religión africana.

—¿Quién eres tú? ¿Dónde estamos?

—Me llamo Nelson. Supongo que estemos en el medio del Estrecho de la Florida —le contesté, y tras una leve sonrisa, le pregunté—. ¿Cómo te llamas?

—Emilio Andrés Rodríguez. Soy de la Habana —su voz pareció cobrar vida.

—Yo también —risueñamente le aclaré, brindándole amigablemente el pomo y clavando mi vista en su rostro. Él bebió sin parar casi la mitad del mismo y yo se lo retiré sin avisar aclarándole que había que ahorrarla. Mirándome a los ojos me dio las gracias lleno de humildad.

Respiré más calmado, creyendo que él entendía la situación con respecto al agua. Y consciente de que debía unir las dos balsas, comencé la tarea. A pesar de las llagas en mis manos, finalicé la maniobra de amarre de ambas cámaras utilizando las cuerdas que ataban las mochilas. Emilio Andrés ya se encontraba sentado y semihundido en el interior de su endeble balsa. Esta vez yo me encontraba a horcajadas entre las dos cámaras.

—Voy a darle un poco de agua a tu amigo a ver si se repone un poco del estado en que está —le informé a Emilio Andrés, cuya cabezota seguía dando vueltas como un trompo.

El negro prácticamente hundido dentro de la balsa no hacía nada por recobrar el ánimo, y tratando de animarlo para que saliera de esa posición, me incliné un poco hacia delante y le dije:

—Oiga amigo, despiértese para que tome un poco de agua.

Aunque no pareció comprender ni escucharme, continué y con gran dificultad le di de beber. Este fornido compatriota parecía estar en otro mundo, y me era imposible establecer un dialogo con él.

—El negro está liquida'o —comenté.

—Se llama Camilo, tremendo plomero —expresó Emilio Andrés con voz perdida. Parecía que jamás alcanzaría el nivel de su metal original, y con un esfuerzo por lograr su timbre, continuó:

—Llevamos varios días flotando en esta pesadilla de agua y cielo; estábamos perdidos.

—¡Estaban perdidos! —exclamé sorprendido—. Yo tampoco sé dónde estoy, ¡ni tengo idea de dónde nos podemos hallar!

Y bajando el tono de la voz, agregué:

—Ustedes se han encontrado conmigo. No soy la costera

norteamericana.

El asintió con la cabeza.

—Me alegro —expresé satisfecho y continué:

—Hace dos días que estoy a la deriva, a la espera de que alguien me recoja, pero como vez, ni rastro de civilización que pueda rescatarnos.

Alcé la mirada a la inmensidad oceánica y la brisa corrió entre nosotros animando la mañana.

—Tu amigo tal vez necesite algún medicamento y sólo traje como para hipnotizarme —le dije, extrayendo de la mochila un sobrecito sellado, y mostrándoselo en mi mano agregué—. Te voy a preparar estas sales hidratantes, bien que las necesitas.

Me viré para coger nuevamente el pomo con agua y prepararle la solución, cuando tan rápido como una centella me las arrebató, rompió el sobre y vertiéndolo en su boca, tragó el contenido sin diluir.

Quedé sorprendido ante la inesperada reacción, pero sin crear asperezas le extendí el pomo para que bebiera. Su desenfrenada acción me reveló su desesperación, su hambre y algo más. Ahora me parecía un loco falto de alguna droga, y mi sabiduría callejera me indicó un alerta. No sabía si era un error anexar estos compatriotas a "La Esperanza" o si debiéramos continuar cada cual por su lado. También recordé que la soledad era del carajo, y muy sereno le advertí:

—Tienes que controlar tu desespero o él terminará controlándote a ti; tienes que controlarlo pues no permitiré que me afecte.

Parecía no haber escuchado mis palabras, más asentí con mi cabeza el final de mi propia frase y no quise presentir lo peor. Entonces decidí darle participación pasiva de lo que yo haría, motivarlo a conversar y mantenerlo entretenido, siempre bajo mi vigilante mirada.

—Voy a darle el último paquetico de esta fórmula a Camilo, sólo traía dos —le informé, aunque no prestó atención.

Diluí el paquetico de sales en un pomo de agua. Crucé hacia la endeble balsa y le levanté un poco la cabeza al desfallecido compatriota. Vertí en su boca el contenido y al instante desapareció sin derramarse ni una sola gota. Con fiereza sus manos se aferraron como esposas policíacas a mis muñecas, sus enervados ojos se abrieron en extremo y su mirada de auxilio me arañó el alma.

–Sálvame *asere*, no me quiero morir –dijo con voz de ultratumba.

–¡Aquí no se va a morir nadie! –aseveré con firmeza–. Estate tranquilo y no hables. Acabas de llegar a "La Esperanza" y esta es lo último que se pierde.

Tan firme fue mi voz que me sentí un salvador, aunque mi "Esperanza" era negra como una noche oscura y su rótulo naranja estaba muy lejos de hacer gala a su nombre. Pero no encontré otro color y en cierto sentido ya le tenía fobia al verde olivo por lo simbólico en el uniforme del Dictador. Me resultaba irónico que el color de la esperanza fuera medio pariente del utilizado en el uniforme del gran represor de toda esperanza.

Volviéndome y mirando por encima del hombro, observé a Emilio Andrés que permanecía sentado en el borde de mi balsa con una mano sobre la frente, como si comprobase su temperatura corporal. La mirada perdida no encontraba lugar para reposar. Su rostro semejaba una máscara triste de teatro, y su mente no sé; ya en sus primeras acciones había reflejado locura.

Su cuerpo impregnado de llagas que amenazaban con explotar, le daba un aspecto desagradable. Esbozado bajo estas finas y delicadas bolsas llamadas por los galenos flictenas, se encontraba un viscoso líquido de un rojo similar al vino tinto, en otras, la transparencia semejaba gigantescas gotas de sudor; no sé si ignoraba el dolor o no lo sentía.

¿Cuántos días llevaría esa piel expuesta al sol? Ni idea tenía. Tal vez varios días, me respondí mentalmente.

Cual un buda meditativo Emilio Andrés rociaba agua de mar sobre su rostro, corriéndole está en desordenados cauces que al encontrarse entre ellos se fundían creando un encaje fino de transparente latir, deshaciéndose luego en algunos lugares al obedecer a la atrayente gravedad. Una calma que rozaba el hipnotismo hacía imposible definir realmente dónde se hallaba su mente.

–¡Vamos despierta! –exhorté rompiendo su insensatez. Y tratando de sacarlo de ese letargo sin fin en que de un momento a otro volvería a precipitarse, sonrientemente agregué:

–Anímese que sin ánimos no se llegará a ninguna parte.

Abrió los ojos asustados e hizo un ademán con las manos como pidiéndome tiempo.

—*Asere* no me dejen solo —susurró Camilo y sus dedos gelatinosos se resbalaron de mis brazos. Sujetándole la cabeza al desfallecido moreno, le comuniqué:

—Ahora voy a darte algo para que entres en forma.

Pero ya su rostro parecía dormir un sueño sin sentido, un sueño del cual para despertarlo habría que llamarlo por un altoparlante. Suavemente saqué mi brazo que servía de apoyo a su débil e inestable cabeza. La expresión de su cara parecía irreal, en sus cenizos rasgos faciales escaseaba la vida.

Lo miré y me vi a mí mismo por dentro. Mis facciones de seguro adquirieron la de alguna decisión, tragué en seco y determiné examinar la trágica situación en la que ahora me encontraba.

No podía dejar a estos seres desvalidos en medio de su desgracia. Desgracia que si no ponía de toda mi capacidad física y mental, podría ser mía dentro de algunas horas. Controlar a estas personas de las cuales no conocía nada y en el estado en que se encontraban, y enfrentar una travesía como esta, sería una obra titánica. La tragedia acuñaba dos visas más en esta humilde balsa.

El destino se empeñaba en complicar y prolongar las penurias y a la vez imponía un reto en mi viaje. El cuadro clínico de estos dos compatriotas resultaba sumamente delicado, y no tener con qué enfrentar la situación desarticulaba todo mi plan. Ya no era problema de esperar un rescate, ahora necesitaba un rescate urgente; ellos no podían esperar.

Miré al cielo y le pedí al amoroso Padre Celestial misericordia para nosotros. La anexión de todos sus problemas a mi balsa me hacía responsable de algo ajeno a mi vida. Yo estaba dispuesto a morir, bueno... eso sería en última instancia, cuando ni yo mismo pudiese abogar por mi propio ser; cuando la situación me fuera tan adversa y desesperada que perdiera la esperanza y la fe. Pero ahora conmigo viajaban personas en precarias condiciones y necesitadas de una ayuda. Mi egoísmo murió al cruzar la infancia y no lo iba a resucitar. Además, soy cristiano y no los podía abandonar. Éste era el momento de ayudarnos como hermanos, de unirnos para sobrevivir y alcanzar la libertad.

Había que racionar al máximo el agua, los alimentos y la medicina, los que en su conjunto no resultaban nada para compartir entre tres. Tenía que redoblar las medidas de supervivencia, no podía esperar por la casualidad. El agua sufriría un drástico racionamiento, sólo quedaban cuatro pomos y uno se agotó en darles de beber. Los alimentos eran un poco de miel en un pomo, varios platanitos y dos huevos hervidos que con los días ya pasados, quien se los comiera de seguro explotaría. Mi humilde botiquín consistía en algunas aspirinas y calmantes, las traía para algún dolor de cabeza o en caso de última emergencia poner el cuerpo a dormir hasta que alguien me encontrara, de esa forma me evitaría pensar en tonterías. También debía controlar los objetos que conformaban el conjunto de las dos cámaras. Todos estos factores me sometían a una prueba de mayor rigor.

Mis huéspedes, traídos por la caprichosa suerte compañera de la mía, sólo poseían sus cuerpos prácticamente desnudos y en lastimoso estado. Sus almas casi vacías pedían ayuda ante los ojos humanos. Ni pensar en abandonarlos. Algo dentro de mí impedía la desintegración del grupo; como si una fuerza escondida en mi interior superior a la lógica ordenara sentimientos y me forjara el espíritu.

—¡Emilio Andrés... oye... anímate! —le sugerí sacudiéndolo por los hombros. Abrió los ojos como asustado y emitió un: ¡Ayyy...! profundo y prolongado que cortó el aire.

Aquel chillido me hizo comprender lo inapropiado de la acción al despertarlo. Ese gesto tan común, ahora surtía el efecto de un hierro caliente sobre su piel gravemente lastimada por el lento e indetenible taladrar de los rayos solares. La epidermis se había transformado en una fina y delicada materia de textura irregular y acuosa, frágil al más mínimo roce. Cual si con las palabras aliviara su dolor, le pedí disculpas y le comenté:

—Aquí uno pierde hasta el más común de los sentidos y las ideas.

Él seguía quejándose, mientras yo le alertaba:

—Tienes tremendas quemaduras, debes protegerte del sol con algo.

Con una mano se despegó un tramo de la camiseta por encima de la espalda, y pude apreciar como la sangre brotaba semejando góticas de sudor que teñían la tela.

—No hagas eso, será peor —le advertí, y al instante le ordené—. Cruza para este lado.

Él cumplió con cierta dificultad, terminando por acomodarse en mi balsa. Le rocié un poco sobre la ropa. Cuidadosamente le despegué por completo la camiseta de la espalda y la coloqué a modo de turbante sobre su cabeza. La lesión le cubría todo el cuerpo, nada escapó a la inclemencia del ardiente sol. Busqué en la mochila el pomo con miel de abejas.

—Toma un poco —le sugerí. Le serví en la tapa. Agarró ésta con las dos manos y le pasó la lengua desesperadamente al viscoso nutriente.

—Voy a echarte un poquitico de esta miel por la espalda, los hombros y el cuello —le comuniqué, y lo miré esperando una respuesta, pero parecía no escucharme.

—Tal vez te duela un poco —le advertí y agregué:
—Espero que te alivie y disminuya el avance de las quemaduras.

El permanecía embriagado de sonsera, sin oír, y enfrascado en dar inútiles lengüetazos a la tapa, parecía fuera de sí.

—Éste es nuestro plato fuerte —le dije y le increpé—. ¿Comprendiste...? esto es alimento... no medicina. ¿Bien?

Quedé por un instante mirándolo fijamente. Luego vertí un poco del preciado nutriente en la cuenca de mi mano y comencé a esparcirla delicadamente sobre sus hombros, deseando que surtiera efectos curativos. Nunca había presenciado una piel con semejante quemadura.

Al paso de mis pegajosas manos, su cuerpo parecía sufrir horribles descargas eléctricas. Su capacidad para soportar tanto dolor me impresionó, y con mayor cuidado continué la labor sobre aquella temblorosa piel que semejaba la actividad de un terremoto. Los quejidos escapados de entre las hendijas de sus apretados dientes, resultaban análogos al de un ronco trueno olvidado al final de una tormenta. La miel ya cubría toda el área dañada del cuerpo.

—Hice bien en traer mangas largas —pensé y me reproché—. Cuanto lamento no haber traído aquel enorme sombrero de guano a imitación de los mejicanos.

Pero también recordé con desagrado que durante mi etapa de estudiante, mi madre lo había confeccionado para protegerme del duro sol que me castigaba al recoger tomates en las plantaciones de Batabanó. A todos los alumnos la dictadura les exigía ir al trabajo voluntario de la vergonzosa y absurda escuela al campo[45]; donde

---

[45] Ingenioso y aberrante sistema de trabajo "voluntario" donde los jóvenes, casi niños, eran separados de sus casas y llevados a trabajar en plantaciones agrícolas. Allí cientos de miles perdieron la inocencia, la moral y la decencia, fue el principio degradante de vivir en comuna. Esta

directamente pagábamos con nuestro pellejo la tan cacareada educación gratuita.

–Qué va, yo no me voy a dejar quemar por el sol –me exhortaba mentalmente.

El pulóver que traía puesto me servía de doble protección. Había pasado un día completo en el fogón natural y bastante bien estaba escapando a la violenta actividad de la radiación solar.

Nuevamente cogí la camiseta y con suavidad posé la tela sobre su espalda. Él me miró, y creí ver una sonrisa en su inexpresivo rostro, aunque más parecía una mueca de resignación; de todas formas resultó un gesto de esperanza y agradecimiento. Continué untándole por la frente, el rostro y a sus deterioradas orejas. La primitiva cura estaba concluida.

–¡Tú verás que todo va a salir bien! –le dije lleno de ánimos–. Acomódate en el centro de la balsa para taparte con la lona, así evitaremos que te golpee el sol durante el día. A tú amigo lo voy a tapar con mi abrigo, su piel no dejó de ser menos resistente a las quemaduras, está completamente rociada de ampollas y tal parece que una brasa de candela lo cocinó por dentro; evitaré que el negro termine de carbonizarse.

–Se llama Camilo –dijo tratando de darle fuerza a la voz y sentenció–. ¡Ese negro es mi hermano!

–¡Y mío también *asere*! ¿Qué pasa? –le contesté en el más amigable y cubanísimo acento. Y aprovechando el tono en que él mismo se había expresado, ratifiqué mi origen con la célebre frase de nuestro Apóstol José Martí: *"cubano es más que blanco, más que negro, más que mulato, cuando se dice cubano se dice todo"*.

Tras esta emotiva declaración, sentencié:

–Cubano de pura cepa, ciento por ciento cubano, y más que cubano, cristiano.

Me miró sin poder ocultar el grave estado de fatiga física y espiritual que lo embargaba, y consciente de mis palabras, guardó silencio.

Observé la cabeza completamente raspada de Camilo que ya cuarteaba su piel en jirones y se arqueaban hacia arriba. La pequeña argollita dorada en su oreja derecha, se incrustaba en el hinchado

---

etapa de escuela al campo era obligatoria, pues definía si podías seguir estudiando luego en la universidad, ya que la universidad era solo para los mal llamados revolucionarios.

lóbulo amenazándolo con cortarlo a la mitad. Su gruesa nariz presentaba una lesión que calculé fuese provocada por el golpe de un madero. Los inflamados y reventados labios, mostraban las huellas de haber sido mordidos con furia. Los parpados de este rostro que al parecer estaba muerto, cubrían dos abultados ojos que habían imaginado una libertad aún sin conquistar.

–La balsa de ustedes se ve falta de aire, debe tener algún salidero, y si es cierto lo que estoy diciendo dentro de poco se hundirá –manifesté muy preocupado.

–Es una cámara vieja, el salidero está en la válvula –me informó desde su refugio Emilio Andrés–. No llegó a desinflarse por completo gracias a que Camilo logró sujetar con las uñas el gusano de la válvula y le metió varios mocos para adentro, y esto fue lo que milagrosamente selló el salidero.

–¿Con mocos? –estupefacto mi propia interrogante ocupó su lugar.

–Cuando la pelona te viene a buscar uno es capaz hasta de arañar el aire y hacerlo gritar –me respondió lleno de vitalidad–. Con mocos y el dedo puesto sobre la válvula, fuimos turnándonos todo el día hasta que ya rendidos decidimos esperar a la muerte, aunque Camilo no paró de incrustarle mocos ni de rogarle a todos sus Orishas.

–¿Pero ustedes están locos? –cuestioné–. ¿A quién se le ocurre lanzarse al mar con una cámara vieja?

–¿De dónde íbamos a sacar una nueva? –me respondió.

–Lo que han hecho es prácticamente un suicidio –dije y él refutó–. Llámalo como tú quieras pero es que no soportábamos más.

–Así y todo. Esto no es una excursión –le dije.

–Estábamos desesperados –contestó alzando la voz cual si de esta manera tuviese razón.

–Coño, ni una bomba de aire –expresé con cierta molestia.

–La bomba de aire la perdimos junto al resto de las demás cosas en una tormenta –afirmó con nobleza.

–¡Qué clase de locura! –exclamé y lleno de curiosidad le pregunté–. ¿Qué tormenta fue esa? ¿De cuál tormenta tú hablas?

Lleno de desconcierto me contó que ocurrió la primera noche, cuando horas después de la partida el mar de pronto comenzó a inquietarse y agitarse cual si tuviera convulsiones. Fue una cosa de locos, no podían precisar nada. El movimiento del mar resultó de una rabiosa violencia como si los hubiese tragado un lobo feroz; no podían encontrarse ni a sí mismos. No supo cuántas veces la balsa se viró. Sólo sus brazos como tenazas se aferraron a las cuerdas de la cámara que daba volteretas al igual que si algún gigante jugara con ella tirándola de una mano hacia la otra. No podía gritar, pues en los primeros intentos el agua le inundó los pulmones y casi se ahoga. Ni él mismo sabía cómo pudo sobrevivir a algunas de aquellas bofetadas del mar.

Me contó que en medio de aquella oscuridad abismal cuando todo parecía volver a la calma, Camilo comenzó a gritar y a gritar, al extremo de perder la razón, y por más que le pedía que se callara, éste no dejaba de rajar su voz. Hubo momentos en que los gritos surcaron su cuerpo y cuales arados en miniaturas trillaran el mismo. El miedo aplastó sus fuerzas, su valor, su espíritu... su todo.

Lo vi guardar silencio por unos segundos y luego continuar narrando que obstinadamente apretaba los músculos de su boca para evitar seguir tragando agua, no pudiendo ni pronunciar palabra alguna. El engarrotamiento sufrido alrededor de su mandíbula le hizo pensar que por siempre se fundirían sus dientes. Pensó lo peor, aquello sería el fin; su vida acabaría allí. No supo cuánto duró la tormenta ni la histeria de Camilo; no quería ni recordar. A ciegas conoció el terror que llegó y se largó sin haberlo visto jamás. Luego fueron infinitas horas hasta el amanecer, donde sosegaron su miedo flotando en un mar llano como un plato.

Una mueca de azoramiento se reflejaba en su rostro, sus ojos expresaban el recuerdo del fin. Emilio Andrés sujetó su cabeza con ambas manos tal si esta se le quisiera caer. Aprecié como su piel se erizaba al paso de sus palabras que tirando de un garfio de dolor y espanto, surcaban el hipnotismo de mi vista en su rostro; fiel escribano de lo narrado. La concentración de sus vivencias no me dejaba oído para otra cosa.

Hubo un silencio natural, y luego de un tiempo en este limbo, recordé la radio. Respiré hondo y le pregunté por ella, sacándolo así de sus trágicos recuerdos.

Me explicó que el radio venía dentro de una cajita de poli espuma y envuelta en una bolsita de nailon, que Camilo la había trabado junto con la sombrilla cerrada en una de las cuerdas. Son de esas cosas que ocurren y después uno no les haya explicación; fueron las únicas cosas no perdidas. También explicó que el pomo apareció horas más tardes semihundido y brillando en la superficie del mar. Camilo fue quien lo vio cerca de la balsa. El pomo estaba casi lleno de agua potable y como está pesa menos que la del mar, no se hundió; la pequeña burbuja de aire presa en el pomo fue la que lo mantuvo a flote.

—Tremenda suerte, resultó nuestra salvación sino no estuviéramos aquí –le escuché decir con voz temblorosa.

—Bueno –me atreví a interrumpirlo–, esto es otra salvación pero la que realmente nos hace falta vamos a pedírsela al Señor para que llegue pronto, pues en realidad esta nueva tripulación no es la gran cosa para enfrentar una tormenta o una prolongada estancia en el mar; a no ser que de verdad ustedes tengan más vidas que las de un gato.

Finalicé en tono jocoso, y con la misma entonación, agregué:

—Déjame ponerme para el negrito de La Caridad y su meruco salvador.

—¿Cuál meruco? –preguntó Emilio Andrés lleno de asombro.

—La balsa –le respondí y agregué–. Me dijiste que él era plomero.

—¿Y eso que tiene que ver? –contestó.

—Los plomeros a veces tienen que arreglar los merucos y como estos flotan al igual que la balsa. Intenté decir algo cómico para dar ánimos. En la vida, aunque todo parezca perdido, una gota de sonrisa siempre es necesaria. Al mal tiempo buena cara –dije en tono alegre, e intentando francamente de reanimarlo, le cuestioné:

—¿Has leído el poema: *"Una sonrisa"*, de Charles Chaplin?

Él asintió con la cabeza y entonces aproveché para recitar el final del inmortal poema:

—*"...nadie tiene tanta necesidad de la sonrisa*
Como quién no sabe sonreír".

—Yo no tengo ganas de reírme –expresó con hosquedad.

—Lo sé, aquí uno tiene ganas de desaparecer, pero un poco de humor y algo de alegría nunca están demás –sentencié. El guardó silencio.

Echando hacía a un lado de mi pensamiento toda esta tragedia, comencé a desenrollar la cámara que traía atada al borde exterior de "La Esperanza", y dirigiéndome a Emilio Andrés le dije:

—¡Mira!, nueva de paquete, y sustituirá a la de ustedes que realmente flota de milagro.

Crucé el pie sobre las balsas sentándome a horcajadas. Con sumo cuidado en mis movimientos coloqué sobre la maltrecha balsa la cámara nueva, no sin antes botar el pomo y el inservible paraguas que amenazaba cual erizo pegado a un coral. Con el ripio de tela floreada y desteñida que quedó de la sombrilla, tapé un poco los pies a Camilo. Tomé el pedazo de pulóver que mostraba nuestra hermosa insignia nacional, lo lavé en el océano y lo sacudí fuertemente, y perforando un extremo de la tela al pedazo de madera que sobresalía, acomodé lo mejor que pude nuestra insignia. Lleno de orgullo vi ondear libremente mi banderita cubana e inflamado de patriotismo, se me derramaron las gloriosas estrofas de nuestro himno nacional:

–"*Al combate corred Bayameses*
Que la patria os contempla orgullosa,
No temáis una muerte gloriosa
Que morir por la patria es vivir".

Sentí una vergüenza inmensa apretándome el pecho, pues yo no tuve agallas ni fuerzas ni coraje suficiente para enfrentar a la dictadura, yo realmente huía de la tragedia nacional que el comunismo había sembrado en la isla. Me autodesterraba, me iba a la tierra donde el cruel destino estaba reuniendo a una pléyade de patriotas. Respiré profundamente y nuevamente levanté mi cabeza.

Evitando que se me desarticulara esta endeble balsa, comencé a tejer ambas cámaras con la cuerda mía y la soga que traía la de ellos, dejando la vieja cámara tal como estaba para que sirviera de fondo y de base. No me embullé a echarle aire a esta cámara debido a que la válvula tenía problemas y ya estaba detenido el salidero. No tenía ninguna garantía de que cuando comenzara a trabajar en la válvula iba a retener el aire nuevamente; era mejor dejarla con los mocos.

Durante la maniobra de ensamblaje y reconstrucción de la anexada balsa, le pasé varias veces por encima a Camilo; el grado de inconsciencia que tenía no le permitía darse ni por enterado. Hubo momentos en que detuve la faena para observarlo; daba la impresión de estar muerto. En una ocasión le tomé el pulso y al instante reconocí el dinámico latir de su corazón, y para mis adentros me dije:

–Este negro está más fuerte que un toro.

Saqué la bomba de aire del bolso y con orgullo observé que estaba impecable y comencé a bombear sin apuros.

–¿Qué sería de nosotros sin ti? –cuestionó Emilio Andrés rompiendo la monotonía.

–Y de mí sin otros. La hermandad es lo más grande de la humanidad –le respondí.

–Quisiera ayudarte –afirmó con tristeza.

–Gracias –le respondí–. Esta tarea que parece fácil, ahora para mí representa algo casi imposible debido al ardor en mis manos, pero como ves, hecho un poco de aire, hago un receso y continúo, y así sin cansarme la inflo al máximo.

Realizaba la faena mientras le hablaba para tenerlo entretenido, y al mismo tiempo desahogar las ansias que yo mismo tenía de soltar la lengua.

–¿Ves? Un pequeño receso para no agotarme. La idea es tratar de ahorrar la mayor energía posible, frente al tiempo y la adversidad del mar, este factor es la única ventaja contra ellos –y enfatizando la voz, continué:

–No podemos desgastarnos, aquí nadie sabe cuándo ni cómo ni quién te va a encontrar.

–¿Qué pasa mi amigo? –cuestioné muy orondo y diserté–. No estoy tratando de descubrir nada nuevo, sólo trillo una estela invisible pero real. Este camino lo han realizado muchas personas, con éxito o sin él. Es una tesis preparada en casa, discutida aquí en el peligroso mar, y la calificación depende de cómo llegues.

Hice una pausa para comprobar si escuchaba mi teoría y luego continué de forma afirmativa:

–Espero coger nota promedio, me preparé física y mentalmente para la travesía, y créeme, ustedes aquí, semejante situación jamás me hubiese pasado por la cabeza. Ahora tengo que duplicar mis medidas de seguridad y austeridad, reservar más mi capacidad física para continuar este viaje preñado de incertidumbre, tristezas y nostalgias incomprensibles, pues desde el mismo instante en que te tiras, ya comienzas a añorar tus raíces, tu identidad, pues la Cuba que abandonamos es de todos, no de ese déspota de mala sangre que a avasallado nuestra patria.

Esta vez lo vi embelesarse en su propia desgracia, tal vez consciente de lo interminable que pudiera resultar su agonía. Es cierto que el día aquí no parece tener fin y tal vez me esperaran días dónde no existan ni las horas, pero yo no me tiré tan a lo loco como estos dos; yo tuve más cordura. Ahora esta visita en vez de traerme alegrías me presagiaba tristezas, por lo que le pedí a Dios no estar nunca en el pellejo de estos compatriotas.

Hice varios descansos y a pesar de lo lastimada que tenía mis manos, inflé la cámara hasta alcanzar el tamaño correcto. Miré la palma de mis manos y vi cómo éstas ignoraban el dolor de sus llagas.

–Las dificultades en la vida forjan al hombre hasta convertirlo en algo sobrenatural –pensé y sentencié–. Después de esto creo que podré enfrentarlo todo.

Dirigiéndome de nuevo a él, le dije:

–Ves, ya la balsa en que venían va cogiendo tremenda forma.

Él asintió nuevamente con la cabeza y yo continué filosofando:

–La calma y la ecuanimidad hacen mucha falta. El desespero y el pánico son peligrosos. Hay que estar claro en todo, la balsa es como una nave espacial, hay que optimizar el espacio donde todo es vital.

Él repetía su afirmación con el mismo gesto. Su mirada parecía no mirar y en su pensar calculé que sería lo mismo ocho que ochenta y ocho.

Aproveché y me quité las botas y las medias, el fuerte olor que emanaban mis pies invadió la atmósfera a mí alrededor. En la planta del pie, la piel estaba transparente, lechosa y arrugada de forma espantosa; no sé cómo el hongo no había reventado. La epidermis semejaba la más frágil gelatina y al darle movimientos a mis dedos, vi cuartearse la piel entre ellos y tuve miedo a que se me callasen. A pesar de todo sentí un gran alivio y decidí quedarme descalzo y olvidar lo de las películas. Un enorme cosquilleo comenzó a serpentear entre los dedos del pie, y contuve los deseos de darles uña, frotándome las pantorrillas con la parte exterior de mis lastimadas manos.

Agarré las medias que estaban empapadas y las lavé en el mar hasta eliminar el fuerte olor impregnado en ellas. Realicé la misma operación con las botas, y a manera de jarra, con ellas me eché agua en los pies, pues ni meter estos en el mar quería; era mejor no tentar a la hambrienta casualidad. Luego trabé cada media por un botón de la mochila para que se secaran sobre el borde superior de la misma y amarré las inseparables botas por uno de los extremos sin que tocaran el agua.

El horizonte continuaba cada vez más limpio y azul. Nada delataba la presencia humana, ni una vela ni un avión ni humo; ni tan siquiera una gaviota. La mudez de sonidos mecánicos desesperaba hasta un sordo, la huella de la tecnología no asomaba su nariz por ninguna parte. Revisé una y otra vez minuciosamente todo lo alcanzable por mi vista, sólo el algodón de las olas como sonrisas alegraba la soledad cada vez más penetrante de ese azul férreo e intransigente dueño de estos parajes. Absorto estaba en tratar de localizar el más mínimo detalle que pudiera representar la salvación, cuando Emilio Andrés me dijo:

–Perdóname que te pregunte pero es que olvidé tu nombre.

–Nelson –respondí a secas.

–¿Tú piensas abandonarnos y dejarnos a la deriva? –preguntó.

–¿A qué viene eso? –cuestioné con recelo.

–Es que tengo tanto miedo –afirmó casi en un sollozo, perdiendo la coherencia de sus palabras bajó su rostro.

–¡Coño…! no te pongas así, no quiero que te deprimas. ¡Mira!, ustedes aquí hacen mucha falta, si hubiese seguido sólo un día más de seguro me hubiera vuelto loco, ahora por lo menos tengo con quién hablar. ¡Cálmate!, con llorar no resolvemos nada –expresé con toda la energía positiva que mi ser poseía, y para sacarlo de la depresión en la cual caía, de forma agradable continué:

–¡A echar p'alante! Nos espera el país de las oportunidades. Así que en cuanto lleguemos. ¡A trabajar!

–¡Pa'l Comandante!

A pesar de lo fatigada que pronunció la frase, estalló en mis oídos cual un cañonazo. Mis brazos que había abierto a mis anchas, cerrando los puños se prepararon para un combate, y lleno de ira le espeté:

–¿Qué coño tú dijiste?

–¡Espérate! ¿Por qué te pones así? –cuestionó lleno de temor.

–¡Cojones! ¡Porque ese hijo de puta me hizo la vida imposible! ¡Porque por culpa de ese degenerado estoy aquí jugándome la vida para poder decir sin miedo todo lo que pienso! –respondí con todo furor–. ¡Porque ese hijo de puta se ha convertido en una pesadilla de la cual me quiero escapar!

–Es que tengo que mandarle dinero a mi familia –dijo en voz baja. Todo mi mirar inquisitivo cayó sobre él, y muy molesto le cuestioné:

–¿Y qué?

—Que al gastarlo en las tiendas de divisa, el destino final será la modesta cuenta bancaria del Comandante, su reserva personal. ¿Entiendes? —Terminó especificando sin aliento y mostrando las palmas de sus manos al frente en son de paz.

Hubo un pequeño y agudo silencio en el que nuestras miradas se identificaron aún más, e incorporándome y llevándome las manos a la cabeza, agregué:

—¡Cojones! Te creí un seguroso[46] de los que se infiltran como balseros. Casi me vi preso.

—No es para tanto —afirmó en tono suave.

—Pues pon mucho cuidado en lo que dices —desafiantemente le dije—. Porque de que los hay los hay —Sentencié aún lleno de cólera.

—Lo que pasa es que cada uno tiene sus dichos —dijo jocosamente.

—Pa'l carajo con el tuyo —le respondí, acomodándome nuevamente entre las dos balsas.

—Desde que tengo uso de razón —dijo— nos controla el Comandante, tan adaptados a su aberrante charlatanería que si se muriera no sabríamos qué hacer. Al parecer no ha nacido otro con cojones para darle un tiro en la cabeza y ser capaz de dirigir el país.

—No está nada mal lo del tiro en la cabeza —comenté.

—Al único de la élite que parecía tener los cojones bien puestos, le hicieron una maraña y el Comandante lo fusiló en un dos por tres —finalizó con gran disgusto y a secas expresé:

—Una razón más para estar aquí, porque... ¿con esos tiros quién duerme?

—¡Qué clase de hijo de puta más grande! —sentenció lleno de antipatía.

En gesto de desprecio a la figura del terrorífico Dictador, escupí hacia afuera de la balsa. Mi mirada observó extasiada el horizonte y mi mente comprobó una vez más que el comunismo para mí era el pasado que se quedaba atrás. Cuando volví mi vista hacia él, me preguntó:

—¿Has oído el cuento del uno y el dos yéndose en una balsa?

—¡No jodas!, también hay un cuento con ellos —expresé con una gran sonrisa.

—Un tiburón vira la balsa —comenzó diciendo—, y se come al

---

[46] Individuo que trabaja solapadamente para el MININT, el G2 y otras tantas.

papitas fritas del hermano y ante esto, el Comandante desesperadamente trata de alcanzar la costa cuando de repente se le interpone otro tiburón y le pregunta: ¿Tú eres el Comandante? Él le responde que sí. Entonces el tiburón le dice: No huyas que mi amigo está vomitando, nosotros los tiburones no comemos mierda.

En mi rostro afloró una enorme sonrisa y mis carcajadas se hicieron presentes. Después de controlarlas, aún con el semblante alegre, le pregunté:

—¿Por qué el apodo de papitas fritas del hermano?, si todo el mundo le dice "La china".

—¿Qué pasa *asere*, tampoco has oído el estribillo? —dijo jocosamente. Con un leve gesto de la cabeza manifesté mi desconocimiento, y él con picardía y lleno de melodía, tarareó:

—"*Chicharritas... chicharrones... mariquitas... ¡papitas fritas!*"

Contagiado con el estribillo, ya mentalmente había colocado por dicción la vulgar palabra que de maravilla rima en esa acentuada estrofa. Mi sonrisa brotó con placer sin igual, más fue interrumpida por el característico y sonoro escape de una salida intestinal.

—Parece que el agua salada tragada durante la tormenta me ha dado estos gases; llegan así de repente —me informó sin el menor reparo.

—¡Coooñooo...! ¡Estás podridooo...! —protesté. Engarrotando mi nariz como nunca antes, y separando mi rostro lo más lejos posible, contuve una arqueada. Creí por un instante poder aplacar aquel fétido olor agitando mi mano a modo de abanico, pero que va, el compatriota estaba muerto en vida.

—¿Qué quieres que haga?, no lo pude evitar —alegó.

—¡Avisa coño, avisa!, que estoy prácticamente asfixiado y no corre ni una gota de brisa —dije casi sin aliento.

—Lo siento, de veras lo siento —me respondió muy ecuánime.

—¡Dale nariz coño, dale nariz! —le repetí encarecidamente—. Nuestra amistad recién comienza y tus tripas la echarán a perder.

—Prefiero perder una amistad antes que perder una tripa —dijo sin remordimientos.

—¡No jodas! —exclamé asombrado.

—Claro —respondió sin el menor reparo—. Las amistades van y vienen, pero las tripas las llevo siempre conmigo.

—¡Vete a la mierda! —le espeté junto con el gesto de mi mano, y me cubrí la nariz evitando una nueva arqueada.

Él continuó frotándose la barriga con ambas manos, logrando al parecer con esto un alivio a su inflamado vientre y a la putrefacción que festejaba en sus tripas. Su cara reflejaba satisfacción, y a la espera de una nueva andanada quedé preso de la inmovilidad del tiempo que con su paciencia se empeñaba en burlarse de nosotros.

El sol comenzaba a quemar la piel con su invisible soplete, y junto con su ascenso hacia lo alto del firmamento, elevaba la temperatura. Este movimiento del astro rey me daba la impresión de desplazarnos hacia el Este.

–Hacia el Este –estúpidamente pensé yo, pues de todos es conocido que el sol no se mueve, pero cuando uno está en una situación como la mía se imagina cosas y se lo cree todo, hasta nuestras propias mentiras.

Intenté realizar comprobaciones con la brújula para despejar sospechas, pero la aguja a modo de péndulo barría con insistencia cierto ángulo de la escala, Esto y mierda era lo mismo, pues no podía precisar en qué lugar realmente nos hallábamos, para eso hacían falta otros instrumentos de navegación y yo no sabía ni jota de los mismos. En esta modalidad de la balsa, de lo único que se habla es de una brújula, lo demás es a capela, y uno que como cubano se creé que se las sabe todas, se da uno mismo cada embarcadas que son del carajo.

El golpear suave de las olas provenía del suroeste, otra gran suposición mía, pues yo de navegación no sabía ni hostia. Presentía desplazarme por un laberinto etéreo en la más absoluta monotonía de la nada oceánica. Estar ahora aquí era lo mismo a haber estado momentos antes, pues la repetición del paisaje hacía creer que no abandonabas jamás el lugar. Mi fe me hacía respirar el elixir de la libertad en el aire y junto a la unión de todos estos anteriores factores, me hacían pensar en la posibilidad de ser arrastrados por la Corriente del Golfo a la velocidad de una bicicleta en moderada marcha. Llegué a esta conclusión al observar el batir de mi hermosa banderita que orgullosa ondeaba sus bellos colores.

Con un mejor ánimo ceñido sobre mis hombros, guardé la bomba de aire en la mochila y aseguré todo mi arsenal. Observé detenidamente la cámara de estos compatriotas y deseché de una vez y por todas la idea de echarle aire por temor a joder el sello. Optimista como siempre, pensé en proteger a Camilo de la inclemencia del sol. Su piel presentaba la huella implacable de los temibles rayos del astro rey, y ante la imposibilidad de guarecerlo junto a su compañero que se protegía bajo la lona, cuestioné a mi único oyente:

—¿Ustedes no traían ropas?

—Sí —respondió con voz llena de asfixia y continuó—. Pero antes de la tirada nos bebimos una botella de ron para evitar el frío, y dejamos olvidadas las camisas. Pensábamos remar durante toda la madrugada pero nos sorprendió la tormenta y perdimos lo poco que traíamos.

—¡Coño, qué bárbaros son ustedes! —exclamé y clavé mi vista en la media que ondeaba enamorada de la brisa. Dirigiéndome a Camilo, le dije:

—Te taparé con este pedazo de trapo; algo es algo.

Comprobé que sólo olían a mar y mordí la tela por un extremo hasta desgarrarla, luego tiré con fuerza hasta abrirla en dos. Realicé lo mismo con la otra y terminé de taparlo con ellas, logrando una escasa protección para su cara.

—¡Uf… qué calor!, no soporto esta lona —expresó Emilio Andrés echando hacia un lado la misma, y terminando por botar la ripiada y ensangrentada camiseta.

—Yo pensando cómo tapar al negrito de la Caridad[47] y tú protestando y votando lo poco que tienes —le respondí a secas.

—Es peor el remedio que la enfermedad —aseguró, destapándose por completo.

—La inconformidad en el ser humano es innata —sentencié.

—Es que me ahogo —alegó tajantemente.

Lo miré por varios segundos y comprendí que ni el mismo sabía la tragedia que se le podría venir encima.

—No tengo otra cosa que darte para que te protejas del sol que no sea este pulóver que llevo debajo de mi camisa —fue lo único que atiné a decir y sin pensarlo dos veces me quité la ropa y le entregué la prenda, y aludiendo a su lucidez lo embullé a ponérsela.

Emilio Andrés, con gran dificultad y dolor se puso el pulóver y volvió a cobijarse debajo de la lona; semejando esta vez a una jicotea oculta en su carapacho. Ahora yo sólo tenía mi camisa de mangas largas; pensé que sería suficiente para terminar la contienda.

---

[47] Personaje que está orando en medio del bote, frente a la Virgen.

Pasaba el tiempo y todo resultaba tan igual como la monótona soledad que nos retenía sin piedad alguna. Vi elevarse las nubes hasta perderse en el azul infinito, vi a otras regresar de prisa y sumergirse en el incierto horizonte.

Y al desvanecerse el tiempo ante mí, me atrapó de lleno la ansiedad que con su acostumbrada manía me abrió de nuevo el apetito.

−¡A comer! −exclamé, infundiéndole ánimos a mis acompañantes.

Abrí la mochila de la comida y me sentí poderoso al ver que aún quedaban varios alimentos. Le di dos tostadas untadas con miel de abejas a Emilio Andrés.

−Esto es para que entres en caldero −le dije−. Las otras son para cuando Camilo despierte.

Emilio Andrés parecía no prestar atención a mis palabras y devoraba la primera tostada en segundos; la otra corrió la misma suerte.

Al finalizar la ración, sus ojos se alzaron desafiantes contra mi rostro que aún permanecía triturando el alimento; el cual yo demoraba para lograr cierto paladar y engañar mi psiquis con una falsa y larga cena, y sosteniendo en mi mano aún un pedazo de la tostada, vi como terminó clavando su mirada sobre ella.

−Aquí hay que estar dispuesto a pasar hambre −le aclaré, y con el dedo índice me di unos toquecitos por encima del pañuelo en el cráneo, diciéndole:

−Hay que poner el cerebro en función de ahorro, sino te autodestruyes antes de lo calculado. Esto es una prueba de resistencia e inteligencia.

Le extendí la mano con el pomo conteniendo este menos de la mitad de agua.

−¿Por qué tan poquita? −protestó.

−¡Poquita!, ¡no jodas! Eso es más de un vaso de agua, y aquí en medio del océano es tremendo lujo. Hay que ahorrarla, el cuerpo no la utiliza toda y si te sobra hay que guardar agua llena de baba −dije con expresión de asco.

−Pero tú tomaste cantidad −me incriminó, clavando su vista sobre el pedazo de tostada que aún me quedaba.

−No te voy a permitir ningún tipo de comparación en ese sentido − comencé diciéndole, y con el metal de voz más potente, le especifiqué–. El agua es mía y tomó la que me dé la gana; cosa que no he hecho. Cuando ustedes llegaron se tomaron un pomo completo de agua y yo no bebí ni una gota. Esa agua que traía era para mí y la compartí. Por lo demás, al que se ponga pesado lo bajo antes de llegar a Miami. Aquí mando yo, ¡que quede bien claro! No me creo jefe pero si hace falta alguno en esta balsa, ¡soy yo!

Él se puso más pálido de lo que su rojizo rostro podía permitir. Lo miré con la agudeza de un garfio de mover hielo. Guardó silencio como valorando mis palabras, cosa que aproveché para terminar de comerme mi tostada y evitar el desagradable pero bien comentado tema. No podía darle espacio a nadie sobre mi supremacía y me vino de golpe aquella frase bíblica: "…manso como paloma pero astuto como serpiente". Buscando nuevamente la armonía de la hermandad del inicio, proseguí:

–Esta es la cuota de por la mañana. No se puede derrochar nada pues estarías derrochando la vida. Así que apúrate con el pomo para darle un poco de agua a Camilo, es el que menos ha tomado.

–Cuando no ha hablado es porque está muy jodido –aseguró él, y tras pasarse la mano por la frente, continuó–. Cuando lleguemos y se reponga, te vas a mear de la risa escuchando nuestra odisea. Él es un especialista en contar tragicomedias.

Mientras Emilio Andrés se animaba con su charla, me acomodé a mis anchas sobre la recién reforzada pero endeble balsa de mis amparados. Le retiré los trapos y el abrigo a Camilo, y con movimientos muy lentos introduje mis brazos por detrás de su espalda y lo alcé por las axilas sentándolo. Atrapado entre mis piernas ya no tenía dificultad alguna para ayudarlo a beber agua e ingerir algún alimento. Abrió los ojos tal vez por el dolor y aunque no emitió quejidos, con mucha lucidez me preguntó:

–¿Qué pasa *asere*?, ¿qué es lo que pasa?

–Te estoy acomodando para que bebas un poco de agua. Después te voy a untar un poco de miel de abeja. Espero que al menos te alivie un poco el dolor.

–*Asere*, a mí no me duele nada, lo que tengo es mucha sed, ¡agua… agua… agua es lo que quiero! –pidió con voz idéntica a quien habla desde el más allá.

–Claro que te voy a dar agua –le dije–, pero anímate para que puedas comer algunas galletitas y un platanito.

–Yo no comí platanito –me interrumpió Emilio Andrés con brusquedad.

–Aquí nadie ha comido platanito –increpé a secas–. Los tengo reservados para la comida. Se lo dije para animarlo, él está muy débil, no me gusta el color cenizo de su piel.

Camilo se agitó un poco, y a pesar de su corpulencia, logré controlarlo sin mayores esfuerzos.

–No te pongas pesa'o que esto es por tu bien. Verás cómo dentro de un rato te sentirás mejor.

Luego de comerse dos galletitas y beber una vez más, le unté un poco de miel por los hombros. Después de darme en repetidas ocasiones las gracias, lo cubrí nuevamente y no insistí en darle más alimentos pues comprendí que lo que le hacía falta era descansar, tomar agua y recibir atención médica.

Me acomodé nuevamente entre las dos balsas, lo que me permitía maniobrar en ambas direcciones. A un lado se hallaba Emilio Andrés y en el otro extremo el desfallecido Camilo, a quien me esforzaba en no dejar avanzar su grave estado con mis escasos recursos.

Alcé mí vista y cual un viejo lobo de mar, sintiéndome el verdadero patrón de la aumentada "Esperanza", contemplé el ingrato horizonte que se empeñaba en ocultarnos el punto más cercano a la salvación.

La brisa llena de sal y el mar lleno de vida nos empujaron a su antojo por varias horas, hasta que un movimiento en el interior de "La Esperanza" me hizo perder la concentración.

–Emilio Andrés por favor, acomoda la mochila a tu lado para que no te moleste la lona –le indiqué logrando con esto desviarlo de su aparente interés por la misma y demostrándole que aún yo mantenía la vigilancia de todo.

Disciplina y control, eran necesarios pues en un estado como el de ellos un brote de locura sería en un peligro, y dándole participación lograba un cierto grado de información sobre su psiquis y sus ideas. Al comprender que no había acatado mi orden, le indiqué la mochila nuevamente.

–¿Ésta? –cuestionó como si seleccionara entre muchas, y cumpliendo la orden sin dificultad, dijo–. No me molestaba.

–Lo sé –le dije–, pero de todas formas está mejor así y déjate de tratar de abrir la mochila.

—Descansar es lo único que quiero —respondió a secas.

—Descansa todo lo que quieras —sentencié—, pero no toques la mochila.

—No quiero continuar esta agonía —increpó.

—Ni yo tampoco, además no eres el único —le recordé.

—Camilo está mal, ¿verdad? —preguntó con acento triste, y con cierta melancolía auguró—. Él es mucho más fuerte que yo, siempre pensé ser el primero en joderme.

—¡Solavaya que se vaya! —grité como el mejor de los guajiros—. No presagies la muerte, hasta ahora estamos vivos y así vamos a llegar.

—Para serte honesto —dijo—, yo estoy más muerto que vivo.

—¡No jodas más con la muerte y mantente debajo de la lona! —tronó mi voz.

—Es que me tiré uno —afirmó él.

Nada más de pensar que volvería a percibir aquel olor hice un gesto de repugnancia inevitable, y elevando mi torso, mi nariz buscó lo más alejado y respiré profundamente. Entonces le dije:

—El sol será peor para ti.

El globo incandescente caminó aún más hacia su trono, mostrando perfectamente su hegemonía. Mis ojos buscaron en la inmensidad del mar un cabrón barco aunque fuese fantasma, pero éste no acababa de aparecer.

—En este tipo de travesía no se puede predecir nada —sentencié en mi pensamiento y maldecí con la mirada la infinidad del lugar matizada de un azul perenne, y tras bajar mi vista escupí las mortales aguas.

Evitando caer en una depresión debido a la ausencia de algún elemento que pusiera fin a esta pesadilla, decidí observar con detenimiento el cuerpo inerte de Camilo. No me gustaba nada su aspecto, tal parecía que no respiraba. Dirigiéndome a Emilio Andrés, le dije:

—El negro no piensa despertar y así tú dices que cuando lleguemos nos vamos a mear de la risa con sus chistes.

Al no obtener respuesta alguna, me sentí ignorado y la repentina intranquilidad hizo mella en mí. Me volví hacia Camilo, y con cuidado de no lastimar su enllagada piel, lo toqué por un hombro, exhortándolo:

—¡Amigo!, anímate un poco que estás en "La Esperanza".

Una enorme fuerza se activó dentro de él y con su potencial, hizo volar lejos el abrigo y demás trapos que lo cubrían. Sus ojos se abrieron desaforadamente, y con la expresión de un condenado, realizó una mueca con su reventada boca que me horrorizó ante el eufórico grito de: ¡Libertaaad...! ¡Libertaaad...! Su robusta figura se arqueó y con la agilidad de un acróbata se puso de pie y saltó hacía el mar, seguido por un desgarrador grito que hirió mis oídos antes de desaparecer cual una roca en las oscuras aguas oceánicas.

Quedé estupefacto ante el histérico ataque manifestado a escasos centímetros de mí cara. Todas mis neuronas se petrificaron. No atiné ni a cerrar la boca suspendida en la última sílaba. Mi cerebro quedó desconcertado; no acertaba a explicar lo ocurrido.

Miré a Emilio Andrés buscando una respuesta, una ayuda espiritual a mi alma atónita, donde los desaforados gritos de ¡Libertad! quedaban incrustados dentro de mí. Comprendí que a él también le sucedía lo mismo pues había abandonado su posición y sus ojos no daban crédito a la realidad. Sus manos se aferraban a las sogas evitando tal vez que alguna fuerza oculta también a él fuera a elevarlo de su sitio y lanzarlo al mar.

Pasaron incontables segundos de incertidumbre espantosa y nada confesaba un halo de vida a la estremecedora tragedia que acababa de acontecer. La inmensidad volvía de nuevo a su impecable quietud cuando de las profundidades, cual salto de un corcho escapado del abrazo cristalino de su botella reapareció la figura de Camilo, acompañado esta vez por un patético y desgarrador rugido. ¿Qué era lo que le había sucedido a aquel ser?, no lo sé, no me lo podía ni responder. Sólo sé que al surgir Camilo con su agitar desesperado de brazadas inexpertas, no muy lejos de él rompiendo el azul oscuro de la pulida superficie, apareció como por obra de magia una enorme paleta de hechicero encanto y enigmático proceder que a pesar de brillar como si por su piel de apariencia metálica corrieran juguetonas estrellas; estas presagiaban lo peor. Sus destellos daban un tono distinto al aire, empañando la belleza de su aparición y anunciando la inminente desgracia que ya venía cortando el agua en dirección a nuestro amigo.

Lo que acontecía ante mi atónita mirada me congeló la sangre. Jamás imaginé ser espectador y soportar con impotencia el desarrollo de tal tragedia. En ese instante comprendí de golpe el significado de tener la sangre fría. Más en mi ser, la sangre ebulló toda en un momento y grité:

–¡Apúrate Camilo, apúrateee...! –fue toda mi alma lo que mi voz clamó.

Quise atraparlo con la palabra y traerlo de vuelta con la energía emanada en la desesperación de mi grito. Él comprendió con horror la naturaleza de mi voz y volvió el rostro buscando con desespero para conocer a su verdugo, pero ya éste había desaparecido sin dejar rastros.

Camilo me miró suplicante y lleno aún de vida, comprendiendo ambos que era demasiado tarde para burlar al destino. Su cuerpo sufrió un brutal halón que provocó la violenta elevación de sus brazos al romper la inercia como en un último adiós. Se sumergió sin tan siquiera proferir un grito. La onda marina junto a la del silencio sepulcral viajó hacia nosotros golpeando con descomunal furia el fondo de la balsa.

El pánico nos envolvió al extremo de inmovilizar nuestro valor e iniciativa. La balsa se desplazaba impetuosamente por la superficie del océano. De seguro Camilo en su afán por no perder la vida se había agarrado por el fondo a las cuerdas de "La Esperanza", y tal vez en su dolor se aferraba resistiendo hasta sus últimas energías.

–¡Va a virar la balsa coño, nos va a hundir! –retumbó la despavorida voz de Emilio Andrés que poseído por el espanto no paraba de darle patadas al fondo.

–¡No hagas eso coño, no hagas eso! ¡Es nuestro amigo quien está ahí debajo tratando de salvar su vida! –le grité desaforado.

La balsa comenzó a dar vueltas y vueltas, cielo y mar formaron una esfera en cuyo interior girábamos cual si hubiésemos caído en un remolino. Cuando logré controlar mi vértigo, habían pasado cientos de segundos en los cuales creí que nos había llegado el fin. Aún en mi psiquis estaba la impresión que el impacto dejó. Cuando recapacité, tan rápido como pude me calcé las botas, no para morir con ellas puestas, sino para de alguna manera defenderme de esta descomunal bestia que traía a la voraz muerte agazapada en su mandíbula.

Cómplices de la desgracia y el terror, emergieron otras paletas con el mismo brillo de estrellas que las identificaban. Y tal si nosotros fuésemos la diana de la apetencia, alcanzando velocidades envidiables las voraces fieras se sumergían frente a mi enclenque y fatigada balsa. ¿Qué coño era todo esto que nos acontecía y que por mi mente jamás pudo pasar? La única respuesta cierta eran, los infernales alaridos que el aterrado de Emilio Andrés había comenzado a dar. Todo el miedo del mundo se había dado cita en aquel lugar y cual fantasma enfurecido asustaba a "La Esperanza".

En el termómetro de peligro y nervios, el mercurio ascendía vertiginosamente hasta la cima de su escala y el miedo llegaba a un extremo sin límites. Sentí que mi estómago se estrujaba como nunca y mis tripas se enredaban en el peor nudo marinero; todo se perdía en el vacío de mi vientre que no tenía ya nada que expulsar.

Algunas aletas golpeaban con su lijosa piel las sogas desgarrando hebras de henequén. "La Esperanza" se estremecía violentamente a cada encontronazo de aquellos seres que presagiaban hundirnos para banquetearse al final de esta carnicería humana. Retiré mis manos de los bordes y me aferré con ellas a las cuerdas interiores, pues temí ser agarrado por un brazo y tirado hacia afuera por uno de estos impresionantes y sanguinarios monstruos. Tratando de huir de la realidad, con los ojos cerrados también yo comencé a gritar:

—¡Váyanseee... váyanse al infierno! ¡Váyanseee...!

No tenía valor ni para coger los útiles remos que permanecían cual barandas sobre "La Esperanza". Pensé que si los tomaba me los arrebatarían de las manos. Albergué la idea de que al tirárselos podían en su loco desenfreno morderlos y partirlos con sus inmensas fauces y que las astillas le atravesaran la garganta. Esto era sólo una idea pues nada más atinaba a implorar:

—¡Oh Jehová, sálvanos! ¡Ten piedad de nosotros y líbranos de estas sanguinarias bestias! ¡Sálvanos mi Dios, sálvanos!

Repitiendo la frase, me acordé de la botella con petróleo. Desesperadamente comencé a buscarla dentro de la mochila pero mi nerviosismo no me permitía hallarla. Por fin, al tenerla entre las manos, éstas me temblaban de manera incontrolable. Por un instante pensé que se me escaparía saltando hacia el mar sin tan siquiera haberla abierto.

—¡No te desesperes Nelson, no te desesperes! —ensordecía la orden en mi mente una y otra vez. Los gritos descontrolados de Emilio Andrés atravesaban mis tímpanos como disparos de fusil, y a cada impacto de éstos, se entorpecía la lógica tarea de mis dedos. Al fin, en un breve espacio de terrorífico silencio logré destaparla.

Prácticamente muerto de miedo comencé a verter sobre los bordes de la balsa el maloliente líquido que tan desagradable resulta al paladar de cualquier ser; ésto no era más que una hipótesis mía que en realidad no daba ningún resultado momentáneo. Parecía que jamás nos abandonarían. Dejé caer la botella para ver si alguno de ellos por equivocación se la tragaba y se le reventaba la gandinga; era mi más ferviente deseo, pues siempre he escuchado decir que el pez muere por la boca. Cierto es que se alejaron un poco, pero debido a las continuas apariciones mi colega no paraba de repetir que nos comerían de un momento a otro.

Temiendo lo peor, zafé un remo del cáncamo y al verme con él en mis manos, sentí seguridad. De repente un violento golpe debajo de mis pies me dejó estupefacto. Sentí sacudirse bruscamente el fondo de la enclenque balsa y temiendo que llegara a desfondarse, pues realmente no era la mía original, y atragantado con mi propio corazón, pegué un brinco que quedé ahorcajadas entre las dos cámaras. Si no me cagué fue porque no tenía con qué.

Sin atreverme a pensar en lo peor, con mi vista más ágil que nunca, vigilé a mi alrededor toda la superficie del mar. Repitiéndole un sin fin de veces a Emilio Andrés que se callara, llegué hasta el punto de casi olvidar al verdadero enemigo y acometer algo infame; instinto éste que me hizo reflexionar pues yo dejaría de ser yo.

—¡Van a virar la balsa! —repitió varias veces desesperado.

Más calmado pero autoritario, le dije:

—¡Cállate! ¡Cállate!, que no se van a subir a la balsa, sólo ocurre en las películas y no quiero creer en ellas.

A puro llanto y temblándole la voz, Emilio Andrés me imploró:

—No quiero que me coman vivo, quiero regresar.

—¿Regresar...? ¿A dónde? —cuestioné boquiabierto. En ese mismo instante un enorme escualo comenzaba a hundirse con prepotencia a un costado de "La Esperanza" logrando que ésta se inclinara peligrosamente hacia su lado. Quedamos mudos, y cuando otro repitió su osadía, un instinto emanó hacia mi pecho y con la agilidad y destreza de un guerrero, empuñé el valeroso remo y se lo presenté de golpe cual la más mortífera lanza. El encontronazo con el escualo provocó un estremecimiento de todo mi cuerpo. Sentí como el borde del poderoso remo perdía astillas de su resistente madera sobre la curtida piel de la bestia. Por un momento realmente pensé que viraría la balsa, pero yo estaba decidido a vender cara mi vida.

—¡La vira, la vira...! –gritaba Emilio Andrés cual disco rayado.

—¡Cállate, cojones! ¡Cállate y verás cómo le meto otro leñazo! – Esta vez mi voz sonó más firme, y al instante un enorme tiburón asomó su desafiante y terrorífica mandíbula, viéndosele con claridad hasta la campañilla. Más pálido que un fantasma pero con todas las fuerzas de la cobardía, le incruste de a lleno la punta del valiente remo en el ojo. El impacto me hizo caer de bruces en la maltrecha balsa, y sabiendo que no era éste el lugar más seguro, casi sin aliento, tan rápido como pude me incorporé empuñando nuevamente mi poderosa arma. Decidido y en mejor posición para el duelo, enarbolé el invencible remo.

—¡No quiero que me coman vivo! –gritaba mí acompáñate, y en mi furor, con ironía sentencié:

—¡Cojones… para de gritar que te va a dar un infarto! ¡Entonces si te van a comer, coño, pero muerto!

Él, al igual que yo, vio las desafiantes aletas que nos merodeaban.

—¡Hijos de putas! ¡Me cago en el coño de su madre! –grité desafiante.

—¡No los provoques coño, no los provoques! –dijo mi compañero cagado de miedo, y yo lo miré lleno de coraje.

Con sus ojos llenos de desatino y ambas manos a los lados de su cara, él, tras una mueca de terror, en un susurro me dijo:

—Por tu madrecita coño, no los cuquees que no me quiero morir.

Guardé silencio y tal cual fiero león soberano de una pradera, levanté mi rostro, y lleno de coraje, con mirada desafiante observé el mortal océano. Hinchado de valentía, expresé:

—Te juro por mi madre que si alguno de estos hijos de putas vuelve a salir, le voy a espantar un remazo en la cara que le voy a aflojar un diente.

—Quédate tranquilo –me rogó él en la cordura que su pánico le permitía.

—Tranquilidad viene de tranca y a trancazo sabrán quién soy yo – expresé con un coraje que yo mismo desconocía.

—¡No quiero morir! –exclamó a toda voz Emilio Andrés.

—¡Ni yo tampoco! –dije secamente, y de nuevo le ordené callarse, justo cuando dos enormes aletas dorsales cruzaban frente a nosotros.

–¡Nos comerán vivos! ¡Coño, nos van a comer! –gritó desaforado.

–¡Cállate y no seas tan pendejo que ellos no van a subirse aquí! –proferí lleno de fiereza y le ratifiqué–. Mientras yo tenga este remo en mis manos. ¡No lo podrán hacer!

Aún no había terminado de manifestarme, cuando una de estas enormes bestias marinas surgió aparatosamente con su mortífera fauces abierta a decir no más y elevándose regiamente frente a mí más de un metro, mostró toda su hegemonía. No sé de dónde provino aquella descomunal potencia con la cual descargué mi valeroso remo sobre su hocico. Sentí crujir mi poderosa arma hasta su raíz y nuevamente caí de culo en la balsa.

Aferrado con mis manos al invencible remo, quedé atrincherado en el fondo de la endeble balsa. El momento era crucial y el intenso azul del cielo fue el reclamo para exhortarme a vivir. Presioné mis mandíbulas, respiré hondo y de un tirón me erguí nuevamente. Mi mirada no perdía detalles escudriñando la posible reaparición de las sanguinarias mandíbulas reinas del indomable mar.

Totalmente incapacitado para controlarse, Emilio Andrés invadido por el miedo no hacía ni lo más mínimo por ayudarme.

–Saben que estamos aquí, están enviciadas de carne humana, no esperarán a que otro caiga para saciar su hambre, ¡volverán y virarán la balsa! –vociferó tras una máscara de frenesí matizada por el brillo de unos ojos preñados de terror ante el fatídico momento presenciado.

Con increíble lucidez me alertó sobre lo bien que conocían estas endebles cámaras de la muerte y me recordó cómo a pesar de mi osadía, una de las bestias chocó la balsa para virarla y que la última casi se sube en la balsa. Según él, todo era cuestión de esperar, y a la sazón lleno de valor definí:

–¡Qué se atreva a tirarme otro mordico cojones, qué se atreva, qué tú verás cómo le arranco los dientes!

–¡Coño blanco! ¿Tú estás loco o qué? Tú eres un tipo inteligente, ¡recapacita y piensa coño! ¡Piensa…! ¡No los cuquees más! –me suplicó ahogado de angustia.

¡Qué coño! Yo no tenía tiempo ni de pensar. Era la primera vez en mi vida que me enfrentaba cara a cara con la pelona. Era mi primer momento de vida o muerte y al menos yo estaba batallando por mantener mi vida, al menos yo no quería que éste fuese el final de mi existencia.

Lejos de lograr calmarlo dentro de esta situación sin salida, Emilio Andrés no paraba su cantaleta respecto a que los tiburones terminarían virando la balsa y comiéndonos; cual carnada barata sería nuestro fin.

Tal condición no le permitía organizar su ideas. Tuve miedo; comprendí que un peligro mayor me acechaba. A mi lado, un ser humano se encontraba desesperado y fuera de sí, incontrolable, impredecible, capaz de cualquier cosa con tal de salvarse. No comprendía la necesidad de la serenidad de estar unidos para lograr vencer a este lugar infestado de maldad.

A pesar de mi gran nerviosismo y la enorme presión a la que se sometía mi cerebro, recurrí a toda mi paciencia explicándole que no había peligro de ser devorados mientras no cayéramos al agua. Aquí sobre "La Esperanza", con mi titánico remo entre mis manos, estaríamos seguros. Al menos yo pensaba eso pues estas bestias con sus enormes saltos echaban por tierra todo cuanto de ellas conocía. Y harto ya de escucharlo por no sé cuánto tiempo, le dije:

–Tienes que controlarte o terminarás mal. ¡Mira que trágico final tuvo Camilo!

El enmudeció cual si un embrujo lo hubiese tocado, y serenado como quién dice, sólo me miró.

El destino nos sometía a una prueba donde la calma, el valor y la paciencia, resultaban las únicas armas. Desde el comienzo debía haberme madurado la idea de que la muerte estaría presente y que con todo su rigor me visitaría al menor descuido, siendo la justificación perfecta para jamás apartarse de la balsa y como sombra acompañar la travesía. Tal era su costumbre en estos parajes. Aunque no la aceptara de viajera, debía estar consciente de que la muy obstinada se aferraría a nuestras almas y velaría el más mínimo fallo para halarnos a su mundo de lamentos y tinieblas.

Tratando de salir de toda esta atmósfera hostil e incierta que nos brindaba el destino y sabiendo que el amargo y horroroso momento ya quedaba atrás, comencé por darme ánimos a mí mismo, y lo logré, intentando sacar a Emilio Andrés de su estrés. Le pedí que volviera a la realidad, que por favor, que por un momento pensara en él, en su familia; debía sobreponerse y hacerle frente a las dificultades para sobrevivir. Le hice algunas observaciones sobre su estado de salud, sobre la gravedad de sus quemaduras y la importancia de protegerse contra el sol.

El amargo y horroroso momento iba quedando atrás. Mis palabras habían recobrado la calma y en igual tono continué:

—Mente positiva, lo que pasó paso y no va a pasar más.

Él asintió con la cabeza y en un lamento expresó:

—Qué manera más horrible de morir.

—Nadie sabe dónde la tiene –sentencié.

—¡Tú lo despertaste! –me incriminó con fuerza.

—Fue para darle agua –especifiqué, y él alegó:

—¡Coño, era como mi hermano!

Las lágrimas no le permitieron continuar, los recuerdos se le derramaron del alma ahogándole las frases.

—Amigos como él quedan vivos dentro de uno –expresé y evitando una nueva recaída, le exhorté–. ¡Ánimo, con fe llegaremos!

Me urgía mantener un equilibrio en su estado emocional. A pesar de pedirle que pusiera de su parte, él continuó sumergido en recuerdos que sólo le estimulaban a sollozar.

El viento batía con alegría la banderita y mi ropa la imitaba. La mar comenzaba a rizarse hermosamente. Hacía mucho que las terribles apariciones no se presentaban, y después de aquella ausencia, con mucha cautela y evitando movimientos bruscos en "La Esperanza", acaricié el homérico remo, y sonriéndome le dije:

—¡Tremendo leñazo le diste, de veras que se la sintió!

Una gran sonrisa afloró a mis labios y mientras me reía, para mis adentros pensé:

—Gracias al Dios verdadero no hizo falta más.

La monotonía del tiempo se deslizó como siempre, y quienes me hicieron caer en la cuenta del mismo, fueron los rayos del sol que parecían volverse fuego y contribuían a una progresiva deshidratación del cuerpo.

—¿Qué va a ser de nosotros? –preguntó Emilio Andrés con voz temblorosa, y muy calmado le dije:

—Lo que Dios quiera.

—Tengo hambre y sed, mucha sed –el tono de su voz llevaba tatuada la tragedia, e intentando frenarle la idea, le comenté:

—Piensa en todo lo que te he dicho. Necesitamos tener la mente clara para poder llegar.

Mi propia frase me hizo reflexionar en todos los aspectos y miré las palmas de mis manos que habían dejado de punzarme, pero al observarlas me impresioné. El aspecto de ellas era alarmante, estaban repletas de gigantescas ampollas llenas de líquido acuoso. El alterado relieve adquirido por la deteriorada epidermis mostraba un conjunto de horrible aspecto y como no se había explotado ninguna burbuja de esta nueva generación, el ardiente dolor característico en este tipo de heridas no se había agudizado.

Ejercité el remo sólo a secas y bajo techo, pero con el rigor de la marea, el salitre, la humedad y el sol, ni imaginármelo. Mis manos no estaban curtidas para la faena, lo comprendí el día anterior y lo ignoré. Estaba seguro de que al reventar y largar la débil epidermis, esta lesión se daría a conocer con su insoportable ardentía. Me sobrepuse a la impresión que la misma me causaba, y mostrándoles las manos a Emilio Andrés, le dije:

–¿Ves? Esto ha sido el remo que he dado y no me quejo, al contrario, me censuro a mí mismo por no haberlas llenado de callos. Ahora serían útiles, pero fíjate lo que les voy a hacer, a una prueba más le salgo al frente sin miedo.

Llevándome la palma de la mano a la boca, comencé a mordisquear las enormes ampollas haciéndolas jirones. El agrio licor salpicó mis labios resecos por el sol. El baño de amargura en mi paladar no terminó hasta no dejar ni una burbuja, y para concluir, pasé las manos rápidamente sobre la superficie del mar.

Me estremecí desde las yemas de los dedos hasta el culo. La sensación fue semejante a tocar una hornilla eléctrica en plena labor. Los dedos se engarrotaron cual si en ellos convergieran inigualables fuerzas alrededor de sus huesos. No podía estirarlos por más que lo intentara. La respiración se me cortó bruscamente, y el aire escapado, pensé que sería el último. Estupidez más grande creo que no se le ocurriría a nadie. Apretando los dientes y logrando tomar un poco de aliento, articulé:

–¡El mar está hecho para los hombres!

El coraje me regresaba al cuerpo y la frialdad de la fatiga se volatilizaba con el llamear de mi sangre. Con más ánimo continué:

–Ahora me arden cual si sostuviera brasas al rojo vivo pero dentro de unas horas estaré más aliviado. El rigor de esta vida las van a curtir como nunca antes, entonces estaré listo para seguir dándole lucha a este mar que trata de volver inciero nuestro futuro.

Su expresión de miedo y desconcierto había desaparecido. Semejaba que no se encontraba aquí ni en ningún otro lugar; era el verdadero rostro de estar y no estar. Por unos segundos pensé que me había oído pero también me parecía lo contrario. Sus manos ya habían liberado las sogas y situadas sobre sus muslos mostraban un aspecto inofensivo. Él semejaba un escolar escuchando la nota insuficiente de una matemática que el hacía tiempo sabía que no aprobaría por falta de estudios. La palabra importancia no existía para él, y si existía, no lo demostraba. Parecía que nada fuera real, como si no hubiera lógica, como si su interés se hubiera escapado corriendo sobre las olas y lo estuviese esperando allá, en lo inesperado. El limbo en el cual se encontraba no presagiaba nada bueno; daba la impresión de estar sentado en un trono de sedantes y toda esta calma me daba miedo. Prefería conversar, hablar de cualquier cosa aunque fuese una bobería, pero sentirme acompañado era vital. También concluí que resultaba mejor la soledad de antes a tener un loco por acompañante.

Cuando sentí más calmado el latir de mis llagadas manos y estabilizada mi ecuanimidad, me quité la camisa y cogí la manga a la altura del codo y la mordí desgarrándola por completo a la redonda. Realicé la misma operación con la otra manga y luego las ripié en tiras. Miré mis heridas y comprendí mi estupidez, tragué en seco y alzando mi triste mirada al cielo, muy para mis adentros un tongón de veces grité:

—¡No me abandones Padre, no me abandones!

Delicadamente me vendé lo mejor que pude las manos, haciéndome al final un ligero nudo con la ayuda de mis dientes. Las gotas de sudor que rodaron por mi frente fueron más por el dolor que sentí que por el calor que había.

Volví a ponerme mi camisa y miré a mí alrededor, el mar dormía el bochorno del día, la tarde resultaba apacible, y así, sobre este oscuro y trágico azul oceánico se balanceaba "La Esperanza".

Ya no existían señales de los tiburones. Nadie podía asegurar dónde estaban y era mejor así. El no saber dónde estaban ni saber si estaban, era mejor no pensar en ellos, al menos mientras reinara la calma. Recordé que los perros conocen nuestra cobardía debido a la emanación de adrenalina y ésto ocurre sin uno orientárselo a las glándulas suprarrenales. No soy supersticioso, ¿pero quién conoce los enigmas de la naturaleza?, puede ser posible que exista otra vía para avisarles a estos carnívoros oceánicos; sólo Dios sabe, tal vez dejó algún canal de comunicación abierto y uno a veces peca de ignorante.

—Mente positiva —repetía mí pensamiento con fuerza, pues debía evitar cualquier extraña conexión telepática, y sin subestimar la lógica, en oración al Altísimo, le pedí:

—Por favor Amoroso Padre Celestial. ¡Aléjelos!

Decidido a olvidar la tragedia, me acomodé lo mejor que pude en la improvisada balsa quedando de frente a la escasa brisa que ahora corría, logrando también con ésto evitar a respirar cualquier eventual gas de Emilio Andrés.

Conociendo que ya había pasado el peligro, nuevamente me quité las botas pues la picazón en mis pies avisaban de prevenir que se me pudrieran los dedos. Entonces dejé que los tórridos rayos solares actuaran sobre las hondas grietas que sin piedad el hongo labraba en mis pies, y contuve los enormes deseos de darme uña en los dedos, y opté por frotarme las pantorrillas con el reverso de las manos vendadas.

La desierta soledad vestida de azul seguía tan indiferente como días atrás. La calma y el silencio sepultaban las paredes de mis oídos bajo aquel sol abrasador. Lleno de nostalgias, nuevamente pensé:

—Ni una gaviota.

Alzando mi vista en busca del añorado detalle, quedé atrapado por el implacable paso del tiempo.

Cuanta belleza de azul en este mar lleno de aventuras, secretos, amores y desgracias que se han bautizado en sus salobres aguas llenándola de historia. Cuantas esperanzas y sueños se hunden, flotan o nadan, buscando un lugar firme al cual aferrarse para convertirse en realidad. Cuantas alegrías y tristezas se enredan en su brisa perfumada de océano. Cuanto miedo se huele en sus olas preñadas de sal cuando asfixian las ilusiones de hombres en busca de libertad. Son demasiadas las historias sumergidas en estos parajes donde nadie puede señalar o marcar el sitio exacto en el cual corrió la sangre, un grito cortó el espacio o desapareció una vida. De sólo imaginar la resurrección de alguna voz clamando ayuda o justicia, me ponían los pelos de punta.

–¿Qué duende maléfico se había cobijado en mí provocándome pensamientos tan grises como los que me invadía ahora? –cuestionaba mi mente– ¿Qué coño me estaba sucediendo?

Sacudí la cabeza cual si con el gesto pudiera dispersar tales preocupaciones. Ahora inmerso en mí mismo, comencé a pensar en cómo mantenerme vivo y conservar mis fuerzas para sobrevivir en condiciones aún peores, en caso de no ser rescatados en el lapso de este día o el siguiente. Mantenerme sereno hasta que fuésemos localizados por alguna embarcación era mi mayor anhelo. La lucidez era prioridad; la idea de volverme loco me aterraba. Me urgía enfrascar mis pensamientos en alguna actividad, entretenerme en algo que fuese capaz de hacerme olvidar la demencia del fracaso y mantener mi identidad.

Sentí ganas de pararme y estirar todos mis huesos, pero no lo hice. Con la punta de los dedos protegí mis párpados al cerrar los ojos. No podía resignarme a un triste final, y más sabiendo lo bella que es la vida. Con los ojos cerrados toda mi vida parecía fundirse en sólo un instante, un instante bello e inolvidable. Abrí nuevamente los ojos y contemplé la exquisita transparencia de un cielo salpicado de finas cintas blancas que llenas de frescura aliviaban la vista a la altura del horizonte; convirtiendo su presencia en un hermoso detalle que justificaba el abrazo de ambos elementos. En medio de estos dos océanos: aire y mar, a la buena de Dios, "La Esperanza" cargada de sueños y dándome refugio, resultaba una vela al viento hinchada de ilusión que justificaba nuestra presencia por las ansias de vida y libertad, de una vida y una libertad que parecían haber huido de la destruida pero aún linda Cuba que hoy dejábamos atrás.

Mis ojos se empañaron al recordar a mis padres. La tristeza en los ojos verde claros de mi madre, el silencio de su voz y el amor que germinaba en su piel. No tenía forma para traerlos y los dejaba con la esperanza de volver a vernos algún día. Iba con la perspectiva de vivir con decoro, de abrirme paso desde el más humilde trabajo para poderlos ayudar con algún dinerito. Como palomas blancas, volaban los pensamientos dentro de mi cerebro. Cuántos sueños bonitos al lado de mis viejos tenía que romper. Cuánta amargura, incertidumbre y dolor estarían pasando en estos momentos al ignorar mi paradero, y desesperados le estarían pidiendo misericordia a todos los santos y vírgenes y al Señor.

Pasaron horas de infinita soledad entre el pestañar inevitable de mi cansancio y de nostálgicos pensamientos, sin que nada rompieses la monotonía del perenne paisaje que arropaba nuestras almas.

El murmullo de una fañosa risita me hizo regresar del letargo en que me encontraba. El: ¡Ji, ji, ji...!, escueto y sarcástico de su reír, terminó por romper el embeleso de mis recuerdos.

—¡Ja, ja, ja...! —Esta vez su desaforada carcajada me hizo alzar la cabeza, cuando ya era demasiado tarde para detener lo que acontecía.

—¡Una Lagartija! ¡Ja, ja, ja...! —carcajeaba lleno de frenesí.

Por encima de mi cabeza volaba un pomo que caía a varios metros de la balsa, en su interior, mi tierna mascota brincaba cual si jugara con el balanceo del envase sobre la superficie de las olas.

—¿Para qué querías una lagartija? —preguntó mordazmente y burlonamente agregó:

—Seguro es un trabajo de brujería, ¡Ja, ja, ja...! ¡Brujeríaaa...! ¡Que se la coman los tiburones...! ¡Ja, ja, ja...!

—¿Qué has hecho?, ¡Cojones...! ¿Qué coño hicisteee...? —le grité.

—¡En esta balsa ya no queda nada! —informó con la mayor socarronería que he conocido y con su horrible bufonada continuó:

—¡Ja, ja, ja... nadita de nada, ja, ja, ja...!

Me incorporé y sentándome sobre el borde de la balsa descubrí horrorizado un pomo vacío entre sus piernas pegotes de miel sobre el nailon de las tostadas, y encima de éste cáscaras de plátano. También había desgarrado el pulóver como buscando alivio a su enllagado cuerpo.

—¿Qué coño tú has hecho? —le cuestioné en un grito que llevaba la fuerza que emanaba de mis entrañas.

Abalanzándome sobre él con el ímpetu de un ciclón, usando izquierda a manera de candado lo agarré por el cuello y eché con violencia mi cuerpo hacia el fondo de la balsa. Ante la enorme presión y el dolor provocado por el encontronazo con su deteriorada piel, Emilio Andrés profirió un alarido indescriptible. Mi brazo desgarró toda la epidermis de su cuello y parte de los hombros como si fuese la seda vencida de una antigua prenda de vestir. Al instante mi camisa se enchumbó de sangre. El dolor de la carne en vivo activó de golpe las más ocultas energías de sus músculos. Ante su furia, le pegué un potente puñetazo por el tronco de la oreja que lo hizo girar con descomunal violencia provocando la perdida de la invicta estabilidad de "La Esperanza". Mi heroica balsa, esta vez desestabilizada por completo, se viró hundiéndonos junto con todas las cosas en las oscuras y profundas aguas llenas de maldición.

Apenas habíamos empezado a sumergirnos, cuando lo solté. Mis ojos jamás se cerraron. Pude comprobar la impresionante e inconfundible intensidad del azul hechicero y embriagador del océano que para mí resultó hasta siniestro. Una huella indeleble se marcó en mi memoria. El contraste de este azul con el intenso brillo de la superficie y la tenue pero perceptible mancha rojiza de la sangre de Emilio Andrés, me indicaba que muy pronto cual apetitosa carnada, su olor atraería a los enviciados y despiadados depredadores oceánicos.

Las ansias de vivir se concentraron en mí. Haciendo caso omiso a la tan refrescante inmersión, semejante a una rana en apuros alcancé la balsa, y aprovechando el impulso, al salir estiré mis brazos que golpearon con desatino la superficie salvadora. Mis dedos, haciendo caso omiso al dolor, se aferraron como presillas a las sogas del fondo, y al instante, el descomunal tirón que mis brazos dieron hizo real lo imposible, y quedé agazapado sobre el fondo de mi balsa.

El corazón me latía tratando de escaparse de mi tórax. El jadear de mi boca no tenía rival. Mis pulmones se inflaban cual globos de cumpleaños para desinflarse con igual rapidez. Me incorporé un poco y logrando una mejor posición, me subí el pantalón ajustándolo como pude a mi cintura.

La malla protectora del fondo presentaba irreparables desgarraduras que eran producto de las feroces mordeduras y tirones dados por los hambrientos tiburones. De no haber sido por mi hombría, aquellas poderosas fauces hubieran acabado devorándonos. Emilio Andrés con sus propios esfuerzos había logrado hacer lo mismo, y al observar los estragos se llenó de pavor.

La ira de mis ojos lanzaba fuego sobre el rostro de Emilio Andrés, que ahora estúpido y miserable temblaba como una hoja al viento ante mi enérgica mirada. Idéntica a una máscara de cera derritiéndose ante el fuego, su boca se arqueaba de miedo.

Tras el breve paseo por el tenebroso océano, sólo se oía el jadear de nuestras almas colmadas de espanto. Ni tan siquiera proferíamos palabras de agravio. Mi espíritu reconocía las ansias de vivir, vivir... ¡vivir era lo que yo quería! La impotencia ante la idea de poder morir por culpa de un estúpido que sin un ápice de conciencia lo echaba todo a perder, me aplastaba el pecho.

Mi mente vacilaba entre tirarlo de nuevo al mar o estrangularlo con mis llagadas manos. No sabía si yo realmente era capaz de concretar este instinto, aunque las ganas me impulsaban sobre él. Justo cuando me preparaba para la acción, recapacité y comprendí que la victoria sería pírrica, y que a partir de este momento dejaría de ser yo, pues aunque con algún por ciento para sobrevivir, sería un mierda. Conteniendo los deseos de volverme loco y terminarlo todo allí, clamé a mi cordura; aún, todo no estaba perdido.

Mi cuerpo mezclaba el sudor con el agua de mis enchumbadas ropas y mi incipiente barba rala continuaba goteando parte del susto oceánico. Tragué saliva y soplé mi nariz llena de moquera. Entonces comencé a respirar con más calma, tratando de organizar mis pensamientos.

Qué tipo tan estúpido me regalaba el destino, venir a morir con un derrotista como este no lo soportaban ni mi intelecto ni mi coraje. Me detuvo un: ¿Por quéee...? que me campaneó en la mente, y al replicarse con un: ¡Cálmate, has acopio de tu paciencia!, volví a mí y comencé por decirme mentalmente:

—A este desesperado, incapaz e ignorante compañero, regalo de la cabrona suerte, hay que controlarlo. —Pues con mi propia furia había agravado aún más la situación de la cual teníamos que salir lo antes posible.

Su cuerpo sangraba cual si fuera sudor y tenía parte del hombro en carne viva. Yo no podía esperar un ataque de los escualos en estas condiciones, pues de seguro resultaría en un excelente bocado para sus entrañas. Era el momento de poner a prueba una vez más mi valor y mi astucia, y si él dudaba... yo no.

Él no dejaba de mirar a su alrededor en espera de que algo monstruoso saltara fuera del agua y se lo tragara de un solo bocado. No lo niego, también mis ojos con gran temor registraron todo a mí alrededor, pero la quietud del lugar únicamente era alterada por nosotros. Una ligera brisa me refrescó con suave caricia y alivió mi fogoso y sudoroso rostro; la ternura de su airecillo atravesaba la ropa mojada pegada a mi cuerpo.

Me soné la nariz una vez más, y retirando el pañuelo atado a mi cabeza, me limpié la misma, frotándomela con el desgastado trapo.

No muy lejos vi flotando mí poderosa arma que ya llevaba un rumbo desconocido. El saberme sin ella me provocó un nudo en la garganta que rodó hacía mi interior apretándome el corazón. Pensé que se me iba a rajar el pecho. Mis ojos se estrujaron a decir no más tratando de agarrar aquel titánico remo. Vi otras cosas que no pude identificar, y sabiendo lo importante que eran, una tristeza enorme me mordió el alma. Cerrando los ojos el desánimo caló en ellos. Qué ganas de llorar tan inmensas, la impotencia y la soberbia me quemaban por dentro. Tanta rabia no cabía dentro de mí, y sin poder evitarlo le grité:

—¡Has jodido todo esto, ni tirándote aquí mismo pagas!

Apreté mis puños amenazadoramente, y lleno de ira continué:

—Has puestos todos mis esfuerzos al borde de un abismo. He estado luchando contra la adversidad que este viaje por sí mismo impone. ¡Te he ayudado con cojones y mira la mierda que has hecho!

Sólo se atrevió a mirarme lleno de pánico.

—¡So mierdaaa…! –grité en respuesta a su mirada. Inspiré hondamente y con descomunal saña mi ira pronunció la orden:

—¡Páaarateee…! ¡Así no vamos a quedarnos! ¿Oíste bien? –le grité con voz ronca y autoritaria, y terminé:

—Voy a voltear la balsa a su posición original.

—¿Quéee…? –cuestionó boquiabierto.

—¿Qué, qué de quéee…? –espeté alterado y le grité:

—¡Voy a virar la balsa!

Sus ojos se abrieron de manera espantosa, pero ignorando su mirada de loco y haciendo caso omiso a sus súplicas, me puse de pie en un lateral de la balsa, justo en el borde, y doblándome hacia delante, agarré las sogas del otro extremo. Sentí como el ardor mordía en mis manos. Él, casi en un ruego, expresó:

—¡Espera!, me tiemblan las piernas.

—¿Y a mí qué cojones me importa? –le grité.

—¡Espera! –gritó nuevamente y clamó:

—¿Tú no vistes la sombra?

¡Cooñooo…! Les juro que la palabra sombra me partió el pecho en dos. El rostro se me frisó con los ojos abiertos a decir ¡no más! imaginándome la bestia.

—¿Cuál sombra? –cuestioné casi sin voz.

—Una enorme sombra que vi ahora mismo aquí –me contestó

temblándole la voz. Y acto seguido lleno de furia ante lo que se me avecinaba, le inquirí:

—¿Dónde? Dime dónde coño, dime dónde la vistes.

—¡Aquí... aquí abajo! —respondió a puros gritos.

—Yo no vi nada —le contesté, más él me aseguró:

—Te lo juro por mi madre que pasó por aquí.

Señaló extendiendo temblorosamente su brazo derecho.

Miré detenidamente aquellas oscuras aguas y mentalmente me dije:

—No dejes que te metan miedo ni te sugestionen que esto aún no es el final, y si lo fuese ¿qué?, algún día uno tiene que partir.

No lo niego, ya ustedes se imaginarán como estaba por dentro, pero sabiendo que nadie se muere la víspera, como bien dijese mi bisabuela Josefa; encojonado como estaba, ya me daba lo mismo ahora que nunca. Sin dar tiempo a más y olvidándome de sus alaridos, comencé a balancear toda la armazón a manera de cachumbambé. En el impulso preciso, tirando con las manos hacia arriba, logré despegar la balsa de la superficie del mar y cual delfín saltando al cielo, el borde describió un arco cayendo sobre nosotros, sumergiéndonos esta vez de forma calculada; al menos para mí.

La inmersión volvió a trasmitirme la idéntica sensación de pánico de la primera vez; logrando el efecto necesario para activar mis músculos, y con la agilidad de un pez volador caí en el centro de "La Esperanza". Volví a ajustarme los pantalones, más esta vez a la altura de la mitad de mi barriga. La cobardía se reía de mí al comprobar con honda satisfacción que jamás me había separado más de tres metros de "La Esperanza". El amarre hecho el día de la salida funcionó según lo previsto, sin tan siquiera yo haber recordado ni notado su presencia. Una sonrisa de victoria afloró en mi rostro por el éxito de esta arriesgada maniobra y me sentí disfrutar la necesaria frescura del baño de mar.

Emilio Andrés se encontraba a salvo nuevamente, semejando más un conejo asustado que un descascarado tomate hinchado, y llevándose las manos al rostro, comenzó a lloriquear y a jirimiquear.

Debido al nudo practicado en el cáncamo de la empuñadura, el otro remo jamás abandonó su lugar. Eché manos a la obra y lo zafé en un dos por tres, y con esta valerosa y abnegada pieza, comencé a dar remo a un lado y otro de la balsa en dirección al primer objeto que veía flotando. Cuando ya me aproximaba, dejé que el impulso me arrastrara. Era un pomo semihundido al que le faltaba la tapa. Lo recogí y sin perder tiempo busqué con la vista por todos los lados.

–¡Cojones!, no veía nada. ¿A dónde habían ido a parar todas las cosas? –me cuestioné lleno de desesperación y seguí:

–¿Y el remo? ¿Dónde coño está?, no podía haberse ido muy lejos.

Me puse de pie y con más sosiego busqué a mi redonda, localizando otro pomo. Haciendo caso omiso al dolor de mis manos y a la dificultad para remar de esta manera, con mayor ánimo me lancé en su búsqueda y aplicando la misma técnica lo alcancé. Resultó ser el pomito que contenía algunas pastillas. Había rescatado el pequeño botiquín, para mí una de las provisiones más importantes de la travesía. No muy lejos había otro envase a la deriva y fui a su encuentro; mi ingenua "Entretenida" estaba adentro.

Ya en mi mano acaricié el envase, y mirando a Emilio Andrés le espeté:

–¡Es mi mascota, mi compañera de viaje!

No pronunció palabras, inexpresivamente miraba el fondo de la balsa. Su pasividad llevaba implícita su culpa y al mismo tiempo lo mostraba arrepentido. Su nula actitud respecto a darme alguna ayuda continuaba siendo la misma. Ahora como nunca antes comprendí que estaba sólo para llevar a cabo esta odisea.

Con gran esfuerzo logré que mi vista abarcara una mayor área; nada se movía a la redonda. El desánimo me mordió sin piedad, podía localizar nada de nada, sólo la mar en calma provocaba su típico vaivén como consuelo a mi desesperación. Más la suerte que se viste de mil maneras enfundada en la mano de Dios, me mostraba a pocos metros a la derecha mi gallardo remo.

–La desesperación estimula la ceguera –sentenció mi razón, pues estaba casi al lado mío y no lo había visto. ¡Qué alegría más grande coño, me sentí renacer! Le eché mano a la sobreviviente pieza, la alcé cual si fuese la antorcha de los conquistadores del fuego, y con toda mi alma en el cuerpo, grité:

–¡Llegaréee…! ¡Claro que sí…! ¡Llegaréee…!

Me sentía eufórico con mis pírricas conquistas y después de recoger las provisiones y contabilizarlas varias veces, nuevamente me puse de pie y tiré otra ojeada agudizando mi vista lo más que pude. Lo único que el océano mostraba era desamparo. Resultaba imposible encontrar algo, todo cuanto caía en estas oscuras aguas era tragado al instante, desaparecía en cuestión de segundos.

Sentí que el mundo se me venía abajo y por un momento quedé hipnotizado ante el inconmensurable murmullo del mar, bullente y movedizo que, matizado como siempre de su genuino azul Prusia, hacía ver belleza aunque fuese el final. Algunas nubes manchadas de gris corrían desde el horizonte en dirección a nosotros; excepto éstas, nada perturbaba el paisaje.

−Ojala ustedes pudieran avisar de nuestra presencia aquí −Fue la frase que me vino al pensamiento, pero no eran otra cosa que distraídas viajeras enamoradas del cielo. Bajé mí derrotada mirada hacia la superficie del mar y lleno de nostalgia, mentalmente reflexioné:

−¿Y los pomos de agua que estaban llenos? Este cabrón no pudo bebérselos todos, quedaban tres, y beberse varios litros de cada pomo me parecía imposible. Debería quedar al menos uno, nadie se podía tomar esa cantidad de agua.

Era vital encontrar ese envase con su preciosa carga. Aunque no cejé de buscar con la vista durante más de una hora, la suerte no me acompañó.

Comencé a darme por muerto. El espíritu de derrota se cobijó en mi cuerpo sumándose al ardor de mis manos que daban latidos cada vez más desesperantes. Me zafé las vendas y, luego de enjuagarlas en el mar, me las volví a colocar. Pensativo como nunca, comprendí que en medio del mar de nada vale la sabiduría de la vida sino tienes ningún conocimiento o experiencia de marinería. Convertirse en náufrago pudiese ser el final de un mal marinero, pero no de un balsero, pues un balsero en sí, es quien decide escapar de una sociedad naufragada que te arrastra a un abismo insalvable. Me vino a la conciencia la frase que un domingo en la playa mi bisabuela Josefa me dijo una tarde de pesquería al verme con un pescadito que había capturado: "Marinero somos y en la mar andamos".

Bueno, eso aquí no iba conmigo, pues en todo caso sería. Balsero somos y la mar cruzamos.

Hinchado de orgullo miré mi hermosa banderita que ondeaba feliz. Ella era mi Cuba. Ahora ella era el pedacito de Cuba que llevaba conmigo y que me estimulaba a seguir. Fue el ondear libre y soberano de ella el que me trajo a la memoria aquel 20 de Mayo en que William muy orondo y lleno de cubanía salió desde su casa a la calle con nuestra hermosa insignia de la estrella solitaria ondeando su estirpe mambisa e ideal Martiano. Con enorme orgullo y solemnidad, William caminaba por el centro de la calle, iba solo, nadie se le acercaba, todo el que le veía solo lo miraba, nadie ni tan siquiera hacia una exclamación. La perplejidad de cada transeúnte se ponía de manifiesto en sus rostros. William, más gallardo que de costumbre, continuaba su silenciosa y patriótica marcha sin que ni tan siquiera lo inmutaran los autos en marcha. Lo vi pasar frente a mi casa, y como quien no quiere las cosas lo seguí discretamente por la acera. Desde el sector de la policía lo vieron pasar. La bandera ondeaba como nunca, se veía feliz, bella, hegemónica. ¡Qué linda mi bandera cubana! Era ella como nunca, nadie la gobernaba, solo William continuaba marcha abajo por toda la avenida. Los mudos transeúntes contemplaban la cubanía de aquella escena y justo al llegar al parque Dolores, dos carros patrulleros lo interceptaron en el medio de la calle, y a la velocidad de una centella los policías estaban sobre él arrebatándole la bandera y metiéndolo de cabezas dentro de un patrullero. No hubo comentarios, nadie exclamó, todo ocurrió tan rápido como un grupo de aves que espantadas voló.

Yo me quedé allí parado en la esquina, no sabía a ciencia cierta qué hacer. Transcurrido algunos minutos regresé de prisa a casa de William y le dejé saber lo ocurrido a su mamá que, llena de desatino sin tan siquiera cambiarse las ropas, salió con prisa para la estación de policía.

Al otro día cuando lo soltaron, fui a verlo. Tenía la boca inflamada y el labio inferior partido. Me dijo que fue un codazo que le dio uno de los sicarios en la patrulla cuando él ya estaba sentado, y eso que no había pronunciado ni una sola palabra. Luego del interrogatorio que le hicieron en la estación donde le levantaron un acta de peligrosidad, le dijeron que la bandera quedaba confiscada por haber salido a la calle con ella sin autorización, que la bandera solo se usa en actividades revolucionarias y que solo podían llevarlas personas con la previa aprobación del Partido o los dirigentes de las organizaciones revolucionarias. Que la bandera no era para uso personal, que había que respetar los atributos de la patria, y que para que no fuese a creerse cosas con la patria, le mandaron directo para el calabozo. Su madre se pasó toda la noche allí esperando a que lo soltaran pues jamás él había tenido ni un incidente con nada ni nadie.

El Capitán Iñiguez, le dijo:

—Ya le tenemos el ojo echado. Aquí no hay más revolución que ésta; la nuestra. Así que si no le gusta que se largue pa'l norte.

El Norte, el norte era la solución para todos aquellos que dignamente amábamos la patria. Hacia el norte íbamos hasta con nuestra propia bandera. Gústenle o no, mi bandera, mi modesta banderita, hacia el norte hoy emigraba.

Enajenado con su desgracia, de repente a Emilio Andrés le dio por recordar su viaje por la Europa comunista, la nieve, los paisajes, el desarrollo y la chatarra barata que trajo de allá.

—Después de haber estudiado tanto, y haber conocido medio mundo, no quiero morir así —dijo angustiado y en igual tono continuó:

—Quiero volver, sí. Quiero volver y ver a mi niña y abrazarla y besarla mucho.

Se lamentaba una y otra vez, hasta que en un desaforado temor expresó:

—¡No quiero morir, no, no, no... no quiero morir!

Lo miré serio y callado, pero lleno de una enorme preocupación; presentí algo, no quise ni imaginármelo.

—Quiero regresar, no soporto más, mis brazos se están cocinando a fuego lento, no siento mis piernas —se diagnosticaba a sí mismo—. Estoy supurando humor y sangre y sin embargo no siento dolor; esto me preocupa. Si no nos recogen me voy a morir, sí, sí, ¡me voy a morir! —Elevó la voz con su lamento, y yo sólo continué oyéndole.

—Fíjate lo hinchado que están mis pies. ¡Mira! ¡Mira! —repetía e indicaba, mezclando sus palabras con un quejido que le brotaba de una gruta desconocida y perdida en su interior.

—¡Vamos a virar! —clamaba llorando y llorando; no tenía para cuando parar.

Yo solamente lo observaba y mentalmente me recriminaba recordándome en qué clase de lío me había metido.

—Quiero volver, no resisto más, me voy a volver loco, ¡ya estoy loco, loco...! ¡Cojones... ayúdame! ¡Llevamos muchos días y nadie nos ve, yo quiero regresar! ¡Vira por favor, vira! ¡Viraaa...! —su grito se ahogó en la inmensidad. Prácticamente la locura lo dominaba, y yo temiendo lo peor, estaba dispuesto a tirarlo al mar sino terminaba con aquella cantaleta, pues su locura ahora resultaba una verdadera amenaza para mi vida. Sus frases me enardecían y me permitían derrotar al letal duende que se había refugiado dentro de mí. Su arrepentimiento me daba fuerzas que a ciencia cierta no podía precisar en una escala de valores. La metamorfosis ocurrida en mi carácter y en mi estado de ánimo hacía trizas todo el miedo acumulado en vida, y alzándome sobre todas las desgracias, me llené de una energía necesaria para sobreponerme a esta nueva prueba. Mis ideas no se daban por vencidas y mi nuevo espíritu no se rendiría por muy dura que fuese la batalla.

—Estamos perdidos, perdidos... —continuaba con su incesante suplicar y con su indetenible monólogo:

—¿Por qué me sucede esto a mí Virgen Santa...eeeh? ¿Dime por qué? ¿Por quéee...? ¿Por qué coño, por quéee...? ¡Ah, ah, ah...! —se quejaba para luego continuar:

—Mi hijita tiene solo tres añitos. Quiero volver a verla, es de lo más bonita. ¡Oh Naní, Naní...!, mi cosita parece una muñequita.

Su cara se tornó angelical, parecía estarla viendo frente a él y alegaba:

—Siempre me despertaba con sus manitas suaves como algodón y con ese olor tan rico que sólo los niños poseen. Ella, con su vocecita tierna, me decía: ¿Papi, papi, estás dormidito? —Trataba de imitar la infantil voz y pretendiendo aún simular el tierno tono, prosiguió:

—¡Despiértate papi, despiértateee! ¡Mira que ya salió el sol!

Esforzándose por realizar los gráciles gestos de la niña, sólo logró una horrible caricatura de su propia tragedia, se cubrió el rostro con sus manos y entre sollozos, exclamando continuó:

—¡Cuánto la extraño! —Y alzando los brazos abierto al cielo, a puro grito suplicó:

—¡Oooh Dios, no quiero vivir sin ella, sin ella nooo...!

Hizo un breve silencio y continuó:

—¿Qué estará haciendo ahora? Tal vez esté llorando por mí. ¡No, no, no llores más niña mía! ¡No llores más que papi va a regresar!

Yo lo observaba callado, a la expectativa de lo que fuese a ocurrir.

—¿Para qué me he metido en esta locura? ¿Para quéee...? Tengo miedo de que me olvide —dijo casi fuera de sí.

—¿Qué tú crees? —cuestionó clavándome fríamente su mirada y al reconocer el enorme silencio que mi misma presencia guardaba, gritó:

—¿Dime *asere* qué tú crees? ¡Oh Virgen Santísima...! ¿Cuándo la volveré a ver?

Se veía desesperado, y yo lo observaba con muchísima inquietud, nada bueno se me avecinaba. De momento, su rostro tornándose tan serio como una esfinge, en voz alta aseguró:

—¡Ella no me olvidará nunca! ¡Nunca...!

La exclamación término ahogándose en la tristeza y tras una breve pausa prosiguió:

—Su papi le va a mandar muchas ropitas y una muñeca bien linda; una muñequita que hable. ¡Qué contenta se va a poner! Y le voy a mandar fotos. ¡Eso es... muchas fotos a colores! para que me vean. ¡Y las voy a mandar a buscar...!

Esta vez su rostro parecía iluminado y con más énfasis continuó:

—¡Sí, sí... lo voy a hacer! ¡Lo juro por la Virgen coño, lo juro!

Hablaba mecánicamente imaginando el futuro, especulando sobre un mañana totalmente incierto. Era tanto su embullo y sus ansias que la historia volvía al principio y se repetía. Por un momento interrumpió su discurso saliendo de su fantasía, y al parecer más cuerdo, regresó a la parte inicial de las preguntas:

—¿Tú crees que nos salvemos? ¿Cuándo crees que nos rescaten? No soporto más. Si no me muero hoy, me voy a volver loco —su voz temblaba.

—Mira mi piel, está cogiendo un aspecto desagradable. ¡Me estoy pudriendo en vida! —gritó. Sus ojos se abrieron con frenesí y miraban a su propio ser aterrados.

Yo lo observaba callado, sabía que había perdido la razón y lo mejor era mantenerme sereno. No debía discutir con él ni tampoco hablar nada, solo dejar fluir sus palabras; dejarlo que se desahogara. Cuando terminó con su tesis sobre la gravedad de su piel, comenzó su enfoque de lo anteriormente ocurrido, diciendo:

—Me estaba muriendo de la sed, por eso me tomé toda el agua.

El tono de su voz era suave y manso, lleno de culpabilidad y arrepentido por lo sucedido.

—¡Perdóname, perdóname!, ya no sé qué voy a hacer, quiero volver, vamos a regresar de todas formas estamos perdidos —repetía su proposición e insistía con fuerza, como si yo fuese cómplice de su desespero, de su cobardía, de su arrepentimiento inmaduro, y con esa misma fuerza se levantó tratando de alcanzar los remos.

—¡Mira, estate tranquilo ahí en tu balsa!, pues el refrán alerta que tranquilidad viene de tranca, y con ésta que tengo en la mano tendrás más problemas de los que has soñado en tu vida. Cálmate y sigue haciendo anécdotas para evitar otro desastre. Aún albergo esperanzas de ser localizado por algún avión o ser rescatados por algún un yate –dije con voz tangible, aferrando el poderoso remo.

—Qué bueno –su voz sonó triste y resignada.

—Lo bueno es que aún albergo esperanzas –afirmé muy sereno.

—¿Y lo malo? –cuestionó.

—¡Lo malo...! Lo malo lo pusiste tú –afirmé lleno de arrojo.

—Ahora soy el culpable de todo –dijo, tratando de que le cogiese lastima, tal si yo fuese a ignorar su culpa.

Lo miré con recelo calculando alguna embestida suya. A partir de este momento podía esperar cualquier cosa y previniendo los acontecimientos, le dije:

—¿Ves este paquetico de medicina? –y mostrándoselo con cautela en la mano, le recordé:

—Lo botaste, y contiene pastillas para controlar los nervios, esos mismos que tú no fuiste capaz de mantener en su sitio. Ahora por tu bien debes tomarte una.

Y mirándole inquisitivamente a los ojos, le dije:

—Ahora mismo te las vas a tomar. Sin agua –enfaticé.

—Sin agua –replicó, a la vez que se le contraía el rostro recordando la desesperación a la cual lo podía conducir la escasez del vital líquido.

—¡Cálmate! –le ordené y le aclaré:

—No me vayas a realizar otra escenita, el agua que ahora está en tu barriga te alcanza para varios días, más yo no puedo decir lo mismo, mi estómago está vacío.

En ese instante mi conciencia me habló:

—Sin agua no durarás mucho, a partir de las cuarenta y ocho horas y con este sol abrazador, empezarás a alucinarte y la deshidratación será el camino más seguro hacia la muerte. Este mar rodeándote no es otra cosa que veneno, con solo unos sorbos es suficiente para acelerar el proceso. Si al menos me hubiera tomado un litro por la mañana. ¿Pero quién podía predecir una situación así? En qué clase de lío me ha metido la desesperación de este hombre. Cómo se me han complicado las cosas. A mí sólo no me hubiera ocurrido nada de esto. Además, nunca me hubiese tomado el agua de nadie, con lo importante que es el agua... el agua, el agua. –La frase quedaba como un disco rayado en mi mente y rompiendo esta sedienta y sofocante idea, le ordené:

–Tómate la pastilla de una vez y no lo pienses más.

Reconocí cierta indecisión en su semblante, y alzando la voz con pausada cadencia, le exigí:

–¡Tómatela o aquí mismo se te acaba el viaje!

Al mirarme a los ojos, muy nervioso replicó:

–¡No, no, no…! –pero finalmente obedeció.

–Tómate otra –le ordené dándosela en la mano–. Mientras más sedado estés, no se te ocurrirá ninguna locura.

Al igual que la primera vez, su garganta hizo una contracción y se la tragó.

–Ahora presta atención a lo que te voy a decir –comencé diciéndole–. Aquí no va a virar nadie, aquí estamos bien embarcados y en estos momentos más, gracias a ti. Pero no te preocupes que no vamos a remar ni a hacer nada, solo esperaremos a ver qué es lo que Dios desea que sea nuestro destino. Pídele, si es que crees en Él o en algún Santo. ¡Pídele... pídele mucho!, ya que has jodido todo esto. Yo por mi parte sé lo que debo hacer.

–No me vayas a tirar cuando me quede dormido. ¡No, no por favor! –dijo lleno de temor, y cual sol naciente en mi rostro se reflejó la cólera; la agudeza de mi mirada le comunicó todo. Entonces con voz temblorosa especificó:

–Sé que he sido el culpable, ¡pero no me tires! –y sin darme tiempo a nada, gritó desesperado:

–¡Por tu madre, no me tires!

Enérgico y amenazadoramente, empuñé el macizo remo. Él, enmascarado en una mueca de llanto y cobardía, contuvo sus locos impulsos. El pánico en sus ojos destelló como nunca antes e intentando una ofensiva tardía, su propio organismo desarticuló lo que ya él mismo no podía.

–Ni se te ocurra –le expresé, deletreando las palabras con tanto odio que temí lo peor de mí. Apreté mis puños y haciendo acopio de mi propia naturaleza humana, a secas le imputé:

–¡Cálmate y no hables más mierda!

–Sí, sí, sí... me diste las patillas para que me durmiese y luego tirarme al mar –replicó entre sollozos, y a puro grito clamó:

–¡Oh Virgen Santa, protégeme de no morir hoy! ¡No dejes que me mate!

–¿Pero qué coño estás hablando? –comencé gritándole:

–¡Aquí el único hijo de la gran puta eres túuu…! Si ese fuese mi deseo ahora mismo te tiraba. ¿Oh qué tú crees? ¿Tú te crees que yo no tengo cojones para tirarte aquí mismo? Si sigues con la cantaleta verás cómo te lo hago realidad. Estás logrando sacarme de mis casillas. Si tuviese aquí mis botas de seguro que aunque fuese una patada en el culo te hubiese dado. Así que cállate de una vez y no jodas más. Si sigues con la pituita, ¡te juro que te la hago realidad! ¡Mira que te tiro aquí mismo y San se acabó que nadie se enteró!

A la sazón, tratando de agarrar el remo de la izquierda, con el codo golpeé el mismo provocándome el acalambramiento de toda la extremidad.

–¡Cojones! –exclamé exasperado y, apretándome fuertemente el brazo, aún con las mandíbulas apretadas concluí:

–¡Suegra de mierda! ¡Vieja bruja, tarrúa y comunista!

–¡Ja, ja, ja...! –rio Emilio Andrés.

Quedé mirándolo fijamente cientos de segundos, mientras me frotaba el codo. Él comprendió que el horno no estaba para pastelitos y se agazapó en su lugar.

Estando más calmado, expresé:

–Voy a pedir por mi alma, por la de mi familia y por la tuya, que no es más que un pedazo de mierda y no quiero embarrarme la conciencia contigo, pero grábate esto en tu obstinado cerebro: No quiero oír hablar de regreso ni de otras ideas absurdas, evita que me enfurezca, deja la mariconería que nunca he soportado a los rajados.

Él quedó sollozando sin poder contener la moquera que se le salía, yo guardé silencio escuchando su lastimero jirimiquear, y así, poco a poco fui aislando su pesar hasta anularlo de mi sistema auditivo. En mi triste concentración me dediqué a pasar lista a los objetos que habían estado atados a "La Esperanza" y que no sé por qué extraña paranoia Emilio Andrés los había zafados y botados.

La bomba de aire fue lo primero que recordé, con mucho esmero le había reparado la zapatilla, también la pinté con oxido rojo para que resistiera el salitre; esa importante herramienta ya no existía. Para suerte nuestra, las dos cámaras infladas eran nuevas y el aire contenido en ellas valía su peso en oro. A partir de ahora, la ausencia de la bomba de aire pendería sobre nosotros como Espada de Damocles; una más en el terrible aguinaldo que sobre nuestras cabezas se iba tejiendo. Mi fe en Dios calmaba éstos y otros temores, sabía de lo cuidadoso de sus pasos para no tropezar en las alturas y provocar el fin de nuestra desdichada suerte. Seguro estaba de que nos miraba preguntándose si no seríamos capaces de colgar otra espada más.

–No, no permitas que ocurra, ya son suficientes –pedí con el pensamiento al Dios verdadero y empleé toda mi fe en el mismo.

También recordé el reloj, la vela, la fosforera y el espejito que nunca llegué a utilizar. Ahora no tenía ni agua ni alimentos, pues botó las mochilas. Hasta las botas desaparecieron sin decir tan siquiera adiós, aunque realmente yo tenía pensado deshacerme de ellas en cuanto terminara mi viaje. Así y todo, les había cogido un aprecio del carajo, pero en fin, botas cañeras; símbolo de miseria y obstinación comunista ya pasaban a la historia. La brújula que me costara tanto y me sirviera de tan poco, prácticamente no me dolía. En una balsa como la mía flotando a la deriva esperando a que alguien la descubriera, sinceramente no se siente tal pérdida pues los puntos cardinales resultaban solo una metáfora. El norte había sido cualquier lugar más allá del Malecón y remar era cosa de locos, y más remolcando a un sujeto que sólo creaba problemas y que ahora debido al enorme cansancio y a los sedantes, roncaba a pierna suelta; ajeno a todo lo que me aplastaba.

"La Esperanza", de forma modesta, hacía gala de su bautizo flotando al igual que una nube, y apaciguando en parte todas nuestras desgracias con su embelesador vaivén, me traía cierta paz. Así y todo, me encontraba inmensamente sólo y lleno de preocupaciones que se arropaban a mi cuerpo como abrigo tejido con hilos de plomo que inmovilizaban mi escaso entusiasmo, pues este último parecía haberse hundido con mis botas puestas. Negué el momento con la cabeza. ¿Dónde estaba mi embullo, mi creatividad? ¿Qué se habían hecho las ansias de vivir, de saltar lo infranqueable, de luchar contra lo imposible? De decir: ¿Si Dios es conmigo quién contra mí? Toda la desgracia del mundo se acomodaba a mi lado a observarme con ojos burlones y de frío mirar, más yo era incapaz de empujar al agua toda esta desdicha, a pesar de saberme de memoria la arcaica frase de mi bisabuela Josefa de que: "cuando se está arriba del mulo hay que darles los palos".

Ahora me cuestionaba: ¿Dónde estaba la esperanza, el espíritu que debía viajar en esta balsa llena de sueños, amor, coraje y ansias de libertad? ¿Acaso me habían abandonado por dejar a mi familia en un feudo semiesclavista, engendro político e ideológico del decrépito Dictador en Jefe y destinado al más profundo fracaso y a ser recordado con repugnancia por personas que como yo lo habían vivido?

¡Oh...! qué clase de vida más cabrona me había tocado a vivir. Por eso estaba aquí. Huía de la gran pesadilla en la que estábamos atrapados. No quería vivir el holocausto de la inquisición Castro-comunista en la isla. Yo también quería llegar y salvarme para ayudar a los míos, pero no dejaba de ser menos cierto que el precio se volvía cada vez más alto. Ahora comenzaba a comprender la realidad de este viaje semejante a una ruleta rusa. La suerte representaba un por ciento muy elevado en la travesía; no existía nada predecible, a no ser la muerte.

Trotando sobre nuestra tragedia, el tiempo arrastró nuestro cansancio más allá del imaginario horizonte. El día pasaba en desahogado silencio. Nada rasgaba la monotonía del marítimo paisaje encaprichado en tonalidades de azul intenso o tenue, llegando en ocasiones a metálico según se le antojaba a su exquisita obra, la cual solo cedía espacio a la blancura de la espuma que muy feliz bailaba sobre muy delgadas olas para responder en forma de guiños a la sonrisa de una nube atrevida que hipnotizada cruzaba el cielo de un extremo a otro. Codo a codo con todos estos elementos, la soledad, refrescándose, flotaba a nuestro lado sin ningún tipo de interés por abandonarnos y cual mota de talco esparcía su pesadez, que empalagando nuestros cuerpos, me hizo bostezar. Emilio Andrés no hacía otra cosa que emitir un sonido espantoso.

El sol acomodado en su trono observaba la tragedia que se nos avecinaba, y conocedor del drama, se colocó su gorro de cocinero y hábil como ningún otro chef elevó la temperatura hasta el punto en el cual se podían ver flotar sus temibles rayos. Comprendí que se había dado a la tarea de asarnos vivos.

El horizonte se aferró a la misma línea continua y cansona de siempre. Nada asomó las narices durante el largo, incansable y sofocante día. Todo parecía irreal. Incluso la paz que se salcochaba junto a nosotros estaba muy lejos de ser una paz, y mis ojos heridos de tanto observar el océano, sangraban por dentro. Pensé que esto nunca acabaría, pero las horas que un momento atrás parecieron detenerse, echaron a andar en desenfrenada carrera.

El calor había hecho lo suyo y la sed comenzó a molestarme con más ímpetu, martirizándome titánicamente. Mi ser clamaba por agua y no podía contener la idea de beber el líquido que me rodeaba. Tan sólo un sorbo me haría morir o volverme loco; ya no sabía cuál de las variantes escoger. Si esos cristales de sal fuesen capaces de liquidarme en segundos de seguro los bebería, pero el proceso de deshidratación en el cual me harían caer sería largo y penoso.

—¡Maldito mar! —repetí en mí pensar y de igual forma de dije:
—Cuánta brutalidad cobijan tus aguas.

Mi cabeza comenzó a pesarme tal si estuviese hecha de ladrillos. Cualquier idea en mi cerebro provocaba latigazos en mis neuronas y por momentos pensé que el cráneo me explotaría. El doloroso martillar en mi frente parecía volverse eterno. Ahora el fondo de mis ojos latía cual mordedura de perros, y sin hallarle salida a mi tormento, me retiré el pañuelo y comencé a mojarme la cabeza con agua de mar, primero la nuca, luego las sienes. Por momentos me visitó la fatiga no logrando desfallecerme del todo, pero afectaba de manera acelerada mi organismo que ya urgía de alimentos y agua. Recordé las aspirinas y me tragué varias de un solo golpe, así como dos calmantes.

El hambre echó a andar y usando la envoltura de mí estómago como forro a sus zapatos, hizo realidad la vieja frase de mi bisabuela Josefa: "Hambre es cuando no se sabe cuándo se volverá a comer".

—¿Y la sed? —desafiantemente me cuestioné y sentencié:
—Sed no es deseos de beber agua. Sed es secarte por dentro.

Apoderada de mí, la sed pisoteaba sin escrúpulos mi ecuanimidad y me hacía divagar entre ideas tan repugnantes como beberme mi escasa orina. Otros lo habían hecho llegando a salvarse; yo, tan sólo de pensarlo sentía náuseas. Y así, sin tener la claridad de la cordura, llegué a imaginar una enorme piscina en la cual nadaba y al finalizar me la bebía toda. Con la mano en forma de copa cogí un poco de agua de mar y me la llevé a la boca. Un buen sorbo viajó directo a mi estómago y tal si recibieran un tablazo en mis entrañas, éstas intentaron salírseme por la boca trayendo consigo una arqueada de acidez y bilis que vomité sobre mis manos; hasta los mocos se me salieron de un tirón.

—¡Ah, ah, ah... veneno, puro veneno! —exclamé.

Terminé aferrándome las sienes con ambas manos y pidiéndole a Dios ayuda. Ahora más que nunca necesitaba dormir y caer en un letargo profundo; despertar sólo si era salvado. Se me hacía necesario descansar del burbujeante dolor de cabeza y refrescar el hirviente horno cerebral.

En el cielo, un grupo de nubes cargadas de lluvia se tiñeron de un rojo púrpura sin precedentes, dando la impresión de enormes burbujas de fuego que por momentos pensé se desprenderían y cual granizada incandescente se sumergirían en el mar. La belleza embriagadora del momento finalizó en contados minutos, cuando el gris grafito de la parte superior invadiéndolas anunció el verdadero ocaso del astro rey y la noche comenzó a erguirse con orgullo.

Un maratón de sombras corrió velozmente a nuestro encuentro y tendiéndose a nuestro lado, se aglutinaron semejante al público que trata de ver un extraño objeto en vidriera; algunas, descaradamente las sentía empujarme al ocupar un lugar en la balsa, otras traían consigo a sus parientas la humedad y el frío. Por momentos, mi cuerpo ante sus ligeros toques tiritaba, más sus caricias apartaban con suavidad el sofocante calor clavado en mi ser. Ésto aliviaba un poco el fuego sufrido durante el día pero por otro lado me desesperaba, pues en el instinto de buscar algo que me mitigara la sed, abría la boca y sacaba la lengua tratando de atrapar la humedad. Las ansias por humedecer mis labios, hacían que mi lengua se moviese de un lado para otro intentando retener en ella alguna gota del húmedo aire que llegaba impregnado de sal. Por ratos dejaba la boca abierta con la intención de segregar saliva y tragar la misma, supliendo la falta del tan ansiado elemento, pero ni saliva tenía.

Mi desespero iba en aumento debido a que ahora el hambre no cesaba de golpearme, pero a grandes intervalos ésta no asomaba su terrible agonía, parecía que mi cuerpo estuviera bien adaptado a ella y ésto me hizo temer, pues recordé otra frase célebre de mi bisabuela Josefa que decía: "El caballo del Isleño cuando se acostumbró a no comer se murió".

—¡Pa'l carajo! —exclamó mi instinto de conservación—. Eso no puede sucederme a mí. ¿Quién coño se acostumbra a pasar hambre? ¡Que no me jodan! La anorexia es una enfermedad capitalista y el hambre es uno de los principales azotes del comunismo, y... ¿a quién le gusta el comunismo? ¡Sólo a los hijos de putas! Porque ni a los anormales les gusta pasar hambre.

Aferré mis brazos alrededor de mi barriga que daba patadas tal si engendrara un venado, y resignándome ante este malestar, sin otra cosa que hacer y ante una noche que prometía ser muy fresca, con nostalgia expresé:

—Cuánto lamento la pérdida del abrigo.

Mis arrugadas y adoloridas manos abrazaron con ternura mi cuerpo que enfrascado en una brutal lucha contra la sed, el hambre, el calor y el frío, también soportaban el cansancio físico y mental que se le imponía, y junto al exceso de pastillas que mi ser había asimilado, finalmente fui invadido por el sueño que acurrucándose dulcemente en mis ojos me venció; con lo que aparentemente logré un receso en mi tragedia.

No supe cómo pero sentado en el interior de "La Esperanza" quedé como un buda en meditación, y en la inmensidad del reposo, mi mente se afianzó a sus alas y voló a la lejanía.

Ni idea tuve del tiempo que permanecí dormido. Pudieron ser segundos o tal vez horas, ya no era capaz de precisar nada y mucho menos en aquella oscuridad absoluta; solo recuerdo que soñaba con mi madre.

Las imágenes de la despedida habían cobrado vida dentro de mí, su abrazo más fuerte que el mío había hecho latir mi corazón como fiero león. Sus ojos llenos de lágrimas me decían cuanto me quería. Su voz firme cual la más valiente del mundo sonó hueca como la más cobarde.

—Cuídate mi hijito –dijo tiernamente–, mi mano tiene cinco dedos y no quiero perder ninguno.

Mientras la abrazaba con todo mi amor, yo permanecía inmóvil, más mi alma desde adentro le gritaba:

—¡Volveré y te convertiré en una reina!

Pero ella no podía escucharme, mi voz interior retumbaba dentro del cuerpo como en las paredes de una cueva, hasta que tras cierto temblor de mis cuerdas vocales, le manifesté:

—Te mandaré una foto sentado en un parque lleno de palomas.

—La colgaré en la sala para que todos vean que eres libre como ellas —dijo sollozando. Mi mano se deslizó con ternura por su plateado pelo tratando de calmarla, insinuándole que la suerte viajaría en mi bolsillo.

—¡Virgencita mía, cuídamelo! —declaró ella, cuando en el portal yo le daba el último abrazo junto al viejo, quien a su vez trataba de recordarme las cosas más elementales del viaje.

—El agua, no te olvides del agua, no te la tomes toda, ¡ahórrala! No vayas a tomar agua de mar. ¡Eso nunca! —me dijo lleno de hombría y conocimiento.

—¡Ay..., santísima Virgen de la Caridad del Cobre, cuídamelo! —repitió ella, siendo ésta la última frase que le escuché decir.

La Flaca no hizo otra cosa que mirarme con ojos de carnero degollado. Mientras yo sentía latir en mis labios su último beso.

Les había dado la espalda y avanzado algunos metros, cuando varias lágrimas incontenibles rodaron sobre mis mejillas; apresuré los pasos para evitar que pudiesen darse cuenta. Desde lejos me volví hacia ellos y con gesto firme a la mirada de cualquiera, les hice una señal muy ecuánime de adiós; pero por dentro yo no valía un centavo. Continué la marcha cruzando a un viejo perro lleno de sarna llamado Canelo que con la pata trasera alzada contra las barandas del portal de Nena, marcaba con húmedo y característico olor su territorio. Me sonreí con malevolencia, pues hasta el perro la tenía ya marcada. Y viniéndome a la mente otra frase de mi bisabuela Josefa, expresé:

—El perro tiene cuatro patas y sólo puede coger por un camino.

—Ahora voy en pos del mío —me reafirmé.

A esa hora de la tarde se incrementaba el tráfico, y al doblar la esquina, observé los achacosos autos que llenos de remiendos e ignorando décadas, avanzaban por la avenida. Entre estas endémicas chatarras rodantes se aproximaba una enclenque guagua abarrotada de pasajeros. Una decena de personas colgaban peligrosamente en las puertas y ventanas del ómnibus; algunos acarreando paquetes. Estos pasajeros parecían disfrutar del viaje haciendo caso omiso de la velocidad y de las voces que en el interior de la guagua vociferaban: ¡Para…! ¡Paraaa…!, que sumadas al golpear enfurecido de algunos viajeros sobre la lata interior del ómnibus, exigían que el chofer detuviera la marcha.

Me aparté hacia un lado de la acera permitiendo el paso a varias personas que a todo correr perseguían el transporte para incorporarse a éste. Un bicicletero que también venía detrás, pedaleaba al máximo de su esfuerzo logrando al fin agarrarse a la lata de la defensa trasera de la guagua; era una más de las temerarias y osadas acciones muy comunes en las calles de mi Habana con tal de ganar el rutinario trasporte. Más atrás venía un chapisteado y descolorido camión lleno de personas que viajaba en mi misma dirección y paró, no por mí ni por los gestos que le hiciera, sino por una muchacha que metros más adelante le había hecho señas. La belleza de la joven, su silueta y el arte femenino, lograron el freno en seco del transporte.

Un integral de rayas perfectamente ceñido al cuerpo, resaltaba hasta el más mínimo detalle de su escultural figura y de la escasa ropa interior. Era indiscutible mi observación, la del chofer y la de los pasajeros masculinos que llenaron el lugar con sus silbidos y gritos.

—¡Aguaaaa...! —fue la exclamación de uno de los pasajeros al que al parecer le subió el fogaje.

La intensidad de esta frase me sacó del más profundo sueño. Emilio Andrés parecía estar hablando a gritos, pero no conmigo, sino con algún ser que al parecer le contestaba de la profunda oscuridad reinante. Yo no podía distinguir nada a pesar del esfuerzo que hacían mis ojos.

Cielo, viento y mar, parecían estar mezclados, "La Esperanza" se bamboleaba descontrolada y el aire frío cortaba como navaja.

—¡Aguaaa...! —gritó exasperado.

El pánico erizó mi piel hasta donde más se arruga. Me sujeté a las cuerdas y comencé a esperar lo inesperado.

—¡Aguaaa...! —prolongaba el grito, repitiéndolo con fuerza:

—¡Agua, qué bueno, trajeron agua!

Aquello parecía no terminar. Yo no entendía lo que estaba sucediendo, pero él conversaba con alguien a quien yo no oía ni veía.

—Agua, qué bueno, agua, agua —expresó lleno de satisfacción.

—Emilio Andrés —lo llamé, más no me contestó. Repetí a gritos su nombre hasta lograr sacarlo de su misterioso diálogo.

—¡Nos vinieron a buscar! —dijo en un éxtasis de desesperación.

Ante el incógnito acontecimiento que se me avecinaba, completamente espeluznado, sospechando que alguien estaba o había estado aquí, más desconcertado y espantado que nunca le pregunté:

–¿Quién viene a buscarnos?

–¡Ellos! –contestó con igual seguridad.

Aterrado e imaginando a un ser enano, verde y cabezón, de extremidades largas boca achatada y enormes ojos saltones, cuidadosamente le cuestioné:

–¿Quiénes son ellos?

Un escalofriante breve silencio se apodero de nuestro espacio mortal, donde el pálido verdor de un relámpago matizó la tenebrosa noche vislumbrando a los marcianos. Yo siempre he sido escéptico a los OVNIS, pero como en las películas aparecen por el cielo, salen por el suelo y emergen del fondo del mar, no les quiero ni contar. Les juro por mi madre que ahora sí que me quería morir. Más, con una gotica de coraje aún en el cuerpo, le volví a preguntar:

–¿Dime quienes estuvieron aquí?

–¡Los Ángeles! ¡Ellos están aquí...! ¡Míralos! –exclamó Emilio Andrés, en un loco frenesí que se mezcló con el silbar del viento.

Imaginé que señalara hacia algún lugar, y ante tan escalofriante expectativa quedé doblemente ciego: primero por la oscuridad reinante y segundo por el horror de lo que acontecía. El agitado movimiento de la balsa se hizo notar más que nunca y aferré mis manos a las cuerdas de "La Esperanza".

–¡Traen agua, agua, aguaaa...! –exclamaba–. ¡Estamos salvados!

Y en su furor, continuaba clamando:

–¡Traen agua, agua, aguaaa...!

A pesar del agitado movimiento del mar y la oscuridad reinante, volví a gritar su nombre para captar su atención. No lo veía, pero imaginaba su cara de loco en pleno episodio de delirios tremen.

–Emilio Andrés, ¿qué coño te pasa, *asere*? –desesperado le pregunté.

–¡Están aquí, están aquí! –respondía él.

–¿Aquí dónde *asere*, dónde? –le cuestioné y le dije:

–No veo a nadie, no veo nada. ¡Es una alucinación tuya!

–¿Estás ciego? ¿O es qué no los quieres ver? –gritó fuera de sí y exacerbado continuó:

–¿No los ves? ¡Están aquí, coño, están aquí! ¡Míralos! Estamos salvados, traen agua, sí, ¡agua, agua, aguaaa...!

¡Coñooo...! La verdad que aquí uno no ganaba para sustos. El corazón me latía a mil; esto era como para volverse loco.

–¡Contrólate coño, contrólate!, que hay una oscuridad del carajo y tal parece que la mar esta picada –le exigía, mientras trataba de buscar una idea para aclarar la situación.

–Oye *asere*, escúchame a mí –expresé con fuerza y le propuse:

–Dame una mano.

Mi mano derecha desesperadamente registraba el espacio donde parecía no existir nada material. Sólo el aire silbando con furia invernal separaba nuestros cuerpos. La búsqueda se prolongó por incontables segundos hasta encontrarse nuestros dedos que se aferraron cual soldadura de ambas carnes.

–¡Ay, ayyy...! –le oí quejarse del mismo dolor que sentí.

–Soy yo *asere*. ¡Coño! soy yo –le dije más calmado y nos aproximamos lo más que pudimos. Su amargo aliento golpeó mi rostro, y evadiendo el mismo le pregunté:

–¿Qué te pasa *asere*? ¿Con quién coño estás hablando?

–No sé... no sé –respondió.

Su voz sonó hueca y espantada, y al descubrir la realidad comenzó a lloriquear. Sus brazos se enlazaron al brazo izquierdo mío, sentí su piel arder. Comprendí que los indetenibles rayos solares habían achicharrado la epidermis sin piedad. Esa maravillosa fuente de calor y vida, en medio del mar resultaba un arma despiadada y mortal, capaz de quemarlo todo. No quedaban dudas de que Emilio Andrés ya estaba quemado hasta el tuétano.

–Ya lo sabía, lo presentía. Los ángeles me lo dijeron. Si continuamos aquí sin tomar agua vamos a morir ¡Es el fin! –sentenció en un grito.

Su constante actitud de aludir a la muerte me sacaba de mis casillas provocando que en tono muy severo le aclarara:

–¡Nadie se va a morir, te lo he dicho mil veces! ¡No llames más a la muerte, no la llames más! ¡Cojones! ¡Hazme ese puñetero favor!

–¡Los ángeles vinieron a buscarnos! –nuevamente repitió a toda voz.

–¡Para, para... no quiero oír más eso!

–Pero es que...

–¡Olvídalo! –lo interrumpí.

–¿Y la voz?

–Fue un sueño –le afirmé.

—Traían agua, te lo juro. ¡Agua! ¡Agua fresquecita! —respondió emocionado, al tiempo que me apretaba el brazo tratando de darle validez a sus palabras.

—¡Agua! Estábamos salvados y tú los ahuyentastes, ¡coño! —clamó fuera de sí, y como nunca antes gritó:

—¡Los ahuyentastes, coño! ¡Los ahuyentastes!

Sentí aumentar fieramente su presión sobre mi brazo, y yo también incrementé al máximo la mía sobre sus dedos. No podía permitir que éste loco tomara la supremacía.

—¡Tengo sed, mucha sed! —se quejaba a puros gritos—. ¡Me muero de sed coño! ¡Me voy a morir!

—Si quieres morirte, ¡muérete! Pero muérete ahora mismo, ¡cojones! Para tirarte aquí mismo a los tiburones y ¡San se acabó! —expresé lleno de ira. Y con gran esfuerzo, intentaba separar sus engarrotados dedos atenazados en mi brazo.

—¡No me tires al mar coño, no me tires al mar! ¡Los tiburones nooo…! ¡Los tiburones nooo…! —su grito cortó las tinieblas estremeciéndome la carne, y en mi arrebato continué:

—Con la oscuridad que hace, el hambre, la sed y los problemas que tenemos, más los marcianos que te vinieron a visitar, ¡y encima quieres morirte! —grite con el alma enardecida—. ¡Pinga…, zafo la balsa y te dejo sólo!

Y aumentando mi presión sobre sus dedos trataba de zafarme de este loco compatriota que me perforaba la piel con su agarre.

—¡No me dejes sólo coño, no me dejes sólo! ¡No lo hagas coño, por tu madrecita no lo hagas! —gritaba y forcejeaba desesperado, incrustando sus dedos en mi piel.

Con gran esfuerzo logré separar uno a uno cada dedo hasta librarme de su feroz agarre, y gracias al resplandor lejano de un relámpago también logré evadir su manotear frenético, quedando parte de mi camisa y de las desmembradas mangas hechas jirones.

No sé cómo ocurrió, pero la providencia me permitió asirlo por las muñecas varios segundos. Sentí ceder su piel a carne viva y tuve que soltarlo debido a los alaridos que emitió. Me enjuagué rápidamente las manos eliminando la grasosa masa pegada en ellas. Le repetí varias veces a puro grito que se tranquilizara, y aunque mi voz no daba para más, ante sus gritos continué:

—¡Cálmate, cojoneees… cálmateee…! —le grité lleno de ira—.

¡Métete la lengua en el culo y cállate! Yo no voy a zafar nada. Tengo las manos destrozadas, así que ¡cálmate! Aquí no hay más salida. ¿Para dónde coño me voy a ir? ¡Di me tú! ¡Eeeh! ¡Dime! ¡Anda dime! –Lo emplazaba tratando de que reaccionara de otra forma y logrando que se callara.

Por unos breves instantes creí que se pondría punto final a la pesadilla sufrida, más continuó clamando:

–Tengo mucha sed, mucha sed y no me quiero morir. ¡No, no, no quiero morir…!

Aquel letargo ya sonaba cual viejo disco rayado, y yo, decidido a despegarle su aguja, severamente le ordené:

–¡Cálmate, cojones, cálmate de una vez y no mientes más a la muerte!

El solo hecho de mencionar a la muerte me daba una mala espina del carajo. Tenía que hallar urgentemente una forma de calmarlo porque de esta manera yo podría pensar con mayor lucidez. Mis manos salieron en su búsqueda y por suerte volvieron a encontrarse, pero esta vez de una manera dócil, y al instante le dije:

–¡Atiéndeme! No se ve nada, hay tremendo movimiento, parece un mal tiempo, debemos estar tranquilos. Yo también tengo tremenda sed.

–¡Aguaaa…! –gritó desesperado.

–¡Cojones! ¿Te calmas o no? –le espeté.

Esta vez guardó silencio y tras un enorme rayo que iluminó todo el dantesco escenario pude percibir claramente su presencia, y con gran alivio para mí, continué:

–Vamos a esperar, a lo mejor cuando amanezca nos recogen, debemos estar cerca de la costa, no pienses en la sed. ¡Mente positiva coño, mente positiva!

Fue mí propuesta por el momento, y evitando que volviera a su locura, lo exhorté:

–¡Cantemos *"La Guantanamera"*!

–¿*"La Guantanamera"*? –cuestionó lleno de asombro y me espetó:

–¡Estás loco! ¿A quién se le ocurre cantar en medio de tanta desdicha?

Un ataque de tos lo limitó de seguir sus palabras. Lleno de estoicismo y tan flemático como un inglés, le dije:

–En medio de tu desventura la radio cantaba y aquella melodía inspiraba la vida –y sin darle tiempo a que se le pasara el ahogo, agregué:

–Vamos a cantar, no alucinar. ¡Cantar! –le especifiqué y ratifiqué:

–¡Vamos a cantar!

Afónico como nunca, comencé a tararear la emblemática composición cubana con los inmortales versos de nuestro Apóstol José Martí.

"Guantanamera, guajira guantanamera,
Guantanamera, guajira guantanamera.
Mi verso es de un verde claro
Y de un carmín encendido
Mi verso es un ciervo herido
Que busca en el monte amparo.
Guantanamera..."

Él guardó su particular y descorazonador silencio. Más yo, rememorando la advertencia que siempre hiciera mi bisabuela Josefa al oírme cantar de que: "de seguro va a llover", continué; no teniendo para cuando parar mi desafinada tonada.

No quería saber nada de esa historia de las voces, todo este misterio me hacía temblar de miedo, me ponía irritable, se me helaba la sangre y se me erizaban los pelos. Temía oír esas voces de sirenas que al parecer salen del fondo del mar; nada más que de pensar en eso me aterraba, y en el corazón comenzaba una taquicardia que no tenía para cuando acabar. ¡Qué ganas tenía de ver el sol! De día era otra cosa. La noche con todos sus misterios era capaz de liquidar a uno sin tan siquiera tocarlo. De día otro gallo cantaría. Esta idea de las voces hablándote en la oscuridad resultaba más macabra que los tiburones. Una cosa tan abstracta sólo podía ser obra de los demonios.

–¡Que Dios los reprenda! –exclamé para mis adentros.

Presintiendo que la carne de gallina se había clonado en mi piel; lleno de desesperación apreté mis dientes y traté de definir los objetos que me rodeaban. ¿Pero qué coño? Había una oscuridad de tres pares de huevos y aferrándome a las cuerdas de "La Esperanza" me sentí más seguro. Mera presunción mía, pues al escuchar el aullido de la tormenta, presentí que la misma nos había tragado, y éste se convirtió en uno de los momentos más oscuros y siniestros de mi vida.

La oscuridad del cielo hacía imposible precisar cuando el día había terminado o la noche había comenzado. Creí que no volvería a ver la luz de un nuevo día. Lamenté el encontrarme dentro de aquella enclenque y rudimentaria balsa; simple medio para alcanzar una ahora efímera libertad. ¡Cuanto no desee estar en mi humilde y acogedor hogar! Sólo el orarle al Dios Verdadero me infundía un poquitico de ecuanimidad y paz.

Enormes montañas de agua se abalanzaban imponentes y aterradoramente, el océano no era más que una convulsa y enorme masa de agua semejante a tinta negra. "La Esperanza" se estrellaba contra cada ola y ni aún así perdía su excepcional estabilidad. La borrasca amenazaba hacer realidad sus deseos, no sólo presagiaba lluvia, sino que la hacía inminente derramándola sobre nosotros. Las primeras gotas que golpearon mi cuerpo y mi rostro, provocaron el latir más impetuoso de mi corazón. En mis genes encendió la llama de la salvación, podría aliviar mi sed y calmar el fatalismo de la deshidratación. Gracias a la providencia, la salvadora lluvia no se hizo de rogar.

–¡Aguaaa... coooño, aguaaa...! ¡Qué ricooo..., aguaaa...! –gritaba Emilio Andrés–. ¡Gracias Santa Bárbara bendita! ¡Agua, aguaaa...!

Un relámpago cruzó el cielo iluminando por completo aquel dantesco escenario oceánico. Sobre nosotros, una convulsionada masa de nubes desafiaba a la tenebrosa mar picada.

–¡Está lloviendo... coño!, ¡está lloviéndooo...! –repetía a puros gritos Emilio Andrés, tronchando el placer que la prodigiosa lluvia propiciaba.

El temporal se abatía indetenible logrando de verdad sumergirnos en un océano de aguas, pero esta vez potable, saludable, gratificante; no había por qué esperar.

Saqué la lengua y quise tenerla del tamaño de una corbata y con desatino otro tanto hacía con mi boca, donde cada gota que golpeaba era un tamborilete que redoblaba a la vida. Algunas en su rítmico golpear llegaban a mi sedienta garganta, refrescando desde mis resecos labios hasta el desierto sofocante de mi esófago. Por un instante pensé desfallecer en este placer, era la vida misma que reencarnaba en mí. Mi bisabuela Josefa tenía razón, mi canto desbordaba y rajaba las cántaras que hay en el cielo.

–¡Agua... agua! ¡Esto sí es vida! –repetía Emilio Andrés a toda voz.

–¿Comprendes ahora el valor que tienen los pomos? ¡Eeeh…! –le dije inquisitivamente–. ¿Comprendes?

No supe lo que hizo, pero a pesar de que el movimiento del mar no dejaba nada quieto imaginé verlo asentir con la cabeza. La tos volvió a sorprenderlo con su seco ahogo.

A tientas encontré los envases plásticos trabados en las sogas, cogí uno y ya iba a romperlo cuando otro relámpago me reveló que consistía en el refugio de mi ingenua mascota y colocándola dentro del bolsillo de mi camisa que resultaba el lugar más seguro ante la violenta borrasca, le dije en voz baja:

–De la que te salvaste, por poco te aplasto, tienes más vidas que un gato.

–¿Oíste las voces? –murmuró Emilio Andrés.

–¡Cojones, no me hables más de las voces! –expresé bien molesto.

–Tú no querrás saber nada de las voces, pero aquí hay gato encerrado. Yo oí bien clarito cuando dijeron: "un gato" –pronunció con voz macabra.

–Fui yo hablándole a la lagartija –le manifesté ásperamente.

–¿No me digas que hablas en las tinieblas con una lagartija acerca de un gato? –preguntó con malicia.

–¿Cómo vas a pensar que estoy hablando de un gato con una lagartija? –le respondí al borde de la irritación.

–Eso fue lo que dijiste –me contestó.

–Me refería a "Entretenida" mi mascota. Es como si hablara con un perro o un gato. Eso lo hace mucha gente –afirmé rudamente.

–Eso lo hacen los locos –dijo con voz tétrica.

–No hables más mierda y concéntrate en tratar de beber la mayor cantidad de agua que puedas, que mucha falta que te hace y mucha falta que te va hacer –le respondí.

Terminaba la frase, cuando otro haz de luz iluminó el cielo y la divina lluvia arreció con delicias de sueño. Las gotas al principio resultaron frías, más cuando mi cuerpo se adaptó al agua, ésta se tornó cálida; al menos así la sentí.

Cogí un pomo y lo apreté con fuerza por el centro para realizar el corte con los dientes, pero comprendí que a mordidas era una locura y que doblándolo como una bisagra de un lado para otro se partía parejo. Ahora, sujetando cada parte con las manos, a ciegas trataba de dar caza a las vitales gotas de vida que caían del cielo.

La lluvia resultaba salvadora y golpeándome el rostro me trajo gratos recuerdos de los finales de mi infancia cuando me bañaba y retozaba bajo un buen aguacero. ¿Quién me iba a decir lo vital de una lluvia?

—Cómo cambia todo —pensé y continué la lucha por ganarme el derecho a vivir. Dios daba a mi organismo lo que este clamaba. La oportunidad era única, por lo que concentré todos mis sentidos en tratar de almacenar la mayor cantidad posible del preciado líquido.

La labor que yo realizaba tratando de llenar el pomo era un fracaso. Entonces, en uno de los rayos lanzados por la tormenta, se me iluminó una idea. Solté los dos recipientes entre mis piernas y agarré y acomodé todo, el toldo que a modo de una cazuela comenzó a acumular el vital líquido que caía a raudales. Haciendo un escape en el borde de la lona, logré que el agua fuera directamente al envase en forma de jarra que ahora sostenía en mi mano.

Le di la otra parte del pomo picado llena de agua a Emilio Andrés y este bebió con locura hasta saciarse. Cuando el pomo estuvo lleno, lo trabé entre las cuerdas que sujetaban las cámaras al el fondo de la balsa. Déjenme decirles que el agua no tenía el sabor característico al que estamos acostumbrados, le faltaba algo; resultaba en un extraño gusto insípido que no satisfacía mi paladar.

Aún no había comenzado a disfrutar de aquella agua milagrosa, cuando mis riñones tras su hartura evacuaron su caudal. La orina quemó al salir, pero de todas formas me sentía revivir. Mi cuerpo disfrutaba a plenitud del refrescante alivio de la lluvia que a pesar de su intensidad, no aplacaba el fogaje contenido en mi piel.

El viento apretó y con él arreció el temporal, y ante el tiempo que demoraba esta inclemente tormenta, me interrogué:

—¿Qué es esto? Cuando tuve el agua almacenada no pensaba en ella. En cuanto me faltó, no podía olvidarla ni por un segundo; sin ella me moría, quería vivir dentro de ella. Ahora no más había comenzado me parecía suficiente. No me arrepentía de su presencia pero tal demostración minimizaba lo sublime. Creí estar bajo una cascada o en el centro de un bombardeo de H_2O.

Descomunales descargas eléctricas se despacharon bajo aquel verdadero diluvio. Entre las gruesas nubes, los rayos describían impresionantes arterias de luz de abrumadora belleza y escalofriante horror, iluminando el imponente escenario de color negro verde azuloso, violáceo resplandecer y gris mortal. La fuerza inigualable de las descargas estimulaban destellos de colores en las majestuosas gotas aún en el aire. Otras descargas caían tan cerca de nosotros que sus poderosos estruendos provocaban la palidez del alma, y poniéndome los pelos de puntas me hacían temblar.

La balsa resultaba una cántara llena de agua, hice un breve esfuerzo por achicarla y, desanimado, comprendí que sería en vano. Me encontraba exhausto y un gran vacío se apoderaba de mí. ¿Qué hacer ante todo aquello que se me venía encima?

–Nada –me respondí.

Emilio Andrés se encontraba tendido boca arriba, la tos parecía haberlo abandonado y con su boca abierta de par en par cual una palangana que se llena a la intemperie, ignoraba el temporal. A él le daba lo mismo sol, agua, vientos, rayos, ¿qué sé yo?

Completamente sumergido y cubierto por la lona, así, semejante a una tortuga con la cabeza a flor de agua, y esquivando el oleaje, campeaba aquel temporal que a pesar de ser enorme, tampoco lograba contener el cansancio que florecía en mí. Un resuello de verraco hambriento acaparó mi atención y en el impresionante resplandor de varios relámpagos, observé a mi compañero que tal sino ocurriese nada, con la cabeza tumbada sobre su pecho, roncaba a pierna suelta el embuche de agua de lluvia. Era lo mejor que le podía suceder, pensé para mis adentros, pues el sueño lo haría descansar y olvidar su propia desgracia. En cambio yo estaba completamente agotado y a pesar del temporal que caía, sentía la necesidad de echarme a dormir, pero ¿cómo conciliar el sueño cerca de aquellos prolongados bramidos que conducían a la angustia? No lo sé, moví la cabeza abatido por la tragedia, y sin más, mis ojos se cerraron y quedando rendido por Morfeo no supe nunca adónde mi inconsciente fue a parar.

Desperté después de que la lluvia arrastrara tras ella varias horas de la madrugada. Los cuerpos definían sus contornos y cada uno fue obteniendo su propio matiz. La mar ya no rompía como antes y el cielo ocupaba espacios cada vez más significativos de claridad dejando que las estrellas comenzaran a presentarse con su brillo ensoñador.

La noche había quedado atrás y el amanecer se deslizaría sin prisa cual manto de seda sobre el horizonte. Lo supe al ver la constelación de Escorpión completamente inclinada para una zambullida.

Emilio Andrés con la cabeza echada hacia atrás, ajeno al mundo, dejaba al descubierto la semilla de su garganta que a rítmicamente subía y temblaba a cada ronquido; sólo este grotesco roncar del infortunio continuaba inalterable.

Dejé caer al agua los epopéyicos remos. Eché la lona completamente hacia un lado, y usando el pomo picado, comencé a achicar mi balsa. Un rato después, "La Esperanza" volvió a flotar soberana y victoriosa. Con nuevo ánimo y más fe, observé como el cielo comenzó a develar la magia de la alborada. En silencio y con ternura sin igual, iba haciéndose la luz. El encanto de este momento resultaba fascinante. El sol emergía cual gigantesca fruta madura que destilaba miel, sólo viviéndolo se puede comprender lo apetitoso que resultaba este astro a las primeras luces del amanecer. Los minutos se vistieron de colores a su antojo y la transparencia de la atmósfera no tenía rival. Cuántas cosas bonitas ocurren cuando sale el sol; cuántas ilusiones y esperanzas crecen junto con él.

Me imaginé saltando de alegría y festejando mi triunfo, pues esperaba que de un momento a otro también llegaran mis salvadores. Me sonreía; aún tenía fuerzas para la batalla impuesta por la conquista de la libertad. En mi poder existían varios litros de agua, y acariciando el pomo tal si pudiese cobrar vida y hacerme feliz, nuevamente me sonreí. El preciado líquido provocador de delicias y vida, mitigador de tormentos y desesperación, era la seguridad para seguir. Ahora podía continuar el duelo con el destino en este hostil e incierto viaje, que a semejanza de un laberinto de olas indetenibles repleto de peligros y misterios, hacía de cualquier recodo el lugar ideal para tropezarte con la muerte.

La ausencia de mis salvadores me hizo recordar la tardanza de una bella chica, la cual me dio cita en la puerta del cine más céntrico de la ciudad y al esperarla, la espera se puso vieja de tanto esperar. Estaba convencido de que algo le había pasado, pues la noche anterior bailando con ella en los quince de mi hermana menor, me dijo:

—Cariño. ¿Se te han momificado los pies?

Sonriente le respondí:

—Son estas botas tejanas que no conocen el ritmo.

Ella rio con soltura al ver mis "va que te tumbo", pero con una breve excusa dejó de bailar, más estaba seguro de que al menos el chiste le había gustado; además me citó.

En aquella época me demoraba un poco en comprender la realidad de algunas cosas, pero éstas me habían golpeado tanto que ya no cabía la menor duda; sólo Dios podía salvarnos. Aquí no había hecho cita para un encuentro y que nos encuentren sería más que pura coincidencia, sería un milagro.

La cabrona suerte que nunca asoma su nariz antes de tiempo, comenzaba a exasperarme. Comprendiendo la triste realidad de que la misma no me acompañaba, recordé a mi bisabuela Josefa que referente a mi suerte a veces me decía: "Quisiera encontrarme donde tú te pierdes".

—¿Dónde coño te metes cuándo me haces falta? –grité. Emilio Andrés, despertando sobresaltado de su largo sueño, preguntó:

—¿Qué pasa? ¿Qué pasa?

—No pasa nada, soy yo que estaba hablando solo –le contesté.

—¿Sólo…? –escudriñó con nefasta intriga.

—Sí, sólo. ¿O es que uno no puede ni tan siquiera hablar a solas? –le espeté.

—Primero al gato, después a la lagartija y ahora sólo –siniestramente dijo. Sus palabras sonaron aún más huecas llevando el tono de la funesta insinuación, y en igual acento sentenció:

—Sólo los locos hablan solos.

—¡Vete al carajo y no hables tanta mierda! –dije en tono nada amigable.

—¡Te estás volviendo loco! –dijo en voz alta, y extendiendo la alusión en un murmullo, afirmó:

—Ya ni duermes.

Este señalamiento me desconcertó en cierta medida, aunque en realidad sabía que había dormido. Ejecuté varios movimientos con las cejas y parpados tratando de reanimar mi semblante. Él tosió varias veces y prosiguió en susurros con su interminable sentencia:

—Ya no eres el mismo, perdiste la calma, ¡Estaaás… loooco…!

La prolongación de esta frase me exasperó como ninguna otra, y muy acalorado le grité:

—¡Basta! ¡Acabas de despertarte y vas a formar otro caos! ¡Mira!

¡Tómate una pastilla para que sigas durmiendo!, aquí quedan algunas.

Y se las mostré.

—¡No, nooo...! —gritó, y a pesar de la tos, con socarronería afirmó:

—¡No quiero nada, nada y menos de un loco! ¿Acaso quieres envenenarme? ¿Eeeh...?

La interrogante sonó como un disparo, y con voz tenebrosa añadió:

—Aún estoy lúcido, no me dejaré envenenar por un loco. ¡Agua, agua! ¡Agua es lo que quiero! ¿Dónde coño tienes escondida el agua? ¿Eeeh...?

Hizo una pausa donde sus frenéticos ojos rivalizaron con mi ecuánime y vigorosa mirada. Entonces, con gesto amenazador y exigente, vociferó:

—¡Dame el agua, cojones! ¡Dame el agua!

Trató de levantarse pero su cuerpo transformado en una enorme masa descompuesta no le respondió. Con un gesto, también yo traté de impedir su imposible pero amenazadora acción y tampoco pude, pues de la cintura para abajo sentí un agudo dolor que me inmovilizó.

—¡Cojoneee...! ¿Qué coño me diste?, ¡me he quedado paralítico! —gritó afónicamente.

Apretando los dientes, para no dejar escapar el dolor, le dije:

—¡Cállate y no me vuelvas a echar más cojones! ¡Mira que me enpingo y te tiro ahora mismo de la balsa! ¡Cállate y no jodas más, repinga! ¡Mira que esto va a terminar muy mal!

Enfurecido, empuñando el valeroso remo, le clavé mi enérgica mirada.

—Lo que tienes es los músculos entumecidos de tantas horas en la misma posición. ¡Cállate!, te lo digo por tu propio bien —le dije y le comenté:

—Mira que el que no oye consejos no llega a viejo.

Esta sabia frase de mi bisabuela Josefa me vino de perilla ante este loco de mierda que me había sacado sin rifa alguna.

Él quedó mudo y pensativo, y yo meditativo ante la extraña coincidencia de haber quedado ambos acalambrados. Mis músculos respondiendo a órdenes misteriosas se resistían a perder la forma adquirida; las piernas parecían no pertenecer a mi organismo. Pero sin pensarlo más, sabiendo lo necesario de recuperar mi movilidad y hegemonía ante este loco que tenía frente a mí, me enfrasqué en mi propia lucha contra la rigidez frotándome con los nudillos a favor de la circulación sanguínea, intercalando pequeños golpes con los puños para estimular el flujo de sangre. Este masaje causaba dolores tan intensos que semejaban cuchilladas desgarrando los tendones y me hacían palidecer. Luché contra los calambres por un gran tiempo hasta que logré estirar las piernas y sentarme en la cámara.

Emilio Andrés aceptando su situación, entre quejidos y lamentaciones, se reía siniestramente como si algún ser maligno se hubiera apoderado de él.

—¡Ja, ja, ja...! ¡Es el fin! —repetía, mientras me miraba con la locura reflejada en sus vidriosos ojos. Temiendo que se le ocurriera algo que nos llevara a una situación trágica como la anterior, clavándole los ojos encima, firmemente le hablé:

—Escucha bien lo que te voy a decir, trata de volver a la cordura o esto va a terminar mal. Ten presente que de un momento a otro nos pueden recoger.

La insinuación al final de la frase no causo el efecto deseado, y a secas exigió:

—Agua, lo que quiero es agua. ¡Dámela!

Su alteración no me impresionó para nada, y muy ecuánime, en tono suave le comuniqué:

—Si realmente lo que quieres es agua, debes cumplir un acuerdo.

Su mirada se tornó penetrante, fría y calculadora. Por un instante la fuerza de sus ojos osó enfrentarme, pero la agudeza y profundidad filosa de mi mirada atravesó sus orbitas y entregó su fortaleza a mi hegemonía mental.

Sintiéndome dueño de la situación, con energías y capacidad para contrarrestar un ataque de su creciente locura, pausadamente le dije:

—Para darte un poco de agua, primero te tomas las pastillas como te ordené o tomarás agua sólo en los tres tiempos que me he estipulado para el día. Ya tú sabes lo necesaria que es y voy a ahorrarla al máximo. ¡Aquí el que manda soy yo!, ¡no lo olvides!

Sentencié con firmeza éste mandato, dejándole ver de la forma en que empuñaba el titánico remo.

—¿Cuáles son esos tres tiempos? —lleno de sospechas cuestionó.

—La mañana, la tarde y la noche, y solo un poquitico —fríamente respondí.

Él no retiró su mirada de mí y yo mucho menos sobre la de él; el fuego de su mirada resultaba breve chispa en la mía.

–¿Recuerdas cuando botaste todo? –mi pregunta no tuvo respuesta y le advertí:

–Tranquilízate y ponte para las cosas o de hoy no pasa que te tire de la balsa.

Había ironizado todo lo que pude mis últimas palabras, y elevando mi pensamiento al cielo, le pedí perdón a Dios.

–¿Com-pren-dis-te? –pregunté de forma espaciada y la interrogante se mezcló con el silencio de la mañana.

Sin pronunciar vocal, sólo balanceando su cabeza en forma afirmativa, me contestó. Sin más le entregué dos pastillas, a la vez que le mostraba la destinada para mí.

–Me voy a tomar una –dije suavemente–. Es necesario estar calmado y sedado. Lo mejor es estar dormido, así el cuerpo gasta menos energías y resiste más tiempo. Recuerda que de un momento a otro nos pueden recoger; ¡métetelo en la cabeza!

Esto no era más que pura especulación, pero algo tenía que decirle para lograr que me hiciera caso. Tenía que demostrarle la mejor solución del momento para que así él viera en mis ideas la certeza de salvarnos. También sabía que no debería sedarme del todo pues debía estar claro ante cualquier acción que este loco acometiera, y continuando con mi sicología callejera, amplié:

–Durante el día nos taparemos cada cual con lo que tenga, prepárate para la contienda pues tú estás que no aguantas ni un alfiler de luz.

Tanto él como yo, sabíamos que los rayos solares aquí en el océano impregnados de salitre, antes de las ocho de la mañana se convierten en verdaderas lanzas de fuego. Consciente de lo que se nos avecinaba, la expresión de su rostro cambio.

Hice una pausa comprobando que mis razonamientos surtían el efecto deseado y continué con la terapia de convencimiento:

–Tomémonos las últimas píldoras que me quedan con un poco de agua y a dormir de lo lindo, pues de un momento a otro nos pueden recoger. ¿De acuerdo?

Esta vez mis palabras surtieron el efecto ansiado, y cual si fuese un niño obedeció de manera callada. A pesar de subordinarse a mis órdenes, yo aún aferraba el noble remo, y él evitando siempre mis aguerridos ojos continuó observándome en el más increíble ostracismo. Aunque esta vez sus manos perdieron la tensión que el desespero provoca, y más sereno, casi en un susurro le escuché decir.

–Si pudiera juzgar al Comandante, yo mismo le extirparía las cuerdas vocales para que ni en el más allá los sordos lo puedan escuchar.

Y haciendo un gesto con su mano a forma de pistola, esta vibró en el aire cual si hubiese ejecutado un disparo.

–Es lo que merece –manifestó casi sin mover los labios.

–Ni así paga –expresé.

–¡Estrangular a ese hijo de puta es lo que quiero! ¡Cojones quiero matarlo!

En la expresión de su rostro y la mímica de sus manos, se reflejó la acción.

–¡Lo mato coño, lo mato! –repetía fuera de control.

–No te preocupes, ya le llegará su día –le dije y continué:

–Pero como no hemos tenido el valor de unirnos y alzarnos en un ejemplarizante grito de a degüello contra este tirano que nos aplasta, estamos aquí. Pero llegará el día, ten fe, ten paciencia que llegara el día, y no por eso deberemos igualarlo con una desenfrenada venganza o la ley del Talión. Lo correcto sería que tuviésemos la oportunidad y el derecho a juzgarlo en un verdadero tribunal de justicia nacional para decirle en su cara: ¡asesino!

Él guardó silencio. Nuevamente sus manos se aferraron con fuerza a los amarres de la balsa. La brisa corrió entre nosotros y más sereno le expresé:

–Dejémosles eso a Dios.

Esta vez trató de entrelazar sus dedos, pero la inflamación de los mismos se lo dificultó, y buscando esa enfereza y paz que tanta falta nos hace, lentamente comenzó a hablar:

–Nosotros trabajábamos en el hospital que está frente al Malecón, Camilo en mantenimiento y yo como electricista. Pero mis comentarios acerca del arsenal almacenado allí y mi negativa a firmar un documento de apoyo a la revolución, provocaron tremendo revuelo. Me hicieron un acto de repudio y fui expulsado, sancionado y condenado por mi forma de pensar.

Cuando me vi en la calle no supe qué hacer, no encontré trabajo en nada, sencilla y llanamente no me aceptaban pues en el acápite de observaciones del expediente[48] de trabajo pusieron: Expulsión por problemas políticos. Personal no confiable. Y firmado por el hijo de puta de Pérez, que en su casa todo es de la shopping comprado con los dólares que su hermana le mandaba desde Miami.

Hizo una pausa, tosió varias veces y prosiguió:

–A medida que pasaron los meses me vi desesperado. Yo vivía en casa de mi mujer con los suegros. El padre había perdido la vista debido a un arco de soldadura que lo dañó mientras hacía horas voluntarias en la fábrica. Mi suegra postrada en una cama, y mi mujer que es diabética crónica, cuidándolos y cosiendo para la calle, te podrás imaginar la situación. Los meses pasaban y todo empeoraba por días, la situación se volvió insoportable. Vendí los electrodomésticos que traje cuando fui a estudiar a la desaparecida vitrina del socialismo, con eso solo resolvimos para comer un tiempo.

Después de un año sin que me aceptaran en otro trabajo donde pudiese ejercer lo que yo aprendí, no tuve otra salida que entrar en la bolsa negra para poder subsistir. Ya estaba bien metido en la venta de artículos plásticos, cuando la policía hizo una operación maceta[49] de las tantas que ellos hacen y caí preso.

Me cogieron con una jaba llena de pulsos, aretes, collares y carritos plásticos. ¡Ya tú sabes!, fui directico pa'l tanque[50]. Después del juicio me mandaron para una granja en Matanzas a cumplir año y medio. En aquellos días la niña sólo tenía unos meses de nacida, ya te puedes imaginar cómo me puse; baje veintípico de libras. ¿Qué coño te voy a contar de lo que allí pasé que tú ya no sepas de boca de otros? Sólo te diré que el día en que me dieron la libertad y me disponía a salir junto con otro preso que también recibió su libertad ese mismo día, al llegar ambos a la puerta de la garita, el oficial de guardia responsable de chequear los documentos nos dijo que aquellos que tenían alguna caquita contrarrevolucionaria no podíamos salir por la puerta, sino que teníamos que hacerlo pasando por debajo de una alambrada prácticamente tejida a sólo un pie de altura sobre un fangoso terreno de tierra colorada anegado en agua.

---

[48] Este documento te marcará de por vida mientras exista el sistema. El expediente comienza en tu etapa estudiantil, desde el pre-escolar.

[49] Operativos efectuados por la policía para capturar a los que hacen economía en bolsa negra.

[50] La cárcel en argot popular.

Yo me quedé de una sola pieza, no entendía lo que me estaba sucediendo pues ya había cumplido de manera paupérrima mi condena. Y ahora de repente, sin son ni ton esta humillación. ¿Por qué nos tenían que hacer eso? ¿Por qué esta vejación? ¿Es que acaso uno no podía tener ni sus propias ideas? Estupefacto, las preguntas se abarrotaron en mi mente. Resultaba un delito insalvable cualquier razonamiento lógico en contra de tanta estupidez.

La filosofía revolucionaria comunista te convertía automáticamente en un enemigo público número uno con el sólo hecho de pensar diferente. Estaba marcado de por vida, ya no volvería a ser el mismo. Miré mi carta de libertad en mi mano y comprendí que era una falsa, era sólo un documento para salir de la granja, pues fuera de esta aún continuaría siendo un prisionero del régimen que me degradaba, catalogándome de *gusano* y haciéndome sentir como tal.

El hombre que estaba a mi lado, de apellido Peña, que casi rozaba los setenta años de edad y que acababa de cumplir una sentencia de varios años, muy ecuánime se quitó su ropa quedándose solo en calzoncillos, y tras doblar con sumo cuidado sus prendas, las introdujo apretadamente en su jaba anudándola como mejor pudo. Entonces de un solo tirón lanzó su jaba con precisión hacia el otro lado de la alambrada. Con igual precisión hizo lo mismo con sus viejas botas, y sin pensarlo dos veces se acostó en el suelo y comenzó a pasar por debajo de aquella peligrosa alambrada de púas delirantes por pinchar y desgarrar la carne humana. Escuché a mis espaldas los aplausos inyectándole ánimos de algunos presos políticos que observaban la humillante escena desde el patio de la barraca.

Yo estaba completamente paralizado, cuando Peña totalmente embadurnado en fango detuvo su peligrosa marcha y desde debajo de la vil alambrada, mirándome fijamente al rostro, enérgicamente me dijo:

–¿Piensas quedarte? ¿Qué esperas? ¡La libertad no tiene precio!

No sé, no quiero ni decirte lo que pensé ni quiero negarte que en silencio llorara. Pero de igual manera imité y seguí a este legítimo patriota hasta cruzar invicto de heridas al otro lado de la miserable, grotesca y humillante granja de rehabilitación. Con la dignidad y la impotencia latiéndome aún en el pecho, luego de caminar por el borde de la carretera casi un kilómetro, nos metimos en el canal de una vieja turbina para quitarnos toda aquella mugre. Después como indignos espantapájaros semidesnudos nos secamos al sol; nos volvimos a vestir y finalmente continuamos rumbo a nuestras casas.

Luego todo se me hizo más difícil, por eso decidí irme del país. No sé si podré sacarlas algún día de allá reclamándolas o comprando las visas por algún otro país.

Hizo un alto, y con lamento en la voz, expresó:

—Es un sueño, algún día tengo que tener el derecho a soñar.

—Claro que tenemos derecho a soñar —le respondí—. Es algo innato que nadie puede impedir.

—¡Coño, pero allá lo que uno tiene son pesadillas! —exclamó alterado, y no viendo salida a sus palabras, calló, al parecer meditativo.

—¿Crees que a mí no me duele? Se me parte el alma —continuó él—. ¿Pero qué voy a hacer?

Se respondió con voz llorosa y confusa, más dándose ánimos tras toser varias veces, prosiguió:

—Tengo que abrirme camino para sacarlos de ese maldito país.

Tosió nuevamente y continuó:

—Nací y crecí en ese asqueroso sistema comunista donde la gente se vuelve vieja en su propio puesto de trabajo sin alcanzar nada por más que te esfuerces. Sólo una miseria del carajo, fue lo único que aumentó día tras día, mes tras mes y año tras año. El comunismo lejos de erradicar la pobreza, hace que e
ésta prolifere como una plaga llegando al extremo de declarar la opción cero como un estilo de vida. El comunismo no es más que la cultura de la miseria. La propia raíz filosófica de la palabra comunismo, ¡da peste!

Tras esta aguda sentencia, la tos lo atrapó nuevamente, y al pasársele el ahogo preguntó:

—¿Tú crees que lleguemos? Dime, dime la verdad.

Guardé silencio para organizar una buena razón que le inyectara ánimos en la victoria, más su desesperación lo hizo nuevamente estallar:

—¡Cojones, *asere*, respóndeme...! ¡Respóndeme coño, respóndeme!

Le rogué calma y le recordé que eso era lo mejor para nosotros.

Llevándose las manos a la boca trató de evitar un ligero ataque de tos, y finalizado se cuestionó:

−¿Y a mí cosita linda, a mi Naní, cuándo la volveré a ver? ¿Cuándo volveré a ver a mi princesita? Con tan solo su sonrisita terminaría mi tormento. Quiero ver a mi Naní. Quiero verla de nuevo, ¡no soporto más!

Yo callaba ante todo aquel drama que la filosa hoja de la vida iba cortando en lascas, y en el temor que mi propio silencio encerraba, escuchaba sus desesperadas preguntas que con voz desgastada semejaban las escapadas de una novela de la radio que no encuentra final.

−¡Oooh... Virgen Santa!, ¿qué me haré? −cuestionó bajando su cabeza y aferrando sus puños.

−No te preocupes, vamos a llegar y las vas a volver a ver −le dije tratando de darle sentido a mis palabras e inculcándole ánimo con la seguridad de un triunfo incierto, presagié:

−Tus sueños se harán realidad y la volverás a ver y abrazar, y la llenaras de besos como nunca antes.

−¿Tú crees eso, mi hermano? −fue casi un susurro su voz empapada de esperanza. Su pregunta me tocó hondo. La última palabra me gustó tanto que me dolió el no haberlo llamado así. Parecía estar incluido en una gran familia de ramificaciones diversas y desconocidas.

−No te preocupes mi hermano que vamos a llegar −le ratifiqué.

Me sentí triste al no poder decirle que todo lo que le había dicho era el gran sentir de mi corazón, pero que en realidad yo mismo tenía miedo de que todo fuese una gran mentira. Le sonreí, pues no había otra alternativa. Le brindé mi mano y él la sujetó amigablemente.

−Cuán difícil es el emigrar dejando atrás hijos pequeños y esposa. Cuán difícil es nuestra emigración −pensé.

−Extraño a la niña −dijo con voz llorosa y entrecortada, y lleno de melancolía aseguró:

−Tengo unas ganas de verla y abrazarla, y a la gorda también. Si hubieras visto qué linda lucía Chabela cuando estaba en estado, se puso doradita por el sol de la playa un domingo cuando la llevé. Luego en la casa con un plumón le pinté la barrigota a semejanza de una pelota de béisbol.

Este recuerdo lo llenó de gozo y sentenció:

– La pelota es mi pasión.

–Y la mía también –con cubanísimo orgullo respondí.

–Soy de Industriales –alegó emocionado.

–¡Coño, que coincidencia! –exclamé y le alenté que:

–Ganando o perdiendo industrialista seguiría siendo.

–¿Te acuerdas cuando ganamos la última serie? –dijo emocionado–. Pensé que El Latino[51] se venía abajo. ¡Qué júbilo! Yo llevaba puesta una camiseta de pelotero original con el número treinta y seis en la espalda.

–¿Cómo la conseguiste? –indagué lleno de curiosidad.

–Siempre me sentaba pegado al banco de tercera y llegué a tener amistad con casi todos –dijo lleno de orgullo. Hizo un alto en el que me imaginé que rememoraba aquellas épocas. El viento trajo una brisa ligera, él tosió, pero no calló su voz.

–Recién llegado yo de un viaje, El Conde salía a calentar el brazo y con su característica voz de negro fino, me dijo: "Nosotros somos los alemanes del Caribe".

–Esos ya tumbaron su muro –afirmé.

–Nosotros tenemos un mar –sentenció con gran pesar y aprovechando que caíamos en el tema, le pregunté:

–¿Cuándo decidiste hacer la balsa?

–Yo no la hice –comenzó diciendo–. Camilo fue el de la idea y quien la construyó.

Testificó con tristeza, y no pudiendo contener los sentimientos, expresó:

–¡Coño! con las ansias de libertad que tenía ni descansar en paz pudo.

Una pausa de silencio mortal ocupó el espacio y su mano se separó para persignarse sobre su enllagecido pecho. Sentí que algo me helaba por dentro y me sobrecogí.

–Hacía mucho tiempo que él quería irse –dijo con voz pausada–, y a veces en conversaciones a solas tocábamos el asunto. Yo le decía que jamás dejaría a la niña ni a mi mujer, pero como él temía irse sólo, seguía insistiendo. Además, él quería dejar atrás el trauma que la revolución le impuso.

Hizo una pausa. La tos reclamó su presencia provocándole un

---

[51] Nombre que hoy tiene el antiguo Estadio del Cerro. .

ligero ahogo y continuó:

–Lleno de ideas comunistas, el padre de Camilo se fue a pelear a Angola y su anciana madre le suplicó hecha una mar de lágrimas que no fuera, pues un tal "Papo el gitano" le había tirado las cartas y éstas pronosticaron desgracia y al final no resolvería nada. El padre idiotizado con la revolución, fue con la ilusión de un apartamento en La Micro[52]; decía que cuando regresara se lo asignarían por internacionalista. Tal como pronosticaron las cartas, el padre nunca volvió.

Tosió un poco y prosiguió:

–Después de la tragedia, el sufrimiento enfermó de los nervios a la abuela, la cual pasaba el día maldiciendo al Comandante, y criticando y discutiendo constantemente con su nuera que aún vivía con ellos. Ella, una mulata joven, atractiva, y al aparecer con otro hombre, ya te puedes imaginar, ¡voló!

–Niño aún, Camilo fue a parar a una beca y después a una escuela en el campo. La abuela murió loca y esclerótica recordando al hijo, y más después que se lo entregaron en una cajita con el nombre rotulado en tinta china. Como bien me dijera Camilo: "Huesos que nadie sabe a ciencia cierta si pertenecen al difunto".

–Ellos tuvieron que posar frente a fotógrafos y camarógrafos, simulando ambos lo contrario a lo que sus mentes y sus corazones no soportaban.

Camilo creció aborreciendo en parte a su madre por haberlo abandonado, aborreciendo también el nombre que su padre le había puesto como orgullo revolucionario. Él últimamente manifestaba que era un negro con sangre Lucumí y que sus hijos heredarían el coraje y la cubanía de Antonio Maceo o Quintín Banderas, sus héroes favoritos de la gesta mambisa. Este conjunto de ideas le generaban un odio sin paz al podrido sistema comunista, verdadero causante de todas sus desgracias.

Hubo una breve pausa en la que nuevamente tosió con fuerza, y tras tomar aire continuó:

–Él era un alma de Dios, tenía unos sentimientos y una disposición para ayudar a la gente del carajo, siempre estaba alegre. Allí en el

---

[52] Denominación que se le da a la actividad constructiva gubernamental de hacer apartamentos de baja calidad y que se les cobra bien caro a los que se la asignan.

solar de Centro Habana donde vivía todos le querían, pero sus ansias de libertad lo llevaron a arrancarle al piso de la barbacoa las enclenques tablas que sirven de fondo a la balsa en que hoy estoy, y con las otras, las que aún servían y no tenían comején, las vendió y compró la cámara y todo lo que hizo falta.

Volvió a toser un poco y prosiguió:

–Una tarde fue a verme y a decirme cómo lo haríamos, ya lo tenía todo preparado. Aquel día llegó alegre y dicharachero como nunca, diciéndome: ¡*Asere*! Ya está lista "La máquina del tiempo". Cuando quieras vamos echando ¡pa'la *Yunay*!

Tras haberle imitado la voz, tosió un poco, y como en un lamento, con gran pesar continuó:

–De veras que aquel día reí con su ocurrencia, pues me dijo que la santiguó con ese nombre ya que nosotros habíamos quedados enclaustrados en el pasado y retrocedíamos en el tiempo, más esa humilde balsa nos transportaría al futuro.

Nuevamente tosió y continuó:

–Fijamos la fecha en presencia de mi mujer. ¿Quién lo diría? Hasta la gorda que al principio estaba renuente, se llenó de embullo y de esperanzas con el viaje. Ahora mira las vueltas que da la vida, mira cómo terminó Camilo. El Comandante acabó con esa familia.

El silencio sepulcral nos invadió por sorpresa y pude escuchar huir los minutos, más la tos alzó su voz haciendo caso omiso al momento. Guardé silencio ante aquel relato que develaba la verdadera naturaleza humana de quien solo conocí por unas horas y cuyos gritos de libertad quedaron grabados en las más lúcidas neuronas de mi cerebro, donde nada ni nadie podría borrarlos. Su corta presencia en mi vida sería recordada hasta el fin de mi existencia.

Cuando la tos se le hubo calmado, Emilio Andrés prosiguió con su reflexión:

–Él está muerto, de seguro moriré también.

–¿Cuántas veces te voy a decir que no hables más de la muerte? –lo interrumpí de golpe–. Todo va a salir bien mi hermano.

–¡Ay…! tú no sabes cómo estoy, la carne se me despega del cuerpo y ni me duele, casi no siento ardor, tengo tremenda sed y hambre.

Y haciendo una pausa, con cierta intriga me cuestionó:

–¿Sabes una cosa?

–¿Qué…?

—No puedo orinar, a pesar de toda el agua que me tomé no puedo, desde por la noche estoy tratando y no puedo; eso me tiene muy mal —dijo, exclamando con espanto—. ¡Estoy desesperado!

—¿Tú padeces de los riñones? —le cuestioné.

—No, yo nunca me he enfermado de nada —respondió muy seguro de lo que decía.

—¿Tú has tomado agua de mar? —indagué. La preocupación de mi pregunta fue respaldada con el enorme estupor de sus mirada y un cómplice silencio. Sin preámbulos lo emplacé:

—No hablo del agua que tragaste durante la tormenta. Hablo de si tomaste o no agua de mar.

—Un poquito nada más —respondió temeroso.

—Un poquito… ¿Cuánto? —interrogué con fuerza.

—En total serían como dos o tres vasos —concedió.

—¡Cojones, el agua de mar es veneno! —le espeté.

—¡Tenía sed! ¡Tenía mucha sed, coño! ¡Tú no sabes lo que es eso! —contestó a puro grito. A puras interrogantes, encolerizado le respondí:

—¿Tú crees que yo no tengo sed? ¡…Eh! ¿Te crees que yo soy un camello?

Carcajeó e irónicamente expresó:

—El camello[53] es una pesadilla del transporte cubano.

Sonreí, sabiéndome libre de esa espantosa innovación comunista y miré a lo lejos, a la distancia que nos ocultaba el derecho a una nueva vida. Estaba molesto por todo lo que acaecía, pero sabiéndome que no le podía dar solución a nada, muy ecuánime le expliqué que uno de los efectos que causa tomar agua de mar es el tranque de los riñones y por ende infección y fiebre. Evitando que hiciera fijación con la imposibilidad de orinar, le aseguré que en los guardacostas norteamericanos había médicos y medicinas, y que en cuanto nos rescataran de seguro le pasarían sueros y el organismo volvería a funcionar normal.

Tranquilo y convencido de que todo sería como yo le decía, bajó la cabeza meditando en el grave error al que lo llevó la desesperación. Si no resultábamos ser rescatados a tiempo, podría serle fatal. Yo

---

[53] Rastra de cabina, cuya parte posterior se acondicionó para transportar personal (cualquier cantidad de pasajeros) en el horario de mayor afluencia del público, son una verdadera pesadilla para el que viajase en ellos. En mi particular, era la última opción, prefería ir caminando.

sabía que beber agua de mar era nocivo, y preocupado estaba en el análisis de lo que a él se le avecinaba, cuando en voz baja lo escuché decir:

—Si al menos pudiera fumar.

—¿Fumar? —pregunté—. Tienes tremenda sed, la tos casi te ahoga, los riñones no te funcionan, la piel se te está cayendo a pedazos y estás pensando en echar humo bajo este abrazador sol que ya ha despertado.

Realicé un movimiento de incredulidad y opiné:

—¡Coñooo...! Hay cada gentes en el mundo que sin tales no fuera mundo. En cambio yo estoy pensando cuánto nos puede durar el agua.

—¡Agua, agua, eso es lo que quiero, agua, agua! —comenzó a repetir fuera de control.

—Tranquilízate y deja la locura, que la qué te tomaste anoche aún no la has orinado —le dije rudamente tratando de controlar su desenfreno, y para que no continuara su letanía, le aconsejé:

—Desesperarse no conduce a nada. Además, hay que estar en forma para cuando nos recojan, porque de eso estoy seguro, de un momento a otro nos recogerán. Estamos bien lejos de donde salimos y muy cerca de donde pensamos llegar.

Y tras un alto, teoricé:

—Estas aguas deben ser frecuentadas por guardacostas u otras embarcaciones. También cualquier avión podría localizarnos con facilidad. Mira que linda está la mañana. Puedes estar seguro que mi balsa llegará, aún no sé cómo, pero "La Esperanza" llegará. Tengo mucha fe y le encomiendo la solución de mis problemas a mi Padre Celestial.

Alcé mí vista al cielo y lleno de fe continué:

—Sé que en los momentos más difíciles cuando todo parezca perdido, Dios va a estar a mi lado. Yo le pido fuerzas para seguir adelante. Ten fe y te salvarás.

—A mí no me queda nada y mi vida pende de un hilito —dijo él—. Sólo un milagro me podría salvar, me estoy muriendo de sed y extraño mucho a los míos. ¡Oh, no debí haberme metido en esto! Ya no tengo ni deseos de llegar. No quiero seguir aquí, quiero virar. ¿Dónde están los que vinieron a salvarnos?

La tragedia en su rostro acompañó su pregunta, y con desespero gritó:

—¿Por qué les dijiste que se fueran? ¡Coño...! ¡Ya yo estaba salvado!

—¡Para! ¡No hables más mierda! —le interrumpí con firmeza intentando evitar que siguiera con la misma cantaleta de la noche anterior—. ¡Aquí no ha estado nadie!, no lo vuelvas a repetir, eso fue una alucinación tuya. No te pongas para eso que te vuelves loco y un loco en una balsa no hace el cuento.

Mis ojos se abrieron al máximo de sus orbitas y mi mirada lo golpeó de a lleno en el rostro, y haciendo un respiro, continué:

—Te voy a dar un consejo, cuando oigas voces y no veas nada ni sepas de dónde proceden, agárrate fuerte a las sogas y comienza a cantar en voz alta *"La Guantanamera"*, así no prestarás atención ni escucharás lo que te dicen.

—¡Pero si nos venían a salvar! —volvió con el mismo estribillo.

—¡Cojones! —exclamé—. ¿Tú no acabas de escuchar lo que te dije? ¡Canta *"La Guantanamera"*! —le exigí lleno de ira.

—Pero tú dijiste que cuando los oyera —replicó.

—Y cuando no los oigas también, para cuando vengan, si es que vuelven ni te enteres —argumenté bien molesto.

Entonces con voz temerosa y llena de presagios, me cuestionó:

—¿Y si se apareciese La Patrona de Cuba?

—¿Qué patrona? Si el hijo de puta del Patrón en Jefe no reconoce ni a la madre que lo parió —le respondí y agregué:

—Además, sino vino anoche que era cuando verdaderamente la necesitábamos, ¿qué te hace pensar en ella ahora? No me sigas hablando de apariciones. ¡Escucha bien lo que te voy a decir! Si se apareciese la Virgen en persona, a no ser que traiga una lancha rápida con tres motores fuera de borda, entonces me avisas, sino... ¡Cántale *"La Guantanamera"*! Estoy seguro de que a ella le va a gustar.

Hubo una calma y un silencio profundo, si a él le parecía que el mundo se le venía abajo, yo tenía que agarrar ese trozo de mundo e impedir que se hundiese para con el justificar mi existencia y continuar mi batalla en aras de la libertad.

Enjuagué mis manos vendadas y sentí el ardor aún vivo en ellas. Zafé mi vendaje y volví a colocarlo con delicadeza. Hice temblar un poco mis manos para con ello escurrir el agua y calmar el dolor.

Luego me retiré el pañuelo de un tirón, me agité un poco los pelos y tras enrollar el trapo, lo amarré cual una tira sobre mi frente cubriendo solo mis orejas, las cuales sentía arder. No podía sumar a todas mis desgracias las quemaduras, pues a pesar de las ropas sentía el rigor del astro rey, y despojarme de mi camisa sería liquidarme a pasos acelerados.

Después de haberse tomado dos líneas del pomo de agua marcadas con mis dedos, Emilio Andrés se quedó meditativo en su perenne lugar y reposaba tapado con la lona. Se la cedí debido a que él estaba prácticamente desnudo, y con el estado tan lúgubre de su epidermis fui incapaz de reclamarle nada. El aspecto de su piel no me gustaba ni un poquitico; comenzaba a corromperse como para un festín de gusanos. Cierto olor desagradable emanaba de su cuerpo estremeciéndome por dentro y en ocasiones dándome arqueadas. Además, no iba a permitir que se apoderara nuevamente de "La Esperanza".

Ahora, nuevamente parado sobre las dos sólidas tablas que encofraban el fondo de mi victoriosa balsa, me sentía enérgico, orgulloso y seguro. Presentí que con ella podría cubrir cualquier distancia, y tal si fuere una legendaria nave Fenicia, por un momento la observé surcar el océano rumbo a la tan añorada libertad.

Durante toda la mañana mi vista de águila escudriñó con angustia el horizonte. A veces mi mirada descansaba sobre la cresta de las olas refrescándose con su espuma tan blanca y constante que semejaba una nube atrevida que se recreaba nadando en el mar. Fue tal vez en un momento como éste en que algún celaje se sumergió en las aguas y con el mi cansancio, que sumados a la tensión de la búsqueda junto a la trasnochada tormenta, las pastillas y la inmensa hambre que me mordía por dentro, facilitaron que el sueño lograra remolcar mi cuerpo, mi alma y mi ser, hacía su insondable abismo.

La calle semejaba un festín de hormigas. Iban a inaugurar una escuela y al mismo tiempo repudiar la (merecida) ley del bloqueo[54], el cual exigen derogar bajo las democráticas leyes de la ONU, mientras ese mismo organismo y la inmensa mayoría de los países que lo integran, en callada complicidad y aberrante hipocresía, jamás reclamaban en dirección opuesta e igual intensidad que se respeten

---

[54] Ley que no le da crédito a los ladrones dictatoriales.

los Derechos Humanos en Cuba. Pero aún más bochornoso era que desde la desaparecida Unión Soviética se habían recibido cientos de miles de millones de dólares en subsidios y el país no había alcanzado ningún desarrollo económico, todo lo contrario, la nación iba en vías de un rotundo fracaso tecnológico, económico y social. No me quedaba la menor duda de que todo ese enorme capital había sido devorado por el líder de esta macabra *robolución*.

–¡Eh, atiendan pa'ca que voy a pasar lista! –vociferó a todos los estudiantes la negra Tomasa Santillano, maestra de matemáticas y secretaria general de la UJC de la escuela secundaria básica en la que yo también trabajo.

Esta monumental morena de un encanto muy especial, llevaba una doble personalidad escondida, pues ella muchas veces en secreto y a escondidas en fiestecitas que dábamos en el taller de la escuela, nunca llegaba a soportar los tragos que se daba de más. El y muy reducido grupito de maestros hombres todos, sabíamos lo necesaria que eran esas copas extras para lograr desinhibir a aquel descomunal monumento de ébano puro.

A puertas cerradas y con la música de fondo, tras hacer una buena ponina de veinte pesos cada uno, casi siempre lográbamos verla bailar semidesnuda sobre la mesa del taller, donde al ritmo de la salsa, el rock o cualquier otro género, ella sudaba todo su cuerpo hasta empapar su maltrecha y estrujada tanguita color mamey entre sus voluminosas nalgas. Riéndose con erótica y nevada malicia, contagiaba nuestros rostros, y sus manos llenas de sensualidad iban recogiendo sobre su brillosa piel morena el sudor desprendido de sus entrañas y a un certero gesto de sus manos y dedos, nos salpicaba con su olorosa y fogosa secreción. ¡Aaah…! hasta con la lengua lo recogíamos. Aquello era verdaderamente una locura. Unos de pie, otros sentados, la aplaudíamos excitados, pues los tragos, el calor y el encierro de aquel local, nos hacía sudar a mares. Quitándonos las camisas y tirándoselas a sus pies, ella les caminaba por encima para luego ir cogiéndolas una a una y secándose diferentes partes con éstas, nos las devolvía.

Tomasa Santillano siempre nos advertía de que no la fuésemos a tocar ni hacer nada vulgar, pues a pesar de estar divorciada y sin un buen Negrón que la acompañara, nos alertaba que ella era de San Miguel del Padrón, donde el coraje nace y crece en la cuna. Y a la negra Tomasa Santillano le sobraba valor para darnos un buen bofetón a cualquiera de nosotros.

–Déjate de alarde, negra, que nosotros somos cinco –le dijo el más enclenque de los maestros que era el principal organizador de estas actividades.

–¡Óyeme blanquito!, la leche no llega al corazón que es donde tengo el valor para darle un par de puñaladas a cualquiera que se sobrepase –expresó con rigor Tomasa Santillano, dejándose el asunto a un lado.

La suave y dulzona mezcla de menta alcoholizada era el traguito de su perdición, ella sabía que esa bebida así como la lechita (leche condensada con alcohol), siempre se les subían a la cabeza y le estiraban hasta las más recias pasas. Era así; el alcohol la elevaba al más allá, donde todo le resbalaba y nos recalcaba que la noche se hizo para gozar, y si gozón gozaba, mientras la música sonara su fogón no pararía de sudar.

–¡Quítate los ajustadores negra, que esto queda aquí entre nosotros! –le decíamos extasiados con aquel exclusivo y exótico baile, único como todos los que la Santillano nos obsequiaba en cada fiestecita.

–Ésto lo hago solo para ustedes porque ya estoy muy vieja para meterme a jinetera –decía, aún con un vaso de ron en la mano, mientras que caminaba descalza con soltura y elegancia sobre la mesa del taller.

–Pero por veinte dólares les bailo encuera y les juro que me los tiemplo a todos de cualquier manera –nos afirmaba sin ningún tipo de tapujos.

–¡Negra por tu madre, tiranos un avance! –le repetía de rodillas el profesor de geografía tras darse varios fotutazos para controlar su perenne falta de aire.

–¡Primero los dólares! –decía e insinuaba llena de malicia, y dirigiéndose directamente al organizador de la actividad, le manifestaba:

–Los placeres cuestan caros, blanquito. Si no te complace tu gorda y quieres que te ablande la yuca en mi fogón, dile a tus familiares de la *Yuma* ¡que te manden el guaniquiqui![55] ¡Sino... no podrás gozar el

---

[55] Dinero en argot popular.

fogón de esta mamirriqui!

—¡Coño negra! ¡Qué cara esta la carne! —le dijo el político del comité de base[56] quien siempre participaba de estas fiestecitas prohibidas, y agarrando una latica vacía que había en el taller, le suplicó:

—Negra hazlo por mí. Orina en esta lata para darle aunque sea sopa a mi tolete, pues hace tiempo que estoy pasma'o y no la veo ni pasar.

Los cinco allí presentes, siempre nos lamentábamos de no tener los veinte dólares necesarios para ver al desnudo a la negra Tomasa bailando y gateando por sobre la mesa del taller. Sólo nos quedaba en la imaginación sus colosales tetas moviéndose como maracas al ritmo de un son, y más abajo de su estrecha, apetecida y sudada cintura, el acompasado e impresionante vibrar de sus voluminosas nalgas deleitándonos hasta la locura.

Ahora los muchachos alrededor de aquella monumental morena dirigente comunista, iban dando sus nombres para no ser señalados políticamente en la escuela.

—¡Cuánta hipocresía! La verdadera esencia de la fruta revolucionaria y comunista está podrida —dije muy para mis adentros y ampliando la reflexión, me juzgué:

—Nosotros los maestros somos los sumisos adoctrinadores de la arcilla juvenil de este país.

¡Cuánta ironía! Sentí repugnancia conmigo mismo.

El entusiasmo infantil y juvenil característico de los estudiantes concentrados allí, le inyectaban vida a la actividad. Las consignas revolucionarias coreadas eran prácticamente insoportables. La gigantesca valla colocada para la ocasión, representaba la insignia nacional, y dentro de la misma, en armonioso y modernista rotulado se leía: SOMOS FELICES AQUÍ. Para ellos esto resultaba una fiesta colectiva de las acostumbradas a dar por la tiranía y en la misma no había ni agua para calmar la sed. Ese día se había suspendido todo tipo de actividad laboral, reuniendo una chusma constituida por profesionales de diversas ramas, trabajadores y militares, y entre estos últimos, los típicos sátrapas dirigentes.

El sol se volvía a cada instante más insoportable, sus rayos se

---

[56] Organización comunista que existe en todos los centros de trabajos. También se dedican a espiar a los demás trabajadores y a denunciarlos (chivatear)

registraban incluso dentro de nuestras prendas de vestir pellizcándonos la piel y provocando una verdadera competencia de desagradables olores que sólo son controlables con desodorantes, artículo higiénico de primera necesidad prácticamente inexistente en la población. La peste a grajo era un olor verdaderamente revolucionario que golpeaba con frecuencia. Si alguien aún usaba desodorante era una exclusividad o algún invento casero.

Esta vez habían limpiado las calles del barrio, costumbre prácticamente pérdida, pues tal parecía que la ciudad se limpiaba tres veces al año. El día del vil y sangriento asalto al Cuartel Moncada, donde Patilla que era el siniestro líder de ese grupo terrorista y que planificándolo todo, se perdió a la hora del ataque y luego se rindió como un cobarde sin tan siquiera haber tirado un tiro. El día de los CDR (Chivatos De Revolución) y el día de la coincidencia del fatídico triunfo revolucionario con el fin de año. En esta ocasión especial al efectuar la limpieza, habían recogido todos los perros callejeros de la zona, incluyendo a Canelo, debido a que el día anterior a uno de ellos le colocaron un cartel con la frase: ¡ABAJO QUIÉN TÚ SABES!, ocasionando también una sobre vigilancia de la barriada y el encarcelamiento por un buen periodo de tiempo de los opositores más activos del municipio.

Los dirigentes de la escuela pasaron lista para comprobar los que estaban presentes en el acto de reafirmación revolucionaria. Se hizo silencio y comenzó el tedioso y nauseabundo discurso, monótono y aberrante como cientos pronunciados anteriormente.

A mí alrededor se encontraban agrupados los mismos compañeros de trabajo que participaban en las actividades íntimas y varios alumnos de grados superiores. En discreta complicidad con otro profesor, me reía de los gestos y las frases absurdas, desacertadas y anárquicas, así como de los modelos y los propósitos a alcanzar, de los principios inquebrantables e indoblegables de su doctrina, y la inevitable y tan asegurada: PATRIA O MUERTE, presagio de un final apocalíptico de nuestra sociedad, de la cual no se salvarían ni los niños que estaban en los vientres. Tal parecía que ellos habían renunciado a la vida antes de nacer. Sólo debíamos seguir un camino: el que el orador imponía. Cualquier idea contraria resultaba cosa de locos y podría costar la muerte. Al parecer, los comunistas renunciarían a la vida con tal de no mancillar el oscuro y ensangrentado prestigio de un miserable cabecilla que se autoproclamaba intachable e invencible.

Me cuestionaba cuánta maldad e ideas siniestras engendraba el cerebro de este despótico líder que nadie sabe dónde vive ni qué familia tiene y que a pesar de haberlo jodido todo, la gente grita y vocifera su nombre cual si fuese un dios. ¿De qué punto del espacio le llegaba la fuerza para adormecer, embrutecer y dominar a un pueblo que retrocedía a pasos seguros hacia una miseria nunca antes vista por cubano alguno? ¿Cuándo estallará la cabeza de este dictador? Las interrogantes se sucedían en silencio mientras seguía reconociendo la incapacidad y la cobardía de gritarle allí mismo a todo pulmón mi rechazo, pues semejante osadía te puede costar la vida.

Hablar y criticar a escondidas era lo que más se hacía. Habíamos perdido el valor de reclamar la libertad con el filo de un machete. Este cubanísimo concepto me hizo inclinar apenado mi rostro visualizando la colosal figura de nuestro Titán de Bronce sobre su gallardo caballo, quien blandiendo su afilado machete bien en alto, era seguido por una pléyade de heroicos mambises qué sí tuvieron el coraje de reclamar la libertad. Sí todos tuviésemos esa audacia y le diéramos una carga al machete a estos sátrapas donde quiera que se apareciesen, no quedaría títere con cabeza y fuésemos libre. La verdad es que los únicos esclavos que adoran sus cadenas son comunistas.

La gritería y el escándalo se fusionaban como una gran pelota que golpeaba nuestras cabezas. Un muñeco de paja y de aspecto desagradable era colocado en una pira preparada con leñas de diversos orígenes. El monigote representaba al *"Tío Sam"*. Y bajo la radiante luz del mediodía, el vestuario de este grotesco maniquí relucía sus predominantes colores, rojo, azul y blanco.

Un muchacho de nuestro grupo, no pudiendo contener su penuria, exclamó:

–¡No lo quemen!

Todos no volvimos hacía él mirándolo con asombro.

–¿Estás loco? –le cuestionó un gordito de granitos en la cara compañero de aula, sacudiéndolo por los hombros.

–Eso es contrarrevolución –le indicó otro más delgado que traía puestos unos espejuelos reparados con un alambre en la bisagrita de una pata.

—Es que esos tenis aún están buenos y yo no tengo que ponerme –reveló el muchacho con voz triste y opaca. Y tras quitar su vista de aquellos que calzaba el maniquí, su desconsolada mirada se clavó de golpe en los que él tenía puesto.

Observé con mucha pena la costura de remiendo en la suela ya desgastada por el uso.

—Aguántate las ganas y cállate –le dijo el gordito, pasándole un brazo por encima del hombro.

—Aquí nadie sabe quién es quién, y cualquiera el que menos tú te imaginas te puede echar pa'lante –sentenció el de los espejuelos remendados.

Un alumno señalando hacia un punto de la concentración, exclamó:

—¡Miren!, ya vienen a darle candela al imperialismo con ropa buena.

Acompañado por el redoblar de tambores, un pionero[57] impecablemente vestido con una antorcha encendida en su mano, ejecutando una marcha militar al más perfecto estilo estalinista, se había acercado a una pira semejante a las creadas por la inquisición. Otro pionero se acercó con una vasija y roció el combustible sobre la pira. Entonces el pionero destacado marchó unos pasos y con gesto solemne ante el corear frenético de: ¡CUBA SI, YANQUIS NO!, y el retumbar de los tambores, lanzó la tea sobre el objetivo. Una lengua de fuego brotó sonora y refulgente de aquel entarimado, e igualmente devinieron en el acto los gritos de muerte al capitalismo, a los yanquis y a todo cuanto se les ocurriera matar.

¡Qué locura! Éramos una horda salvaje listos para linchar a quienes no conocíamos y que al parecer eran horribles, tan malos como para no saber quiénes eran; sólo desearles muerte, muerte y más muerte.

El sofocante calor desprendido por la hoguera junto al llameante sol me acuchilló la piel obligándome a abandonar la escena, y trayéndome de vuelta a la realidad abrí mis ojos.

El intenso ardor sentido en mi cuello comparable a la quemadura

---

[57] Organización de categoría obligada que tiene que sufrir todo niño en Cuba al entrar en la escuela, en la cual los adoctrinan y en la que están obligados a gritar que quieren ser como el Ché, (Terrorista argentino conocido por el Chacal de la Cabaña). Cuando lo correcto sería imitar el pensamiento de nuestro inigualable Apóstol, José Martí. También pagan una cuota mensual.

de un ácido, me inmovilizó por un instante la cabeza. Adolorido, apreté los molares tratando de morder un quejido que de tan fino se escapó efímero por las invisibles hendiduras de mis dientes calcinados de sarro. Comprendí que me estaba asando vivo.

El sol hacia hervir la superficie del mar y evaporaba la espuma de las olas en cada salto. Se podía salcochar un pollo, un puerco, una res. ¡Qué calor! ¡Qué hambre y qué sed! Al carajo con la regla de: mañana, tarde y noche, dictaminó mi instinto de conservación.

Destrabé el pomo y bebí casi hasta ahogarme, pero debido a que el agua estaba bomba, lejos de saciarme la sed, provocaba que me embuchara. Retorné el envase a su lugar y más sedado respiré mi desdicha.

Ni una nube, ni ni una gaviota se divisaban en el infinito cielo de un azul tan intenso que parecía no poder adquirir otro color. Cerré y abrí los ojos intermitentemente, procurando buscar enfoque con mis pupilas. Los párpados me ardían frenéticamente. Tomé con las manos un poco de agua de mar y la vertí sobre mi cuello y mi rostro, y un espasmo me recorrió el cuerpo. El agua salada hizo el efecto de un chorro de alcohol sobre una llaga.

—¡Mi madre qué clase de insolación he cogido en la cara! —exclamé. Realicé movimientos con los músculos faciales y el cuello, y éstos me provocaron ardentía y dolor. Deseé verme en un espejo pero qué carajo, a lo mejor del susto me daba un infarto.

—Debería haber traído un sombrero. Pero cuántas cosas debía haber traído y no traje —me reproché y seguí meditando.

En realidad preví muchas cosas. Había miel de abejas que me hubiera servido para hidratarme la piel. No sé de dónde coño yo había sacado esta teoría, pero había hecho fijación con ella, aunque justamente ahora recordaba que mi bisabuela Josefa una vez dijo: "La miel de abejas es muy buena para aflojar el catarro porque es caliente".

—¡Pa'l carajo! Menos mal que ya no hay miel de abejas, sino yo también me hubiese frito —censuré en el pensamiento, y angustiado moví ligeramente la cabeza.

Traté de incorporarme para observar la zona donde nos encontrábamos pero me fue imposible. Nuevamente los músculos se me habían engarrotados como si tobillos y nalgas se hubiesen presillado entre sí. El tiempo que estuve doblado sobre mis inertes piernas era más que suficiente como para darlas por muertas.

Los esfuerzos al tratar de restablecer la circulación resultaban agotadores, dolorosos y titánicos. Al golpear intermitentemente los muslos con las manos, parecía que la piel debajo de la tela estuviera sin epidermis. Mis dedos por momentos se inflamaban. ¡Cuántas ganas de gritar mi desconsuelo en ese momento! La fuerza, el optimismo y la fe, comenzaban a decirme adiós. Me sentía derrotado, incapaz de lograr ponerme de pie; estaba vencido. Mi impotencia para continuar luchando contra este solitario y hostil paraje llegaba a su límite; me sentía desfallecer.

—Qué forma más estúpida de morir inutilizado por mi propio cuerpo —me censuré internamente.

—¡Coño, esto nada más me ocurre a mí! —me reproché, y muy enérgico en mi propia derrota, me recriminé:

—Estas no son horas de lamentarse sino de resignarse a enfrentar la muerte.

Bajé la cabeza sabiendo cercana una posible tragedia, más algo dentro de mí me hizo gritar:

—¡Qué muerte ni que tantas lamentaciones, yo tengo que llegar!

Esta última frase me hizo revivir y con lo que me quedaba de fe clamé:

—¡Deme fuerzas, Padre Celestial! ¡Deme una oportunidad! —terminé pidiendo de favor con los brazos en alto y mirando al cielo.

La concentración en mi adoración fue tal que de pronto me entraron unas ansias tremendas de vencer la inmovilidad de mis piernas y mi pensamiento dio un vuelco exhortándome:

—No te des por vencido. ¡Lucha! La libertad hay que conquistarla y tú estás decidido a hacerlo. Crécete ante ti mismo y obliga a esas piernas a estirarse, demuéstrale a la vida realmente quién eres. La esperanza es lo último que se pierde; ¡ten fe! que esa tú la llevas muy hondo en el corazón.

Vislumbré el éxito de mi travesía, y desde el fondo de mi alma una energía desconocida amordazó las palabras en mi boca, cuando con fuerza sobrehumana mis brazos estiraron una de mis piernas. Fue muy doloroso. Mis lamentos resultaron incontrolables debido a que sentía como un alambre me penetraba desde el tobillo derecho toda la pantorrilla, el muslo y atravesando mi ingle, continuaba por la otra pierna hasta el tobillo izquierdo. ¿Qué coño era esto? ¡No sé! pero les juro que se te quitaban hasta las ganas de cagar. Una vez más me impuse y repetí la operación con la otra pierna hasta lograr sacarla por encima de la cámara. Intenté menear los dedos del pie, pero no pude. El sudor corría bañando todo mi pecho. De bestias era la fuerza encerrada adentro de mis piernas que no aceptaban su lugar y trataban de retornar a su posición provocándome gran dolor. Pero mi fe y mis ansias por la libertad, las obligaban a regresar a sus funciones y someterlas a mi control. Fue una batalla encarnizada de huesos, músculos y tendones irrespetuosos que no querían responder a los mandatos del cerebro. Fueron largos y sufridos minutos que volaron hacia la eternidad, pero gracias a Dios la victoria llegó como era de esperar. Con Él me sentía más que vencedor.

Cuando afortunadamente logré sentarme y estirarme casi a mis anchas, algo sobrenatural presentí en el entorno. Al volverme, cual perro que ataca sin avisar el espanto mordió mis ojos. Se me cortó de golpe la respiración cuando el horror sin previo aviso se me abalanzó empujándome hacia atrás el rostro y el espanto personificado extendió su mano en espera de la mía. El estómago pegó un salto tan grande que por poco escapa por mi boca que instintivamente solo atinó a cerrarse, pues la hiel de mis entrañas llenas del hambre sufrida y hartas de cocinar su propia acidez, corrieron en un buche infernal. A pesar de que mis manos taparon la abertura de mis labios, la bilis se desbordó indetenible sobre mis dedos.

Emilio Andrés parecía dormir sobre un inmenso sartén de goma. Se encontraba en una posición tal vez cómoda para él, pero grotesca ante los ojos de lo lúcido. Su piel, por llamarle aún de este modo, semejaba los chicharrones de puerco, con la diferencia de que una sustancia amarilla como la mantequilla brotaba y resbalaba de cada burbuja que se reventaba. Una sustancia albuminoide como pompitas de jabón parecía haberse rociado sobre su epidermis contrastando con el rojo intenso de su cuerpo que en algunos lugares cedía, tornándose de un intenso morado a un verde botella que servía de fondo a otras descomposiciones de la carne. El violeta resaltaba en la superficie de su boca cual pintura de labios recién estrenada, aunque parcialmente los labios no se veían debido a una espesa espuma que desde las entrañas lentamente brotaba como manantial. En sus ojos abiertos no se distinguía el iris y brillaban idénticos a dos perlas; en sus bordes, las enormes ojeras de los días de cansancio y de fatiga, resaltaban sus órbitas que inevitablemente ahora se hundían en un pozo ciego. Su frente relucía cual espejo empotrado entre ambas orejas, que ya cuarteadas, se descascaraban como un viejo barniz. Cerré mis ojos doblándome sobre las rodillas y en esta posición terminé de vomitar: mi hambre, mi asco, mi miedo, mi impotencia, mi frustración y mi alma, quedando esta última enredada entre mis dedos. Cuando logré parar, casi sin una gota de aliento, nuevamente mi alma regresó por completo a mí.

Estando encorvado, la mente se me tornó en blanco; no quería mirar. Prefería que alguien o algo viniera a buscarlo a él o a mí y nos llevara al fondo del mar, a tierra firme o a lo alto del cielo. ¡Qué sé yo!, ya no podía ni precisar. El tiempo había huido del susto y tardaba en regresar.

La cabeza me dolía intensamente, creo que como nunca antes. Un duelo de herreros por hacer estallar un yunque se materializaba dentro de mi cráneo; esperaba que de un momento a otro toda mi materia gris reventara. A cada golpe del imaginario martillo, sentía rebotar fragmentos de mi cerebro contra mis sienes. Comencé a apretarme la cabeza con ambas manos, a friccionarme el cuero cabelludo pero el dolor iba en aumento y la idea de terminar mis tormentos era una carrera contra reloj. Sin tan siquiera abrir los ojos me lancé al mar.

El océano me acogió con cariño envolviéndome con una refrescante caricia que me invitaba a quedarme por siempre en él. Pero mi cuerpo embriagado en esta cálida delicia náutica y más pesado que un plomo, comenzó una apresurada caída hacia las profundidades. Al instante mi alma y mi piel se sintieron renacer y una duda enorme me asaltó a quemarropa: ¿En realidad quería morir? ¿Era este mi final? ¿Y mi fe? ¿Y de los tiburones que se rascan el lomo con el fondo de la balsa, qué? ¡Sí! ¡Los tiburones!, esos que muerden, desgarran, mastican y devoran a uno en un dos por tres cual si fuésemos un pedazo de pan recién horneado. ¡Pa'su madre! ¡Dios me libre de los tiburones!

De repente la asfixia anudó mi garganta, un inesperado terror se apoderó de mí, el pánico se acomodó en mi cuerpo y mis ojos se abrieron con frenesí.

–¿Qué coño hacía yo viajando al fondo del mar? –gritaron mis neuronas e inyectado de una fuerza sobrehumana, el enorme instinto de mi materia viva me impulsó hacia arriba.

Esta vez tuve que agarrarme los pantalones pues se me querían salir e impedían el patalear desesperado de mis pies descalzos, más "La Esperanza" se mantenía a mi lado. Al parecer, el instinto de conservación me había jugado una mala pasada y había olvidado zafar la cuerda de seguridad atada a mi cintura. Mis manos buscaron con ansias el agarre firme a los bordes de la cámara, pero no hallaron el sitio apropiado donde asirse, parecía que hubiesen ocultado los cabos que previsoramente había colocado para casos de emergencia. El espanto me cegaba, no dejando lugar para recordar que había empleado los mismos en la cámara de repuesto. Me hundía una y otra vez; tragué agua y pensé que llegaba mi hora, que me ahogaría. Pero decidido a enfrentar a la muerte arrebatándole mi final, pataleé como nunca antes, pataleé sin cesar, y desfalleciendo mis fuerzas en el intento por abrazarme al borde, mi mano consiguió descorrer la lona y trabarla en la ranura de las dos cámaras. El afán por cambiar mi indefensa situación, esta vez logró que mi pierna encontrara un punto de apoyo en la lona e inoculando nuevos bríos a mis cansados brazos, y tal un atleta que enfrenta el caballo de salto, logré alcanzar el centro de mi añorado refugio. ¡Pa'l carajo!, de verraco me había puesto a jugar con la pelona.

–Qué no se me vuelva a ocurrir ni en broma –me dije pero que muy en serio en mi último aliento.

La agitación de mis pulmones ahogaban los propios deseos de respirar. Mis ardientes pero incansables ojos, sumergían la mirada en las negras y fatídicas aguas tratando de encontrar o descubrir algún rastro de esos temibles seres que de haber estado allí, de seguro me hubiesen arrebatado la vida. No cabían dudas, yo era un calvo duro de pelar.

¿Cuánto tiempo pasé a gachas dentro de mi única trinchera, tembloroso, temeroso y apretando los dientes, callando todo mi miedo?, no lo sé. Lo único ventajoso logrado con mi inmersión fue el alivio tremendo sentido por mi sofocado organismo, la disminución por unos minutos del dolor de cabeza y el descubrimiento de que una buena zambullida era ideal para calmar por un gran tiempo mi agitado ser.

Las horas habían volado, la ropa se había secado y me sentía más fresco. La banderita ondeaba de felicidad, y yo pensaba que ya todo era cuestión de esperar, cuando me comenzó un malestar de vientre que me hizo ver al mundo más chiquitico que un kilo y no pudiendo contener una apestosa diarrea, casi desfallecí ante la enorme presión del vacío que la misma fatiga me sometía. Achaqué el malestar a la cantidad de agua bomba ingerida la vez anterior y al poco de agua de mar que tragué momentos atrás. Mis tripas eructaban por dentro y aunque ya todo me era indiferente, con mucha ecuanimidad me quité el pantalón y tiré lejos el zurcido calzoncillos de paticas completamente deshonrado.

–¡Basta ya de limpiar sustos! –me recriminé. Luego con sumo cuidado enjuagué el pantalón en el mar hasta dejarlo con el establecido decoro, no soportaba la idea de que me encontraran cagado ni aunque estuviera muerto, pues bien podrían comentar que me cagué de miedo, y eso conmigo: ¡nunca!

El mar había cambiado su impecable vestido de satín azul por uno de vuelos y rizos un poco exagerado para el tiempo. El océano, salpicado por encajes blancos de agradables contrastes, provocaban un intenso bajar y subir de "La Esperanza", surtiendo un embriagador mareo que me dejó en letargo durante un gran lapso de tiempo en el cual las arqueadas sistemáticas se convirtieron en un hipo interminable. Me introduje los dedos hasta lo último de mi garganta pero sólo logré una repulsiva arqueada biliar. Volví a cubrirme la cabeza con el pañuelo quedando meditativo sobre todo lo que me acontecía; no había dudas de que el mundo se me venía abajo.

Mi cuerpo, batallando contra el mareo y las intermitencias de mi estómago, sufrió un agudo dolor en el vientre que hizo volver mi cerebro a la realidad. El hambre y la sed se volvían a manifestar de las formas más salvajes, el dolor de cabeza no me abandonaba, parecía volverse eterno.

Me comí todas las uñas e intenté hacer lo mismo con las de los pies, pero me fue imposible y llegué a desesperarme. Recordé la existencia de una aspirina que había dejado escondida en mi botiquín, pero éste se encontraba trabado en un ángulo de la otra balsa. Precisamente a un costado del cadáver, justamente debajo de sus corrompidas piernas, de donde ahora brotaba una baba amarillenta y viscosa.

Antes de decidir a extraer el envase, lo pensé mil veces, y ya sin pensarlo más, recurriendo a mi estoicismo, me apoyé en el borde de la balsa, coloque el brazo izquierdo casi a su lado, me erguí hacia delante y un olor fétido invadió mi nariz provocando asfixia y espasmos en mi sistema estomacal. Una arqueada me sorprendió cerca de su cara y temí un abrazo inevitable. Despavorido, con la otra mano traté de hallar lo que no estaba. Aterrado comprendí que las pastillas jamás habían estado allí.

El dolor de cabeza arreció y caí sentado de un tirón; ya no organizaba bien las ideas. ¿Pero cómo había olvidado que las pastillas estaban a mi lado? ¿Qué me estaba sucediendo?

—¡Dios mío, no permitas que me vuelva loco! —exclamé.

Tomé la última píldora que quedaba y quedé hipnotizado mirando el envase. Nunca pensé consumirlas todas.

—¡Qué equivocado estás! —musitó mi conciencia.

Sedarme lo más rápido posible era mi mayor anhelo, pues albergaba la esperanza de que el dolor de cabeza dejara de martirizarme y dándole la espalda al occiso, comprendí que no tenía valor para tocarlo y tirarlo al mar. No era asco, sino algo extraño en mí lo que me impedía acometer la acción. Y concentrado, esperando los efectos del calmante, de repente sentí un cosquilleo por la espalda. Mi cuerpo se paralizó por completo y la respiración se me cortó de golpe. Mis ojos se abrieron al extremo de lo nunca antes visto tratando de visualizar lo que a mis espaldas ocurría. Por un momento creí que el fantasma de Emilio Andrés me rajaba la piel al igual que la de él. El cuerpo se me erizó de un tirón y ni tragar en seco pude.

—¿Quién coño me está haciendo cosquillas? —cuestioné azorado dentro de mis pensamientos, y enfurecido en un puro pánico, a toda voz advertí:

—¡Cojones que no estoy para juegos!

Sacudí mi espalda desde los hombros hasta la cintura, más esta vez la cosquillita corrió por debajo de mi brazo llegando al pecho, donde de un manotazo la atrapé. Con gran estupor desabotoné mi camisa y con tonta expresión observé la causa de mi susto. "Entretenida", contorsionándose ágilmente entre mis dedos, trataba de seguir haciendo de las suyas, y tras una nerviosa sonrisa le dije:

—Ya te había olvidado, han sido muchos los problemas, sólo quedamos tú y yo ante esta adversidad de vida.

Apreté fuertemente mis labios y mis dientes para aguantar el dolor que la impotencia y la frustración causan, y más reanimado proseguí:

—Pude haberte matado sin darme cuenta, aunque libre te sabes cuidar mejor. Quédate ahí tranquilita hasta que lleguemos.

La coloqué de nuevo en el bolsillo de la camisa, acariciándola suavemente por encima de la tela.

Hablar a solas será cosa de locos pero a mí me daba ánimos, evadiendo de esta manera el pensar en el cadáver de Emilio Andrés que aún permanecía en su lugar; capaz de congelar la más cálida ilusión. Yo no quería mirar; mis ojos se habían trazado un arco limitado en el recorrido de sus órbitas, sabían dónde se hallaba la repugnante presencia, por lo cual decretaron un espacio como zona muerta.

Mis oídos luchaban contra un silencio sepulcral e irreverente que por momentos me abucheaba lleno de malicia y ante este intruso me hacía el sordo. El silencio cuando es necesario, es algo bien preciado, pero cuando se está al lado de un cadáver parece hablarte. Y este silencio burlón de noventa millas, persistía en que le escuchara golpeándome suavemente los hombros con una brisa fresca semejante a caricia de mujer que invita a compartir su presencia.

Me resultaba imposible fijar la idea de que la muerte pudiese estar a mi lado, más bien a mi espalda pues era ésta la que yo le ofrecía. No tenía valor para enfrentarla. Ella lo sabía y se burlaba inescrupulosamente llamando la atención con sus movimientos indiscretos, en puro formalismo por darle visa con todos los derechos reservado a un alma hacia el más allá. Su mirada fría calaba mi ser, y mi cuerpo se estremecía al dejarse abrazar por una calma que congelaba el alma.

Mientras él descansaba de sus tormentos, su funesta presencia anexaba un pálido color gris que arrastraba a la más lúcida esperanza a un abismo sepulcral. A cada minuto, la lúgubre atmósfera que reinaba en la balsa se acentuaba. Por un momento pensé que me volvería loco de atar. Yo no toleraba la idea de quedarme al lado de un muerto que en vez de ayudarme tirándose él mismo al mar, era tan cobarde que permanecía inmutable como una estatua de manteca marmórea inconsciente de la metamorfosis sentenciada.

Primero se hincharía como un sapo para finalmente reventar como un grano de sebo, derritiéndose después como cera bajo este sol abrasador que evaporaba el tiempo convirtiéndolo en algo irreal, donde solo las horas y sus efímeros componentes sumergidos en el océano se salcochaban con mundano placer. Nada escapaba a semejante temperatura. Sol, aire y mar. ¡Qué magnifica combinación para esta gran olla! Hasta los peces se refugiaban en las profundidades evitando ser cocinados. El mar teñido de azul parecía hervir su sosegada calma con hondo placer.

Después de su laborioso bregar durante horas, el astro rey se resbaló hacia un borde del horizonte, no parecía cansado ni menos fatigado que cuando llegó, sólo que, aburrido de mi necia presencia en aquel paraje, me dejaba a solas y me decía adiós cambiando de matices, desde el intenso naranja hasta el rojo rosa más conmovedor. Se iba, y yo me sentía nostálgico por él y por todos.

Recordaba detalles tan insignificantes como acariciar a mi perro, sentarme en el sillón de la sala de mi casa, respirar el olor del Galán de Noche sembrado en el patio o algo prácticamente imperceptible como una palma real acariciada por el viento. El cotidiano saludo a mis padres me traía nostalgias inmensas, al igual que las inolvidable frases de la mal hablada y conspiradora cotorra Casilda que muchas veces repetía: ¡Comunistas denme de comer!

—Cierra el pico que se te puede llenar de hormigas —le contestaba Lola.

—¡Denme pan! —repetía incansable la cotorra.

—Cuando estés en la libreta comerás el que te toca —le respondía mi madre y la elocuente cotorra, replicaba: ¡Qué hambre... cojones! ¡Pan pa'la cotica! ¡Abajo la revolución!

Reíamos la mar de carcajadas, y aún mucho más cuando mi hermano Tony llegaba y le daba un pedacito de pan comprado en alguna tienda área dólar. Entonces la cotorra Casilda, con su voz de fotuto desafinado, afirmaba: ¡Barriga llena, corazón contento!

La forma, el olor y sabor milenario del pan, era sólo un recuerdo. Soñar con un buen trozo de pan francés, pan italiano o el exquisito pan de Gloria, eran todo un éxtasis ante el mísero y triste pan de derrota que alargaba nuestras penurias. Más ahora, con el hambre exprimiéndome el estómago, era capaz de comerme la insípida masa del pan proletario; incluso con la enigmática hamburguesa criolla.

—Dicen que está hecha de orejas, lenguas, ojos, pesuñas, sangre y genitales, así como también de rabos, mondongos y hocicos de reses y porcinos y ¡vaya a saber usted! –aseguraba mi bisabuela Josefa con su sabiduría matusalena, y abriendo los ojos tras sus antiquísimos espejuelos bifocales, terminaba por exclamar: "Metralla, pura metralla es lo que nos vende este Maledicto en Jefe. ¡Dios me libre de comerme una de ellas!"

Aquellos emparedados me producían dolores de estómago similares a los que me acompañaban en estos instantes. Mi barriga vacía rugía influenciada por el malestar general imposible de controlar. Andanadas de pedos se me escapaban ya sin olor. Intenté nuevamente comerme las uñas de los pies pero fue en vano.

La acidez burbujeaba en mi aliento quemándome el esófago, no me era posible aliviar el dolor de cabeza ni ningún otro. Ya ni el echarme agua en la nuca surtía el efecto deseado. La desenfrenada ingestión de aspirinas y calmantes habían trabajado en un estómago vacío y su acción indiscriminada en mi sistema digestivo provocaba retortijones de prolongada brutalidad, sin otra explicación que no fuese la de una enorme úlcera devorándome por dentro. Sólo se me mitigaba el dolor de forma esporádica, cuando un vacío desmayo me invadía.

A veces bebía dos o tres tragos rompiendo toda norma estipulada por mí. Hay que tener tremenda fuerza de voluntad para aguantar la sed, ella es tan única que te lleva a acciones impredecibles e irrefrenables que superan cualquier expectativa. Más yo, teniendo el envase con el ansiado líquido rozándome la piel, impedía cual un bozal en mi boca el deseo de bebérmela de un solo palo.

Mi vejiga reclamó un alivio, y aferrando mis llagadas manos a las cuerdas de la balsa, a puro grito expulsé fuego líquido de mis entrañas. Esta vez, lleno de preocupación ante una posible deshidratación, ingerí pequeños sorbos de agua, no sin antes dejarla un breve tiempo en mi cavidad bucal aplacando la sed y la resequedad, haciéndome la falsa idea de que ingería algo más que insípida agua de lluvia.

Las fuerzas parecían abandonarme al unísono regresando a cada secuencia de respiración, haciéndome creer por momentos el perder el conocimiento o la verdadera lucidez.

Aunque mi organismo mostraba una debilidad real, aún me sentía con bríos y ansiaba que hubiese alguien que me diese ánimos para que mi psiquis no estuviese derrotada. Sabía que dentro de mí existía un halo de vitalidad para otra carga más, pero el indetenible pasó del tiempo en complicidad con la rigurosa esencia de este paraje, absorbían segundo a segundo mis escasas energías.

Sin prisa, perfectamente vestida para la ocasión, con su inigualable embrujo se me fue aproximando. Tan femenina como siempre no olvidaba nada de su atractivo ajuar. El más mínimo detalle había sido colocado con exquisita precisión, y siendo imposible evitar su hechicero encanto, derrochaba consigo su característico perfume de humedad y refrescante soñar. En su manto oscuro resaltaba el broche de doble arco perfecto que no llegaba a redondearse y brillaba cual plata fundida en nieve. Un encaje de nubes blancas, muy ligeras y delgadas para el gran espacio, semejaba un vuelo de gaviotas que se incorporaban con majestuosa elegancia al conjunto celestial. Sin provocar fuerza en la vista sus detalles resultaban perfectos y titilaban con la magia del silencio nocturnal, invitando a volar a la imaginación.

El sueño comenzó a acercársame en silencio, la fragancia narcotizante de su somnolencia invadió todos los rincones de mi alma y mi cuerpo se derrumbó en el interior de la balsa; único lugar en aquella inmensidad que mantenía vivo a un ser humano con el sólo interés de seguir cumpliendo su función.

Realizando esfuerzos que prácticamente la llevaban a la desesperación, mi madre, usando la humeante mecha encendida del primitivo encendedor eléctrico de pared, trataba de encender el fogón de queroseno que mil veces se había roto y que tenía tantos remiendos como salideros; funcionando de puro milagro para suerte de todos en la casa. Parecía que la batalla por arreglarlo se prolongaría durante siglos, pues encontrar uno nuevo era un lujo y estos escaseaban en mi hogar. Ella, tras acomodarse su peineta de carey tallada, miró la hora en el patético reloj de pared. A ciencia cierta no se sabía si era la real, pues el reloj de tantas veces reparado, desconocía sus segundos y no hacía más que fingir el tiempo. Esta vez, la más pequeña de las monótonas manecillas cruzaba por el descascarado número romano compuesto por un trío de barras góticas. Al desviar la mirada del reloj, mi madre me dijo:

–Hijo ve a la bodega a ver si hoy vino el pan, hace dos días que no lo traen y quiero prepararlos en el molde de disco volador con esta manteca que saqué de los chicharrones y unos ajos machacados.

¡Verás que rico van a quedar! ¡Apúrate y no te demores, que ya los chícharos van a estar!

–¡Chícharos otra vez! –exclamé, llevándome ambas manos a la cabeza. Al ver mi expresión, ella puso una cara de ternura maternal y con mucha dulzura cuestionándome, me alertó:

–¿No lo hueles?

Inspiré profundo elevando mi nariz, y sin confusión de ningún tipo capté el exquisito olor a boniatillo que llegaba de la cocina. Risueña como siempre y con su característico brillo en sus ojos, me informó:

–Está para chuparse los dedos. ¡Tu hermano Tony raspó la cazuela!

–¡Ñooo…! –la exclamación misma me partía el alma. El dulce de boniatillo es mi preferido. El estómago me dio tres vueltas, desde la mañana sólo había probado un buchito de café y con la debilidad que tenía, era capaz de realizar cualquier mandado que cumpliera el fin de saciar mi hambre. Rápidamente cogí la libreta de abastecimiento[58] y una jabita de nailon con el rótulo de *Quinta y 42*[59].

En camino hacia la bodega pasé por el estrecho espacio que desde hacía más de catorce años dejaba en la acera una casucha de cartón y madera construida justo sobre la alcantarilla de la esquina. Esta casucha tuvo la doble finalidad de servir de letrina a una cuadrilla de obreros y la de guardar las herramientas de albañilería empleadas para la reparación de un edificio casi en ruinas que hay en la acera opuesta. Crucé mi mirada por el inmueble y observé la peligrosa inclinación de un balcón en el segundo piso donde ya crecía un árbol. Recordé al obrero que se quedó viviendo en la casucha con su mujer e hijos. Años atrás él había derrumbado los otros balcones que amenazaban con caer; más ahora el que quedaba, esperaba la hora decisiva que solo el tiempo le acertaría. Pensé en ese pobre hombre que vivía dentro de la covacha junto con su familia y comprendí que él ya había perdido todas sus ilusiones de poder vivir en aquel edificio ya hoy en ruinas.

Como en otras tantas ocasiones, frente a mí cruzó un conocido y

---

[58] Racionamiento: (Libreta de Abastecimiento) Yo le puse de racionamiento pues es en realidad lo que te asigna es el derecho a comprar míseras y reducidas cuotas de limitados alimentos. Lleva decenas de años implantada en Cuba, el dictador en Jefe tras imponerla, nunca pudo erradicarla. También es utilizada por el gobierno para conocer y controlar los movimientos de la población.

[59] Diplomercado que mientras más arrecia el bloqueo y la escasez, más productos importados exhibe en sus vidrieras. En este centro comercial a nosotros los cubanos se nos prohíbe el acceso, pero a diferencia de lo que sucedió en Sudáfrica; a ningún demócrata del mundo se le ha ocurrido señalar al sistema cubano de segregacionista o de apartheid.

errante lunático cuyo fatigoso trabajo manual consistía en hacer rodar en posición vertical e indetenible un tanque vacío de cincuenta y cinco galones. El ruido característico del pesado bidón que nadie a ciencia cierta sabía a donde el loco lo dirigía ni qué beneficios le reportaba aquel fatigoso trabajo, me evocaron a la nada que genera el mal llamado proceso revolucionario y su lunático cabecilla.

Sacudí la cabeza apartando nostalgias que no me pertenecían y sin otra cosa que hacer en esta gran miseria que también yo arrastraba, comencé a hojear el mísero documento que cumple con la múltiple finalidad de control y avasallamiento, y que en mí criterio su correcto título es la libreta de racionamiento fatal. A cada hojita correspondía un mes de penuria alimentaria. Los productos alimenticios asignados para la venta no superaban los doce, de entre ellos figuraban la carne y el pollo que brillaban por su ausencia. La compota exclusiva para niños, a veces pasaba meses sin venderla. ¿Y quién se acuerda de la manteca o la leche condensada? Y de la leche fresca ni hablar, ¡no mancha ni los vasos! Si el racionamiento oficial se cumpliera a cabalidad, exterminaría a la población ante de los dos meses. Somos una nación donde los rasgos de desnutrición ya se van haciendo endémicos debido a que este proceso de racionamiento comienza desde que estás en el vientre, y por los años que lleva la tiranía va cubriendo generaciones de vida. Tengo entendido que la dieta de los negros esclavos del siglo pasado era un treinta por ciento más abundante y balanceada que la ración impuesta por la dictadura. Aquí hemos adaptado nuestro sistema digestivo a consumir cosas de misteriosa elaboración y mezcladas con lo que se les ocurra. Esto de las mezclas me hizo recordar el día en que por primera vez visité a mis suegros.

Un retrato del Dictador en Jefe ostentando una medalla de héroe de la extinta Unión Soviética era lo que más resaltaba en la sala; me quedé mirándolo.

–¿Lo habrán condecorado como mercenario por haber entregado la patria al imperio comunista soviético? –cuestionaba mi pensamiento, cuando escuché la voz de gallo ronco de mi suegro que decía:

–¡Hombres como ese ya no nacen!

–Gracias a Dios –me dije por dentro, cuando una segunda frase ronca me golpeó:

–¡Ni mueren!

–Habrá que matarlo –sentencié hacia mis adentros.

–Por eso es un orgullo para mí llevar su mismo nombre –expresó muy orondo.

–¡Que estúpido! –gritaron al unísono todas mis neuronas

–¡Aquí todos somos comunistas! –arremetió él con voz de trueno quebrado por el viento.

–Eso cree usted, siempre hay una oveja negra –fue el placer de mis palabras al responderle con el pensamiento, y él mirándome de frente, agregó:

–¡Es el orgullo de la casa!

–¡Qué clase de aguante hay que tener! –con disgusto me amonesté en mi mente.

–Compañero, no se quede callado, vamos siéntese que está en su casa –dijo altaneramente y en un gesto amable me indicó un sofá todo remendado que me superaba en edad y que ya mostraba el innegable cansancio de décadas.

Obedecí en silencio, sin dar criterio ni opinión como le había prometido a la Flaca. Pero lo de compañero sólo lo serán los bueyes, y eso porque realmente estas bestias de trabajo no saben lo que el comunismo significa, sino lo mandan ¡pa'l coño de su madre!

Él continuó su discurso; parecía no tener para cuando acabar.

–¿Hasta cuándo? –me cuestionaba por dentro cuando la providencia me escuchó, pues mi suegra apareció con varios vasos de cristal conteniendo una pequeña porción de la imprescindible y aromática infusión cubana.

Le di las gracias y le hice un guiño con el ojo a la Flaca. Acto seguido probé el café. Sabía a no sé qué, y mi conclusión fue ratificada cuando el comunista de su padre con su característica voz de gallo ronco, espetó:

–¿Qué rayos es esto, mujer?

Mi suegra muy apenada ante la rudeza de la pregunta, sólo atinó de forma muy dócil a hacer la de ella:

–¿Está muy amargo?

–¡Coño, ésto sabe a rayos! –sentenció muy enojado.

–Es el café que vino hoy a la bodega –aclaró la esposa.

Él, tras haber inhalado con su gruesa nariz el tenue vapor que escapaba del vaso, muy disgustado ratificó:

–¡Tremenda mierda, ni huele a café!

—¿Qué tú quieres que haga?, parece que no lo mezclaron bien —trató de justificar ella mientras metía la nariz casi completa dentro de un vaso. Él le dio otro pequeño sorbo, y tras estar seguro de lo que su paladar reconocía, vociferó:

—¡Coño, carajo que yo no nací ayer, esto es chícharo puro! —El tremendo manotazo dado sobre la mesa provocó que se virara un bucarito lleno de arena con flores plásticas; estas mostraron sin recato ciertas manchas de cagadas de moscas. Sin poder contener su cólera, él se explayó:

—¡Cojones!, por eso hay que estar vigilantes para acabar con el robo y la contrarrevolución. Por eso no me canso de repetir que hay que mantener la guardia en alto.

—Pudo haber explotado la cafetera —conjeturó mi suegra.

—¡Terroristas de mierda!, no podrán destruir nuestra revolución —gritó exaltado mi suegro y continuó:

—Los gusanos de Miami hacen lo imposible con tal de dañar nuestra dignidad. ¡Cojoneees...! Por eso los revolucionarios no podemos bajar la guardia. ¡Abajo la gusanera mafiosa de Miami! ¡Cooono, abajo la gusanera, cojoneees...!

—Gracias a Dios que no explotó como una bomba —expresó mi suegra tímidamente, llevándose ambas manos a la boca y mirándome con asombro.

—No me vengas a joder tú con Dios ahora —gritaba el marido fuera de control–. ¡Esto es un sabotaje y hay que denunciarlo al Partido, a los CDR y al Poder Popular! ¡A la UJC, a las MTT y al sindicato! ¡Tiene que saberlo el Ministerio del Interior! ¡Hay que reportarlo a todas las instituciones para estar alertas ante cualquier ataque terrorista!

Su aberrante arenga comenzaba a coger magnitudes colosales. La Flaca sabiendo que el termómetro de mi paciencia estaba al explotar. Ella, hábil como nunca prometiendo que repetiríamos la visita, les dio un hasta luego a sus padres poniendo punto final al encuentro.

—¡Comunismo, escasez y mierda, es lo mismo! —me dije al volver de aquel recuerdo.

La escasez provocó los inventos y mezclas que al principio fueron resolviendo. Pero cada idea popular por aliviar la hambruna se convertía después en el alimento directo asignado, racionalizado y vendido por la Dictadura.

La barra de guayaba, el quesito crema y los dulces, habían desaparecido forzosamente de nuestros hábitos alimentarios, de nuestro paladar y casi de nuestro cerebro. Así como ellos, una gran variedad de alimentos típicos de la Cuba republicana, también se habían sumados a la lista de alimentos extintos.

Pensando en la limitada y rigurosa dieta impuesta desde el comienzo de la despótica tiranía *robolucionaria*, quedé abstraído hasta el punto que si no hubiese sido por el grito marrullero de: ¡Échate pa'llá, come mierdaaa...!, me hubieran atropellado en plena vía pública.

Montado en bicicleta, un prieto con una gorra roja al revés y bermudas de igual color, transportaba en la parrilla a una monumental mulata con una cortísima falda de vuelos y cuya tanga dejaba al descubierto su fenomenal trasero. Con mi par de ojos abiertos a su máxima expresión, vi pasar esta salación por mi lado como una centella. Sentí en mi rostro el frescor de la velocidad y sólo atiné a replicar:

—¡Tarrúuuo...!

El bicicletero, sin tan siquiera volver la vista, alzó uno de sus brazos mostrándome el dedo del centro rígidamente erguido durante unos instantes.

La algarabía y el característico sonar de cojinetes metálicos sobre el asfalto me hicieron volver a la realidad y prestar atención hacía este peculiar ruido que se me acercaba vertiginosamente y olvidar el susto anterior.

Esta vez, un grupo de muchachos de diversas edades totalmente descamisados y montados sobre sus chivichanas, pasaron con su característico júbilo por mi lado y continuaron su deslizada hasta perderse doblando a toda velocidad por la esquina, perseguidos por el infatigable Canelo y otro par de perros satos dando ladridos.

Apuré mis pasos y ya en la acera, me detuve frente a las ruinas de lo que fuera la tintorería La Elegante. El lugar estaba lleno de escombros y de cierta maleza. Respiré con resignación y continué mí camino por la acera de la sombra, más sin querer, producto de la costumbre innata en mí, una vez más leí: CERRADO POR REFORMAS. El deteriorado letrero aún permanecía pegado tras la vidriera rota de la nostálgica taquilla que aún ocupaba su lugar. El más vistoso y popular cine de mi barrio inspiraba lastima de lo que fue su original nombre: Victoria. Ahora su antónimo se alzaba como un fantasma. Mi vista atravesó una vez más la polvorienta y ruinosa fachada del otrora esplendoroso inmueble y pude ver sin dificultad que aún quedaban suspendidas en el aire dos corroídas y amenazantes vigas. El techo se había derrumbado hacía más de siete años. Seguro estaba de que esas dos viejas y decrepitas vigas algún día irremediablemente llegarían a caer. A un costado, cual si también hubiese estado marcada por el destino comunista, se apreciaba con tristeza la destartalada vidriera de lo que otrora fuese la reluciente y oportuna Quincallita de las Hermanas Hernández, y de La Emiliana, que siempre cerraba su fonda ya pasadas las diez de la noche; no quedaba nada.

La estación techada de la gasolinera de la esquina se aproximó a mi vista. Después de muchos años en desuso le arrancaron las bombas, y cerrando el grasiento local con bloques lo adaptaron a una casa de familia. El olor penetrante de la grasa y residuos del petróleo se percibieron por décadas. Hasta el día de hoy, la fachada aún mantenía sucio el original color blanco y verde, denotando que no era más que un burdo injerto para vivir. Aún los tanques de gasolina vacíos estaban bajo tierra, al parecer nadie temía por una fuga de gas que hubiese quedado atrapada en esas cisternas. El enorme cartel lumínico que señalaba la gasolinera ya olvidado por el tiempo, recuerdo que sin son ni ton se cayó una noche, tal vez fue un suicidio moral de su identidad.

El inclinado poste de la luz con su voluminoso y pesado transformador en lo alto, había roto toda perspectiva de su caída, y su amenazante inclinación ya no asustaba a nadie. Tal paréntesis de una ecuación enmarcando las esquinas, las dos casas derrumbadas de la cuadra debido a graves accidentes de tránsito, acumulaban decenas de calendarios sin que sus dueños las pudieran reparar.

–Todo se está destruyendo –pensé. En ese momento, una avalancha de recuerdos infantiles se me acercó de golpe haciéndome panear globalmente la mirada por aquellas cuadras que me habían visto crecer. La magia de mis sentidos me hizo percibir el grato olor de un potaje que provenía de la fonda de La Gallega que quedaba justo en la acera del frente, protegida por tres enormes árboles de magnífica sombra que a su vez daban cobijo a una piquera de autos de alquiler. Allí había varios bancos de madera con sus respaldos y todos muy bien pintados de un amarillo naranja y cuadritos en negro. Empotrado en una columna estaba el teléfono con su gruesa guía telefónica. Aquel era un lugar con mucha vida, donde a diario te podías encontrar con Chicho el pajarero que siempre te cantaba una décima guajira diferente; su inspiración era del agrado de todos y al finalizar se iba diciendo dicharachos mientras cargaba sus jaulas con negritos y tomeguines, junto al arrastre de sus pantuflas que armonizaban su viejo andar. También estaba el estilizado Samuel, impecablemente vestido con su traje de dril cien y fumándose tremendo tabaco. Y qué decir de Amistades la loca, muy llamativa con su desatinado vestir y original saludos para todos desde la: *Way Sting Company*. Así como Minguito, el infeliz retrasado que de tan sólo nombrarle la policía se echaba a llorar. En aquel cubanísimo lugar se debatían temas tan diversos como política, dominó y la infaltable pelota que provocaba siempre sus algarabías.

Típica de esa esquina era la capillita de la virgencita de La Caridad, a la que no le faltaban las flores en vistosos bucaritos y su vitrina jamás se apagaba y siempre estaba abarrotada de menudo, e incluso, billetes de a cinco, de a diez y hasta de a veinte pesos; de todo aquello sólo quedaban las bases arruinadas del vistoso altar.

Visualicé al viejo Andrés de gorra ya gastada, que en su puesto de fritas ofertaba churros, minutas, croquetas, frituritas de bacalao, y malanga, y sus emblemáticas empanadas de guayaba y queso que te hacían la boca agua y calmaban el hambre de los que sólo llevaban algún menudeo. La escuelita de Mamaíta, las clases de piano y solfeo de Xiomara la tenor. El típico sillón del limpia botas con todos aquellos pares de zapatos recién lustrados en negro charol, en carmelita, en blanco y a dos tonos, nos dejaba maravillados; él también vendía álbumes de postalitas y bolas, bolitas y bolones. El amolador de tijeras con el inconfundible sonar de su filarmónica le dio más sentido a lo que mi mente revivía. Siendo un puntillazo a mi mutilado paladar, el sonoro cascabelear del carrito del helado Guarina con su empleado pulcramente vestido de blanco que pregonaba los sabores más deleitables. Materialicé mi barquillito de chocolate cubierto con crema; aquel que no sabía cuándo volvería a tener. Tras este breve y cruel sinsabor, vislumbré al pregonero que estiraba bastidores, cunas de niños y camas de mayores. También se me hicieron reales Armando el joyero y el relojero Nicolás, que me hicieron sonreír al recordarme de anécdotas de cofres y tesoros ocultos en mansiones de Miramar, donde los nuevos inquilinos de la gran era revolucionaria en busca de estas fortunas en vano derrumbaron paredes, destrozaron baños, así como también levantaron pisos, cavaron y perforaron los patios y cortaron y derribaron árboles.

Más allá continuando la cuadra, también quedaban intervenidas y transformadas en viviendas, la farmacia de Los Polacos, la peluquería de Graciela *Fashion*, el taller de mecánica y refrigeración de Los Cuevas, El salón de Petrina la modista, el taller de Los Caballeros (que con orgullo permitieron que se los intervinieran pues en el fondo eran tremendos comunistas y fundadores del CDR). La casa culto de Los Testigos de Jehová fue clausurada y todos ellos proscritos. El estudio de fotografía de Don Domingo corrió la misma suerte confiscadora, y en el ladrón embrujo de esta ley *robolucionaria*, también cayeron La barbería de Cándido, La cafetería de Dionisio, el puesto de viandas de Nivaldo el manco, la panadería "El buen gusto", El bar "Sonia", la ferretería "El Candado". "El bodegón del Andaluz" con su exquisitísima fabada que resucitaba hasta a un muerto. La florería "El Tosca", que con el frescor y candor de sus ramos para bodas y quinceañeras hacía suspirar a las doncellas y románticas féminas que cruzaban por su fachada. También perecieron en este burdo saqueo otras diez bodegas, cinco carnicerías y varios comercios que había a la redonda de donde ahora me encontraba parado. Sólo quedaba a la que yo me dirigía y que ahora era del gobierno El esplendor económico y social de todos estos negocios que proliferaban desarrollando la barriada, de la noche a la mañana quedaron confiscados. Todos tenían dueños, más "ellos" se adueñaron de todo, clausurándolos, transformándolos en viviendas o locales para actividades revolucionarias. Y con un mayor cinismo, a nivel nacional fueron despojados de sus originales nombres renombradas construcciones, cines y teatros, tal si estos ladrones hubiesen creado las edificaciones. Hasta el nombre de la floreciente avenida de Dolores fue cambiado por el del Comandante desaparecido en el mar; aunque los aquí residentes continuábamos llamándola Dolores. Y tras el paso de decenas de años de este inmovilismo obligatorio, la ciudad toda, había devenido en una ruina total; de continuar agravándose este modelo de abandono, las nuevas generaciones no sabrán el esplendor que hubo aquí.

—¡Coñooo...! —exclamó mi alma desde lo más profundo de mi existencia y continué:

—El país se está muriendo y la gente se ha idiotizado en esta calamidad que nos ha envuelto en consignas y más consignas. Esta dictadura comunista es peor que una plaga de langostas. A esta gente no hay quien los tumbe poniendo cartelitos, sino se les da candela como al macao no la van a soltar nunca y se volverá una dinastía. ¡Pa'su escopeta! Yo no me voy a disparar más esta tiranía. El que quiera aguantar que aguante, pero lo que soy yo, de aquí espero largarme lo más pronto posible. —Terminé diciéndome en voz baja.

Cerré los ojos por un momento y el momento se fue. Me rasqué la cabeza, y mirando hacia delante, divisé una aglomeración de personas frente a la antigua pollería: "La Pollona", donde dos patrulleros y personal de la monada* salpicaban el conjunto.

La vieja Andreita llena de espanto con sus dos manos puestas en su plateada cabellera y más blanca que un papel, al cruzarse conmigo me dijo:

—¡Ay mi hijito ha ocurrido una desgracia!

—¿Qué pasó, mi abuela? ¿Dígame, qué pasó? —le pregunté preocupado, y ella muy horrorizada me contó:

—Acaba de ocurrir ahora mismo casi delante de mí. Perico el bembón, con su ridícula risita de siempre, al enterarse de que los huevos no iban a alcanzar para todos, trató de colarse delante de Ñiquito el mudo, y como éste no lo dejó, comenzó a insultarlo, y tras proferir una retreta de vulgaridades y palabrotas, se formó tremendo titingó. Uno de los jimaguas, no sé si fue el de los ojos más claros le dio al jaba'o una puñalada debajo del vientre que lo mandó directo pa'l hospital. El chofer del carro en que lo montaron no quería llevarlo porque el olor a marihuana que expelía su cuerpo era tan fuerte que se le iba a impregnar en el asiento y tal vez la policía allá en el cuerpo de guardia iba a querer registrar el carro y ¡vaya usted a saber! "Ir a complicarse con mierda de gallina".

Frase del propio chofer, me aclaró la vieja Andreita.

—¡Mire si fue grande la cosa! —continuó ella—, que hasta una gota de sangre me salpicó el zapato.

Con los ojos bien abiertos, señaló su mocasín blanco manchado de la genuina sustancia, y llevándose las manos a la boca y abriendo al máximo sus añejos ojos por encima de sus anticuados lentes bifocales, en un susurro, con voz temblorosa declaró:

—¡Creo que lo mató!

—¡Oooh Andreita!, no se ponga así. Siga derechito para su casa y tómese un té o algo para los nervios. Lave el zapato y olvide el asunto, que gracias a la providencia a usted no le ha ocurrido nada –le dije consoladoramente.

Ella, acomodándose sus binoculares con extrema delicadeza, aún mirándome por encima de la armadura, me aclaró:

—Pero es que yo no he cogido los huevos y no tengo nada que cocinar hoy, y ya no puedo ponerme en la cola pues ahora no sé dónde voy, y además, no van a alcanzar.

Guardé silencio ante las palabras de esta anciana que ahora me dejaban de una sola pieza y sin tener solución para su problema, le di un beso y continué mi camino.

En esta ocasión aproveché para echarle una ojeada a la casilla correspondiente a la anotación de los huevos, y comprobé con tristeza que los cuatro huevos asignados por persona al mes, en la casa ya habían sido consumidos. Me llevé la mano a la cabeza frotando mi incipiente calva y un suspiro de resignación me atrapó de golpe.

De repente, un grupo de muchachos descamisados y sudorosos, atropellándose unos a los otros a su paso, salieron corriendo del patio lateral de un viejo caserón perseguidos por Chicha La gambá, que blandiendo un palo de escoba plástica a puros gritos les decía:

—¡Descarados…! ¡Bandoleros…! ¡Rescabuchadores[60]…! ¡Partida de ladrones…! ¡Váyanse a joder a casa del carajooo…!

Ante este acontecer repentino, yo me quedé estático y mirando frente a frente a la belicosa mujer que sin el menor reparo al escuchar el grito lejano de: ¡Vieja bruja!, dado por alguno de los chamacos, se puso una mano a modo de pantalla al lado de su boca y les terminó por gritar:

—¡El coño de tu madreee… sooo hijo de putaaa…!

Gesticulando su desatino estaba, cuando me declaró:

—¡Cojones!, voy a tener que cortar la mata de mangos. Acaban de tirar una piedra que por poco me rompe la cabeza; ya el otro día me

---

[60] Viene de Rascabuchar, mirar lujuriosamente.

rompieron el cristal de la ventana del baño. Además, me han robado hasta los blúmeres y los ajustadores de la tendedera de la terracita del fondo. Se me ha convertido en tremenda jodienda la mata de mangos. Ya no hay quién pueda vivir tranquila, a toda hora muchachos y hombres ya tarajalludos también se me cuelan en el patio para tumbar los mangos aún verdes, aún sin tan siquiera dejarlos crecer; le tienen desbaratado todos los gajos a la mata. ¡Cojones! ¿A dónde va a llegar este país sino dejan ni crecer las frutas? ¡Di me tú? ¡Eh…! ¡Di tú!

Me exhortaba Chicha La Gambá, desafiante aún con el palo de escoba entre sus manos. Sólo atiné a encoger mis hombros en señal de lo ilógico que resultaba todo. Aquella descarga me atrapaba por sorpresa, y a la sazón, recordando una muy usada frase de mi bisabuela Josefa, muy calmado le comenté:

–¡Aquí no va a quedar ni donde amarrar la chiva!

–¡Oh!, tus palabras suenan como una profecía –dijo abriendo al máximo sus expresivos ojos claros. Y al instante, inclinándose hacia a delante y mirándome fijamente, expresó:

–Pero el profeta que aquí dicta la ley, ¡es un gran hijo de puta! Así qué… ¡dime tú! Tú que hablas con esa voz de Mesías. ¡Dime! ¿Dime hasta cuándo coño habrá qué soportar toda esta mierda?

Al borde de un infarto y encendida hasta el rojo tomate, hablando y gesticulando a solas, Chicha la Gamba; abotonándose su bata de casa tras sacudirse el pelo y acomodarse la toalla húmeda sobre sus hombros, todavía llena de soberbia se volvió por donde mismo había aparecido.

–¡Pa'l carajo! –me dije a mí mismo–. La ciudad se está volviendo un sitio de paranoicos.

Evitando los añejos huecos de la acera y saltando un salidero de aguas albañales con varios charcos que ya formaban un pestilente cauce, continué mi camino hacia la bodega encontrándome con un viejo vecino del barrio llamado Gonzalo, y tras un cordial saludo comenzamos a hablar.

Gonzalo es un estomatólogo con muchos años de experiencia y poseedor de un auto soviético asignado y vendido por el gobierno sin derecho a ser heredado. Lo había ganado en acalorada discusión contra varios de sus compañeros en una asamblea del Partido[61] en su centro de trabajo, donde resaltaron su conducta en misiones internacionalistas como médico. Este genuino profesional de la revolución, recién comenzada la charla me comentó:

—Es desesperante la situación, ya la gente se mata para coger su cuota.

—Comprar la ración asignada –le rectifiqué para que comprendiera que yo no me tragaba ese término y reconociera mi intransigencia ante el vocabulario impuesto por la revolución.

—Es cierto, pero nos han enseñado a decir: "coger". Tal parece que lo único que venden es el ron y los cigarros –dijo con una característica expresión de resignación y agregó:

—Ayer hice tremenda cola para el arroz y los chícharos. La gente temía que volvieran a robar en la bodega y tener que esperar otro mes. Ahora voy a buscar el aceite, no alcancé la vez pasada.

Seguimos caminando loma arriba hasta llegar a la bodega en la cual están asignados nuestros alimentos. Este local había sido un esplendoroso mercadito que ahora, después de tantas décadas de abandono y transformaciones, ya no era ni la chancleta de lo que en su época fue. En la bodega como ya era habitual, la perenne miseria provocaba que la venta de cualquier producto siempre estuviera acompañada por desagradables colas. El establecimiento, debido a la falta de bombillos y de pintura, se veía oscuro y húmedo. Algunos estantes estaban adornados con envases de latas y cajitas forradas con papelitos de colores ya desteñidos por el tiempo, así como diversas botellas rellenadas con agua teñida de diversos matices por el azul de metileno, el mercurocromo y el bijol, tratando de dar la apariencia de algún producto. El resto de los estantes permanecían abandonados y completamente vacíos, emanando un olor rancio desde hacía años. El mostrador curtido con el roce de tanto recostar los sudorosos brazos sobre él, parecía más viejo que el inmueble. Colocados en una pared lateral, un afiche del Comandante cortando caña y junto a éste otro del vil terrorista argentino (¡Que nunca trabajó!) poniendo bloques; acentuaban la penuria del lugar.

—Yo soy el último para el pan –le comuniqué a un señor de

---

[61] Abreviación del funesto y demagógico Partido Comunista de Cuba, que en mi propio criterio debería ser juzgado por crímenes de lesa humanidad. .

reluciente calva central y blanco en canas que había preguntado. Este señor, un poco mal humorado y apoyándose en su desgastado bastón, hablando para sí declaró:

–Uno se lo come porque no queda más remedio, parece que los elaboran con mal genio.

–Créame que si no fuera por ese pedacito de pan acido e insípido, muchas personas tendrían que comerse el plato con sal –le expresé jocosamente.

–No me haga reír, aquí ya no quedan ni vajillas y la sal no ha entrado este mes –dijo el señor pasándose un pañuelo por su pulido cuero cabelludo, sentándose sobre una vieja caja de listones de madera que estaba colocada junto a otras recostadas a una pared.

–"¡*Maní maní...*, *acabadito de tostar,*
con pura sal incrustada deleitarán su paladar!"

Se escuchó el agradable pregonar de un anciano de manos temblorosas que estaba sentado sobre los escalones que bordeaban el portal.

El señor de la planicie craneal, ajustándose su camisa de guinga color azul añil y con el bastón a la altura del pecho, recostándose al mismo, muy serio le respondió:

–Yo soy jubilado.

–Yo también –comenzó diciendo el manisero–, yo era ferretero y me jubilé cuando cerraron todas las ferreterías porque no había qué vender. Hasta el gato Silvestre ya flaco y desgreñado se largó, pues ni guayabitos había. Hoy a duras penas sobrevivo a tanta necesidad pues la jubilación no alcanza ni para el entierro. –Sentenció, sosteniendo temblorosamente varios cucuruchos en su esquelética mano cubierta por el brilloso y arrugado pellejo que vergonzosamente nos revelaba con lujo de detalles las venas y huesitos del aún con vida vendedor de maní.

–La necesidad lleva a sucesos que rozan la comedia –dijo el médico y agregó:

–Pancho mi vecino, tienen una gata que come cuanto animalito cae en sus garras, lo mismo caza ratones que lagartijas o gorriones. Bueno, la cosa es que el otro día la gata llegó al apartamento de Pancho llevando en la boca un muslo de pollo crudo. Pancho, tan rápido como pudo, cerró la puerta para que no fuera a escapar la gata, y tras buena persecución la arrinconó debajo de la cama y tras propinarle varios golpes con el palo de trapear, se lo quitó. Luego hirvió el muslo de pollo y lo guardó en el refrigerador para este domingo día de la visita, llevárselo al campamento en que está su hija trabajando voluntaria por la escuela al campo.

Todos nos miramos con una cara del carajo.

¡Cuando el hambre aprieta ni el gato escapa! –aseveró el manisero con el rostro más cadavérico que yo hubiese visto proferir palabras.

–Ahora caigo en cuenta que hace días que no veo la gata –dijo el dentista, pensativo.

–Aquí el que no corre vuela –sentenció el manisero, reafirmando lo dicho con el movimiento de su cabeza cubierta por una amarillenta pachanguita, y acariciándose una verrugota en el borde de su barbilla con expresión risueña, vociferó:

–"¡*Maní maní..., tostadito!*
¡El mejor maní del mundo,
con pura sal incrustada deleitará su paladar!"

–En otra época alguien que se comiera un gato sería una noticia o tal vez se enfermaba –expresó el médico.

–Ahora las personas están como inmunizadas –afirmó el calvo de la camisa de guinga, al tiempo que señalando con el bastón nos hacía fijarnos en el cadáver de un perro muerto y lleno de moscas que llevaba varios días pudriéndose al lado de un poste en la misma acera de la bodega.

–¡Qué asco! –expresé y recordé la carne de puerco y otras que venden en los agros mercados sin ningún tipo de protección contra estos insectos que pululan por doquier.

–Nos hemos adaptado a vivir así –afirmó el señor del bastón.

–Tiene mucha razón –dijo mi amigo.

–¿El último…? ¿Quién es el último coño, quien es el último? –dio de gritos una jabá, flaca y desnutrida como ella sola. Al recibir la respuesta de una viejita que se apoyaba en unos burritos de madera, la jabá capirra exclamó:

–¡Cojones, siempre es una desgracia venir a buscar el pedacito de pan que dan!

–¡Se acabó el pan, los que faltan mañana lo cogen doble! –vociferó el bigotudo bodeguero que vestido con pantalones cortos y una holgada camiseta, ahora se encontraba subido sobre el mostrador, y al alzar y cruzar los brazos en señal de terminada la venta del pan, no solo esparcía el humo del tabaco que tenía entre sus dedos, sino que también mostraba su empapada sobaquera.

—¿Doble de qué cojones? —cuestionó a toda voz la jabá con sus manos en la cintura, y abriendo sus imponentes ojos verdes, gritó:

—¡Ésto es un descaro, ésto es tremendo descarooo…!

—No la vengas a coger conmigo —le dijo bigotes parado sobre el mostrador, y después de darle una buena bocanada a su tabaco, concluyó:

—A quejarse al Poder Popular[62].

—El Poder Popular y pinga es lo mismo —vocifero la jabá con tremendo despotismo.

—¡Qué clase de chusmería! ¡Qué vulgaridad más grande! ¿A dónde hemos llegado? —expresó con voz temblorosa la viejita Magdalena, acomodándose su prótesis dental.

Evitando tropezarse con aquella fletera mala, el resto de las personas que estaban marcando turnos en las dos colas, con sus rostros desencajados y perdidas esperanzas, entrelazándolas con las ya acostumbradas críticas de resignación, se quedaron en la cola del aceite. El doctor y yo nos apartamos un poco del local para continuar conversando.

—Nunca te había oído hablar así —le manifesté.

—Toda ideología que no cumpla sus expectativas queda sujeta a cambios —expuso él con la mayor seriedad.

—Los cambios filosóficos hacen bajar de peso con más eficiencia que las dietas —expresé sonriente; él también se sonrió y me aclaró:

—Me he puesto flaco corriendo detrás de las guaguas. Hace más de un mes a La *Moska*[63] se le presentaron tremendos salideros en el radiador y como yo no tengo dinero para una reparación de esa envergadura, opté por la recomendación que me hizo el mecánico Quintero y le sellé los salideros con clara de huevo.

—¿Con clara de huevo? —cuestioné asombrado.

—Este es el socialismo más cruel que pueda existir —expresó el doctor muy ecuánime, y argumentó:

—Tuve que sacrificar la cuota de huevos del mes para continuar con el carro, pero cuando el mal es de cagar no valen guayabas verdes. A

---

[62] Invento comunista para entretener y controlar a las masas.
[63] Nombrete al auto ruso Moskovichs.

pesar de ser nosotros los hijos de la madre de toda invención, el socialismo te parte en dos, pues cuando no falta una cosa falta la otra y tan es así que, desde la semana pasada estoy parado por falta de gasolina; voy y vengo de la clínica en lo que puedo.

—Cada día es más difícil –lo consolé, y continuó:

—Casualmente ayer por la tarde para extraerle el cordal a un paciente, suplimos la falta de anestesia con una sobredosis de benadrilina. Este pobre hombre para mitigar de momento la inflamación que se le presentaría en cuestión de minutos, resolvió una javita de nailon con algunos hielos de los que tenemos en la nevera para nuestro uso personal. Te cuento esto porque casualmente al finalizar mi trabajo me lo encontré en la parada, exactamente debajo de un inmenso cartel que decía: ¡ES LA HORA DE GRITAR REVOLUCION!

Después de tremenda sudorosa espera bajo la sombra de aquella proclama, un camión sin techo paró y el molote de personas que aguardaban se abalanzó sobre el transporte. Una embarazada fue alzada por varios hombres y a pesar del cuidado de estos, daba pena la situación. Dos niños fueron izados sin dificultad, y a una señora de avanzada edad la subieron como si fuera un fideo. Esta pobre ancianita se sujetó de las improvisadas barandas justo al lado mío y de un oficial del ejército que había subido junto con nosotros.

Del otro lado de la cama del camión iba una blanca muy gorda y narizona como ella sola que con mucho esmero sujetaba un cake casero decorado con flores de color azul y verde, con una inscripción también de merengue que decía: ¡Felicidades Yosvany! Ella iba pegadita a la baranda evitando que le estropearan el conmemorativo dulce. A su lado, recostado a sus enclenques muletas, viajaba un patilludo y empercudido minusválido de espeso y amarillento bigote; al parecer matizado por el abundante bijol de vaporosas sopas. –Especificó el medicó y continuó:

—Este infortunado personaje, tras manifestarnos con una sarcástica sonrisa llena de caries que el dulce se veía apetitoso; quedó fisgoneando con su hambrienta mirada todo el cake.

Los muchachitos que habían montado con anterioridad, no paraban de pedirle a la madre de ellos un pedazo de dulce, y ésta con los ojos exaltados de la pena, les decía que el día de sus cumpleaños ella les mandaría a hacer uno para los dos.

—¿Pero cuándo? ¿Cuándo? ¿Cuándo es nuestro cumpleaños mami? —inquirió el grandecito, y ella repitiéndole le contestaba que:
—Pronto, muy pronto.

Desde el centro del camión una trigueñita muy emperifollada que traía puesto un baja y chupa de brilloso color rojo encendido, con extrema seriedad le dijo a un corpulento muchacho que estaba detrás de ella:

—¡Por favor compañero, échese para allá!

—¡Eh! ¿Qué pasa mami? ¡No hay coco, no hay coco! —respondió el aludido, haciéndose el cómico y poniendo cara de yo no fui. En tono más agresivo, ella le contestó:

—¡A mí no me vengas a joder con el cuentecito de los cocos y échate pa'llá! ¡Mira que aquí mismo te corto el tronco!

Al momento extrajo de su cartera una gruesa tijera que empuñó desafiante ante el sujeto.

—¿Qué tú quieres que haga?, no hay espacio —dijo el tipo con tremenda desfachatez, y reculando entre la gente trataba de alejarse lo más que podía de aquella letal tijera.

—¡Despégate de mi lado, cojones! ¡Y no te me encarnes porque esto va a terminar mal, pero muy mal! —gritaba hecha una furia la muchacha, blandiendo en el aire la brillante y filosa tijera.

Estupefactos ante aquel improvisado coliseo romano, todos los pasajeros le clavábamos la vista al jamonero, así como a la filosa y puntiaguda tijera.

—¡Mira que te la corto, coño! ¡Te la corto! —gritaba ya casi fuera de sí la joven, agitando la temible arma.

El jamonero, más pálido que una vela en ayunas, con su cara de mosquita muerta y mirando despavorido a aquella tijera justiciera, se rodó a otro lugar haciéndose el guilla'o. Ya todo había vuelto a la calma, cuando la abuelita que viajaba a mí lado me dice:

—Ay mi hijito si pudiera sentarme.

—¡Abuela, aguante que esto es comunismo! —le espetó un hombre de edad madura que llevaba puesto un viejo casco blanco todo rayado y sucio al igual que su ropa de trabajo. No había terminado de decir la frase, cuando la octogenaria desfalleció y cual un guiñapo cayó al suelo. En vano algunos intentamos sujetarla, al tiempo que alguien gritó:

—¡Para choféee...! ¡Que se cayó una viejaaa...!

La última palabra se prolongó en el espacio, y el chofer creyendo que una persona había caído al camino detuvo aquel vehículo en seco. El bulto de personas que rodó por la cama del camión superaba más de la mitad de los viajeros; incluyendo el recién operado junto a los niños.

La gorda y su apetitoso cake fueron a parar sobre el molote de gente que rodó sobre la cama del camión, y el minusválido de mirar desorbitado cayó de narices dentro del mismo pastel. Tremenda gritería, todos caímos sobre todos, a la viejecita por poco la matan. La embarazada que iba pegada a la cabina, sujetándose el vientre con ambas manos pedía de favor que tuvieran cuidado que ya estaba de parto, mientras que la gorda con los ojos llenos de lágrimas gritaba a todo pulmón:

—¡El cake de Yosvany, coño, el cake de Yosvany!

El desmolado, ya con la cara inflamada, miraba resignado su bolsita completamente reventada. A la sazón, el chofer, un gordo velludo todo sudoroso en camiseta y con su cabellera grasosa recogida tras la nuca, sacando la cabeza por la ventanilla gritó:

—¡Qué bolaaa... *aseres*, pónganse pa'esto! ¡Estoy monta'o aquí desde el amanecer! ¡Me acabo de comer una pizza casi cruda de las que vende Moraimita la merolica de la rotonda de Boyeros, y ni agua he toma'o, para que ahora venga alguien a desgraciarme el día!

Pero la suerte es así. Un señor que recogió un pedazo de la torta empegostada de merengue le brindó una buena parte a la anciana, y ella con mucha pena tras comerse su pedazo, terminó limpiándose las manos en la baranda del camión; como lo hicieron todos los empegostados, ya que nadie tenía ni pañuelos ni papel para limpiarse. Los chicos estaban arrebatados de contentos pues cogieron su parte como en una piñata. Hasta la barrigona sació su antojo. La pobre gorda, a lágrimas vivas se lamentaba el haber perdido el cake de Yosvany y todos los huevos de la cuota de la familia que había reunido para dárselos al dulcero.

—¡Qué vida más mierda! —clamó la mujer con sus mazacotudos brazos en alto y llena de desconsuelo repitió la frase. La señora parecía haber caído en un trance mencionando cada uno de los productos usado para la elaboración del añorado cake, cuando de repente observó al minusválido encorvado en un rincón con todo el rostro empegostado de merengue y que lleno de deleite se chupaba los dedos y hasta las manos.

—¡Miserable de mierda! ¡Tú le echaste mal de ojo al cake de Yosvany!

La conmoción de aquellas frases puso a todos en alerta y al segundo, aquella mole humana hecha una salación se le abalanzó cayéndole encima al minusválido. ¡Se formó un jala jala del carajo! donde sólo escuché con claridad la voz de aquel desdichado que clamaba:

—¡Quítenme esta bestia de encima que me mata!

Cuando todo se normalizó y ya se respiraba la calma, más recuperada, la octogenaria me confesó con mucha vergüenza que había estado en ayunas. Ella viajaba hacia casa de la hermana mayor que vivía en Marianao para preparar algún cocimiento de tilo u hojas de naranja, con eso era con lo que últimamente estaban pasando los días, pues ya habían vendido todos los adornos finos y de valor de la casa y el dinerito de la pensión era solo para la bodega; no daba para más.

El oficial de las FAR[64] que se había mantenido a mi lado durante el viaje oyendo la conversación, al instante muy cortés le dijo:

—Compañera, estamos viviendo tiempos difíciles.

Ella sólo se limitó a ofrecerle una leve sonrisa. El militar, viendo que había logrado entrometerse en la conversación, le propuso que él podría irse a vivir con ella, que lo mejor era tener un acompañante en la casa que pudiera ayudarla en todo. Que lo pensara bien, pues él era un hombre serio y responsable, integrado al proceso revolucionario. Rápidamente, en un papelito que traía, le escribió el teléfono de la unidad en que trabajaba y la exhortó a que lo llamara lo más pronto posible.

—Qué clase de descarados son estos miserables —expresé disgustado.

—Esto no fue todo —dijo Gonzalo y continuó—, el cielo se puso feo y hubo un relámpago impresionante. Entonces un blanco flaco todo desgreñado y de patilla canosa que venía pegado a la cabina, alzando sus huesudos brazos al cielo con voz de fañosa trompeta vociferó:

—¡Mándame un rayo Dios mío, mándame un rayo!

La gente que estaba pegadita a él le dejaron el espacio vacío, y al

---

[64] Fuerzas Armadas Revolucionarias. Mercenarios mundiales (internacionalistas)..

mismo tiempo alguien le gritó:

—¡Échate pa'llá y muérete tú sólo!

Rápidamente éste personaje con su original voz, aclaró:

—Yo no quiero morirme, lo que quiero es un rayo de bicicleta para no tener que montarme en estos camiones de mierda y soportarle el grajo a la gente.

La risa no faltó y él continúo:

—Voy para Alamar porque mi cuñada está vendiendo un cuarto.

Una mulata gorda vestida toda de blanco y llena de collares de múltiples colores que venía cerca de mí, después de quitarse sus espejuelos oscuros y sacar de su bolso un pedazo de papel y un mochito de lápiz sin goma, le preguntó:

—Compañero, ¿es por Micro Diez?

—¿Qué Micro Diez ni ningún otro nombre de vaquería? —respondió el sujeto, entre risotadas de la gente.

—Pero compañero, lo que quiero saber es el lugar y en cuánto lo vende —le insistió la mulata de labios gruesos y rojos.

—¿Pero en cuánto vende qué? —replicó él.

—El cuarto, mi socio —dijo la mulata cambiando de tono e inflamando sus enormes pechos. Llena de impaciencia sumó otra interrogante:

—¿Tiene balcón o es un afectado?

—¡Afectado... ja, ja, ja...! —sarcásticamente rio el individuo con el rostro hecho una comedia y agudizando su típica voz, añadió:

—Bueno, afectada está ella, por eso es que lo vende —ironizó al finalizar la frase.

—Este tipo me quiere coger pa'sus cosas y... ¡Le voy a cantar un *Itá*[65]! Manifestó la mulata moviendo rítmicamente sus hombros con aires de disgusto, al tiempo que el cielo iluminaba su última pregunta.

—¿Por fin qué es lo que vende? —cuestionó mal humorada.

—¡Un cuarto de picadillo de soya! —gritó el flaco que aún continuaba sujeto a la cabina del camión—. Enriquecido con cáscara de plátano macho.

Aún no había concluido y la risa prendió en nuestros rostros, ni el desmolado pudo evitar una leve sonrisa.

---

65 Del argot religioso afro-cubano en el que de modo enérgico y atropellado se da una opinión.

—Le hace tremendo daño, le desbarata la boca y el estómago, la llena de ronchas y picazón. Y caer hoy en un hospital es peor que hablar con la muerte; uno entra por H o por B y se complica con todo el abecedario. ¡Pa'su madre! ¡Que Dios me coja confesado! –exclamó aquel hombre con gracia sin igual.

—¡Ah...! Pa'mí que este se fumó una marihuana –dijo la mulata con aires de disgusto, y a la sazón el desgreñado respondió:

—Saben mejor y son más saludables que los cigarros que venden en la bodega, incluso te ponen contento. ¡Ja, ja, ja...!

—¡Loco de mierda! Con el estrés que uno vive y tú me sales con eso –dijo llena de disgusto la mulata haciendo brincar sus enormes pechos de modo desafiante. Este personaje, aludiendo a la charada, serenamente le respondió:

—Cincuenta y nueve, siete y estrés. Hable con su marido que no hay nada mejor para calmar los nervios que dar el culeco.

Los pasajeros no pudieron contener las risas y la gorda con la cara llena de genio lo desafiaba, más otro tipo todo desencabado, alzando una botella de ron abierta, le exhortó:

—¡Eeeh... loco, échate un buche pa'que te pongas contento!

—Contento voy a estar cuando el caballo no relinche más y me pueda pasar con gusto su imagen por mis pestilentes tumbas etruscas –expreso este original personaje lleno de jocosidad.

A pesar del temor interior en nuestras almas, varios nos reímos a carcajadas que fueron salpicadas en agua, pues rompió a llover en ese instante y los niños gritaron:

—¡Qué ricooo... a mojarnos!

Alguien le dio un pedazo de cartón a la embarazada para que se guareciera. La mulata vestida de blanco comenzó a invocar a todos los santos y otra señora cubriéndose con un pedazo de nailon negro expresó que aquello era ya un diluvio, a lo que el fañoso alzando temblorosas las manos, comenzó a gritar:

—¡Llegó el Armagedón!

—¡Cállate, loco! –gritó alguien, cuando un enorme trueno estremeció la tarde.

—¡Santa Bárbara bendita! –gritó la mulata despavorida, al tiempo que sujetaba el turbante blanco que cubría su cabeza.

—¡Sólo se acuerdan de ella cuando truena! –sentenció el fañoso, quien aún mantenía las manos en alto mostrando las greñas amarillentas de su sobaco.

—¡Coño, me abrieron el bolso... me han robado! —gritó una rubia muy delgada ella, de cutis lleno de granos y un tanto desencabada. Se formó un empuja para acá y un empuja para allá... ¡del carajo!

—¡Que no se mueva nadie, coño! ¡Pa'la policía chofeee... pa'la policíaaa...! —chillaba fuera de sí la rubia, agitando su empapado pelo corto.

—¡Cuidado conmigo, por favor, tengan cuidado conmigo! —exclamaba la embarazada.

—¡Compañeros, aquí van niños! —gritó la madre de los infantes.

—¡No pares chofeeer... no pareees...! ¡Pa'la policía coñooo... pa'la policiaaa...! —vociferaba la rubia.

El chofer no hizo ningún caso a los gritos que se le daban y el agua terminó por silenciarnos a todos. Algunos trataban de taparse con lo que llevaban, una señora intentó abrir un viejo paraguas y el viento se lo ripió. Yo quisiera que tú hubieses visto las caras de las personas que viajaban conmigo. El agua parecía ser tirada a cántaros, todos empapados hasta donde dice: Hecho en Cuba. Era un verdadero río lo que rodaba por la piel llegando a convertirse en cascada sobre los desniveles del cuerpo. A veces producto de la velocidad, los chorros saltaban hacia otros cuerpos como si no le bastara el que habían mojado y trataran de saciar su propio apetito en otros.

El oficial, al principio se esforzó por proteger su gorra de plato pero no pudo, la misma se le llenó de agua cual un tibor y por más que él la exprimiera y la pegara a su cuerpo, esta se volvía a hinchar como un sapo.

Hubo una muchacha a la que se le despegaron los zapatos y terminó metiéndolos en su jaba. Había otra a la que el tinte rojo del pelo le chorreaba por el cuello manchándole la blusa.

—¡Coño, qué clase de limpieza, mi Santa! —gritó la mulata, sujetándose el turbante completamente enchumbado y todos sus collares contra el pecho. Y de repente, cual una descarga eléctrica en su interior, gesticulando violentamente sus manos desde su cabeza, exclamó:

—¡Síaaa... caráaa...!

Involuntariamente los que la rodeaban también repitieron el mismo gesto con sus manos y con los rostros espantados se echaron hacía atrás. Para colmo de males, como venía pegado a la baranda sin ninguna chapa protectora, cada vez que nos cruzábamos con otro carro, sobre nosotros caían olas de fango; en este caso yo servía de paraban a la abuelita. Agarrado a un tubo de la baranda y completamente agachas, el operado resistía el temporal tapándose con la palma de sus manos el rostro.

Debido a la tremenda inundación que se formó en las calles, hubo un momento en que el camión aminoró la marcha casi hasta detenerse. Esto ocurrió justamente frente a un letrero cuya legendaria fotografía de quien tú sabes servía de fondo a la consigna escrita en rojo: ¡ESTA ES UNA BATALLA DE IDEAS!

El loco que venía en la punta, mirando fijamente al cartel emblemático, lleno de desafuero gritó:

—¡El coño de tu madre! ¡Me estás matando de hambre!

Todos quedamos estupefactos, y ante el arranque de nuevo del camión, sin comentarios, el aguacero continuó cayendo. Las expresiones de los rostros salpicados por el goteo desordenado de la lluvia revelaban un odio oculto que muy bien hubiera podido saltar fuera de esas máscaras. Nadie cruzaba miradas, si alguien como yo osaba hacerlo, era con mucha sutileza; ninguna persona estaba dispuesta a soportar un ataque de ira y desencadenar ¿quién sabe qué? ¿Qué estaría pensando el oficial?, me preguntaba en aquel momento. La cara con que se bajó del camión era de muy pocos compañeros.

—Amigos —rectifiqué.

—Ese tipo de gente no tiene amigos —dijo el doctor y agregó:

—Están viviendo tiempos difíciles.

Con el gesto de mi cabeza acentúe la ironía de la frase, y él continuó:

—Ese día traía en el maletín un poco de azúcar regalo de un paciente, y con el agua que cayó no pude evitar que se diluyera gran parte.

—Qué mala suerte la tuya —dije con cierto pesar y agregué:

—Tuviste que botarla.

—¡Nunca! —exclamó doctor.

Me sonreí. Él emitió un ¡tsk...! característico y prosiguió:

—La puse a secar, tremendo embarre, pero al final endulcé nuestro típico café mezclado; estaba celebrando —susurro.

Entonces pasándome el brazo por encima de los hombros y

evitando cualquier oído indiscreto, con un metal de voz más confidencial, a boca de jarro me confesó:

—Ayer renuncié al Partido.

Quedé frío al escuchar sus palabras. Conocía de su doble moral necesaria para vivir, y me erguí para mirarle a los ojos.

—Ahora te botan —le aseguré.

—No creas —comenzó diciendo—. Allí todos tienen su trapo sucio. Me expulsan como director de la clínica pero no me botan. En estos momentos muchos renuncian y ellos se lo callan. Conozco el secreto de las caretas, ya a nadie se le ocurre salir a la calle con el carné del partido en el bolsillo.

—Pero el carro te lo quitan —le advertí.

—No lo creo, tiene más de veinte años, es un cacharro —dijo, más cavilando un poco auguró:

—Tampoco lo dudo.

El estomatólogo hizo un alto y con rabia aseguró:

—¡Antes lo hago talco!

—Sí lo pudieras vender —expresé.

—Gilbertico mi cuñado que trabaja en el turismo, me hizo una oferta en dólares y lo estoy pensando, pues al menos resuelvo para comer varios meses, tal vez un año —dijo el estomatólogo muy sereno, y con cierta sátira en la voz expresó:

—Comer es una costumbre de la sociedad capitalista.

—Y un delito en la sociedad comunista —sentencié, y él señalándome a la barriga, jaraneando me dijo:

—Lo tuyo si es engordamiento ilícito.

Me reí sanamente y le comenté:

—Mi mamá y mi tía Denia, están criando en el baño de desahogo un cochino, una chiva, varios conejos, un par de patos, también tienen un gallo y tres gallinas; una de ellas está echada y otra saco seis pollitos.

—¡Coño... apretaron! ¿Cómo resuelven el alimento para esa finca? —preguntó desconcertado.

—Por la mañana y al caer la tarde, llevo a la chiva al parque una o dos hora, allí aprovecho y corto hierba a los conejos. A las aves, ellas les dan hierba picoteada y chícharos junto con las pastillitas que dieron por el CDR para frenar la anemia de la población. El sancocho para el puerco es del comedor obrero, tú bien sabes que muchas de las personas no pueden tragarse esa bazofia. Mi tía Denia que trabaja en uno de ellos recoge el desperdicio, y yo, casi siempre lo voy a buscar en la bicicleta. ¿Si no con qué? –Terminé combinando la frase con un gesto de resignación.

–¿La chiva es también para comérsela? –preguntó lleno de curiosidad y le aclaré:

–La chiva es la que garantiza la leche y está preñada. Cuando crezca la que viene, nos comemos la vieja, y así mantenemos el ciclo.

En ese instante se escuchó una explosión acuosa en el portal de la bodega. En el rostro de una mujer se le reflejaban la impotencia y la incertidumbre. La incomprensión la atrapó con prisa y el desacierto junto con la desesperación se apoderaron de ella que sólo atinaba a mover las manos a escasos centímetros sobre la superficie viscosa y grasienta, como pidiéndole, más bien rogándose por algún acto de magia que se hiciera retroceder por algunos segundos el tiempo para poder atrapar en el último instante ese pomo tan valioso que fragmentado en cristales tan independientes negaba su antigua cohesión.

Nos acercamos en silencio y vimos como en el aceite derramado se formaban caprichosas figuras de polvo y basura que al flotar lentamente en la valerosa sustancia, dejaron a la mujer con la boca abierta. Su mutismo y perplejidad alcanzó un lapso de tiempo en el que pensé que jamás saldría de su tontera. Ella, conteniendo las lágrimas, parecía no querer aceptar la realidad hasta que alguien tocándola por los hombros con voz consoladora que incitaba a la resignación, le dijo:

–Ya no tiene remedio, esa jaba está muy vieja y no aguantó más.

La desconsolada mujer mirándole a los ojos, le preguntó:

–¿Qué hago ahora…? Los niños hacía tiempo que querían que les friera unas mariquitas.

–Mi amiga, fríelas con agua –dijo una treinta y picona ella, pulcra y muy olorosa, vestida de color rosa, en chancletas y con unos rolos sujetos a su pelo teñido y sin cubrir.

–¿Con agua? –cuestioné boquiabierto.

–¡Sí mi amiguito… cómo no! –dijo muy oronda ella–. Yo con un poquitico de agua en la sartén frío los huevos; tal vez funcione con las mariquitas.

—¡Óigame! –le dije–. Con agua solo se hierve o se salcocha.

—¡Oye muñecón! A falta de pan se come casabe. ¡Sino...! a contrabando se resuelven muchas cosas –me respondió mirándome conspiradoramente de medio lado.

Aprovechando lo dicho por esta rubia mal teñida y toda desencabada, decidí darle un matiz político al asunto y comenté:

—Lo que usted propone es sancionado por las leyes revolucionarias.

—¡Bueno cielito lindo, que se queden sin freír hasta el año que viene! –dijo y en igual tono pero con una enorme insinuación, especificó:

—Porque el que come bueno y malo, come dos veces.

Su ardiente mirada impactó la mía en espera de una respuesta que, para ella estaba perfectamente calculada, más yo haciéndome el chivo loco miré hacia el cielo.

—¡Pero no te preocupes ricura! Que de una forma u otra todo el mundo resuelve –expresó ella inoculándole un profundo doble sentido a su frase. Y tras mirarme de arriba abajo con su devoradora mirada, me dio la espalda y moviendo sus caderas tal si bailase un son, se fue a hablar con el no muy honesto bodeguero, hábil en truquear la pesa.

Mi amigo Gonzalo, dándose cuenta de mi evasiva jugada, se sonrió, y dándole continuidad al tema, disertó:

—Ese es uno de los dilemas del comunismo: resolver, resolver y resolver. La mayor ironía de este país es que hay un hambre del carajo y una desnutrición que ya salta a la vista de muchos, pero al parecer nadie se ha muerto por esta razón.

—¿No sé y no me explico cómo hay personas en el mundo civilizado que aún aplauden este tipo de dictadura? –le cuestioné seriamente.

—Para odiar al comunismo hay que vivirlo –sentenció Gonzalo. Yo afirmé moviendo la cabeza, y él soltando aún más la lengua, continuó:

—La semana pasada fui a Las Villas, a un pueblecito donde viven los parientes de mi mujer. El deterioro de aquella comunidad es tal que parece haber retrocedido a principios de la colonia. El único transporte que ves por allí es un tractor con una carreta que pasa cada cuatro horas y va hasta el batey del desmantelado central azucarero que existía en aquella zona. El resto son carretones tirados por bueyes, mulas y caballos. Si este gobierno sigue existiendo una década más, ¡coño!, te juro qué no sé a qué lugar de la prehistoria irá a parar mucha gente en este país.

–¿Tan mala está la cosa por allá? –pregunté. El doctor, tras tomar un breve respiro, me narró:

–Durante mi visita se formó tremendo corre corre por el terraplén que pasa al fondo de la casita donde me encontraba. Una algarabía que daba voces de: ¡Fuegooo…! ¡Fuegooo…!, nos hizo sumarnos al gentío. Un bohío muy pobre de madera podrida cogió candela, y como no hay bomberos, todos los vecinos trayendo sus propios cubos y sacando el agua de un pozo, se sumaron para apagar las llamas que duraron casi una hora.

Según me enteré allí mismo, en aquel bajareque vivía un matrimonio de avanzada edad, los cuales perdieron a la única hija en una misión internacionalista y criaron a la nieta, la cual terminó buscándose la vida en la playa de Varadero. Ella nunca permitió que la llamaran Jinetera[66], pues se había autotitulado: "Guerrillera del Amor". Se afeitaba el pubis donde tenía tatuada la imagen del conocido personaje, y cuando algún italiano, español u otro extranjero le preguntaba la razón, le respondía que ese había sido un marido suyo que un tiempo atrás implantó el trabajo voluntario.

Con gran expresión de asombro y casi desmollejado de la risa, le dije:

–¡Qué locota!

Dándole un matiz trágico a la voz, Gonzalo continuó:

–Locos quedaron la pareja de ancianos cuando recibieron la noticia del encarcelamiento de la nieta y su posterior muerte a consecuencia del SIDA. La vieja que no trabajaba y que fue durante un tongón de años la responsable de vigilancia y delegada de la FMC[67], trataba de minimizar los hechos. El viejo tenía un retiro por haber sido miliciano y participar en la lucha contra "los alzados en el Escambray"[68]; allí lo alfabetizaron. Ya te puedes imaginar las ideas

---

[66] Popular nombre de la juvenil prostituta cubana, algunas de 13 años o menos, muy codiciada por los turistas que visitan hoy Cuba. Inmoralidad que el Comandante prometía erradicar en su revolución y sínicamente se enorgulleció de ellas en un discurso.

[67] FMC: aberrante organización en la cual el mismítísimo dictador muchísimas veces presidia e impartía ordenes, y nunca había reconocido a ninguna mujer como esposa, a pesar de tener una gama de hijos regados y no reconocidos; miserable.

[68] Héroes cubanos, muchos de ellos anónimos, a los cuales este dictador llamó bandidos.

de este par de ancianos, verdes por fuera y rojos por dentro. Siempre apoyando la revolución y echando p'alante a María Santísima, hasta que les apretó el cinto. Nadie les vendía nada y tuvieron que morder la miseria de la libreta de abastecimiento. Comían revolución y cagaban comunismo; palabras textuales de los vecinos. La vieja come candela falleció sin dientes, blanca en canas y hecha un güin. El viejo comuñangara con todos los atributos y medallitas que no se quitaba ni para cagar, ya últimamente hablaba solo y andaba con los pantalones todos meados por el pueblo. También le había dado por tomar cualquier cosa que oliese a alcohol, y así, convertido prácticamente en un cadáver, se dio candela con su bajareque.

Nadie quería hacerse cargo del pedazo de carbón que permanecía dentro del humeante horno hasta que alguien propuso que de eso se ocupara el delegado[69], para que por lo menos resolviera algo.

–¡Pa'l carajo! –exclamé boquiabierto. Él, tras un buen respiro continuó:

–Lo único que parecía quedar invicto era el descascarado y tiznado cartel del CDR colgado en un poste al lado del trillo de entrada al lugar, y justo cuando salía el tractor con la carreta en que trasladaban el cadáver, una de las ruedas toda empegostada de fango, partió y tumbó el tronco que lo sostenía aplastando el cartel.

–¡Ni para chatarra! –dije lleno de satisfacción. Él prosiguió:

–Mi cuñada estuvo aquí la semana pasada y me dijo que ni lo velaron, que lo pusieron directo en el féretro y que al bajar el mismo en el cementerio se desfondo el ataúd, pues estaba lleno de comejenes y que no tenía ni cristal; que ni tan siquiera le pusieron una flor.

–¡Tremendo fin! –exclamé.

–¿A dónde iremos a parar? –preguntó.

–¡Al norte! –le contesté y agregué: –Sólo hace falta tenerlos bien puestos y tirarse al mar en una balsa o con el carro transformado en una lancha.

–¡Eso es una locura! –increpó.

–Cierto, pero cada empresa tiene sus riesgos y este es el precio a pagar por la libertad que nos robaron –sentencié.

–Yo prefiero hacerlo por una vía legal y más segura –me contestó

---

[69] Sátrapa disfrazado de civil.

sin un mayor interés. Mirándole sin que me quedara nada por dentro, le dije:

—Usted bien sabe que los médicos son propiedad y rehenes de este gobierno. No olvide que la liberación del Ministro de Salud puede demorar años y en ese tiempo si no te mueres de hambre, al menos te garantizo que vas a pasar una ¡del carajo!

Él se quedó meditativo, y aprovechando el instante le ratifiqué:

—Lo mejor es la lancha.

—Doctor, su turno —le indicó la rubia mal teñida y desencabada que no había dejado de quitarme sus voraces ojos de encima. Nos despedimos y Gonzalo se fue a comprar su aceite.

De regreso a la casa me encontré con Jacinta la loca que estaba vendiendo varios artículos de aseo personal de los que sólo se encuentran en la shopping. Ella, interrumpiendo la labor de sacarle con un ganchito de pelos la cerilla de los oídos a su nieta Yurisan, y tras limpiar el contenido del mismo en un trapo, a boca de jarro me disparó:

—¡Vaya papi!, aquí tengo desodorante, jabón y pasta de la *Yuma* para que huela bien tu boquita chula.

—Hoy estoy pásma'o —le dije, sonriéndole como de costumbre.

—¿Cuando no ricura? —dijo ella y agregó:

—El *absorbo*[70] que tienes sólo se te quita pasándote una gallina prieta por todo tu cuerpo para que así te entre este rico *Aché*[71] que tengo yo. Y después... después con este *body* que tengo te doy una templada de los mil demonios... que hasta te va a salir pelo.

E inquiriéndome con su mirar de ojos saltones extremadamente delineados en oscuro, y tras agitar su corta y estirada cabellera de pronunciadas raíces sin teñir, recurriendo a sus deslucidas y manchadas manos, se alzó con un afán provocador sus aplastadas y caídas tetas, las cuales hizo saltar ante mis propias narices. Y mostrándome una sonrisa tan horrible como su único y amarillento colmillo superior, como siempre, con voz muy suave me recordó:

—A mí me dicen miel de abejas, quién me prueba no me deja.

—Lo sé, lo sé —dije risueñamente.

—¡Tú no sabes na'! Yo doy un culito ¡rico, rico, ricooo... qué te

---

[70] Mala suerte, en el argot de la santería.
[71] Que tiene suerte en el argot de la santería.

dejo hasta con el mal de San Vito! —confesó, contorsionando todo su marimbero cuerpo. Y ya de espaldas, meneando su trasero, se frotó las manos sobre el mismo. Realmente me reí por no llorar y continué mi regreso a casa, donde la Flaca ya me estaba esperando en la puerta.

—Hola, mi vida —fue mi saludo, al tiempo que besaba sus jugosos labios color rosa.

—Te vi cuando venías —comenzó diciendo, y discretamente con la vista me señaló la casona de la acera del frente—. Mira a Gladys, nunca se le va una, y eso que está casi ciega, pero no para de vigilar y chivatear a cuanto vecino puede.

—Ignórala, pero no la subestimes. Esa vieja miserable y toda jorobada como tú la ves, a principios de la revolución denunció a un sobrino que vivía en esa misma casa y lo fusilaron —le hice saber a la Flaca, escupiendo hacia la calle, mostré mi desprecio a aquella vieja soplona.

—¡Bicho malo nunca muere! —sentenció mi media naranja.

—Toda la familia se fue del país —le dije y sin ningún tipo de escrúpulos con esta vieja chivatona, explayé:

—Por eso vive sola en ese caserón que el día menos pensado con un aguacero se le va a caer encima junto con el mural y el cartel del CDR. Con el hambre vieja que tiene, aún se viste de miliciana, ha perdido hasta la vergüenza. El día de la caldosa del comité no aportó ni un diente de ajo y a la hora de la repartidera era una de las primeras en la cola. ¡Descaraaa…! como todos los de su calaña, y no para. A veces se ve el brillo de sus espejuelos bifocales detrás de las persianas, y eso que no le pagan nada. Si le dieran un dólar, echa p'alante a su difunta madre.

La Flaca mirándome de reojo se sonrió con malicia, y yo le increpé el porqué de esa sonrisa.

—Que se esté tranquila, pues yo sé muy bien que ella vendió por cinco dólares un litro de su orina a Teresita la miliciana que hace guardia con mi papá.

—¡Un pomo de méao! —exclamé con asombro, al tiempo que recordaba aquellos vasos del hechizo, acto seguido le pregunté:

—¿A quién le van a dar eso?

—¿A quién le van a dar qué?, mi Chini —me cuestionó la Flaca.

—¡No…! Es solo una mera conjetura —dije espantado por dentro y en igual estado le pregunté:

—Entonces, ¿para qué es eso mi vida?

—Despierta mi Chini, despierta, que en este pueblo hay muchos trucos para sobrevivir —comenzó diciéndome la Flaca—. Lo que pasa es que esa vieja chivata es diabética y debido a su enfermedad tiene una cuota de carne autorizada por el médico. Como la diabetes necesita de un examen de laboratorio para su confirmación, Teresita que fue alumna de ella en el batallón de la milicia y se conocen de muy "atrás", le pagó para la muestra del laboratorio. Y como en los laboratorios nadie sabe realmente quien es el verdadero paciente, tú vas y entregas la muestra de orine y te sacas la sangre por otro y el resultado de tú enfermedad se lo diagnostican al otro. Así Teresita resolvió su dieta de carne, la cual usa para cuando invita a mi papá a comer en su casa las noches que están de guardia.

—¡Coñooo... que vieja más zorra! —exclamé—. Ya sabía yo que aquí no hay quién pueda tirar la primera piedra, pues todo el mundo está embarra'o.

—Los comunistas son unos ruines —dijo la Flaca y terminó suplicando:

—¡Ay Dios mío perdóneme...! por mi papá.

Yo callaba en mi mente el presagio de que no alcanzarían los postes para colgar a tantos chivatos e hijos de putas que apoyan al régimen. Dios me libre de estar aquí para cuando eso suceda; esa parte de la historia yo preferiría verla por televisión.

En ese preciso instante el ring ring cantarín de una bicicleta nos hizo volvernos y quedamos fascinados al ver una elegante pareja de novios que anunciaba su paso en este tan popular transporte impuesto por la revolución. El novio muy sonriente nos miró. Resplandeciente como un hada, ella iba perfectamente sentada en la parrilla sujetando el velo junto con la cola del traje de novia, mientras que con la otra mano agitaba con mucha delicadeza el ramo de orquídeas silvestres color violeta. Aunque sudorosa, la novia se veía radiante de belleza y felicidad.

Detrás de esta inusual y encantadora pareja, un cortejo de bicicleteros hacía sonar sus timbres alborotadoramente. Emparrillado en una de ellas, un narizón de pelo engominado y vestido tan de blanco como la mismitísima homenajeada, alzaba y meneaba de forma muy entusiasta su cámara fotográfica. Este delgado y estilizado fotógrafo al vernos, con voz afeminada y muy liberal expresó: ¡*C'est l'amour*!

—¡Que linda! —exclamó la Flaca. Y llevándose ambas manos a los lados de sus mejillas, quedó fascinada con la boca abierta. Yo no sé qué cara puse, pero quedé perplejo al escuchar:

—¡Ayyy… mi Chini embúllate!

Se me atravesó un nudo en la garganta que tuve que estirar el cuello para deshacerlo. Ella, mirándome a los ojos y abrazándome tiernamente, exigió:

—¡Vamos, anda! Si tú y yo estamos hechos el uno para el otro.

Respirando intensamente, muy serio le expresé:

—Tú sabes bien en lo que estoy.

—¡Ayyy… mi Chini, que arisco eres! —dijo ella, entornando sus ensoñadores ojos color miel silvestre. Cambiando la conversación le pregunté:

—¿Cómo te ha ido el día?

—¡Ayyy… mi Chini, hoy todo me va mal! —contestó.

—¿Qué es lo que te va mal? —cuestioné preocupado, al instante que le acariciaba la cabellera que caía sobre sus pechos.

—Estoy en mis días —dijo delicadamente—, y a pesar de que ya tú mamá y yo nos apuntamos en la libreta de la cola de la farmacia y llevamos varias noches marcando el turno para el algodón del trimestre que según dijo el Delegado iba a llegar en estos días a la farmacia. —Estas últimas palabras las encerró entre las comillas marcadas por sus dedos en el aire.

—¡Que va, mi Chini… no estoy pa'eso! —terminó por decir llena de disgusto.

—Flaca, no es para tanto —le dije tratando de consolarla.

—¿Tú estás con los indios o con los *cowboy*? —cuestionó, e indicándome con los dedos, me recordó que hacía dos días que no ponían el agua, que los baños de la facultad eran un asco y que encima de todo esto no había ni un bebedero. Tras haber acentuado el número con el dedo índice, ahora con el mismo señaló su pelvis y concluyó:

—Mientras me dure esto, poniéndome y lavando trapitos, no voy a las prácticas. Además, mira como tengo las piernas, no hay quién te venda una cuchillita de afeitar en toda La Habana.

Nuevamente la abracé contra mi pecho y le dije:

—Te me vas a poner vieja antes de tiempo. Pide la baja de la Juventud Comunista y deja ya de fingir.

—¿Quieres que me voten de la Universidad? —preguntó de manera desafiante.

—Eso nunca —respondí y la exhorté a seguir fingiendo doble moral.

—¡Ayyy... mi Chini! —dijo ella con su cara hecha todo un primor—. Sé muy bien que el esforzarse por alcanzar un título técnico o universitario en este país no significa que uno vaya a vivir mejor junto a su familia, pues todos comemos por una misma libreta, y al ser decentes y honrados, no tenemos derecho a aspirar a nada mejor. Pero yo sueño con hacerme una doctora de reputación y ver si tengo la suerte y me invitan algún día a ir a alguna misión en el extranjero y quedarme por allá. Entonces veré de qué modo podré ejercer mi profesión sin la presión política.

Terminó mostrándome una sonrisa de oreja a oreja.

—¡Apretaste!, esa no se la digas a nadie —expresé. Y ella declaró:

—Uno siempre tiene que pensar, lo que pasa es que en este país hay que saber callarse.

Me quedé mirándola por un instante e igualmente ella clavó su mirada en mí, finalizando en un tierno beso. Ella muy consciente de nuestro cotidiano vivir, separándose un poco me preguntó:

—¿Qué vino a la bodega?

Encogiendo los hombros, lleno de resignación le respondí:

—Aceite, y el pan se acabó.

—Ni el pan nuestro de cada día puede garantizar el todopoderoso Comandante —sentenció la Flaca cruzándose de brazos.

—¿Qué traes ahí? —le pregunté, señalándole la jabita que sujetaba en una mano.

—Un poco de frijoles y unas papas para que tu mamá haga el potaje qué a mí me encanta —dulcemente me respondió y cerrando los ojos y respirando hondo, especificó:

—¡Me chupo hasta los dedos!

La Flaca dio un ligerito brinquito hacia mí, quedando esta vez atrapada entre mis brazos, y yo riéndome le dije:

—Cuando el hambre aprieta todo el mundo brinca.

Fuerte fue el brinco que pegó mi estómago tratando de escaparse del cuerpo. Un brusco cambio de tiempo decía:

—¡Aquí estoy!

La noche había cruzado sobre nosotros volando y volando sobre las olas nuevamente me despertaba. Supuse que la mitad del día había caído. El cielo completamente encapotado presagiaba lo peor. Un grueso manto de nubes de enfermo gris plomizo se había apoderado de todo el paisaje y enormes olas se me arrojaban encima descaradamente, amenazando con sumergirme de un momento a otro. "La Esperanza" se elevaba con las olas, y a la caída, era inevitable la avalancha de agua dentro de las cámaras; pareciera que estaba viajando por una interminable montaña rusa. La violencia con la que se elevaba y descendía la balsa dando giros hacia un lado y hacia otro, viraban al revés todo mi ser.

Abandoné mi posición, y como esta vez la furia de los calambres no me atacaba, logré estirar todas mis articulaciones hasta sentirlas traquear. Acomodé los remos para que no quedaran sueltos y fueran a golpearme. Sabiendo que frente a esta nueva y feroz tormenta de nada valía achicar, acudí a mi ecuanimidad atrincherándome lo mejor que podía contra este nuevo temporal. Lleno de estoicismo, con la flemática paciencia de un inglés, me resigné a comprobar una vez más la teoría de que una balsa bien hecha jamás se hunde.

El bramido del mar junto a su fuerza huracanada, incrustaban dagas de frío a través de mi ropa empapada. Permanecí sujeto en mi posición dejándome llevar sin otra aspiración que tratar de mantener el equilibrio y evitar un vuelco, pero la inquietud se agazapó a mis espaldas, y no sintiéndome seguro verifiqué el cabo atado a mi cintura. Esta vez, buscando mayor protección ante las embestidas del océano, me ajusté a los amarres de "La Esperanza" asegurándome de que mi cuerpo jamás se desprendería de mi pequeño mundo flotante, pues el mar se estaba poniendo más feo que decir feo.

–¿Qué es esto? –me cuestioné en un susurro.

Mi enorme desgracia competía con esta horrible tormenta y de tan solo pensar que el cadáver de Emilio Andrés permanecía rígido en la otra cámara, se desarticulaba cualquier plan. Todavía no me sentía con ánimos de echarle un vistazo y arrojarlo al océano; tan sólo de pensar tocarlo se me revolvía la nada de mi estómago.

El incontenible vaivén de la balsa sobre las olas, el hambre y el indetenible dolor de cabeza, no daban lugar a otra cosa que un inestable desmayo que, por instantes, me hacía perder la noción del tiempo y de la realidad, dejándome a merced de la tormenta.

Mi materia gris, cual si estuviese contaminada con algún elemento doloroso, producía el efecto de mazazos dentro de mi cráneo. Enfriándome de a lleno, un malestar desconocido comenzó a invadirme, algunas veces lentamente como un atardecer, otras, cual si prendieran una luz; nunca antes había conocido sensación igual de mareo.

Temblaba de punta a cabo, El hambre me hacía sentir frío y me provocaba todo tipo de alucinaciones, desde patadas de caballos dentro de mi vientre, hasta de tijeras de fuego cortándome las entrañas. Este real y creciente desenfreno de los retorcijones en mi estómago provocaban que los jugos gástricos me escupieran amargos eructos; que resultaban en el último puntillazo para la locura. La enajenación de mi hambre no entendía de mar picada ni de tormentas tropicales; ella se rebelaba contra todo. Mis ojos giraban dentro de sus orbitas sin encontrar la definición de la realidad y en el preciso momento en que mis ojos dejaron de dar vueltas, condensé este exquisito pensamiento:

—Si por lo menos hubiese un poquitico de café caliente.

Lleno de pena hacia mismo, presentí que un mareo inmenso se apoderaría de todo mí ser. Las ácidas arqueadas se repetían con mayor frecuencia y la constante hambre de balsero solitario pendía sobre mí, sumándome otra Espada de Damocles.

El tiempo continuaba manchando con su grave gris plomizo todo el paisaje; no cedía espacio para otro color. Cielo y mar, junto a "La Esperanza" y mi ser, lucían el triste matiz que sólo viste la muerte. Esta última había solidificado aún más su amistad con el difunto y a mis espaldas parecía conversar con él. Yo no quería mirar, presentía su rostro pálido y triste que me devoraría a la primera dentellada. La muerte continuaba ahí, seria y segura, con la paciencia de un sarcófago que espera en un almacén. Yo no poseía fuerzas para semejante encuentro, pero seguro estaba que llegaría la hora de enfrentarlos a los dos juntos. Sería el momento de definir su situación en este viaje, tal vez ellos resultaran los causantes de la desaparición del azul del cielo y su radiante sol. Sí, de seguros ellos habían cambiado durante mi sueño todo el escenario volviéndolo hostil y tenebroso, pintándolo con este gris fúnebre propio del más allá.

—Claro, es su fiesta. Me tienen por un cobarde —pensé. Pero yo no estaba dispuesto a seguir permitiéndoselos; prefería soledad antes que un cadáver por compañía. Decidido a terminar con esta situación, me volví y mi alma se congeló tal si me hubieran vertido encima un cubo de nitrógeno.

La revoltura en mis entrañas, se trocó en asco, repugnancia y horror. Al fin, después de dos inspiraciones profundas, pude expirar todo mi susto y parte del miedo; entonces quedé mirándolo un buen rato. En este lapso de tiempo mi cerebro aisló la razón y comenzó a detallar cada forma grotesca de su cuerpo sin sugerir el arreglo de algún elemento.

La espuma había desaparecido de su boca y ahora mostraba una enorme y desordenada hilera de dientes de aspecto mohoso e inmundo que a pesar de su incorrecta formación, se reían con despotismo de mi incierta suerte. La cara se había inflado como un globo de cumpleaños con forma de calabaza. Las orejas se habían partido por el borde superior y colgaban cual hojas a punto de caer del árbol enfermo que se resiste ante lo inevitable. Uno de sus vidriosos ojos, completamente inflamado, aparentaba buscar un punto fijo en el convulso cielo surcado por oscuros matices plomizos. El otro ya no miraba al espacio, parecía un huevo criollo colocado a presión en su cadavérico rostro. Su brazo derecho, rígidamente recostado al borde de la cámara, indicaba con el puño cerrado y el pulgar en alto que con él no existían problemas ni de hambre ni de sed, ni temor al mal tiempo; todo lo contrario, estaba hinchado de una putrefacta salud. La piel en algunos lugares destilaba un líquido gelatinoso semejante a manteca de puerco.

Por espacio de poco más de un día conocí a Emilio Andrés. Ahora había partido a su encuentro con el más allá, dejando un cuerpo que sólo lograba en su abandono total emular la más horrible marioneta. Cual telón de un teatro, moles de agua emergían y desaparecían con desordenada frecuencia. Muchas veces las olas barrían toda la balsa, pero yo, al igual que él, les hacía caso omiso. Me había adaptado a todo, ya no reparaba en el subir y bajar incansable de "La Esperanza" sobre las crestas y valles de cada ola. Se había perdido el más común de los sentidos y nada era capaz de motivar mi interés. Poco a poco dejaba de existir la lógica de la vida. El tiempo era solo eso, tiempo.

Continué meditando sin llegar a conclusión alguna. Un corretaje de vientos que saltaban obstáculos en mi estómago, me recordaban el hambre y la sed que, en cruenta lucha, aniquilaban mis escasas fuerzas. Pensé intentar de nuevo comerme las uñas de los pies, pero al verlas de un pálido acre amarillento, me dieron asco.

El viento huracanado cortaba mis párpados y para poder abrir los ojos debía de estar de espaldas al aire que rompía con furia idéntica a la del mar. Olvidando esta lucha de fuerzas naturales y pensando en mi organismo, cogí el pomo de agua y bebí como todo un general lo que de ella quedaba. No logré mitigar mi sed ni mi hambre ni la resaca de acidez que me abatía, y un sabor medicamentoso se impregnó en mis labios creando una capa lijosa en el interior de la boca.

Aún con el pomo en la mano, embriagado por el vaivén de las olas, se fue apoderando de mi mente una idea que acuchillaba todos mis sentimientos y principios humanos. Hacia estallar en mil pedazos el concepto de: sabroso, rico, delicioso, apetecible, y estrangulando mi paladar, me dejó insípido. Resultaba tan asquerosa la idea, que no podía abrigarse en un ser con una gota de lucidez. Este pensamiento enajenaba todos mis gustos al extremo de aniquilar mi identidad.

No daba crédito a la transformación ocurrida en mi intelecto que ahora, repercutía en todo mi cuerpo anhelando algo. No importaba la procedencia ni el estado; un bocado resultaba vital para mi existencia y lo tenía al alcance de mis manos. Más el mar con su movimiento y en complicidad con mis nervios, facilitaba la operación a cada caída de las dos cámaras en la hondonada de cada ola.

Sin pensarlo, obedeciendo a no sé qué instinto oculto dentro de mi alma, al parecer poseída, temblorosa e indecisa pero bien orientada por este oscuro pensamiento, estiré mi mano y sin temor a su contacto, llegué a agarrar entre mis dedos la oreja morada que colgaba e invitaba a un mordisco que yo estaba convencido resultaría delicioso. Tiré de ella con fuerza pero no logré desprenderla del todo. Froté mis dedos para desprender restos de grasienta piel descompuesta que se me habían pegado, y con delicadeza me olí los mismos, no percibiendo ningún olor.

–Tal vez por esto no existen moscas en este lugar –pensé, y me incorporé un poquitico, evitando no romper el equilibrio y caer fuera de "La Esperanza".

El viento silbaba con frenesí. Las gruesas gotas de lluvia

serpenteaban por los cuerpos y jugaban sin temores a alcanzarse unas a las otras. El tiempo parecía haberse detenido; tuve el presentimiento de que esto no sucedía. Creía encontrarme en un sueño sin salida, en un laberinto de gris triste y neblinoso vagar, donde se me mostraba el camino a una hartura sin límites.

Esta vez, convencido y decidido, utilizando las dos manos tiré fuertemente y logré desgarrar la oreja por completo. Sonreí y la miré lleno de frenesí. Ahora el pedazo de carne viajaba en dirección a mi boca que humedecida por un flujo inusual de saliva, acondicionaba a mis poderosos dientes, y estos, listos para la mordida, recuperaron todo su instinto. Ya estaba la oreja casi en mis labios, cuando escapado de no sé qué punto de la tormenta, un rayo de potencia atómica tronó sobre mí iluminando el dantesco escenario donde yo era el intérprete de la dimisión como ser humano. La lucidez pegó un grito desesperado dentro de mi cerebro y al igual que un niño con los dedos lastimados al tocar algún objeto caliente, solté el pedazo de cadáver.

Estupefacto, atontado y mirándome las manos, comencé a temblar. La resaca de impotencia, estupidez y miedo, escapaban a través de un sismo carnal que recorría mi cuerpo en acoplada danza con la tormenta, que ahora estallaba su furia con impresionante soberbia en completa complicidad con la incalculable violencia del océano.

El mar se agitaba impetuoso creando la impresión de que estaba dentro de una gigantesca batidora. Masas enormes de agua saltaban salvajemente unas contra las otras haciendo gala de su descomunal poder. La encarnizada lucha entre el cielo y el océano, parecía no tener fin. Hubo momentos en los que cerré los ojos creyéndolo todo perdido, parecía inevitable que el mar me devoraría en su feroz y loco afán por tragarse los tenebrosos nubarrones, los cuales evitando ser un mordisco fácil se llenaban de ramificaciones eléctricas como zarza de espinas imposibles de ser ingerida.

"La Esperanza", a pesar de su fragilidad, resistía los fuertes embates que no amainaban, y yo, incrustado dentro de ella, no confiado solamente en el amarre del cabo a mi cintura, me aferraba con ambas manos a las sogas que protegían los bordes. Con las pocas fuerzas aún latentes en mí, evitaba un posible vuelco de la balsa que ingobernable, con este abrirse y cerrarse semejaba una bisagra, y amenazaba con perder su unión producto de los bruscos tirones y movimientos que por momentos la hacían formar un pico, provocando favorablemente la desaparición del nefasto pasajero. Luego sucedía lo contrario, aplastándome cual un emparedado contra el despojo de Emilio Andrés.

El hambre me golpeaba en lo más profundo de mi alma y mi psiquis daba tumbos desorientada dentro de mí. El viento por su parte, festejaba el ímpetu del clima, silbando frenéticamente y desplazándose por todo el escenario con la maestría destructora de un huracán que derrochaba toda su supremacía. Como cuchillos cortaba el filo de su aire frío y devastador, y mi banderita se hacía heroicamente enrollada a su asta.

–Esto no es un simple mal tiempo –pensé lleno de pesar y en mi propio pensar continué:

–Cuando me hice a la mar no habían anunciado nada. ¿Pero cuándo fue que me tiré? ¿Cuántos días hace?

¡Oh!, no podía precisar si fue un lunes o martes ni en cual día estaba. Esta gran incertidumbre trajo de golpe una muy conocida frase de mi bisabuela Josefa: "Martes trece, ni te cases ni te embarques ni de tu familia te apartes".

–¡Oh Dios mío!, no dejes que la superstición haga presa de mí – comenté con pesar al saberme embarcado, pero también recordé que el viernes trece era otro día fatídico señalado, pero un trece nací y un trece también el Maledicto llegó. ¿Entonces qué? Más sin darle relevancia al asunto continué mi cavilación.

En esta época tampoco hay frentes fríos, por lo menos en el hemisferio norte. Pero quién quita que uno imponderable pueda ocurrir; aquí nadie sabe dónde la tiene, y más un inexperto como yo. ¿A dónde habré ido a parar? Ni idea. ¿Estaré en el medio del Golfo? ¡Vaya usted a saber!

–¡Oh Padre Celestial! ¿Qué será de mí? –expresé desconsolado.

Temiendo a que esta gigantesca agitación me provocase un vértigo mayor al que ya me poseía, bajé la cabeza centrando mi mirada entre mis dos pies descalzos, y justo en ese momento ocurrió lo que de ingenuo nunca había calculado. Una gigantesca ola me barrió por completo y todo se fue a pique. No sabía a ciencia cierta dónde se encontraba la superficie. Sólo los violentos tirones de la soga amarrada a mi cintura me informaban que iba en dirección opuesta a donde en realidad debería estar. Abrí desatinadamente los ojos y comprendí que de nada valía mirar y mucho menos nadar; sólo tirar de la soga y patalear con desenfreno hasta alcanzar "La Esperanza" y asirme a ella con todas mis fuerzas. Así era como único me podría salvar. Tragué agua y respire sal y también tosí de forma descomunal.

La balsa completamente invertida se desplazaba vertiginosamente por sobre las enormes olas. Agarrado a ella, no atinaba a nada ni tampoco nada podía hacer. El destino dictaba mi sentencia, más yo me aferraba a "La Esperanza" luchando por cambiar la realidad. De repente, otro giro y voltereta inesperada de la balsa cambiaron el escenario; esta vez pensé que mi cuerpo se partiría a la mitad. El tirón de la cuerda cual tripa umbilical resultaba el enlace con la vida; la cual en patético pataleo yo no dejaría escapar.

Otro brutal tirón hizo trizas mi atadura y quedé de una sola pieza al saberme desamparado y sin solución a lo que me acontecería. Salí a flote tan rápido como pude sabiendo que esta vez mis minutos estaban contados. Un inmenso relámpago hegemonizando el temporal me mostraba sin piedad a mi verdugo. Mis ojos se abrieron aterrados ante el pavor de una enorme ola que me tragaba. Presentí el fin. Braseaba como nunca antes en mi vida. Patalee hasta decir no más, y en esa desesperada y última búsqueda donde supe que no encontraría nada más que el propio mar y su agitada inmensidad, el misterio del más allá comenzó a abrir sus puertas. Varias brazadas por puro instinto en mi gran anhelo por mi alma que se me iba, no dejaban más espacio que una sincera plegaria de despedida a mi Padre Celestial clamando por ayuda. Mis ojos permanecían cerrados por el miedo que me invadía. Manoteando frenéticamente en mi ahogado final, golpeé algo sólido y la llama de la vida destelló sin rival. "La Esperanza" estaba a mi lado y yo no dejaría que escapara nunca más, agarrado con ambas manos a la malla que la protegía, me aferré a ella como un animal.

Tosiendo mi ahogo y escupiendo sal. Clamé a mi Dios que no me abandonara, decidiendo que la lucha sería hasta el final. Una ola golpeó como nunca antes intentando liquidarme en mi batallar, pero en aquella voltereta enredadora, un ápice de fortuna permitió que fácilmente me trepara en mí hundida "Esperanza", pues si flotaba, era porque resultó ser una balsa bien armada y nada más.

Por muy increíble que les parezca, la desdicha me golpeaba una vez más, pues hinchado y trabado en su sitial continuaba el occiso cual obstinado fetiche de un ritual. Sentí como mi alma se hacía pedazos y con todas las fuerzas de mis entrañas, exclamé ante mi desventura:

—¡Oh no, nooo...!

Vencido, moví negativamente mi cabeza con gran angustia; creí rendirme ante mí pesar. ¿De qué me valía luchar titánicamente si todo era contra mí?

"Si Dios es contigo quien contra ti". La bíblica y certera frase fue un grito dentro de mí alma, y la energía que provocó, me hizo erguirme para demostrarme a mí mismo que no todo estaba perdido, y levantando mi rostro, con valor observé cara a cara la tormenta.

El mar se encrespaba como nunca antes. El cielo se descompuso cual si se estuviese pudriendo, y del punto más oscuro y siniestro de la turbulencia comenzó a descender, llena de un enigmático hechizo, el extremo de una nube. Ésta, contorsionándose burlonamente y sin prisa alguna, llegó a tocar la convulsionada superficie del océano produciendo una explosión aterradora.

Una inmensa columna de agua mezclada con nube se enderezó majestuosa y con proporciones espeluznantes cerca de mí. Tal vez su diámetro inferior fuese mayor a una decena de veces al conjunto de las dos cámaras que ahora constituían "La Esperanza". La base de este meteoro era blanca como la espuma de una cascada pero a la inversa, y a medida que ascendía esta impresionante columna de agua, su tonalidad se iba poniendo gris y más gris, hasta alcanzar el color de la mismísima negrura de donde había surgido y desde donde al parecer algo siniestro la dirigía. La tromba marina se contorsionaba al igual que una serpiente encantada bajo la melodía de una flauta hindú. No cabía duda, bailaba el vals de la muerte.

—¡Oh mi Dios, por favor ayúdemeee...! —mi desesperado reclamo se prolongó hasta el infinito y allá el viento se lo tragó. Pero sin perder ni una gota de segundo ni mucho menos la cordura que siempre me caracterizó, tan rápido como una centella, recuperé el cabo de la soga y até fuertemente a mi cintura esta cuerda de salvación.

Un zumbido penetrante cortó el aire atrapando todos mis sentidos. Su agudo silbar rivalizaba con la dimensión misma del meteoro, el cual succionaba con furia desenfrenada la masa de agua, que era capaz de absorber en cuestión de minutos el mismísimo océano y no saciarse.

La veía aproximarse a una velocidad mayor que la que su apaciguada presencia mostraba. Oía a aquella atronadora columna de agua clamando la hegemonía de su propia existencia. El corazón me palpitó lleno de frenesí. ¡Pero qué coño, ni que yo fuese un imán! Con lo inmenso que es el mar ese rabo de nube se me venía encima; juraría que viniese justo a buscarme.

Mis ojos, llenos de pavor vislumbraron el camino al más allá. Sin tiempo para otra reflexión, mi alma llena de espanto clamó a su fe, más el instinto de conservación oculto detrás de ella sin que nadie le hubiese hecho reclamo alguno, hizo emanar en mí una fuerza sin precedentes, y destrabando y empuñando con ahínco los inseparables y fieles remos, les di de eficaces tirones hasta que a "La Esperanza" no le quedó otro remedio que avanzar hacia el filo de la salvación. La balsa cruzó por encima de una gigantesca y descomunal ola, resultando ser el instante de la verdad o la tromba marina o yo.

La infernal turbulencia succionadora de la realidad, imperante con su atronador rugido, clamó por mí. Volví la cabeza para al menos enfrentar en el fin de mi existencia a este bestial fenómeno de la naturaleza que ya se disponía a tragarse "La Esperanza" junto a mis sueños de libertad y mi inseparable fe, la que desgarrándose en un grito clamó a Dios.

La tromba marina golpeó con violencia parte de "La Esperanza" y a mi propio cuerpo. Sentí como mis ropas y yo mismo éramos atraídos por este caudal de agua y soberbio torbellino que se elevaba al más allá. Cual si nos quisiéramos ir con ella, todo mi pellejo se erizó en la misma dirección de esta infernal extravagancia de la naturaleza y en el mismitísimo borde de la desgracia, mi cuerpo se arqueó hacia delante yendo a impactar de bruces contra el putrefacto cadáver de mi compatriota. El espeluznante rugido de la atronante tromba marina, semejante al paso vertiginoso de un tren, quiso ensordecerme en el intento. Mas yo, sintiéndome elevarme como una pluma y girando con toda la balsa, agitado y colmado de espanto en el desespero del final, me agarré ferozmente a las cuerdas de "La Esperanza" y grité:

–¡Cojones, échate pa'llá!

Tal vez el propio peso muerto de aquellas dos cámaras unidas anhelando la vida hicieron que la misma fuerza centrípeta que las elevaba cual la más ligera pluma de un cóndor, lanzara a "La Esperanza" hacia la inmensidad, e iluminado por el relampaguear infernal de la tormenta, me vi volando por los aires. Mi desgarrador grito justamente llegaba a su final, cuando mi espacio vital comenzaba a virarse de lado. Un ¡boom! similar a un cañonazo medieval provocó que todo el asombro de mi adversidad se arropara en mí. Lo inverosímil de aquellos interminables segundos se agrupó de un solo golpe.

"La Esperanza" había ido justamente a amerizar sobre la cúspide de una de las tantas colosales y abrumadoras olas que pululaban el lugar. La inmensa mole oceánica se irguió arrogante y puntiaguda, y en la cima de esta cúpula filosa como el Everest, se definieron nuestros caminos. La balsa se deslizó hacia un lado y la majestuosa e invencible tromba marina continuó su arrolladora marcha hacia un incierto horizonte. Había quedado ensordecido por el estruendo del viento y la violencia de las olas al chocar unas contra otras. Vi peces de gran tamaño ser lanzados a lo lejos de aquel bestial meteoro que dirigía su terrorífica existencia hacia donde ya no me importaba.

–¡Llévatela viento de agua! ¡Llévatelaaa…! –grité enérgico y valiente en respuesta a aquel meteoro sin equivalentes.

Aún agitado y lleno de pavor, me aferré a las cuerdas de "La Esperanza", no daba crédito a lo que me acababa de suceder.

–¡Qué suerte más cabrona la mía!, y todavía hay quienes añoran irse en una balsa. ¡Pa'l carajo!, yo en ésto no me vuelvo a montar jamás –pensé aterrado. Y justo en este mismo momento de pavor, la imagen dulce y apacible de mi bisabuela Josefa con su grácil cabello blanco recogido en un moño sobre su nuca, apareció de repente en mi mente. Sus dos hermosas peinetas le ajustaban el peinado y el ligero chal azul cielo sobre sus hombros hacían aún más tiernas sus frágiles manos bordando un pañuelito de mujer. Sus espejuelos, tan anticuados como el sillón y la edad que ella con orgullo soportaba, permitió que su sabia mirada se posara en la mía, y sin reparos, con amor maternal me dijo:

–Al mal tiempo buena cara.

–¿Queee…? –Fue todo lo que atiné a expresar, pues la realidad definía el momento, más la esencia del consejo imponía un reto ante la crueldad de la vida. No tenía por qué darme por vencido, todo lo contrario, tenía que cavilar como sobrevivir este instante adverso de mi existencia.

La lluvia golpeaba fuertemente mi conmovido cuerpo que ahora prácticamente desarticulado, reflejaba dolores por doquier. Me dolía la cabeza, el pecho, los brazos, las manos y hasta las yemas de los dedos. Me dolían los pies, los muslos y hasta el… codo, también los hombros y la espalda. ¡Oh…! ¿Qué era ésto?, estaba molido. Con dificultad mantenía abiertos mis ojos buscando en el cielo alguna nueva señal de peligro, pues todas las cosas horrorosas del mundo me estaban aconteciendo. Ya nada me hacía desechar que también de un momento a otro pudiese ocurrir que un inmenso remolino de los que yo nunca me he creído que existiesen, surgiese de repente. Quién quita ahora que este abismal tragante, para mayor desgracia mía, estuviese abierto por aquí y "La Esperanza" cayese en él, y girando y girando, nos hundiésemos en las mismísimas entrañas del océano. ¡Coño!, en este momento para mí todo podría suceder, hasta en un tsunami asiático pensé.

¡Más nunca me monto en una balsa! ¡Más nunca! ¡Lo juro coño! ¡Lo juro por mi madre!, clamaba mi ser lleno de fatalidad. Ahora más que nunca tenía necesidad de que alguien viniese en mi ayuda, y una vez más mi fe vibró exhortándome a orarle a mi Dios. Busqué algún punto con el cual entablar una desesperada llamada de auxilio, y haciendo caso omiso a la tormenta, me arrodillé en el centro de la virtualmente hundida "Esperanza", y con escasas fuerzas comencé diciendo:

–¡Oh, Padre Celestial! ¿Qué culpa tengo de nacer pecador y en un país con ideología diabólica? No tengo nada contra nadie pero no puedo amar a mi verdugo y por el derecho a opinar levanto la mano.

Al instante un impresionante rayo mostró su poder tan idéntico como los otros y bajé la mano muy temeroso. El imponente trueno que acompañó aquella descarga aplastó al mismitísimo espacio tempestuoso. Tomé un respiro y continué:

–No se enoje Usted, pero es que busco la libertad que me prohibieron en mi patria, en la que Usted me vio nacer. ¿Es acaso un castigo por abandonar a mi familia? ¡Oh… Cuba, que linda eres! Yo no reniego de mis raíces ni de mi identidad y ni mucho menos de mi familia. Yo reniego de la crueldad y el despotismo con que nos gobiernan; ¡por eso huyo!, ¿pero qué es lo que encuentro? ¡Cojones! ¡Todo el mundo está a favor de este hijo de puta que ni nombrarlo quiero!

Con igual intensidad tronó el cielo.

–¡Oooh, mi Dios Todopoderoso!, discúlpeme por la mala palabra –expresé con respetuoso y sincero temor, y sin tan siquiera levantar mi rostro expresé lleno de cordura:

–¿Qué mal pude haber hecho? ¡Ah…! seguro piensa en lo de la oreja. Discúlpeme, estaba poseído.

Me volví hacia el cadáver y mostrándole mi arrepentimiento, seriamente le comenté:

–Perdóname *asere*, por un momento perdí la mente. ¡Ni que yo fuese un caníbal!

Bajé la cabeza y el torrente de agua que caía sobre mi cuerpo casi me asfixió. Tomando un poco de aire, continué mi plegaria:

–Lea mi corazón, no soporto más. Déjeme llegar, se lo pido con toda mi alma que la tengo aquí en las manos.

Alcé mis brazos al cielo llenos de humildad, y la luz de un lejano relámpago iluminó todo el espacio.

–Soñé un futuro mejor, quiero ser libre, vivir en paz. Déjeme escaparme de ese infierno. –Al decir esta última palabra, cayó un rayo que superó en violencia a los anteriores e iluminó de forma ininterrumpida la tormenta por espacio de impresionantes segundos.

–¡Mándele una descarga de ésta a ese hijo de puta cuando está en la Plaza!, pa'que se joda de una vez y por todas –expresé con hondo deseo. Tronó nuevamente y continué:

–¡Oh, sálveme Dios Todopoderoso! y daré testimonio de ver cómo convierte este mar rebelde en el más dócil líquido estancado en un vaso. Se lo pido en nombre de su hijo Jesús.

Me soné la nariz, y al instante el espíritu me habló sobre la necesidad de rellenar el único pomo de agua, y tras hacerlo, busqué trinchera en mi inundado refugio.

No sé cuánto pudo durar aquella batalla de los elementos pues la noción del tiempo había huido de mí. Pero si puedo testimoniar que aquellas montañas de aguas que se golpeaban unas contra las otras comenzaron a perder su vigor. El viento a pesar de su inusitada velocidad, no silbaba como antes. El inmenso acumulador de la tormenta parecía haberse descargado por completo, y el pánico desaparecía ante mis ojos al comprobar que el meteoro cedía en intensidad. No era cosa de magia ni ocurrió en segundos, pero un tiempo después, sólo la lluvia persistía con su clásico chin chin que no moja pero empapa. Y con la calma de mil elefantes en su lento caminar, una quietud inesperada se empeñaban en alisar las ondas del mar. Cada gota de lluvia acariciaba su superficie y causaba el efecto de una mano cariñosa sobre el lomo de un gato.

Ahora el mar reposaba la fatiga de su soberbia con absoluta solemnidad, y tras el color ceniza de una bruma bostezante, se filtraba desde la lejanía el amarillo naranja rosa del soberano astro. La belleza y profunda paz del oceánico entorno me transmitía el genuino sentimiento de que alguien era dueño de esta única y original combinación de elementos; incliné mi rostro y le di gracias al Dios Verdadero por tenerme aún con vida.

Horas más tarde, consciente aún de cuan largo era el camino, acaricié lleno de esperanza mi reserva de agua que ahora consistía en un solo pomo. Con esmero achiqué "La Esperanza". Esta emblemática balsa llena de tétrica desdicha y que aún cobijaba mis sueños, nuevamente flotaba digna de su diseño. El cielo completamente encapotado mantuvo su esquema reflejando un día gris de lluvia como cualquier otro. El mar por su parte se aferraba a un parejo color metálico pastel heredado del gris plomizo de la tormenta. La esperanza de salvación retornó paso a paso a mi alma.

–Si gracias a Dios escapé de ésta, ya no me muero –vaticiné muy animado, sonriéndome en el alma. Al instante, en mi estómago se produjo un pellizco brutal y dañino que puso en alerta todas mis ideas. Miré al difunto que permanecía en su inalterable posición e ignoraba la metamorfosis que incubaba dentro de sí.

–Resistiré esta hambre como un condenado. El Señor me ha dado una oportunidad y no lo voy a defraudar –martillé la frase en mi frente.

Miré las inalcanzables uñas de mis pies y a pesar de que se veían bien feas, realicé un esfuerzo supremo por meterles el diente pero resultó en vano. Me incomodé con mí osteoscondrósico cuerpo que por momentos me provocaba parálisis inaguantables y que carecía de la flexibilidad necesaria para alcanzar lo que un niño de teta hace con la mayor naturalidad. Sabiéndome un adulto, recapacité, y ya con la mente muy positiva, me exhorté:

–Comeré tela de mi camisa, de mi pantalón, de lo que sea, pero no me moriré de hambre.

Analicé que podía mojar el tejido de mis ropas con agua de mar para darle sabor y llenarme con agua de lluvia. Comencé a buscar por donde rasgar mis ropas. Bajé la vista pensando en desgarrar el pantalón a la altura del tobillo, y al intentarlo comprendí que estaba muy duro y que mis llagadas manos no podrían afrontar la tarea. Le tocó el turno a la camisa, y al tratar de desgarrar el bolsillo de ésta, descubrí a mi mascota dentro del mismo. A la velocidad del pensamiento introduje los dedos, la agarré y la saqué.

Coloqué el animalito a lo largo de la palma de mi mano, su cuerpo estaba flácido. La toqué y la apreté con la yema del dedo y no reaccionó; estaba muerta. Y como no soy forense ni nada por el estilo, no podía dictaminar si había muerto ahogada, de hambre, de un susto, o por muerte natural. De lo que si estaba seguro era que estaba muerta. Pero en vez de darme tristeza como suele ocurrirles a las personas que pierden sus mascotas, yo inevitablemente me sonreí de felicidad. Mi estómago gritaba de alegría, sentía saltar los jugos gástricos de un lado a otro; mi caldera se preparaba para el festín.

–¡Gracias mi Dios! –grité lleno de júbilo.

La agarré por una de sus patitas delanteras y la suspendí en el aire. Les juro que la boca se me hacía agua. La cola se movió de un lado para otro y cual péndulo de un antiquísimo reloj que dicta la hora decisiva, la dejé caer entre mis dientes.

Al sentir el alimento en mi boca, una sensación indescriptible inundó mi ser. Mi lengua la envolvió untándola con espesa saliva. Su piel, aunque suave, era áspera como una lija y este efecto me hizo aumentar la secreción. El estómago al recibir la información se preparó para su textura.

Resultó demasiado grande para devorarla de golpe por lo que comencé a masticarla con precisión. Su cabeza fue lo primero que trituré y reventó cual camarón en su cascarón. Al triturarla, mi paladar se impregnó de un sabor que no llegaba a ser amargo, y al tragar una porción de la misma, me saboreé los labios extasiándome con mi salvadora cena. Luego su cuerpo fue aplastado como habichuela tierna que pierde su envoltura y su cola jugó dentro de mi boca cual sedoso espaguetis; tras éste, devoré el resto. Una rara impresión de sabores quedó en mi garganta y tubo digestivo. El último bocado fue de saliva y restos del lagarto que formando una pasta, me dieron la sensación de una excelente salsa afrodisíaca que llenó de vitalidad mi cuerpo.

–¡Que delicia! –vociferaron mis neuronas, y a pesar del desespero, sentí un gran alivio en todo mi ser.

Comprendí que el hambre era capaz de llevarte a imaginar las más inverosímiles fantasías. Miré las gruesas uñas de mis pies y sonreí; no había comparación. Este manjar resultó exquisito, como de alta cocina.

Cogí el pomo de agua y probé varios sorbos. Me pasé la mano por la boca, y frotándome el vientre, satisfecho como un rey, eructé.

–Qué sabrosa estaba la lagartija –pensé y a la sazón volví a pensar–. Puede que exista otra escondida en "La Esperanza".

–¡La suerte es loca! –gritaron mis neuronas ante el recuerdo de una de las más arcaicas frases de mi bisabuela Josefa. Al instante emprendí una búsqueda minuciosa y muy estricta de cada rinconcito, la cual resultó infructuosa y me hizo comprender que no hallaría otra como ella.

–La suerte es loca pero no a todo el mundo le toca –remató tal un cuño en mi mente otra añeja pero muy usada frase de mi bisabuela Josefa.

Aquel día gris pasó fotocopiando sus propias horas de forma remolona, y cansado de su triste y perenne color, entre un bostezo olvidado y otro sin sabor, el escurridizo sueño nadó hasta mí y envolviéndome en su sonsera no me dejó ver llegar la noche ni supe lo que sucedió.

Cuando desperté, me vi cubierto por una espesa neblina que no me permitía ver más allá del borde de la balsa. El mar estaba tan quieto que me dio la impresión de estar viajando entre las nubes. Por un momento pensé que aquello no era más que la continuación del reino de Morfeo. Todo era de un blanco angelical, de una quietud y una paz de ensueños, y de estos prácticamente acababa de salir. Más ahora no soñaba, esta niebla era tan real que la palpaba, la respiraba, la probaba; realmente esto no me gustaba nadita de nada. No se veía ni el sol, y aunque ésto tampoco me agradaba, me hizo sentir alivio ante la ausencia de esa poderosa energía que en medio del mar amenazaba mi vida. El opaco resplandor interno de aquella neblinosa masa, resultaba inalterable en toda su extensión. Moví lentamente las manos como jugando a separar la espesa y refrescante niebla. Inhalé profundo y su humedad invadió mis pulmones. Froté mis labios con la lengua y tragué en seco.

Quedé a la expectativa dentro del fabuloso hechizo de esta colosal nube que reposaba su calma sobre el océano. La quietud de esta atmósfera celestial hacía aparentar que la balsa estaba fija en un punto de la misma, más yo tenía un extraño presentimiento de que "La Esperanza" se movía. ¡Se movía!, ¿pero hacia dónde?, y no era esta la incógnita que me preocupaba, sino, ¿quién la movía? Emilio Andrés estaba bien tieso y trabado en la cámara, además, él no se pondría a hacerme esta mierda. ¡Coño!, es del carajo estar entre estos celajes y con un muerto atrás. Pensé en dar voces pidiendo auxilio, pero desistí debido a un friolento vacío que se apoderó de mi alma invitándome a quedarme calladito, muy calladito, pues no sabía qué era lo que en realidad el destino me deparaba dentro de esta quietud. Agudicé mi vista ante esta paz que podía albergar lo inimaginable y dándome ánimos me dije:

–¡Cojones! ¡Los hombres no creemos en fantasmas! –justo al final de la frase, un ruido bestial estalló a mis espaldas.

–¡Pa'l carajo! ¿Qué fue eso? –mis palabras se atoraron junto con el corazón en mi boca, y al volverme aún pude ver sobre el agua la onda llena de espuma que chocaba contra la balsa.

–¡Coooñooo...! aquí uno no gana para sustos –exclamé al momento en que infructuosamente buscaba con que hacerle nuevamente frente a lo que se me avecinaba.

Ante el enigma que imponía la siniestra niebla y el voraz desespero de estos hijos de putas por desayunarme; me agazapé lo más que pude. Mi pecho palpitaba, y yo ni tan siquiera tenía las botas. Realmente las extrañaba, pues con ellas al menos podría darles de patadas a cualquier bestia que intentara subirse a mi balsa. Sé que cualquiera pensaría que esto es una locura, pero es que ya yo estaba al borde de ella y tenía que sobreponérmele. Era el momento de hacer acopio de toda mi ecuanimidad, o me controlaba, o me iba a enfermar de los nervios y se me caerían los pocos pelos que me quedaban en la cabeza. Me mantuve quieto y en silencio, observando en espera de cualquier cosa. Sentía como los minutos se estiraban presagiando lo peor, y como en lo peor yo no quería ni pensar, me mantuve agazapado en el centro de "La Esperanza" como única opción.

El tiempo corría y la persistente niebla espesa como una nube de verano, se aferraba cual ventosa a la superficie del mar. Ahora podía ver perfectamente casi en lo alto, como a través de la densa neblina el sol brillaba igual que un peso de plata. El momento me resultó una maravilla y a pesar de que estaba más muerto que vivo, una vez más reconocí la armonía de nuestro genuino planeta. Me sonreí y pacientemente esperé a que los rayos victoriosos del sol, como un láser, cortaran la débil capa de nubes que me cubría.

El cielo mostró su bello e inconfundible azul junto con la refrescante brisa que veraneaba de un oceánico clima tropical. ¿Para qué ponerme en pie y mirar? Si ni tan siquiera en el cielo una gaviota había. ¿Para qué desgastar mis contadas energías en buscar lo que no encontraba?

–¿Para qué? –me repetí esta vez mirando las inalcanzables uñas. Un espíritu de derrotismo se había apoderado de mí y ahora sólo pensaba en morir, morir, morir... Cual tañer de un olvidado campanario rebotaron mis propias palabras; más el día prometía ser bello para morirme.

–Al menos algo lindo habrá en mi vida –pensé.

–¡Bah...! –Qué forma más podrida de gastar mis pensamientos, realmente no tenía ni había nada que hacer, solo resignarme a esperar y me dije:

–¡Desayúnate el pomo de agua y sigue durmiendo! Total, en Cuba ese resulta el desayuno de muchos que incluso van a trabajar. ¿Así qué...? De sopa de gallo, a sopa de rayo, el hambre no iba a cambiar.

Bebí un poco de agua cual añorada leche fresca, y sin tan siquiera moverme alivié mi ardiente vejiga. Mi vida carecía de sentido y me daba igual que me partiera un tren, pues la incertidumbre cual pelo de estatua continuaba aferrada a "La Esperanza". Y sin impaciencia, esta homérica balsa seguía el camino que llevaba el viento.

La brisa traía una frescura sin igual, e inhalando muy hondo, atrapé todo el elixir de libertad que en aquel lugar hallaba, y a pesar de toda mi tragedia, me sentí feliz. El tiempo tendía las horas entre nube y nube; no quedaba ya nada por hacer. Acomodado a mis anchas, al igual que un bañista disfruta sobre un salvavidas que flota en la playa, se evaporaba un día donde me dispuse a esperar lo peor. No quise ni nombrarla, pues si el hambre me traía el final de mi existencia, como buen cubano la esperaría de cara al sol, y fue éste el que hizo poner en alerta todas mis neuronas y sacar energías que pensé perdidas.

Resultaba insólito que algo tantas veces esperado y añorado, tal una leve sombra había cruzado ante mi perdida mirada. Al estar frente a mis ojos, me dejaba atónito con la boca abierta y la baba desbordándoseme de ella. Ahora estaba justo delante de mi vista que se recreaba en la suavidad de su agradable y elegante planear.

Mi estómago se retorció de dolor y la acidez quemó mi garganta. El hambre es cruel y mala consejera, pero mi inteligencia que había sufrido un resbalón, no se perdería el chance de probar un buen bocado. Tenía la posibilidad de un manjar real, alimento sólido, de un vital nutriente que alargaría mis horas, tal vez mis días y, ¿por qué no?, tal vez ese crudo bocado alado fuese la prolongación de mi vida y por ende mi salvación.

Señora de sus predios volaba y planeaba, atractiva y hermosa pero inalcanzable; palabra ésta que comprimió mi inteligencia, mi paciencia y mi creatividad, hasta que me afirmé:

—Inalcanzable sólo para el hombre que no sabe enfrentarse a su destino.

Ella no estaba allí por cosas del destino ni por obra de la casualidad. Estaba allí como un reto, como una estrella a alcanzar; por eso me haría más grande. Mi nueva meta era alcanzarla, para lo cual necesitaba paciencia y la ayuda de Dios que siempre nos dice: "…Pídeme que yo te daré pues sé de lo que tienes necesidad antes de que salga de tu boca".

—¡La necesito mi Dios, la necesito! —en un susurro le pedí.

Sin quitarle la vista de encima, disfrutando de la libertad de su hermoso vuelo, con ansias locas la apetecí. Tragué en seco, me acurruqué en "La Esperanza", y tapándome con la lona dejé sólo una abertura por donde ver el cielo, y tal un felino en acecho con mi mente calculé su vuelo.

Pasaron incontables minutos en los cuales mi psiquis quiso traicionarme haciéndome ver que un ave de hábitos alimentarios sanos, jamás se acercaría a un fétido cadáver que hacía la función de un macabro espantapájaros alejando toda esperanza de "La Esperanza".

—Pósate sobre mí —telepáticamente le ordenaba.

—Reposa tu digestión, reposa tu largo vuelo —decía en el más tenue susurro, y apoyado en mí paciencia continué:

—Atrévete y sé curiosa para que conozcas que...

Tan concentrado estaba que por poco rompo mi inmovilidad al sentir unas leves pisaditas sobre la lona que tapaba mi cuerpo. Una sensación única recorrió mi ser cual si me hubiesen transfundido toda la sangre por otra; me sentí renacer. Mis virtuosos ojos revisaron el interior de mi cerebro que magistralmente registraba el latir de cada pisadita del ave, calculaba su peso y dimensiones. De repente se detuvo y junto con ella mi corazón. Entonces con todo mi pensamiento comencé a empujarla hacia la abertura de mi escondite. El tiempo presagiaba aplastar el instante, cuando saltó y sus negruzcas patas aparecieron allí sobre el borde de "La Esperanza", justo al alcance de mi mano.

Sabiéndome que no podía fallar, fulminantemente tiré un certero manotazo agarrándola por una de sus patas. Desesperada en el intento por escapar, emitió un agudo chillido que hirió mis oídos, pero era demasiado tarde; la había metido a mi guarida.

—La curiosidad mató al gato y a la gaviota también —sentencie henchido de placer y con malévola sonrisa y a dientes cerrados, exclamé:

—¡Ya eres mía! ¡Míaaa...!

Un reír macabro se apoderó de mí ser, mientras mi presa no cesaba de chillar. La extremidad libre y el pico, habían desgarraron la deteriorada epidermis de mi mano derecha. En su desesperado aletear, sus enormes alas perdían plumas que arañaban mi cara. Tuve que estirar los brazos y engurruñar los ojos por unos instantes evitando que el frenético revolotear me lastimara el rostro. Tal una centella, con la otra mano casi al tacto, la atrapé por el cuello y le di un apretón enorme. Sentí traquear algunos de sus huesos. Al instante retorcí fuertemente su flácido pescuezo, y sin soltarla, vi cómo pataleaba y aleteaba cual pollo criollo sacrificado para una cena.

Me destapé por completo y la brisa besó mi triunfo con una fresca caricia que galardonaba la intrepidez y la superioridad del hombre dentro de la naturaleza.

Gotas de sangre espesa y brillosa, rodaron por mi muñeca debido a arañazos de las afiladas garras del ave. Una de estas heridas dentro de la palma de mi mano izquierda se hizo sentir con un ardor cruel. No fue más el daño, gracias al vendaje que tenía puesto. Lamenté haber sufrido estos desgarrones pero así era la batalla.

—Todo en la vida tiene un precio —dictó mi pensamiento, develándome también que cuando en el desespero de una batalla se logra una victoria, está lleva implícita un sabor muy especial.

Sin permitir que se le enfriara el cuerpo comencé a desplumarla por la cola. Sus plumas blancas de apéndices oscuros, avivadas por el viento, caían desordenadamente dentro y fuera de la balsa. Continué la operación por las alas y muslos, después el cuerpo, hasta llegar a la cabeza. Grandes gotas de sangre brotaban por los orificios provocados en la suave piel convirtiendo al ave entre mis manos en una masa blanca y ensangrentada que aún conservaba su calor. Su cabeza oscilaba cual resorte dislocado, mientras que tirando por cada pata trataba de partirla en dos. Fue tal mi frustración al comprender que no podía separar en dos partes el cuerpo, que lleno de saña me llevé a la boca el cuello de la gaviota lo mordí fuertemente y halé todo lo que pude con mis dos manos: en una la cabeza y en la otra el cuerpo. Su piel resultó demasiado flexible para mis dientes frontales. Entonces, trabándola entre mis colmillos y molares, y ejerciendo una descomunal presión con mis mandíbulas, le hice crujir las vértebras. Una y otra vez halaba con frenesí, mientras a manera de serrucho mi dentadura fue trozando y desgarrando la piel, logrando al fin separar la cabeza; la que con un corto gesto de la mano lancé fuera de la balsa.

Carraspeé mi lengua y garganta hasta que algunas pequeñas pelusas rezagadas se desprendieron del interior de mi laringe. Tuve varias arqueadas, pensé que vomitaría hasta un riñón y que me viraría al revés, pero pasado el sofocón, restregué mi boca sobre la manga de mi deteriorada camisa. Mis labios, inflamados y cuarteados por la resequedad, ardieron cuales brazas de un extinto fuego. Haciendo caso omiso a esta lesión, con mucha dulzura me pasé la lengua ensalivada sobre mis ardorosos labios, calmando así su latir.

La sangre de la gaviota, aún caliente, brotaba a borbotones y se derramaba sobre mis ripiadas ropas. Mi cuerpo jadeaba desesperado por comenzar, y apretándola con el cuello hacia abajo, terminé por desangrarla. La espesa sangre de un rojo muy oscuro hacia coágulos que flotaban en el fondo de la balsa anegada en agua, y cuando ya solamente goteaba, con rapidez enjuagué los restos del ave en el mar quedando su cuerpo limpio, flácido y apetitoso.

Sostuve entre mis manos el alimento, lo elevé sobre mi cabeza y pidiéndole a Dios que me hiciera buena digestión, le di las gracias. Contemplé con regocijo mi manjar, y decidido a no esperar más comencé el festín.

Introduje mis pulgares por la abertura del pescuezo y tiré fuertemente, al tiempo que trozaba con mis dientes la piel del ave, logrando que por un jirón de su borde la carne se desgarrara. Usando los dedos y esta vez haciendo presión hacia adentro, logré descoyuntar y partir algunos huesos de la pechuga. Entre los dientes y las manos ripié un pedazo de la elástica piel, y de la masa muscular obtuve una buena pieza de carne fresca que sin dilación paró en mi boca.

Al masticarla y saborearla, me resultó exquisita, y a pesar del rancio sabor a pescado crudo y mariscos que ella poseía, comprendí que la hartura sería sin rival. El hambre no repara en nada, y a pesar de estar cruda la primera gaviota que me comía, resultaba una delicia.

—Espero que sea la última —pensé deseando que así mismo fuese, mientras que sentía hincharse mi vientre a cada pedazo de ella. Y no me tilden de mal agradecido ante este salvador alimento que me llenaba de energías, pero es que comerse una gaviota cruda es del carajo.

Al retirar y botar las vísceras, tuve que volver a enjuagar lo que quedaba del cuerpo, y también un pescado que el ave había devorado y que resultó casi del tamaño de la palma de mi mano. Mastiqué los huesos sólo por darme el placer de sentir la férrea solidez de mis dientes. No satisfecha mi hambruna, utilicé un hueso esquilado de la gaviota y escamé el pescadito; este, aún más salado que la carne del ave me hizo consumir toda el agua, quedando aún sediento.

Miré el pomo completamente vacío sin más expresión de que: no la pude contener. Al mismo tiempo conocedor de lo que se me avecinaba y echando de menos al destino, con algunas espinas y la añoranza de aquellos desaparecidos palitos de diente, llevé a cabo cierta limpieza a mi inseparable y útil dentadura. Había finalizado mi hartura, cuando un eructo inigualable me hizo seguir sintiéndome el Rey. Sonreí, y mi alma al igual que la cotorra Casilda vociferó:

—¡Barriga llena, corazón contento!

En este feliz estado de ánimo decidí achicar una vez más la balsa, y alegremente enfrascado en botar los desperdicios estaba cuando me percaté de la desarrolladísima aleta dorsal que justamente se sumergía a un costado de "La Esperanza".

Un temblor incontrolable en las piernas se me hizo presente. Sentí paralizarse toda mi digestión y eructé agua salada impregnada en ostras. Mis ojos no daban crédito a lo que veían, varias aletas de tiburones con gran certeza y hegemonía prácticamente rozaban la balsa, al extremo de que si hubiese tenido valor las hubiese tocado con mis propias manos, las que ahora tenía entre mis piernas pero no por mucho tiempo. Esta vez había decidido vender cara mi vida.

Haciendo un gesto de lamento con la cabeza, tristemente recordé mis botas. Pero reanimándome bruscamente, erguí mi cabeza con nuevos bríos y de prisa zafé y aferré uno de los victoriosos remos. Alcé la paleta lo más que pude y cazándoles la pelea al grito de:

–¡Toma, singa'o! –se la dejé caer con enorme violencia sobre la aleta dorsal del que se aproximaba, y junto con el estremecimiento de mi cuerpo fui a dar de bruces al fondo de la balsa. Acto seguido me incorporé y mejor posicionado, hincando mis rodillas al fondo de "La Esperanza", a puro grito les cuestioné:

–¿Piensan comerme? !Eh, eh…! ¿Creen que voy a ser un bocadito fácil? ¡Pues se equivocan! ¡Yo voy a ser su salación! ¡Les juro, cojones, que les daré una mordida!

Mi retórica me insufló un nuevo brío y lleno de valor, nuevamente poniéndome en guardia rugí como un león y apaleé con mayor fuerza y precisión a otra bestia.

–¡Coge cara de cherna! ¡Para que aprendas a respetarme! –grité pleno de júbilo, y empuñando el indoblegable remo, me prepare a continuar la pelea. Pero cual no fue mi asombro al ver al más extraordinario, corpulento y ágil escualo del océano, saltar plenamente varios metros fuera del temible abismo oceánico y tras mostrarme sus sanguinarios y mortales dientes, me clavó fríamente su terrorífica mirada. Al caer esta descomunal bestia ante mis ojos con similar sonido al escuchado aquella primeriza noche, mi alma llena de pavor gritó:

–¡P'al carajo!

Este animal, capaz de tragarse hasta una res de un mordisco, me había robado todo mi aliento y valor. Mi recién comenzada digestión sufrió un espasmo que me heló hasta la coronilla. Si aquella noche me cagué, estaba justificado.

–¿Qué coño es esto que había visto? ¡Reacciona calvo! ¡Reacciona coño que te tragan de un bocado! –Estás últimas y desesperadas frases fueron vociferadas llenas de espanto por mi subconsciente que, arropado en mi instinto de conservación, me alertaba sobre un terrible final a mi existencia.

Miré al cielo lleno de espanto y sin reclamos, pues esta batalla yo mismo la había pactado. Más pálido que la desencajada adversidad y a sabiendas de que mi pellejo no valía nada ante semejante alma viviente, me pegué un prolongado grito a mí mismo:

–¡Aaahhh…!

Tras este grito, repetí el mismo con más furia que antes, logrando esta vez expulsar todo el espanto que me poseía.

Ahora había vuelto a mí, mi alma y mi ser, y de nuevo, lleno de valor y decidido, me atrincheré mejor que nunca para enfrentar lo inesperado. Ni pensar en huir. ¿A dónde?, me alertó mi propio yo, y sin más opción que la que mi propio destino me imponía, presto a otro encuentro, quedé con mi temible arma suspendida en alto cazándole de nuevo la pelea como buen macho que soy. Gracias a Dios no tuve que revalidar la hazaña, pues no se acercaron más, y luego de un buen tiempo merodeando en los alrededores, no volvieron a aparecer. ¡Pa'su madre!, con este tipo de bestias yo no quería tener ni el menor de los tiquitiquis.

En asecho quedé toda la tarde, la cual se presentó con la típica pesadez de su monótona costumbre, y ya al borde de su ocaso.

–¡Coño que suerte la mía, un avión! –exclamé lleno de alegría y mi cuerpo palpitó como nunca antes.

Rápidamente me puse de pie y comencé a hacerle señales con los dos brazos y di algunos brincos tratando de llamar aún más la atención de aquella nave que a mi parecer se aproximaba, pero qué coño, iba tan alta y tan lejos que comencé a comprender la imposibilidad de que alguien pudiese divisarme. Allá en la lejanía, el avión de pasajeros se veía del tamaño de un gran lápiz de color gris. Yo no podía distinguir ni siquiera las ventanas, ni mucho menos escuchar su ruido, ni podía ni siquiera distinguir un color, solo el gris fúnebre que nunca había tomado en cuenta. Ciertamente iba bien lejos como para no notar a esta alma en pena que desesperada viajaba defraudada en la inmensidad del océano.

Tenía ciertamente que reconocer que lo que estaba viendo a lo lejos no era del tamaño de un lápiz, más bien de un mocho de lápiz, un mochito de lápiz. ¡Pero qué coño! Si lo que tenía eran unas ganas tremendas de que me encontraran; era ¡del carajo! verse como me veía ahora yo. Cuando uno está en las condiciones en que me encontraba, de seguro que da por sentado que el mundo se le viene abajo, y cuando se ve un ápice de salvación, uno se agarra hasta de un clavo encendido con tal de hacer realidad lo imposible. Pero aquel avión estaba muy lejos, y muy lejos también estaba que alguien estuviese mirando por sus escotillas y pudiese por azar divisarme en tan basta inmensidad oceánica, todo el infortunio de la cabrona suerte nuevamente conspiraba contra mí.

Mi pecho palpitaba ansioso por un rescate, un milagroso e imposible rescate que ya se iba esfumando en la distancia. Sentí como la tristeza fuertemente apretaba toda mi alma, y clavándole la vista a aquella nave alada en la cual desee estar por un momento, cerré los ojos; era el momento que jamás había tenido en mi vida. Imaginé lo feliz que me hubiese sentido de ser uno de aquellos afortunados pasajeros, no todos teníamos el mismo lugar ni la misma suerte en esta vida; cuan fácil es el viajar para algunos y cuan imposible para muchísimos cubanos.

Tras decenas de segundos de intensa nostalgia, vi desaparecer en la infinidad aquella nave del futuro que yo añoraba. Miré a la redonda sabiendo que ya no hallaría a otra. Mire al cadáver en proceso de descomposición y sabiéndome con ningún valor para tocarlo, desahuciado como nunca antes, me volví a acomodar en mi único sitial. Luego miré a esta gigantesca mar en calma y su mansedumbre me inspiró respeto y temor, bajé humildemente la cabeza; me sentía vencido.

En la más profunda desesperanza, aquel instante pasó dejando la tarde en una calma donde la pesadez del aburrimiento alisaba la superficie de la inmensidad oceánica. Casi me babeaba de la sonsera cuando un ligerito golpear en el fondo de la balsa activó todo mi sistema nervioso y por ende defensivo. ¿Qué coño era esto que ahora estaba sucediendo? ¿Quién estaba trasteando por debajo a "La Esperanza"?

Más tieso que un palitroque acabado de hornear, extrañando como siempre mis arcaicas botas cañeras, con sumo cuidado tanteé con la planta de mis pies el fondo de la balsa, pero realmente lo hacía sobre las tablas, no me atrevía a hacerlo en algún lado que no estuviese protegido. Y protección era lo que más yo deseaba y necesitaba en este crucial momento frente a lo desconocido, pues de que algo estaba empujando a "La Esperanza" no me cabía ni la menor duda. ¿Hacia dónde me movía?, no sé, ¿qué sé yo? Pero bien sabía yo que era algo no humano ni del más allá, era algo anfibio, algo como un tiburón, uno de esos que salta y te agarran en el aire.

Sin exagerar, ante la tensión y el miedo desatado en mí ser, no sé qué les diga. ¿Qué iba a saber? Si ni tan siquiera tenía el valor de mirar fuera de la balsa, digo, más abajo de los bordes de la balsa, pues mirando aquella quieta y oscura superficie oceánica que cualquier cosa terrible oculta, ¡qué iba yo a sacar la cabeza! Por lo menos a mí con la experiencia ya vivida ni se me ocurría hablar. Me aterraba el tan siquiera levantarme e indagar que era realmente lo que le estaba dando por debajo unos golpes nada suaves a mi gallarda embarcación empujándola en una dirección desconocida. Y digo desconocida en el mayor sentido de la palabra, pues cualquier dirección en la que se moviese mi balsa para mi resultaba un enigma; pero estos golpes de ahora eran un misterio que me aterraba.

Este empujar callado y siniestro, arrastraba a "La Esperanza" hacia lo incógnito. Aunque por mucho que el extraño ser empujara la balsa, para mí aquel lugar me resultaba el mismo lugar. Yo miraba hacia todos los lados y al mismo tiempo me preguntaba: ¿Qué es lo que está empujando la balsa? ¿Para dónde coño me piensa llevar? ¿Será un tiburón martillo? O tal vez un pulpo. ¿Y por qué no? Tal vez fuese el gigantesco pulpo que la Flaca vio en sus sueños. Hay gente que sueña con cosas que después suceden en la vida real. ¿No sería este mi caso? ¡Pa'l carajo! ¡Qué clase de suerte más puñetera la mía! No se rían coño, no serían, que dicen los que saben que estos calamares aparecen de repente y en un dos por tres te agarran con uno de sus enormes tentáculos y no te salva ni la madre que te parió. Les juro que ni respirar quería y sentía el latir desesperado de mi fiel corazón clamando sus ansias de vivir.

–¡Coño! sino me ha dado un infarto es porque debo tener el colesterol muy bajo –dije para mis adentros.

–¡Ay mi madre!, yo no salgo de una para entrar en otra –pensé, cuando ya decidido empuñé mi valeroso y aguerrido remo y empecé a observar con mucha precaución que misterioso animal de las profundidades oceánicas era el que se atrevía a semejante acción.

Les juro que desde el ángulo en que miraba no se veía nada. ¿Qué coño era aquello? Por más que me esforzaba por ver debajo de la balsa no veía nada. Únicamente metiendo la cabeza debajo del agua y mirando el fondo, sabría qué cosa realmente era. Pero no iba a sacar la cabeza más de lo que ya había hecho, pues nada ni nadie me iba a cepillar el güiro así como así.

–¿Estaré trabado en el periscopio de algún submarino? –pensé de repente, y mi rostro se iluminó con la idea de la salvación.

–¡Baaah…! No comas tanta mierda que eso solo ocurre en las películas –me dije regañonamente y conocedor que si no ponía de mi parte y me enfrentaba al intruso, jamás terminaría con aquella pesadilla.

Fue entonces cuando mi indoblegable espíritu arropándose de su propia hombría, permitió que apretando fuertemente los dientes y paralizada la respiración, me arrodillase lo mejor que pude en el centro de la balsa y trabando mis pies desnudos entre las cuerdas lograra sumergir el remo buscando tropezarlo con el culpable de tanta incertidumbre, y tras dos certeros y contundentes golpes, conseguí que la incógnita bestia renunciara a su posición.

El corazón me palpitaba de valor cuando frente a mí, completamente a flor de agua, vi el majestuoso y cadencioso aletear de una enorme tortuga o carey. ¡Qué coño! para mí resultaban iguales pues yo de mar no sabía ni hostia; solo sé que el animal resultaba tan grande como la propia "Esperanza".

–¡Denme una palanca y moveré al mundo! –grité con intenso placer, alzando orgulloso el osado remo.

Mi alegría me invadía llenándome de nuevos ánimos. La vi tomar aire varias veces y luego desaparecer en aquel abismo lleno de seres inimaginables, aún para los más osados aventureros de la mar. Vaya susto que me ha hecho pasar ese carapacho centenario portador de tan exquisita carne que tanta falta me hacía, fue todo cuanto mi mente sentenció, tras lo cual me volví a reclinar en mi sitio.

La tarde llena de un aroma de sal e indiferente como tantas veces en esta inmensidad oceánica se retiraba cediendo su espacio a un cielo nocturnal impecable, donde la gigantesca luna de color naranja que según la leyenda del lejano oriente siempre va acompañada de un enorme dragón alado, emergió llena de hechicero encanto y exorbitante belleza. Segundos después, frotándose con un pañuelo de nubes que por momentos parecía servirle de bufanda, deslumbró con su coquetería nocturnal. Ella, redonda como ninguna bailarina, semejó dar un giro y se deshizo de las pocas prendas que vestía, y así, posando desnuda ante la noche, me mostró los aretes que tiene guardados en el fondo del mar. El infinito de indescriptible belleza la acompañó con su exquisito joyero de estrellas.

Con la típica mudez conocida sólo en el abismo de la soledad, el agudo e hipnotizante silencio penetró mi alma y eclipsó mi pensar. Aún no recuerdo nada de esa larga noche, no sé lo que pude soñar. Dormía profundamente y al escuchar una voz que me hablaba como por teléfono, volví a la realidad.

–¡Oye…! ¿Me escuchas? –repetía con preocupación.

Abrí los ojos y no di crédito a lo que veía. La alegría había desplegado sus coloridas banderitas para recibirme. Sonreí, la suerte me tendía la mano. No podía negar el éxito de mi viaje.

–¡Gracias Dios mío, gracias! ¡Qué linda es la vida! –le comuniqué con mi pensamiento.

La luz del sol comenzaba a besar el paisaje. Un hombre de semblante agradable y triunfador, me saludaba indicando sin temor a equivocarme el fin de la travesía. Él, completamente vestido de mezclilla y con un auténtico chaleco salvavidas color naranja fosforescente fijado a su robusto pecho, no dejaba espacio para otra conclusión. La dicha de ser rescatado me cegó. Me esforcé para incorporarme pero mi cuerpo volvía ser víctima de la parálisis.

–Tengo las piernas entumecidas y no puedo pararme –dije lleno de ánimos y agregué:

–Pero no te preocupes que ellas van a echar a andar de nuevo.

Asegurándose en su posición, me abrazó fuertemente por debajo de los brazos elevándome hasta dejarme sentado. A pesar del dolor que la rigidez me provocaba, era el hombre más feliz que hubiese sobre una balsa. Pero al mirar en derredor comprobé que sólo el azul del mar, el cielo y algunas nubes que pasaban como forma de justificar el paisaje era todo cuanto había. Perplejo ante la incógnita de aquella aparición y pensando en una alucinación, desesperado le pregunté:

–¿Y tu gente?

–¿Qué gente? –cuestionó él, arreglándose su vistoso cabello y acomodándose sus gafas oscuras en lo alto de su frente, acto seguido se taponeó la nariz y echándole un vistazo de reojo al difunto, quedó a la espera de una reacción mía.

No le respondí, estaba atónito con la aparición de este hombre. Corrieron los segundos, y más lúcido comencé a detallar aún más su vestimenta: *jean*, tenis, gafas, reloj de pulsera metálica en la muñeca izquierda y una robusta sortija con una reluciente esmeralda que coronaba la joya; no cabía la menor duda, él parecía caído del cielo. Este nuevo misterio me puso en alerta contra su persona. Decenas de preguntas, conjeturas y especulaciones, se atropellaron en mi mente sin encontrar la lógica de aquella aparición que sólo podía ser producto de mi deteriorado estado anímico, físico y psíquico.

–Estoy muy mal –pensé–. Debo de salir de dudas si es real o una alucinación. ¡Oh... mi Dios, no permitas que me vuelva loco! –grité para mis adentros. Después de permanecer un tiempo inmóvil y mirándonos a los ojos, le pregunté:

–¿Quién eres tú?

Él se sonrió.

–¿Cómo llegaste aquí? –le cuestioné de golpe–. No me vengas a decir que eres un ángel, porque no tienes ni alas ni ropas blancas. ¿Dónde está tú barco o tú balsa?

Mis preguntas y la intensidad de mi mirada resultaban tan inquisitivas como mis palabras e inmutablemente él me observaba.

Tras amoldarse nuevamente su pelo con las gafas y los dedos, sereno y cauteloso, analizándome con su fresca mirada, comprendió mi asombro y mi lucidez. Este nuevo personaje aún con los dedos taponeándole la nariz, me respondió:

–Ni balsa ni barco y aunque no tengo nada que ver con una aparición angelical, casualmente me llamo Ángel Pablo. No ha sido fácil lo que he pasado, por poco ni hago el cuento.

–¡Entonces eres un náufrago! –razoné, lleno de asombro con la gran casualidad ingeniosa artesana a la hora de complicar las cosas.

Intuitivamente continué detallando con mayor rigor toda su entidad. Comprendí que su ropa no era un uniforme. El azul intenso de la tela se debía a estar enchumbada, y sus cabellos negros aún chorreaban su prolongada inmersión. En mi mente, un análisis de posibilidades y deducciones acerca de su presencia germinaban en un dos por tres. ¿Cómo coño llegó éste aquí? ¿Nadando, flotando, esquiando, pasaron y lo dejaron; o se tiró de aquel avión que vi volando, o cayó en paracaídas? Cualquier cosa era posible, ¡que nadie lo dude! ¡Nosotros los cubanos somos del carajo! Así y todo implicaba un enigma, y por mucho que me exprimiera el cerebro no me lo podía explicar.

Frotándose nuevamente la nariz, con sumo cuidado se acomodó frente a mí y acariciando la grácil banderita cubana, sin preámbulos me preguntó:

—¿Cuántos días tú llevas en esta balsa?

Se precipitaron en mi mente las horas vividas desde que me lancé a esta tragedia que prometía no tener para cuando acabar y lleno de nostalgia sin poderme contener, di rienda suelta a las memorias.

—No sé —dije y continué:

—Creo que cinco o seis días, ya no puedo precisar el tiempo que llevo en el mar. Sólo sé que fue la noche de un martes cuando decidí buscar la libertad y lo que he encontrado es tragedia, a mi propio ser y a Dios.

Concebí un gesto de alabanza para el Altísimo y continué masajeando mis músculos.

—¿Y él? —inquirió señalando al occiso con un movimiento de su rostro y de los ojos. El dedo índice y el pulgar de su mano derecha continuaban taponando su nariz.

—Lo conocí en alta mar —dije con pesadez en la voz. Lleno de dudas, sin quitarse la mano de la cara, me interrogó:

—¿También llegó flotando?

Develar el misterio de su aparición, me hizo sonreír como un tonto y dando rienda suelta a mí jocosidad, le respondí:

—Apareció así, por arte de magia.

El encogió los hombros y movió la cabeza en gesto de elemental lógica. Retiró las gafas y se acomodó el cabello, colocando suavemente los espejuelos oscuros a modo de cintillo, y luego de frotarse nuevamente la nariz, un poco molesto dijo:

—Me refiero a cómo se encontraron.

—De igual forma, sólo que al revés —dije con voz queda.

—¿Cómo qué al revés? ¡Explícamelo! —exigió ardiendo en curiosidad.

—Cuando yo dormía —dije pausadamente—, llegaste tú y me creí salvado, a ellos le sucedió igual.

Sonreí tristemente.

—¿Ellos? —preguntó lleno de asombro. Miró el cadáver con repugnancia y tras reacomodarse en su posición, se arregló nuevamente el pelo con las gafas.

—Sí, ellos —alegué y proseguí: —Después que sufrieron un mal tiempo y pasar varios días a la deriva, llegaron en su balsa. El que falta se volvió loco y se tiró al mar; realmente se suicidó.

Realicé una pausa y aproveché para escudriñar su muda expresión. Entonces proseguí:

—Fue desguazado por los tiburones. De sólo recordarlo me dan espasmos y se me eriza la piel.

Dejé de frotarme las piernas, y señalando al muerto le informé:

—El amaneció muerto hace un día y pico, tal vez dos.

—¡Dos días! —exclamó, y su rostro sufrió una transformación cercana a la de contener un vómito y frotándose la punta de su nariz, disertó:

—Por la descomposición del cuerpo y la fetidez del mismo, parece tener más de dos días.

—Quizás más, ya él estaba pudriéndose en vida —le respondí y agregué:

—No sé nada del tiempo, para mí es como si no existiera. Aquí no hay diferencia entre un segundo, un minuto o una hora. Aquí ocurren o no ocurren las cosas; estás vivo o estás muerto.

—Entonces está muerto desde el viernes porque hoy es lunes —afirmó, encogiendo todos los músculos de la cara y tapándose la nariz con sus dedos.

—Si tú lo dices —expresé sin ánimos.

—¿No sientes la peste? —cuestionó con rigor.

—No, siempre trato de estar de frente a la brisa —le respondí.

—No pensarás dejarlo ahí todo el viaje —inquirió.

—No sé, me da igual —respondí clavándole la vista a su firme mirar que no se apartaba de mí.

Aproveché esta demostración hegemónica de mi valiente mirada para recoger un poco de agua de mar y verterla en mi rostro y parte del pecho, humedeciendo así mis ropas ante el sofocante día que prometía evaporar el mar.

—¡No hagas eso! —me alertó y agregó:

—Te estás desbaratando la cara.

—Me refresca –afirmé concluyendo la acción.

El quedó meditativo, parecía hacer cálculos como valorando la situación, hasta que muy seguro de su determinación, retirándose las manos de la cara, expresó:

—¡Compadre, oiga lo que le voy a decir!

Comprendí que grandes cambios se avecinaban. Dirigí mí vista hacia él para observarlo mejor y en sus ojos oscuros vi el destello emprendedor y el aire del decidido a ganar el futuro.

—Hay que botar el cadáver de la balsa, está descompuesto –dijo él–, no hay quien aguante esta fetidez.

Realizó una pausa en la que se taponeó nuevamente la nariz, y esperando mi aseveración, agudizó la expresión de su mirada. Me hice el de oídos sordos y por un momento me encerré en mi propia tragedia.

—Debías haberlo echado al mar –dijo y sentenció:

—Su viaje concluyó y todo lo contrario sucede con nosotros que aún estamos aquí y vamos a echar p'alante.

Sin mediar otra palabra se levantó colocándose en posición para acometer lo dicho. Ya era inminente su acción, cuando muy molesto le grité:

—¡Detente…! Eso puede atraer a los tiburones. Tú no sabes de lo que son capaces.

—Si alguien en el mundo no quiere saber nada de los tiburones, ese soy yo, así que por favor ni los nombres –afirmó como si fuese a golpearme con las palabras y luego de pasarse la mano por el cabello, más calmado explicó:

—Los peces no comen carne podrida, el mar es muy limpio; ellos están adaptados a esa pulcritud. No te preocupes; por él no va a venir nadie.

—¡Espera! –le ordené y expresé:

—Primero vamos a encomendar su alma a Dios. Él es quien vela por nuestra existencia.

—¡No jodas compadre! –exclamó, interrumpiéndome bruscamente–. Tú vas a venir ahora con la despedida de un duelo; eso es para las películas. Aquí se vota y ya.

Sin espacio para otra palabra destrabó las piernas y un brazo del fantasmagórico cadáver, y empleando gran fuerza, hizo un brusco movimiento y el cuerpo inerte de Emilio Andrés cayó al mar.

Aferrando intensamente mis puños y mostrándole mis mugrientos dientes, le grité:

—¿Quién coño eres tú para decidir lo que se hace aquí? ¡Llegaste ahora mismo y no me vas a venir a mandar! Te dije que esperaras para encomendar su alma.

Él quedó pasmado sin expresar palabras, y aunque el tiempo se había detenido de golpe, no podía perder ni un segundo de mis hegemónicas palabras. De rodillas un pie y en posición de erguirse el otro, y empuñando ya mi inseparable y fiel remo, en firme gesto agresivo, afirmé:

—¡Aquí mando yo!

Inmóvil ante mi arranque de valor y definición, quedó estático, mientras yo continuaba resoplando cual atleta en plena competencia.

Definía mi poder; mi condición de propietario. Evitaba que mi voluntad cayera bajo el dominio de su fresca y vital energía. Sentía perder el equilibrio debido al vaivén de la balsa y a la debilidad que ya me poseía, pero tenía que hacerme el duro; al menos antes de que también me tirara al mar. Pensé morir como un hombre de escaso pelo en el pecho y sin las botas puestas, más sacando energías de donde no había, valientemente ratifiqué:

—¡Yo soy el jefe!

Esta frase trajo una breve calma. Le había robado la iniciativa y por muy débil que yo estuviera no se atrevió a nada. Nos mirábamos, él tal vez buscando algún punto débil en mi deteriorado organismo; no calculaba que yo reparaba en su peligrosa posición en el extremo de la balsa, donde con un buen movimiento mío podía desestabilizarlo y sacarlo de su falso equilibrio para luego golpearlo con el remo hasta que perdiera "La Esperanza".

Los segundos se corrieron en su reloj como en los de cualquier otro, y recuperando la ecuanimidad que lo caracterizaba, dijo:

—Cálmate. —Y repitió la palabra en tono apacible una vez más.

Mí vista de águila no se desprendía de su cuerpo ni un solo segundo; nos acomodamos sobre las cámaras a la par. Sin tan siquiera inmutarse o sentir repulsión, con una mano comenzó a echar agua donde aún quedaban restos del maloliente líquido supurado por el difunto. Luego comenzó a limpiarse las manos en el mar con exquisita pulcritud y después de olérselas varias veces comprobando que no quedaban rastros del fétido olor, frotó los mismos sobre la gruesa tela de su pantalón y luego pasó a acomodarse sus cabellos con ambas manos. Tras lustrar con un pañuelo las gafas, las ajustó nuevamente como un cintillo a mitad de la cabeza.

Vi el cuerpo de lo que fuera Emilio Andrés flotar a lo lejos, sabía que detrás de la próxima ola no lo volvería a ver nunca más. Levanté la vista hacia el cielo y quitándome el pañuelo, expresé:

—No pudo recibir sepultura como Usted manda, pero por favor mi Señor, permítale que descanse en paz en su reino. Amén.

Finalicé mi despedida llevándome las manos al pecho y estrujando contra el mismo mi cálido pañuelo. Pasado el momento expresé:

—Esta es una balsa democrática y cristiana, y hay que contar conmigo para lo que se vaya a hacer.

El guardó silencio y clavó su vista en la mía, y sin pronunciar palabras se acomodó las oscuras gafas, ocultando tal vez el verdadero propósito de su mirada. ¿Qué estaría pensando?, no lo sé. Pero yo estaba decidido a lanzarlo fuera de la balsa al menor gesto sospechoso. Camilo, Emilio Andrés y yo, hubiésemos resultado ser tan solo tres gatos muertos de hambre contra este tigre que ahora permanecía quieto; ni los músculos de la cara se le movían. Su expresión no me imprimía ninguna confianza, y mucho menos tras esos oscuros lentes que ocultaban las verdaderas ventanas del alma, genuino órgano donde las primeras intenciones de cualquier instinto se ven reflejadas.

Yo permanecía en el otro extremo; ambos estábamos lo más distanciado posible en el vital espacio de mi heroica y epopéyica balsa. Miré lleno de desconfianza a mi nuevo acompañante, pues este incógnito sujeto, con felina cautela, continuaba en su sitio estudiando la situación. Pasaban los segundo sin el menor apuro, cuando de repente manifestó:

—Me estoy escapando de Cuba porque allí sólo manda el jefe.

—Aquí no hay ese problema —dije secamente y agregué:

—Ni timonel de mi propia "Esperanza" soy, no tengo fronteras ni doy mítines de repudio, así que te puedes ir por donde viniste.

Por breve instante, mi irritada mirada intentó devorar la oscuridad impenetrable de aquellos espejuelos oscuros.

—Tratemos de sobrellevarnos —dijo él—, así tendremos más posibilidades de salvarnos.

Asentí apaciblemente con la cabeza y él hizo una mueca de

aprobación antes de frotarse las manos varias veces seguidas por el pelo, y tras acomodarse las gafas, me dijo:

—Bueno, no me has dicho cómo te llamas.

—Nelson —respondí lacónicamente y miré hacía la inmensidad del mar.

—Me llamo Ángel Pablo, pero los socios fuertes siempre me han dicho el Ampa, es una unión callejera de las dos primeras letras de mis nombres. Es mi apodo secreto —expresó en tono amigable.

Este alias secreto ya de hecho tenía maraña, y mi experiencia callejera me indujo a prestar mayor atención a sus movimientos descubriendo entre sus pies un pomo plástico amarillo con capacidad para varios litros de agua.

—¿Y ese pomo? —le pregunté, atónito con lo que veía.

—Es la única reserva que tengo —me contestó.

—Que tenemos —le rectifiqué.

—Vale lo dicho, pero eso sí, tenemos que ahorrarla —advirtió.

—Esa regla aquí es bien difícil de cumplir. Yo la impuse y la violé, pero no te preocupes, espero controlarme —afirmé.

—El destino a veces es genial, tú con la balsa que necesitaba y yo con el preciado líquido. ¡Qué suerte! La sed te hubiese destruido —alardeó con su seco análisis.

—No creas —le respondí—. La lluvia, si bien no sabe igual, puso fin a ese tormento y aún me siento entero.

Con aires de alarde había terminado diciendo, aunque todo el final era mentira. La ropa me quedaba holgada, había perdido varias libras de peso y a veces me sentía desfallecer; sabía que las fuerzas se me escapaban calladamente y sin decir adiós.

—Al parecer desconoces algo referente a la lluvia —expuso él.

—¿Qué cosa? —pregunté con recelo.

—Mezclándola con un poquitico de agua de mar le da mejor gusto y la enriquece con minerales —dijo con autosuficiencia y elevando sus gafas a media frente, y tras examinarme siempre con sus inquisitivos ojos, aseguró:

—De todas formas lo importante es tomar líquidos para no deshidratarse.

Asentí con la cabeza reconociendo una vez más el inmenso caudal de conocimientos y enseñanzas que nos queda por aprender en esta corta vida, y que juntos todos al final no nos son ni siquiera suficientes para irnos a un más allá.

La calma y el verdadero silencio se apoderaron de nuestras almas, ablandando y relajando los nervios hasta su verdadera humanidad. Entonces vi como sus facciones se fueron perturbando hasta la tristeza más profunda. La contracción de sus músculos se resaltaba a flor de piel y sus puños se apretaron tratando de exprimir toda aquella cólera contenida. Tragó en seco y respiró hondo. Se quitó la moquera con las manos limpiándose luego las mismas en el mar, y tras enjuagarse la cara, fingió estar repuesto de lo que le hubo acontecido. Sacudió su cabeza como comenzando de nuevo, queriendo apartar recuerdos que aún estaban muy frescos en su memoria, y consciente de la realidad, terminó pasándose las manos por el pelo. Lustró y ajustó nuevamente las gafas sobre sus ojos, y malamente simuló sonreír. Vislumbré que ese desgarrón en su alma lo laceraría de por vida.

Luego miró su vistoso reloj y presentí que él conocía también como yo que las horas aquí lo mismo corrían que tropezaban entre sí y se detenían de forma tal que ni uno mismo sabía cómo o cuándo volverían a andar. La pesadez del tiempo era capaz de aplastarnos sin piedad, ni empujándolo podríamos quitárnoslos de encima. Él continuó sereno y pensativo, ya nada tenía remedio. Volvió a mirar el reloj, tal vez el tiempo que él añoraba en ese preciso instante aún no se aproximaba, o lo que era peor, ya no estaba; se había ido con el imposible retorno de un efímero instante que por alguna vez hemos ansiado. Seguro estaba de que en su alma esa hora irreparable jamás su huella borraría.

Sabía que este tipo había llegado flotando. ¿Pero de dónde? La curiosidad me picaba por dentro, más no sé por qué razón permanecí callado esperando a que él por sí mismo aflojara la lengua. Los minutos corrían sin sofocarse y él continuaba meditativo. Yo estaba seguro que dentro de su cabeza una olla de grillos monótonos y estresantes no hallaba lugar, pues constantemente se pasaba las manos por su amoldado cabello intentando al parecer con ésto calmar lo que no podría contener.

Nada parecía romper aquel mutismo hasta que respirando profundamente, más seguro de sí mismo, él nuevamente miró el reluciente reloj y expresó:

—¡A esta hora pensaba estar en Miami!

–¿Y qué pasó? –mi desesperada pregunta, muy seriamente lo emplazó. Entonces, tal si estuviese en un limbo empezó a recordar:

–Todo comenzó en la fiesta de fin de año. Estaba el familión y los invitados reunido en casa de mi suegro. El equipo de audio resistía una verdadera cola de casetes y CD. El olor a carne de puerco asada, yuca con mojo, plátanos fritos, tostones y arroz con frijoles negros, estaba impregnado hasta en la ropa. ¡Qué clase de fiesta!

Quedo meditativo, luego continuó:

–Al filo de la media noche llegó mi cuñado Juancho metiendo el recién estrenado *Lada*[72] color rojo vino por encima del jardín; por poquitico choca el Mercedes Benz de mi suegro. Venía en nota y alegre como un carnaval.

–¡Qué arbolito de navidad más bonito! Años atrás esto era un delito –rompió exclamando Juancho en el centro de la sala. Nadie le contestó, pues todos sabíamos que es el hijo mayor del primer matrimonio del General.

–Habla bajito que hay compañeros de la unidad de papi –le advirtió su hermana Ana Cecilia dándole un sonoro beso, y tomándolo por el brazo lo obligó a entrar en el despacho del General.

El padre apareció de repente en su oficina cerrando la puerta de golpe y tras respirar a sus anchas el grato olor del aire acondicionado de la habitación, colocó sobre el librero su latica de cerveza Cristal[73] junto a un plato lleno de chicharrones que traía. Se alisó con profundo orgullo el uniforme perfectamente planchado en el cual ostenta un sinfín de condecoraciones, y sin quitarle la mirada de encima a su hijo, muy orondo caminó hasta detenerse frente a este, y mirándolo de arriba abajo le dijo:

–Estamos celebrando el triunfo de la Revolución, el árbol es sólo un adorno.

–Adorno, pero marcando la era cristiana, y en el mejor de los casos el fin de año en los países no comunistas –le aclaró el hijo, al instante que le daba un fuerte brazo y tras este, jocosamente amplió:

–No triunfo de revoluciones marxistas y mucho menos las cambia casacas.

---

[72] Auto soviético muy popular debido a la injerencia, es usado como patrullero y por el personal de la elite comunista.
[73] Esta bebida se volvió una rareza para la población. Solo estaba al alcance de los turistas extranjeros y, cuyo valor de la misma de veras que dejaba frio el salario de cualquier obrero.

—¡No voy a permitir que ofendas al Comandante! —le advirtió mi suegro, mirando la enorme foto de su líder colgada en la pared.

Sin ningún temor, el rebelde de su hijo le respondió:

—Será Comandante tuyo, yo estudio leyes, no soy militar.

—¿Qué coño es lo que te pasa? ¿Quieres joderme la noche? ¿Quién te crees que eres? —le cuestionó el padre con voz grave y visiblemente molesto. A lo que Juancho le respondió:

—Soy cubano y el cubano lo es donde quiera que se encuentre, y sus ideas valen tanto como las de cualquier otro. Tal parece que cubano es aquel que sólo habla bien del proceso revolucionario.

Su padre, rojo de la ira a punto estaba de estallar, cuando de repente se escucharon varios disparos y gritos de: ¡Feliz año nuevo!

—¡Ya son las doce! —exclamé efusivamente enfriando de golpe aquella situación.

—¡Felicidades papi! —exclamó Anita abrazada a su padre. Llenos de alegría comenzamos a abrazarnos unos a otros y a brindar. Mi mujer me besó con pasión.

—¡Felicidades viejo, te deseo la mayor suerte del mundo! —exclamó mi cuñado, y en un tono más confidencial acentuó:

—Qué para cómo van las cosas la vamos a necesitar.

Esta vez con un abrazo muy afectivo inmovilizó a su padre, logrando con ésto apaciguar los humos que él mismo estaba provocando, pues mi suegro estaba rojo como una brasa.

Me les acerqué ofreciéndole a mi cuñado un vaso lleno de ron añejo Havana Club[74] y una nueva cerveza a mi suegro. Con el afán de calmar los ánimos, a ambos les expresé:

—¡Es año nuevo, éxitos a la familia!

Cruzándole un brazo por encima a mi cuñado, le sugerí:

—Caballero, disfrute de la fiesta, la alegría no hace daño.

Con la mano le hice un gesto indicativo a mi suegro para que nos dejara solos y salimos de la habitación, momento que aprovechó mi cuñado para susurrarme al oído:

—Se te olvidó lo de compañeros.

—¡No jodas! —le dije.

—Las corporaciones transforman a las personas más rápido que las

---

[74] Popular ron que le ocurrió lo mismo que a la cerveza Cristal, Hatuey, y a tantas otras bebidas de producción nacional. (Todo desapareció)

revoluciones –sentenció él jocosamente.

–¡Estás de puñeta! –le respondí mirándole de lado.

Dándonos un buche, cruzamos el salón donde está la mesa de billar y al verla ocupada, continuamos caminando en dirección a la terraza que da a la calle.

–Es la verdad –aseveró, después del trago.

–Se te coló el *gusano* en la sangre –le respondí en tono más confidencial.

–Lo que se me coló es el virus que ya es una epidemia –afirmó jocosamente Juancho.

–¿El SIDA? –le pregunté asustado.

–Qué SIDA ni catarro de mujeriego, mi cuña –respondió con expresión de payaso que me dejó desconcertado. Tornando los ojos hacia el techo, respiró profundo y con duro énfasis idiomático me dijo:

–Los ¡*Washingtones*!, mi cuña, los ¡*Washingtones*!

–¿Qué coño es eso, explícate? –le pregunté, y tras apurar un trago me preparé para una novedad como sólo él sabía traer.

–Contra este virus no hay quién se resista –comenzó disertando–. El primero en contaminarse fue el descarado de Barba Truco, y después su camarilla, y así ha ido bajando; dentro de poco será una pandemia sin control. El virus entra hasta de oírlo, amén del que pueda agarrarlo y guardarlo. No se les puede perder de vista ni un solo instante. Puede provocar la muerte a quién no lo tiene, y aunque no es la vida: ¡Cojones! ¡Cómo tranquiliza los nervios! Terminó diciendo e imitando un total relajamiento del cuerpo.

Una carcajada indetenible se escapó de mi boca; creí reventar. Todos me miraron tratando de entender la razón.

–¡Estás loco! –solo atiné a decir.

Juancho, golpeándose con la palma de la mano derecha el bolsillo posterior de su recién estrenado *jeans*, *Levis 505* original, y frotando después los dedos de la misma mano sobre su propio pulgar, señaló su billetera y dijo:

–Con ellos aquí… ¡Baila el mono!

Una enorme sonrisa volvió a asomar en mis labios y nos bajamos otro trago.

–¡El poder del dólar ese sí es poder! –afirmó.

Mi suegro junto a su querida observaba desde lejos el tono de la conversación y sabiendo que le daría el frente a cualquier situación, más calmado había decidido retirarse hacia el patio de la casa donde estaban asando junto al puerco, un par de guanajos y varios guineos, y un venado capturado en su última cacería en el Cayo Saetía[75].

La velada continuaba de maravilla, pero mi cuñado traía agudizado los fuertes contrastes económicos y los grandes cambios ideológicos que estaban sucediendo en las altas esferas del país. Había descubierto la farsa en la que crecimos.

–La verdad es que no sé cómo puedes vivir con el viejo mío que es un verdadero fósil de esta podrida revolución –expresó moviendo de forma negativa su cabeza.

Yo solamente asentí con el rostro, mientras saboreaba el exquisito ron y trituraba los sabrosos chicharrones.

–Además, con los recursos que tú manejas, ya deberías tener casa propia. Algunos de los *Washingtones* que corretean por encima de tu buró deben de haber caído dentro de tu gaveta –dijo Juancho lleno de aliento etílico y continuó:

–¡A mí sí que no me engañas!

Hincándome con su dedo pulgar por un lado de mi estómago, ya muy subidito de tono, exclamó:

–¡Zambullo, suelta lo que no es tuyo!

–¡Calla esa boca! –le ordené, mientras él con secreta picardía en los ojos, muy bajito sentenció:

–¡Los dólares corrompen todo!

El brillar de las guirnaldas que engalanaban para la ocasión aquella noche tan especial, le dieron un destello inusual a la mirada que ya deslumbraba un nuevo futuro.

–Todo llega, cualquier día te doy una sorpresa –le contesté.

–¡No jodas!, para darme una sorpresa tienes que robarte el yate de los Narcos que está fondeado en la marina Hemingway e invitarme en la corrida, y para eso hay que tenerlos bien puestos –aseguró mi cuñado, recostándose a la baranda de hierro de la terraza.

–Ya los he demostrado –le afirmé, y casi me bebí el vaso de ron de un solo tirón. Y en tono muy confidencial Juancho me dijo:

–Eso fue peleando en Angola para él que es: ¡*Il capo di tutti capi!*!

---

[75] Inmensa porción de tierra rodeada por el mar en la costa holguinera, llena de animales exóticos para realizar zafarís y caserías, que es de uso exclusivo de la élite dictatorial.

—Terminó imitando a un verdadero siciliano con aquella frase. Nuevamente empinó su copa y con su embriagado aliento afirmó:

—Pero ahora es contra de: *The Godfathers* Caribeño, El Amo del Cartel de la Habana, y tú bien sabes que este HP[76] más que el Ampa, es la Trampa.

Bebí un trago, y mirándolo fijo, quedé meditando en lo que acababa de decir, pues había asociado mi alias a este *gánster*, y yo sabía que ni en un chiste debía estar asociado a semejante bestia.

Decidido a fraguar su idea, mi cuñado me dio unos ligeritos toques con su dedo índice en mi cabeza y me exhortó:

—Ten en mente lo que hemos hablado. El yate, y de ahí rumbo a donde ondea la hermosa tricolor tachonada de estrellas.

Sabiéndome en el lugar que nos hallábamos, le dije:

—Dejemos el tema, es muy delicado y no todos aquí son de fiar. Además, los tragos suben el volumen, las palabras se complican y se habla más de lo debido —concluí mi frase apurando mi última línea de ron.

Su hermana se nos acercó, y él la recibió con una gran sonrisa. Ella, en tono muy dulce le sugirió:

—No vengas a aguar la fiesta, hazte el de la vista gorda y disfruta como hemos hecho siempre.

—Fingir —respondió el hermano con una amplia expresión de payaso, y a la sazón manifestó:

—Cualquier día de estos me encabrono y le boto el cuadro de su despacho. Lo único que le falta al viejo es prenderle una vela y arrodillarse ante él.

Ana Cecilia, abriendo al extremo sus achinados ojos, le dijo:

—Déjate de locuras y mira a ver si ligas una.

En uniforme de campaña, un recluta que hacía la servidumbre se nos acercó ofreciéndonos cervezas, aceitunas atravesadas por un palillo, más rollitos de queso con jamón y chicharrones. Otro portaba en su bandeja unos camarones en exquisita salsa. Yo tomé una copa; ellos rechazaron con un breve gesto la oferta, y yo, tras devorar el manjar, tomé a mi mujer lleno de deseos por la cintura e invitándola a bailar nos alejamos hacia la sala.

La fiesta bullía, los bailadores tras tragos y llenura, sudaban su

---

[76] Hijo de puta, abreviación popular.

cansancio sin rendirse, hasta que cerca de las dos de la madrugada, mi cuñado dijo:

—Ahora le toca al casete mío, él hizo la cola —Y mirando a todos en la sala presagió:

—¡Prepárense a bailar!

Comenzó la música y un cubanísimo ritmo rápidamente identificado invadió la sala; era el inconfundible ritmo de: *"Oxígeno"*[77]. La fiesta alborozada se puso a tope. Canción tras canción con su empalagoso ritmo suministraba nuevas energías al movimiento de nuestros cuerpos. La rueda de casino ocupó toda el salón. El baile, las latitas de cerveza y el ron, se fundieron en nuestros cuerpos sacándonos de la realidad, hasta que un coro nos contagió: *"¡Ya viene llegando!, ya todo el mundo lo está esperando. ¡Ya viene llegando!"*

—¡Apaguen esa mierda cojones, esta casa hay que respetarla! —como un cañonazo retumbó la voz de mi suegro en medio de la fiesta. Quedamos petrificados con aquel rugido escapado del mismísimo infierno; hasta la grabadora dejó de sonar.

—¿Pero quién coño puso esa mierdaaa...? —preguntó muy alterado mi suegro exprimiendo en su mano la lata de cerveza vacía que tenía, y tirando la misma violentamente contra el suelo avanzó hecho una furia hasta situarse frente al grupo, donde afónicamente vociferó:

—¡Esta es una casa de revolucionarios, denme acá esa porquería que hasta hoy llegó su cantar!

Con premura Juancho retiró el casete y parándose frente a su padre que vestía el traje de gala, le aclaró:

—Si molesta no se pone más, pero romperlo es una exageración.

—¡Lo rompo cojones, lo rompo! ¡No permito contrarrevolución en mi casa! ¡Sal de aquí con esa porquería! —le ordenó el General hinchando el pecho lleno de condecoraciones, y lleno de roña le gritó:

—¡Te has vuelto un *gusano* coño! ¡Un *gusano*!

—Por tener el valor de decir lo que pienso, de acuerdo —dijo mi cuñado y continuó:

—Pero no soy como ese unánime grupo de diputados que como títeres solo se atreven a alzar su mano ante las ideas de quién cuando

---

[77] Nombre de una canción de un popular canta autor que vive en el exilio.

habla durante horas, ellos mismo no tienen ni el valor de ir al baño a orinar.

—¡Lárgate y no hables más mierda! —gritó el padre.

—¡Ah...! Los jodidos son las personas que no tienen libertad de pensamiento ni de palabra —Expresó mi cuñado, aludiéndolo directamente con su mirada.

—¡No hables más mierda! ¡Soy libre de pensar y decir lo que me venga en ganas! —gritó el padre. A lo que el hijo contestó:

—De decir lo que piensas después de que tu Comandante en Jefe hable. Antes no eres capaz de emitir opinión ni tan siquiera de un marciano llegado de la Luna, pues si es errada te puede costar el cargo y... ¡cuidado!

—¿Cuidado de qué pinga? —cuestionó el general enardecido.

—¡De comer perejil...! ¡Cotorrón! —le espetó Juancho, haciendo alusión al color verde olivo del traje.

—¿Qué coño se cree este comemierda? —gritó el general agarrando una lata de refresco que estaba sobre la baranda, y tirándosela con violencia se estrelló contra la acera. Con ágil movimiento mi cuñado evitó ser diana perfecta.

—¡Cojones! —gritó el general—. Le ronca la pinga tener un hijo macho y que te salga traidor, lo único que me falta es que te vayas del país!

—Si abandonar el país es de traidores, lo llevamos en la sangre, pues nuestros ancestros vinieron de España y África, porque aquí nadie tiene plumas en la cabeza ni es sobrino del indio Hatuey[78] —contestó Juancho parado junto a la puerta de su auto.

El General, rojo como una luz de semáforo, desenfundó su pistola que siempre lleva oculta tras la cintura y haciendo varios disparos al frente, se abalanzó sobre la escalera. Ana Cecilia y yo nos interpusimos en su camino sujetándolo fuertemente por los brazos, evitando que aquella tremenda discusión acentuada por la borrachera que teníamos encima deviniera en una tragedia que no convenía a nadie y que podría acarrear consecuencias mayores.

Pero entre la cantidad de voces, palabrotas obscenas y frases insultantes, hubo una que me dio de lleno cuando el general dijo:

—¡Lárguese de esta casa! ¡Hay que saberse ganar lo suyo peleando

---

[78] Líder indígena que murió en una hoguera y nombre de una famosa cerveza.

y no pegado a la teta de la vaca y cogiendo mangos bajitos!

No le contesté por mi mujer que suplicaba terminar aquella bronca. Al otro día por la tarde, ya libre de los efectos del alcohol, a solas con Ana Cecilia en el cuarto analizando toda aquella bronca, le dije:

—¡Que no joda! Este palacio en el centro de una zona residencial no es la forma honesta de vivir un revolucionario. Le sobra casa con cojones, y si muchos tenemos que vivir agregados es porque ellos son dueños de varias casonas como éstas, porque el resto de la población sigue en el mismo lugar.

—Cálmate mi vida que puede escucharte —me repetía, más yo continuaba:

—¿Cómo me voy a calmar? Me ha zumbado tremenda indirecta. Jamás le he pedido un dólar. Todos los comunistas son iguales, les quitan a las personas lo que alcanzaron en la vida para decir que lo van a repartir y luego no quieren darle nada a nadie, y encima de eso humillan a los demás por sus necesidades. ¡Qué no me joda!

Ella no dejaba de insistir en silenciar mi voz para evitar un enfrentamiento con su padre.

—¡Y no me mandes a callar más! —terminé diciéndole.

Este comienzo de año fue decisivo en mi vida. Ya no volví a dormir tranquilo; en mi mente germinaba la idea de escapar con el yate de la corporación. Se había derramado en mi interior la copa de las prohibiciones, desconfianzas y de tanta escondedera. No podía seguir viviendo oprimido y lleno de miedo a que alguien descubriese mi nueva forma de pensar, mi rechazo a un régimen que le teme a una canción. Poco a poco le comuniqué la idea de la fuga a Ana Cecilia. Al principio mi mujer estaba renuente, pero llegó a convencerse por sí sola el día en que su padre le dijo:

—Si hay que volar en pedazos el país para evitar que lo cojan los *gusanos*, la mafia de Miami y los yanquis, pueden contar conmigo. ¡Primero hundiremos la Isla en el mar antes que perder la gloria que hemos vivido!

—¿Qué gloria? ¿Cuál gloria? —dijo Ana Cecilia y agregó: —La de tener que ser siempre deudores. Al principio parecía un libertador, más ahora sabemos que es un conquistador. El dueño de todo. ¡Qué coño!, lo único que le falta es proclamarse Emperador del Socialismo en Cuba. ¡Hipócrita de mierda!, nos trata a todos de tú y a los extranjeros de usted. Esto te da una medida de lo déspota que es con su propia gente.

—¡Cállate! —espetó el General.

—¡No soy sumisa! —respondió ella alzando la frente.

—¡Cállate! —vocifero el padre y le declaró: —¡Mira que todo lo que tenemos se lo debemos al Comandante!

—¡Pues se lo deberás tú, porque yo no le debo nada! —expresó Ana Cecilia muy enojada y continuó:

—Lo poco que he alcanzado en la vida es producto de mi sacrificio y no voy a dejar que me lo quite.

—¡Cállate y no hables más mierda! —gritó el padre resoplando como un toro.

—¡Resulta que ahora las balas que tiraste no constan! —le señaló desafiante Ana Cecilia—. ¡Ah... tu pistola era de fulminantes!

—¡No me jodas tú! —le grito el padre—. ¡No pareces hija mía!

—¡Sí no parezco hija tuya es porque tú ya no perteneces al pueblo! —dijo ella.

—¡Cállate de una vez! —gritó golpeando la puerta el General. Él la miraba lleno de ira y rojo a decir no más, pero ella continuaba:

—¿Ya olvidaste...? ¡Qué República era aquella!, era tu frasecita.

Había enmarcado la frase con los dedos de su mano, y con la cara más indignada que nunca, continuó:

—¡Claro... ahora no hay República!, sólo revolución, revolución y más revolución. ¡Cojones! ¡Esta revolución de mierda no llega nunca a su final! Tal parece que la patria es en sí la revolución del Comandante; nació con él y morirá con él, es su propiedad privada.

—¡Basta! —gritó el General, golpeando nuevamente la puerta, pero Ana Cecilia continuó:

—¡Basta! ¡Basta, teníamos que haberle dicho cuando abolió La Constitución del '40!, que sin ningún tipo de tapujos ni llevarnos a engaños, era una Constitución con leyes y derechos, con principios y valores. Más la creada por él y apoyada por ti, aparte de que es enajenante, él la viola y la incumple a su propio antojo. Este líder que tú admiras es peor que un latifundista, es un demagogo y sutil esclavista.

—¡Cállate cojones! ¡Basta ya! —gritó con mayor fuerza su padre.

—¿Basta de qué? ¡Si tu pistola no dispara! —dijo irónicamente la hija virando la cara con desprecio.

—No me ofendas más que yo tengo los cojones bien puestos —

respondió encolerizado.

—Bien puestos para gritar: ¡Abajo el imperialismo! —gritó ella.

El la contempló respirando como un toro bravo, y Ana Cecilia con más bríos, gritó:

—¡Coño! ¿Cuándo vamos a echar abajo al comandantismo?

—¡Cállateee...! —gritó el padre lleno de furia, y golpeando con sus puños la puerta, estremeció la misma.

—¡No me callo naaa'...! —replicó Ana Cecilia histéricamente, y llena de ira, llevándose a modo de altoparlante ambas manos a la boca, con todas sus fuerzas gritó:

—¡Abajo el Comandanteee...!

—¡Cállate coño cállate! ¡Te ordeno que te calléees...! —gritó el General lleno de soberbia, y llevándose la mano a la funda de su pistola la desenvaino y sentenció:

—¡Primero te mato antes que traicionar al Comandante!

Aquella frase retumbó en la casa dejando a todos mudos. Aquel gesto de enarbolar la pistola en el aire nos había enfriado por dentro, dejando un silencio sepulcral. Ana Cecilia que estaba roja al fragor de la discusión, se puso blanca como la leche.

—Olvídate de mí, hazte la idea de que he muerto —dijo ella con voz opaca, antes de toda una jerigonza vociferada por su padre que prácticamente le desgarró los oídos. Ella, después de llorar mucho, dio su respuesta a mi favor.

Ángel Pablo hizo una pausa en la que respiró profundo, y tras deslizarse las manos por su tupida cabellera, continuó narrando:

—A partir de ese día comencé a preparar las cosas para la fuga. Para poder justificar la salida en el yate tuve que hacer el cuento de *"Las mil y una noches"*. Siempre que se hacía una actividad en la marina participaban los miembros de la dirección, de esta forma todo el mundo se empapaba y así logré arreglar las cosas, funcionando como lo preví.

Al salir no hubo problemas, yo mismo despaché la embarcación en la marina Hemingway a las once de la noche, y más tarde en la zona de Miramar pegado a la costa, en la casa de uno de los colaboradores de esta travesía, recogí al resto del grupo exactamente a las doce y media. Recién comenzada la madrugada partimos a toda máquina hacia los Estados Unidos.

En un claro gesto de arrepentimiento bajo su rostro por un

momento, sabía que los sucesos que ahora invadían sus memorias irían siendo develados en el mismo orden en que él los había vivido. Convencido de que el desahogo narrativo sería de un gran alivio para su alma y seguro de que sólo el tiempo sería quien lentamente le cerraría su herida, y sin ninguna otra razón para ocultar lo ocurrido, ya seguro de sí mismo, se dispuso a continuar con la historia.

−Te juro por mi madre que todo iba bien, pero al filo de las tres de la mañana, no sé de dónde coño salió un helicóptero de Tropas Especiales[79] y nos alumbró con su potente reflector. A través de un altoparlante ordenaron detener la nave sino abrirían fuego. El miedo prendió al instante en la tripulación que comenzó a implorarme que parara. Sólo el rebelde de mi cuñado se mantenía firme en seguir adelante.

Sin previo aviso, varios sacos llenos de arena lanzados desde el helicóptero impactaron la embarcación desbaratando parte de la proa y el techo de la cabina. Una de estas aberrantes y maquiavélicas bombas aplastó la cabina esparciendo su sutil contenido. Otros al golpear contra las barandas, bamboleaban la nave peligrosamente amenazando con materializar un giro de campana y provocando que el pánico se apoderara de todos. El traquetear de las ametralladoras y el chillar de las trazadoras al contacto con el agua, anunciaban sin escrúpulos el comienzo de la tragedia. El destello de los disparos y el reflector que marcaba la diana, develaron un amanecer antes de tiempo; nunca pensé que nos ocurriría algo así.

Cual si se encontrara en sueños, negando con la cabeza, intentó escaparse de su narrativa, pero al redescubrir su propia realidad, con las manos detuvo su rostro. Se acomodó las gafas, deslizó sus dedos con lentitud de babosas sobre su brillante pelo hasta llegar a la nuca, y retornando las manos sobre sus muslos, respiró hondo y prosiguió:

−A pesar de la eminente tragedia, yo seguía firme al timón y mantenía el rumbo. El aterrorizante tac, tac de los disparos impactando en el casco del yate elevaron el encuentro al grado de masacre; sentí el olor de la sangre y de la carne quemada. Agudos gritos de dolor y desesperación se mezclaron con los inútiles reclamos de que con nosotros viajaban niños. A toda voz ordené que les pusieran los chalecos a los chicos y a las mujeres. Al escuchar el

---

[79] La denominación ya indica la temible agresividad de las mismas (se usa contra el pueblo).

grito de que no alcanzaban para todos que sólo habían seis o siete, tomé uno que estaba colgado a mi lado y dejando en marcha el barco a la deriva, cual un relámpago salté por la borda llevando conmigo el pomo que ahora está entre mis pies.

Mi cuñado, tratando también de salvar su pellejo y sabiendo que aquello era el final, imitándome se lanzó por el otro extremo de la embarcación; con tan mala suerte que lo vieron desde el helicóptero y le tiraron con todos los hierros. El yate desorientado intentaba seguir su rumbo cuando varios sacos impactaron sobre un costado de la cubierta causando el caos total. Vi el mortal vuelco de aquella embarcación cargada de seres indefensos. Quedé petrificado observando las luces de navegación de aquella guerrera nave infernal que había condenado a muerte a un indefenso yate lleno de vidas, de sueños y ansias de libertad. La potente luz del reflector se apagó y la inmensidad de la noche ocupó su lugar. Sólo el tronar hegemónico de las aspas imponía su voz.

Desesperadamente traté de encontrar a alguien más, pues a pesar de gritar y escuchar las otras voces pidiendo auxilio, éstas se iban apagando. Todo resultaba en vano, era la locura de la nada, era la nada quien imponía su final.

Un ¡nooo…! desgarrador salió de mis pulmones y la nada también se lo tragó. Todo se volvió confuso, la nada se robó mí pensar. Y como salida de la nada, un ruido sordo me hizo volverme, y a escasos metros frente a mí, pasó a toda velocidad y completamente a oscuras, la prepotente costera cómplice de la infernal máquina aérea. Iba en dirección a ellos para rematar el final del carnicero escenario.

¿De dónde había salido esta gente?, me pregunté atónito, más la cruel realidad me hizo comprender que nos habían chivateado. ¿El general? Esta incógnita es y será la verdadera clave. A mí ese hijo de puta me fusilaría sin ninguna piedad, y tal vez impusiera un juicio para sus hijos.

Lleno de antipatía razonaba sus propias vivencias y se las reafirmaba pesadamente con su rostro, haciéndolo cavilar:

—Pero si lo sabían, ¿por qué nos dejaron salir? ¿Quién dio la orden de hundirnos? Esta mortal sentencia solo el número uno o el dos la pueden dar.

Se frotó con sus dedos toda su cabellera como si con ésto expulsara esos pensamiento que lo habían hecho concluir con sus ojos enrojecidos e inyectados de odio.

Moví ligeramente el rostro en afirmación. Toda aquella historia resultaba un látigo desgarrando mi alma. ¿Cuán culpables eran aquellos compatriotas por buscar libertad y un futuro mejor en otro país? Nadie subió a bordo de aquella nave para inmolarse por lo que les prohibían y mucho menos los niños. ¿Quién o quiénes pagarían por esta masacre y tantos otros asesinatos?

Mi alma se abrazó a mi temblorosa y con el más humilde de los pensamientos, le dije:

–Dios los juzgará.

Hubo un breve silencio y él continuó:

–Aquel momento me era irreal, confuso y desgarrador; no daba crédito a lo que sucedía. Me era inaceptable que todo terminase así. Una jauría de lobos desguazando a una tierna oveja sería insignificante ante esta horrible realidad que aniquilaba cualquier idea. Tan atolondrado estaba con lo ocurrido que no había valorado mi nueva situación, y cuando todos ya se habían marchado y no quedaba nada, comprendí lo terrible de mi existencia; yo también era parte de la nada. Me quita el habla imaginar con certeza la suerte corrida por Anita y los demás. Me mantuve a flote gracias a este chaleco que egoístamente empuñé para mí.

Lleno de pesar se ajustó el chaleco, tratando de aferrarlo aún más a su cuerpo. Su egoísmo, preñado de una inmensa suerte lo había salvado de aquella muerte segura. No sé si su ser recapacitaba al saber que su vida era el precio de inocentes que desconocieron o no atinaron, o no llegaron a tiempo a los al menos esperanzadores flotadores que como una frágil burbuja podría haberles dado la posibilidad de mantenerse un tiempo más con vida. Y ¿por qué no?, salvarse como se había salvado él. Apretó sus dientes tras una mueca de dolor y mirándome de forma aguda, continuó su monólogo.

Más yo colmado de mi propia experiencia, visualicé su narración.

La oscuridad absoluta fue en busca de su alma para incrustarse en ella. Sólo alcanzaba a ver dentro de su propio cerebro. A esa hora de la madrugada la frialdad del agua calaba sus huesos, y yerto, completamente engarrotado, su cuerpo tiritaba alocadamente. Se mantenía a flote gracias a su imprevisto recurso. Lo invadió el terror de saberse una carnada, un exquisito bocado humano para la panza de los sanguinarios tiburones.

El nocturno rugir del mar, provocó que su miedo rompiera toda frontera; temía hasta la más leve gota de sudor que corría por su frente. Hubo momentos en que gritó y lloró de impotencia; hubo otros en que se arrepintió de haber gritado. Sabía la hora exacta en que huyendo de una sentencia a muerte, había saltado al mar para dilatar la antesala de la misma; sin embargo, el aún mantenerse vivo prolongando en vilo su existencia, provocaba que por más que el tiempo corriera y corriera, la inmensa oscuridad, fraternal acompañante de la muerte, evitara que no acabase de amanecer. Duró más de un siglo en aparecer el alba, así quedaba grabada en su psiquis el miedo a la nada. Eran las horas más difíciles de su vida; no creo que las pueda olvidar.

El cielo fue cobrando color lentamente. Sin ningún apuro el sol comenzó a subir jugando con los matices de su belleza. La superficie del mar semejaba un espejo, a veces cóncavo otras convexo, donde podía hallarse en el fondo de su valle o encima de su colina, pudiendo divisar enormes distancia en el océano y comprobar la verdadera altura de una mar en calma.

A media mañana, frente a él saltaron alegre y en elegante acople una mancha de diminutos pececitos que brillaron cual mezcla de oro y plata provocando el brusco latir de su corazón ante la posibilidad de que detrás de ellos viniese su fin. Los pelos se le pusieron de punta y las horas se estiraban esperando la terrible mordida. Su respirar se hacía audible al grado de pensar que alguien estaba al lado suyo, y buscaba aterrado. El pánico le hacía sudar, y el silencio profundo sumado a la pesada calma, se camuflaban presagiando un horrible final.

Continuó abrazado a su chaleco, era incapaz de estirar los brazos, incluso no movió ni un sólo dedo hasta que divisó mí balsa frente a él. No daba crédito a lo que veía. El rótulo de "La Esperanza" escrito en letras naranja, le dio un vuelco completo a su corazón. Se dio cuenta de la realidad y comprendió que era cierta, pero de nuevo el pánico le inmovilizó de a lleno. La horrible sospecha de que un enorme escualo se cobijara debajo de aquella balsa, hacia interminables los minutos. Todo el miedo del mundo nuevamente anidaba en él. Había llegado a la conclusión de que mientras menos movimientos realizara, menos llamaría la atención de las muy hegemónicas bestias marinas.

Durante este tiempo en que la incertidumbre clavaba sus clavos sobre su alma, en silencio se cuestionaba: ¿Cómo acercarse a "La Esperanza" sin romper su reposo? Lo cierto es que sin mover ni un músculo, chocó con ella, y tras meter el pomo, trepó con unas ansias que lo hicieron considerarse haber nacido de nuevo.

Ahora, más calmado y menos pensativo, lustrando una vez más sus espejuelos oscuros y acomodándose nuevamente sus cabellos, con cierto interés preguntó:

−¿Eres de La Habana?

A secas le respondí que sí.

−¿Aún sigues bravo? −cuestionó preocupado y levemente moví la cabeza.

−No pienses más en eso −expresó él, perturbado−. Mira todo lo que yo he pasado y aún no sé ni cómo es que tengo ánimos para conversar.

−La crueldad de la vida curte al hombre −a secas opiné, y él sintiendo que esta frase le servía de apoyo, con mejor ánimo dijo:

−Esto es igual a una guerra, no podemos permitir que los sentimientos y lo inútil interfieran en nuestro objetivo. Al final los recordaremos con honor. No olvidar a los que perecieron es lo justo. Algún día se erigirá un monumento a los hombres, mujeres y niños que perdieron la vida en su afán de encontrar la libertad; puedes estar seguro de que el día que se inaugure esa simbólica plaza, estaré allí.

Hablaba con cadencia de orador masón. Sus palabras convencían a la razón, sonaban limpias, firmes y llenas de nobleza, no llevaban dudas; eran palabras que te llenaban de fuerzas para seguir luchando mientras hubiera vida. Me catalogaba como amigo. Yo sólo escuchaba, no tenía fuerza para seguir imponiendo mis ideas. Una inmensa fatiga se apoderaba de mi cuerpo y me provocaba algunas arqueadas. Sin precisar cómo, de repente su voz se tornó lejana cual eco perdido en una montaña; cuando volví a sintonizarla, él estaba junto a mí sujetando en una de sus manos el pomo amarillo.

−¿Te sientes mejor? −preguntó con suavidad.

Respiré profundo y comprobé que había vuelto en mí. Nuevamente bebí, y esta vez el sabor dulzón y el néctar típico de la fruta delató el contenido.

−¡Coño, esto es refresco de naranjita! −exclamé.

−De los almacenes que yo administraba −certificó él.

—¡Qué rico!, que lastima que no esté frío —expresé.

—Ya eso es mucho pedir, compadre —dijo él y agregó:

—Pero bueno, cada uno se va con los recursos a su alcance. Yo controlaba un almacén área dólar.

Bebí un poco más deleitando mi paladar. Él, al verme más repuesto y animado del desmayo, me dio a beber más, pues el azúcar en el refresco energizaba todo mi ser. Tras arreglarse el pelo con ambas manos, me informó:

—Te dio tremenda fatiga, pasaste varios minutos inconscientes.

Hizo una breve pausa y afirmó:

—Mi socio, creí que te partías, unos segundos más y te hubiese dado por muerto.

Sentí una doble y gran preocupación al escuchar esta frase. Había sustituido compadre por socio y a un socio lo jode cualquiera. Más, morir sin alcanzar la victoria es vocación de héroes o mártires y no mía.

—Estoy entero —dije lleno de firmeza.

—Ya veo —manifestó muy sonriente y aseveró:

—El único que se hace pasar por muerto, corre la bola y después sale saltando suiza por el muro del Malecón es el Jefe.

No quedaban dudas, me sentía mejor, pues me sonreí ante el recuerdo de estas idioteces del comediante en jefe.

—¡Coño, todo el mundo tiene un cuento que hacer de este hijo de puta! y yo aún no tengo ninguno —me lamenté en el pensamiento.

—No me has dicho de qué parte eres —dijo muy afable mi nuevo huésped. Lo miré con resignación y le respondí:

—Soy de Lawton. ¿Y tú, de dónde eres? —indagué con cierto interés.

—De Kohly, el reparto que está a un costado del río Almendares —le escuché decir, al tiempo que con la yema de los dedos se acomodaba los cabellos sobre la sien y la patilla del lado derecho.

—Sí, si… sé dónde queda —respondí.

La brisa nos refrescó, y más calmado, para no darle a entender mi fatiga, continué:

—Me tiré hace varios días. Aún estoy por llegar, claro está… si Dios quiere.

—Vas a tener que hacer tremendo esfuerzo, pues te ves muy mal —afirmó sin el menor escrúpulo y especificó:

—El hambre, el agotamiento físico, la fatiga casi constante y la

insolación, ésta última el peor de tus enemigos...
—Mi peor enemigo es el tiempo –le espeté, cortándole la palabra.

En un profundo instante su mirada intentó infiltrarse por mis indomables ojos con el propósito de descifrar mis ideas y tal vez neutralizarlas, pero halló la fuerza que me mantenía firme cual un titán y la seguridad de enfrentar batalla hasta la muerte; nada podía doblegar mi estandarte. Se acomodó nuevamente sus gafas y dijo:
—Eres porfiado y caprichoso, pero esta guerra no es fácil, observa tus manos.

Frente a su fresca piel, la epidermis de mis manos estaba casi negra y cuarteada. La fe se perdió de mis enrojecidos ojos. El pegamento de tristeza selló mis labios y una nebulosa de perturbación me llenó por dentro. Al ver la rigidez estatuaria de mi persona, y ante mi mudez, él comentó:
—Algo parecido tienes en la cara, el cuello y las orejas. La nariz parece una fresa a punto de caer; tal vez por eso no sentías la fetidez. Tus labios están cuarteados, si al menos te hubieses dejado crecer más la barba.
—¡Nunca! –le interrumpí y rugiendo desde el fondo de mi alma expresé mi sentir–. ¡Odio la barba!
—Hablo de una barba de protección, no de un símbolo. Cierto es que su patilla se ha convertido en un sello de maldad, y después que liquidó a sus dos Comandantes seguidores, ningún militar la puede llevar; tan solo el del *chivo*[80] y el bigote del *segundo*[81] eran la excepción –dijo sin la menor duda.

Me llevé la mano a la cara y con la yema de mis lastimados dedos comencé a explorarme el rostro, a descubrir e imaginarme cuán desfigurado estaba. El gran deterioro ocurrido en estas zonas no me dejaba salir de mi asombro. Al tocarme la nariz, ardió cual llaga viva registrando en ella los mismísimos latidos del corazón. Rápidamente cogí agua del mar y la vertí sobre mi cara, y al frotarme, mi cuerpo tembló por dentro.
—¡No hagas eso! –me alertó–. Ahora te alivia, pero resulta peor el remedio que la enfermedad.

El tono de su voz sonaba muy razonable y, prestándole atención, él

---

[80] Tenebroso comandante.
[81] Hermano del dictador, la misma cosa.

continuó:

—Cuando te desperté hiciste eso mismo y de seguro lo has hecho durante todos estos días, por eso estás así.

Hizo una pausa y comentó:

—Debiste de haber traído un sombrero. Ese trapo cubriéndote la cabeza no resuelve nada.

Guardé silencio. Él ni idea tenia de cómo me prepare para la travesía. Ahora echando un vistazo a nuestro mundo flotante, afirmó:

—Esta balsa está pelada. ¿Así tú pensabas llegar?

Su pregunta resultó un estímulo a mí desanimado espíritu, y comencé diciéndole:

—Aquí había de todo, pero la locura del difunto provocó una pelea y nos viramos. En el mar no se pueden cometer errores.

—¿Ustedes pelearon? —En la suavidad de su pregunta retumbó con tanta duda que me hirió.

Yo le devolví su mirada tratando de golpear su pensamiento a través de aquellos cristales oscuros, demostrándole que aún había que contar conmigo. Hubo un espacio que sólo el viento ocupó. Pasado un rato le respondí:

—Fue su culpa.

—Me lo imagino —dijo cortándome la idea, y quitándose las gafas se la acomodó sobre la cabeza.

—No puedes imaginar nada —respondí ásperamente y agregué:

—Cuando los encontré no tenían ni agua. Les di medicinas y alimentos, y les ayudé cuanto pude. Luego se suicidó el negro y...

—¿Pero había un negro? —a secas me interrumpió.

Con expresión de asombro se colocó esta vez las gafas bien ajustadas a su rostro y llevo su mano izquierda a la cara apretándose ligeramente los cachetes entre sus dedos y el pulgar. Lo miré rudamente.

—Sí... un negro, y se llamaba Camilo Cisneros, pero éste sí desapareció en el mar —enfaticé y añadí:

—Ahora no vengas a joderme con la similitud del Comandante desaparecido[82].

Hice una pausa haciendo más aguda la mirada, transmitiéndole en la misma que conmigo había que contar. Entonces continué:

---

[82] Versión gubernamental de la muerte de Camilo Cienfuegos.

—Luego Emilio Andrés se volvió como loco, y aquel mismo día por la tarde en el más absoluto silencio y sin que yo me diese cuenta, se comió y bebió todos los víveres. Entonces ocurrió la pelea, y al virarnos todo se fue a pique. Prácticamente no rescaté nada.

Realicé un gesto con los hombros al tiempo que me lamentaba con la cabeza, y continúe:

—Ese pomo de agua que ves aquí.

Tras acariciar el envase vacío levemente, proseguí:

—Lo llené gracias a una lluvia divina; con ese pudimos saciar y controlar la sed otro día más. Así que no pienses nada del otro mundo. Murió de muerte natural o algo por el estilo; era su día. Ellos sólo vinieron a agravarme la situación.

—¿Y la sangre que tienes impregnada en la ropa? —inquirió cual solo un investigador sabe hacer, y bajando las gafas hasta la punta de su nariz, me miró inquisitivamente.

Cual garfio de pirata sus negros ojos se clavaron en los míos. Sentí el peso de sus sospechas incriminándome. Con astucia había conducido la conversación hasta el punto en que yo mismo revelé la pelea. Altercado en igualdad de condiciones, sin más trascendencia que nuestro propio fracaso. Ahora tenía que revertir el erróneo análisis que lo llevó a conclusiones deshumanas. Miré mis ropas, la oscura mancha del alma de la gaviota resaltaba en ellas, y muy calmado le dije:

—Es la sangre de una gaviota.

—¡Una gaviota! —exclamó con asombro y cuestionó:

—¿Aquí en medio del mar?

—Sí, una gaviota —repliqué.

—¡A otro con ese cuento mi socio! No creo que hayas traído un tira piedras! —ironizó hasta con el rostro.

—No es mala idea —respondí lacónicamente.

—Entonces —dijo él y cuestionó—. ¿Cómo cazaste la gaviota, si lo perdiste todo en la pelea? ¡Y eso que estabas más muerto que vivo!

La burla de sus palabras me hería. Más cambiando el enfoque, dejó rodar lo que pensaba en la siguiente frase:

—A no ser un cuchillo.

—¿Qué insinúas? —enfaticé en mi interrogación.

—Debí haber revisado el cadáver antes de arrojarlo al mar —aseveró él.

—¿Qué mierda estás insinuando? —inquirí más agresivo de cuerpo y alma. Él, burlonamente dio rienda suelta a la desfachatez de sus ideas.

—De veras que no puedo creerte que hayas cazado una gaviota y que te la hayas comido cruda. ¿Cómo le quitaste las plumas? ¿Cómo pudiste cortarle la piel?

—Con mis dientes —le espeté, mostrándoselos de forma desafiante, y al compás del gesto, haciendo gala y alusión a mis brazos y manos, afirmé:

—Con estas la desplumé.

Frunciendo el rostro y siendo aún más enfático, clavándole la mirada sentencié:

—Realmente me bestialicé y ¡la desguacé!

Él comprendió mí mensaje, más no le importó.

—¡No me digas! —disparó su frase y cuestionándome me emplazó:

—¿Dónde están las plumas?, al menos una. ¡Eh...! ¿Dónde...?, no hay rastro de nada.

—¡Oh..!. esta conversación me asquea, verdaderamente me da náuseas —dije moviendo la cabeza y tratando de descompresionar la carga de estupidez que soportaba.

—No me hagas reír —expresó lleno de sarcasmo—, qué aún es una incógnita para mí saber cómo la cazaste.

La ironía había cobrado cuerpo en sus palabras y no la abandonaba.

—¿Cómo crees que fue? —le cuestioné y le enfaticé—. ¡Hijo de la gran peeerspicacia!

Impactado por la estocada de la frase, contuvo la respiración abriendo al máximo sus ojos, y perdiendo la supremacía irónica de su voz, dijo:

—No sé, cuéntame.

—¡Ja, ja, ja...! —mordazmente reí y sintiéndome dueño de la situación, muy campante continué:

—Se posó sobre "La Esperanza" y la agarré. Mira mis manos como están de arañadas y heridas.

—¿En la batalla por el cuchillo? —disparó con astucia su interrogante insinuación que frené estrellándola en mis palabras.

—Qué cuchillo ni nada que se le parezca. Aunque si me llego a imaginar esto hubiese traído hasta un machete —terminé expresando con el puño apretado a decir no más sobre el indomable remo, y a secas continué:

—No hay rastros de nada porque arrojé los desperdicios por la borda. Eso atrajo a una mancha de tiburones, y como la sangre de la gaviota cayó sobre mi ropa, pensé que los escualos guiándose por el olor de la misma me comerían, pues daban descomunales saltos que por momentos pensé que caerían aquí mismo y devorarme.

Gesticulando enfáticamente con las manos, le había visualizado la terrible escena, y continué:

—No tuve valor de lavar mis ropas, pues temía lo peor de estas salvajes bestias llenas de dientes a decir no más, créeme que las conozco muy bien.

Exaltado con mi propia experiencia, volví aferrar el valiente remo. Vi en la expresión de su cara como mis últimas palabras habían surtido un efecto sin igual; parecía haberse tragado la lengua. La dicha de haberlo silenciado no fue por mucho tiempo, pues sin aún romper aquella aparente calma, lustró sus lentes oscuros, se amoldo la cabellera, y puso su mano sobre la paleta de uno de los obstinados remos que descansaba en su balsa, y retomando el tonó de chanza, aseveró:

—Con estos remos no hubiese parado.

—En medio de esta corriente no tiene sentido remar, es cosa de tontos —afirmé con la mayor seriedad, sin quitarle la vista de encima a la mano que él tenía sobre el otro remo.

—En cambio yo remaría —expresó, haciéndose el desentendido. Su afirmación me irritó e irónicamente le imputé:

—Tú, porque estás fresco como una lechuga.

Y mostrándole mis manos vendadas, comenté:

—Aquí es matarte a pedazos. Mejor es esperar a que alguien nos divise.

—¡Ah... compadre, tú no sabes lo que estás diciendo! —expresó con la autosuficiencia que lo caracterizaba y me cuestionó:

—¿Sabes lo que ocurre si nos ve un barco mexicano?

—No tengo idea —respondí.

—Nos denuncian entregándonos a la Seguridad. El gobierno mexicano apoya al régimen que impera en la isla permitiendo todo tipo de ignominia contra el emigrante cubano, y han deportado a un tongón de compatriotas sin ningún tipo de escrúpulos.

—¡Pa'su madre los charros! —exclamé.

—No sólo ellos, también tenemos que evitar el caer en Las Bahamas, allí a los balseros los encarcelan y sufren múltiples abusos y desmanes. La gran mayoría de ellos tras meses de inhumana prisión, el gobierno los envía de vuelta a Cuba; donde ya tú sabes lo que les espera.

Tras amoldarse el pelo y colocarse correctamente las gafas, afirmó:
—Por lo que prefiero remar.
Y mandatoriamente me dijo:
—Así que por favor dame el remo.
Me le quedé mirando lleno de incertidumbre, y sin ningún tipo de rodeos le dije:
—Más tarde, ahora hay mucho sol y además me siento más seguro con él en caso de un ataque de los tiburones. Este remo me inspira mucha confianza.

Esta vez se frotó las manos en señal de aprobación y respirando intensamente hasta ensanchar su pecho simuló satisfacción. Más calmado y lleno de decisión, observó el paisaje que entre cielo y mar resultaba en un perfecto contraste de tonos azules. Volvió a mirar a la redonda y acariciando el remo, más reflexivo rectificó su propia decisión:
—Tienes razón, ahora de día el sol acabaría conmigo en un dos por tres. Además estoy extenuado.

Era pura lógica lo que el hombre condensaba en su cerebro, deducía, meditaba y seguía planificando el avance. Entonces con su plan ya hecho, afirmó:
—Por la noche con la fresca voy a darle tremendo empujón a esta balsa. Tengo unos ánimos que sí no los empleo en algo detonaría como una bomba.

Un enorme y estilizado pez de aleta dorsal espectacularmente bella, saltó a poca distancia de nosotros y alegró el empalagoso paisaje con sus vistosos colores de un azul añil matizado en plata, y ribeteado con rayos de sol e hilos de oro que dejan al más escéptico con la boca abierta. Sentí cierto recelo contra esta creación divina, pues su puntiaguda espada no me daba buena espina. No estábamos tan solos. Por momentos el océano parecía muerto, pero allí en sus profundidades reinaba otra vida, de la cual éramos ajenos y que ahora nos resultaba hostil.

Cómodamente sentado sobre el borde de la cámara y con expresión alegre, Ángel Pablo dijo:

—¿Viste qué cosa más bella?

—Bello desde un barco o un yate, pero desde esta frágil balsa no me agrada nadita de nada. Es tan peligroso que no me hace ninguna gracia —comenté sinceramente, lleno de temor ante la posibilidad o mayor desgracia de vernos atravesado por uno de estos colosales pez espada.

—Hobby de millonarios —dijo él y aseguró:

—Al jefe le encanta; es todo un señor burgués.

—Lo bueno le gusta a todo el mundo —sentencié.

—Este comunista de mierda quiso extirparnos el gusto como si uno fuese un verraco —dijo él con clara expresión de desprecio.

—El derecho y el placer de festejar y disfrutar de una buena vida ha quedado prohibido en Cuba. Tener buen gusto para vivir es un delito —dije como un reclamo, y cogiendo el pomo vacío, cruda realidad para un sediento balsero, quedé meditativo observando el envase, preparándome sicológica y espiritualmente para un sediento día que prometía ser de los más sofocantes en esta incierta, agotadora y traumática travesía.

El Ampa aprovechó para lustrar sus gafas y pasarse las manos por su ya amoldado pelo, y más animado reveló:

—Ahora que nombraste el placer de festejar algo en la vida. Recuerdo que hace años en la unidad recibiendo un entrenamiento de contrainteligencia, un compadre mío entrado en tragos me confesó de un comando creado por la Seguridad, para que el día en que muera el jefe le pasen la cuenta a un grupo de personas opuesto a él, así les quitara el placer de celebrar su muerte.

Tras revelar esta sentencia, testificó:

—Parece una cosa de locos, pero de este hijo de puta se puede esperar cualquier cosa. Incluso una vez, uno de la contra inteligencia me confesó que el asesinato de J. F. Kennedy se fraguo en una de sus oficinas.

Agudamente ratificaban sus palabras el gesto afirmativo de su cabeza, y apoyándose en el mismo, continuó:

—Por eso es que uno está aquí, tratando de escaparse del destino al que ha sido condenado el país. Todo cuanto en la vida sucede es porque el destino te lo marcó. De verdad que aquella vieja brujera tenía razón al decir que llegaría, de una forma u otra llegaría.

Con un gesto altanero de brazos enfatizó la frase y nuevamente repitió su manía de alisarse el pelo, y al igual que una radio que no se calla, continuó:

—Unos días antes de la salida. Mi mujer me mandó a casa de una santera que vive cerca del Fanguito, un caserío a orillas del río Almendares donde la miseria llega hasta el culo. Allí me entrevisté con una negra que el que le descubra la edad, se gana el premio gordo de la lotería.

Hizo un alto, y tomando un respiro prosiguió:

—Treinta y siete dólares fue lo que pagué por la letra que me salió.

Se sonrió levemente y continuó:

—Aquel lunes por la tarde en el lugar de la ceremonia, me indicaron un taburete rodeado por varios miembros de la religión.

Su voz me cautivo nuevamente y su narrativa preñada de misterio me hizo imaginar una junta multirracial de *Babalaos*[83] con caras idénticas a las talladas en madera y que, con sus tabacos en la boca, humeaban un toxico aroma vegetal. Los había desde extremadamente flacos y patilludos, hasta gordos que la grasa destilada de sus cuerpos manchaba el almidón de sus ropas; otros, de ojos saltones, parecían escudriñarte el alma por dentro. Vestidos de blanco impecable más la gorrita que los caracteriza, estos espiritistas mostraban en sus pechos cadenas de oro y plata, junto a un tongón de collares multicolores e idénticas alhajas en pulsos cubrían sus muñecas. Otros de estos personajes mostraban tatuajes de todo tipo.

Múltiples güiras con plumas de diferentes colores embadurnadas de sangre, así como tarros y cráneos de animales sacrificados en eventos anteriores, se fusionaban con tallos de caña de azúcar, yerbas aromáticas y varios matojos que se encontraban regados por el suelo. Todo en su conjunto provocaba un fuerte olor a frutas pasadas y esencia del más allá. El humo saturado de la pócima de la santería, se enredaba en los gajos de arecas colgadas en las ventanas. La mística atmósfera del cuartucho invitaba a la presencia espiritual de cualquier entidad paranormal.

Lo visualicé sentado frente al altar tapizado en color púrpura que estaba repleto de diversos vasos llenos de agua, donde también había

---

[83] Alto rango en la religión afrocubana..

varios adornos y ollas, desde el más triste metal, hasta las más finas porcelanas. Diminutos animales recortados en lata y diversos objetos oxidados, más una infinidad de coloridos pañuelos, aros o pulsos, espadas, cuchillos, hachas reales o en imitaciones y hasta un bate de pelota, lucían como trofeos junto a las múltiples imágenes y estampillas colgadas a las paredes de madera.

Un gato negro disecado, parecía estar parado sobre un estante. Un cesto alto lleno de diversas y vetustas sombrillas quedaba recostado a un costado de un armario repleto de muñecas elegantemente vestidas para la adoración. Estas, se sumaban a una infinidad de cosas más, para ridículamente armonizar con las esfinges de los santos africanos.

Dentro de una vieja y descascarada palangana con agua, una veterana jicotea boqueaba sin parar. A su lado, un cajón de arruinada madera acogía en su interior a una olla de barro llena de caracoles y otros objetos. Tabacos podridos, caramelos y dulces finos, cuales piedras petrificadas de un castillo guarnecían el espíritu que al parecer allí moraba. En un nivel superior, otra vasija conteniendo una prehistórica piedra con caracolillos incrustados, daba semejanza a un grotesco rostro que acaparaba la atención espiritual. Frente a este hechizado y enigmático cajón, la sangre de una gallina prieta y de dos palomas blancas recién sacrificadas, manchaban la alfombrilla de paja que servía de bandeja a la brutal ofrenda. Todos los presentes se habían arrodillado ante este pequeño y raro altar, dando ligeros golpes en él y sonando una campanilla que colocaron junto a unos clavos oxidados para sujetar raíles.

Cuando todos estuvieron acomodados en sus puestos, los más jóvenes con vestuario más colorido e incorporados al grupo, sacaban ritmos a los añejos tambores, claves, güiros y maracas, entonando cánticos y ritmos en un argot africano primitivo. Al fragor de la danza, se colocó detrás de la puerta una antiquísima escoba de hoja de yarey ripiada. Junto a estas estaban una guataca, un machete y un garabato.

Se hizo silencio, y la vieja apareció descalza, vistiendo una saya de tela de saco viejo todo desflecado, un turbante amarillo como un sol y algunas marcas de tiza blanca en la cara. Traía en sus manos una enorme máscara esculpida en madera y decorada con vistosos colores, y que tenía por cabellera una abundante fibra de henequén teñida de verde y amarillo. Tras hacerle un gesto ceremonioso, la colocó bloqueando toda la puerta. Acto seguido ejecutó algunos movimientos extraños, comenzó a fumar tabaco y a invocar en una lengua desconocida. Los allí presentes, repetían el mismo argot dándose buches de ron o aguardiente y escupiéndolo sobre las yerbas del suelo.

El cuarto parecía tener fiebre. Un fogaje invadió sorpresivamente a Ángel Pablo y le amordazó el rostro; se caldeó el ambiente y comenzó a sudar a la par de ellos. Más su voz me trajo de vueltas a la realidad al escucharle decir:

–No entendía nada, el sonar de los tambores me aturdía.

El Ampa agitó con ligereza su cabeza, mientras sus manos alisaron su pelo, y tras acomodarse nuevamente las gafas a modo de cintillo, me miró y continuó:

–Todo aquello resultaba nuevo para mí. Un tipo como yo: El Ampa, metido en aquel rito fetichista, no encajaba con mi personalidad, ni en el África hice esto. ¡Pero qué coño!, si el hijo de puta de mi suegro que tiene tantos grados le mete a ésto con tal de que no le hagan un número ocho en la unidad y se ha echado cascarilla en los cojones para que no se le vaya la querida. ¡Así qué...! ¡Aquí estoy!, me dije dándome ánimos y continué averiguando mi futuro, consejo de mi mujer; hija del generalísimo comunistón marxista espiritista, conocedor del asunto. Claro, él va a Guanabacoa, siempre buscando del folklore lo mejor.

Hizo un gesto con las manos, donde esta vez pude ver claramente un pulso de cuencas verdes y amarillas montadas en oro, fruto al parecer de un trabajo más profundo. Luego de volver a pasarse las manos por el cabello y comprobar su orden, prosiguió narrando su vivencia.

Nuevamente su voz de embrujo me cautivó y continué visualizando la escena, donde después de mucho humo, buches de alcohol, jerigonzas y sonar de tambores, llegaron a la conclusión de que tenía un muerto detrás y debía quitárselo del camino.

–¡Un negro! –exclamó él con sus ojos abiertos a decir no más.

–Sí, un negro Congo Carabalí –dijo uno de los presentes.

–Sí mi *yijo*[84], Carabalí. –Tras imitar la voz de la brujera cual si

---

[84] Pronunciación de hijo en argot de ritual afrocubana.

estuviera poseído, se sacudió y continuó:

—Carabalí, sentenció la santera, y sabría de éste al cruzar el mar.

Muy agitado, nervioso y sudoroso, detuvo su narración. Después de un brevísimo clímax, prosiguió:

—Quedé muy desconcertado, realmente en la misión no supe ni a quién maté o si maté a alguien en específico. Solamente tirábamos con la BTR y ni sabíamos dónde daban los disparos. Es cierto que vi muchos muertos, pero nunca pensé que fueran míos. Me asaltó una depresión enorme, creo que ellos la vieron reflejada en mi rostro y aunque dijeron que yo no era un tipo problemático, me alertaron sobre compañeros en mi trabajo que con ansias de escalar posición podrían joderme. Y créeme, llegué a desconfiar hasta de mi sombra. A partir de ese día no creía ni en mi madre.

Comprendí que aquel ritual de magia negra le impactó mucho. Ángel Pablo, como encantado por lo que narraba continuó:

—Tras identificar todos los cuadros de mi vida, pasaron a la limpieza de mi espíritu. En el piso de cemento gris pintaron con yeso símbolos de círculos, cruces, triángulos, arcos y flechas, semejante a otros que colgaban en tapices de saco en la pared, al tiempo que otros allegados entonaban una jerigonza cacofónica y daban vueltas, danzando por la habitación. Uno de ellos tomándome por las manos y obligándome a ponerme de pie, me paró frente al jeroglífico del suelo. Del alcohol puro que bebían, vertieron sobre el grabado del suelo al instante que otro le prendía fuego. Acto seguido, el que me tenía sujeto por las manos, me hizo girar a gran velocidad alrededor del símbolo convertido en llamas.

Mi mente se extasiaba en el embrujo de la narrativa e imaginé la rotación de sus cuerpos creando un torbellino ascendente que hizo crecer las llamas en lenguas candentes por encima de sus rostros. Él trataba de escaparse de terribles quemaduras, al tiempo que alguien exhortaba:

—¡Gira, gira, que ese muerto ya mareado aquí será atrapado!

Cuando se hubo agotado la fuente inflamable, atolondrado por el constante girar, lo detuvieron en el mismo sitio donde comenzó todo. En aquel momento se oyó la advertencia de no moverse ni mirar hacia atrás. Alguien había destapado una botella de alcohol y esparcía el poco contenido de la misma al aire, logrando con maestría de siglos que el extremo del líquido derramado cayese sobre una de las múltiples velas encendidas, provocando la rápida carrera de la llama hacia la boca de la botella, y justo cuando ésta parecía alcanzar sus bordes para estallar, la hábil mano del que efectuaba la operación taponeó el envase con un corcho. Dentro de la botella sólo quedaba un poco de bebida efervescente; las burbujas parecían que quisieran escapar.

El *Babalao* que aparentaba mayor rango, al tiempo que sellaba el pico de la botella con cera de una vela, explicó:

–¿Ves esas burbujas? Es el espíritu del muerto que ha quedado encerrado y jamás te molestará. La enterraremos en un lugar secreto a la orilla del río para que descanse, y si algún día alguien lo abre se ira con él.

Ángel Pablo realizó un alto que me trajo de vueltas. Nuevamente aprovechó para alisarse el cabello y tras acomodarse nuevamente las gafas, continuó:

–Aquello resultó mejor de lo que pude imaginarme. A partir de ese momento realicé varios trabajos de pedirles permiso a los santos para cruzar el mar. Tuve que comprar un pargo y llevarlo a la costa como ofrenda a no sé quién. Después fui a la iglesia de Regla para una misa espiritual, y cuando crucé la bahía en la lanchita, dejé caer al agua siete kilos prietos, y no fui el único en hacer ese depósito en la rada habanera. Muchos de los que veníamos en la embarcación nos realizamos una limpieza del carajo, y al final, la magia negra dio su propio testimonio, pues hasta el negro apareció en el camino.

Lleno de autosuficiencia con su propia experiencia y conocedor de la tragedia que el mismo protagonizaba, tras respirar hondamente continuó:

–El Comandante es una maldición; su revolución negó a Dios y provocó el castigo divino. Ahora la población desesperada cifra sus esperanzas en la santería.

Estas últimas frases chocaron en mis oídos y rompiendo mi silencio le contesté:

–Hay millones que solo creemos en Cristo. Además, Dios no es culpable de nada de lo que está aconteciendo.

Hice un alto para clavar mí vista en sus negros ojos y le increpé:

–A eso que tú fuiste es un ritual demoníaco y se llama brujería.

–Bueno, no todos tenemos las mismas creencias –comenzó diciendo y agregó:

—Yo ahora recién me inicio en esa religión. En mi opinión, yo la llamo santería que es como popularmente se conoce.

Un semblante de satisfacción afloró a su rostro y como una lógica deducción sonrió, pero habituado a su hegemónico cuestionar, interrogó:

—¿Eres cristiano?

—A mucha honra —contesté lleno de orgullo.

Curioso por mi creencia, arremetió con nuevas preguntas:

—¿Estás bautizado? ¿Has probado la hostia? ¿Te has confesado?

Muy ecuánime le contesté:

—De mi bautizo no guardo recuerdo. Pero según supe por un amigo que estudió en una escuela de curas, la hostia es insípida y sabe a rayos. Mis confesiones las hago a solas, arrodillado en la intimidad de mi cuarto y la paz que inunda mi corazón supera cualquier cosa.

—¿A qué iglesia vas? —agregó otra de sus interrogantes.

—A ninguna —contesté.

—Cristiano y no vas a la iglesia —me imputó burlonamente, y muy calmado le manifesté:

—No soy perfecto pero tengo mucha fe.

—Todos tenemos fe —aseveró él.

—Pero no todos la depositamos en el lugar correcto —le dije y diserté:

—Tú fe puede ser inmensa como el océano e incluso confiársela a las mil vírgenes, pero de nada sirve sino la depositas en Dios.

Quedé mirándolo fijamente para que no quedara duda alguna.

—Qué confiado estás —afirmó secamente.

—Confío en Cristo —dije muy sereno y continué:

—Aún no se sabe de qué tamaño es el átomo de fe, pero ése yo lo tengo depositado en la entidad correcta.

—¿Te crees con la verdad? —sumó esta interrogante con gran prepotencia.

—La verdad está en Las Sagradas Escrituras —testifiqué.

—En ellas también está el Diablo —replicó y le contesté:

—Está para que conozcamos el origen de la mentira, del pecado y la muerte. Contra ese enorme mal está Jesucristo que es el camino y la verdad y la vida.

—Eres un fanático —aseveró él.

—El fanatismo es contrario a la fe, nace del odio y su destino es la muerte –le afirmé, y en mi modesta predicación extendí:

–Jehová es un Dios de seres vivos, y todo aquel que tenga fe en su hijo Jesucristo llegará a vivir eternamente.

Él guardó silencio por un breve instante, y rudamente me imputó:

–Sé realista, la resurrección es un cuento, el mundo ha evolucionado. Ahí están las teorías científicas que se estudian en todas las universidades.

–La teoría de la evolución es un crimen de lesa humanidad – afirmé, y llegando de golpe a mi memoria el salmo 139:14, le prediqué:

–"…de manera que inspira temor estoy maravillosamente hecho".

Viendo él mi verdadera y única posición ante el tema, expresó:

–Qué bien se siente uno pudiendo expresar libremente sus ideas.

Apoyando su frase, le notifiqué:

–Esta es una balsa cristiana, libre y democrática, aquí sí puedes expresar tu opinión.

–¿Eres abogado? –continuó interrogándome.

–No –contesté–. Estudiar derecho en Cuba resulta de una ironía y crueldad que aberra a la inteligencia. Tener que estudiar una ley mordaza a la cual hay que someterse, es un insulto al intelecto; ya me era suficiente con vivirla ¿No crees?

Después de una leve y malograda sonrisa, con la mayor ecuanimidad le respondí:

–Soy maestro de Química.

Y con un mejor ánimo, le dije:

–Soy otro cubano en busca de libertad. Espero llegar y triunfar gracias a mi fe, y a la paciencia que seamos capaces de tener para contener la desesperación.

–Paciencia a mí me sobra –aseguró Ángel Pablo con gran ínfula–. No voy a esperar todo el tiempo; adelantaré las manecillas del reloj. Demostraré mi fuerza de voluntad para salir adelante como sea; hay que luchar, imponerse a la vida.

Tras hacer un alto que aprovechó para pasarse una mano por el pelo, continuó:

–Cuando me empeño en una cosa me vuelvo ciego como un toro en el rodeo y le parto de frente a los problemas. O triunfo o me jodo, así soy yo.

En gesto rápido, sus dedos surcaron sus cabellos y acomodándose las gafas comenzó a mirar el horizonte, pero este seguía mudo de señal humana. Hipnotizado con el paisaje guardó silencio, como si después de él nadie fuese a hablar.

Aprovechando el momento, dije en forma meditativa, pero refiriéndome siempre a él:

—Así que eres un tipo duro.

Él volteó su rostro hacia mí y a pesar de sentir la fuerza de su mirada a través de las oscuras gafas, proseguí:

—Todo o nada. Eres un triunfador; sólo crees en ti. Si te salen bien las cosas resultas el mejor, pero si es un revés, de seguro buscas alguna justificación para escudarte.

—¡Estás equivocado! —increpó sin quitarme la vista de encima, y haciendo un golpe de viento con el pelo, agregó:

—Considerarse un triunfador no quiere decir autosuficiencia, sino un verdadero gladiador de la vida. ¡Oh...! ¿Qué tú crees de ésto? Lanzarse al mar así con todas las de perder. ¡Yo no sé nadar! y si me lancé a la inmensidad del océano es porque preferí morir ahogado antes que fusilado por los hijos de putas que allá gobiernan. Y si este chaleco que ves aquí te hace pensar lo contrario de mi temeraria acción, te hago saber que la brujera me advirtió que no debía llevar puesto nada de color naranja. Al momento de la salida vi los chalecos naranjas, pero pensando en los niños dejé los mismos en la embarcación. Tenemos que triunfar, pues arriesgamos la vida por una causa y por un sueño.

Calló por un instante, pensé que se arreglaría el pelo o las gafas pero no, esta vez se puso de pie y quitándose enérgicamente el chaleco salvavidas, sin pensarlo dos veces lo lanzó lo más lejos que pudo, y a la sazón afirmó:

—Yo si tengo los cojones bien puestos y no le tengo miedo a nada. La negra dijo: "¡Na' naranja!" Y nada naranja llevo. Quiénes no se meten en candela nunca se queman, además, para comer camarón hay que mojarse el culo. Vivir la vida sin haber corrido ningún riesgo es no saber la emoción de estar vivo. Pero aquí hay de todo, desde el más hermoso éxito, hasta la más horrible muerte.

Hubo un breve silencio, él aprovechó para acomodarse el cabello y las gafas, y muy sutilmente expresé:

—Como quien dice, tú primero miraste en una bola de cristal.

Observando como él clavaba sus inquisidores ojos en mí y

decidido a desenmascarar esa farsa, continué:

—Ninguno de estos conversadores con el más allá dice que dejes el PCC o el CDR, que no pagues las MTT o el Sindicato, ni mucho menos que tu hijo deje de ser pionero. Sólo hablan de mar por el medio, viajes, tarros, enfermedades o que hay alguien que te ha hecho un daño, depende de la cara que traigas. En Miami estoy seguro de que ninguno habla de regresar en balsa.

—Puede que en algo tengas razón —respondió—, pero la verdad es que ellos no se meten en política.

—¡Ah, no!, y cuando tiran la letra del año, jamás vaticinan nada malo contra el diablo en jefe para que se caiga. Todo lo contrario, hasta oran para que se le mejore la salud. ¡Pendejos! Saben que el tipo tiene hecho tremendo trabajo allá en el África para que muera de viejo; el muy degenerado es más demonio que Satanás.

—¡Ah...! tú también le sabes a la cosa, no te quedas atrás.

El tono burlón de su voz me molestó. Traté de continuar, más no me dejó con sus mordaces frases:

—¡Aquí el que no corre vuela y el que no tiene de Congo tiene de Carabalí!

—Esas igualdades no pegan conmigo. Quiero que sepas que la brujería le hace tanto daño al que la practica como al que se deja arrastrar por ella —le contesté.

—¡Lo que sé... es que la brujería le entra a todos! —me respondió.

—¡A todos los comemierdas! —le espeté. Y sacando energías de mi propia fatiga, afirmé:

—Los muertos no hablan y son los demonios quienes engañan. Las adivinanzas por azar se pueden dar, pero tampoco puedes asegurar que vas a llegar.

—¡Siii...! ¿Quién coño me lo va a impedir? —exclamó y cuestionó frunciendo el rostro cual tigre.

Un gran silencio se apoderó de nosotros. Ángel Pablo quedó profundamente concentrado en mis palabras durante larguísimos segundos. Luego se pasó varias veces las manos por su sedosa cabellera. Comprendí que a pesar de las ganas inmensas de conversar que tenía, debía refrenar mi lengua, pues este tipo de discusión no ayudaba a mejorar nuestra situación. Por un momento el mar asemejó estar estático y sólo la brisa en compañía de algunas nubes rompía la monotonía oceánica de aquel olvidado paraje, arrancándole segundos al minutero.

Nuestras miradas buscaban ávidas algún detalle oculto que pudiese dar término a todo aquel clímax que sólo lograba romper la paz y el equilibrio mental de la balsa, y por ende, capaz de acarrear situaciones delicadas para nuestra supervivencia; más bien para la mía que era el que más destimbalado estaba.

El mar parecía sedado, soleándose bajo un sol que comenzaba a picar desde temprano; sólo una brisa muy débil se deslizaba por su superficie. Alto en el cielo las nubes parecían desplazarse a mayor velocidad. Nada de nada indicaba que nuestra situación fuese a cambiar. Mi radiante banderita permanecía recostada a su palo. La ausencia de señal que delatara la presencia de alguna embarcación comenzaba a encolerizarme. No era posible que durante tantos días en el mar yo sólo me encontrara con balseros frustrados, náufragos, pesadillas, parajes misteriosos y brutales tormentas, sin que tan siquiera apareciere una embarcación.

–¡Coño, qué fatalidad la mía, y todavía hay supertanqueros que chocan en medio del océano, vivir para ver! –Hablaba para mis adentros mientras que mis nobles ojos buscaban afanosamente en el horizonte algo que denotara esperanza o salvación a aquella situación que duraba ya incontables vueltas del minutero.

La comunicación parecía haber desaparecido de "La Esperanza". Pero cual escenografía olvidada tras el telón en un teatro, el paisaje seguía siendo el mismo, y amparado en el húmedo clima, el silencioso salitre continuaba cortando nuestros rostros. Ni un cabrón pez saltaba fuera de aquella inmensidad para al menos ilusionar nuestra fatigada mirada. Las horas corrían en completo mutismo. La calma ahogaba nuestras ilusiones. La espera tan agotadora y olvidada, me hacía bostezar. La incertidumbre de saberme en el mismo lugar, abatido después de tantos días añorando ver un verdadero rostro salvador, me deprimían aún más que las ya constantes fatigas.

No sé qué estaría pensando él, pues a cada momento repetía su manía y consultaba su reloj como si esperara encontrarse con alguien; supuse yo, pues ya yo suponía cualquier cosa. Por fin, tras el gran silencio, al parecer cansado de tanta espera y con las órbitas de sus ojos fatigadas de tanto arañar el horizonte, afirmó:

–Estamos a más de cuarenta y cinco millas de Cuba.

Que revelara este dato, causó gran impacto en mí, y volviéndome hacia él pregunté:

—¿Por qué estás tan seguro?

—Al ser interceptados por las Tropas Especiales, comunicaron por el altavoz a los soldados de realizar la operación lo más rápido posible debido a que estaban en aguas internacionales: exactamente a cuarenta y dos millas y debían regresar con urgencia.

Él movió la cabeza afirmándose lo indiscutible de esta información, y quedando pensativo se quitó las gafas. Su hábil mirada comenzó a escudriñar el horizonte y mi vieja astucia callejera me alertó de que con frialdad elaboraba algún plan, y el prejuicio sembró la duda en mí.

—¿Qué estará tramando? —Martillaba en la frente ésta interrogante, cuando de repente preguntó:

—¿Traías brújula?

—Sí —respondí lacónicamente.

—Sabes que también podemos guiarnos por la salida del sol, las estrellas, la luna y por nuestros propios instintos —dijo muy seguro de sí mismo.

—Hay instintos buenos e instintos malos —especifiqué.

—Desde que llegué no confías en mí, ¿temes algo? —Tras esta interrogante, hizo una pausa esperando contestación y al comprender que no llegaría, acomodó su peinado y sus lustradas gafas, y prosiguió:

—Estoy en mejores condiciones físicas, pasé el ejército y combatí; estoy preparado para todo. Este fogueo aún no se ha acabado y no me voy a quedar con los brazos cruzados, si me prestas el remo daré un empujón a esta mierda que la encallaré en Miami. ¿Qué tú opinas de eso?.

El tono altanero y la déspota palabra empleada a su salvación, me molestaron e hirieron en lo más hondo. Ya estaba algo susceptible con este tipo que repetía su manía, alardeaba de lo que era capaz de alcanzar y lanzaba preguntas bien fulas. Quedó esperando contestación mía, pero esta última no llegó. A mí no me quedaban muchas ganas de hablar de nada y él también lo comprendió.

Le continuaron el espacio de varias horas haciendo planes que en su totalidad no revelaba, sólo eran ideas fugaces que cortaban el aire. Realmente era un hombre de acción, intrépido y desmedido ante el peligro. Acababa de cruzar una enorme prueba y ya comenzaba a prepararse para enfrentarse a lo que viniera. Las ansias de triunfo brillaban con luz propia en sus ojos negros como azabache; ese mismo brío tenía yo al salir y ya me resultaba difícil encontrarlo dentro de mí. El mar era capaz de reducir y doblegar cualquier voluntad por muy fuerte que esta fuera, y la mía no resistía lo calculado.

Mis irritados ojos pestañeaban su cansancio, y en esta lucha agónica, empecé a recordar cuando fui a casa de José Mario allá en el Wajay. Él me daría varias ideas para el viaje y me mostraría un atlas de Cuba donde podría apreciar el comportamiento de las corrientes y los vientos en las distintas épocas del año, así como una serie de faros que anuncian las costas. Resultó un libro inmenso, creo que era la edición de mayor volumen.

—¡Apretaste! —exclamé.

—Es una joya —contestó riendo con malicia—. Me lo llevé de la mismitísima Academia de Ciencias en el Capitolio. En este ejemplar aparecen todos los cayos habidos y por haber; aquí sí no hay maraña.

Él sonreía mientras hojeaba el atlas buscando la página en la cual se veían las dos costas que bordean el estrecho de la Florida. El mapa presentaba notables señalamientos realizados con distintos tipos de lápices, indicando el alcance de los faros, profundidades marinas y posibles recorridos de aviones de rescate, corredores navieros y aéreos; así como cuadrículas en las que con mayor frecuencia transitaban los pesqueros deportivos. Realmente toda una información como para no perderse en esa gigantesca corriente oceánica.

—¿Y todos esos datos dé dónde los sacaste? —pregunté.

—¿Tú eres del aparato[85]? —lleno de malicia cuestionó.

—¡Primero muerto que desprestigiado! —sentencié.

—Entonces compadre —comenzó diciendo—, si quieres cruzar el charco ponte para las cosas. Este mapa no es igual a los poquitísimos que se publican ahora; que por cierto, están alterados por orden del Compañero en Jefe. Figúrate, él tiene fobia a que alguien le haga un atentado; le teme a su propia y arraigada costumbre. Figúrate tú que el barbudo hubiese podido documentar todos esos atentados que él

---

[85] Leguaje callejero para referirse a la seguridad del estado. (chivato)

dice que han tratado de hacerle. Figúrate tú compadre, ya estuviese en el libro Guinness, son más de quinientos, casi un atentado mensual. Yo no sé cómo es que no se ha enfermado de los nervios.

Terminó expresando boquiabierto y dándole vuelta a las orbitas de sus ojos.

–La verdad es que patilla está tan loco como embustero, así que no hay de que extrañarse –dije sonriendo, y asintiendo ligeramente con el rostro, José Mario dijo:

–Bueno compadre yendo al grano ¡lo que tengo es mamey!

Y jocosamente expresó:

–Los he ido recopilando poco a poco. En mi "Carreta" todos cooperan. ¡Sino, figúrate tú!

Extendiendo sus brazos tal la magnitud del asunto dejaba claro que la cosa era en grande y yo ante ésta primicia indagué:

–¿Cuál carreta?

–Mi balsa compadre. ¡Ñooo... hoy tienes el bobo subido! – exclamó poniendo las dos manos sobre el enorme mapa, y mirándome de lado me dijo:

–Tú balsa se llama "La Esperanza". La de nosotros se va a llamar: "La Carreta". En esta casa todos somos del campo. ¡Somos guajiros! ¡Figúrate tú! En carreta nos mudamos para acá y de aquí nos vamos a mudar para la *Yunay* en otra carreta. ¡Figúrate tú compadre, lo que ésta es acuática!

Terminó de decir la frase gesticulando con los brazos a modo de remos.

Su esposa Ana Bertha que traía dos tacitas de café recién colado, me dijo:

–Nelson, este café si es del bueno. Ten cuidado que está ardiendo.

–Tome la tacita con sumo cuidado sintiendo que estaba caliente como el coño de su madre. Luego de soplarla repetidas veces, intente un sorbo y casi me quemo la lengua. La expresión de mi rostro lo dijo todo.

–Te lo advertí, está hecho con candela –jocosamente expreso Ana Bertha.

Después de deleitarnos con la aromática infusión, Ana Bertha con su campechana sonrisa y jovialidad de siempre, me convidó a almorzar, comentándome que tenían algo especial.

Traté de evadir la invitación pero José Mario pasándome un brazo por encima del hombro, llamándome como de costumbre compadre, ratificó la anterior invitación; a lo que yo sin mucho esfuerzo asentí.

–Deja el libro sobre la mesa –dijo José Mario–, que de todas formas te lo voy a prestar. Me sonreí ante la suerte de poder analizar esos mapas con calma.

–¡Figúrate tú compadre! ¡Tú naciste para'o! –exclamo él–. El otro día te invitamos a que te fueras con nosotros. Hoy te estoy enseñando un mapa con todas las de la ley, te brindan café, tostadito y molido aquí, de las matas del patio, que ya eso es un lujo, y además te invitan a almorzar. ¡Compadre!, dese con un canto en el pecho que usted hoy sí que no salió con el pie izquierdo.

Indicando con la mano la puerta del fondo, me convidó:

–Vámonos para el patio a ver "La Carreta".

Nos dirigimos al fondo de la casa donde el padre de él junto con dos amigos, trabajaban en la construcción de la balsa que tenía proporciones descomunales. Varios metros de largo por dos o tres de ancho, y una gran cerca de madera alrededor, enmarcaba la balsa. Mis ojos se quedaron atónitos ante aquel enorme pontón.

–¡Pásele pa'cá, vejigo! –exhortó Carvajal–. Por fin te embullas con nosotros o sigues con la idea de irte solo.

–Sí, sí... –dije apenado–. No me gusta la idea de viajar con niños; eso me parece una locura.

–Locura es seguir viviendo aquí cuando la caña está a tres trozos y de chupa y déjame el cabo, que casi todo el mundo está en la tea – comenzó diciendo el veterano campesino, y echando hacia atrás el viejo sombrero de guano, con un leve gesto de la mano terminó por secarse el sudor de su frente con un pañuelo de listas azules bordado con sus iniciales. Luego se recostó a uno de los ocho tanques metálicos de cincuenta y cinco galones que formarían parte del fondo junto a unos tubos de regadío herméticamente sellados.

Al comenzar la charla, todos nos acomodamos sobre un enorme banco de madera rústica colocado entre dos espigadas palmas reales. El viejo Carvajal, arrastró una rustica banqueta de madera y sentándose frente a mí, con afecto paternal, me dijo:

–Escucha esto vejigo. En el año cincuenta cuando yo tenía tu edad, trabajaba de sol a sol en el central del señor Pelencho Gómez Menéndez.

Respiró hondo y tras terminar con el café que tenía en un jarro, amasó un poco el tabaco entre sus dedos al tiempo que le daba candela con la llama de una antigua fosforera de gasolina. El humo intentó vanamente hacer figuras en el aire y mientras se pasaba nuevamente el pañuelo por la frente quitándose el sudor de la faena, continuó:

–El caso es que cuando terminaba la jornada de la semana, el señor nos daba un papel firmado donde aclaraba lo que había ganado y con ese papel iba a la tiendecita que era de él. Allí escogía los alimentos que quería: tasajo, bacalao, frijoles, manteca, arroz, viandas, café y algunas chucherías para los vejigos. Y si aún tenía crédito, me compraba un par de alpargatas para mí o cualquiera en el bohío; también podía comprar cigarros o dejar algo para medicina o cambiar una parte en dinero por si tenías otras necesidades como ir a la capital. ¡Aquello era una miseria del carajo! pero hasta cerveza fría había.

Hizo una pausa, le dio una bocanada al grueso rollo de hojas aromáticas, las cuales quemaron parejas y prosiguió:

–Triunfó el Mayimbe y me integré a su tropa. ¡Coño, no digo yo! Ahora si había dinero para pagar a todo el mundo por su trabajo. A mí sin son ni ton, pues lo único que había hecho era gritar loas y apoyar esta revolución de mierda, me dieron esta casa amueblada que se la quitaron a una familia que abandonó el país a raíz de los hechos. ¡Vaya… la revolución se volvió generosa con lo que no era de ella! y así, en esa ceguera no comprendí nada.

Encogiéndose de hombros y llevando las manos al frente a modo de incomprensión, expresó:

–¡Guajiro bruto al fin… no digo yo! ¡Bruto sí, que si me caigo como yerba!

Nos reímos y él continuó:

–Ahora, al cabo de un tongón de décadas de revolución comunista sigue pagando lo mismo pero vendiendo a unos precios exorbitantes y para colmo en dólares; un billete que a no ser que mi hermana me los mande desde Miami, no sé de dónde carajo yo lo voy a sacar. Este marxista abanderado de la revolución es un canalla, un bandido sin escrúpulos que al cabo de los años y a las diez de últimas ¡Nos ha robado la libertad! –expresó encendido por la ira y con mayor énfasis, exclamó:

–¡Estoy mil veces peor que en el central!

Guardó un breve silencio para refrenar su furor y saborear su vicio, acompañado esta vez del melodioso trinar de un sinsonte posado en lo alto de una palma. Luego continuó:

—Cuando nos habituamos a la casa, corrían los años sesenta y por discrepancias de ideología, rompí el vínculo familiar con mi hermana que se fue a Miami. Aquello me trajo tremendo disgusto con mi madre: Cruz Teresa de Valencia y Zúñiga ¡Que mi Diosito me la tenga en la gloria! Ella murió haciéndonos peleados.

No quería saber nada de mi hermana, sus cartas y fotos las rompía delante de todos los ñángaras en las reuniones del comité. La verdad es que desde aquella fecha, ¡Guajiro bruto al fin...! sin darme cuenta y todo por esta casa, el Mayimbe en Jefe dividió mi familia. Después me puso a vigilar al vecino, luego a finales de los sesenta prácticamente me hecho a fajar contra mis compañeros de trabajo por un refrigerador, un radio o un reloj de pulsera soviético; era denigrante. Pero muchos idiotizados como yo, muy a pecho participábamos en toda esa mierda. Más tarde, a mediados de los setenta, nos llevó a pelear fuera del país, lo había hecho antes, pero esta vez era ya una política declarada. Al regreso escupimos y apaleamos a las personas que se iban por el Mariel[86].

Recuerdo que donde yo trabajaba, a un obrero ejemplar llamado Bienvenido Suarez, tan solo por informar que se iba del país, se le hizo un acto de repudio del carajo. Ese día era el día de pago, y el secretario del sindicato de trabajadores le arrebató de las manos el sobre con el salario que esta excelente persona acababa de cobrar. El pobre, se fue impresionado de la forma con que aquella multitud de antiguos compañeros lo humillábamos. ¡Oh... en qué clase de mierda yo estaba hundido! —exclamó él con una ruda expresión en su rostro, y continuó:

—Este Mayoral en Jefe me involucró en la guerra de todo el pueblo, que no es otra cosa que un final de guerra civil. Ahora: Período Especial, que no es otra cosa que hambre hasta el final, y sólo por mantenerlo a él en el poder. Si analizamos todas las etapas descubrirás que son siniestras.

---

[86] Mayo de 1980, éxodo masivo, donde la dictadura cometió miles de bajezas, y crímenes. Y donde públicamente el comandante expresó: "¡Que se vayan! ¡No los queremos aquí!" Y cientos de miles de "revolucionarios" corearon la frase, y hoy descaradamente están en Miami alegando que ellos no tienen que ver nada con la política.

Se llevó el tabaco a la boca tomando varias bocanadas de humo con las cuales envició el aire, éstas me dieron la impresión de haber sido el tinte usado durante años para sus nevados cabellos. Luego dijo:

–Ahora trabajas para el Mayimbe en Jefe, los billetes traen su foto cual si fuese un héroe, y la bodega que te asignó está tan pelada que no sé ni para que abre. O sea, se repite la historia pero más sutil, vil y sofisticada.

Y a toda voz, exclamó:

–¡Vayan a que le den por el *linán*!

Todos reímos al unísono.

–Rían, rían, que tal parece que les gusta –dijo jocosamente y continuó:

–El Ñángara en Jefe lo único que hace es: engañar, robar, echar a pelear, dividir familias, encarcelar, fusilar y aterrorizar. Ha logrado que los más grandes hombres del deporte, el arte u otra gloria dada por Dios, renuncien a las mismas para que el mérito sea de la revolución o sea de mangui; y el muy degenerado no renuncia a su poder por nada de este mundo. Su ambición no tiene fin. ¡Le zumba el merequetén!

Tras la exclamación, lleno de furor continuó:

–El único camino que nos queda, ¡es montarnos todos en "La Carreta" y buscar la libertad! De aquí vamos a espantar la mula. ¡Porque hasta las palomas me las pienso llevar!

Realizó una pausa para apurar el vicio en la frescura de la tarde y con honda emoción expresó:

–¡Coño, cuanto me arrepiento de haber sido un monigote de este loco de mierda! Te juro por los restos de mi madre que en cuanto llegue a Miami, le voy a pedir perdón a Luz Marina, abrazarla como se merece y a darle un sinfín de besos. Pues guajiro bruto soy y seré, pero no más comemierda.

El sentir de sus palabras, el entrecejo apretado de vergüenza, el gesto de sus dedos en cruz besados con pasión y el mordisco viciado a su tabaco, no dejaban espacio para más. Pero la propia huella de la experiencia sufrida lo culminó a sentenciar:

–El grillete que llevó José Martí se quedó chiquitico ante éste que ahora tenemos y que es así.

Los dedos abiertos al ancho de una cuarta sobre su tobillo,

mostraron la verdadera dimensión del cruel instrumento feudal. Respetando el mensaje, humildemente hicimos silencio, interrumpido solo por el trinar de las aves, la frescura de la campiña y el hermoso despegar de aquella pequeña bandada de palomas que remontó vuelo en la belleza de la tarde.

—Al menos ustedes tienen algo para llevarse —dije señalando las aves— pero yo vivo agregado con mi flaca, y la casa de mis padres era de mi bisabuela Josefa. Yo no tengo ni finca ni fábricas, ni casa, ni hoteles ni central azucarero. Los que se fueron y dejaron todas esas cosas, tendrán la añoranza en sus recuerdos. Pero yo... ¡Yo estoy pela'o en carne viva!

Todos se rieron a la par, y el viejo sentenció:

—El mayimbe se adueñó de todo, hasta de los clavos que hay en las paredes de las casas; este vil bandolero y desfachatado, si ha sido de *arruchi pele* con todo. ¡Pa'su madre!, que ni cagar tranquilo uno puede, pues ni papel hay para limpiarse el culo.

—¿Qué es eso?, ¡por Dios! —expresó Ana Bertha que acababa de llegar, y después de anunciar que la mesa estaba servida, paramos de reírnos.

—Compadre, es mejor llegar a tiempo que ser invitado —dijo José Mario, dándome unas palmaditas por el hombro y en tono jocoso afirmó:

—¡Figúrate tú! Hoy vas a comer un delicioso plato de... ¡Pato a la naranja!, cazado en un peligroso y arriesgado safari en la exclusiva zona selvática del Nuevo Vedado.

—¿Del bosque de la Habana? —pregunté con asombro.

—Qué coño del bosque. Aquello está pelado y lleno de unidades del MININT —aseguró José Mario.

—¿Un pato del Zoológico? —pregunté lleno de dudas.

—¡Compadre! ¡Al fin diste en el clavo!, creí que ibas a seguir comiendo catibías —exclamó parado frente a la mesa que ya estaba servida, y señalando a los amigos que estaban presentes relató:

—Bartolo y Dagoberto van días entre semana al zoológico, vigilan bien a todo el que por allí se encuentre, y donde más tupido está el follaje le ofrecen comidita a los patos más gorditos y cuando éstos se ponen a mano, le dan un retortijón en el pescuezo y para dentro del jolongo. O sea, los bolsos de paseo porque tú estás hoy que no la ves ni pasar.

Yo moví la cabeza en señal de que estaba como perdido en el espacio, y a la sazón traté de cuestionar:

—¿Pero...?

—Pero nada —me interrumpió sin permitirme articular otra palabra—. ¡Figúrate tú! El gallinero esta pela'o y hasta el guanajo que abuela Rosa crio a tití por más de diez años terminó en la olla. Y exceptuando las palomas mensajeras, al resto le vamos a pasar la chágara porque a pan con timba no hay quien viva.

—Pero los patos del zoológico son de raza —le especifiqué.

—Sí, estos tenían unos colores muy bonitos —comenzó diciendo—. Además, todos los patos son de raza. Y no me jodas ahora de que tú eres de *Greenpeace*, pues si el caso es así. Te informaré que cuando al Comandante le sale de sus entrañas comerse algo fresco de la fauna marina le mete mano hasta a las tortugas del acuario.

Tras esta afirmación y cruzando los brazos, la expresión de su rostro no era otra que la de ¿Qué me dices ahora?

Más lleno de asombro que de la misma hambre, me senté a la mesa junto aquella gran familia y entre chistes y risas, oí diversas historias sobre otros ejemplares sustraídos por amigos de ellos, como iguanas, pavos reales, un mono, un manjuarí y hasta un cocodrilo que la piel fue vendida a un extranjero; realmente el almuerzo y la champola de guanábana, estuvieron deliciosos.

—¡La verdad que mi nuera como cocinera es la primera! —afirmó el viejo Carvajal rascándose la barriga y comenzando a encender un nuevo habano, cuyo humo trató de alcanzar con rapidez el techo. Entonces hizo la siguiente demanda:

—¡Mi nuera, cuélanos café por favor!

—¿Café? Aquella fue la última colada —comunicó Ana Berta, quien ya recogía los platos.

—La felicidad en casa del pobre dura poco —sentenció el viejo Carvajal.

Volvieron a su labor en aquel típico patio campesino convertido ahora en taller. Los vi trabajar con amor en su obra de libertad, mientras la música de un viejo radio tocando el tango: *"Adiós muchachos compañeros de mi vida..."*, se mezclaba con los sonidos del lugar.

Después de ultimar con José Mario detalles de mi viaje, acordamos que cuando yo llegara le avisaría. Y siendo muy cierta la frase de mi bisabuela Josefa de: "Aquel que tiene un amigo tiene un central". Aproveché a un conocido de la casa que llegó en moto y que al ir en mi rumbo me trajo de vuelta a mi hogar. Aquella tarde en la casa de José Mario y todas las palabras, quedaron grabadas en mí.

Ahora me preguntaba si estaba en una de esas cuadrículas que tanto observé en los mapas y en las cuales José Mario aseguraba que podría ser divisado por las pequeñas avionetas de "Hermanos al Rescate"[87] que voluntariamente trabajan hasta bien entrada la tarde. Esta idea me hacía cobijar un halo de esperanza que prometía grabarse en mi ser como un nuevo nacimiento.

El día resultó de los más calurosos de la travesía. Ángel Pablo estuvo parte del tiempo sin su chaqueta, parecía que se estuviera dorando al sol. Decía encontrarse seguro sobre "La Esperanza"; lo peor había pasado y el triunfo estaba ahí, al alcance de sus manos. La manía de amoldarse el pelo era ya algo añejo en él. Una vez intentó verse en el charco de agua que se mantenía en el fondo de la balsa, pero al parecer no tuvo éxito. Se mostraba muy optimista, decidido a enfrentar los más grandes retos. Era un hombre frente al destino, dispuesto a cruzar con éste las bofetadas que fueren necesarias; ahora en su semblante no había espacio para el miedo.

La tarde pasaba en sosegada calma, nada quebrantaba la monolítica soledad del paisaje enfrascado por sí solo en variar los tonos sólidos y punzantes de un azul que comenzaba a envenenarme. Por suerte el tiempo, ya harto de estar quieto, había decidido abandonar su inercia para permitirle el paso a una nueva descomposición de colores que indicaba con sus matices el adiós de un día que parecía haber sido hipnotizado con el añil refulgente de aquel lugar.

Todo era un bostezar tras otro, cuando al filo de la perdida tarde Ángel Pablo dio un salto de sorpresa. Temiendo yo una nueva batalla, sabiéndolo decidido a conquistar cualquier meta, agarré el fiel remo y mis sentidos se pusieron en alerta para defender mi lugar.

Lleno de júbilo, señalando hacia detrás de mí, Ángel Pablo me gritó:

—¡Miraaa...! ¡Un barco mercante!

Volviéndome con toda la rapidez que pude, quedé asombrado por

---

[87] Flotilla que se dedicaba a localizar balseros en el Estrecho de la Florida y que un 24 de Febrero de 1996, en aguas internacionales fueron pulverizadas dos de ellas con cuatro tripulantes, por los disparos de MIG 21, bajo las órdenes del dictador.

la realidad que se nos avecinaba. Una gigantesca montaña de hierro, muda e imponente, se aproximaba peligrosamente. El viento soplaba en dirección contraria a su desplazamiento, lo que no nos permitía escuchar ningún sonido que advirtiera su peligrosa marcha. La proa se hundía y se alzaba levantando enormes dentelladas de espuma blanca que amenazaban con devorarnos para siempre.

Ante aquel imponente y silente evento de la naturaleza humana, Ángel Pablo me ordenó abandonar mi sitio, ocupando él mi lugar. Decidido a enfrentar lo inevitable, este audaz socio de la desdicha, tomó los eficaces remos y comenzó una ardua lucha por romper la inercia de "La Esperanza". Apretaba rígidamente sus dientes y su rostro se contraía a cada esfuerzo de sus poderosos brazos, pareciera que no podría apartarse de la mortal ruta trazada por el destino.

—¡Cojoneees... nos van a pasar por encima! —gritó enérgicamente Ángel Pablo advirtiéndome de la inminente tragedia.

Yo no acababa de salir de mi espeluznante asombro debido a que el instante se desbordaba sin darnos una oportunidad a recapacitar. Aquel afónico barco que se nos venía encima me resultaba exageradamente grande, me parecía que rebasaba los límites de una posible construcción naviera. Casi lo teníamos al alcance del tiro de una piedra, cuando el descomunal esfuerzo de Ángel Pablo hizo que comenzáramos a apartarnos de su devoradora y mortífera marcha.

—¡Coño no nos veeen...! ¡Grítales coño, grítales, grítaleees...! —insistía y ordenaba Ángel Pablo.

Él remaba corajudamente, mientras yo gritaba con todas las fuerzas que permitían mis pulmones y agitaba desesperado los brazos, resultando una locura de incertidumbre, miedo, impotencia y salación. Justo en aquel momento comenzaron a rugir los poderosos motores que guardaba el interior de la siniestra y enorme nave.

Nos habíamos separado más de cinco metros de su camino, cuando la imponente mole de hierro rugiente como un dragón marino nos pasaba por delante. Antes sus escotillas le hacíamos la mar de señales y proferíamos desaforados gritos.

—¡No nos oyen! —grité desesperado.

El terrible y mortífero paso del mercante por nuestro lado, según mi parecer, duró segundos. Ocurrió tan rápido que cuando volví a alzar mi vista, Ángel Pablo había parado de dar gritos y agitar sus fuertes brazos. El misterioso barco se despedía de nosotros con un ronco sonar y otra gran estela de espuma blanca que solo hacían girar y bambolear peligrosamente "La Esperanza" cual una cascarita en torrente de agua.

Ángel Pablo vociferaba de pie sobre la balsa, y sin importarle el peligroso vaivén, los maldijo varias veces, terminando por decir:

—¿Qué coño están haciendo en el puesto de mando esos hijos de putas? —Yo también me cuestioné lo mismo y me quedé sin respuesta.

Vimos alejarse aquel barco sin tan siquiera ver sobre su cubierta a una figura humana que pudiese transformar nuestro destino en aquel inhóspito mar que ahora, con su húmedo silencio parecía decirnos: ¡Me alegra que sigan conmigo!

—¿Quieres tragarnos, verdad? ¡Pues no lo vas a lograr! Me amarraré a esta balsa y flotaré hasta llegar a alguna orilla, y aunque llegue cadáver me tragará la tierra, ¡pero tú: jamás! ¡Jamás podrás tragarme, coño! ¡Jamás! —exclamé con marcado gesto despectivo y lleno de desprecio escupí el inmenso mar.

—¡Déjate de locuras! —dijo él desde su erguida posición y agregó:

—Este tipo de barco mercante es una calamidad ni el nombre pude identificar. Parecía que llevaba un siglo sin pintarse. Estos griegos sin escrúpulos lo fletan para hacer negocios, y la tripulación es muy heterogénea y casi siempre están borrachos o jugando dentro de los camarotes. Ellos no están para náufragos ni balseros, ¡son unos mierdas que nos tiraron el barco encima!

Realizó un gesto despectivo con la mano, se acomodó el pelo y se quedó mirando fijamente ese halo de vida que se alejaba pegado a aquel casco de hierro.

—¿Por qué sabías que era griego? —pregunté sin aliento.

—Les dicen así. Son como corsarios y piratas —fue su única respuesta.

En mi mente, siniestros y fantasmagóricos buques del enigmático Triángulo de las Bermudas se superpusieron a la imagen del que nos abandonaba. Una extraña sensación palpitó en mi corazón, presentí que aquel barco fantasma podría haber convertido nuestras vidas en un infierno. Estas ideas navegando en mi mente no me agradaban nada. Lo más sensato era olvidar el incidente.

Cuando resultaba prácticamente indefinible el objeto que tanta alegría le provocara en un inicio a Ángel Pablo, este se derrumbó sobre "La Esperanza". Ya no albergaba ninguna duda sobre la crítica situación en la cual nuevamente nos encontrábamos. Como queriendo borrar la imagen que habíamos vivido, se frotó con una de sus manos el rostro. Luego, alisándose la cabellera con las manos, dejó está en un aparente orden, y tras limpiar nuevamente las gafas, se las colocó a modo de cintillo.

–Lo que sucede conviene, ya entré en calor y la noche va a estar fresca –dijo y acariciando las insustituibles herramientas, expresó:

–Estos remos están bien hechos y justo a mi medida. Mañana será otro día, veremos qué es lo que la suerte nos depara; ¡tú vas a ver! – Reafirmaba lo dicho con gestos de su cabeza.

Yo permanecía callado, esforzándome mil veces por sacar de mi pensamiento al siniestro barco que prendió mis esperanzas como luces de neón y luego me congeló el alma con la rapidez de una tormenta glacial. Y aunque estuvimos a punto de ser destrozados y hundidos, por un momento creí ver mi sueño realizado.

La tarde se recostaba ya cansada y soñolienta sobre el horizonte y nuevamente comenzaba a sucederse la pesadez y el desaliento de no encontrar un punto de salvación. Reflexionando sobre nuestros destinos, sin nada cierto para celebrar, decidimos beber un poco de refresco y nos acomodamos lo mejor que pudimos. Yo quedé en la improvisada balsa debido a que él remaría durante la noche.

Me aconsejó dormir y descansar, no debía preocuparme por nada, pues el nuevo día nos sorprendería a los dos con el éxito de nuestro viaje. Todo era posible a partir del amanecer, estábamos en una zona muy transitada y en cuanto el sol despuntara por el horizonte un nuevo mundo nos acogería; todo esto y más, presagiaba en su conversación. Yo estaba agotado, pero muy lleno de esperanzas. Su energía era real.

La noche llegó con su acostumbrado silencio y un aire frío que superaba a los anteriores, hacía notar con rapidez el imponente clima oceánico nocturnal. El reflejo de una luna aún oculta, doró una nube que semejando un exquisito pollo asado, corrió y jugueteó con el horizonte. El hambre saltó de mi estómago y con fiereza mordió mis escasas ideas sin piedad, no pudiendo ni protegerlas con el olvido pues ya lo había digerido. Arropé lo más que pude mi ripiada camisa a mi extenuado cuerpo y después de taparme con la lona, me ceñí aún más mis desventurados trapos preparándome para una frialdad capaz de taladrar hasta los huesos. La frialdad era cómplice de mi atormentadora hambre. Ambas eran el despiadado verdugo contra mi indoblegable existencia. Sabía que en esta confabulación contra mi ser y mi pensar, por muy dura que fuese la batalla, jamás el mísero frío lograría congelar el hirviente avinagramiento de mi hambre.

El aire cortaba las mejillas, cuando la inigualable luna de color amarillo naranja apareció tal si hubiese sido extirpada a un gigantesco huevo de dragón planetario. Era una típica noche de plenilunio, sobre la superficie del mar una barra de luz similar al color de la lumbrera, mostraba el camino directo hacia la hechicera esfera que servía de fondo a la silueta de Ángel Pablo, el cual remaba, y ya en su propia autosuficiencia divulgaba un cálculo de varias millas. Las estrellas aplaudían su prometedora marcha con el característico parpadear de coquetones guiños celestiales.

La inigualable caricia del murmullo del mar, confabulada con el embrujo de la noche, se arropó en mis parpados, y tras el cansancio de tantos días y de las constantes fatigas, rindieron mi cuerpo y todos mis sentidos. Me desplomé por completo en el interior de la balsa. El sueño me hizo abandonar la realidad.

Abrí los ojos tras una ligera sacudida dada en mi hombro por el Ampa. Presagié algo raro en aquel repentino despertar, un misterio oculto en su mirada me hizo esperar por sus palabras.

–¿Lo oyes? ¿Oyes lo mismo que estoy escuchando? –cuestionó con una extraña intriga en sus ojos y su voz.

Yo, que ya tenía experiencia de como bien decía mi bisabuela Josefa: "Salir de Guatemala para entrar en Guatepeor". Afinando las guatacas, capté lo que al parecer era lo que acontecía, y con voz baja le respondí:

–¿Cómo un zumbido?

La expresión de su mirada me exigió decir algo más preciso, más certero:

–Es semejante al sonido de algo que succiona. ¿Crees tú que sea así? –Mi interrogante quedaba abierta a su posible y más clara lucidez. Moviendo afirmativamente su cabeza, me dio la razón.

–Es algo parecido a un sumidero, el típico zumbido de un tragante –dijo lleno de misterio, y tras un brevísimo silencio con voz tétrica afirmó:

–De un enorme tragante diría yo.

—No me vengas ahora con pesadillas y cuentos de Julio Verne que ya no soy un niño —conteste seriamente preparándome ante este nuevo enigma.

¡Aaah...!, no seas tonto, no te dejes llevar por esa frase de ver para creer. El mar tiene muchas cosas ocultas, misterios indescifrables, no subestimes lo desconocido pues estamos pegaditos al temible y enigmático Triangulo de las Bermudas.

Los ojos se me abrieron desatinados y poniéndome de pie tan pronto como mi propia alma me lo ordenó, observé la inmensidad de aquella mar en calma bajo la amarillenta luz de una luna empañada con nubes cobrizas. Busqué como nunca algún detalle que delatara aquel misterioso zumbar. Ya no dudaba nada de nada ni de la más aparente calma, pues detrás de toda esta incierta tranquilidad sepulcral se podía ocultar lo peor. A estas horas de la noche con esta tenebrosa iluminación y horroroso zumbido, el estómago se me estrujo a decir no más.

—¿Ves algo? —preguntó, agarrando los dos formidables remos.

—No —respondí a secas. Sabiéndome que en esta nueva y escalofriante situación algo mortal se nos haría cierto, agudicé mis oídos lo más que pude.

—¿Pero lo oyes? —replico él y ratificó:

—Ya está bien definido que es un zumbido al cual nos estamos acercando, y nada tiene que ver con el clamor ni el rumor del mar.

Qué coño les voy a contar. Tenía ganas de gritar y hasta de volar. Lo primero lo podía hacer, pero nada iría a resolver que no fuese alterarme y eso no iba conmigo. Lo segundo seria magnifico, lo ideal, pero amigos míos, bájense de esa nube y yérganse sobre esta balsa llena esperanzas desde la cual ya yo estaba decidido afrontar el reto que se me avecinaba.

Tomando aire e hinchado al máximo mis pulmones, una vez más agudicé la vista en dirección al extraño sonar que se nos presentaba. Toda mi alma se enfrió de golpe. No sé cuál fue el reflejo de mi expresión que no escuché lo que el Ampa me cuestionó. Él también estaba de pie junto a mí y el siniestro agujero que nos arremolinaba tragando toda esperanza, zumbaba su horror. Aquel aterrador remolino se presentaba con una enorme garganta tan oscura como boca de lobo. Tras mirarnos con el mismo espanto entre nosotros, al unisonó exclamamos:

–¡A remaaar…!

Nada de nada, cuando la propia vida está en juego, se saca energía hasta de los calcañales, y empuñando uno de aquellos titánicos remos, comencé a dar remazos incalculables a la par de mi compañero que sin dejar de gritarme: ¡No pares Coñooo…! ¡No pareees…! Se enfrascaba en sacarle el máximo impulso a cada golpe de remo que daba. ¡Pero qué coño!, aquella fuerza centrípeta resultaba de mil demonios, y aunque las gotas de sudor en nuestra piel reflejaban hasta el esfuerzo de nuestros pensamientos, aquel horrible agujero ganaba en terreno y nos tragaba sin piedad.

Desesperados, dándolo todo, luchábamos por escapar de aquella corriente en caída que con su espeluznante zumbido desaparecía tras nosotros. Vi caer al Ampa en aquel siniestro hoyo oceánico, más yo, llegado mi turno, dando un enorme salto hacia afuera en un grito… desperté.

Mi pecho agitado, mi corazón desaforado, mi frente sudorosa y mis ojos desconcertados con el verme nuevamente a flote, me hicieron comprender que la pesadilla había terminado. La noche resultaba bien oscura y "La Esperanza" continuaba flotando segura.

–¡Pa'l carajo! ni dormir tranquilo se puede. No es ningún jamón lo de ser balsero, espero no quedar traumatizado con este viaje –pensé seriamente y guardé silencio; me parecía que el silencio era lo mejor.

La noche continuaba invitando al sueño y agotado como estaba, nuevamente me dejé arrastrar en él. No volví a despertar hasta que los rayos del sol de la ya olvidada mañana me hacían sudar a mares en mi maltrecho escondrijo.

La ausencia de sonidos resultaba cómplice del más profundo sueño terminado o por comenzar. La impresionante transparencia de un cielo azul donde ni una nube parecía haber iniciado su labor, me hizo pensar que la belleza del nuevo día era el perfecto para el tan anhelado y presagiado éxito. La energía de mi cuerpo revivía con células deseosas de conquistarlo todo. La llama de vivir aún horneaba en mi corazón.

–Días como este están hechos para complacer a los más exigentes, hoy puedo esperarlo todo –pensé.

La dicha de poder respirar una brisa tierna y juguetona que hacía ondear mi banderita llena de libertad, inflamó mi pecho como nunca antes en la travesía. Observar la belleza de la luz filtrada a través de las gotas que salpicaban los bordes de la cámara, me hicieron emplear las ridículas energías de mis pulmones, al gritar:

—¡De piéee...!

Tiré hacia un lado la lona y repetí mi grito, y al no contestarme mi compatriota, burlonamente me sonreí y comenté:

—Nada más remaste unas cuantas horas y ya estás explotado. ¿Así piensas llegar a Miami? —Con más ánimos, desde el fondo de mi endeble balsa, alegremente grité:

—¡Levántate! ¡Vamos! ¡Arriba ese motor humano! ¡Arribaaa...!

El entumecimiento de mis extremidades, seguían siendo amantes fieles de mis tenebrosas noches y se empeñaban en continuar su batalla por no dejarme estirar las piernas; mas, haciéndoles caso omiso, abandoné mi engarrotada posición. Estirando todos mis músculos y junto con ellos mis huesos, a pesar de los horribles calambres que me provocaban, me erguí.

Mi alegría se perdió en la brisa y mis palabras ni tan siquiera se las tragó el eco, pues hacía mucho tiempo que este se había largado. Lleno de estupor descubrí que no había nadie. Mis ojos miraban atontados, llenos de sorpresa ante la ausencia que se hacía presente. "La Esperanza" había desaparecido, ni huellas ni rastros en los cuales fijarse para saber hacia dónde partió; así de enigmático y cruel es el mar. Una descarga de escalofríos interminables transitaron mi ser, y la incertidumbre comenzó a girar a mí alrededor con su acostumbrado velo de miedo y tragedia. Mis ojos hacían muecas de cobardía ante la inseguridad de mi auténtica desdicha.

Sin nubes ni gaviotas, no hallaba a dónde lanzar mi vista y el paisaje continuaba impecablemente ajeno a todo problema. Me urgía una mano amiga que me prestara ayuda para asirme de ella y saltar de mi horror, y escaparme de este infierno donde el tiempo verdugo mudo de todo, terminaría por volverme loco.

¿Dónde está "La Esperanza"? ¿Y Ángel Pablo? ¿Qué pasó durante la noche? ¿Se lo habría tragado de un solo golpe aquel tiburón gigante de días atrás? ¡Pa'l carajo! Gimió mi alma y se me desencajo todo el cuerpo. ¿Qué coño era esto? Aquí cuando tú piensas que todo va bien, ¡olvídalo! qué la salación viene caminando. Mil preguntas se aglutinaron en mi mente al unísono, y desplomándome en mi frágil refugio quedé a merced del destino.

—¿Qué será de mí? —pensé. La incógnita se machacó en mi frente varias veces para dar paso a otra:

–¿Por qué Dios mío, por qué? –La interrogante retumbó como un enorme tambor en mi cerebro que se debatía en un mundo de hipótesis e ideas que arrasaban todas mis neuronas cual sorpresivo tornado. Pensamientos tan descabellados como el de monstruos marinos, barcos fantasmas y voces del más allá, cobraban fuerza sin precedentes en mi vida. Comencé a observar la superficie del mar esperando que de un momento a otro alguna de aquellas variantes apareciese por sorpresa. Sabía que cuando esto ocurriera moriría infartado, pues me había comenzado una taquicardia del carajo.

La cabeza me dolía cual sinfonía de tres muelas careadas. Me recliné al borde de la cámara y con ambas manos comencé a verter agua de mar sobre mis atormentadas sienes, luego sobre la nuca y finalmente sobre toda la cabeza. La frescura del agua alivió con premura mi dolor. El fogaje de mi cráneo cedió paso a su acostumbrada temperatura y logré disminuir el malestar.

Más calmado, empecé a reflexionar sobre lo acaecido, buscando la lógica a los hechos ocurridos durante la noche. Era primordial para mí analizar en frío desde la llegada de Ángel Pablo hasta su misteriosa desaparición. Froté mi sedienta lengua sobre mis hinchados y resecos labios. Luego comencé a hilvanar su actitud, sus palabras, analicé los rastros dejados. Varios cabos sueltos colgaban despreocupados por el borde, estos anteriormente sujetaban a ambas balsas en un agarre sólido de fibras de henequén, débil únicamente ante los puntiagudos dientes de una bestia como aquella o un filoso cuchillo; ¡un cuchillo!

–¡Síii... un cuchillo! –exclamé.

–¡Claro, un cuchillo! –volví a exclamar ante mi descubrimiento.

–De haber sido aquella bestia salvaje hubiera sentido el golpetazo. ¡Qué estúpido fui! –me reproche con rabia.

Un hombre como él, entrenado y curtido en la guerra, no se lanzaría al mar sin un arma. Por eso me incriminó tanto con el cuchillo, para de veras saber si yo tenía algún arma escondida como verdaderamente la tenía él. De verdad que este tipo era un cojonúo e hijo de puta. Esperó el momento oportuno y sin escrúpulos ante una vida humana, de forma taimada me dejó a la deriva. Esta gente siempre piensa para sí, cuando tienen el pellejo en juego demuestran cuan falso es el compañerismo que les enseñó el retrogrado comunismo.

El despojarme de "La Esperanza" no aseguraba el triunfo o la salvación, resultaba sólo en una vil traición. Este socio no tenía nada de ángel, por eso sus amigos muy bien le llamaban: El Ampa.

−¿Por qué tanto egoísmo? −me cuestioné en un susurro.

−¿Hasta dónde puede degradarse una persona cuando la desesperación se apodera de ella? −me pregunté mentalmente sin hallar respuesta.

Recordé los detalles del día anterior: su tragedia, sus ansias de libertad, su anhelo por llegar. Me vio destruido y sin posibilidades de cooperar para el éxito; todos estos factores le nublaron el humanitarismo que cada ser debe llevar dentro. Su propio yo no podía ser detenido ni retrasado por sentimentalismos que tal vez conducirían al fracaso. En esta lucha sólo los más preparados y fuertes logran tener un elevado por ciento de probabilidad de alcanzar la victoria. Únicamente estas razones lo impulsaron a partir en la noche, y cual un guerrero en la batalla, sin miramientos me eliminó por ser un lastre para su avance.

Me pagaba con una moneda que no era la que encontró. Me desamparó a mi propia suerte robándose "La Esperanza", pero una esperanza robada es igual a un infortunio. Creyó que era un boleto para salvarse, la vio tan material como su filosofía, pero su miopía espiritual no le permitió conceptuar que la esperanza es una energía que nos mantiene vivos hasta el final, que aun siendo impalpable es real; tan abstracta que sólo podemos llevarla por dentro. La esperanza hay que tenerla muy clara en la mente y muy dentro del corazón. Además, cuando tienes fe, vive la esperanza que nace del alma, se alimenta del corazón y le da cuerpo a las ideas para visualizar y alcanzar un futuro. La esperanza y la fe son dos hermanas que caminan de la mano. La esperanza, la verdadera esperanza se comparte, y yo se la brindé desde un principio. Cuán equivocados están los materialistas que se burlan de la auténtica y positiva fuerza espiritual; esa energía vital para triunfar quedaba conmigo. Ahora no abrigaba la esperanza de que alguien me recogiera, sino la esperanza de que no desmayara mi fe. La fe es superior a la esperanza, y mi fe estaba depositada en el Dios Verdadero.

La dicha de saber que aún la fe habitaba y llameaba en mí, me daba un halo fresco de vida y me permitía reflexionar una vez más sobre la trágica y desesperante travesía de los balseros, así como los motivos de muchos de ellos. Conocedor de algunos que han estado en Cuba, llegué a la conclusión de que hay quienes se van tan sólo para llenarse la barriga o en busca de una vida cómoda, olvidando la perenne tragedia que vive nuestro pueblo. A esta nueva generación de cubanos mutilados mentales de cerebro estomacal, se les ha extirpado del alma el espíritu de libertad. Ellos son los verdaderos sumisos y detestables esclavos del régimen comunista. Pero para los que como yo, que con intransigencia claman igualdad, derechos y justicia, la represión es extrema y brutal, quedándonos al desamparo de nuestra propia suerte, pues el mundo democrático de hoy parece confabularse con este despiadado sistema autoritario que aplasta y humilla cualquier vestigio de dignidad nacional. Claro que yo también tenía hambre y añoraba vivir mejor, pero no eran estas causas las que me hacían huir, yo huía de la tiranía y el dogma comunista, yo iba en pos de una república llena de libertad; ese era mi caso. Yo no arriesgaba mi vida de esta forma para luego regresar sumisamente acatando de nuevo las leyes de la tiranía, tan solo con el fin de alardear ante mis avasallados vecinos de mi nueva vida; yo no tengo el alma atrofiada.

Esta enorme traición aún me partía el alma, cuando una memorable frase de mi bisabuela Josefa me golpeó de a lleno: "Camarón que se duerme se lo lleva la corriente". ¡Pero qué coño! Ese dicho ahora no iba conmigo, pues a veces no sabía ni cuando estaba despierto. Si me llevó la corriente fue porque este desalmado no sabe lo que es ser cristiano, y como él ya lo había perdido todo le dio igual uno más.

El día para mí llegaba con el pie izquierdo, pues el mar se viste a su antojo y una enorme ventolera se había desatado cambiando toda la sabana oceánica por una muy encrespada y rebelde mar rizada que hacia oscilar mi enclenque balsa indeteniblemente, y en mi fatigado organismo no se hizo esperar un enorme malestar que no era otra cosa que un mareo completamente esférico, donde todo me daba vueltas cual si estuviese en un dislocado carrusel.

Sujetándome fuertemente y tirado sobre el borde de la cámara, vomité lo que nunca se llegó a digerir, y bilis y acidas arqueadas me hicieron retorcerme cual si se estuviera exprimiendo una bayeta de trapear. Pensé que vomitaría algo más que mi nada estomacal, creí morirme ante uno de estos infernales retortijones de mi vientre; creí que éste era mi final.

Desfallecido y agotado como nunca antes, me deje caer en el interior de la maltrecha balsa. Frené con mis manos el movimiento de mi cabeza, era tanto el vaivén de la mar encrespada que lo único que sentía era un torbellino en mi mente y ese mismo efecto apaleaba todo mi cuerpo. Quería estirarme y dejar de estar doblado sobre mí mismo, quería largarme de aquí y perderme aunque fuese en el desierto del Sahara, pero lo que realmente quería era que se detuviese este interminable y agobiante movimiento que me hacía desfallecer sin realmente lograrlo. Cerré mis ojos buscando caer en un letargo que me sumiera en algún sueño profundo, pero no lo lograba, estaba que vomitaba y no vomitaba nada, estaba que solo vomitaba mis propias arqueadas.

Cuando usted escuche la frase: "...es un Lobo de mar", esté por seguro que es un título universitario para aquellos experimentadísimos marineros del océano y no de pescadores de orilla, y yo de alardoso la primera noche me había titulado como tal, ni cachorro canino era. ¡Oh... que trágico es este camino!

Después de llevarse consigo casi la mitad del día, tal como llegó la ventolera, así mismo desapareció dejándome bajo un sol que nunca claudicó. Mi balsa ahora consistía en un par de cámaras que estaban en puro pellejo, un simple pinchazo sería suficiente para acabar con ellas. Pedí al Dios todopoderoso que tuviese misericordia de mí y pusiese un vallado protector para la misma.

El sol barría la superficie del mar con insaciables lenguas de fuego descomponiendo las siluetas ante mi vista. Los fuertes dolores de cabeza se habían apoderado de mí y me hacían verter agua sobre mi cráneo cada cierto tiempo. Ni pensar en ponerme de pie y estirar los huesos, podía marearme y caer fuera de la balsa. Enormes gotas de sudor caían desde mi barbilla y realizaban burlonas piruetas en el espacio antes de ir a estrellarse contra la tela del pantalón, en donde el caluroso tejido las devoraba con frenesí. La perenne sed y la resequedad en mi garganta unidos a los desgarradores mordiscos del hambre, me hacían consumir la poca saliva que mis glándulas segregaban.

–¡Qué clase de calor! ¡Qué clase de sed! –grité lleno de desconsuelo. Sabía que de nuevo me había quedado sin el preciado

líquido. Sabía que mí fin se aproximaba, y lleno de desespero grité:
—¡Coooño… que falta hace el agua para vivir!
Y al contemplar el inmenso mar, en mi pensamiento sentencié:
—Agua, agua dulce por supuesto, agua potable, ¡agua fríaaa…! ¡Agua fría coño! ¡Agua bien fríaaa…! —Terminé expresando exasperado.
—¡Ay coño!, si ahora me empatara con una jarra llena de agua fría con hielitos me la bebo sin parar —me dije, y emocionado con la idea expresé:
—¡Aunque me dé la punzada del guajiro y sienta que un clavo me atraviesa el cráneo! ¡Me la tomo coño, me la tomo! ¡No digo yo si me la tomo coño, me la tomo todaaa…!
Puse mis manos a la espera de que alguien o algo me diera la jarra llena de agua, y luego de apretarme suavemente con los dientes los labios, expresé:
—Si de tan solo imaginarme un bistec con papas fritas se me hiciera la boca agua. ¡Coño, ay coño que sed tengo! ¡Ya no aguanto más, coño! ¡Ya no aguanto más! —Exclamé ya con la cabeza en posición de derrota.
Resultaba mi problema un gran problema, un problema en aumento, un problema sin solución. Presentí lo peor, y recostándome hacia un lado desee que el tiempo se pusiera viejo. Hubo lapsos en que dormía y no dormía, resultaba el efecto de una sonsera algo incoherente; sumiéndome en un estupor que no lograba evadir. Con lucidez, una vez sorbí el residuo de baba que pendía desde mis destrozados labios, y desesperado, dejé la boca abierta intentando producir más baba para ver si de esta forma mitigaba la sed, pero ya me encontraba tan deshidratado que ni baba tenía; tal vez la anterior fue una alucinación. A todo ésto se sumó un extraño eructar acompañado por unos cólicos que quemaban el final de mis tripas.
Mis ojos desesperados trataban de identificar el lugar. Por momentos pensé que el sol era un globo eufórico impulsado por el viento y que cambiaba de color a su antojo. Lo veía rodar por el cielo, rebotar sobre el horizonte o enredarse en alguna nube y continuar con ella su impresionante juego. Ahora no puedo decir cuándo sucedió, supongo que fue alrededor de la caída de tarde cuando el sol reposaba su bochorno con un rosa pálido de fascinante belleza.

Frente a mí, un hermoso parque con su impecable césped, sus bancos pulcramente pintados, sus jardines llenos de flores. Una fuente de frescura inagotable que salpicaba con su cristalina agua el paseo donde un grupo de niños alegremente jugaban y corrían entre una gran bandada de palomas que parecían ignorar su presencia. Los veía sonreír, comer helados o golosinas, y algunos hasta me señalaron. El lugar me resultó bello, ideal, único, tan material como mi propio ser.

–¿Pero cómo no me han encontrado estando en el centro de un estanque? – me cuestioné confundido con lo que me sucedía.

Intenté ponerme de pie pero todo me dio vueltas como en un carrusel, luego de unos instantes logré detener el paisaje. Esta vez nadie prestaba atención a mi figura. Mi cuerpo febril temblaba, mis labios al hacer un movimiento de rutina se cuartearon cual vieja pintura sobre una pared. Obviando esta situación, hice un esfuerzo y les grité:

–¡Eh, familia! ¡Estoy aquí! –repetí el grito, y exasperado les cuestioné:

–¿O es qué no me ven?

Estas palabras se prolongaron más allá de nuestro espacio sin que oídos algunos la escucharan, provocándome un agudo dolor en mi alma y en mi ser, más haciendo caso omiso, les repetí mis reclamos durante incontables minutos.

Nadie prestaba atención al desespero de mi acongojada voz ni a mi alborotado aspaviento. Casi me vuelvo loco con las señales que realicé. Pero un movimiento brusco de la balsa hizo peligrar mi vida y al momento la cordura me hizo entrar en razones, pues la soga que me unía cual cordón umbilical a "La Esperanza", había sido extirpada. Se me puso la carne de gallina. Un miedo sin igual se apoderó de mí y en menos de lo que canta un gallo, mis temblorosas manos realizaron no sé cuántos nudos a mi cuerda de seguridad con uno de los cabos de la cámara y quedé sujeto nuevamente, pues yo de bobo no tenía ni un pelo.

Alcé la vista y continué observando la armonía de aquel mágico parque. ¿Qué es ésto? ¿Por qué no me responden? ¿Por qué no me ven?, cruzaban como rayos de luz estas angustiadoras preguntas por mi mente. Las incontestables incógnitas no me abandonaron durante el tiempo que duró la imagen de aquel maravilloso lugar en el cual me encontraba, y después de ciertos e incontables minutos, comenzó a desaparecer desintegrándose como rompecabezas en una pantalla gigante.

–¿Para dónde van? –grité varias veces sin lograr llamar su atención.

–¿Por qué no me ayudan, Dios mío? ¿Por qué? –cuestioné afligido.

–Algo anda mal –dije, cuestionándome a mí mismo.

Llegué a pensar que era un enorme espejismo pero lo deseché por la idea de que era un sueño, pero también había descartado el mismo considerándome que estaba despierto. Después de grandes análisis, la cordura que había perdido, sin tan siquiera llamarla volvió a mí, y ésta me hizo notar un detalle en el que no había reparado. Esta aparición no tenía audio por lo que ya no tenía ninguna duda de que no era un sueño, sino un espejismo, ya que los sueños tienen audio y la imagen que mis extenuados ojos habían contemplado con tanta realidad se presentó de forma silente. Por lo que gracias a Dios no se me ocurrió lanzarme hacia aquella hermosa orilla, material en algún lugar del mundo y ficticia a mi realidad.

Me vino a la memoria aquella vieja y sabía frase de mi bisabuela Josefa que dice: "No todo lo que brilla es oro". Me sentí derrotado. Mi sueño de pasearme por una plaza o parque lleno de palomas estuvo casi a punto de concretarse. Sabiéndome perdido y perdida mi "Esperanza", en aquella inmensidad sin rival, me quedé sin ningún tipo de ánimo contemplando la fascinante mar rizada y llena de espuma.

De repente, un enorme pez espada emergió majestuoso y hegemónico como ninguna otra bestia marina, dejándome sugestionado y maravillado ante su majestuosa pirueta. De hermoso lomo azul oscuro e impresionante vientre plateado de luna, aquella creación se arqueó de manera increíble de un lado y abriendo la boca cual si estuviese pleno de felicidad, cayó elegantemente sumergiéndose en una mediana ola.

¡No les miento coño! Este animal era tan grande o más que cualquier otro ejemplar que yo hubiese visto en mi vida, ni en fotos había visto algo semejante. Que no les hagan cuento, una bestia de esta plenamente desarrollada es más grande que uno mismo, por lo menos dos veces mi tamaño; y yo no soy nada chiquitico. Este mar está infestado de verdaderos gigantes oceánicos y a mí nadie me había hablado de ésto nunca antes. Bestias que pueden comerte de un solo bocado o atravesarte de lado a lado cual si fueses nada. ¡Coooño, solo en las películas!, pues pensaba que de ahí para acá todo era puro cuento.

Ahora si estaba embarcado, embarcado en una miserable balsa que no era otra cosa que una común cámara de tractor a pellejo limpio; una cascarita de nuez en la inmensidad oceánica. Me agazapé todo cuanto pude dentro de mi frágil y mísero refugio que ante la presencia de aquella estilizada bestia oceánica, resultaba una diana perfecta a sus malabáricos saltos. Una y otra vez lo vi brincar espacios tan grandes que les puedo asegurar que volaba, agitándose de un extremo otro. Sin aviso alguno, salía de una ola levantando un torrente de agua para ir a caer justamente en la otra que estaba más allá, tal vez una docena de metros.

–¡Qué clase de energía tiene este coloso! –dije mentalmente–. ¡No se cansa de saltar de un lado para otro!

Realmente es que este animal se había creído que era un pájaro.

–¡Qué no joda! –gritaron mis neuronas–. Que se vaya a volar a otra parte, con lo inmenso que es el océano va y me pongo tan fatal que traspasa a esta endeble balsa, y tal vez se quede hasta trabado con alguna tabla. ¡Qué ni Dios lo quiera! –terminé expresando lleno de pánico.

Aquella inmensa aleta dorsal y la impresionante aguja de más de metro y medio de largo cortando el aire, me aflojaron las piernas y me dije:

–¡Ay mi madre! ¿Qué es esto? ¿Hasta cuándo voy a tener que lidiar con sucesos insólitos y monstruos marinos? Quiera Dios que esa poderosa espada no pinche mi balsa, pues si esto llegase a suceder mi única esperanza se iría a bolina.

La tensión de esperar el momento de su nueva aparición me provocaba una taquicardia del carajo. No era para menos, esos descomunales saltos precedidos por su poderosa espada blandiéndose muy ufana en el aire, podrían significar el final de una ilusión. Ahora si les digo que esta bestia era para respetar. Me la imaginaba moviéndose sigilosamente por debajo de la balsa. Aquella oscura profundidad oceánica era solo un tenue contraste para su vigorosa y larga espada que de seguro yo estaba no conocía rival. Quiera Dios que sólo ande en solitario, pues si viene acompañado por otros, entonces sí que no sé qué iría a ser de mí. Con gran nostalgia pensé en mis heroicos remos, pero frente a este nuevo reto no les vi ninguna utilidad que no fuese remar y largarme ¡pa'l carajo! Acción que yo no podía acometer.

—La próxima vez que a mí se me ocurra montarme en una balsa me doy una bofetada —me reprimí mentalmente.

Aquellos bellísimos e impresionantes saltos de varios metros de altura, cada vez lo acercaban más a mi frágil y desnuda balsa. Sabía dónde me hallaba, no hacía falta un pinchazo, tan solo con un roce de su áspera espada, todo se iría a bolina junto a mis sueños de libertad. A mí esta situación no me presagiaba nada bueno ni tampoco me daba ninguna gracia; a no ser que estuviese en un confortable yate rodeado de expertos marineros. Cazar un ejemplar de éstos no digo yo que sea una tremenda hazaña marina, pero de ahí a cogerlo como una actividad deportiva, de verdad que hay que tener ganas de jugarse la vida o no tener nada que hacer, pues yo no le veo ninguna gracia el venir a pescar un bicho de éstos al medio del mar.

Pensando estaba en todas estas idioteces frente al peligro inminente que me acechaba, cuando lo vi emerger como nunca antes frente a mí, en mi misma dirección. Era un verdadero proyectil marino lo que se me venía encima. Creí que sería ensartado como una lombriz para carnada, y en el mortal instante del encuentro, me tiré hecho un guiñapo dentro de la balsa. Hubiese querido tener mi heroico par de remos para haberme ocultado debajo de ellos, deseando al mismo tiempo con todo fervor que semejante bestia errara su mira.

¡Oooh...! ¡Vaya suerte la mía! lo vi pasar hecho una salación marina y salpicándome con algunas gotas de mar, mi corazón quedó quieto por unos segundos. No pude ni tan siquiera expresar el susto que mi propio rostro reflejaba. Quedé petrificado de pánico, y así mismo alcé mi cabeza ya tarde, pues ni pude ver donde esta implacable bestia oceánica fue a parar.

Después de aquel fulminante salto mortal, mis desorbitados ojos quedaron rastreando la superficie del mar y no supe si el tiempo volaba, saltaba o estaba quieto en aquel lugar. Lo cierto es que no lo volví a ver nunca más, aunque estuve alerta rogándole a Dios por no sé cuánto tiempo. Frente a bestias como éstas siempre hay que estar al tanto, y aunque la tensión de aquel impresionante momento aún circulaba por mis venas, mi real cansancio y mis ya perennes achaques terminaron por ocupar su lugar. Mi pecho ya no palpitaba como antes, pero eso sí, si me hubiesen hecho un electro, de seguro que el registro gráfico estaría bien alterado. Ahora sí que ya estaba curado de espanto.

Sabía que la última noche en el mar se avecinaba, y con una onda oración llena de fe me preparé para afrontarla con la mayor dignidad y vergüenza posible; pues la sed, el hambre y la constante fatiga, se habían confabulado para emprender junto con las desquiciantes alucinaciones, la batalla final para exterminar las pocas fuerzas que oponían resistencia a las difíciles condiciones que atravesaba todo mi ser. El latir desesperado de mis neuronas, semejaba el ensayo de una banda musical comprimida dentro de mí cráneo, y abrazándome a éste, trataba de evitar que se desarticulara las pocas ideas que ya quedaban en mí. De esta forma logré soportar el terrible malestar hasta caer la noche, que gracias a Dios, con la frescura de su aire trajo de vueltas a mí una paz infinita.

Mi pensamiento divagaba más taciturno que nunca y tropezando con los más olvidados recuerdos, la musicalidad de la frase: "*...en el mar, la vida es más sabrosa*", atravesó como una saeta un halo de mi vida. Respiré enérgico y con sequedad aseguré:

–Al que se le ocurrió decir eso de seguro no ha pasado por ésto.

Un frío perpetuo se apoderó de mi organismo, el poco calor de mis músculos se fugaba no sólo de mi piel, mi alma pedía cobijo. Mis ropas, desgastadas y completamente mojadas, se aferraban a mi cuerpo, y cansadas de resguardarme no ofrecían protección; las sentía helarse. Las ansias por descubrir la mano amiga en el horizonte se habían perdido de mis fatigados ojos. Extrañé tanto mis botas, que un estornudo reafirmó mi pensamiento.

Por momentos el atormentante remachar del dolor en mis sienes, se eclipsaba permitiéndome breves descansos. En esos momentos reflexionaba sobre mi familia. La tristeza de aquel abrazo dado por mi madre cobraba vida; parecía revivir ese momento de forma infinita. Cuántos sueños se perdían con mi fracaso. ¿Por cuánto tiempo la Flaca guardaría mi calzoncillo? Cuánta tristeza para aquellos que confiaban y esperaban por mí. Todo este dolor por culpa de un loco endemoniado y su fosilizada dictadura. Todo ésto pasaba por mi mente y me hacía sentir impotencia al saber cuán bonita era la vida y que la dicha de vivirla a plenitud la perdería, porque de nada vale la vida sin libertad.

Qué buches más amargos me regalaba el destino. Mi garganta comenzó a fundirse, la sentía arder cual horno de pan, y mi aliento cocinado con cabeza de pescado crudo, imploraba por agua. Miré toda aquella inmensa masa líquida y por mucho que batallara con mis ideas y recordara el sabio consejo de mi padre y la experiencia de Emilio Andrés y la mía propia, no pude contenerme y cedí ante las ansias y el enorme deseo que me impulsaban a hacer lo prohibido. Sin pensarlo más, llevé agua de mar a mi boca y bebí un buen sorbo, y al igual que la primera vez, semejante a un tablazo en mis entrañas, el estómago devolvió un gran buche.

–¡Aaah...! –fue todo lo que exclamé, pues quedé repitiendo las arqueadas casi un minuto, y tras restablecer la respiración y no llegar a caer en un desmayo, medité:

–¡Veneno, puro veneno!

Me dejé caer en el interior de la balsa ya sin fuerzas ni ánimos. El mar comenzaba a encresparse y hacía que la balsa se columpiara como un cachumbambé, y debatiéndome entre los desmayos que cada vez se volvían más prolongados, me rendí ante uno de ellos, logrando dar un receso a mis atormentados pensamientos y extenuado cuerpo.

Un sorpresivo y enorme ruido me hizo perder de golpe el profundo sueño en el cual me hallaba atrapado y lleno de espanto me hizo buscar aterrado que sucedía en la inmensidad de aquella oscuridad más quieta que la paz de los sepulcros.

Realmente no acababa de precisar qué era lo que me acontecía, solo el delator rugido evidenciaba que algo bestial se aproximaba, y cuando alcé mi vista, quedé sorprendido al ver la poderosa luz de un reflector que se disponía a cruzar no muy alto sobre mi propia balsa.

–¡Un helicóptero! ¡Y vienen por mí! –exclamé de golpe y sin tan siquiera atinar a nada, quedé maravillado viendo todas sus luces encendidas cuando precisamente cruzaba casi sobre mí.

–¡Oh nooo...! ¡Es una avioneta! –expresé tontamente defraudado. Su retumbar, semejante al trotar de una caballería me ensordeció por completo, quedé desconcertado.

–¡Eeeh... aquí! ¡Miren aquí! –fue lo único que desatinadamente clamó mi desahuciado ser.

Traté de levantarme, de erguirme, pero qué te cuento, el cajón de aire dejado a su paso hizo girar mi endeble balsa cual pluma al viento. Me sujeté cuanto pude y miré impresionado a aquella misteriosa nave que ya iba lejos, muy lejos, sin que nada ni nadie la detuviera. Más rápido de lo que llegó su propio tronar, creo que se alejó. Sé que no será cierto lo que les estoy diciendo, pero fue así como lo sentí. ¡Qué desdicha! ¡Qué desanimo! ¡Qué desilusión! ¡Cojones, que mala suerte la mía! Esta travesía tenía que arrastrarla en cuerpo y alma, nada ni nadie, como había ocurrido en tantas otras vendría por mí. Golpeé desesperadamente con mis puños el borde de la balsa, apreté mis dientes y grité desconsolado expulsando mi frustración.

Sin ningún tipo de reparos ni miramientos, la inmensidad de la noche se tragó primero aquel ruido esperanzador y después su maravillosa luz. Más tarde con la calma devuelta a mi cuerpo, comencé a reflexionar sobre el extraño incidente de esta avioneta con su vuelo rasante. ¿Qué haría esa avioneta a estas horas en medio del océano? ¿Y qué sabía yo de la hora que era ni en qué parte del océano me encontraba? Tal vez estuviera cerca de la costa, tal vez fueran las diez de la noche o las tres de la madrugada; tal vez, pues yo realmente no sabía ni dónde coño estaba. El abismo de la noche con sus misterios, una vez más me hacía comprender cuán insignificante era mi alma en aquella inmensidad oceánica. El miedo y todo cuanto lo circunda, no eran más que un momento en el azar de mi propia existencia, pero ya yo me encontraba desahuciado y ni a la muerte temía. Eso sí, terror y pánico me daban pensar en esos desgarradores y brutales calambres que durante el sueño muchas veces me visitaban; esas horribles trombosis musculares eran el puntillazo a mi sosegada paciencia de esperar la paz que supera toda frontera. Qué triste era toda esta realidad que aún persistía y que a pesar de todo y que contra todo, aún me mantenía con vida. Gracias le di una vez más al Altísimo Dios y me recosté en busca de aquel sueño perdido.

No supe el tiempo que pasé inconsciente pero cuando retorné a la realidad. No podía precisar si estaba siendo afectado por un sueño, una pesadilla o una alucinación semejante a la de Emilio Andrés, debido a que ahora se presentaba con un audio que me llevó a pensar que era cierto lo de invitarme a irme con ellos. Al recordar aquella locura, desesperadamente comencé a gritarles:

–¡No, no, no…!

Realizando mil esfuerzos por traerme a la realidad, insistentemente repetían:

–¡Ven, vamos anímate, ven con nosotros!

Sentí que mi cuerpo era zarandeado de un lado para otro, rompiendo el verdadero dilema de mi congoja. Entonces, con voz perdida, sólo atiné a decir:

–¿Qué pasa?

–¡Muchacho!, es un milagro haberte encontrado –dijo alguien, pues su tono sonó diferente.

Mis desanimados ojos aún no coordinaban la apertura de sus párpados. En un esfuerzo supremo casi prodigioso, logré nuevamente ver la luz.

Me sorprendí al verme completamente rodeado por personas tan comunes como yo, incluso vestido como para una aventura igual a la mía. Una sonrisa afloró en mi rostro; tal vez para ellos simuló una mueca alegre, pues los vi sonreír con cierto escepticismo.

–¿Qué tiempo llevas en el mar? –preguntó a boca de jarro una muchacha de encantadoras motonetas rubias y que debajo de su rudimentario chaleco traía una blusa blanca de mangas largas.

–¿Cuándo saliste? –cuestionó otra de mirada ensoñadora.

–Agua… –fue mi segunda frase.

–¡Rápido, denle agua de nuevo! –ordenó un joven de buen semblante.

–¡Vamos hombre, anímese que usted está entero! –expresó un señor delgado de voz potente. Luego de acomodarse un desvencijado sombrero de alas anchas de medio lado, amigablemente me dio unas leves palmaditas en el hombro. Y moviendo con gracia su espeso bigote blanco en canas, me dijo:

–¡No se vaya a rajar usted en la recta final!

Su criolla sonrisa quedó encerrada en su impenetrable mostacho que no lograba cubrir del todo las marcadas arrugas que ya lo abordaban de años. Creo que traté de decir algo, pues este velludo señor de patillas tan largas como sus orejas y que venía sentado en la proa, me interrumpió al decirme:

–No hables tanto y bebe para que te reanimes y puedas comer algo.

Yo seguía como en el limbo, no daba crédito a lo que sucedía y mi cerebro bordeaba entre la lucidez y la tontería. Por momentos no sabía que pensar. ¿Quiénes eran ellos? ¿Cómo era posible permanecer aún en una balsa? El destino trocó mi camino en un peregrinar de tragedias fundidas en el escape de un aberrante latifundio comunistoide de corte personal.

Ellos me observaban en silencio. Sólo interrumpían su concentración para intercambiar miradas entre sí y terminaban proyectando sus chismosos ojos en la perdida expresión de mi rostro. Después de comerme un pan con timba[88] y eructar como nunca, con gran pena les pedí disculpas por lo último, y me sentí renacer.

Un poco recuperado de este leñazo que la adversidad me había dado, observé la composición heterogénea del grupo y la armonía existente entre ellos. En total sumaban diez, de edades que oscilaban entre los seis y los cincuenta y pico de años. Tres mujeres, cinco hombres, y dos niños que parecían disfrutar como en una excursión. Un perro sato de mediano tamaño acompañaba al grupo.

Tras una brevísima presentación supe que eran matanceros. Sólo un joven que lleno de optimismo erguía su rostro ante la inmensidad, era de la capital.

Sentados frente a mí estaba el matrimonio con sus dos varoncitos que pelados a la malanguita me transportaron a aquellos días en que mi mamá también me pelaba así para evitar que en la escuela cogiese piojos. Ellos, emocionados con mi presencia, no paraban de hablar y hacer bromas sobre mi deplorable estado. No se les podía negar su encanto sano e infantil que solo desaparecía al ser requeridos por su madre, la cual abrazaba a ambos.

A pesar de estar detenidos desde la media noche por fallas del motor fuera de borda, el espíritu triunfal de la empresa se reflejaba en la mayoría de las caras. El de las patillas largas con sombrero de alas anchas, el habanero, y el que a mi parecer comandaba el grupo, aseguraban que jamás se quedarían botados, y mucho menos con un motor Evinrude de comienzo de los cincuenta que ellos mismos habían reparado.

En cuanto pude hablar, me acorralaron a preguntas, las que con docilidad de niño les contesté hasta saciar su asombro que resultó ser más elevado que su curiosidad. La narración de parte de mi epopeya,

---

[88] Pan con guayaba (guayaba en barra) que llego a escasear y mi bisabuela decía que en su tiempo era comida de pobres.

por momentos les hizo exclamar y en otros guardar profundo silencio. Mantenía en mi voz la suavidad y la cadencia de un viejo sabio; no porque yo lo fuese, sino porque estaba agotado. No sé cuánto tiempo pudo durar mi locución pero llegó el momento en que la eminente puesta en marcha del motor acaparó toda la atención. Su ronronear de años me confió la seguridad de estar en el transporte idóneo para comenzar a realizar el principio de todos mis sueños.

La brisa me traía sorbos de vida y me daba ánimos para detallar y reconocer este nuevo escenario donde hallé más que la anhelada mano amiga, encontré una familia dispuesta a darme el aliento necesario para soportar el resto de la travesía y poder llegar a ver la tierra de libertad tan añorada por mí. De todo corazón, di gracias al Todopoderoso.

La alegría de saberme entre personas que por su bondad y atenciones, indicaban que aquello no era el fin, y la oportunidad de encontrar mi nuevo mañana, me invadía de felicidad cual huracán que recorre el cuerpo inundando mi cerebro, mi pecho y todo rinconcito de mi alma. Estos elementos izaron nueva bandera en mí y a pesar de estar hecho leña, incrementé mi fe.

Comencé a detallar con la vista cada una de las personas. Todos tenían puestos chalecos salvavidas caseros, incluido el perro sato que uno de los niños ceñía. Observé diversos envases llenos de agua, también mochilas que a pesar de estar cerradas tenía la certeza de que eran las portadoras del bálsamo a las pirañas moradoras en mis jugos gástricos. Próxima al motor, una canistra de color azul resultaba el envase con gasolina, la cual me aseguraron alcanzaba para llegar hasta La Casa Blanca. La brújula se encontraba atornillada en el fondo de la balsa, también observé varios remos atados a los costados. De verdad que esta balsa estaba bien armada y pertrechada.

Ellos constituían un excelente grupo familiar. La seguridad de sus palabras, sus expresiones, el estado de ánimo, la fortaleza espiritual que los acompañaba, presagiaba un éxito rotundo.

El relato de mi odisea hizo que ellos se embullaran a contar algunas de sus experiencias, y así quedé en semi-hipnosis escuchando historias que me hacían renacer.

Máximo traía puesta una gorrita de tela color hueso de viscerita a la redonda, bastante desteñida por el tiempo. Este joven habanero inició la cadena de anécdotas, al decir:

—Recuerdo el día que realicé la prueba de la bengala que un amigo mío llamado Rey Luis, le compró a un recluta de su barrio. Ese domingo Rey Luis pasó por la casa trayendo consigo las bengalas, y alegando que estaban vencidas, me las regaló. Él conocía de mis deseos de irme en balsa y sabía que podrían serme útiles.

Rey Luis había desistido de este tipo de travesía, debido a que había visitado a un astrólogo del Cotorro y que a partir de este ancestral conocimiento, su vida sería guiada por la carta astral que el augúrelo le había confeccionado. Además, había oído por una emisora de radio extranjera que un tal, *Ruquimini*, vaticinaba que este año el viajar por el mar era malo para Virgo, su signo. Debido a esa información no se iría en balsa por nada del mundo.

—El muy verraco tal vez esté en alguna cola —sentenció el que parecía liderar el grupo y que respondía al nombre de Orestes. Las risas afloraron en el rostro de mis acompañantes y escuché con claridad la de los fiñes.

—Ese día —dijo Máximo—, mi mamá y mi abuela habían ido a caminar por los campos de Alquizar, a cambiar ropas y zapatos de uso por viandas, arroz, frijoles o alguna gallina. Aproveché la ausencia de ellas para hacer una pruebita.

Mi amigo y yo fuimos al patiecito del fondo de mi casa, y justo cuando iba a activar la bengala, el supersticioso de Virgo me advirtió que había escuchado en el parte del horóscopo que el oráculo vaticinaba fatalidad para cualquier proyecto en esos días y que solo cruzando los dedos y dando tres toques en el marco de una puerta cerrada, se evitaba males mayores. Yo lo miré de reojo, y tras Rey Luis ejecutar la acción, expresó:

—¡Por si las moscas!

—Déjate de comer tanta mierda que yo de estos artefactos no sé ni jota, y si esto explota, el que se salve va preso —le dije.

—No digo yo, eso es muy peligroso —expresó María Eugenia la madre de los muchachos, sin dejar de sujetar a sus chamacos.

—Fue una explosión seca —dijo Máximo—, semejante a un cartucho de gofio cuando cae al suelo. Un humo amarillo como pétalos de girasol comenzó a emanar de aquel cilindro, elevándose y elevándose, y no podía dejarla en el patiecito. Evitando que este craso error provocado por mí nos fuera a delatar, entré para la casa con la bengala en la mano. El amarillento humo comenzó a invadir la habitación, de veras que no sabía qué hacer. Me había metido en tremendo lío. Quedé sorprendido con aquella cantidad de humo que comenzaba a cubrirlo todo; de verdad que no la calculé.

La auténtica impresión del momento se reflejó en el rostro. Máximo se acomodó su gorrita y continuó:

—La humareda se convirtió en una masa espesa y amarga.

—¡Te lo dije *asere*, te lo dije! ¡Hoy es un día malo para mí! —dijo Rey Luis.

Corriendo fuimos hasta el baño y sumergí la bengala dentro de un cubo con agua. Mas el dichoso artefacto continuaba expulsando su delatador contenido que era en realidad para lo que había sido diseñado, pero en este caso ahora nos denunciaba.

—¡Toma esta toalla vieja que está colgada detrás de la puerta! —dijo Virgo y me sugirió:

—¡Envuelve con ella la bengala y vótala por la ventana!

—¡Coño tú estás loco, es la única toalla que tengo! —le grité.

¿Pero qué? Se la arrebaté de las manos y envolviendo la maldita bengala la sumergí en el cubo, pero viendo que no paraba de echar su humo, decidí sacarla del cubo y la sumergí en el tanque de agua que hay en el baño.

—¿Qué coño es ésto? ¿No piensa parar? —cuestioné, y el supersticioso de Virgo con gran preocupación alegaba:

—Te lo dije *asere*, te lo dije. ¡La conjunción de las estrellas guía nuestras vidas!

En ese instante sentí un amargo sabor en la boca y la garganta. Sin pérdida de tiempo le dije a Rey Luis que abriera la ventana del baño. La claridad del día penetró filtrando la densa humareda, pero como no corría ni una gota de aire, le pedí que sujetara la bengala dentro del agua y corrí y abrí la ventana del cuarto y encendí el ventilador. La corriente de aire cortó como una sierra aquella atmósfera asfixiante. Tapándome la cara con una prenda de vestir corrí hasta mi cuarto y encendí el ventilador mío y el de mi abuela. Aquel humo delator empezó a escapar por la puerta del patio y por cuanta abertura encontraba.

—¡Ay mi madre! ¡Estoy embarca'o! —expresé, y sabiendo bien en la zona en que vivía, me cuestioné:

—¿Qué van a pensar los vecinos?

–Lo que les dé la gana *asere* ¿o es que tú deseas asfixiarte? –me respondió el supersticioso de Virgo haciéndose el duro.

Le aclaré que él bien sabía que en el reparto vivía mucha gente del gobierno y miembros de la Seguridad, que el barrio está lleno de chivatos y agentes del G2, que si fuese su casa estaría cagado, y no continué diciéndole más, porque él me dijo:

–¡Cálmate que ya paró!

Sentí que un gran alivio volvía a mí, y entre tos y tos, parado al lado del tanque le dije:

–Ya era hora.

Tiré la toalla completamente arruinada para la bañadera y un poco de humo se elevó con la gracia del que se desprende de un plato de sopa caliente. Saqué la bengala y sonreímos cual espectadores que ven salir un conejo del sombrero de un mago. El alma me volvió al cuerpo.

–Sirve –afirmé con cierta alegría, aunque un poco ahogado por la tos. Pero entonces comenzó a brotar de la bengala un tizne negruzco y más espeso que el anterior. Rey Luis nuevamente comenzó con su cantaleta de que: ¡lo sabía *asere*, lo sabía!, que hoy no era su día, y que si las estrellas presagiaban fatalidad. ¡Yooo...!, ya encabronado exclamé:

–¡Coño, tú verás ahora!

Golpeé varias veces el artefacto contra el borde metálico del tanque hasta partirlo en tres partes, y al instante las metí en el cubo lleno de agua hasta que dejaron de humear. Exhausto sin más alternativa, permanecí arrodillado frente al cubo hasta que se disipó toda aquella nube de color amarillo. Con mi arruinada toalla le di tremenda limpieza al baño, más la humareda dejó el aire viciado con su química, y esta produjo en mí una tos fuera de control.

El supersticioso de Virgo estaba sofocado y pálido, tal si hubiera visto una aparición. Guardamos silencio por un buen tiempo en espera de que algún vecino tocase a la puerta investigando lo ocurrido. Fue tanto lo que le pedí a *Babalú ayé*[89], que ésto no llegó a suceder. Temiendo que algún vecino me delatara y descubrieran estos pedazos de la envoltura, termine envolviéndole en un trapo y votándolas en un placer que hay en la esquina. A decir verdad, estaba

---

[89] San Lázaro.

sudando frío.

–¡Qué tarde la de aquel domingo! –terminó exclamando Máximo.

–Mis hijos y yo todos somos Virgo y aquí estamos –afirmó María Eugenia haciendo una mímica de asombro, y tras arreglarse un poco el pelo y sujetando a los chicos contra sí, continuó:

–A nosotros allá en Matanzas nos ocurrió algo parecido. ¡Cuéntales viejo, cuéntales! –Le pidió a su marido, embullándolo junto con una caricia de su mano por el brazo.

–¡Sí papi, sí! –le alentaron los fiñes, y él los conminó al orden. La madre nuevamente aferró entre sus brazos a los chicos. Entonces Orestes dijo:

–Fue al principio en mi casa natal, allí probábamos las cámaras de tractor que conseguíamos, debíamos llevar el diámetro de las mismas a más de cincuenta centímetros, de esta forma salíamos de dudas con respecto a su estado de resistencia.

Hizo un alto dejándose acariciar una patilla por la tierna mano de su esposa y continuó:

–Una noche a eso de las diez realizamos una prueba, y cuando la cámara estaba por cuarenta y nueve de diámetro, ¡explotó! Del tiro quedé sordo, pues se me coló un silbido en el oído que me duró varios días.

En la sala no quedó ni un solo adorno, hasta la herradura del caballo de mi abuelo Vicente Pascual que estaba colgada desde principios de siglo sobre el umbral de la puerta fue a parar al patio. Se zafaron varias tablas de la pared del portal y de un costado de la sala con el cuarto de mami. También se desprendió un pedazo del techo y las tejas cayeron al pasillo de al lado donde vive el presidente del comité. Este pensó que eran los americanos que estaban atacando y se cagó en los pantalones.

Entre sus carcajadas ligeramente me sonreí, pues en el susto de mi vida sin querer me chispié, aunque en mi caso creo estar justificado.

–El asunto era –continuó Orestes–, que recién llegaba el tipo de una reunión del Partido y le habían comunicado que el SR 71 estaba violando nuestra integridad nacional y que la CIA tenía planes de invadir y no sé cuántas cosas más.

–¡Mira que esta gente comemierda! –expresó Máximo.

–Mi vieja por poco se me muere de un infarto –dijo Orestes y continuó:

—Ella con las manos puestas en la cabeza y arrodillada, rogaba misericordia frente al cuadro del Sagrado Corazón que fue el único que no se cayó y quedó de lado en la pared, pues hasta la Santa Bárbara soltó su espada, y la coronita dorada cayó desde el altar y rodando fue a parar al portal.

Al poco rato vino el jefe del sector alertado por el hijo de la vecina del frente, la cual se había quedado dormida en un sillón que acostumbra a poner en la acera, y al escuchar la explosión se cayó para atrás. Ella pensó que había sido un balón de oxígeno, pues como mi mamá es asmática, la muy chivata supuso que había un balón clandestino en mi casa.

—¡Una vecina comunista es peor que una maldición! —sentenció la más joven de las doncellas, agitando sus graciosas motonetas.

—¡Aquello fue del carajo! —dijo Orestes—. Suerte que mi hermano Quintín el grande tiene carné de pescador y así justificamos la prueba de la cámara, y como nunca habíamos tenido problemas en la cuadra, todo quedó ahí; aunque los rumores duraron varios días.

Realizó un alto y noblemente se sonrió al revivir aquellos momentos que ahora resultaban tragicómicos. Ligeramente se pasó los dedos a modo de peineta sobre su coposo pelo. Recordé al hp del Ampa y sentí algo raro en mi corazón que no fue tristeza. Orestes, tras limpiarse el sudor de la frente, alzó sus ojos carmelitosos y su mirada se perdió en el infinito del horizonte; seguro él estaba que más allá algo cercano a aquella línea lo esperaba, y haciendo un gesto para acomodar sus hombros, volvió la mirada hacia mí y continuó:

—Esto lo aprendimos de unos holguineros expertos en balsas de desembarco artesanales. Entre ellos el ingeniero Leonardo J. J, diseñador de este modelo criollo que mi hermana me comunicó con lujo de detalles. ¡La verdad que ese gallo apretó!

Haciendo un ligero gesto con el dedo índice de su mano derecha, señaló a un hombre de unos cincuenta y pico de años, fuerte y gordo como un toro. Este traía puesto un sombrero de guano tan viejo como el tiempo, y sentado en la popa, parecía no prestar atención a la historia. Este señor permanecía callado, observando el avance de la balsa que capitaneaba.

—Entre mi cuñado y yo —dijo Orestes—, buscamos todo lo necesario. María Eugenia y las muchachitas se dedicaron a la confección de los chalecos que tenemos puestos. Margarita y Orquídea cortaron y cosieron a mano todas las mangas de lonas que enfundan las cámaras, siendo la parte curva de la proa la más difícil. Hay que reconocerles ese mérito.

–¡No lo digas para que tú veas! –aclaró Margarita que venía sentada al centro de la balsa, y muy entusiasta agregó:

–También hicimos la vela, la bandera, el techo y toda funda de la lona que envuelve como una sábana a la balsa, además de ponerles los ojales metálicos por donde pasa la soga que une todo el conjunto con el fondo.

–¡Con el cordel de mi papalote cosieron todas las cosas! –exclamó el más pequeño, quien sujetaba entre sus brazos al inquieto perrito sato de mediano tamaño.

–Sofistiqué el diseño –dijo Orestes–, adicionándole un esqueleto de aluminio atornillado al fondo más una gruesa capa de poli espuma; ganando en solidez y flotabilidad. En los bordes de la madera unos pasadores metálicos por los cuales se tejen los cordones, y con ese principio cerré casi todo dentro de la lona que hermetiza y sella la balsa, definiendo la forma final; es como si fuera la piel.

–Esta lona tiene su historia –comentó María Eugenia pasando con suavidad su mano por la superficie del material al que hacía referencia, y enfatizando la voz continuó:

–Por mediación de mi primo Papo que vive en la Habana, la conseguimos cerca del Pre de Marianao. Era un rollo que les sobró a los hijos de una señora que perdió a uno de ellos casi justo cuando llegaban. Ella nos mostró los recortes de periódicos sobre el entierro y me helaron el alma.

Su voz se tornó grave pronunciando con dificultad pero continuó:

–Aquella madre llorando, me pidió mil veces que no realizara semejante locura, que no expusiera a los niños.

–Yo quedé de una pieza –dijo María Eugenia agregando–. ¿Debo esperar con paciencia a morirme de hambre?

–Tú tienes un buen marido –me contestó ella y le respondí:

–Pero con lo que él gana no le alcanza para mantenernos, y robar como el gobierno ha adaptado y creado un estilo de vida en muchos, no es nuestra costumbre ni educación.

Entonces, aquella angustiada y sufrida mujer, mostrándome el patético álbum entre sus brazos, me replicó:

—Es preferible tener hambre que no un hijo muerto.

—La abracé y la estreché lo más que pude, y unidas, sintiendo caer sus lágrimas sobre mí pecho, sacando yo fuerzas no sé de dónde, le dije: Algún día Dios hará justicia y pondrá orden a todo.

—¿Cuándo llegará ese día? —fue su respuesta escoltada de una desgarradora mirada. Tragando en seco me abracé a ella. Les juro que sentí todo su dolor aquí dentro en lo más profundo de mi corazón.

Sus palabras fueron acompañadas por el ligero golpear de su mano contra su pecho.

—De regreso a casa, Orestes y yo con la cabeza hecha una calabaza de tanto hacer conjeturas, comprendimos que el hambre y la miseria son enfermedades genéticas sociales, por ende se heredan y éstas no las queríamos para nuestros hijos. Nosotros llegamos a la conclusión de que arriesgar la vida para salvar la misma, tiene lógica. Todos estos poquitos nos hicieron construir la balsa.

Su esposo tiernamente le pasó la mano por el coposo pelo lacio que negro como azabache le nacía muy avanzado en la frente. Aprovechando este cubanazo mi lucidez, y para que yo no perdiese el hilo de la conversación, me explicó:

—Las cámaras de camión atadas a los extremos de la popa tienen la función de soportar el peso del motor. Tus cámaras también la atamos a un costado ahí detrás.

—¡Mira como ondea la banderita que traías! —señaló Máximo. Después de darle un vistazo al señalamiento que él realizó con su mano derecha, y pensando en mi pequeña y perdida "Esperanza", con voz apagada comenté:

—Cargar esta balsa no debe haber sido fácil.

—Desarmada en piezas y empaquetada en cajas, la llevamos hasta la costa; esta balsa no cabe en un camión —dijo con orgullo el que atendía al control del motor. Se notaba contento por la originalidad del trabajo, y al hablar, su carisma salía a relieve.

—Cada uno de nosotros transportó una sección de la balsa. De día las mujeres con los muchachos vigilaron el lugar. De noche siempre me quedé yo haciéndome el pescador —comentó el timonel.

—Y no pescó nada —dijo el niño más chico a modo de burla.

—Bueno, pesqué un catarro con el agua que cayó la otra noche que aún tengo tupida la nariz —al decir esto, sacó el pañuelo y se la sonó estrepitosamente.

Los niños se rieron a carcajadas. Este campechano timonel, señalando a uno que permanecía callado y que se apretaba con sus manos el abdomen como si tratara de controlar su interior, continuó:

–Mi primo y el habanero, trajeron desde San Juan y Martínez en Pinar del Río, este motor hecho leña, pero después de unos meses lo dejamos nuevecito.

Con la seguridad de su sonrisa y la astucia de su mirada, le dio varias palmaditas al casco del motor y continuó:

–El motor y la gasolina, camuflados con piedras, fueron llevados en una carretilla hasta la costa, y de allí hasta aquí este potrillo mecánico ha pistoneado sin parar.

Y sonrientemente, volvió a darle otras palmaditas al motor.

Un silencio recorrió junto con la brisa toda la balsa y al marcharse, el ronronear del motor ocupó su espacio indicándonos que él continuaba empujándonos hacia la libertad.

Yo lo miraba prolongando mi risa como un tonto, mientras sentía por momentos un enorme cansancio adormeciéndome cada rincón del alma.

Un grito me trajo a la realidad. La muchacha de la blusa blanca había perdido su belleza e intentando tapar con sus manos su rostro, mostraba una mueca de horror y repugnancia.

Todos se volvieron para contemplar algo del lado derecho de la balsa. La madre de los muchachos abrazaba a ambos, cubriéndoles los ojos con la palma de sus manos y obligándolos a mantener su posición. Orestes rogaba calma y le pedía a la más afectada que se controlara. Un hallazgo sobre la superficie del mar era el causante de la conmoción.

Intenté inclinarme hacia adelante para luego erguirme y observar lo que tanto espanto causaba, pero algo me lo impidió. Me encontraba atado a uno de los laterales de la balsa. Ya mi mente perdía tantos minutos de lucidez que ni yo mismo pude recordar cuándo sucedió.

–Es una medida de seguridad –amablemente me informó Máximo.

No le repliqué nada, sólo le pedí ver lo que ocurría. Él aflojó la cuerda que me fijaba al lugar y me levantó por las axilas. Mi vista superó el nivel de los bordes y posé mi vista sobre el cadáver que portaba una camisa de guinga color marrón y un pantalón de mezclilla desgarrado a la altura de los muslos. Le faltaba la cabeza, el tórax parecía una enorme fruta bomba, no sólo por el color y lo hinchado, sino porque también del cuerpo brotaban unos puntos negros. Los brazos al igual que las piernas estaban hechos jirones y de una de ellas colgaba siniestramente una tira de piel que se negaba a perder su familiaridad con la masa; al parecer intacta en el interior de un tenis. Si no hubiera sido por el apuntalamiento de aquellos poderosos brazos, seguro estoy de haberme derrumbado ahí mismo.

Después de retornado a mi sitio, un invierno recorrió mi ser; aquel pedazo de cuerpo cobraba vida dentro de mi cabeza. En un gesto desesperado llevé mis manos a la frente tratando de detener esa imagen que como levadura se agigantaba y amenazaba con hacer estallar mi cráneo.

–¡No, no, no…! –exclamé conmovido.

–¿Es alguien de los que te acompañaron? –indagó Margarita.

–¿Sabes quién es? –inquirió Máximo.

No atiné a palabra alguna, moví la cabeza con gesto de negación y algunas arqueadas llegaron a mi boca. Después de escupir varias veces hacia fuera de la borda, manifesté:

–Creí que ya había visto lo suficiente. Ese cadáver me ha desgarrado lo poco que me quedaba por dentro.

–Pobre hombre. ¿Quién sería?, ¿de dónde sería? –cuestionó Margarita muy apesadumbrada.

Orquídea, la bella muchacha de mirar profundo y soñador, permanecía con la cabeza a gachas y sus infantiles motonetas caían sobre su blanca blusa. Momentos atrás se había recostado por la borda y había vomitado todo su espanto y parte del mareo que le quedaba. El niño más chico lloraba en silencio, María Eugenia prácticamente lo aplastaba contra su pecho, en el cual estoy seguro que también latía el miedo. El mayor, a pesar de su expresión de horror, permaneció callado.

Los comentarios e hipótesis especulativas de este macabro hallazgo sólo aumentaban el matiz de la tragedia. Como aquel cadáver, también otros llenaron los vientres de bestias marinas. De hecho, la tragedia de los balseros ya se aferraba a un lugar cimero en la pesadilla vivida por todo nuestro pueblo bajo la feroz dictadura que ahora nosotros intentábamos dejar atrás.

–Olvidemos esto y sigamos pa'lante. A él, el cabrón destino no quiso concederle sus sueños. Lo único que podemos hacer es pedirle a Dios que lo tenga en la gloria –dijo el del sombrero de guano, apretando el mismo contra su voluminoso tórax. Y después de acomodarse su *cágua*, me dijo:

–¡Firme ahí! que usted ya estás en la recta final.

Yo le respondí moviendo la cabeza. Al comprender que yo le había prestado atención, intentando darme ánimos, él comenzó a narrarme:

–Hace varios años mi hija Elenita y su esposo se fueron en una balsa, y al filo de la media noche tuvieron que deshacerse de un obsoleto motor que habían reparado para la fuga. Tres días después aún en plena travesía, a un manzanillero que iba en el grupo una deteriorada muela le comenzó a doler al extremo de volverlo casi loco. Ante tal desespero, mi yerno y otro hombre que iba con ellos lo inmovilizaron. A mí hija Elenita le tocó obligarle a mantener la boca abierta. La mujer del manzanillero llamada Eunice Concepción, a la que debido a sus creencias religiosas no le permitieron estudiar para dentista, tuvo que asistirlo con un destornillador y una tenaza de mecánico oxidadas que eran las únicas herramientas que habían. Durante el traqueteo de la pieza careada, aprovechando un desmayo del marido, le extrajo a pedazos la muela. Este no se murió de la infección gracias a que al día siguiente los rescataron. Mi hija Elenita en la carta me contó que a pesar de hacerse enjuagues de agua de mar que al parecer es muy limpia, la cara se le puso que parecía un melón. ¡Así que usted está entero! –finalizó con ese carisma innato en él.

–¡Pa'su escopeta! –exclamó Máximo–. No quiera verme yo nunca es esa situación. Le tengo pánico al dentista, por eso miren como tengo mis dientes sin una caries.

Abriendo la boca lo más que podía, nos mostró aquella magnifica dentadura.

A pesar de mi febril y débil estado, aquellas historias me magnetizaban manteniéndome lucido. Ellos con el semblante alegre me observaban, y yo como un tonto les sonreía, y al mostrarle mi buen humor guiñándole un ojo al más grande de los pequeñines, éste engurruñando la nariz, exclamó:

–¡Qué mal tú hueles!

–¡Eh…! ¿Y esa falta de respeto? –le corrigió la madre. Y tras mirar por un breve instante con cierta rudeza al rojizo rostro del niño que lleno de pena bajó la cabeza, le exigió que me pidiese disculpas.

Ella, dirigiéndose a mí, añadió:

—No le haga caso, señor.

Creo que me reí como nunca antes en la travesía, incluso la palabra señor me resultó cómica.

—Oiga, no se ría. Ellos tienen que saber respetar a las personas —me dijo María Eugenia muy seria.

—Es que, que alguien me llame señor, es lo más cómico que he escuchado en toda mi vida, hasta hoy todo el mundo me decía *asere* o compañero —le respondí lleno de ánimo, y a la sazón dirigiéndome a este pequeñuelo jodedor de siete suelas que era cagadito a su padre, le pregunté:

—¿Cómo te llamas?

—Emmanuel pero me dicen el Pícoli que es como me dice mi madrina que está en Italia —especificó el chama y agregó:

—En mi cuadra todos tenemos un apodo, a mi hermano le dicen comején.

—¡Eh...! ¿Qué te pasa orejón? —respondió el aludido empujándolo por la espalda, sin dejar de agarrar al perro que dio varios ladridos.

—¡Cállate Capricho, cállate! —ordenó María Eugenia al perro.

—Teníamos miedo de que se comiera el fondo —afirmó el Pícoli con la verdadera cara del jodedor cubano.

—¿Y tú?, que con las orejas puedes remar —sólo atinó a decir el más pequeño al tener que acatar la orden de callarse dada por su madre. María Eugenia, dirigiéndose a mí con una voz muy dulce, me informó:

—Él se llama Adrián.

—Cuando llegue voy a comer jamón pero tú vas a seguir siendo orejón —le dijo a su hermano y llevándose las manos completamente abiertas a ambos lados de la cara, movía sus dedos. Momento que el perro aprovechó para corretear por la balsa.

—¡Capricho ven, échate aquí! —ordenó Orestes al perro, y exigió a los chicos estarse tranquilos o sentaría al mayor a su lado.

—Dame a Capricho —reclamó Adrián a quien lo tenía.

—Deja al perro y estate tranquilo —dijo el padre, y el muchacho con carita triste replicó:

—Dámelo, yo quiero llevarlo. ¿Recuerdas mami que yo lo dije cuando estábamos en Cuba?

—Por favor dáselo —le pidió María Eugenia a la muchacha que lo tenía.

Ella, tras soltarse las motonetas, realizó un gesto con la cabeza y su pelo ahora libre jugó con el viento. La belleza de esta guajira cubana hacía palpitar al más desfallecido corazón. Ella, tras una hermosa sonrisa, le lanzó un beso al pequeñín al tiempo que uno de sus ensoñadores ojos verdes realizó un guiño lleno de ternura. Luego le entregó el animalito; el cual movía su cola lleno de alegría y hacía una infinidad de movimientos con tal de soltarse nuevamente.

—¡Tranquilo Capricho, tranquilo! —ordenó a secas Orestes.

—Capricho... qué nombre más cómico —expresé sonriente.

—Hace más de siete años —comenzó diciendo María Eugenia—. Emmanuelito estaba chiquitico y nosotros recién acabábamos de cumplir el segundo aniversario de bodas. Entonces apareció este animalito.

Al señalarlo, el perrito movió alegremente el rabo.

—Aún era un cachorrito —continuó ella—. ¡Pero comía una barbaridad! Aquel mismo día hicimos el intento porque se fuera. Lo llevamos hasta la esquina para ver si se quedaba pero nada, venía corriendo detrás de nosotros. Repetimos la operación varias veces, hasta que por cansancio o por habérselo ganado, Orestes decidió dejarlo en casa. ¿Te acuerdas viejo?

Miró con cariño a su esposo, el cual le respondió con una sonrisa llena de simpatía.

—Esa noche no teníamos ni qué comer —dijo María Eugenia—. Y sacando de donde no había se le dio una sobrita de boniato hervido. La barriguita se le puso que parecía explotar, y Orestes le dijo: "Te llamarás Capricho".

—¿Capricho? repliqué yo —dijo ella tras una enorme sonrisa y prosiguió:

—Sí, porque se ha encaprichado en pasar hambre junto a nosotros. Me respondió Orestes acariciándolo.

—No me arrepiento de haberlo adoptado. ¡Jamás lo hubiera dejado! Es mi perro fiel —dijo Orestes, acariciándole la cabeza al perro con ese afecto que le solemos tener a nuestras mascotas.

Respiré un aire triunfal, alcé la vista y comprobé la belleza del cielo. Esto me dio la certeza de que el fin de mi travesía se aproximaba, ya no era un sueño difícil de alcanzar. Me sentía seguro, triunfante y una leve sonrisa se dibujó en mi rostro. Entonces, muy orondo comenté:

—Esta balsa me da la sensación de un barco.

—Nosotros tuvimos uno y lo perdimos en un dos por tres —dijo el más flaco del grupo a quien todos llamaban el Guajiro y cuya piel estaba tan bronceada que parecía que ya no podría adquirir otro color. Sus palabras sonaron tristes, parecían venir desde muy lejos, y tras acariciarse el espeso bigote matizado de canas y ver que yo le prestaba atención, señalando hacia el otro extremo al que iba sentado en la popa, continuó:

—Tomás, Orestes y yo, construimos el barco pulgada a pulgada, clavo a clavo. Orestes pidió el permiso de construcción que tardó dos años en ser aprobado. Durante ese tiempo buscamos la madera y lo necesario para la obra. El taller de carpintería lo montamos en un área que nos cedieron unas amistades al borde del río San Juan, y justo al lado construimos un muellecito.

Tomás, de rostro sereno y expresión pícara, hizo un gesto amigable en señal de aprobación; nuestro timonel continuó su narración:

—Pusimos todo el corazón en la empresa, tuvimos que conseguir lo inexistente. El motor lo cambiamos por un refrigerador que Margarita y Orquídea heredaron de su mamá; y así muchas cosas de valor fueron aportadas por este familión. Hubo días que trabajamos más de dieciséis horas, también meses en que no se adelantaba nada. Por el ritmo de la obra hubo quien propuso jocosamente llamarle: "Socialismo".

Afloró una sonrisa irónica en su curtido rostro rodeado por su espeso bigote matizado en canas. Entonces afirmó:

—Resultaba sarcástico y vulgar para un sueño tan lindo.

Pasó los dedos por el borde de su sombrero de ala ancha y tras mantener este de medio lado; afirmando con la cabeza, prosiguió:

—Fue nuestro orgullo bautizarlo con el nombre de "Libertad". ¡Te podrás imaginar cómo quedó ese yatecito!

Imaginándome el mismo, asentí con el rostro y una leve sonrisa.

—Treinta y tres pies con camarote y puesto de mando —dijo él—. Su techo era una terracita mirador. Pintamos el piso y el techo de rojo, de azul todos los marcos y barandas, predominando el blanco en todo el casco. De esta forma logramos una en hermosa combinación de los colores de nuestra bandera.

—Igual que la de los Yanquis. Del águila somos una pluma —declaró

Máximo quitándose la gorrita, y dándole forma a su visera, se la ajustó nuevamente.

—¡Los Yanquis...! —exclamó Adrián.

—El novio de mi prima tiene una gorra de pelotero de los Yanquis de New York —dijo el Pícoli zarandeando por el brazo a aquella belleza cubana. Ella mirándolo seriamente, en voz baja a secas le dijo:

—¡Mira que te doy un cocotazo!

—¡De verdad él tiene una, yo la he visto! —reafirmó con valor el fiñe.

—Ese se quedó por verraco y come fango —expresó Orestes—. Lo creí más hombre y enamorado, nunca debí decirle lo de la balsa.

—No lo juzgues viejo, hay quienes piensan diferente y no saben apreciar lo que tienen hasta que lo pierden —afirmó María Eugenia con su dulce voz.

—Eso es muy cierto señora —ratificó Máximo con firmeza, y tras buscar una aprobación en las miradas, dirigiéndose directamente a la aludida que le quedaba al frente, le expresó:

—Porque belleza... usted está como platanito pa'sinsonte.

—¡Eh...! —exclamación general seguida de algunas risas bañó la balsa. A ella le subió la tonalidad del color y lo miró como sólo los hombres saben que nos miran.

—¿Oye, a ti te gustan los sinsontes o tienes hambre? —cuestionó el más pequeño expedicionario. Máximo, con una gran sonrisa en los labios, le respondió:

—Las dos cosas, pero cuando seas grande no dejes a una novia tan linda como ella y menos con un nombre tan bonito como el de una flor. Porque los que son como yo, esas novias nos duran toda una vida.

Los ¡eh...! y risas, se repitieron. La alegría penetró en mí. Ahora, más que la esperanza y la fe, el amor viajaba a mi lado, y más poderoso que el amor ¡nada!

—Ay viejo, yo creo que aquí va a haber boda —dijo María Eugenia con voz trémula. La joven aludida miró seriamente a María Eugenia, y esta cubana llena de madurez, le dijo:

—Él es un buen muchacho. Yo no veo nada de malo en que ustedes puedan formar una pareja.

Orquídea la miró encendida a decir no más.

Máximo henchido como ningún otro galán, aprovechando la cobertura más el gesto de la muchacha, argumentó:

–Si estando enferma y brava, luce insoportablemente bella, de seguro que ante su sonrisa me caso.

Y mostrando en su mano la estampilla plasticada de su San Lázaro que traía colgada al cuello, y emitiendo un sonoro beso sobre sus dedos en cruz, aseguró:

–¡Lo juro!

–¡Eh...! –exclamaron todos.

Esta vez, Orquídea respondió a Máximo con una mirada más aguda y enérgica, a lo que él muy ecuánime le respondió:

–Hay miradas que matan, más hay otras que hacen soñar.

Otro ¡eh...! colectivo resonó en toda la balsa, y Máximo, paneando con su vista a todos los presente, afirmó:

–Es el caso que esa mirada ha quedado aquí guardada en mi corazón.

La alegría manifiesta en nuestros semblantes abordó la balsa. Ella agudizó aún más su mirada en la de aquél apuesto galán que con serenidad la contemplaba. Él, con manifiesta caballerosidad, quitándose su desgastada gorrita y apretando apasionadamente con ambas manos la mísera pieza contra su inflamado pecho, dirigiéndose a todos los presentes, lleno de mucho orgullo afirmó:

–No se preocupen que un Tauro como yo no morirá de amor, y mucho menos cuando hace tan sólo unos días apagué de un soplo las veintitrés velitas del pastel que me regaló mi mamá.

Respirando intensamente y no muy seria, Orquídea cambió la vista y la fijó en la inmensidad del mar. Este apuesto *"Don Juan"* de travesía balsera, con todo el brillo juvenil de sus ojos y una sonrisa triunfadora, tras pasarse suavemente las manos por sus frondosos cabellos y acomodarse su gorrita desteñida, muy inteligente dejó las cosas donde estaban; sabía que había creado las bases para una segura conversación posterior.

Mas yo sonreí con picardía y recordé qué: "Quién solo se ríe de sus maldades se acuerda", pues no sé porque me vino a la mente la comparación de qué: "De Tauro a tarrúo no es mucha la diferencia". Pero qué, sólo podía sonreírme para mis adentros, pues yo era un Capricornio y este también lleva tremendos cuernos.

La brisa seguía refrescando y nada alteraba la calma de aquella tripulación que nuevamente se sumergían en las ansias de libertad. Retomando la interrumpida narración, el Guajiro desahogando sus memorias continuó narrando para mí.

–Te voy a contar lo que ocurrió una noche a orillas del río San Juan cuando echamos el casco de la nave al agua. Todo sucedió así: debido a nuestra inexperiencia y a la resequedad de la madera, la embarcación comenzó a hundirse en un dos por tres. Con nuestras manos y algunos jarros no dábamos abasto, gracias a que las mujeres anduvieron rápido y trajeron los cubos, logramos sacarlo a flote y atarlo a nuestro rústico y endeble muellecito de madera. Aquella fue una noche de perros, hasta Capricho salió hecho una bola de fango.

Tras una agradable sonrisa, señaló al inquieto animalito que ahora estaba echado en el regazo de su dueño.

–Meses después cuando la embarcación estuvo lista, hubo personajes que se nos acercaron proponiéndonos elevadas sumas de dinero por el barco, y temiendo caer presos o que nos lo confiscaran por algún comentario subversivo, aceleramos la salida.

El Guajiro hizo un alto tomándose un buen respiro, y poniendo su mano sobre el hombro de su amigo, comentó:

–Nosotros dos revisamos el lugar escogido para el embarque. Una preciosa ensenada bordeada de caletas ocultaría nuestros propósitos. Nos creíamos unos verdaderos lobos de mar, pero a la hora de la verdad todo es distinto; con sólo rodar un segundo de la eternidad ya nada es igual.

Sus ojos color café parecían contemplar la realidad ya perdida y apesadumbrado con aquel momento, asintió con la cabeza y continuó:

–El día de la salida yo estaba al frente de los controles, pues a pesar de que nunca había navegado a mar abierto, era el que más había practicado en el río. En la costa nos esperaban ellos junto a nuestras familias y otros amigos.

Con un gesto abarcador de la mano señaló al resto del grupo. Máximo me aclaró que él no estaba, y El Guajiro continuó:

–Orestes y yo veníamos en la embarcación. Serían alrededor de las diez de la noche y estaba lloviendo a cántaros, no se veía nada de nada. Era la hora del apagón que dura hasta las cuatro y pico de la mañana. El mar sereno, pulido tal mesa de cristal facilitaba desplazarnos en correcta dirección con la luz de la linterna que indicaba el lugar donde nos esperaba en la costa el resto del grupo. El atraque se realizó sin ningún inconveniente, hasta ahí la suerte estuvo con nosotros.

Hizo un alto. Ahora su mirada se perdía en la inmensidad del mar. La nostalgia de aquellas horas cobraba vida en él. Nadie se atrevía a interrumpir su relato. Clavé mis ojos en el rostro de quien con intenso sentimiento revivía lo ocurrido.

–Metidos en el agua hasta el pecho –continuó él–, varios amigos impulsaron el barco despegándolo de los arrecifes. Luego los alzamos a la embarcación y acto seguido pusimos en marcha nuestro poderoso motor de ciento veinte caballos de fuerza.

–¡Un Volvo-Penta petrolero de seis cilindros! –lo interrumpió Orestes y si darle tiempo prosiguió:

–¡Él no es culpable de nada!

Su aclaración y énfasis, sellaron el pensar de los presentes y el Guajiro continuó:

–Todo ocurrió así, el barco tomó impulso y la madera pegó un chillido cual cochino herido. Era una puñalada mortal que ponía fin a la esperanza y los sueños de todos allí presentes. A borbotones el agua inundó el barco anegando nuestros pies. La nave se fue de lado adquiriendo una peligrosa inclinación. Lo primero que pensamos fue en poner a salvo a los niños. Según mis cálculos estábamos a unos quince o veinte metros de la costa, no más. El Guajiro ordenó dar un giro en U hacia la orilla y acelerar a tope; era preciso retornar a la costa.

La confusión rápidamente comenzó a hacer sus estragos. Hubo amistades que en su desespero se lanzaron al agua nadando rápidamente hasta la orilla. La mujer de Roque el carpintero comenzó a pegar unos gritos que partían el alma, pues ellos traían a su bebé de meses. Tomás les rogó calma y a no separarse de su lado pero ni aún así ella pudo contenerse. A bordo permanecíamos los más ecuánimes.

Hizo una pausa en la cual imaginé ver corriendo cual si fuesen venados en libertad, los escasos minutos que inclinarían mortalmente aquel viaje de esperanzas; quedé esperando oír el momento más dramático de aquella fatal noche. Entonces dijo:

–Todos éramos uno, nadie podía quedarse detrás. Sabía que la costa estaba ahí pegadita, pero en medio de la negrura de la noche y muchos sin saber nadar; te puedes imaginar que aquello fue ¡del carajo! ¡Cagarse y no ver la mierda!

El sonreír de ellos me contagió de a lleno y no quise ni recordar, pues yo si conocía bien la esencia de esa frase.

–Saltamos al agua ya cuando nuestra libertad se iba irremediablemente a pique –dijo Orestes con cierta emoción y haciendo un gesto con la mano que alcanzó a María Eugenia, continuó:

–Ella se lanzó con el más pequeño junto a Orquídea, Margarita y su marido. Le siguió la difunta abuela de estas muchachitas que iba en silla de ruedas. Esta valerosa y avispada mujer se dejó caer por la borda. Tomás cogió el bebé y saltó junto con el matrimonio; detrás, tomados de la mano les seguí yo con Emmanuelito colgado a mi pescuezo. Capricho, perro fiel como ninguno, nos seguía el rastro.

La cordura y exhortación precisa a lo que debíamos de hacer, lograron evitar que el pánico hiciera más estragos cuando nos sentimos arrastrados por la succión que provocaba el hundimiento del yate.

–Pataleando nos debatíamos para mantenernos a flote. A tientas nos agrupamos ayudándonos a flotar. ¡Qué clase de agallas demostraron las mujeres! Yo tenía agarrada por la blusa a María Eugenia. Roque y Tomás que estaban casi al lado mío, sostenían completamente fuera del agua al bebé, el cual te aseguro que ni lloró; te juro que ese angelito ni se despertó.

Lo inesperado y confuso de la situación, más nuestra inexperiencia, no fueron suficientes para impedir que aquella masa de cuerpos desesperada y dándose ánimos, se aproximara velozmente a los arrecifes y tocando tierra nos pusiéramos a salvo. Prácticamente a ciegas y dando voces, chequeamos que nadie se quedara en el agua y lográramos escondernos en los matorrales cercanos, donde más rápido que el silbar de un sijú platanero se reintegró el colectivo original.

Tosíamos bárbaramente. No digo yo ¡coño! Estábamos nerviosos, desalentados y con una gran carga de incertidumbre y miedo ¡del carajo!, pero así y todo, nos ayudábamos golpeándoles y frotándoles las espaldas a los más asfixiados, logrando poco a poco restablecernos por completo. A pesar de los buches de agua salada que muchos tragamos, nadie se lesionó ni extravió. Y dentro de esta desdicha, siempre hubo sus chistes y risas, pues el Guajiro declarando ser el hombre anfibio llegó trayendo consigo la silla de ruedas de la hoy difunta Emiliana. ¡Qué Dios la tenga en la gloria!

Terminó persignándose Orestes con solemnidad.

—¡Gracias tesoro por haberme salvado los pies! —dijo el Guajiro imitando a la anciana y en igual tono recordando a la octogenaria, añadió:

—Yo sabía que nada bueno traería el haber pasado por debajo de aquella escalera cuando estaban pintando el portal del Comité Militar[90].

Nos sonreímos y Orestes continuó:

—Luego las conversaciones se tornaron irritables debido al culparnos entre si de lo que realmente sólo era culpable el puñetero destino. Hubo momentos en que las discusiones ponían en peligro nuestra propia amistad y el retorno a nuestras casas. Por suerte y gracias a Dios, allí mismo cortamos de a lleno el tema de la culpabilidad.

—El hundimiento de Cuba ha hecho que nos encontremos aquí —afirmó el Guajiro con voz grave.

—¿De Cuba o del Libertad? —pregunté con cierta lucidez, y María Eugenia con voz triste expresó:

—Ambas palabras funden la razón de porque estamos aquí. La tragedia de Cuba y su libertad es lo que ha provocado este masivo éxodo o autodestierro como triste solución a la desesperanza que nos embarga.

Un espontáneo hervir de patriotismo nos llevó a aplaudir y entonar nuestro glorioso himno nacional, más yo no tuve fuerzas para finalizar. Pero muy hondo dentro de mí, me juré regresar algún día a mi linda, dulce y querida Cuba.

—La experiencia me sirvió para hacer los chalecos —casi en susurro me dijo María Eugenia.

—Y menos mal que en casa del tío Pepe aún estaba la máquina de coser de su mujer, una antiquísima Singer del treinta y uno que engrasadita como yo la puse, quedó hecha una maravilla —aclaró Orestes muy ufano.

---

[90] Local donde se recluta obligatoriamente a los jóvenes para pasar el servicio militar durante tres años con un salario de 7 pesos al mes.

—¡Ay… mi tío Pepe! ¡Qué contento se va a poner cuando nos vuelva a ver! – exclamó María Eugenia fascinada con la idea del reencuentro–. Aún recuerdo el día que vino de Miami. Llegó cargado de maletas, traía unas ropas y prendas muy bonitas y un vistoso sombrero de ala ancha, blanco como la masa de un coco. ¡Como resolvió problemas! Tal fue así, que tío Pepe regresó a Miami en pantuflas, sin calzoncillos ni camiseta. Solo llevaba puesto una camisa vieja de mi papá y un pantalón raído y zurcido por el fondillo que a duras penas lo sujetó a su cintura con un pedazo de cordel. El pasaje y sus propios documentos, los llevaba en un cartucho que papi conservaba de recuerdo hacía más de cuarenta años, de cuando en ellos envasaban el café en granos. El pobre tío Pepe, el agua de pozo que tanto le gustaba le provocó tremendos malestares de vientre, y hasta bajo de peso. ¡Coño!, que amargura sentí en la felicidad que su visita nos trajo. –Terminó expresando con voz melancólica.

—¡Va a ser del carajo cuando ese guajiro americanizado vea a toda esta gente del batey allí en Miami! –afirmó Orestes lleno de jocosidad.

Contagiada con la dicha de esa alegría, María Eugenia muy orgullosa, señalándose los pies y al compás de estos alternativamente de adelante hacia atrás, expresó:

—¡Deja que tío Pepe me vea con los zapatos que él dejó hace nueve años!

Le miré los pies y cual no fue mi asombro al descubrir que calzaba unos clásicos zapatos de hombre de cordones gruesos que incluso le quedaban grandes. Ella, al cruzar su mirada conmigo, sensiblemente me manifestó:

—Les tengo tanto cariño que no sé cómo podré deshacerme de ellos.

Pasmado en la profundidad de nuestra propia miseria estaba, cuando el Titi lleno de regocijo, mirándome fijo a los ojos me expresó:

—¡Vamos a ver los muñequitos en un televisor a colores! –y volviéndose hacia su padre, le cuestionó:

—¿verdad papi?

Al este asentir afirmativamente con su cabeza, lleno de júbilo el niño exclamó:

—¡Al carajo los muñequitos rusos!

Al igual que los demás, no pude contener la risa que por cierto me trajo cierta tos. Ellos me inspiraban seguridad y la fuerza necesaria para combatir una enorme fatiga que me bombardeaba por etapas. Sus amenas charlas, chistes y cuentos, por momentos se me perdían detrás de un telón, pero en otros se mostraban en perfecto escenario ante mis ojos, así ocurrió cuando Máximo dijo:

–Este hermoso mar azul me trae a la memoria la famosa escena del tiburón saliendo del mar para comerse al sheriff.

–Óyeme, resérvate ese pensamiento que no me gustan nada –expreso la madre de los niños con los ojos bien abiertos. No sé de qué tamaños se podrían haber abierto los míos, pero sí sé que sentí de golpe un espasmo terrible en mi estómago que me hizo palidecer por dentro. Meditativo, Máximo cuestionó:

–¿Qué hubiera ocurrido si Spielberg hubiera nacido en Cuba?

–Se hubiera perdido un genio de la cinematografía o hubiese tenido que emigrar al igual que la inigualable guarachera Celia Cruz y otros tantos que han conocido en su piel el repudio y la ignominia de la dictadura –expuso Tomás con voz apesadumbrada.

–¿Y si el Fifo hubiese nacido en los Estados Unidos? !Eeeh…! – fue la hipótesis propuesta por Orestes.

–¡Paaa'suuu maaadre! –se escuchó la exclamación de Margarita que llevándose las manos al pecho, palideció por un instante.

–No le ha hecho falta –dijo Máximo–, pues desde donde está ha logrado incumplir acuerdos, sabotear, amotinar, robar, asesinar, encarcelar y espiar a su antojo dentro de esa nación. La libertad que él prohíbe es la que aman los americanos, y de ella él se aprovecha para burlarse de ellos en sus propias narices. La Dictadura Comunista, sinónimo de Estado Terrorista, es un puñal clavado en la espalda de la Democracia.

–Óigame habanero usted si le mete a la política –expresó Orestes en tono risueño.

–Yo pertenezco a un grupo de Derechos Humanos y por expresar lo que pienso, un día una pandilla de sicarios me dio tremenda paliza al salir de una reunión, incluso uno de ellos estando yo esposado me golpeó aquí en la cara con la punta del AK –dijo Máximo, y señalándose con el dedo el lado derecho de su mejilla, pudimos apreciar la huella del golpe.

–El asedio y la persecución a los que me vi sometido, me hicieron optar por venir en esta balsa –reveló Máximo y sentenció:

—¡De lo que no me arrepiento, que quede claro!

—Con el loco en el poder yo quisiera saber quién iba a hablar de democracia en los Estados Unidos —comentó el Guajiro con la mano puesta en el barbilla.

—Si la cosa es así, cuando lleguemos yo me quedo con la balsa —afirmo Orestes.

El Guajiro, esta vez alzando en alto su sombrero, expresó:

—Dejen de especular que le van a echar mal de ojo a los americanos.

—Todavía no hemos llegado y ya piensan que el comunismo los va a agarrar allá —dijo la madre de los muchachos con voz suave.

Máximo, tomando de nuevo la palabra, comentó:

—Allá en el barrio cuando aún yo era un fiñe, había un señor mayor apodado Napoleón que siempre andaba con libros de marxismo leninismo debajo del brazo. Aquel personaje de espeso bigote negro, a cada rato hablaba sobre una teoría conspirativa o plan maestro que consistía en infiltrar la democracia norteamericana desde sus propias bases, empezando por las escuelas y las universidades, continuando con la prensa libre, hasta llegar al Congreso, para así minar, podrir y cambiar los conceptos, ideas y principios de esa libertaria constitución convirtiéndola en un estado Fabiano, y de ahí al socialismo o el comunismo, es sólo una estocada.

—¡Coñooo... loco, ahora sí apretaste! ¡Partiste el bate habanero, partiste el bate! Esa sí que no se la sabe nadie, me imagino que ese lunático de mierda ya se haya muerto sin que le hayan hecho coro —expreso el Guajiro mostrando cierto pavor y acomodándose su sombrero.

—¡Eh... atiendan! que el balsero quiere decir algo —reclamó Orestes al grupo, y cuando ellos me prestaron atención, yo les dije:

—La democracia en los Estados Unidos es algo único, a pesar del exceso de libertad y del poderoso ejército que tienen, jamás ha surgido de su pueblo un dictador. Esa es una de las grandezas de esa nación.

—Se nota que eres un amante de la democracia —sentenció Máximo.

—También soy un gran amante de mí Cuba y de las ideas de nuestro Apóstol José Martí —respondí con cierta energía. Orestes sin darme tiempo a más, muy enérgico expresó:

—En mi sangre criolla yo también siento así. Por eso antes de partir fui al patio y abracé y le di un beso a mi palma real, a la mata de mangos que con mis propias manos planté, besé las hojas del naranjo en flor, el aguacate y la guayaba; sentí una vez más como el olor de mi campiña se impregnaba en mí. Abrasé el manojo de cañas que sembré a la orilla de la guardarraya. Besé aquella tierra colorada que me vio nacer, crecer y hacerme un hombre de bien. Por eso con mucho amor acaricie a mi mujer y le dije: "esta campiña y este monte, irán en mi alma hasta que muera si es que no los vuelvo a ver".

Con la voz entrecortada, finalizó su sentir aquel humilde cubano de mirada gallarda. Sintiendo que aquellas palabras también mordían mi alma, haciendo un esfuerzo me erguí y les expresé:

—No me voy de la Cuba libre que soñó José Martí, huyo de la Cuba esclava que un grupo de gánsteres han sumido en las ruinas y el dolor. Te aseguro que algún día también he de volver para reconstruir la Cuba linda que llevo dentro de mí, y aún más, entonces podré gritar a mis anchas: ¡Viva Cuba Libre!

—¡Viva! —gritaron todos.

Un sonoro redoble en la pierna del Guajiro, selló la frase colmada de aplausos. Yo quedé perplejo. Este señor con el cabo de madera del destornillador había golpeado rítmicamente el costado de su pierna y con la sonoridad única de unas claves había cautivado mis oídos. Él, al ver mi expresión, se sonrió ligeramente y muy ecuánime me dijo:

—Cada uno tiene su propia historia.

Sin más preámbulos, se levantó la pata del pantalón y me mostró su vieja y pulida prótesis de varias betas que traían la añoranza de la rojiza tierra cubana. Volvió a golpearla, pero esta vez con una clave que llevaba ajustada a la misma prótesis, sacándole un tumba'o que invitaba a mover el cuerpo.

—Madera pura sin barnizar —dijo sonriendo—, sonora hasta el cojear, fanática a los guateques y al buen danzón. Ya está al cumplir treinta años conmigo. La hice yo mismo a trincha y cepillo; me fije de un recorte de revista que me trajo el inolvidable Hildo el gago. Esta versión criolla hasta hoy cojea de maravillas y no tiene nada que envidiarles a las socialistas a las cuales nunca tuve derecho.

El lamento de mi rostro se hizo evidente ante la ausencia de su extremidad, y él sin perder su afable carácter, me contó:

–Fue en el año sesenta y cuatro. Estaba en la secundaria y comenzaba a embullarme con los estudios, pero mi edad no correspondía con el grado, entonces me llamaron para el Servicio Militar Obligatorio. Nunca olvidaré que el examen médico me lo hicieron junto a un numeroso grupo de jóvenes de aquella zona. Fuimos citados para un viejo caserón del pueblo donde nos ordenaron desnudarnos por completo, alegando que era un examen físico y no sé qué otras cosas más. Pero tras esta sutil humillación al pudor y la dignidad, en realidad lo único que nos hicieron fue medirnos, sacarnos unas ampolletas de sangre, tomarnos la presión y mirarnos el culo.

Los muchachos al igual que yo y los otros, nos reímos. Él continuó:

–Fue verdaderamente oprobioso. De allí fui a parar directo de cabeza a las tropas guarda fronteras de la Base Naval de Guantánamo.

Al poco tiempo de estar en la unidad, un camión cargado de gente trató de cruzar la frontera por un lugar cenagoso y quedó atrapado. Le abrieron fuego masacrando a mansalva a muchas de las personas que venían dentro del camión. Aquel horrible crimen, aquel salvajismo, me hizo reflexionar sobre mi condición de soldado, y más al ver como en la unidad le dieron méritos a los que participaron y exigieron el silencio de los demás.

¿Qué era realmente lo que yo defendía?, fue lo primero que me cuestioné. ¿Tendría que convertirme también en un asesino uniformado? ¡Nooo… eso nunca!, fue mi única y rotunda respuesta a mis preguntas. Aquella masacre fue silenciada como tantas cosas que se silencian en Cuba. Días después de aquello, vislumbre la posibilidad de cruzar la frontera y escaparme de ese asqueroso comunismo el cual obligatoriamente me ha tocado vivir. Arrastras, con mi filoso cuchillo comando iba hurgando palmo a palmo el tenebroso terreno minado. El cruce de las cercas fronterizas iba a ser todo un éxito hasta que alguien me vio y acertó con sus ráfagas en mi muslo. El dolor provocó una fuerte contracción de mi pierna y con el pie golpeé una mina. La explosión fue seca y parte de la tierra junto con el polvo que levantó cayó sobre mí. No sentí dolor alguno, sólo un intenso frío que me hizo perder por unos momentos el conocimiento. Creo que volví en mí debido al dolor que ya sentía.

Aquella madrugada murieron todos mis sueños de juventud.

Oí la voz de Mongo, un recluta fronterizo en las dos denominaciones, pues tenía un marcado retraso y el apodo le venía de perilla. Al igual que yo, él cumplía el servicio militar. El Mongo junto a otros reclutas me exhortaba a que me arrastrara en dirección a las luces del jeep en que se encontraban. Con las pocas energías que me quedaban, cometí el gran error de retroceder, cosa que no se debe hacer frente al enemigo. De regreso, en la oscuridad tropecé con mi propia bota, estaba en parte ripiada y ensangrentada. La revisé tratando de encontrar en ella mi desecho pie, pero nada dentro de ella hallé. Una amargura intensa amarró mi garganta, y ya sin ánimos continué arrastrándome hasta atravesar el hueco que yo mismo había hecho en la cerca, pero esta vez hacia tierra esclava.

El recibimiento fue de patadas y malas palabras, el paladar se me embotó en sangre y pensé estar reventado de los golpes. El Mongo, soberbio y lleno de hijeputá me clavó su bayoneta en la pantorrilla. Grité como nunca en mi vida, me retorcí al extremo de volverme una puñeta. Tal vez esto fue lo que los hizo contenerse y tirarme en la parte de atrás del Jeep. Nunca olvidaré el tono despectivo de la voz del Mongo cuando al darme el bayonetazo, manifestó: "¡Coge, pa'que aprendas! ¡*Gusano* de mierda! ¡Deberíamos fusilarte aquí mismo por traidor!"

Presentí que imitaba la voz del sicario.

—Yo no era traidor, si acaso un desertor de algo con lo cual no estaba de acuerdo y que me había sido impuesto. Yo apenas tenía diecisiete años, era un guajirito lleno de ilusiones. Ellos no tenían ningún derecho a disponer de mi vida para asuntos militares y guerras en las cuales yo no tenía nada que ver ni entendía de la misa la mitad. Yo realmente era un guajirito inmaduro.

Luego de haber llegado sin ningún torniquete y milagrosamente con vida al hospital, me tuvieron que amputar la pierna dejándome un muñón debajo de la rodilla; ya que producto del bayonetazo no pudieron salvarme más la pierna. No estuve ni un sólo día en el hospital al que me llevaron. Tan pronto como se me acabó el suero y tomé conciencia de mí, derechito de cabezas fui a parar a una granja del UMAP[91] en Camagüey.

---

[91] Tenebrosos y horrendos campos de concentración en los '60.

Me fue muy difícil, estaba recién operado y sangraba continuamente, no había suficiente gasa para vendarme y el aseo de todas mis cosas era una verdadera calamidad. No había silla de ruedas ni muletas ni bastón en el cual apoyarme, y tenía que ir brincando a todas partes. Se suponía que debería estar en reposo absoluto y con el pie en alto, por lo menos hasta que se me cerraran las heridas, pues también tenía la del impacto de la bala en el muslo; pero ni al doctor ni al sanitario de la granja les importaba todo este impedimento mío. Y a pesar de estar en la enfermería, tenía que ir a buscar mis raciones de alimento al comedor que quedaba a más de cien metros de la cabaña donde yo estaba recluido. Casi siempre en el trayecto fui atropellado por algún carcelero exigiéndome el no detenerme y llegar a tiempo a la formación. De continuar aquel trato, de seguro que de una gangrena no me libraría ni el médico chino.

Sólo la providencia me sacó de aquel infierno cubano el día en que a solas apareció Hildo el gago. ¿Qué hacía aquel guajiro allí? No lo sabía. Mi gran amigo de la infancia estaba ahora frente a mí, pero esta vez no iríamos de casería por aquellos extraordinarios montes que rodeaban nuestro batey. Esta vez todo era diferente, no había tirapiedras ni trampas de cazar tomeguines ni varas para sujetar algún maja de Santa María. Yo estaba desahuciado, tirado en mi litera espantando las inoportunas guasasas, moscas y mosquitos, que no dejaban ni por un momento mi supurante muñón.

Al verme quedó espantado, sus ojos se desorbitaron y te aseguro que por un instante se desacoplaron de la impresión. Le sonreí como en los viejos tiempos, pero ni el cancanear de su habla lograba desenclochar.

—¡Hola, Hildo, cuanta alegría me da verte! —le dije de todo corazón. Entonces él, con su acostumbrada tartamudez, me preguntó:

—¿Quéee...que, quéee... teteee... teee... pasó?

—No lo dejé ni hablar. ¡Qué coño!, si en las sencillas conversaciones se daba unas trabadas ¡del carajo! ¡Di tú!, en una situación como aquella. Le conté todo a la velocidad de un pe'o, y él, apretándome las manos, me juró que haría algo por sacarme de allí.

Y así fue, al otro día se apareció con unos papeles de traslado para otra granja y como por arte de magia en pocos minutos ya estaba en la misma ambulancia que Hildo conducía. Le escuché decirle al recluta que fungía como carcelero:

—Ho... ooo... oy vamos aaa... aaa... titiii... tirar la cacaa... sa po...popo... po, por laaa... lala vennn... tana. Teteee...teee... eeengo, diez pesos pa'paaa... almooorr... zar ennn... ennn lala...la caca caaafeeetería.

—¡Oye gago, tú eres el mejor! —le escuché decir al carcelero. Y así mismo fue. Hildo con su tartamudez más clara que lo de costumbre, lo convenció para que se bajara a marcar en la cola de la cafetería, pues habían sacado fritas y pan con croquetas, y a que también comprara una caja de cigarros fuertes, pues él se encargaría de dejarme en el hospital y regresaría como un cohete para que no se dieran cuenta de la posible demora.

Hildo parqueó unas cuadras antes para que el carcelero chequeara las esposas que a mis espaldas aferraban mis huesudas muñecas, y este sicario al hacerlo, en voz baja comentó:

—Tartamudo y cojo. ¡Qué clase de combinación para jugarse un parlé en la bolita! —Lo miré con saña y calculé la clase de mierda que era. Tras cerrar la puerta de la ambulancia, le dijo a Hildo:

—Oye, ese lisiado es carne de tiñosa, donde quiera que vaya a parar, se va a joder.

Solos en la ambulancia, Hildo me mostró un paquete de hojas que llevaba escondido bajo el asiento: era mi expediente, se lo había robado de la oficina donde había una cantidad de expedientes del carajo.

—Eeelll... quéee... tiene un amigo... tiiiti... tiene un central. —Fue la frase más completa que le escuché pronunciar.

Me explicó que el papel era un original y que nadie sospecharía de él. Además, nadie lo había visto sustraer el expediente; él acostumbraba a transportar documentos en su función como sanitario. Pero como bien me aseguró Hildo, sin la existencia de mi expediente y con el ajetreo de prisioneros que a diario encarcelan, nadie me echaría de menos.

Realmente mi destino fue la casa de una camagüeyana llamada Ofelia de la Luz y Campo Amor, a la que él dulcemente llamaba Madrina. Ella siempre que él se trababa en una frase importante, le decía: ¡Déjate de cancanear y habla claro que la cosa es seria!

Esta señora con verdadera sangre mambisa y casi rondando los noventa años, aún tenía su mente clara y lúcida como la de cualquiera de nosotros.

En aquella casona colonial llena de historia y con un patio interior preñado de exóticos helechos, arecas y palmeras, malangas, malanguitas y enredaderas, se matizaba el verdor de la clorofila sobre dos enormes tinajones de color mamey que transpiraban la frescura de toda aquella variedad de plantas; era un verdadero jardín de ensueños que jamás podré olvidar. Allí me hice la prótesis y voté las rudimentarias horquetas que usaba como muletas.

Un fin de semana, Hildo el gago, todo un caballero en mi desgracia, fue a Limonar y me trajo a la vieja. Sólo estas tres personas y mi padre en el batey, conocían de mi existencia. Hildo pasaba por el caserón, una o dos veces por mes y me ponía al tanto de todo. Mi fuga había sido un éxito, pero un buen día al gago lo arrestaron junto a varios conspiradores en Las Villas y tras un juicio sumarísimo lo fusilaron ante el grito heroico de: "¡Viva Cristo Rey! ¡Viva Cuba Libre!"

Hubo un silencio sepulcral y él continuó:

—A veces en sueños veo a Hildo el gago cazando guineos, tojosas, rana toros o palomas rabiches, lo oigo silbar para atraer a algún sinsonte, lo veo correr y reírse; entonces me despierto con los ojos llenos de roció al escucharle decir: ¡Guguuu...guaaa... ajiro, quequeee... que linda es Cuba!

Su voz, en la justa imitación sonó temblorosa, más el respetuoso silencio de los presentes le permito continuar:

—Días después de aquella tragedia, efectuaron un enorme registro sorpresa a la casona de Camagüey, y no me atraparon debido a que desde un inicio yo dormía pegadito a un cuartito de desahogo que al abrir la puerta hacia a dentro queda a ras de la pared, ocultando detrás de ella un pequeñito closet camuflado con unos trapos colgados en la misma pared. Aquellos hijos de puta del G2 mientras viraban la casa al revés, coaccionaron a la excelente anciana con vulgaridades y amenazas propias de la calaña revolucionaria. Esta indoblegable mambisa llena de hidalguía, les respondió: "¡Si tuviese fuerzas para enarbolar el machete de mi esposo, de seguro que usted no estuviera con vida!"

La noble y valerosa cubana, con casi un siglo de existencia sin tan siquiera despedirse, rendida en su lecho la encontré una mañana. Le puse por encima su hermoso traje de bodas que impecablemente blanco ella conservaba. Coloqué el heroico machete mambí a su lado, junto con el sombrero de guano de visera doblada contra la frente y tejido con una estrella que ella misma bordó. Puse entre sus manos una foto color sepia de ellos en la tarde de su boda y que había estado en la sala por muchisísimos años. También con sumo cuidado coloqué un cofrecito lleno de medallas del glorioso guerrero que tanto ella amo.

En aquel caserón pasé siete años bajo los atentos cuidados de la amabilísima Doña Ofelia y de mi madre, que de vez en cuando pasaba con nosotros algunas temporadas. Pero ahora no podía quedarme allí; mi sola presencia en la casona resultaba un peligro. Tenía que abandonar aquella apacible prisión lo antes posible. Con un plan de acción en mi mente, clausuré puertas y ventanas, y junté todos los libros y revistas de *"Bohemia"*[92] que me había leído en aquel prolongado encierro. Cogí la Biblia que ella misma me dedicara el día en que me bauticé en la poceta del patio y que tantas veces he leído y que llevo conmigo.

Tras acariciarla suavemente por encima del jolongo, continuó:

—También junté los muebles de forma que cada uno ayudara a arder al otro, y tras regarle petróleo a todo cuanto había en la casona, a media noche le di candela escapándome por la puerta del fondo.

Las llamas no dejarían que nuevamente fuese saqueada ni hollada por las botas comunistas aquella legítima y gallarda morada de estirpe mambisa. Dentro de la furia y hegemonía de aquellas indetenibles llamas, se consumirían cuadros cargados de imborrables eventos de nuestra gloriosa gesta mambisa. Las llamas se llevarían aquella gloriosa imagen de Carlos M. de Céspedes dándole la libertad a sus esclavos, también una conmovedora representación de la patriótica e inigualable quema de Bayamo, así como la legendaria reunión de nuestros más ilustres Mambises bajo las sombras de Los Mangos de Baraguá. La imagen de los próceres Félix Varela, Juan Gualberto Gómez, El Generalísimo Ignacio Agramontés y la insuperable Mariana Grajales con su prole de Titanes de Bronce, resultaban un coliseo de gloria ante una genuina e inclaudicable bandera cubana que había sido enarbolada por Narciso López.

Ante aquel doloroso y patriótico espectáculo donde hasta el arte

---

[92] Popular revista que apoyó al dictador y terminó siendo una publicación de miserable calidad, es caso valor e interés de la población.

estaba siendo arrojado al fuego, de mis ojos brotaron dos lagrimones. Allí se quemaba, pero no se doblegaba un pedazo muy grande de la histórica gesta mambisa, de nuestra única y genuina historia cubana.

Tras cruzar parte de la ciudad, llegué con sigilo a la estación de ferrocarriles y pude colgarme a un tren de carga que pasaba rumbo a La Habana. El destello de las llamas en la noche iluminó el cielo, sentí un hondo pesar y comprendí que mi vida se enfrentaba a un nuevo destino. Sólo llevaba la ropa que tenía puesta y unos ciento cincuenta pesos, en la casona no quedaba nada más que eso. Doña Ofelia había vendido todo cuanto tenía de valor en la casa ya que en el registro se perdieron muchas de sus joyas.

Al otro día por la tarde, estaba oculto en un cañaveral muy cerca del batey, allá en Limonar. El corazón me palpitaba como nunca. Mi casa, la casa de mis viejos y de mi infancia tronchada, casi la podía respirar por entera, pues hasta la inigualable sazón del sofrito elaborado por mi viejita linda, deleitaba mi olfato haciéndome aferrar con los puños la propia tierra; evitando así el salir de mi cercano escondite. Me parecía que el tiempo no corría y que mi añorado deseo de abrazar mi hogar, mi dulce y amoroso hogar, se me iría a escapar con la humilde brisa de aquella tarde. Tan sólo oscureció, cual un perro jíbaro, sucio y desaliñado, llegué agachado como un miserable a mi bohío, al humilde bohío de techo de guano del cual me habían extirpado.

Mi viejo ya estaba hecho un pellejo pero aún araba la tierra y soñaba con su conuco. Mi madre me apretaba y besaba de felicidad. Mis hermanos y hermanas, ya todos tenían sus propios destinos. Casi un año estuve escondido en casa de los viejos, pero a finales del setenta y dos, debido a un posible chivatazo del presidente del comité del batey, salí para Pinar del Río a vivir con mi hermano Pelencho. En clandestinidad y sin documentos, con la esperanza siempre de poder huir a los Estados Unidos, viví por más de veinte años fugitivos y desterrado dentro de mi propia tierra.

Tomó aire estirándose a sus anchas, y satisfecho de su existencia, mirándome de frente me dijo:

–No creas que porque usted y yo nos hayamos encontrado aquí en medio de esta inmensidad oceánica es tremenda casualidad, pues las casualidades no están escritas y a veces el mundo resulta más chiquitico que un kilo prieto. Como un ejemplo fehaciente de lo chiquitico que es el mundo. ¡Óyeme lo que te voy a contar, cubano!

Tras haber inflamado su pecho con hondo respirar y continuó:

—Estando en un tremendo guateque[93] por allá, por lo más recóndito de las lomas de Viñales, en una vega de tabaco donde el diablo dio las tres voces. Allá en aquel perdido monte, tras haber zarandeado este maltratado cuerpo al ritmo del timbal, el tres y las maracas. El alma se me enfrió de repente, y creo que me quedé más tieso que una estatua en un museo, y más rojo que el hierro que se funde en un horno. Aquello era más que una aparición, aquello era todo mi pasado que se me presentaba de un solo golpe.

Bailando, borracho como una Cuba en carnaval, lo llegué a tener frente a frente, y mi filosa mirada lo atravesó una y otra vez. Él no me reconoció, estaba alegre y embriagado, ido en su zapatear, y al escucharle alardosamente decir: "Coge, pa'que aprendas!"

Comprendí que jamás él olvido su voz.

—La sangre hirvió dentro de mí —narraba con lujo de detalles el Guajiro.

—¡Dale Mongo, dale! —le exhortaba una vieja narizona y arrugada que contemplaba aquel caótico bailar.

Me creí el no poderme aguantar. Aferré firmemente mi machetín recién despalmado y comencé a desenvainarlo con morboso goce para igualar y de seguro superar a aquel terrible y miserable bayonetazo que este degenerado de todos los demonios me había dado. Tuve que disimular mi vengativa y pérfida mirada, pues mis ojos destellaban todo mi odio.

La buena carga de ron que mi cuerpo llevaba ingerida, me hizo sentir febril, y sentí como el alcohol se me evaporaba ante aquellas ansias de acometer la venganza de mi vida. Me tuve que contener, pues el deseo era mayor que toda la ecuanimidad que siempre me había acompañado. Había pasado muchísimo tiempo y sin embargo me pareció que había sucedido ayer, el que vive en su propia carne una injusticia jamás la olvida.

Ya había caído la noche y poco a poco cada uno se fue cogiendo su trillo. Y como bien dice el refrán: al que velan no escapa. Lo intercepté en el recodo de una vega cubierta de mosquitero. El blanquecino resplandor que deslumbraba la luz de luna sobre la fina

---

[93] Fiesta popular campesina.

tela de la vega, le imprimía una mortecina palidez a aquel solitario y tenebroso encuentro.

—¡Mongo! –dije saliéndole al paso por sorpresa, deteniendo en seco a la tambaleante figura que llegaba arrastrando ebriamente sus pies.

—¡Eh…! ¿Quién tú eres? –fue su corta interrogante como corta era su comprensión.

—Piensa Mongo y recuerda… recuerda Mongo, recuerda hace más de veintiocho años atrás, tan lejos como la base de Guantánamo, recuerdas Mongo, recuerdas –le dije con voz gruesa y temible–. Soy un fantasma que he venido a cobrarte una deuda pendiente.

Su nefasta lucidez lo hizo oscilar más de lo que yo esperaba, pero el crimen y el abuso no tardaron en manifestarse cobardemente en su rostro, y abriendo sus ojos desmedidamente trató de alcanzar su machete. Pero yo tan ligero y claro como el mismitísimo claro de luna, le pegué un tremendo puñetazo en la cara. Y este degenerado dio una voltereta y cayó mordiendo el polvo del camino. Inmediatamente desenfundó su machetín y me tiró un corto golpe a mi pierna, incrustando su mortal arma en mi extremidad, y al ver que su filoso machete se había quedado trabado, intuyó que yo había perdido la misma y recordó de golpe aquella trágica noche y mirando hacia arriba, lleno de espanto esperó mi certero golpe. Con intenso e infinito goce lo pateé enérgicamente en el rostro, haciéndole dar varias vueltas hasta la orilla del camino. Él profirió un, ¡aaahh…! cargado de dolor, y lo vi escupirse en la mano tal vez algunos dientes. Destrabé el pendejo golpe dado en mi robusta pata de palo, y con la misma arma en la mano me le acerqué, y tocando mi gallardo machete aún en su vaina, le dije:

—Este sólo ha probado sangre de cochino y no lo voy a embarrar con la tuya que eres el peor cerdo que hay en la vida.

—¡No me mates coño, no me mates! –gritaba desaforadamente con su rostro ensangrentado y la boca trágicamente doblada, fosilizando la peor de las muecas. Yo justicieramente blandía su propia y vil arma en el aire.

—No lo niego, pensé en cortarle la pierna de un buen machetazo, pensé en atravesarle el muslo hasta que la empuñadura tropezara en su hueso. No lo niego, pensé en matarlo –dijo el Guajiro apretando fuertemente sus dientes y mirándose ambos puños que aferrados parecían palidecer.

–No me arrepiento –expresó, mirándonos a todos y continuó:
–Tomé aire y alcé aún más la temible y espigada hoja, esta brilló vanidosa ante el resplandor de la luna llena.

–¡No me mates por Dioos... no me mateees...! ¡Perdóname por Dios, perdónameee...! –gritó desesperadamente aquel miserable ensangrentado y todo engurruñado en la arenosa guardarraya. Vi cómo se humedecía la polvorienta tierra de su entorno; el ácido y repugnante olor se percibió al momento.

El haber mencionado a Dios fue una cosa que yo no esperaba. Era a Dios a quién verdaderamente yo había clamado muchísimas veces buscando justicia, era Dios quien yo quería que a mí me juzgará. ¿Quién era yo para disponer de aquella miserable vida? Yo no era ningún juez, yo no soy quién para juzgar a nadie. Dios es el juez y ¡Él juzgará!

–Dile a Dios que te perdone, ya yo te he perdonado hoy.

–Fueron palabras que sin poderlas contener me brotaron del corazón –dijo esta vez el Guajiro con el rostro inundado de paz, y continuó:

–Con odio no se puede vivir, pues es un mal que te pudre hasta los huesos, y allí, dejándole a la justicia divina lo que por la ley de los hombres me correspondía a mí, me deshice de todo mi odio lanzando violentamente el terrible y afilado machete contra la pared de una vieja casa de curar hojas de tabacos. La mortífera arma se incrustó mucho más de la mitad; ni tres hombres juntos podrían destrabarla. Aquel incidente me hizo regresar a Matanzas para salir ilegalmente hacia el interminable destierro de libertad.

Todos guardamos silencio y él continuó:

–Detrás dejo mi Cuba linda, mi Cuba hermosa, mi Cuba pobre y entristecida, donde ser cubano y expresar lo que sentía José Martí es un delito. Dejo todo aquello que por mis ansias de libertad nunca pude alcanzar y sólo me llevo en el corazón la amargura, las angustias y los recuerdos de una patria ultrajada.

Y sin dar tiempo a nada, el Guajiro con su rostro encendido por tan abrumantes recuerdos, se desgarró el frente de su camisa con el pecho vibrante de emoción. Allí, justo delante de su brioso corazón, estaba hermosamente tatuado el archipiélago cubano con sus seis originales provincias y la pequeña Isla de Pinos.

Su rostro denotaba el dolor y la tristeza de muchos años, pero la misma soberbia tan llena de recuerdos lo hizo continuar:

—Cuanto sufrimiento ha traído esta bazofia de tirano comunista cuya inicial del nombre es idéntica a la de fusilamiento, a la de fanfarrón y a la de feroz fascismo.

—También le pegan: fracaso, fraude, freno, fatal —dijo Máximo jocosamente.

—Fijo —disparó Orestes y agregó—. frustrado, falso, fronterizo.

—¡Feooo…! —gritó el Pícoli con sus ojitos llenos de brillo.

—¡Feoteee…! —exclamó el menor de los tripulantes mostrándonos una radiante sonrisa. Le guiñé un ojo en señal de aprobación a este chiquitín tal original. Sin perder la secuencia, nuevamente Orestes disparó:

—Fiasco, que es el que nos hemos llevado porque no le llega el fin a este fétido fondillo repleto de folículos.

Reímos.

—¡Fóoo… qué peste! —exclamó el más pequeño de los tripulantes agitando sus manos frente a su rostro. Volvimos a reír sanamente, y María Eugenia sin perder su dulzura, aportó al juego de palabras:

—Fango, fondo y flojo.

—Fatal, fantoche y fastidio —dijo Orquídea repulsivamente al nombrarlas.

Aunque yo no albergaba nada contra la letra F, mi intelecto no me permitía quedarme afuera de esta original refriega de palabras contra el Tirano, y alzando la mano reclamé ni turno a manifestarme, aportando:

—Frívolo, fatuo, fusta, fastidio, férreo, felonía y féretro.

Como surgida de la nada, la voz de Margarita se comenzó a escuchar:

—Su faraónica fama es una infamia. Cuando nací ya él estaba en el poder. Surgen los *Beatles*, ahogan en sangre la rebelión de los estudiantes checoslovacos y Neli Armstrong pisa la Luna, derrumban el muro de Berlín y se reconocen los crímenes de Stalin que son peores que los de muchos. Aparece el SIDA y ya existe el clonaje, y aún él continúa en el poder. Desaparece el comunismo y se destapa el terrorismo que lleva la misma sangre que él. Sólo su muerte nos liberará de este asesino del progreso y la libertad, de este fetiche que aún continúa en el poder. Perdí mi infancia y mi juventud, oyéndolo a él. Me casé con Adolfito que no ha abierto la boca por la promesa que hizo para que todo saliera bien, porque estoy embarazada. Ahora no quiero perder mi madurez por un absurdo y estúpido ideal que nos condena a la muerte. Y con un sinfín de razones más. Por favor, ¡no quiero oír hablar nunca más de él! ¡Fuera! ¡Fuera este fantasma que no se acaba de morir! ¡Fuera de mi vidaaa…!

Al término intenso de aquella frase, sus ojos destellaron fuego. Al igual que un patético poema el eco de las mismas rodó en mi mente y visualicé mi bella y destruida patria que como una gigantesca vitrina mostraba ante la humanidad, a un pueblo que otrora heroico ahora se degradaba ante la demagógica ideología comunista, y el odio hacia su propio pueblo de un implacable y feroz Dictador. Pensé como tantas veces que el destino nos había jugado una mala pasada que aún no llegaba a su final.

–Lo quiero ver muerto, ¡bien muerto! ¡Oh Dios mío perdóname! –Le oí susurrar a la joven embarazada con la cabeza gacha.

–"El mejor comunista es el que está muerto" –Cual el disparo de un cañón, me vino al recuerdo estas palabras de mi bisabuela Josefa. La primera vez que escuché esta frase siendo aún un niño, sin maldad le cuestioné:

–¿Lenin?

–¡Nooo, noo, no…! Me refiero a cualquiera –me respondió ella con una expresión muy sabia y sentenció:

–El que tú nombraste es una horrible momia encartonada que terminará hecha polvo.

Cuan ciertas eran sus palabras, pues yo estaba seguro de que el verdadero secreto de la momificación se lo tragó la propia civilización faraónica. Otra célebre frase de mi bisabuela Josefa que ahora me llegaba a la memoria era aquella en la que me decía: "Mi nieto, aunque tú no influyas en la política ésta siempre va a influir en ti. Fíjate si es tan cierto lo que te digo que antes de tu nacer, en nuestra república existían varias clases sociales, pero ahora todos somos una partida de indigentes".

–¡Cooño! La verdad que mi bisabuela Josefa tenía cada dichos del carajo.

El melódico vibrar del motor quedó de fondo a la reinante calma. El frescor de la brisa, la belleza de la mañana y la seguridad que me transmitían mis bienhechores, facilitaron que el enorme estropeo y cansancio de tantos días hicieran que mis párpados llenos de debilidad se derrumbaran acompañando a una enorme fatiga. En un esfuerzo sobrehumano intenté abrir los ojos para buscar con mi mirada la ayuda necesaria a mi organismo que desfallecía en carrera precipitada hacía un abismo oscuro y frío. Mis músculos no me respondían y mi voz se apagó. Sólo una mirada desesperada podría comunicarles a mis amigos mi crítico estado.

Cuando logré realizar mi hazaña, sólo alcancé ver una intensa luz que me cegó cual sol de verano. Su fulgor quemó mis sentidos haciéndoles dar vueltas dentro del cuerpo, semejando un loco y desorganizado carrusel, donde tropezando unos con los otros provocaban un sin fin de dolores y malestares. Apreté todos mis músculos alrededor de mis órbitas visuales. Las náuseas estallaron como volcanes de calor podrido e incontrolado. Un ruido enorme, idéntico al tronar de mil cañones, me ensordecía por completo. Oí voces y gritos que trataba de identificar, pero se me perdían en el espacio auditivo de mis tímpanos. Sentía voltearse mi cuerpo de un lado para otro. Por momentos mis manos se elevaban o colgaban en el aire dibujando siluetas que no se materializaban en el vacío ni en mi mente. Se me escapaban de la piel todas las ansias de vida. Me sentía flotar, poseía alas.

Las voces se habían callado por completo y el ruido atronador no me abandonaba. Un frío polar congelaba mis sentidos quebrantando mis huesos. Era un absurdo de incoherencias que me hacían percibir cualquier estado de ánimo. Sentí partirse mi piel, al tiempo que un extraño calor me devoraba el último aliento. Luego una calma general, calma y más calma.

¡No...! No me escogieron para el paraíso. Ya era la hora y el embustero reclamaba lo suyo. Adiós a la vida, a la libertad y a todas las cosas lindas.

—¡Dios tenga piedad de mí! —grité en mi mente al tiempo que recordaba a mi madre; fue éste el expirar de mi pensamiento material. De nuevo la calma, mucha calma.

Un vacío abismal comenzó a reinar en mí trayéndome un frío intrigante y mortal, pero a su vez ésto me conllevaba a una paz absoluta que se desplegó como una inmensa sábana fantasmagórica ante mis ideas. Me sentí solo pero seguro. La calma de aquel lugar me tranquilizaba, no existía la preocupación; todo había terminado. Un silencio profundo semejante al que pudiese hallar en la luna, me hacía tomarme muy en serio esta aparente e inusual calma. A la par de la seriedad de esta calma, era la calma en sí quien aportaba un olor insípido, provocando que se me erizaran temblorosamente todo los vellos de mi maltrecho cuerpo. No me atrevía ni a moverme y mucho menos a levantarme y caminar en este espacioso lugar. Permanecía en el sitio ideal para hablar de paz y de cualquier otra bobería. ¿Pero con quién? Únicamente con usted que me sigue en esta travesía, y les doy ¡gracias! por el aguante.

Pues bien, de un lado para otro movía mis asustadizos ojos y no se veía a nadie. La ausencia de seres y objetos en esta calma que se superaba a sí misma y que a pesar de lo lógico o ilógico que resultaba todo, me proporcionaba la certeza de que alguien vendría por mí, pero no, pasó el tiempo en tremenda calma y nadie apareció. No sé cuántas horas pude estar en aquel paraje límbico a la espera de no sé qué sin aburrirme. Lo cierto es que estaba conforme con mi nuevo estado post-mortem. No sentía ni sed ni hambre ni cansancio, sólo tenía dudas ante tanta calma.

¿Y los otros?, digo los compatriotas de la balsa. ¿Se habrían percatado de mi fallecimiento? ¿Me lanzarían al agua? Tal vez no. Ellos no eran tan drásticos ni tan inhumanos como el Ampa. Seguro estoy que llegarán con mi cadáver hasta el final. Sí, seré noticia después de muerto e iré a engrosar las filas de tantos hermanos que no alcanzaron el sueño de la libertad.

Ahora que caigo en este detalle. ¿Dónde estarán los otros que se suponen que pasen por aquí? ¿Qué les habría ocurrido? ¡Con la demora que hay conmigo!, no parecía ser que todo el que se muere viene a parar a este lugar. Yo no podría ser el único muerto en el día de hoy. ¡Coño!, no podría haberme puesto tan fatal. Debería de haber al menos alguien. A diario se parten un tongón de gentes en el mundo entero. Aunque pensándolo bien… tal vez ellos fueron al paraíso, tal vez tuvieron algún amigo que los ayudó en los trámites, porque a decir verdad, el amiguismo está en cualquier parte. Pero si esto no es el infierno. ¿Qué otra cosa podría ser? Tengo conocimiento de que cuando uno se muere no tiene ni pensamientos ni ideas ni conciencia de lo que sucede, cuando uno está muerto, ¡muerto está!

Analizando esta tesis sobre la antesala del lugar, otra descarga de luz hirió mis pupilas fuertemente. Los ojos se me volvieron locos de tanto querer mirar y mi oído comenzó a funcionar. Escuché voces e identifiqué sonidos. También comencé a percibir un tenue antiséptico y característico olor que se debatía entre un persistente y rítmico sonar de, bit, bit, bit... muy estable y perfectamente audible.

–¡Que continúe en observación hasta su recuperación total! ¡Qué no se escatime ni un sólo medicamento ni recursos en este compañero! ¡Es una orden! Retiren las cámaras, ya se filmó lo necesario para el noticiero.

La voz retumbó fuerte, segura e irrebatible. Reconocí en su tono al del hipócrita y acomodado dirigente de la Cuba comunista. Luego de estas voces, los sonidos resultaban diversos y muy escasos, indicando que el sitio dónde me hallaba funcionaba con profesionalidad. En mi mente una pregunta me aterró:

–¿Qué hace esta gente aquí? ¿Dónde coño estoy?

La segunda interrogante me atormentaba sin final.

–Su cuerpo ha recuperado la temperatura –oí la idílica voz que informaba–, y su pulso comienza a estabilizarse. En los últimos días su tejido ha evolucionado favorablemente; ahora su piel presenta un buen aspecto.

Una celestial voz de mujer embriagaba mis oídos, su melodía endulzaba todos mis sentidos y por momentos me hizo imaginar la dulzura y encanto de un Hada Madrina. No pude soportar la tentación de saber de dónde procedía aquella fuente maravillosa de acordes vocales y olvidando las descargas de luz que en ocasiones anteriores me afectaron cuales espadas lumínicas, realicé un esfuerzo supremo; estaba dispuesto a sufrir otra herida. La causa superior a mi curiosidad era el interés de saber la forma de esta imaginaria Afrodita. Embobado quedé al descubrir que, quien me recibía en esta nueva vida resultaba inequívocamente una preciosura de mujer.

Una trigueña de cabellera en cascada sobre sus pronunciados y delicados pechos, tras una fresca sonrisa de perfecta simetría, me observaba con ternura familiar. Mis cálculos no fueron erróneos.

–¡Hola!, ya se despertó el enfermito –me saludó con agrado aquella diosa caída del cielo–. Llevo varios días en este turno y siempre deseé que despertaras en el horario mío. Me agrada estar al lado de las personas cuando vuelven de un lugar tan lejano como en el que te encontrabas. Te puedes dar por dichoso al haber nacido de nuevo.

Reconocí estar en una sala de cuidados intensivos y quien me hablaba resultaba ser la enfermera o doctora más preciosa que ojos humanos vieran en este más allá. Su voz de sirena escandinava me embriagaba al extremo de no poder coordinar ideas. Ella, por un momento guardó silencio como tratando de leer mi pensamiento. Y yo que los tenía todos puesto en ella, la miré embobecido, y tras un breve lapso le pregunté:

—¿Dónde estoy? ¿Qué hospital es este? ¿Cómo fue qué llegué aquí? ¿Cómo pudiera mandarle un aviso a mi familia de que estoy bien?

Por toda respuesta a mis preguntas, ella mostró una agradable sonrisa que hacía creérmelo todo. Más yo continué insistiéndole en mis preguntas y en la necesidad de comunicarme con mis familiares, hasta que ella me aclaró:

—No sé de qué me hablas. Apareciste flotando en medio del mar y este es el hospital militar de la Isla Roja. Usted es un huésped privado del primer líder de la Juventud Roja. Lo que usted pida le será concedido. Nosotros y el pueblo estamos a su disposición.

Ella se me quedó mirando con sus preciosos ojos color caramelo que me hipnotizaban y me hacían soñar. Guardé un profundo y meditativo silencio por un buen rato. Mi mente registraba señal nula de comprensión. Qué extraña resultaba toda la conversación. ¿Qué boberías estaba hablando esta mujer de belleza sin igual? Si esto no era Miami, ¿a qué lugar fui a parar? Su hablar era tan claro como el mío. En las conversaciones anteriores y en esta, el inglés brillaba por su ausencia. Qué raro resultaba todo esto. Si por lo menos hubiera escuchado a alguien decir *Okay*, estaría más tranquilo. No hay ningún país de habla inglesa que sea comunista. ¡Ellos no son tan comemierdas! Y eso de agregarle a algunas cosas la coletilla del rojo. ¿Qué significaba?

Tomé aliento, y ya con más ánimo, le volví a cuestionar:

—¿Por favor, podrías decirme o definirme mejor, dónde me encuentro: lugar y país? —sonreí y agregué:

—¿*Okay*?

—El lugar es el Hospital Militar de la Isla Roja, orgullo de la nación. Sólo los más importantes dirigentes rojos, sus familiares y amigos, tienen el privilegio de estar aquí —explicaba con tanta delicadeza que llegué a pensar en una posible locura de la doctora o lo que fuese, pero ella continuaba en el mismo tono:

—Te hallaron en la corriente del golfo en pésimo estado de

depauperación, lleno de quemaduras y prácticamente deshidratado; tu cuerpo perdió muchas libras. Pero gracias a nuestros aguerridos combatientes rojos que vigilan las fronteras, pudiste ser rescatado. Ahora eres miembro de honor de la Juventud Roja y de nuestro Comandante que vendrá dentro de poco a saber de usted. Ya se le reportó de su despertar y todo el pueblo rojo está atento a su salud, la cual se informa en la prensa y todas las noches sales en la Mesa Redonda Roja y el Noticiero Nacional Rojo.

¡Pa'l carajo! No puedo imaginar cual fue la expresión de mi rostro, pero seguro estoy que sería la más tonta y espantada del mundo. Qué idioteces eran aquellas que persistían en continuar golpeando mis oídos. Traté de incorporarme de un salto, y a no ser por la rápida acción de ella que impidió el objetivo de mi maniobra; casi lo logro.

—¡Estese tranquilo! —ordenó simulando calma en su voz.

Esta vez, más fuerte y preciso, realicé un movimiento el cual ella no pudo contener. Entonces llamó a los que estaban de guardia, y éstos en fracciones de segundo llegaron a la habitación. Retiré de mí brazo la aguja del suero y la aferré en mi mano cual el más peligroso puñal, y dispuesto al combate, me puse de pie en franca posición hostil, atrincherándome entre un ángulo de la cama y los equipos.

Detenidos a varios metros de mí, ellos trataban de convencerme, pero ya me encontraba restablecido por completo y les exigí la presencia del director del hospital o la persona responsable con mi presencia en aquel lugar.

La discusión se prolongó durante varios minutos en los cuales no pudieron sacarme de mis treces, y yo tampoco terminaba de comprender sus explicaciones. Hasta que por fin aparecieron varias personas, y entre estos, algunos uniformados de color verde olivo; en sus chaquetas se leía el tenebroso rótulo bordado en negro: Ministerio del Interior. Estos siniestros personajes se diseminaron por el salón de urgencias ocupando al parecer lugares estratégicos y mirando a todos los lados con una seriedad de perros que en un matorral aguardan órdenes. Ahora los allí presentes, médicos, militares y funcionarios, todos vestían trajes acorde a su oficio de color verde de diferentes tonalidades.

—¿Qué es ésto? —me cuestioné, y mentalmente deliberé:

—Me hablan de rojo y resulta que todos se visten de verde. O son daltónicos o ésto es una farsa.

Más la pregunta de orden ya cuestionada, impetuosamente golpeó en seco:

—¿Qué hacen estos hijos de putas aquí?

Se realizó un breve protocolo donde se me informó que me encontraba en la Isla Roja. Único territorio libre del continente y que bajo las banderas rojas me podía sentir seguro, y entre tantas cosas rojas, me comunicaron que el país estaba a mi disposición para ser visitado. Todos tendrían el honor de acoger y servir en lo que fuese necesario a un turista de mi talla.

No acababa de salir de mi asombro, cuando ya me encontraba viajando en un confortable auto con aire acondicionado y música típica del país. Ahora vestía un pantalón de mezclilla azul oscuro de igual marca que el cinturón vaquero que ostentaba esculpido a lo ancho de la hebilla el número 501. Unas botas tejanas de auténtico cuero con un hermoso grabado en hilo dorado, más una vistosa guayabera de finísima tela color cielo de verano. Respiré intensamente la fragancia del recién estrenado perfume francés y exclamé:

—¡Coño, esto sí es vida! —y recordé aquella hoja de revista extranjera que la Flaca guardaba celosamente en una de sus gavetas de la cómoda y en la que se encontraba la propaganda de un perfume francés; al abrir el dobles de la página se podía deleitar la fragancia impregnada en el papel. Aquella hoja era para ella como un tesoro.

En el recorrido, las calles a ambos lados estaban ocupadas por la desbordante alegría de un pueblo que agitando banderitas rojas y pancartas alegóricas a mi persona, me recibía como a un hermano, ¡qué coño!, ¡como a un héroe! No sabían de dónde yo era, pero me recibían como tal. La ciudad, a pesar de haberla visto a través de los cristales calobares de las ventanillas del auto, lucía destruida y pobre, y me recordaba mi querida Habana.

Todo lo gubernamental comenzaba o finalizaba con el vocablo rojo y la población vestía de verde. No siempre los colores tenían el mismo tono, algunos lucían bellos, otros deplorables, y abundaban los desteñidos y gastados por el tiempo: resultando verdes telas de araña sobre sus hombros. Pensé que todo ésto resultaba algo demagógico.

Más tarde me llevaron a varios lugares de interés histórico y a otros de aparente desarrollo científico y social. Un guía que no escatimaba en realzar heroicamente cada sitio inaugurado por su Comandante en Jefe; más que explicar, adoctrinaba. Al finalizar me dejaron en un lujoso hotel del centro de la ciudad llamado El Rojo Libre. Me hospedaron en el piso veintidós e igual combinación en la habitación. Tal coincidencia en la pareja de números me trajo al pensamiento el sapo de La Charada, y éste anfibio de color verde, pegajoso y frío, de ojos saltones y de larga lengua que vive en charcas, ríos y pantanos, croando todo el tiempo, no pegaba nadita de nada con mi personalidad. Bueno, echando a un lado estas supersticiones que no iban conmigo, pegué un brinco del carajo, pues era la primera vez en mi vida que me encontraba hospedado en un hotel.

En el hotel se oficializó mi nuevo estatus: Turista de honor de la Juventud Roja. Estaba viviendo una realidad espiritual donde todo resultaba casi idéntico a la material. ¡Pero aquí estaban locos de remate! Pero además, yo era un turista. ¡Un turista de verdad!

Mis primeros días en el hotel fueron maravillosos y me fue permitido el acceso a todos los lugares antes soñados. Una tarjeta de crédito color rojo intenso para satisfacer mis necesidades área dólar en todas las tiendas, cafeterías, restaurantes, y las piscinas de hoteles y taxis. Me resultaba increíble, se me abrían las puertas de este dolarizado paraíso socialista. ¡Qué vida! Me sentía una persona. El trato que recibía por parte del personal a cualquier lugar que llegase era más que excelente, servilista diría yo. ¡Esto era la vida misma!, todos me conocían. Había salido hasta en las escasas páginas del Yate Rojo; periódico oficial del único y vitalicio Partido Comunista. En éste eslogan se eximían de la coletilla, ya que comunista y rojo se han convertido en algo inherente uno del otro. Adjudicarle éste noble color de la sangre a su estandarte resulta una infamia, como si este glorioso color usado mundialmente en señales de aviso y alertas irónicamente fuese la señal de paralización al desarrollo de la humanidad. O sea, de ahí para allá no hay más pueblo; solo miseria y sumisión.

En la prensa de este tipo de dictadura del "proletariado" donde, por supuesto, el jefe es el gran dictador de la tiranía absoluta, y los trabajadores genuinos aguantones que solo aspiran a llenarse la barriga, de lo único que se habla es del gran sacrificio que debe realizar el pueblo rojo por salvar la revolución roja y a su líder, que ostenta de la paranoica manía de ser el primero en todo, así como de perpetuar el vestirse de uniforme militar color verde olivo en manifiesto anacronismo con el rojo de su comunismo.

Tirando a mierda este enredillo que era como para volverse loco, me acicalé las ropas y decidí dar mi primer recorrido por la ciudad. Dirigí mis pasos al céntrico cine que hace esquina en la popular avenida La Rojampa y al llegar allí observé que estaba en cartelera el subjetivo título: "Discurso seiscientos sesenta y seis mil del Comandante en Jefe". Ocultamente protegidas dentro de mi masa encefálica, mis neuronas gritaron:

–¡Dictador! ¡Demagogo! ¡Demonio!

–¿Cómo?

Esta sorpresiva pregunta hizo que mi estómago pegara un salto de improviso que del tiro hasta tragué en seco.

–¡No lo puedo creer, eres tú! ¿Cómo estás?

De ensueños era realmente la voz que esta vez me devolvió el tenue brinco de mi estómago a su lugar.

–¡Coño que yo no escapo para sustos! –exclamé interiormente, al tiempo que giré en redondo sobre mis relucientes tacones tejanos.

Ante mí estaba aquella diosa caída del cielo. Ahora si mi corazón quedó flechado ante esta maravilla humana, y palpitando como nunca, casi se me paró. Hay que estar loco para negar el amor a primera vista. Hasta un ciego si se la imaginara tal como es, se hubiese caído pa'trás. Después de recuperar el equilibrio que por fracciones de segundo perdí, respiré profundamente y la miré extasiado.

–Perdóneme, no pensé asustarlo –dijo con gran ternura y más tierna aún fue su pregunta:

–¿Te olvidaste de mí?

Que les voy a contar, me sentía elevarme a las nubes. El pasado regresaba permitiéndome la revancha de darle un feliz término a aquella prolongada espera a la puerta del cine.

–¡Con las glorias se olvidan las memorias! –Terminó por decir.

Sus ojos brillaron iluminando la noche. No había error posible; era ella. Vestía con un diseño de matices verdes, muy entallado y dinámico, verdaderamente muy sexy, muy provocador. Esta combinación espoleó una primeriza taquicardia que me infartó a boca de jarro. Su perfume olor a clorofila del jardín del Edén, terminó paralizando mi alma. Mi flaca apareció de repente en mis pensamientos y sus palabras retumbaron en mis oídos:

–¡Siempre te esperaré!

Recordé aquel amor, las promesas, los trabajos que juntos pasamos, los sueños… mi mente se arraigaba a un honor y fidelidad, como pocos. Con hondo pesar respiré y concluí que aquel mundo ya no existía. Restablecido y adaptado un poco al nuevo mundo rojo, no iba a ponerme a comer catibías. Además, en esta nueva vida me asignaban privilegios nunca antes alcanzados, y comenzar privándome de este placer sería cosa de locos.

–De verdad que a lo bueno uno se adapta rápido –ratifiqué mentalmente aquella vieja frase de mi bisabuela Josefa.

–¿Qué te sucede?

Su voz me trajo nuevamente a la realidad.

–Estás como en el limbo, pareces haber regresado del otro mundo.

Sonreí tontamente tratando de dar una explicación en el gesto. Ella, viéndome como perdido, continuó:

–¿Será que te afectaste psíquicamente?

–¡No, no, no…! Eran sólo recuerdos que llegaron a mi mente – respondí medio turbado.

–¿Alguna muchacha? –indagó con dulce sutileza y detectivesca mirada. Esta vez mi sonrisa me dejó al descubierto.

–Qué poderes tienen las mujeres para descubrir a otra en la mente de los hombres –pensé y le respondí:

–No, no… ninguna.

–No me engañes –replicó haciéndome un grácil guiño–. ¿Era bonita? ¿La querías…? ¿Estás aún enamorado de ella? –Era una andanada de preguntas que no tenían fin, e insistiendo y empujándome cariñosamente por el brazo, continuó:

–Anda chico… cuéntame. ¿Cómo la conociste? ¿Cómo se llama? Anda dime… quiero saber. ¿Si eran felices, por qué la dejaste?

–¡Eh… aguanta ahí! –dije frenando su creciente curiosidad–. Yo no he dejado a nadie.

–¿Ella te dejó? –preguntó pícaramente.

–Tampoco –contesté–. Estoy sólo, hace tiempo que no tengo a nadie.

–¿Mentiritas a mí? Recuerda que yo fui tu ángel de la guarda – expresó mirándome con pillería.

—Claro, ¿porque tendría que mentir? –dije seriamente.

—¿Seguro? –cuestionó sutilmente.

—Sí –respondí. Pero sus preguntas no parecían tener final y ultimándome cuestionó:

—¿Lo juras?

—¡Lo juro, una, dos, tres... y mil veces más! –dije lleno de pasión, y bese mis dedos en cruz ante ella.

—Entonces... ¿Quién es María Regla de la Caridad Rodríguez Quintanilla?

Esta pregunta me dejó con el corazón en la mano. Quedé estupefacto al escuchar ese nombre. Y tras tragar en seco, le escuche decir:

—Te comieron la lengua los ratones. ¡No me digas que se te olvidó!

—¿Cómo tú sabes ese nombre? –pregunté desconcertado.

Ella entornó los ojos y poniendo cara de a otra con ese cuento, se hizo la desentendida de lo que realmente implicaba conocer ese nombre. Yo, no dando crédito a lo escuchado, le insistía por la respuesta.

—¿Quieres que te lo diga? –preguntó con flemática naturalidad.

—¡Claro sí! –expresé casi indignado.

Esta vez ella, guiñándome uno de sus expresivos ojos, con mayor picardía y malicia en su voz, enfatizando preguntó:

—¿De veras?

—Sí... dime –expresé controlando la incomodidad dentro de mí. Pero ella continuaba impávida con su juego:

—¿De veras que no recuerdas?

—¡Dime de una vez! –exigí al borde de la exasperación.

—¡Uyuyuyyy... qué genio! ¡Cuidado no me vayas a morder! –exclamó llena de jocosidad. Más decidido y enérgico, le lancé mis últimas preguntas:

—¿De dónde sacaste ese nombre? ¡Dime! ¿De dónde?

—De una erección nocturna que tuviste.

La naturalidad de su voz me dejó pasmado y casi sin aliento expresé:

—¿Cómo...?

—Estaba perfectamente escrito –dijo ella en igual tono, penetrándome con su mirada. La insolación del viaje me subió de golpe al rostro y recordé aquella inolvidable noche como tantas otras que me daba la Flaca.

—¿Ella es la Flaca que nombrabas en tu delirio? —preguntó con su ya característica picardía. No sé la cara que puse, y a duras penas expresé:

—No sé. Estoy confundido. Hay cosas que no recuerdo. Todo eso es el pasado.

Saqué el elegante pañuelo de mi bolsillo y dándome ligeritos toques sobre mi frente, sequé el sudor que ya afloraba, y evadiendo el tema, un poco apenado agregué:

—¡Tengo tremendo calor! Si pudiésemos ir a tomar un helado.

—Helado… —expresó ella llena de alegría—. ¡Me encanta!

Sintiéndome escapado del tema, en tono jovial le dije:

—Soy nuevo en esta ciudad. Si quieres vamos a una heladería. Escoge tú que pago yo —alegremente la exhorté.

—¿Qué escoja una heladería? ¿De veras? —expresó ella muy risueña.

—Si están cerradas a esta hora, tal vez podemos ir a otro lugar —propuse la mejor opción.

—¿Realmente tú no sabes dónde estás? —me disparó a boca de jarro, mirándome fijamente.

Al verme atrapado en tal expresión, sin más le expresé:

—Vayamos entonces a donde tu decidas.

—Te llevaré a la más famosa heladería y que en realidad es la única que funciona a esta hora —expresó satíricamente.

—¿Y las cafeterías? —pregunté por preguntar.

—Casi todos esos lugares —comenzó diciendo ella— fueron entregados como locales para organizaciones políticas y las mejores quedaron para el turismo. Las pocas que quedan, aunque están prácticamente destruidas, aparentan funcionar y en ellas casi no se vende nada. Sólo de vez en cuando se vende croquetas o fritas de vaya usted a saber qué, o dulces de harina mezclada con cualquier cosa, sin azúcar blanca, y que de tan secos y tiesos que están, si te comes uno y te tomas un vaso de agua después, se te hincha el estómago como si tuvieses parásitos. Pero la verdad es que no sé por qué aún conservan ese título de cafeterías, pues hace muchísimo tiempo que dejaron de vender café.

—¿Coño, pero no dejaron ni una en la que se venda café? —cuestioné asombrado, y ella muy ecuánime me respondió:

–Solo funcionan las del turismo dentro de los hoteles. Para que te voy a contar, no entenderías. De seguro que de dónde vienes no ocurren estas barbaridades.

–No creas, la vida te da sorpresas –le dije.

–Esto es un infierno en miniatura –aseguró ella, y tras una breve pausa, se aconsejó a sí misma:

–Déjame callarme, no sea que tú también seas del aparato[94] y yo pare en chirona.

–Qué boberías estás hablando. ¿Qué es el aparato? –indagué lleno de curiosidad.

–¡No te hagas! –exclamó–. Me refiero a la Seguridad roja que está infiltrada en todas partes.

–¡No jodas! –fue una exclamación baja y espontánea, por la cual rápidamente me disculpé.

Pero en mi mente visualicé aquellos individuos que vestidos de civil y portando microondas y pistolas en la cintura, se bajaban de un auto Alfa Romeo, un Lada, o cualquier otro auto y sin tan siquiera identificarse, tienen autoridad para detener un ómnibus en plena calle y arrestan a personas e incluso realizaban registros a cualquier hora del día o la noche sin la necesidad de tener un documento que los autorice. Esta tenebrosa élite de la Seguridad de Estado resultaba una fuerza bien temida por todos. Con cara de asombro y casi susurrando, indagué:

–¿Aquí también existe eso?

Ella quedó mirándome con expresión incierta, mientras un millón de ideas se revolvían en mi cabeza. Qué lugar era éste que se asemeja tanto al de donde me escapaba. Qué tipo de jugada macabra se estaba llevando a cabo conmigo en este lugar que no parecía ser el paraíso ni el infierno de candelas, aunque debo de reconocer que lo de rojo me preocupaba bastante. Tal vez no sea fuego como tal lo que debo encontrar, sino una metáfora que convierta este sitio en algo diabólico sin identificar aún por mí que tenía una vasta experiencia en estos asuntos. Absorto estaba en el análisis de mis dos mundos, cuando ella me volvió a sacar de la lejanía.

–Oye, ¿qué te sucede?, te quedas como perdido en el pasado y me asustas.

---

[94] Leguaje callejero para referirse a la seguridad del estado.

Contemplé hipnotizado su belleza y al comprender que este éxtasis me embobecía, le hice un ademán con la mano indicándole que no se preocupara.

—Llévame a tomar el helado, estoy aburrida de caminar –dijo con la melodiosa voz que la caracterizaba, y trayéndome aún más a la realidad, agregó:

—Olvídate de tu mundo y ponte para éste. Aquí hay que ser vivo sino pereces.

Terminado de decir esto, ya su brazo se había tejido al mío y caminábamos muy pegaditos rumbo a Rojopelia, la heladería más famosa del país.

—Bueno, ¿Cómo te llamas? –le dije.

—¿Quién... yo? –respondió como sorprendida, y mirándome de lado pícaramente, entre una leve sonrisita, me contestó:

—Cusín.

En éxtasis, tontamente repetí el nombre. Abriendo sus ensoñadores ojos y conteniendo esta vez la sonrisa, ella cuestionó:

—¿Es muy chiquitico para tu gusto?

Me sonreí como un tonto, pues cuando el amor me llega así de esta manera, me enamoro como un tonto y me vuelvo algo así como un verraco. Cuando me enamoro, lo de tonto aflora en mí como algo natural.

—¡Me encanta! –exclamé lleno de gozo y sentencié:

—El perfume bueno viene en frasco chiquito.

Atrevidamente me aproximé a su cuerpo, y expresé:

—Ahora que conozco tu nombre, jamás faltara de mis labios.

—¡Shhh...! –por todo emitió ella. Nos miramos interrogándonos con la vista, y sin mediar otra cosa… dijo:

—Nelson.

Mi nombre en sus labios me pareció hermoso, fascinante, único, y cuando parecía rendido por su acierto, me transformé por completo y mirándola profundamente, le objeté:

—¿Cómo tú sabes mi nombre? ¿Tú eres del aparato?

—Déjate de gracia que eso no va conmigo. No me lo vuelvas a insinuar, pues puedes perder mi amistad –me alertó, fruñendo el entrecejo con cierto grado de disgusto.

—*Okay*, está bien –dije tratando de apaciguar su molestia y evitando que se arruinara la incipiente velada.

Mis manos volvieron a tropezar con sus delicados y cálidos dedos. Mi grácil mirada trataba de encontrar el detalle dentro de aquellos ojos que ahora brillaban como dos luceros incitándome a besarlos. Tuve que refrenarme las ganas, pues estaba cogiendo mucho impulso, y esperando surtir algún efecto positivo en esta escultural belleza latina, atrevidamente le insinué:

–De donde provengo una actitud así se acerca mucho a dos enamorados.

–No te equivoques que no soy novia tuya –afirmó sonriendo, y con una mirada ensoñadora, agregó:

–Solamente me he propuesto pasar una noche muy bonita, claro está, si lo pretendes.

–De acuerdo –respondí fascinado por las maravillas que da el azar.

Y mirándome fijamente a los ojos, con voz trémula agregó:

–No pienses que yo me regalo; todo tiene su precio.

Hice silencio. Sus ojos estudiaron cada movimiento de los míos, ahondando y escudriñando mi verdaderas intenciones. Seguí su esquema visual por tantos segundos que casi alcanzaban al minuto. Y conocedor de la proliferación en la isla de sexo por dinero, camuflado por la original expresión de Jineteras que no eran otra cosa que ilustradas doncellas que se venden al mejor postor, sentí como la frase me caló cual daga de hielo que se funde en una pasión, y con voz irónica le dije:

–Claro –callé por un segundo, y tras tragar en seco, musité:

–O sea, eres una piruja[95] interesada en un recién llegado.

Su rostro se descompuso cual una flor que se marchita. El brillo de sus ojos se desvaneció y tal una maceta que cae desde un muro, estalló:

–¿Qué tú te has pensado? ¡Turista de mierda!

A estas palabras las siguió una bofetada que me hizo girar el rostro con brusquedad. Rápidamente me sobrepuse y cogí sus manos antes que me acometieran de nuevo.

–¡Cálmate! –repetí la orden tratado de controlarla, cuando de repente llegó un policía de piel morena y verde uniforme. Este delgaducho militar ya enfundaba la radio a través de la cual había avisado a su unidad.

---

[95] Joven que no tomaba a mal en ofrecer favores sexuales

–¿Qué pasa 'quí? –dijo a secas y cuestionó:
–¿La ciudadana lo e'tá mole'tando?
Y apartando bruscamente a Cusín contra el extremo de una cerca, le ordenó:
–¡'tese quieta o me la llevo pa'la e'tación!
La peculiar forma de pronunciar las palabras y el canturrear de las mismas, me recordaron a algunos de los habitantes de la zona más oriental de mi país.
A secas, el policía le pidió el carné de identidad, y luego de chequear el mismo, la interrogó sobre alguna agresión a mi persona. En ese instante llegó un patrullero con las balizas encendidas, y justo con el frenazo, abriendo sus puertas se bajaron dos uniformados con las manos sobre sus pistolas automáticas y viendo controlada la situación, con caras de tranca, todos se saludaron militarmente.
Sus ojos oscuros me miraban con rabia de loba en celo. Mientras yo no dejaba de observarla.
–¡Deme el bolso! –le dijo a Cusín el sicario recién llegado, retirándoselo bruscamente de las manos y entregándoselo al teniente que también se había bajado del patrullero; este comenzó a revisarlo. Ruborizada Cusín abrió en extremo sus ojos y llena de disgusto aclaró:
–Es un monedero, los bolsos son más grandes.
–¡Cállateee… o te levanto un a'ta de peligrosida'! –la amenazó con arrogancia brutal, sujetándola con su gruesa y áspera mano. Al ver la presión que su puño ejerció sobre la suave piel de ella, le dije:
–Por favor oficial, espere un momento…
No me dejó ni comenzar la explicación ni terminar la idea.
–¡Nooo… no se mole'te señor! ¡Nojot'os sabemos cómo t'ata'l la! –dijo a secas, y con el mismo deje de hablar que el militar de infantería, agregó:
–¡Soy la 'utorida'! ¡Ella tiene que dar una e'plicación!
Volviéndose hacia mi desdichada princesita, sin soltarla y mirándola con frialdad, nuevamente la interrogó sobre los datos personales y dirección. Cusín le respondió a todo con gran frialdad. A lo que el esbirro le advirtió:
–¡Ponte paaa' eee'to… que te la'plico to'aaa…! ¡Tú e'ta' fuera de municipio!
–¿Y qué…? –le respondió ella en igual tono.

–¿Cómo que qué? ¿Qué hace tan lejo' a e'ta hora? –la interrogó el teniente con rigor. Ecuánimemente Cusín miró su reloj de pulsera plástica, y con la mayor naturalidad del mundo le indagó:

–¿De dónde es usted?, si se puede saber.

–De Guantánamo, ¿po'quéee...? –respondió el oficial con tremenda cara de tranca. y Cusín le contestó:

–Porque caminando, tal vez yo en dos horas llegue a mi casa, pero usted, aún con la suerte de poder coger el tren para Santiago de Cuba, se demorara una semana en llegar a la suya.

–¡Otra fa'ta de re'peto y va presa! –advirtió enérgicamente el sicario. Yo me le interpuse y le dije:

–Por favor oficial, quiero que me atienda.

Hice una breve pausa mirándole seriamente. El policía con cara de no haber aprobado la primaria, guardó silencio, y en un tono más suave tras identificarme, continué:

–Sucede que ha ocurrido una equivocación. La joven me está acompañando. Soy el turista de honor que he estado en la televisión y ella es mi guía para realizar el recorrido por la capital. Ella me estaba demostrando cómo se comporta una revolucionaria ante una ofensa al ideal rojo. Para mí es difícil entender la idiosincrasia del comunismo.

Cusín me miraba asombrada cual si finalizara una película de suspenso. Sus oídos no daban crédito a mi tesis y mientras tenía a los dos policías perplejos. Tal si yo fuese un zonzo, le sonreí al jefe y proseguí:

–Espero que me comprenda y sea lo más amable posible; aquí nada ha ocurrido. Le estoy muy agradecido. Veo que usted es un fiel defensor del ideal rojo.

Respiré hondo al ver a mi fierecilla liberada de las garras del sicario. Este cara de tranca, lleno de orgullo y poniéndose en atención, se llevó una mano a la visera a modo de saludo y contestó:

–¡Nosótro' e'támo aquí pa'eso!

Saqué mi billetera y ante los ojos desorbitados de los policías, extraje un pequeño fajo de dólares y seleccionando entre estos, y haciéndome el guanajo, intencionalmente dejé caer uno de a cinco. El Jefe, al percatarse de que yo no me había dado cuenta, rápidamente con su bota aplastó el billete mientras que amigablemente yo le colocaba varios dólares en el bolsillo superior del uniforme, justo debajo de la chapilla de identificación con el número setecientos setenta y siete, este acertado trío de dígitos denotaba que este oficial sí lo llevaba bien puesto.

—¡Mierda, estiércol, porquería! —gritó todo mi pensamiento asomado a mis ojos. Su mano descendió tratando de detener mi acción, pero mirando firme a sus ojos saltones, le aclaré:

—Es para que, cuando termines la jornada, te tomes una cervecita bien fría, ¿*Okay*?

Me sonrió, al tiempo que le lanzó una mirada intimidante a Cusín. Al momento, realizó un aparente gesto benévolo devolviendo el monedero a Cusín, y ordenó al policía de menor rango a permanecer vigilante por la zona. Este lo miró fijo a los ojos y después le clavó la vista en el bolsillo de la camisa donde estaban los dólares y después a la bota que ocultaba el otro billete, y levantando la vista lentamente de nuevo lo volvió a mirar en el rostro. Él permaneció estático exhortándonos a continuar nuestro camino.

Llegando a la esquina me viré con disimulo viéndolo recoger el billete. Me volví hacia Cusín, y al tomarla de las manos me despojó de las mismas con fuerza.

—¡Suéltame! —sentenció y con igual brío precisó:

—¡A mí nadie me compra! ¡Engreído! ¡Ni te me acerques que todavía te doy dos bofetadas más!

Entre su gran disgusto y resoplidos, terminó por guardar silencio. Busqué su mirada y sólo hallé lágrimas y vergüenza en sus ojos. Dándome la espalda, emprendió camino alejándose entre algunos transeúntes. Entre sus pasos llevaba la impotencia y la incertidumbre que le imponía el cruel sistema comunista de la Isla.

Rápidamente corrí tras ella y acercándomele por un lado, con la voz más afable del mundo le dije:

—Eres la única persona sincera que he encontrado en esta vida. Si me abandonas, me volveré loco y no tendré más remedio que volverme a tirar al mar.

Ella continuó caminando sin pronunciar palabras. Un gran escalofrío me recorrió por dentro. Comprendí su tristeza y mi gran pérdida; a lo que solo atiné a decir lleno de ternura:

—Pedacito de cielo, atiéndeme un momentito. Te daré mil razones lógicas para continuar nuestra amistad y si con ellas no te convenzo, entonces te puedes marchar. Y no pienses que me quedaré siendo el hombre más infeliz del mundo. ¡No, no, no...! Eso no ocurrirá en mí, pues te juro por mi madre que me iré corriendo y me tiraré al mar gritando tu nombre. ¡Y no estoy mintiendo!

Quedándome estático y casi sin aire, aguardé aquellos interminables segundos en los cuales me creía morir. De veras les juro con el corazón en la mano que estaba muerto con ella.

Varios metros más su silueta se alejaba cuando ella detuvo sus pasos. Su respirar inflamaba su pecho y la ensoñadora cortina de su cabellera ocultaba parte del encanto de aquellas pronunciadas curvas. Me le acerqué lentamente, y situándome frente a ella, delicadamente le alcé el rostro por la barbilla. Sus amorosos ojos estaban inundados de dolor y desesperanza, aquel sol que siempre encontré en los mismos parecía apagarse; palidecía la flor herida por mí. Aproximé mi cara a la de ella y cariñosamente le hablé:

–Una vez más te pido mil disculpas y te ruego que no mates esta linda amistad que floreció entre nosotros. No seas tonta, esas lágrimas están de más. Soy yo quien necesita a alguien que me ayude. Vivo el momento más difícil de llevar. Caminando por las calles me sentía solo, sin esperanzas ni futuro. Sin ti estoy perdido y quedaría desamparado en este mundo tan idéntico al mío, pero tan extraño que no me hallo en él. Por esas cosas lindas que pudiste imaginar y que tal vez junto podamos hacer realidad, no te marches. Quédate a mi lado. Hazlo por ese despertar tan hermoso que tuve junto a ti. Por favor no me abandones, no me dejes sólo, ¿pues quién podré encontrar que me haga de nuevo sonreír?

El corazón me palpitaba como nunca antes, pero continué:

–Si me dejas, será mi fin. Y si no me crees, ven y pon tus manos aquí sobre mi pecho para que sientas como late. ¡Sin ti moriré!

Mis palabras se cortaron mostrando mi verdadero sentir. El ruido de los autos, el timbre de alguna que otra bicicleta y el transitar de las personas, eran las únicas cosas que desarmonizaban con aquella paz en espera de una sentencia para comenzar a vivir. Ella alzó la vista hasta mi inflamado pecho y luego me miró.

–Tú sabes bien lo que es un infarto –dije con voz trémula y agregué:

–Apunto estoy de morir. Y aunque no me creas, si de alguien me debiera enamorar sería justamente de ti.

La miré fijamente a los ojos y con la cara más tonta que tenía, le confesé:

—¡Te amo!

Su semblante cambio por completo y quedamos mirándonos. La frescura de la noche agitó su pelo, y el silencio de este instante se detuvo afinando sus orejas para chismear.

—Yo te atendí como si fueras un dios —comenzó diciendo ella con falta de voz—. Llegaste más muerto que vivo, pero como eres extranjero, emplearon todos los recursos y medicamentos disponibles del país para así proclamar sus éxitos en la medicina. Si hubiese sido mi hermano u otro conciudadano, hubiesen ido a parar a otro lugar y luego a la cárcel, y tal vez no hicieran el cuento. Todo es política que tú desconoces.

—Lo sé, lo sé —respondí tratando de consolarla.

—¡Tú no sabes nada! —replicó ella y continuó:

—Con todo amor y ternura te atendí. Te corté las uñas de los pies que estaban horribles, te arreglé las de las manos que estaban que daban grima. Algo en mí me decía que tú sobrevivirías a tu tragedia. Soñé que tendrías un corazón de oro. Te perseguí, y fui tan estúpida que caí en mi propia trampa. Me equivoqué una vez más. Todos los hombres son iguales.

La expresión en su rostro se tornó seria.

—¡No digas eso! —dije, sintiéndome recobrar el control de la situación, y muy seguro de mí mismo la tomé por las manos. Sentí su intento por abandonar las mías. Suavemente las apreté lleno de ternura, descubriendo el calor y la timidez en flor que en su fondo se escondían.

—No soy igual a los demás y tampoco quiero que me llames turista —le aclaré sinceramente.

Ella alzó la mirada y los soles de sus ojos volvieron a amanecer. Una descarga de energía erizándome por dentro me hizo vivir. Al instante continué:

—Quiero expresarte lo contento que estoy por la preocupación que tuviste cuando convalecía. Eres la única persona que ahora existe en mi vida. Tú trato, tu ternura, te hacen un ser muy especial. No tengo que ofrecerte, pero si me lo permites reconstruiré la noche y celebraremos nuestra amistad acompañados del hermoso universo lleno de estrellas que solo titilarán para ti.

Ella guardó silencio y una alegre expresión la atrapó por sorpresa,

pero sin poderse controlar reclamó:
—Me ofendiste muy duro.
—Tú forma de decir... ¡Yo soy un hombre! —especifiqué en mi defensa.
—¡Ah... con que machista! —dijo en tono enérgico.
—Es que la idea de otros —dije apesadumbrado.
—¿Otros...? —cuestionó frunciendo el ceño.
—Es un decir... —rápidamente me excusé.
—Si vas a estar lleno de dudas, mejor es terminar —propuso muy seriamente, y cual un disparo sentencié:
—¡Lo pasado... pasado! —Y con gran ecuanimidad, le aclaré:
—Siempre cuento desde donde empecé.
Su mirada ensoñadora penetró en mis ojos, comprendí que con ella se haría interminable la más común de las noches. Le sonreí, y ella sin el menor interés me confesó:
—Tuve un amor, pero no fue el verdadero.
—¡Aaah...! —se me escapó la voz.
—¿Aaah... de qué? No te sigas sobrepasando con tus dobles sentidos —dijo amenazadoramente.
—Tú misma insinuaste que tenías un precio —le recordé, y ella aclaró:
—El traje de novia que vestiré, al firmar que, juntos hasta que la muerte nos separe.
—Acabas de conocerme y ya estás pensando en casarte —comenté plenamente asombrado, y en mi pensamiento afirmé:
—¡Coñooo...! Las mujeres nada más encuentran a un tipazo como yo y ya quieren casarse ¡Qué clase de obsesión tiene con las bodas!
—¡Sí, porque no! Toda mujer sueña con un amor lindo y puro, y luego en su boda —expuso ella penetrando con su vista mis ojos.
—¿Pero eso de casarse no había pasado de moda? —cuestioné en buena lid.
—¡Nunca! —respondió enérgicamente, y al mirarme, brillaron sus ojos cuales soles de media noche. Tragué en seco y conciliadoramente le dije:
—*Okay, okay*, está bien. Que se haga el amor no la guerra.
—*Okay* —contestó ella imitando la frase con una sonrisita en los labios.
Aprovechando este momento de gran armonía y reconciliación,

delicadamente la abracé por los hombros, pasándole tiernamente la mano derecha a modo de peineta por el huracán de sus cabellos. Sonreí, me sentía el hombre más feliz del mundo. Ella, verdaderamente impresionada con esta acción mía, me miró fascinada. Yo, como nunca antes en mi vida, lleno de pasión expresé:

–¡Claro amor, si me pides la luna te la doy!

Tomados de la mano contentos los dos, comenzamos a caminar en dirección a la popular heladería. Tan solo habíamos avanzado media cuadra cuando vimos ponerse de pie a una muchacha que estaba sentada en un quicio de entrada a una casa. Ella apoyando sus manos a la altura de sus riñones pronuncio aún más la barriga que avanzada en meses ya nada la ocultaba. A su lado en un mal trecho cochecito, un niño de apenas tres o cuatro añitos le sujetaba la bata. Al pasar por frente a ella, la mujer me clavó su vista de carnero degollado implorando ayuda. Sin preámbulos, extendió su mano a modo de delicada demanda, logrando detenerme con su leve pero implícita súplica.

–Perdóneme el caballero pero si pudiese darme algo para comer se lo agradecería.

Cusín y yo, quedamos estáticos ante aquella estampa. Mi encantadora amiga tras observar el nene del coche, a la muchacha embarazada y a mí, realizó un gesto de compasión del cual no había otra salida.

Pasando suavemente la mano por encima de su bata de maternidad, la mujer mostró la magnitud de su embarazo.

–Tengo ocho meses y hoy no he probado bocado alguno; lo poco que resuelvo es para Gilbertico. No puedo llevarme nada a la boca sabiéndolo a él con hambre.

¡Coñooo... el corazón se me cayó pa'l suelo! Saqué de mi billetera un billete de a diez dólares y se lo entregué.

–¡Oh gracias, mil gracias señor! ¡Que Dios se lo pague! –exclamó muy emocionada, y con los ojos llenos de lágrimas se agachó besando a su nene en el coche. El chico, tal si entendiera lo ocurrido, le dijo:

–¡Qué bueno mami, hoy no tendremos que comer sobras!

Tras despedirnos, continuamos la marcha comentando el incidente. Cusín aprovecho para revelarme que ya se estaba convirtiendo en otro modo de vida para muchos en el país, pues las precarias condiciones en que se sumía la población se tornaban paupérrimas. Y yo le comenté:

—Un sistema social que fomenta la miseria debe de ser eliminado. ¿No han pensado en eso?

—Cierto –afirmó ella–. Pero han pasado muchos años de revolución y la inmensa mayoría de los jóvenes de ahora sólo piensan en ponerse un par de tenis de marca, un jean, una cadenita de oro e ir a bailar su miseria en una discoteca; aunque después se acuesten con el estómago vacío o alcoholizado. Sólo cuando les aprieta el cinturón y no encuentran una salida, son capaces de tirarse al mar en una balsa.

¡Una balsa! Estas palabras rebotaron con gran resonancia en mi mente, una balsa resultaba el mísero transporte oceánico capaz de ayudarte a alcanzar la libertad.

—¿Por qué en vez de tirarse al mar, no se tiran pa'la calle para tumbar a la dictadura? –cuestioné.

—La Patria está siendo desmembrada y tan sólo en ella quedan los que no tienen la suerte ni el valor de escapar; o en el peor y más real de los casos, ni aspiran a respirar la libertad de sus calles, pues una multitud de desalmados se ahogan de tanto gritar que las calles son del Comandante.

Tragué en seco y la miré, ella también clavó su vista en mí con igual desdén. Entonces enfáticamente le dije:

—¡Debieran de tumbarlo!

Ella se sonrió maliciosamente y me contestó:

—Han perdido su patriotismo y muchos enarbolan el eslogan de: Que lo quite quien lo puso.

—Eso me resulta tan absurdo como que un nacido esclavo no luche por su libertad, ya que los culpables fueron sus abuelos por dejarse capturar en una batalla en la selva o donde fuese, ¡qué sé yo! –respondí con cierta indignación.

—¿Qué le vamos hacer? La doble moral se ha arraigado tanto que hemos enterrado la dignidad –comentó con tristeza.

—Y los que no están de acuerdo, ¿por qué no protestan? –expresé a secas.

Su mirada penetró a través de mis globos oculares queriendo llegar a lo inimaginable de mi pensamiento, para allí grabar el mensaje de su triste experiencia vivida.

—¡Comandante en jefe...! ¡Ordene!, es la consigna –lacónicamente respondió.

Guardé silencio, pues la frase me oprimió con igual similitud, y con cierta expectación cuestioné:

—¿Lo contrario?

—Represión, cárcel, fusilamiento —dijo rudamente.

Tragué en seco, y ella al ver la expresión de mi rostro, temiendo una nueva recaída mía trató de tranquilizarme.

—No te preocupes, tú eres extranjero. Además, queda la opción del exilio —me aclaró.

—¡El exilio…! —pronuncié fascinado.

—Muchos han escapado hacia allá como presos políticos, aprobados por la oficina del continente multicolor más el permiso de la Seguridad del Estado de aquí; sin el permiso de estos últimos llamada: Tarjeta Blanca[96], nadie se mueve de la isla.

—Al menos hay un escape —dije con alivio.

—Años de prisión más papeleo —declaró Cusín, y acto seguido me contó que, al principio de la revolución, su madrina y su novio junto a otros, planearon realizar un sabotaje a un central azucarero, pero uno del grupo los chivateó. La madrina tuvo que sufrir diez años de prisión, y el novio con tan buena suerte de que no lo fusilaron, quince años de condena por ser el jefe. Cuando su prometido fue liberado, se casaron y con la condición de refugiados políticos emigraron al norte.

—¡Qué amor más lindo, verdad! —exclamó ella al finaliza su relato. Yo solamente asentí con el rostro.

—De los que ya no abundan —afirmó, y respirando profundamente yo volví a asentir de igual manera.

—Ese es el que yo busco —especificó entusiasmada, y agitando su preciosa cabellera me mostró su rostro radiante de felicidad. Yo, estrujando mis labios y abriendo los ojos, comprendí la seriedad del asunto.

Penetramos por una sombría arboleda cuyo ancho corredor alfombrado de hojas secas nos cedió el paso a una espléndida heladería de agradable diseño en círculos. El público reunido en el lugar, permanecía recostado a las rejas de los canteros aguardando en una interminable cola para comprar helados; única opción en la

---

[96] Muy semejante a la Carta de libertad que se les daba a los esclavos.

capital para refrescar el sofocante clima de la temporada. Los corredores se encontraban subdivididos con rejas idénticas a las de sus jardines. En el centro de aquel popular lugar, se encontraban apiñados molotes de personas, algunas con el malestar reflejado en sus rostros por la demora. En el bullicio de aquel gentío, un jaba'o gordo con uniforme de gastronómico a cuadros de tonos rojos y verdes oscuros; pasándose un trapo por su grasienta cara gritaba despectivamente tratando de mantener en orden la cola.

–¡Con un *fula*[97], luz verde! –escuché decir al momento de pasar por su lado.

–¿Qué quiso decir? –cuestioné a mi media naranja.

–Ese, como a tantos muchos, su salario no le alcanza para vivir. Cuando ve a un extranjero como tú, solapadamente anuncia su sobornabilidad. Un dólar que resuelva es el incentivo para volver a su trabajo. Ese es su *business*; el oficio más desarrollado en la población. Aquí todo el mundo para poder subsistir tiene que hacer negocios ocultos.

–¿Y aquel grupo de policías? –pregunté con mayor interés indicándole sutilmente con la mirada.

–Como ya vistes, es para protegerlos a ustedes y desalojar a los descontentos cuando se acaba el helado –respondió con naturalidad.

–¿Crees que se acabe el helado? –cuestioné.

–No te preocupes, para los turistas está garantizado –afirmó ella–. Además, hay más sabores.

Mi condición de turista me excluía de hacer la cola. Subimos la escalera en forma de caracol que conducía a la planta alta formada por espaciosos salones circulares; donde rápidamente fuimos atendidos. Ella pidió una exclusividad en fresa y chocolate, más bizcochos azucarados. Aproveché y pedí una ensalada de chocolate almendrado con naranja piña. Y para cerrar la merienda, un suero de vainilla chip. Mientras nos deleitábamos, conversábamos de todo un poco hasta llegar al tema del amor y la felicidad en un medio tan adverso.

–Te podrás imaginar –dijo ella–. El problema de la vivienda es caótico. En un hogar, incluso en un mismo cuarto, conviven varias generaciones; ya que no tienen para dónde mudarse. Las mujeres no

---

[97] Un dólar en el argot popular. Y llegó a cotizarse $1dólar x $127 pesos cubanos.

quieren parir, y hacerse un aborto es lo más común hoy en día. Las familias muchas veces discuten y se pelean entre sí por los escasos alimentos que se venden por la cuota de la libreta. Crear una familia en esta isla es vérselas negras.

Hizo una pausa para apurar parte del helado que se le derretía, y saboreándose los labios me sonrió. Yo me recreaba mirándola deslumbrado con su figura, viendo con cuanto placer disfrutaba su manjar y al mismo tiempo descubría la semejanza de mi Cuba con esta extraña isla. Absorto estaba en la similitud, cuando ella dijo:

—Colindante con mi casa, mi hermano y su mujer viven en un local en el último piso de un edificio declarado inhabitable desde hace más de dos décadas. Una tarde bajo un temporal que caía, tuvieron que tapar la cuna de la bebé con un nailon debido a que no había espacio que no se mojara dentro de la vivienda, e incluso el agua del piso goteaba al apartamento de abajo, y al otro apartamento de más abajo también llegaba el agua que se filtraba a través de las placas.

—Oye, eso puede derrumbarse en cualquier momento —expresé. Ella me miró llena de preocupación y comentó:

—Lo sabemos.

—¿Por qué no se mudan a otra parte? —sugerí de muy buena fe y con cierto grado de preocupación al saber que allí también vivían niños.

—¿A dónde? —dijo ella y agregó:

—Cientos de miles de personas aquí tienen condiciones parecidas. Incluso, derrumbándose la propia vivienda, familias enteras deciden quedase en las ruinas de lo que fue su hogar antes de ir a para a un albergue popular.

Imaginar la tremenda situación de los que viven en un albergue popular caía por su propio peso, pues la condiciones que ella acababa de ilustrar eran la ante sala de la miseria social.

—Esa misma tarde —dijo Cusín—, ocurrió un apagón de varias horas y la leche para la niña se cortó. Tuvieron que darle agua con azúcar prieta que era lo único que había.

—¡Qué pena! —dije, y ella continuó:

—Por la noche ocurrió otro apagón, y como ya estamos adaptados a esto, nadie se dio cuenta de que el caballito del poste eléctrico se había desconectado. Estuvimos sin electricidad hasta el otro día por la tarde. Cuando vino el carro de la compañía y lo conectó, los vecinos de la cuadra comenzaron a criticar a los operarios como si estos fueran los culpables. Uno de los trabajadores haciendo un gesto característico sobre su barbilla, contestó: ¡A quejarse con quién tú sabes!

Llevando arraigado dentro de mí trama semejante, sin dificultad visualicé lo que Cusín narraba.

Parada en el medio de la calle con las piernas abiertas, una mujer toda desaliñada en batilongo de flores y chancletas desgastadas, con ambas manos a la cintura y sosteniendo un cucharón, vociferó llena de disgusto:

–¡No hay gas, la luz brillante brilla por su ausencia, y ahora sin electricidad! ¡Cojoneees...! ¿Cómo coño voy a ablandar los chícharos?

–¡Qué aguante hay que tener! –exclamó una señora canosa agitando en su mano un primitivo abanico de cartón ya descolorido. Sin pérdida de tiempo, el operario contestó:

–¡Los aguantones son ustedes!

Desde un balcón vecino, una mulata de cerquillo pelicolora'o muy acalorada, le respondió:

–¡Lo que tiene es que morirse!

–¡Pero que a los aguantones les dé una trombosis! –alegó el mismo hombre.

La sonrisa no se hizo esperar en mis labios.

–¿Da risa verdad? –increpó ella.

–Esta es la isla de los aguantones –susurré conteniendo la risa.

Tomándome de las manos y mirándome fijo a los ojos, como ya era costumbre en ella cuando quería que comprendiera su mensaje, muy pausada me dijo:

–Aquí todo está programado desde que tú naces.

–¡No jodas! –exclamé tirándole la palabra a broma. Cusín molesta por la falta de seriedad en mi conducta, me increpó:

–En esta Isla, desde que nacemos ya tenemos asignado de por vida lo que vamos a consumir en alimentos cada mes. Puede que exista algo extra por alguna fecha conmemorativa o algún festejo, pero: la escuela, el médico, la farmacia, los efectos electrodomésticos y hasta los fósforos, están asignados. Y del papel sanitario ni hablar, ¡no existe! Sólo puedes elegir libremente la barbería; inclusive para los que se mueren todo está calculado con lo mínimo.

—¡Eso es el colmo! —exclamé.

—Te contaré que Zoraida , una vecina mía que debido a la mala atención de su enfermedad glandular llegó a pesar más de trescientas cincuenta libras y murió de un ahogo a las tres de la tarde el verano pasado durante un apagón —dijo ella y continuó:

—A la hora de velarla, el cuerpo no cabía dentro de la caja. Y para hacerle el ataúd a su medida, el administrador de la funeraria tuvo que ir a ver al delegado y juntos fueron a ver al administrador de la carpintería y levantar un acta para justificar el empleo de más materiales en el sarcófago.

—¡Coñooo…! —exclamé como nunca antes.

—El día del entierro a unas cuadras del cementerio —dijo Cusín—, al carro fúnebre se le ponchó una goma y como no tenía repuesto; hubo que cargar el féretro hasta la tumba. Para colmo de males, el día anterior habían hecho una exhumación de una veintena de cadáveres en el sitio. A un costado de las lápidas podían verse abandonados y desmantelados en sus podridos sarcófagos, restos en descomposición de cuerpos dejados en aquellas tétricas callejuelas, junto a un inmenso enjambre de moscas que pululaban la escena.

Hice un gesto de repugnancia al escuchar lo dicho.

—Al bajarla en el sepulcro, hubo que voltear de lado el féretro ya que no cabía de ancho —dijo Cusín con cierto pesar.

Esta vez la miré con la clásica expresión de no tragarme su cuento. Molesta por mi expresión, ella argumentó:

—El día de la tragedia, su hija había llamado al hospital para que le mandaran una ambulancia debido a la urgencia en que se encontraba Zoraida, y cuando regresábamos del entierro, fue que llegó el vehículo con su descascarada cruz roja; símbolo que en este país ya no significa nada.

—¡Pa'su escopeta! Esto aquí es peor que una película de terror y misterio.

—Deja que lleves viviendo un tiempo aquí, ¡verás horrores! —dijo sonriendo maliciosamente.

—No hablemos más de eso —le propuse y aludiendo directamente a su belleza, le manifesté:

—¿Dónde conseguiste esos ojitos tan lindos?

Ruborizada por completo, sus pupilas destellaron como estrellas y su piel trigueña no pudo ocultar el latir de su pecho. La respuesta demoró un poco, pero al fin llegó:

–No los conseguí. Son el fruto del amor de mis padres –Su voz sonó segura.

–Cuánto desearía comprobar si heredaste esa habilidad –le manifesté.

–¡Huuummm...! –el murmullo ratificaba lo insinuado y se consolidaba en la picardía de su mirada.

–De veras –expresé mi interés. Un ligero movimiento afirmativo de la cabeza junto a su hermosa cabellera, ratificó todo.

–¿Hay más copias? –cuestioné.

–Ninguna –dijo tornando los ensoñadores ojos–. Ya sabes que tengo un hermano, y el otro sólo tiene doce años, pero es muy inteligente y celoso. Prepárate para cuando lo conozcas.

Me alertó con la cara más agradable de la noche saboreando el final del delicioso helado que comenzaba a refrescar el calor de nuestros cuerpos. Al finalizar nuestra merienda, pagué utilizando mi tarjeta de crédito en la cual se reflejaba una hegemónica bandera roja.

Cogidos de la mano como dos recién enamorados, bajamos aquella encaracolada escalera saliendo de aquella encantadora heladería. Ya la multitud había mermado; solo quedaban los que estaban consumiendo. La noche avanzaba sus pasos y a pesar de lo céntrico del lugar y del sofocante verano que golpeaba, solo unos cuantos merodeaban. Observé las autoridades que vigilaban los alrededores y a pesar de estar enamorado, todo me era irreal. Los transeúntes y parejitas que deambulaban el lugar resultaban como aves errantes que en la noche no saben dónde posarse. Ellos ignoraban las ofertas de los sitios turísticos que permanecían abiertos. Comprendí que en estos sólo eran válidos los dólares de la potencia que tanto odiaban. Los lugares destinados al turismo se mostraban más cuidados y coloridos que los demás edificios, plazas y parques. El resto de los inmuebles estaban pintados de verde o rojo, en dependencia de la utilidad social.

Mientras caminamos muy apretaditos, yo le susurraba lo feliz que me sentía con ella, con su amistad y con la dicha de volver a renacer; y como en un cuento de hadas la hacía sonreír. Comenzaba a llenarle de amor su ser, y así, en ese idilio, nos fuimos alejando y a adentrándonos en barrios que a pesar de su centricidad se mostraban abandonados con muchos lugares en ruinas. Los escombros y basureros en ocasiones obstruían partes de la calle, y algunas columnas eran verdaderos baños públicos que se sumaban a los salideros albañales; ya con causes fijos en las calles.

—¿Qué ha ocurrido aquí? —le pregunté y ella me contesto:

—Construcciones que al paso del tiempo se han ido deteriorando y cayendo. Las que están apuntaladas, caerán algún día durante algún aguacero o un ciclón; todo es cuestión de esperar. —Terminó por decir desalentada.

—Pensé que había ocurrido una guerra —dije apenado.

—Una guerra de necesidades y vicisitudes, de escaseces, de prohibiciones, de represiones, de inmovilismo, de conformismo y resignación. Estamos en espera de que finalice la peor —dijo colmada de tristeza.

—¿Cuál? —le cuestioné.

—El aguante, el aguante de este pueblo parece que no llega a su final —dijo llena de desánimo y tiernamente se abrazó a uno de mis brazos buscando refugio para continuar:

—Todo comenzó con el triunfo de la Revolución Roja, que no es otra cosa que una imposición.

—¿Cómo es eso?, explícame —le dije.

—¿De verdad que no me vas a denunciar? —cuestionó tiernamente.

—¡Pero...! ¿Cómo piensas que te voy a denunciar? ¿A qué temes? ¿Por qué ese modo tan clandestino a la hora de hablar refiriéndote al país? —la bombardearon mis preguntas.

—La represión es tan intensa que nos tememos unos a los otros. Este sistema que engendra el odio y la envidia, se sustenta de las denuncias que van desde hijos a padres, familiares, vecinos, amistades, compañeros de trabajo, y así escalonadamente a todas las esferas de la sociedad. Es una forma muy baja de gobernar, y esta escalera se apoya en el acoso, persecución, cárcel, tortura o fusilamientos sumarios, en los que muchas veces los familiares se enteran cuando el opositor ha sido ya enterrado, o no les dicen nunca donde los enterraron.

—¿Y la justicia, y las leyes? —cuestioné a secas.

—¡Háganle un juicio y fusílenlo después! Es el clásico ejemplo de quien es el jefe —dijo seriamente.

Guardé silencio, sólo el arrullo del viento sobre las hojas de los árboles que nos comenzaban a rodear delataba la soledad de la noche.

Cusín, apretándome fuertemente por el brazo, se dejó conducir a través de este solitario parque, que a pesar de no tener ninguna iluminación, permitía ver el abandono que por años presentaba. Un terreno baldío con algunas plantas ornamentales totalmente descuidadas era todo lo que había. De flores y bancos ni hablar, y las bombillas parecían haber sido tumbadas a pedradas; sólo los árboles más poderosos se mantenían en pie. Al ver esta calamidad, en voz baja pregunté:

−¿Aquí juegan los niños?

Por toda respuesta obtuve un serio: sí, que comenzó a retumbar dentro de mí despertándome del letargo en mi nuevo estatus. ¿A dónde coño había ido a parar mi alma, mi ente o lo que fuese de mí? No lo sabía, pero la realidad que se me avecinaba a conocer presentía que no distaba mucho de mí antigua vida material.

Mis pies pisaron la escasa gravilla del parque infantil y fui a recostarme justamente en los restos de la escalera de hierro que en otra época sirvió para permitir el ascenso a una desaparecida canal de deslizamiento. Me acomodé lo mejor que pude y Cusín se sentó sobre mis muslos. Su perfume de clorofila salvaje me atrapó al instante y la temperatura de su cuerpo derritió todo un glacial en mí. Conteniendo los deseos que me latían indeteniblemente, apreté mis dedos y aguanté la respiración, evitando dar comienzo a una historia impropia del lugar.

−¿Qué te pasa? ¿Ya perdiste el interés por conocer lo sucedido? − me dijo, rozando con sus labios mis oídos. La sonrisa me delató, nunca puedo ocultar lo que siento cuando estoy con una chica. Mirándome apasionadamente ella manifestó:

−Ustedes los hombres sólo piensan en eso.

Sin mediar palabras la tomé por la cintura y mi mano derecha acarició la suave piel de sus caderas. A pesar de la penumbra, el juego de siluetas no pudo ocultar su encanto. Delicadamente la apreté y nos besamos con ternura de adolescentes principiantes, y esto último ninguno de los dos éramos. El juego de intercambiar ternuras continuó con la lentitud de quien explora lo desconocido e intenta visualizar en su mente lo que el fino tacto trasmite. Sus labios no abandonaban los míos y mordían con furia loca barriendo como tormenta de un extremo a otro, mientras mis manos la acariciaban toda.

La posición resultaba incómoda, y sin mediar palabras, decidimos ponernos de pie apretándonos frente a frente; para yo continuar excitando lugares con la sutil delicadeza de mis dedos. Los besos se tornaron de pasión desenfrenada y nuestra piel sudaba los deseos mentales y físicos ya manifestados.

El arruinado parque permanecía oscuro y en silencio, convirtiéndose en cómplice de nuestros fogosos cuerpos. Por momentos tuve la impresión de que desde algún arbusto alguien nos espiaba haciendo mermar por instantes mi briosa fogosidad. Cusín, abstraída del mundo, ida al encanto y la magia del placer, proseguía derrochando sensaciones que hacían olvidarme de mis anteriores preocupaciones. Rehuyendo siempre el tirarnos sobre la escasa hierba, de mutuo acuerdo terminamos en el único columpio que aún resistía los embates del brutal abandono socialista a la que estaba sometida ésta encantada Isla.

Sentados sobre el maltrecho columpio con ella a horcajadas sobre mí, seguimos el juego de forma más sensual y atrevida. Los minutos corrieron volviendo aquellas acciones en una verdadera fiebre corporal de amor. Todo indicaba romper el termómetro de la vida, y separándonos ligeramente, aliviamos nuestros cuerpos de ciertas ropas.

La mini se redujo a un simple trapo en su cintura. La otra prenda, la primordial, resultó tan delgada que otra igual no sé si se podría hallar. ¡Qué carajos les voy a contar!, si ya los dos estábamos conectados. Debido al balancear del columpio, mis pies se arrastraban por el suelo y cobardemente lograban atrapar el pantalón y el calzoncillo. Parecíamos dos muchachos disputando la hegemonía sobre el maltrecho equipo que, crujiendo, amenazaba con derrumbarse. Tirando al olvido los acechantes ojos, me entregué de lleno a ese universo de sensaciones que provoca el amor.

El desmedido jadeo había llegado a su fin, cuando oímos a alguien gritar varias veces un: ¡Nooo…!, pronunciado y desgarrador. Nos acomodamos la ropa cuán rápido pudimos. Cusín se aferró a mi cuerpo diciéndome temerosa y muy bajito al oído:

—¡Cuidado! Seguro es un asalto o un violador.

—¡Suéltameeee… suéltame yaaa…!

Ante aquellos desesperados y dolorosos gritos escuchados no muy lejos de nosotros. Los brazos de mi amada no pudieron contener mi carácter justiciero, y cual un león me lancé en dirección a ellos. Mi precipitada carrera en la oscuridad, sumada al desconocimiento del lugar, me hizo tropezar con unos escombros vertidos en una de sus áreas perdiendo mi estabilidad e impulso. Esta vez, con una piedra en cada mano, me incorporé tan veloz como pude y continué mi justiciera carrera. El malhechor corría cual gato montés por entre las sombras de la noche que desplegadas como cortinas cubrían su retirada en aquella desierta calle. Haciendo gala a mis mejores años de jardinero central en el equipo de la universidad, calculé su precipitada carrera y con todas mis energías le lancé el par de piedras. Segundos después escuchamos el ronco grito de: ¡El coño de tu madre!

–¡La tuyaaa... só hijo de putaaa...! –le respondí firmemente.

Esta vez agarré un trozo de madera del tamaño de un bate, pero ante la exclamación de:

–¡Déjalo, déjalo! No te busques más problemas –dado por mi media naranja que me había seguido los pasos, me detuve en seco y retorné junto a ella.

–Una bronca aquí puede resultar muy peligrosa –me alertó mi compañera un tanto nerviosa.

Algunas luces se encendieron en las casas vecinas, tal vez alarmados o por curiosidad. Verdaderamente creo que nadie se asomó a socorrer por temor a la reinante oscuridad del barrio.

–¿Dónde está la muchacha? –pregunté aún agitado.

–Estaba tan asustada que no esperó a nada y se ha marchado a la carrera hecha un lamento –me informó Cusín.

–¿Qué le habrá sucedido? –cuestioné lleno de dudas.

–Cualquier cosa –dijo mi media naranja–. El transporte a esta hora prácticamente no existe. Cada día son menos los faroles que encienden. La ciudad de noche es un verdadero mundo de Dante, y la escasez hace más fiero a los asaltantes. Aquí acuchillan o matan a uno por una bicicleta, un reloj, un par de tenis, un dólar o sencillamente para ver si tenía algo de valor. ¡O violarla! Aquí todo puede suceder.

–Pero la población debería estar informada –comenté.

–Aquí no se le informa a la población de nada –respondió a secas.

–Pero estas no son horas de andar sola en la calle –comenté con el mayor sentido común.

–Tal vez se le hizo tarde con un familiar enfermo, o venía de una cita y su pareja la dejó. Ustedes los hombres son así –aseguró Cusín.

–¿Así cómo? –le increpé.

–¡Irresponsables! –me respondió enojada.

–Ahora no me vayas a culpar por esas cosas, pues yo soy un hombre muy responsable –seriamente le respondí. Ella cogiéndome de la mano y mirándome a los ojos, agregó:

–Vámonos, este sitio no me gusta nada.

–Ahora es que lo dices –dije mostrándole el palo en mi diestra, insinuándole que estaba preparado para lo que fuese; y recordé con nostalgia mis legendarios remos. Ella me miro, y recostándose a mi pecho, dijo:

–¡Que valiente eres!

–¡Tú no sabes na'! –dije enfatizando la voz–. Pero esto fue igual que en el cine. Hubo lenguaje de adultos, violencia y sexo.

–¡Tsk...! –emitieron sus labios.

–¿Y ese besito? –muy risueño cuestioné.

–¿Cuál? –inquirió ella.

–El que ahora me tiraste –afirmé.

–¿Y quién te tiró un beso? –increpó Cusín mirándome de reojo.

–Tú –respondí mirándola fijamente.

Una sonrisa amaneció en su cara y me contestó:

–Sólo hice ¡tsk! Eso es freír huevos.

Dándole doble sentido a la fonética de la última palabra, protegí con ambas manos mis genitales al tiempo que le decía:

–¡Fríete una teta!

–¡Qué jocoso! –exclamó con cierto aire de pesadez.

Sin mediar otra palabra, atrapé sus labios con los míos. Segundos después me separé y agregó:

–¡Cálmate! que ahora mismo terminamos una función y no voy a dar otra en la calle.

Reímos satisfechos, y más de prisa, continuamos camino saliendo a una calzada. La ciudad parecía haber muerto hacía muchos años y a no ser uno que otro mendigo de los que ya se hacían notar debido a la gran crisis en que se hundía el sistema, no había ninguna otra alma en la avenida. Un hombre con su ropa raída por el tiempo y al parecer cansado de rodar y darle vueltas y más vueltas a un pesado bidón metálico, cruzó frente a nosotros. En un sobresalto, las neuronas de mi mente al unísono, gritaron:

–¡También este está aquí!

Dándose cuenta ella de que aquella inesperada escena me había impresionado, a modo de serenarme dijo:

–Lleva años dándole vuelta al vacío que su trabajo genera. Menos mal que este no es agresivo.

–Hay locos que son un reflejo fiel de la sociedad en que viven –sentencié sin más ánimo.

Tras asentir con la cabeza, continuó hablándome de su trabajo, del día en que me trajeron lleno de quemaduras y, de todo el esfuerzo que pasaron para salvar a un extraño como yo. Terminando su narración, comenté:

–Tengo entendido que aquí la medicina es gratis.

–¡Gratis... de qué! Aquí no dan nada gratis –replicó ella.

–¿Cómo se explica eso? –indagué lleno de curiosidad y ella disertó:

–A los esclavos, sus dueños no le cobraban la medicina cuando les era necesario curarlos, pues eran ellos los que hacían funcionar y producir la hacienda. Entonces, como quiera que quedaran estaban bien; aquí es algo parecido. La medicina está descontada en el pago de cada trabajador, lo que no sale reflejada en sus nóminas, pues ya desde hace muchísimos años las mismas no reflejan nada. Ahora, tras tantas décadas, ya ni la gente sabe que esto ocurre así, y encima de esta burda mentira te aplican el eslogan de que: "gracias a la revolución te han salvado gratis".

Calló e hizo un gesto ofensivo con el dedo medio de su mano dirigido al autor del eslogan.

Caminábamos por el medio de la calle mal iluminada, siempre con la precaución de que detrás de cualquier columna de los portales en penumbras podría agazaparse algún asaltante de los que ya pululaban. Me recordé de cuando jovencito yo hacia la guardia cederista en la bodega que quedaba a dos cuadras de la casa. Ya desde aquella época consideré que era una verdadera demagogia ir a cuidar los negocios que se les habían "confiscado" a otras personas proclamando que ahora eran del pueblo, cuando en realidad mi padre siempre me demostró que había sido un burdo robo a la propiedad privada de quienes trabajando duro habían logrado instaurar algún negocio. Recordé al comunistón de Luis el cojo, viejo y todo arrugado con su bastón de bambú que jamás dejaba. Él, un día haciendo su guardia en la carnicería de la esquina, vio pasar a dos fornidos morenos con los sillones de caoba fina que tenía desde hacía muchísimos años en el portal de su casa.

–¡Por guataca, arrastra'o y comemierda! –fue el comentario de mi bisabuela Josefa al respecto.

Después de andar varias cuadras de dantescas apariencias, cruzamos aún pequeño parque donde una hermosa fuente de mármol blanco hegemonizaba el lugar. Cuidada por cuatros mitológico peces que franquean en lo alto un pedestal bellamente tallado, donde una escultural mujer se encuentra sentada y coronada, sujetando con sus manos un escudo real y un ramillete de flores. Mirando en silencio y con un magnifico busto al desnudo, brindaban una atractiva belleza al lugar.

–No hay ni una cabrona fuente con agua para poder pedir el más mísero deseo que le venga a uno en ganas –expreso ella con pesar.

–Da igual, de todos modos yo no tengo ni un kilo prieto para echarle –le comenté.

Ella me miró con cierto asombro, y yo tropecé con una de las lajas fuera de lugar que se encontraba justo al frente de aquella serena figura que resignada, contemplaba el abandono al que era sometida.

La Fuente de la India, genuino símbolo de la capital, persistía con su noble belleza ante el deterioro que minaba la ciudad. Tras cruzar la amplia calzada, llegamos a una majestuosa edificación que mostraba el esplendor y poderío económico y cultural de una época ya pasada. Nos sentamos plácidamente a descansar en la gigantesca escalinata de la entrada principal de esta colosal construcción; semejante a la sede del Congreso de los Estados Unidos.

–Este es El Capitolio, orgullo de la capital –dijo Cusín–. Bajo su techo está la tercera estatua más grande instalada en un interior, y ante los pies de esta, un bello diamante de no sé cuántos quilates marca el kilómetro cero. Pero según cuentan las malas lenguas, la gema original ha ido a incrementar la fortuna personal del Comandante.

–¡Ladrón! –gritaron mis neuronas, y sobresaltado me viré al sentir que alguien me tocaba por el hombro.

Cuál no fue mi sorpresa al ver a un viejo fotógrafo con su cámara de cajón y su trípode perfectamente mondados en el medio de aquella amplísima acera de granito decorado. Cusín agarrándome por el brazo se recostó a mí y pegando su rostro al mío, me dijo:

–Sonríe, para que quede el recuerdo de que estuviste en La Habana, y muy bien acompañadito. –Se sonrió.

–¡Ya la tome! –dijo el señor, laborando con sus hábiles manos dentro de aquella enigmática caja. Solo unos minutos fueron necesarios para que aquel artista de la fotografía más primitiva, nos entregara una magnifica toma con el majestuoso Capitolio de fondo.

Más tarde cruzamos el aún hermoso Parque Central, donde la estatua en mármol blanco del más grande e insigne de todos los cubanos, de pie y con su mano diestra en alto, aún mantenía la magia y el encanto de aglutinar a todo hombre con decoro. Sentí como un algo que desde muy a dentro me provocara el erizamiento de toda la piel. Incliné mi cabeza en respeto al gran pensador que como bien dijera el poeta Rubén Darío: "...no debió de morir".

En su pedestal de mármol se veía incrustado un botón de metal cuadrado al parecer opaco por la inclemencia del tiempo y al hacerle esta observación a mi bella compañera, Ella mirándome de lado me informó:

–Se supone que sea un clavo de línea de ferrocarril de oro macizo, pero como todas las cosas de aquí, por orden de alguien de muy arriba, lo sacaron para limpiarlo en un lugar especial y días después lo "repusieron". Lo más seguro es que haya ido a incrementar la fortuna de quien tú sabes.

Yo ya no dudaba nada, sabía que el Dictador era un ave de rapiña capaz de cualquier falacia.

Luego penetramos en el célebre Paseo del Prado de exquisito piso de granito pulido, decorado con sencillez y precisión. Frondosos árboles a ambos lados creaban un encantador y romántico túnel. La luz de sodio se filtraba en el ramaje impregnándole una romántica belleza al espacioso paseo. Un pequeño pero grueso muro de piedras coloniales lo enmarcaban cobijando a su vez los empotrados asientos de mármol. Al mismo tiempo, aquellos corrugados cantos fungían de sostén a las históricas farolas; dándole un singular embeleso ibero-caribeño a aquel auténtico y genuino prado habanero.

–¡Coño!, pero no todo es feo en este país –comenté hinchado de presunción.

—Todo lo que aún de puro milagro queda lindo, era el orgullo y el esplendor alcanzado por una república que colapsó ante una impositiva revolución que ha depauperado la nación —expuso ella llena del malestar que esta realidad le imponía.

Todo resultaba tan idéntico a mi vida terrenal que sin poderlo contener, mi pensamiento exclamó:

—¡Le zumba el mango! Morirse uno huyendo del asqueroso comunismo cubano y venir a parar en un comunismo celestial. ¡Coooño...! Eso nada más me pasa a mí. ¡Qué clase de verraco fui al no irme con el Rafa; mi yunta! Él si estaba claro al decir: Si resucitas, ¡resucitas aquí en la *yuma*!

Un escalofrío recorrió todo mi cuerpo haciéndome tiritar hasta los dientes. Cusín me miró con cierta duda y tras cuestionarme qué me pasaba, me obligó a acurrucarme más a su lado. Tiernamente abrazados llegamos al centro del Prado donde una calle lo corta a la mitad. Allí observé las esculturales figuras que a escala natural lo enmarcaban. Robustos y erguidos leones de fiera hermosura, parecían rugir al viento su valor.

—¡Son bellos! —exclamé maravillado.

—No se los han comido porque son de bronce —sentenció mi media naranja y la miré boquiabierto. Ella, muy zalamera me contestó:

—No te hagas el bobo que tú no viniste repatriado. Lo que pasa es que ustedes los extranjeros se hacen los que no ven las cosas y solo vienen a disfrutar del sexo fácil y barato, que es lo único que ahora queda para derrochar en el país.

La alusión me provocó una ligera sonrisa y tras la misma, tiernamente nos besamos. Continuamos caminando hasta detenernos en la explanada conocida por La Punta, y desde allí, no quité los ojos del histórico y emblemático Faro del Morro. Al destellar su luz desde lo alto de la antigua fortaleza, recordé a Damián con sus legendarios remos y moví con nostalgia la cabeza.

—Debes de estar cansado —comentó Cusín muy preocupada.

—¡Cansado yo, ahora que me siento renacer! —respondí lleno de alegría.

La tomé por la cintura y abrazándonos, nos besamos apasionadamente llegando a recostarnos al deteriorado muro del Malecón. Nuestros rostros unidos y llenos de pasión, observaban el bello firmamento que nos regalaba la noche sin Luna.

–¿Puedo pedirte algo que añoro mucho? –dijo llena de sensualidad.

A lo que automáticamente le respondí:

–Si me pidieses la Luna. Te diré que la traigo escondida aquí en el bolsillo, y como soy así de sencillo, la pondré en aquel rincón del firmamento y haré que brille solo para ti.

Ella me miro con los ojos más bellos que había conocido, y con esa noble candidez femenina, muy bajito me dijo:

–Mentiroso.

–Lo que sea corazón –comencé diciéndole lleno de ternura–. Escoge la estrella que más desees y haré que titile como nunca antes.

–¡Una estrella fugaz! ¡La vistes! –exclamó muy emocionada Cusín.

Quedé perplejo y, aunque realmente no vi cosa alguna, el corazón me palpitó.

–¿No le pediste nada?–, me cuestionó entusiasmadísima.

–No –respondí completamente apenado.

–¡Ah…! qué bobo eres. Yo le pedí los tres deseos con los que siempre he soñado –expresó desbordada de felicidad.

–¡Coooño… apretaste! –exclamé para mis adentros, y le cuestioné:

–¿Qué le pediste?

–No se puede decir, sino no se te cumplen –respondió hecha un primor.

Muy quedo hice un gesto de resignación. Entonces ella para que no albergara dudas, me confesó:

–Puedes estar seguro de que son muy bonitos, tienen que ver con mi felicidad y la de mi familia.

–¿Y lo que tanto añoras? –cuestioné.

–Ya quedó implícito en esos tres deseos –contestó colmada de alegría.

Esta vez, su ensoñadora figura quedó muy próxima a la mía. Nos besamos con pasión y tras este momento de éxtasis y felicidad, prolongamos la marcha hasta detenernos en una esquina, justo debajo del solitario farol de mercurio prendido en varias cuadras. Su luz atraía a una gran variedad de insectos nocturnos que describían círculos e irregulares trayectorias. Allí, al lado del poste, Cusín sugirió:

–Esperemos aquí algún turitaxi para el hotel.

–¡Uhmm…! Me agrada la idea de que duermas conmigo –le

susurré al oído.

—Hombre al fin, solo piensas en eso. ¿Es lo único que te interesa? –preguntó con recelo.

—He pasado mucho tiempo sólo y necesito compañía –afirmé medio nostálgico, y sin temor a equivocarme le dije:

—Ya no se vivir sin ti.

Me miró profundamente, y apretándome contra su pecho, expresó:

—No sé de dónde eres ni el tiempo que estuviste en el mar, pero los días en el hospital y ahora de turista solitario.

—No me llames más turista, soy igual que ustedes –la interrumpí, y ella muy segura de lo que planteaba, me rebatió:

—¡No, no, no! No eres igual y te lo voy a demostrar con esta historia que ocurrió en otro hospital donde yo trabajé.

Acariciándome las manos, esta criollita de ensueños comenzó su narración:

—Fue un miércoles lluvioso e invernal. Esa noche cuando recién entraba de guardia, hubo un aviso de paro cardíaco y para allá me enviaron. A todo correr fui para al cuarto donde se iba aplicar la técnica para revertir el paro. Junto conmigo llegó el ayudante de enfermería que traía el carrito móvil disponible para estas emergencias. El doctor se encontraba sobre el paciente dándole masajes cardíacos, y solicitó un medicamento para inyectar en vena. En vano busqué lo que me pedía. Él, al conocer la respuesta, me indicó un sucedáneo aplicable en estos casos de urgencia, y yo llena de desaliento le informé que tampoco existía. En su desesperación por la velocidad que en estos momentos adquieren los segundos, el doctor me imploró que preparara algo lo más rápido posible. Así hice. Entonces el pistón del inyector resultó de un diámetro inferior al cilindro que poseía la aguja. Quedé consternada al no hallar la pareja, y más aún, cuando el silbar agudo e indetenible de la máquina indicó el fin de la vida a la cual ella estaba conectada. Con ambas piezas en las manos, quedé estupefacta observando llena de desaliento cómo se nos escapaba una vida producto de las tantas penurias que abruman nuestro cacareado sistema de salud; de las irresponsabilidades y de miles de factores que se sumaban en ese momento.

En el cuarto todos nos mirábamos sin proferir palabras. Los familiares contenían la ira y se veían impotentes. ¿Di tú? Los recursos empleados fueron "gratis", todo el mundo hizo su mejor esfuerzo. ¿A quién le iban a reclamar? Sólo les quedó guardar silencio. Los ojos llenos de lágrimas derramaban su caudal y estas al estallar en el suelo salpicaban desprecio al régimen. El médico, lleno de pesar les dijo: Hicimos todo lo posible... lo lamento mucho.

−Muy apesadumbrados −continuó Cusín−, ellos asintieron con sus cabezas. A la sazón, uno de los familiares en un gesto de rabia, impotencia y dolor, salió al pasillo. Y volviéndose hacia una foto del Comandante que colgaba de la pared, lo miró con un odio que alcanzaba más allá de lo real. Parado frente a esta imagen, respiró hondo trayendo hacia su garganta todos los residuos nasales de su tristeza y dolor, y con saña escupió el rostro del afiche colgado en el lugar. Aquella acción pudo costarle muy cara. Comprendiendo la situación, nosotros nos hicimos los de la vista gorda y callamos el incidente.

Mi cara de asombro debió ser única, pues ella menos exaltada continuó:

−¡Ay! el de qué te cuente quitarle el oxígeno a una viejita para dárselo a un joven accidentado porque no hay otro balón en todo el hospital. O de alguien que llego de repente con el fémur partido un sábado por la noche y tenga que esperar hasta el lunes, porque se acabaron las placas de rayos x disponibles para ese fin de semana.

Sin tan siquiera ella tomar un respiro, me aclaró:

−Todo esto que te cuento ocurre muy a menudo en cualquier hospital de aquí de la capital. No quieras tú saber lo que ocurre en los del interior del país, donde la situación es mucho más crítica.

Y haciendo alusión directa al régimen, terminó por decir:

−Es muy fácil decir tengo hospitales, ¿pero a qué llama hospitales? Si dentro de los mismos el deterioro, la escasez y la insalubridad es tan grande que hasta el agua hay días en que no entra.

−Por favor, no me atormentes con esas historias que me recuerdan mi origen y después me dan pesadillas −le supliqué.

−¡Aaah... no soportas la dura realidad! −dijo pellizcándome cariñosamente por la barriga, y yo rehuyendo a estos me reía.

−Si mis vivencias no te dejan dormir me callo. Pero recuerda que aún no te he contado lo del triunfo de la verde revolución que por dentro era roja, ni el por qué nos vestimos de verde en este mundo multicolor −habló con aires de sabelotodo.

–Cierto, no he perdido mi interés –le respondí.

Un carro militar completamente a oscuras y lleno de uniformados con boinas negras, cruzó a moderada velocidad frente a nosotros deteniéndose brevemente en el cambio de luces del semáforo de la otra esquina. Vimos alejarse el convoy entre los baches de oscuridad de la calzada; parecía que hubiese un estado de sitio.

Como aparecido de la nada, frente a nosotros pasó un corpulento mulato de pelo canoso y desaliñado vestir. Al parecer como de costumbre en su demencia, con delicado esmero recogía y seleccionaba cabos de cigarros encontrados a su paso en los contenes y aceras de las calles; colocando estos ripios de nicotina en sus bolsillos. Justo en el momento que llegaba a la intersección del semáforo, este último se iluminó con la roja deteniendo al mismo tiempo a un van color café con leche que mostraba en sus puertas la tétrica insignia de: G2. El demente al verlos, se irguió y gritó:

–¡Viva Batista! ¡El hermano es maricón!

Al instante se desmontaron del van varios uniformados blandiendo sus instrumentos de violencia, y sin mediar orden o palabra, la emprendieron a golpes contra aquel desamparado. Tras una breve pero fulminante paliza, fue alzado en vilo y tirado de cabeza cual un saco de viandas al interior del carro. La puerta de corredera lateral se cerró con violencia y el eco del portazo hegemonizó la esquina. El carro activó su sirena y tras hacer un giro en U, regresó por donde mismo había venido.

Cusín y yo quedamos en silencio sin proferir palabra alguna. Nuestros pechos se inflamaron y palpitaron. Sentí deseos de ir en su ayuda, y en el gesto, la mano de Cusín me contuvo en el lugar.

–¡Ni te muevas! Estate más quieto que estate quieto. Esa gente te desaparece en un dos por tres –expreso ella con mucha propiedad y gran temor en su voz.

Aquella realidad me golpeó con toda su soberbia haciéndome comprender que nada podíamos hacer.

–Es mejor ni saber qué sucedió –manifestó ella, apretándome fuertemente la mano.

Desde la lejanía se nos acercaba un solitario auto con un iluminado letrerito amarillo y negro sobre su techo. Cusín comenzó a realizar señales con su mano sin soltarme de la otra. Yo al ver aquel inconfundible rótulo de taxi; me sonreí suspicazmente. Sabía que en cualquier ciudad del mundo este tipo de auto lleva al cliente a dónde él le solicite, excepto en mi país; donde el cliente tiene que ir para donde vaya el taxi. Tal si hubiese leído mi pensamiento, ella me consoló:

−¡Sí para!, de seguro que irá para dónde tú le digas, pues como eres un extranjero no se resistirá −terminó por expresar, tras una enorme sonrisa.

−¡Coñooo...! −exclame para mis adentros. Al detenerse el taxi, mi media naranja con gracia natural le dijo:

−Para el Rojo Libre.

Sin otra explicación nos montamos en el moderno y confortable auto. Bloqueando el espacio, ella me obligó abrazarla y apretarla junto a mi cuerpo, para así cerrar la puerta bien apretaditos. Su maliciosa mirada observó el encañonamiento que se formó en mi portañuela, y pasándose la lengua con malicia por los labios, hizo vibrar todo mi ser.

−Prepárate para cuando llegues −le susurré a su oído y tras una sonrisa llena de malicia, ella musitó:

−Tú solo piensas en eso.

Desérticas las calzadas y avenidas, agilizaron el viaje con solo la preocupación de evitar caer en los mayores baches que ya hacían historia; según nos contó el propio taxista. En un semáforo, el chofer sin tan siquiera aminorar la marcha y sin respetar su luz roja, cruzó haciendo un giro en una dirección también prohibida.

−¡Tenga cuidado! −le advertí, y el chofer volviéndose, me comentó:

−No se preocupe, las señales de noche son nulas.

−Es peligroso −le sugerí.

−Aquí es sálvese quien pueda −aseguró él−, sino, pregúntele a su amiguita.

−¿Qué estás hablando? A mí no me involucres en tus opiniones y menos en sentido político −respondió Cusín en tono beligerante.

La miré asombrado, preguntándole en voz baja ¿qué sucedía?

−¡Aquí no se puede confiar en nadie! ¡Mientras menos hables, mejor es! −fue su respuesta. Permanecimos callados hasta que el taxi prácticamente se detenía en la lujosa entrada del hotel.

−¿Cuánto es? −le pregunté a secas.

−Tres dólares treinta centavos −me respondió el chofer.

Le entregué un billete de a cinco y me quedé esperando el vuelto. El taxista, con la uña del dedo meñique raspó la vestimenta del prócer estampado en el billete; comprobando que era un verde de los auténticos. Lo vi guardar con delicadeza el billete en su cartera. Al él ver mi espera y mi cara, con la mayor ecuanimidad del mundo, me dijo:

–No tengo cambio. A estas horas uno se queda sin menudo.

–*Okay*, no hay problemas –dije ya molesto.

–¡Son unos descarados! –dijo Cusín.

–No cojas lucha que la vida es mucha –le dije en tono jocoso a mi fierecilla de amor. Y tomándola por la cintura, con pasos seguros penetramos en el interior del hotel.

Su espacioso lobby de exquisito diseño aún conservaba la belleza y parte del encanto de cuando fue construido. Se notaban ciertos cambios y ajustes, perdiendo la dinámica línea de selecto paraíso tropical que en otra época mostró.

Tras identificarme como el turista que era y darle diez dólares al portero para que se hiciera el de la vista gorda y dejara pasar a mi recién estrenada novia; tomamos el elevador y en cuestión de minutos estábamos en la hermosa y confortable habitación con vista al mar. Cusín fijó su mirada en el infinito y enigmático espacio oscuro, desde donde sólo una luz destellaba indicando la presencia de algún ser en aquel lejano lugar. Yo también quedé extasiado contemplando aquella luz llena de esperanza. Los recuerdos comenzaron a desprenderse del olvido y semejante a imágenes que saltan en una pantalla, reviví momentos de mi pasado. Volviéndose hacia mí, ella comentó:

–A veces te quedas como perdido. ¿Esa luz te trae algún recuerdo?

Comprendí que el tiempo había pasado, y un poco turbado le respondí:

–Sí... Me da la impresión de que esto ya me había sucedido antes.

Me pase la mano por la frente y aseguré:

–Todo me es idéntico y en gran parte conocido, sólo que estoy en otra posición y ustedes se visten de verde y pintan todo de rojo. Pero a la vez me hablas de un mundo multicolor que existe más allá del mar. Cusín me observaba, y harto de tanta farsa terminé por decir:

–En cambio yo sigo viendo todo a color.

–¡Igual que yo! –exclamó ella muy segura de sí y agregó:

—Crees que soy boba. El mar es azul, el sol es amarillo, el bosque es verde y el mundo un arco iris precioso. Y no odio el color rojo porque me lo hayan impuesto, al contrario, lo encuentro bonito. Lo que pasa es que finjo como todos lo hacemos, para no ser detectados por los del aparato. Aquí la doble moral se ha vuelto endémica, siendo ellos los más afectados.

A pesar de estar solos en la lujosa habitación, con temor a que alguien escuchara, en voz baja pregunté:

—¿Quiénes son ellos? ¿Los del aparato?

Con gran precaución Cusín comenzó diciendo:

—Ellos son los únicos que tienen derecho a conocer los países multicolores y lo malo que existe allí. Fíjate si es así, que con frecuencia se desvían y comienzan a vestirse y a vivir imitándolos. Muchos del aparato viven en los antiguos barrios residenciales donde vivían las personas que abandonaron el país después del triunfo de la revolución. Ellos están afectados por las antiguas costumbres, y eso que se jactan de estar preparados ideológicamente para no dejarse llevar por tentaciones ni sensaciones multicolores. A nosotros se nos aconseja el no dejarnos arrastrar por el diversionismo ideológico multicolor. Sólo el rojo y el verde son nuestros patrones de la verdad.

—¡Coño! qué clase de enredillo —expresé con desagrado mi confusión—, ¡esto no hay quién carajo lo entienda!

—Esto para entenderlo hay que vivirlo —aseguró, dejando ver una expresión de odio al estúpido sistema.

—¡Pero es que todo es a colores! —enfaticé.

—¡Lo sé... Lo sé! Pero así es mi país —sentenció Cusín.

—¿País...? ¡No chica, nooo...! ¡Esto es un anti-país igual al mío! —repliqué parado frente al espejo donde solamente se reflejaba la habitación.

—No entiendo —respondió asombrada.

Di unos pasos, y gesticulando con ambas manos, tontamente resalté:

—¡Qué vas a entender!

—No creo que pueda existir otro sitio como éste. ¿De cuál país procedes? —Su pregunta quedó en el aire y llevándome las manos a la cabeza y frotándome el poco pelo que me queda, le dije:

—No sé, aún no recuerdo. No me agobies por favor

Y señalando hacia el punto de luz que indicaba vida en el oscuro mar frente a nosotros, y sin mediar otra acción, opiné:

–Esa luz es como un faro de libertad.

–No entiendo que añores tanto la libertad, siendo un turista –dijo ella.

–¿Un turista de dónde? –me cuestioné.

–Es cierto que tu procedencia es un enigma –especificó Cusín–. Pero como quiera que sea. ¡Aquí eres un turista!

Guardé silencio, y parado frente al balcón, la fragancia tropical trajo de golpe el recuerdo de la conocida, linda y amada Cuba. La tierra más bella que ojos humanos hayan visto, como acuñó el almirante Cristóbal Colón a su llegada. Inflamado mi pecho, floreció mi alma con aquella Habana que ahora me mordía por dentro. Ubicándome en aquel lugar tan similar a mi vida anterior y tratando de despejar las dudas que carcomían mi sagacidad y mi astucia, me cuestioné:

–¿Dónde coño estoy?

Ella me miró sorprendida, y reflexioné:

–Ten cuidado Nelson, esto se asemeja a tu querida Cuba. Analiza bien que es lo que le dices, no vaya a ser que esta jeba sea del aparato y te guarden en chirona por el resto de tu segunda vida.

Llegando a estas conclusiones, me pasé la mano por la barbilla donde una incipiente barba rala pinchó la yema de mis dedos. Entonces le dije:

–Me voy a afeitar.

–¿A ésta hora? –preguntó asombrada–. Ustedes los turistas son más raros que nadie. Con lo que me gusta a mí la barba.

–Me llamo Nelson Ortega León –acentué y sentencié:

–¡Y jamás me dejaré la barba! ¡Oíste bien! ¡Jamás!

No sé cuál fue la impresión en mi rostro, pero ella rápidamente me contestó:

–¡Eh... no te pongas así!, no he tratado de ofenderte.

–¡No me llames más turista! –dije mirándole fijo a los ojos, donde siempre mi vista se perdía en su inmensidad, y más calmado le pedí:

–Júrame que no me volverás a llamar así.

Cruzando los dedos se los llevó a la boca, y dándoles un sonoro beso sentenció:

–Sólo juro por amor. Aunque lo de turista no es ninguna ofensa. Aquí es como una clase social; sinceramente... ¡la mejor!

Hizo una pausa para contemplarme la cara, y con su característica filosofía, expuso:

—La más privilegiada, la que todos añoran, incluso los del aparato sueñan con ella. Es la única forma de vivir sin que nadie se meta en tu vida privada. Y si a alguien se le ocurre hacerlo, recoges todas tus cosas y te largas para el lugar que desees en el mundo multicolor. ¡Claro!, para que esto ocurra tiene que ser un problema gordo de verdad, algo político. Sino, ya tú viste cómo es la cosa. ¡Los turistas siempre tienen la razón y los del patio para el latón!

—Esa frase es un chiste —dije algo risueño.

—De chistes está llena nuestra vida —afirmó Cusín y continuó:

—Te haré uno sobre una frase célebre que rige la vida en la Isla Roja.

Mirándome quieta a los ojos, buscó mi capacidad para comprender chistes. En ese mismo instante le dije:

—¡Vamos, dilo...! ¡Tú sabes bien que no soy del aparato!

Su risa rebotó en la habitación llenándola de alegría.

—¡Eh...! bajito que las paredes tienen oídos —dije llevándome la palma de mi mano a mi oreja a modo de pantalla. Y precisando con el movimiento de mis ojos y cejas hacia la pared, de forma más simpática le alerté del peligro de ser escuchados.

—¡Te ves de lo más cómico! —dijo llena de gracia, mientras que volviéndose de espaldas a mí, se desnudaba y entraba en el baño.

Mis ojos se recrearon en las curvas de su esbelta figura que bañada por la luz de la lámpara, adquiría una hermosa combinación de dorado caribeño y sensualidad divina. Provocando un apetito de amor que anestesiaba mi pasado e incitaba a vivir esta nueva y loca etapa de mi vida.

—¡Que ganas de fundirme en su cuerpo! —gritó anhelante de deseos mi alma al cerrar los ojos. Más el sonido cristalino de la ducha me saco de este hipnótico instante y me aproximé a la puerta abierta a medias que me permitió observar a través del espejo la frescura de aquella escultural hembra duchándose.

Me recosté en el umbral y la escenografía del lugar perdió su sentido. Las curvas de majestuosa belleza que horas antes había acariciado con gran placer, se encontraban llenas de pompas de jabón que indetenibles se deslizaban cayendo lentamente desde lo alto de su cadera sobre la pronunciada curva de su trasero. Más continuando muslo abajo, provocó en la mirada el deseo animal de mi sangre criolla; haciéndome arder hasta las últimas neuronas secas de mi fantasía.

—¡Ven... embúllate! No alcanzo a enjabonarme aquí.

La sutil entonación de su voz, acompañando el delicado gesto de su cuerpo, dejó al descubierto las pronunciadas formas donde finalizaba su hermosa cabellera. Un pequeñito triángulo marcado sobre su piel, justo cerquítica del lugar que nunca cubrió la diminuta prenda playera, resultó ser el sitio indicado tiernamente y este me hizo perder la poca razón que conservaba. Encañonado como estaba, me colé en la bañadera.

—¡Estás loco! —expresó ella abriendo en extremo sus ojos.

—Tanto como para lanzarme nuevamente al mar —contesté ya dentro de la bañera. Tras correr las cortinas de nailon floreado, la apreté contra mi pecho.

—Aunque sea quítate las botas —insistió abrazada a mi cuerpo.

Pero esta vez mi pecho palpitando de orgullo, se henchía al saberme que si moría... sería con ellas puestas.

Su trémula voz, capaz de elevarme hasta la luna, me hacía vibrar de emoción. La miré apasionadamente y lleno de lujuria nos fundidos en un beso. Mi guayabera perdió varios botones y la cremallera del pitusa llegó a su fin; dando inicio a un duelo carnal que ciertamente finalizó provocándome una taquicardia del carajo. Aún sin reponerme de esta empapada batalla y satisfecha ella como una reina, me tiró la toalla exhortándome a la faena.

Frente al enorme espejo del baño viéndome secar a aquella criollita sin rival, mi corazón llegó a detenerse por completo. Sí un momento atrás había estado al borde del infarto, en esta ocasión se hizo realidad. El corazón me dejó de latir y una sudoración fría me corrió por la espalda formándoseme un nudo que se me atravesó en la garganta y casi no me lo pude tragar. ¿Qué era lo que me estaba sucediendo? ¡Ay Dios mío! Ahora sí que no valía ni un kilo prieto.

Mi imagen no aparecía reflejada sobre el azogue. De golpe recordé que la vez anterior cuando hablaba en la habitación, mi imagen tampoco apareció reflejada en el espejo de la habitación. ¡Les juro por mi madrecita que no lo podía creer! ¡Yo era un fantasma! ¡Un fantasma de verdad! ¡Un fantasma con todas las de la ley!

Cusín parecía ignorar mi ausencia en el espejo. Me sonreía y me halaba las orejas, observando mis ojos que tal vez para ella se extasiaban en aquel reflejo donde sus senos imponían la belleza más natural entre mis manos.

–¡Son todas tuyas! –Su frase fue más que elocuente y al volverse frente a mí, más frío que un muerto las besé con infinito placer; terminando luego por secar su escultural cuerpo.

–¡Estás pálido! –exclamó preocupada–. Te siento frío a pesar de lo calientita que estaba el agua. ¿Qué te pasa?

–Tal vez la emoción –fue lo que atiné a decir al entrar a la habitación. Dirigiéndome directamente a donde estaba la foto tomada en el Capitolio, comprobé con ella en mis manos que en la misma tampoco estaba; solo Cusín sonreía, yo había desaparecido.

A partir de ese instante evitaría exponerme a otro espejo. Fue mi primera resolución, pero la propia naturaleza me obligaba a enfrentarme a mi destino, pues: ¿De qué modo me afeitaría? Y más yo que he incubado un odio acérrimo a la barba. Estaba seguro de que ese momento llegaría y me pondría más frío que una rana; animal este que ya les había dicho que no me gustaba ni un poquitico.

Entre exquisitas sábanas blancas y almohadas tan suaves como las nubes, me acurruqué al lado de mi amada que instantes después quedó rendida por el reparador sueño, mientras que yo evadiendo el mismo me acariciaba la peliaguda barbilla.

Meditando sobre mi alma y mi ser, me fui llenando de coraje. Me levanté con rumbo al baño deteniéndome a un costado del espejo, y decidido, de golpe me paré frente a este. Pasaron los segundos como si no hubiesen pasado. Extendí la mano y con la punta de los dedos toqué el cristal; lo sentí de un frío glacial. El rastro de mis huellas empañó la pulida superficie, y tras un breve lapso, esta se evaporó. ¡Qué gran ecuanimidad hay que tener para soportar la ausencia de su propia imagen! Presentí la palidez de mi figura y escuché el silencio de mis palabras. No existía la menor duda. ¡Estoy muerto en vida!, fue la frase que se esfumó en mi pensamiento, y resistiéndome a esta pura realidad, me pellizqué fuertemente el brazo varias veces sin lograr dolor alguno. Más calmado, llené de espuma mi rostro y comencé a afeitarme al tacto. Qué pena tan grande sentí al finalizar mi rasurado y no poderme decir a mí mismo lleno de orgullo:

–¡Qué clase de jeba más dura he ligado!

De regreso a la habitación, cabizbajo y apesadumbrado pero ya más cuerdo y seguro de mí mismo como un ser transparente y efímero, sin contemplaciones me dije:

—¡Coño, la verdad que la vida es una mierda!

Ahora, acurrucado al lado de mi bienaventurado amor, mis preocupados pensamientos comenzaron un reflexivo y exhaustivo análisis de esta situación.

Hay gente por ahí que dice que cuando uno muere puede visitar su casa y ver a los demás sin que te puedan ver, pero a mí no me estaba ocurriendo eso. No era menos cierto que me encontraba en un lugar idéntico a mi ciudad, pero no podía escaparme de este círculo vicioso.

¡Qué raro estaba todo esto! Cusín ocupaba todo mi espacio y mi tiempo, prácticamente controlaba mis acciones, dirigía mi nueva vida, no podía escapar a su magnetismo, era mi guía en esta extraña isla. ¿Cómo era posible que yo fuese un turista? Realmente siempre lo quise ser. Pero aquí, a pesar de lo bien que me iba, me sentía vigilado y con cierta presión; y todo debido a las cosas que me recordaban a mi pasado. Esta siniestra similitud de ideología no me había dejado pegar los ojos.

El sol amanecía en el horizonte haciendo gala de un naranja fosforescente sin igual. El mar, gigante en calma, parecía hecho de cristal. El color naciente del astro rey matizaba un rebaño de nubes estáticas a la derecha del paisaje. Las cortinas del cuarto y las arrugas de las sábanas se tiñeron con este rosa naranja pasional. La belleza del nuevo día seguía siendo la misma del pasado y lo seguiría siendo en el futuro; incluso en el presente de esta dimensión resultaba espectacular. Dios fue muy cuidadoso en el más allá y en el más acá, su creación no tiene límites y da espacio a la vida y al amor. Qué lindo resultaba todo y que pena sentía el de ser un fantasma en la vida de alguien.

Ella dormía sin preocupación. Su cabellera se mostraba rojiza producto de la luz que se filtraba a través de la puerta panorámica del balcón. Las apetitosas curvas de su cuerpo se insinuaban bajo las sábanas, donde el calor de su primoroso ser invitaba a la vida. Abstraído en ella y en mi pasado, suavemente acaricie su pelo lacio y su sonrisa amaneció antes que el brillo de sus ojos.

—¡Hola! —susurré.

Con suaves movimientos se volteó estirándose y rozándome con esa sensualidad femenina que levanta hasta un muerto; provocando que a pesar de ser yo un fantasma mi varonil orgullo se hiciera sentir. Sin recato alguno, su mano se aferró al alma de mis más efusivos sentimientos y, dijo:

—Tengo un hambre que me lo como.

—¡Saca la mano que te pica el gallo! —Solté de cuajo esta vieja pero certera frase de mi bisabuela Josefa, y a la sazón expresé:

—Es lo único que me queda en esta vida.

Sin tan siquiera pensarlo ni una sola vez, nos enroscamos de pasión. Tras repetir heroicamente el placer mañanero, quedé exhausto. Me volví hacia el otro extremo y llamé por teléfono al servicio de habitaciones.

Debido a que mi voz se confundía con algunos "Vanguardias Nacionales" fieles al régimen que en esos días les habían otorgado pasar un fin de semana en el hotel, pero sin derecho a consumir los mejores productos. Tuve que aclarar que yo era un turista, antes de pedir un suculento desayuno. A estos dóciles proletarios comunistas, Cusín los denominaba: ¡Imbéciles Nacionales!, debido a que eran los verdaderos y únicos verracos que seguían al pie de la letra las estupideces de la doctrina imperante.

—Para comprender este macabro sistema, lo único que hace falta es dejarte extirpar el cerebro —me confesó ella. Y yo horrorizado le pedía a Dios que no permitiera volver a quedarme inmerso en algo así.

Después de recibir y despedir al servicio de habitaciones, me quedé de pie contemplando la vista de la ciudad a través del cristal panorámico de la puerta. Observé las añoradas botas tejanas que desde la baranda colgaban boca abajo. Aprisionadas entre los bordes de las sillas, las ropas no podían hacer realidad lo que la brisa les proponía, y conformes, ondeaban la alegría de la mañana.

Satisfecha con su opulento desayuno, Cusín con su característico humor caribeño me dijo:

—¿Recuerdas cuándo te hablé lo de los chistes?

Respondí afirmativamente apurando un buche del refresco "Cola Roja" (tremenda mierda).

—En las dictaduras los chistes políticos consisten en lo peligroso que resultan las frases —aclaró ella y agregó:

–Un buen chiste te puede costar una cárcel o la vida.

Tomándome de la mano me condujo hasta el balcón, pero antes de llegar a este exclamé:

–¡Espérate que estamos desnudos!

–Desde allá bajo no saben quiénes somos. Además, tienen tantos problemas en sus vidas que si nos descubren sólo harán reírse – afirmó pícaramente.

–Me da pena –dije. Pero ella obligándome por el brazo me hizo salir, y estando aún ruborizado, señalándolo a lo lejos me dijo:

–¿Ves aquel gigantesco cartel que está situado en el borde del litoral?

Distinguí perfectamente una enorme valla lumínica aún encendida frente a un edificio blanco, de cristales calobares. Ella me pidió leerla en voz alta, y leí:

–SOCIALISMO O MUERTE.

–Valga la redundancia –sentenció sin dar tiempo a más. Descubriendo yo la tenebrosa realidad, escupí el desprecio que me provocó la misma.

Volvimos al interior de la habitación, olvidando por el momento la tragedia del anuncio que marcaba la dinámica y el ritmo de vida de este insólito país.

Indagando por su vida familiar, le pregunté por qué no hacía una llamadita a su casa y me contestó:

–En mi casa y en el edificio en que vivo, no hay teléfono.

–¿Pero cómo es eso de que no hay ni un solo teléfono en todo el edificio? –le pregunte.

–No existen líneas disponibles desde hace muchisísimos años, pero requeté muchisísimos años antes de yo nacer –respondió ella y agregó:

–Tener un teléfono en casa es un lujo.

–¡Pa'l carajo! –exclamo mi pensamiento–. Mejor ni pregunto cómo es qué se llama este país, no vaya a ser que me digan: Cuba Socialista, y aquí mismo me dé un patatún.

El día corrió cual inigualable luna de miel. Refrescantes baños en la piscina del hotel, restaurantes, y reparadoras siestas. Entrada la noche, decidimos ir a la cima del hotel, donde su famosa discoteca goza de la fama de que al descorrer su techo queda a cielo abierto. Ante mí, una insuperable vista panorámica de toda la ciudad que a esa hora, con la intimidad de lucecitas que resplandecían en la distancia, ocultaba su deteriorada imagen, y fundiéndose con las de la infinidad, resultaba el lugar ideal para una noche inolvidable. Este fabuloso night-club diseñado con exquisito gusto de cielo nocturnal, resaltó su belleza ante la magnífica combinación de luces a colores que giraban encendiéndose y apagándose al compás de la música. Sobre la amplia y pulida pista de baile, las esculturales bailarinas de hermosos bronceados y con trajes de exorbitante belleza; derrochaban alegría al compás musical de un carnaval que contagiaba su ritmo al más apático de los muertos.

Estando sentados, fuimos atendidos por un amable camarero que nos confesó ser licenciado en matemáticas, pero que a pesar de que estas eran su pasión, tuvo que dejarlas ya que el dólar estaba en el turismo. Vi a Cusín revisar las laticas de refresco y cerveza que habían colocado en nuestra mesa. Ella, al notar en mi rostro la curiosidad por la inspección, muy ecuánime me informó que su cuñada trabaja para el turismo y que rellena las laticas con el sobrante de otras y las sirven como recién abiertas. También me comunicó que rehacen los sándwiches y comidas con las sobras que van quedando; así como de los dulces que no fueron probados cuando se sirvieron la vez anterior. De esta manera lograban llevar para sus casas una buena cantidad de alimentos que costearon los extranjeros. El producto de este reciclaje permitía a los cocineros y demás dependientes, ir sobornando con alimentos y dinero a los custodios; logrando que todos diariamente se llevasen una parte del mísero botín.

Sobrecogido con la alerta, revise mi sándwiches con los ojos llenos de dudas, y pasándole una ojeada a las demás golosinas, en mis pensamientos exclamé:

–¡Del carajo la necesidad que tiene esta gente! ¡Coooño, esto es peor que cagarse y no ver la mierda!

Cusín, fascinada por su primera estancia en un lugar tan espectacular como este y al ver que nos servían unos sabrosísimos Daiquiris, expresó:

–¡Oooh… un par de copas! ¡Qué elegancia! ¡Qué alcurnia! Las ganas que tenía yo de tener un par de copas en mis manos para brindar con ellas. Y realmente llegan en una ocasión tan linda y especial como lo es esta.

Muy elocuente y conocedor de mi estirpe caribeña, expresé:
—¡Genuinas copas de Bacará!
—¡Qué Bacará ni nada que se les parezca! —manifestó mi media naranja, y con cierto enfado sentenció:
—Hace mucho tiempo que el Comandante se lo ha robado todo. Hoy en día muchísima gente no sabe ni qué es eso.

A pesar de haber quedado perplejo con sus palabras y mi ignorancia; tratando de salvar mi falla, alcé mi copa para brindar con ella y dije así:
—Que no se rompa la noche ni se oculten las estrellas en tu mirada.
—¡Oooh… qué lindo! Me recuerda una canción —expresó llena de sensualidad. Yo abrí al máximo mis ojos. Más ella, tan dulce como siempre, me dijo:
—No te preocupes, jamás nadie me había dicho algo tan bonito.

Fascinada por la belleza del lugar y la contagiosa conga, mi media naranja poniéndose de pie y dándole libertad al ritmo de su escultural cuerpo, comenzó a tararear el estribillo que hacía vibrar la sangre.
—"¡*Quiero un sombrero de guano, una bandera, quiero una ¡Guayabera y un son para bailar...!*"

Tras deslizar suavemente su mano por mí cubanísima prenda de vestir, me tomó de la mano al compás de la canción, obligándome a acompañarla a la pista.

Mi real justificación por las verdaderas botas tejanas recién estrenadas y encogidas por el desafuero de la noche anterior, no fue excusa. E ignorando ella mi falta de habilidad como "extranjero", satisfizo su cuerpo cual si fuera la reina del baile.

La madrugada había avanzado lo suficiente y el efecto del ron típico y emblemático de la ciudad, sumado al cansancio de nuestros cuerpos, nos hizo regresar al cuarto; donde yo, cubano al fin, no me permitiría darme el lujo de pasarme una noche sin disfrutar de los placeres de la carne. Y tras un clásico número del amor en que el néctar de mis entrañas la embriagó sin igual, se decidió a deleitarme con el estreno de lo que sólo por amor se entrega.

El nuevo día nos despertó, cuando el sol ya rompía los claros del almuerzo y nos quemaba a través de las puertas de cristal. La comida no se hizo esperar. Un suculento pollo a la barbacoa satisfizo el hambre de mi adorada y bella media naranja, y tras yo devorar dos inmensas langostas en salsa, seis cócteles de camarones y deleitarme con una cerveza "Hatuey" bien fría; le di varios cortes y pinchazos con el tenedor, así como un par de mordidas a un enorme bistec de tiburón. Cusín, tan observadora como siempre, me señaló:

–Yo sabía que no podrías comerte completo ese filete de tiburón. No sé para qué lo pediste.

–Lo hice por revancha, por venganza de los que ellos pudieron haberse comido –manifesté lleno de placer.

–¡Ah... yo creo que a ti el mar te ha afectado un poquitico! –dijo ella.

Luego de ella terminar de amontonar las bandejas, los platos y cubiertos sobre el carrito de servicio de habitaciones, me dijo:

–Ahora voy a dejar pelada esta alcoba.

–¿Cómo...? –exclamé asombrado, y viéndola como comenzaba su saqueo, expresé:

–Perdóname por lo que te voy a decir, pero ¿es qué te vas a robar todo? No olvides que soy yo quien está hospedado aquí.

–No tengas miedo, sólo me voy a llevar todo lo que es para el uso diario: los jaboncitos, los estuchitos de champú, el papel sanitario, las servilletas, la pasta de diente, los cubiertos desechables, todo lo necesario para poder sobrevivir la enorme escasez de este endemoniado país –expresó sin más miramientos. Y escapándoseme de los labios la vieja frase de mi bisabuela Josefa, exclamé:

–¡Ñooo... del carajo la vela!

–¡Del carajo nada! –dijo Cusín–. Ellos se han robado el país y ladrón que roba a ladrón tiene cien años de perdón.

–Una cosa no justifica la otra –expresé con humildad.

–Justificaciones y más justificaciones es lo único que hacen ellos para justificar lo injustificable de la tragedia nacional. Estoy harta de oírles hablar del bloqueo y más bloqueo, siempre el bloqueo; de solo pronunciarlo el pueblo queda hechizado e idiotizado, aceptando vivir en una escasez que es cada día más insalvable e ignorando la verdadera raíz de su perenne desgracia.

Este magistral concepto del idiotizante bloqueo mental, desbloqueó mi preocupación ante aquella extremada recolecta que hacía mi Dulcinea, y una mímica risueña afloro en mi rostro. No me quedaba la menor duda, aquella isla era igual a la cual había intentado dejar atrás.

La mañana se veía bella como ninguna otra, y sin premura salimos del hotel en dirección a la casa de mi amada. Ella quería que me conocieran y darle la sorpresa a su mamá con los jabones y otros artículos comprados por mí en la tienda del hotel.

Acomodados dentro del turitaxi, al ella indicarle la dirección de su casa, el chofer se volvió hacia mí y me preguntó:

–¿Usted está seguro de querer viajar hacia ese lugar?

–Por supuesto –le respondí. Y con cara de conocer el mundo mejor que nadie, inquirí:

–¿Cree usted que algo malo me pueda ocurrir?

–No, no... –dijo como quien no quiere las cosas.

–¿Qué estás insinuando? –disparó Cusín su pregunta al conductor, y este rápidamente le contestó:

–Tú eres nueva en el negocio, pero yo no, y a mí también hay que tocarme.

Conteniéndola con mi brazo derecho, la obligué a callarse, mientras que mi otra mano aferrándola en el hombro del chofer, a este le dije:

–El único que te puede tocar aquí soy yo. Así que ponte para lo tuyo o te rompo la cara y luego vamos a ver a cómo tocamos. ¿*Okay*?

Tras un soberbio gesto despótico, se volvió hacia el volante tomándolo con fuerza. Con brusco movimiento puso en marcha el auto, y no abrió la boca en todo el recorrido.

Ya en el barrio, Cusín ordenó detener la marcha justo en una esquina formada por un muro en el cual se apreciaba enormes manchas de pintura negra que cumplían la función de ocultar consignas escritas contra el detestable líder de la Isla. Después de pagar, mi adorado ensueño me obligó a esperar junto al muro.

–¿Es aquí? –pregunté lleno de curiosidad.

–No –a secas respondió, mientras observaba que el vehículo se perdiera de vista.

–¿Qué pasa? –pregunté con recelo, a lo que ella me contestó:

–Estoy evitando que sepa dónde vivo. Casi todos trabajan para la Seguridad y carecen de moral.

Indicándome luego el camino y tomando los paquetes, me dijo:

–La próxima vez renta un auto para que lo conduzcas tú mismo sin necesidad de soportar a estos chulos de pacotilla.

–No sabía esa opción –respondí de relambido, pues en realidad jamás había conducido un auto.

Haciendo un gesto ridículo, sentenció mi falta de chispa, y echando a andar, me orientó cruzar justo cerca de un tanque de basura donde un moreno tan viejo como una momia estaba espantando a un enjambre de moscas que no lo dejaba hurgar con paciencia. Ante la repulsión reflejada en mi rostro, Cusín, cual si lo justificara, consoladoramente me dijo:

−Ese es el Moro, una bella persona. Antes se dedicaba a limpiar zapatos y a hacer mandados, pero el gobierno le exigió pagar una abusiva licencia para esas actividades; obligándolo a terminar con su oficio.

Moví la cabeza compasivamente ante aquella penuria.

−No cojas lucha −dijo ella−, ya son tantos que en cualquier momento el gobierno los obliga a constituir un sindicato de buceadores; ósea, que hurgan en la basura.

Estupefacto abrí los ojos ante esta declaración. Cusín sin el menor escrúpulo sentenció:

−A mí de los comunistas ya nada me sorprende.

Atónito aún por sus crudas declaraciones, me deje conducir justo hasta el portón derruido de un pasillo que se perdía en el interior de un deteriorado edificio color verde pálido que mostraba huellas de haber estado pintado hace muchos años de otro color; al parecer amarillo claro. Miré hacia el interior del inmueble y observé algunos apuntalamientos y divisiones efectuadas mayormente en maderas, duplicando la capacidad del edificio en sí mismo; así como un derrumbe parcial de una pared lateral.

Preocupado con la seguridad del inmueble, curiosamente le eché un vistazo a los otros edificios de la cuadra y también estos se mostraban deteriorados, exponiendo el triste y descolorido verde del que estaba frente a mí. Los dos autos estacionados en el lugar pertenecían a épocas remotas y mostraban en sus arruinados chasis el quebranto y cansancio de decenas de años. Hay un célebre saxofonista que les llama "ascomóviles".

El color verde de las ropas variaba según el desgaste de las mismas. Las pañoletas rojas de un grupo de niños contrastaron contra el color rosa pálido de una casa en cuyo portal había un mural y en la ventana una bandera roja y negra con unas siglas y el número veintiséis en blanco; sin ningún temor a equivocarme es una insignia castrofascista. De una columna colgaba el letrero del CDR. La calle también mostraba la obra destructora del abandono y el paso del tiempo.

Absorto estaba en la observación, cuando el golpear de una masa líquida derramada desde gran altura captó mi atención; alguien embarrado por la misma gritó a todo pulmón:

—¡Hijos de putaaa...! ¡Los voy a meter presos a todooos...! ¡Cojoneees...! ¡Van a saber quién soy yo! ¡lo van a saber!

Repitió la frase desaforadamente, mientras que lleno de asco se sacudía la ropa y apresuraba sus pasos temiendo ser nuevamente diana de tan asqueroso proyectil.

—¡Lo bautizaron con mierda! —le escuché decir a un joven que se encontraba a la entrada del edificio. Este, sentado ahorcajadas sobre una descascarada bicicleta sin guardafangos, por todo atuendo llevaba chancletas mete dedos, pantalones cortos y camiseta. El joven al ajustarse su deteriorada gorra sobre la cual estaban colocadas las gafas oscuras, le observé tatuado en su bíceps la bandera americana, y sobre el ondear de esta se erguía la simbólica Estatua de la Libertad; más abajo en inglés se leía: *My dream*.

Nos miramos, y al instante él reconoció en mí la viva estampa de un turista. Sin más preámbulos, amigablemente me disparó su oferta:

—¡Ron y tabaco de primera calidad! ¡Genuinos! Se los llevo a la casa.

—No gracias —le respondí.

—¡Oiga! Venga conmigo y mire. Aquí mismo tengo la mercancía —dijo señalándome el interior del local que quedaba a un costado.

Mi curiosidad me hizo acercarme para ver. Y cual no fue mi asombro al encontrarme con dos personajes sentados frente a frente, mediándoles solo una mesita sobre la cual uno de ellos, el que estaba sin camisa mostrando sus robustos brazos tatuados y de uñas más puntiagudas, hábilmente movía una bolita entre tres tapitas con sus dedos exhortando al otro a apostar y adivinar en cuál de ellas se encontraba oculta la bolita. Al lado de ese par de estafadores, una botella de ron abierta y dos vasos de plástico con parte del contenido al parecer ya consumido. Unos cuantos dólares de a uno colocados en abanico, decoraban la esquina del tablero. También se veía una genuina caja de tabacos deteriorada por el manejo y en la cual no dudo que dentro de ella hubiese un arma.

–¡Bienvenido al solar del uno! –dijo el jugador que lideraba la mesita, señalándome directamente con su mano derecha, la cual ocultaba sujetada por los dedos un pequeño cigarrillo y al mismo tiempo mostraba tatuada en su dorso una hoja de mariguana.

–¡Vamos embúllese! Esto es fácil y aquí puede ganar mucho dinero –me recomendó el muchacho de la gorra con el vistoso tatuaje; dándome en un exceso de confianza unas palmaditas en el hombro.

Vi que el que estaba jugando, ganó varias veces seguidas al poder identificar donde se encontraba la bolita, al igual que yo. ¡Claro está!, mientras yo no fuera el que jugara.

–¿Te embullas? –me dijo este cabecilla que tras expeler una ligerísima bocanada de humo, efusivamente expresó:

–¡Vamos, que no se diga que a un *Yuma* lo le gustan las apuestas! ¡Eso sería el colmo de los colmos!

Me sonreí y ellos a su vez lo hicieron como cortesía. Pero muy amablemente les dije que no estaba interesado y que estaba muy apurado, que tal vez en otro momento. En ese preciso instante salió detrás de una cortina de sacos de harina teñida de rojo, un blanquito de ojos azules y pelo rubio recortado bien bajito, que tras acomodarse una gruesa y muy bien lustrada cadena de oro con un medallón, me dijo:

–¡Eeeh… *Yuma*! ¿*What happen man*? *Relax bro,* que aquí no hay nada

fulastre[98]. *Listen to me.*

Con su chabacano inglés, levantando sus labios, me dejaba ver los deslumbrantes dientes de oros en su maxilar superior. Al hacer un gesto con su mano, una magnifica gema engarzada en un sortijón dorado, destelló su azul agua marina. Con la misma, apuntó con sus dedos sobre su sien, indicándome poner mente al asunto que él iba a disertar. Aprovechando la posición alcanzada con su diestra, retiró de su oreja un pequeño cigarrillo color verdoso; el cual colocó con precisión y delicadeza en el borde de sus labios. Cubriendo el cabo con la palma de su mano, tras prenderlo; exhaló una bocanada. Y mirándome fijamente a los ojos me dijo:

–Si quieres ponerte sabroso de verdad con esa jeba que tú andas,

---

[98] Raro.

yo te puedo conseguir el polvo celestial que te elevara hasta las estrellas. No lo dudes. ¡Llámame a mí!

Quedamos mirándonos por un instante, tras el cual, escuetamente le dije:

–Lo tendré presente. Gracias.

–Recuerda. ¡Hasta las estrellas! ¡Y más…! –recalcó este fulano.

Sabía que todos estos personajes no eran más que una caterva de delincuentes que estaban perfectamente confabulados. Sabiamente me separé de aquella puerta tras la cual estaba la tentación perfecta para joder a cualquier comemierda.

Un grupo de chicos se me acercaron pidiéndome chicles. Cusín regreso desde el fondo del pasillo y les dijo que se fueran.

–¿Dónde te metiste? –me cuestionó.

–Estaba ahí al lado familiarizándome con la gente del barrio –le contesté.

–Aquí no todo el mundo es de fiar –dijo ella–. Esto está lleno de lumpen y marañeros. ¡Así qué ponte para las cosas que cualquiera te hace un cuento y te madrugan!

Tras esta frase, me indicó con su mano derecha que debía apresurarme. Aferré los bolsos y me encaminé por el interior del pasillo.

–¡Ponte para esto! que los asaltos están ¡del carajo! –dijo muy seria y le comenté:

–Tiraron un paquete con excremento desde allá arriba y le cayó a un militar.

–¡Que se joda! Ese tipo lo único que hace es denunciar. Es el delegado de nuestra zona, nunca ha resuelto nada y el problema de la tupición en este edificio ya es histórico –manifestó con desprecio.

–Este barrio me recuerda al mío del pasado –le dije–. Sólo que no comprendo lo de los colores.

–Tienes un trauma con eso del pasado, estás igual que los viejos que sólo recuerdan cuando todo era multicolor –dijo ella como justificando lo que llamaba problemas en mi psiquis.

–¿Cuándo vas a dejar esa bobería del más allá? –me increpó, e incrédulo la miré.

Atravesamos un salón corredor cuya pared estaba llena de tendidos eléctricos al descubierto y en pésimo estado. El paso por el centro del salón había sido abandonado debido al desplome ocasional de pedazos de techo. Mi cerebro no llegaba a coordinar cómo era posible que aquello no se hubiese venido abajo o estallado en un fuego por cortocircuito. Cuando en el tercer piso hicimos un breve descanso de los últimos escalones de una escalera de pulido mármol blanco que mostraba en muchos de sus pasos losas flojas, partidas y falta de ellas, comprendí que esta escalera llena de penurias e ignorada por sus usuarios amenazaba con desplomarse algún día; arrastrando tal vez consigo a algunos de sus más queridos vecinos.

Doblamos por otros pasillos impregnados de humedad y casi en penumbras. Al bordear una abertura de un patio interior, tuve la impresión de transitar por el borde de un abismo. Las maltrechas barandas de este estrecho alero corredor, estaban llenas de tendederas tensadas de un extremo a otro y en las cuales colgaban algunas prendas de vestir sujetadas por palitos de madera. Me endulzó el alma el ver varias sábanas blancas que relucientes como la nieve ondeaban su pulcritud entre los balcones.

–¡Coño! ¡Al menos no pudieron cambiar la intimidad! –exclamó mi materia gris.

Salté, evitando un charco formado por goteras amarillentas que desde estalagmitas fosilizadas en el techo caían. Cusín me advirtió de tener cuidado de no mojarme la ropa, pues eran salideros de los baños comunitarios del piso superior.

–¡Pa'su madre! Por poco me jode una de ellas –expresé asombrado.

Cruzamos un corredor con varios tanques de diversos tamaños y formas, algunos de ellos en el suelo y otros sobre angulares o improvisados andamios. Cusín me explicó que en ellos cada familia almacenaba su agua y que las tuberías originales estaban clausuradas debido al deterioro de tantos y tantos años. Además, el preciado líquido no se abastecía diariamente, había que comprárselo a los aguadores que lo traían a veces desde muy lejos. Sentado en una banquetica y recostado al frescor de uno de estos tanques de agua, encontramos a un morenito completamente descalzo, en bermudas y sin camisa, que muy jovialmente saludo a Cusín. Sin preámbulos ella le cuestionó:

–¡Eeeh...! ¿Estás de guardia?

Él, afirmando con su cabeza, le respondió:

–Estoy vigilando mis tenis que los acabo de lavar, y no les quito la vista de encima ni jugando, pues me los pueden *ñampiñar*[99] en un abrir y cerrar de ojos.

La miré de medio lado, intuyendo toda aquella penuria que los embargaba, y tras dejar atrás al vecino, con cierto recelo le pregunté:

–¿Aquí es donde tú vives?

–¡Y con vista a la bahía! –exclamó con la cara más risueña del mundo, mostrándome a lo lejos la rada capitalina.

–Muy idéntico a las favelas del Brasil ni la antiquísima *Kasbah* de Egipto supera esto –expresé.

–Ustedes los turistas se pueden dar el lujo de viajar medio mundo. Espero tener esa suerte algún día –sentenció ella, guiñándome un ojo.

–Yo no he viajado a ninguna parte. Sólo los he visto en fotos –afirmé, y ella me miró de reojo dudando de mis palabras.

–¿Cómo es posible vivir en un lugar como este y ser partidario de la dictadura? –me cuestioné y sentencié:

–¡De verdad que todos estos compatriotas son unos aguantones!

Justamente frente a una reja trabajada en cabilla rústica y empotrada en la pared, nos detuvimos. Mi princesita llena de entusiasmo, exclamó:

–¡Hogar dulce hogar!

Sentado holgadamente sobre un sofá roído por los años y que mostraba síntomas de no soportar a nadie más, su hermano nos vio llegar. Poniéndose de pie Miguel, gentilmente se presentó invitándome a sentar en su sitial. El vetusto mueble se encontraba recostado a la pared siendo obligado a cumplir con la función al parecer eterna de dejar descansar almas sin esperanzas ni futuro. Tras declinar su invitación, y observar que él sin perder la concentración, aún continuaba amolando una cuchillita de afeitar *Neva*[100] en un vaso de cristal, fruñí los labios y todo el rostro me cambio. Miguel, llevándose al vuelo que yo no era oriundo de allí, me cuestionó:

–¿Ha probado usted afeitarse con una de ellas? –Negué con un ligero movimiento su interrogante. Miguel, delgado pero de complexión atlética, me dijo:

---

[99] Robar, en argot cubano.
[100] Cuchillita de afeitar socialista que carecía de filo.

—¡Lágrimas de hombres!

Consternado, acaricié ligeramente mi rostro y él continuó:

—No dejo de reconocer que a muchos de nosotros un grácil toque de bello facial nos realza la masculinidad, pero una barba impuesta no la soporto, y mucho menos dictatorial.

—Déjate de pesadez —le respondió la hermana abriendo en extremo sus expresivos ojos, tras lo cual, dulcemente me presentó:

—Él es el que estaba en el hospital y se llama Nelson.

—¡Oooh...! Al fin un cuñado —exclamó con una sonrisa de aprobación. El breve encuentro consistió en estrecharnos las manos llenos de efusividad.

—¡Oooh...! —dijo la madre muy emocionada, limpiándose las manos en el delantal. Acababa de salir detrás de una cortina artesanal hecha de caña brava y anillos de alambre de cobre que permitía el acceso al reducido local de la cocina. Ella, con cierto disgusto le comentó a Cusín:

—Mi hija, anoche me quedé muy preocupada por ti.

—¡Mamiii...! Hasta cuando voy a hacer de monja —respondió mientras la abrazaba y besaba como solo los hijos saben hacer para apaciguar a sus padres.

La señora, a pesar de lo desarreglada de la vestimenta y de no tener ningún maquillaje, conservaba en su rostro un halo de juventud. Sin ningún tipo de presunción, acomodándose su corto y canoso cabello que aún resaltaba su latente encanto y decencia, se me acercó con humildad; se veía que sobre ella había pesado durante años la preocupación e incertidumbre de que bocado de comida llevar a la mesa para su prole. Y en agradable tono me expresó:

—Perdóneme el caballero la facha, me llamo Leonor.

—Nelson —dije con una sonrisa de lado a lado.

—Nunca pensé que usted viniera aquí —manifestó la señora—. Esta igualito que en la televisión.

Yo en mí petrificada sonrisa, no atinaba a palabras. Ella continuaba sus elogios:

—¡Pero qué bien se ve para lo grave que estuvo! Quién lo iba a decir. ¡Mira lo que son los adelantos!

—¡Qué adelantos ni nada, madre! Es un turista —argumentó Miguel.

Mi chica de ensueños fue hasta la mesa, y llena de alegría exclamó:

—¡*Ta, tannn*...! ¡Sorpresa!

Todos miramos al tiempo que ella extraía de un paquete de regalos una batita de color rosa, sosteniéndola entre sus manos.

—¡Mira mami, mira! Mira lo que le traje a Ely —dijo ella—. ¿Qué les parece?

—¡Lindísima! —exclamó la madre, al tiempo que Miguel casi sin habla expresó:

—¡Se verá como una Princesita!

—Es para cuando vayas a la iglesia con la niña ¿Qué les parece? —volvió a cuestionar Cusín llena de emoción. La madre sin pronunciar palabras, con sus ojos empañados, abrazó a su hija y la beso.

—También compré cinco libras de leche en polvo y esta olla arrocera —dijo mi amada que desenvolvía los artículos sobre la mesa.

—¡Oh... qué bueno, al fin una olla! —exclamó la madre muy emocionada. Miguel comenzó a aplaudir y los demás lo secundaron.

—¡Coño! al fin nos visitaron los marcianos —dijo Miguel. Recordando yo aquel siniestro suceso en la balsa, lo miré con asombro.

—Eso es un artículo del primer mundo y nosotros ya ni sabemos si estamos en el tercero —comentó risueñamente. Respiré hondamente y pasándome la mano por mi cabello, comprendí que ya era hora de dejar atrás todos aquellos sustos del pasado.

—¡Y estos blúmeres! —anunció Cusín muy contenta mostrándolos en el aire. La madre ruborizada, llevándose las manos a la cara, sólo a tino a decir:

—¡Qué pena! ¿Qué va a pensar el señor?

Yo me sonreí y también me apene con la escena.

—No te preocupes mamá —aseguró Cusín—. Él piensa y siente igual que nosotros, por eso lo traje para que viera cómo realmente vive el pueblo y no sigan lavándole el cerebro y haciéndole cuentos en los lugares a donde lo llevaron.

—Señor, usted no les haga caso —me dijo la madre temerosa.

—No se preocupe usted, vengo huyendo de un lugar muy parecido a este pero el destino intenta burlarse de mí. Parece un enredo de trabalenguas, pero es cierto lo que les digo.

—¡Aaah...! con que te escapabas de una cárcel similar, pero con otras definiciones. Como en la China comunista, que sólo es comunista para los más avasallados que habitan allí —argumentó Miguel, con ínfulas de conocer el mundo político.

Moví ligeramente la cabeza, mientras él volviéndose hacia un espejito roto en una esquina, comenzó a peinar su abundante y amoldado pelo negro. Satisfecho con su acicalamiento, fue y se acomodó a horcajadas en una silla de hierro sirviéndole el respaldar de apoyo a sus codos, y tras dejar libres las gastadas chancletas verdes; cruzó los pies por debajo de la silla. Amablemente él me indicó sentarme en el sofá y tener cuidado con un muelle que estaba suelto y que la punta al salirse pudiera rasgarme el jeans. Observe bien el mueble y luego de localizado el temible alambre; cuidadosamente me senté.

Charlamos un poco acerca de nuestros mundos y en pocos minutos comprendimos que teníamos puntos de convergencia que había química en la manera de pensar.

Madre e hija se habían retirado a la cocina y mientras chismeaban de lo lindo como solo ellas saben hacer, prepararon un delicioso café cubano.

—Tome usted. ¡Está acabadito de colar! —me invitó Leonor, quien en una mano traía un plato con tres tacitas de porcelana de diferentes juegos. Miguel con un señalamiento directo a una que le faltaba el asa, dejó claro que era la de él. La madre lo requirió con la mirada y disculpándose conmigo por el estado de la misma, me indicó la mía, que por su diseño resultó ser la más bonita de todas y la única con asita.

—¡Gracias! —le dije. Ella colocó el plato sobre el mantel de nailon floreado de la mesa y tomando una tacita con decoración asiática, exhortó:

—¡A la salud de todos!

—Lo propio —expresé emocionado por el brindis y apuré el buchito de café.

Un estrépito en la puerta nos hizo volvernos hacia la misma, un trigueñito de chispeante mirada y cara pícara, penetró como un bólido. Su expresión de apuro y alegría, se congeló por completo al verme.

—¿Qué maneras son esas de entrar en la casa? —lo requirió la madre, al instante que él abrazaba por la cintura a su hermana, quien cariñosamente le pasó la mano por la espalda desnuda y el cuello, llegando hasta el despeinado pelo corto que en color y textura semejaba una copia del de ella.

–Ve y échate un poco de agua en la cara, mira cómo estás –indicó la madre e insistió, más él rehuyó la orden. Cusín se inclinó para escuchar algo que él deseaba decirle al oído, pero la emoción burló sus palabras que claras como un arpa dijeron:

–¡Trajiste un *Yuma*!

–¡Niñooo...! –lo regañó la madre–. Aquí en esta casa no se han enseñado esos modales. ¡Qué pena! –dijo Leonor llena de vergüenza.

Miguel, a tono de bonche sentenció:

–¡El chisme vuela!

–Los muchachos son así –afirmé, y dirigiéndome al chico le dije:

–Tú eres Chiqui.

Una sonrisa amplia y limpia, fue su respuesta.

–Encantado de conocerte –expresé, extendiéndole mi mano para sellar la amistad. Tras esta acción, le entregue un paquetico lleno de confituras y chicles. Luego de darme las gracias, se volvió hacia su hermana y soltando la lengua, comenzó diciendo:

–Ayer por la noche durante el apagón, desde el balcón de Tático comenzaron a cantar: ¡*"Ese hombre está loco"*![101] Y yo también la canté.

–¡Muchacho! –exclamó la madre, más el chamaco continuó:

–Por la madrugada se robaron los dos bombillos que estaban afuera en los pasillos.

–¡De nuevo! –exclamó Cusín.

–A Guevara, que le había puesto a la bombilla una rejilla protectora de alambrón, le llevaron hasta el soque –aseguró el muchacho lleno de emoción.

–¡Me alegro! –afirmó la hermana.

–¿Guevara es una mala persona? –pregunté por curiosidad y Cusín dando unos pasos hacia mí, manifestó:

–Es el de vigilancia de la cuadra y en el edificio. Ya te lo puedes imaginar, un tipo patilludo, alto y flaco que del hambre que está pasando parece una vara de tumbar gatos. Imagínate tú que le echa a los frijoles las góticas de ajo que compra en la farmacia para su tratamiento de la artritis.

Sólo atiné a fruncir los ojos en extremo.

–Él mató y se comió todo lo que maullaba en el edificio y los

---

[101] Título de una canción muy controversial de aquella época.

alrededores; con las cabezas hacía sopa –declaró el Chiqui.

–¡Qué asco! –exclamó la madre, y realizando una mueca de repulsión sentenció:

–¡Por eso estamos minados de ratones y ratas!

–El comunismo se nutre de la gente más baja y miserable que nace en la tierra; ahí ves el ejemplo, estamos llenos de ratas. Él es una de ellas –expresó Miguel, y continuó:

–Cuando nació la hija de este comunista, heredó la cunita con colchón de una prima que ya entraba en la adolescencia, y la hija de Guevara hoy por hoy con más de doce años, aún duerme en la cuna. El abnegado proletario ante la escasez de su adorado sistema tuvo que serruchar la pielera y ponerle una banquetica con una frazada doblada para que su hija pudiera descansar los pies que ya le colgaban hacía meses.

Mi cara de asombro no fue freno a la disertación de Miguel, quien continuó:

–Creo que donde realmente ha descansado los pies, es en la litera de cabillas y saco de la escuela al campo donde ahora se halla. Los comunistas son así. La hija no tiene donde dormir y la manda a trabajar voluntario y a gritar consignas a favor de esta mierda.

–¡Pa'su escopeta, ni muerto me quedo yo aquí! –martillaron mis neuronas el cerebro. Y acomodando los paquetes sobre la mesa, Cusín testimonió:

–Él chivateo a Consuelo la vecina del primer piso que vendía pirulí y duro frío. Por culpa de él le hicieron tremendo registro y le hallaron quince libras de azúcar prieta. A la pobre Consuelo le pusieron una multa grandísima y le confiscaron el refrigerador viejo que era lo único que tenía.

–Con la falta que hace –dijo humildemente Leonor, aún con la olla arrocera en los brazos. Hice un leve gesto de pesar con mi cabeza y expresé:

–Con el calor que hace, ¡no es fácil!

–Bueno, eso sólo fue el verano pasado –dijo Cusín–, pues el hijo de ella que es pajarito y muy bien parecido, ligó un turista mexicano de mala monta y se lo trajo para el apartamento con una mochila sucia que era todo su equipaje. Aquel extranjero resultaba el príncipe encantado, pues con el dinero que se ahorraría en no pagar el hotel, resultaría la quimera con la que después compraron el refrigerador que hoy tienen. Ella la pobre, durmió durante toda una semana en los portales de la cuadra para no molestar el romance de su hijo con el ruin extranjero que al fin del cuento, le puso una carta de invitación y lo sacó del país.

—El chivatazo aceleró la ruina económica y moral de esa familia —manifestó Leonor desde la cocina.

—¡Con cierto final feliz! —puntualizó entrecomillando con sus dedos mi media naranja.

—¡Tremendo hp es Guevara! —sentenció Miguel—. ¿No sé cómo no hemos tenido el valor de amarrarle una soga al pescuezo y colgarlo del balcón en una noche de apagón?

Leonor que estaba de vuelta de la cocina donde había puesto su arrocera, al escuchar la frase le imploró:

—¡Por favor hijo, cierra la boca!

Y llevándose las manos al pecho agregó:

—¡Cualquier día me da algo!

—¡Ay mami!, no anuncies tragedia —dijo mi media naranja y agregó:

—Hemos sido tan ingenuos ante la maldad que nos desgobierna que mira en qué condiciones de vida ha llegado a sumirse un pueblo que estaba a la vanguardia del Caribe y de muchos otros países que le rodean.

—¡No se señalen más! —les imploró Leonor.

—Pasando hambre, miseria y mil necesidades, que más señalados podemos estar —dijo Cusín y expresó:

—Aún guardo con mucho amor un ensayo escrito por mi padre en el que subraya que: Una característica bien marcaba en la personalidad baja, traicionera, sucia y entreguista, así como violenta y vulgar del comunista, es exigir para sí los derechos que el mismo prohíbe a sus semejantes.

—¡Ay Virgen Santa, calla esa boca! —exclamó Leonor en puro nervio, uniendo sus manos ante el pequeño altar de la Patrona que ocupaba un significativo espacio en un ángulo de la pared.

Miguel apoyando la afirmación con un gesto de su cabeza, y refiriéndose a mí, continuó:

—La otra noche en pleno apagón le dieron candela al basurero que está en el terreno de baloncesto. Los desechos de basura, excrementos y de todo cuanto puedas imaginar, llegaban hasta donde estaba el aro y toda esa basura cerraba la calle. La peste, el cucarachero, los ratones y los mosquitos, eran una constante. Cuando llovía, la inmundicia se iba por las cañerías formando tremendas tupiciones; ¡era un asco!

—¡Al fin hubo alguien con los pantalones bien puestos! —exclamó Cusín.

—Ay señor, usted no se imagina el lío que se armó, vinieron varios patrulleros y hasta los bomberos —me aseguró la madre.

—Esto estuvo caliente —afirmó Chiqui con tremendo enredo en la voz.

—Sácate un poco de chicles de la boca que te me vas a ahogar —le ordenó la madre. Recordándole que esta vez no tenía necesidad de guardar los chicles usados en un pomito con agua en el refrigerador.

—Mira como tienes ahora —Terminó señalándole el paquete.

El muchacho, tomando la bola de chicles entre sus dedos, entusiasmado expresó:

—¡Vino la brigada de tropas especiales!

—Al otro día metieron los buldócer y desbarataron los contenes, las aceras, y acabaron con el pedazo de muro que quedaba. Sacaron un tongón de camiones llenos de basura —finalizó Miguel con un gesto de resignación.

—Así vivimos en este barrio y esta es mi familia —dijo Cusín, mientras recogía las tacitas.

—Son muy agradables —les dije mostrando una afable sonrisa.

Ya sabía por boca de Cusín que su padre había sido un preso político plantado, condenado a treinta años de cárcel por conspirar y declarar que se ultrajaban los Derechos Humanos en la Isla. Y que por un supuesto plan concebido por su papá para cuando estuviese en libertad atentar contra el Dictador, terminó siendo fusilado; no sin antes ser forzosamente obligado a donar su sangre. Allí, en medio de la pared, se encontraba el cuadro del mártir coronado por un lazo negro. Este estaba sobre una pequeña repisa donde un vaso con agua y algunas flores silvestres armonizaban con una humilde banderita cubana de papel.

Cusín, tan locuaz como siempre, continuó hablando:

—Mamá pasa gran parte del día ensartando cuencas para los artesanos que venden pulsos y collares en La Catedral, y la otra parte del día inventando qué cocinar. Aunque realmente a veces no sabemos ni qué vamos a comer.

Miguel la miró reprochándole la frase y la vista de ambos se perdió a través de la ventana hacia la distancia, donde cielo y mar se fundían en una irrepetible combinación de azul turquesa que hacía casi imperceptible el inalcanzable horizonte.

Excusándose con los quehaceres de la casa, Leonor tomó de la mano a su hija y ambas se marcharon a la cocina. Chiqui se acomodó en un rústico banquito de madera y comenzó a ojear varios folletos de turismos que venían en una jabita. Miguel y yo continuamos hablando de cosas afines que profundizaron nuestros sentimientos e ideas. Miguel hacía anécdotas que dejaban al descubierto todo el macabro sistema de la Isla.

Leonor desde la cocina, nos mandaba a hablar en voz baja, temía a que alguien nos escuchara y nos denunciara. Mi sola presencia en la casa los señalaba, mis ideas y el colorido de la ropa eran del más agudo diversionismo ideológico.

–Sólo el rojo y el verde son los permitidos –aclaraba Leonor a cada rato, cuando en una de estas Miguel le contestó:

–Por favor mamá, si muchos dejaran de fingir, hace tiempo que sin tirar un tiro fuésemos libres.

–Ese es el concepto filosófico de muchos disidentes para que el dictador deje el poder –expresó Cusín parada en el umbral de la cocina y sin ningún tipo de tapujos sentenció:

–Sólo un balazo en la nuca lo haría cambiar de idea si es que queda vivo.

–¡Qué horror, Virgen Santa! –exclamó Leonor.

Miguel abriendo los ojos a la par de una gran sonrisa, señalando a su hermana con movimiento aprobatorio de su mano derecha, aseguró:

–Esa es la vacuna ideal para estos demagogos.

Y simulando con su mano una pistola, volviéndose hacia mí dijo:

–Una de verdad sería la jeringuilla perfecta en este caso.

Acto seguido me propuso:

–Ven, te voy a mostrar un secreto.

Al escuchar esto, Leonor y Cusín se volvieron hacia nosotros. La tensión en los rostros de ambas mujeres no se escapó a mi sagacidad. Sabía que ellos me estaban poniendo a prueba. Mi bisabuela Josefa golpeó mi pensamiento con el viejo refrán de que: "en la confianza está el peligro". Percibiendo que el mismo afloraba en el aire, declaré:

—¡Confiar o no. Esa es la cuestión!

Hice un paréntesis agudizando mi vista y contemplándolos, y ante aquel emplazamiento Shakesperiano aclaré:

—Ni allá ni aquí seré del aparato. ¿Entendido?

Sus miradas sobre mí cuestionaban más que el silencio. Entonces declaré:

—No tengo nada que ver con la doble moral del despótico Comandante que se viste de verde y es rojo por dentro. Si la falsa imagen que dieron por la televisión se la creen. Entonces estoy de más.

Sus rostros permanecían impávidos y definiéndome aún más, especifiqué:

—¡Soy cubano, tengo un himno, un escudo y una bandera!

—Ustedes los turistas tienen derecho a decir y opinar sin ser arrestados, pero nosotros nos señalamos —comentó Leonor.

—Me escapé de una isla idéntica a esta porque no soportaba más opresión ni abusos a la inteligencia ni a la integridad de la persona —les dije paneando mi vista sobre ellos y agregué:

—Esas razones me llevaron a lanzarme a un mar semejante a ese.

Señalé a través de la ventana y continué:

—Huyendo de aquella pesadilla me encuentro encerrado en otra igual, y sepa usted que de aquí me pienso largar hacia el mundo multicolor lo más rápido posible.

Leonor, arrodillándose ante mí, me suplicó:

—Por favor, cásese con mi hija y llévesela de aquí antes de que ocurra una tragedia más en el mar.

Ellos me miraron con expectación.

Quedé impávido. Un enorme puente cruzó el vacío de mi pasado y desde allá, las imágenes se sobrepusieron como fotos en mi mente. Vi a Camilo y a Emilio Andrés, sabía que ellos habían corrido ya su suerte. Vi a Orestes y su grupo, todos ellos aparecían luchando por aquella libertad que yo ya había perdido. La realidad de mi nueva vida me traía de golpe al mismo sitio pero con una denominación diferente; la cual nadie me podía asegurar ¿por cuánto tiempo? Sabía que ese tiempo podía ser limitado o cambiar de golpe, ya que en dictaduras comunistas la vida no vale nada. Podrían inventar una cláusula violando e ignorando sus propias leyes y sacarme de circulación sin contratiempos ni prensa ni nadie que investigue el paradero de quien en días pasados resultara ser importante. En estos regímenes las personalidades surgen y desaparecen con la facilidad de una pompa de jabón.

—No se preocupe madre —dije intentando calmarla—. El gobierno ha sido muy atento conmigo, pero como ningún país me ha reclamado, tal vez no me dejen salir. Pero si me dan la oportunidad, espero que no se ofendan por querer llevarme a su hija; si ella quiere. ¡Claro está!

Terminé mostrando las palmas de mis manos abiertas a la altura de mi pecho en señal de honestidad. Dirigí una mirada de amor a Cusín que permanecía en silencio sosteniendo aún entre las manos una espumadera y un pañito de cocina. Al instante, mi media naranja disertó:

—Aunque es muy reciente nuestro amor, con tal de largarme para siempre de esta maldita isla, ¡acepto...! Pero con una condición.

Apoyó sus palabras irguiendo el dedo índice de su mano derecha, y el espacio durante el cual clavó su mirada en mis ojos y algo más que... me hizo vibrar por dentro.

—¿Cuál? —pregunté lleno de expectativas.

—Mandarles algunos dólares a mi familia para que no pasen hambre —contestó Cusín consecuente como nunca antes.

—Claro mi vida —respondí, sabiéndome que realmente que no me agradaba nada la idea—. No seríamos felices sabiéndolos a ellos en necesidad.

—¡Me gusta eso! —afirmó Miguel, y seguidamente le manifesté:

—Déjame decirte que mi verdadera idea sería llevármelos a todos. No soy partidario de que una dictadura me explote por problemas sentimentales y ni acepto la idea de convertirme en un colaborador indirecto de semejante tiranía. Yo he luchado dentro de ella por afectarla lo más posible. ¿Cómo me voy a ir a un país libre para con mi sacrificio apuntalar a la dictadura que esclaviza mi familia?

Cusín se me acerco y poniéndome sus delicadas manos sobre mis hombros, me miró profundamente a los ojos, y en ese bello instante todos comprendieron que estábamos hechos el uno para el otro.

Miguel se sonrió y levemente movió su cabeza en señal de aprobación. Y dando unos pasos, fue y se detuvo al pie de una rústica escalera de madera empotrada en la pared; la cual conducía a una barbacoa con el piso confeccionado por tablas y recortes de diferentes tablones. Tras un gesto de invitación, lo seguí.

—Miguel, él no va a entender tu obra —le alertó Cusín.

—Si en verdad procede de un lugar como este, de seguro que sí comprenderá —le afirmó el hermano desde el interior de la barbacoa donde ahora intentaba encender una lámpara de luz fluorescente que se aferraba a pestañear.

—Esta lámpara nunca prende cuando hace falta —dijo Miguel con disgusto, mientras usaba un alambrito torcido que suplía la función del encendedor.

—¡Le ronca los timbales! En este país cualquier efecto electrodoméstico resulta un artefacto del más allá —terminó sentenciando Miguel.

Dirigiéndose hacia un extremo del local, Miguel abrió una ventana practicada en la antigua parte superior de la puerta que da al balcón interior. Afuera ondeaban varias ropas, todas de uso y con los usuales colores; algunos desteñidos. Pero una chispa de felicidad me iluminó nuevamente por dentro al ver con cuanta alegría ondeaban las sábanas blancas en los balcones.

La luz bañó la habitación que semejaba un museo en miniatura. El techo estaba completamente descascarado y sólo distaba de mi cabeza una cuarta. Las vigas y pedazos de cabillas corroídas por el óxido de los años estaban al desnudo y en algunas zonas se apreciaba la humedad.

—No te preocupes que esto no se va a caer ni en mil años —comentó con ironía.

—A no ser que nos empeñemos en derrumbarlo —afirmé.

—No tenemos ánimos —dijo Miguel—. Nos hemos acostumbrados a vivir así.

Prejuiciado con mi propia experiencia, parodiando la frase comenté:

—¡La costumbre es más fuerte que el valor!

—¿Quién lo diría? —cuestionó con expresión de asombro, y abriendo los brazos y girando a la redonda, señalando a todos aquellos cuadros de vivos colores y matices colgados en la pared, exclamó:

—¡Esta es mi trinchera!

—No sé si algún día pueda exponerlos —afirmó seriamente—. Aquí el arte está comprometido con el Comandante, todas las obras se realizan en rojo y verde; aunque yo continúo aferrado a los vivos colores de la naturaleza.

Y señalando una obra, comentó:

—Fíjate en este cuadro, lo titulé: El triunfo de la gran destrucción roja.

Se apartó hacia un lado y permitió que mi vista admirara la pintura. Esta obra pictórica mostraba a un grupo de personas hambrientas haciendo cola frente a unos calderos controlados por el Comandante. La puesta de sol provocaba la chocante combinación de rojo y verde sobre una ciudad en ruinas. Sorprendido con aquella representación artística, busqué dentro de ella algún lugar conocido pero realmente mis recuerdos se trastocaban con sus comentarios.

—Hace más de cincuenta y pico de años todo era multicolor, y después del triunfo de la revolución así van las cosas. Ni recordar el pasado se puede.

Ahora le tocó el turno a uno colgado sobre la cama, y quitándose las chancletas se subió a la colchoneta.

—Este se llama: Luz —dijo sin mayor preámbulo.

Era un enorme cuadro pintado completamente de negro, sólo un pequeño espacio quedaba sin cubrir y en el mismo se apreciaba un fragmento de un mapa de la ciudad.

—¿Por qué luz? Si todo está pintado de negro y no se puede ver el mapa original —pregunté lleno de curiosidad.

—Es de noche y quitaron la corriente. Lo que tú vez es el punto cero. O sea "La casa" del dictador. Único lugar donde hay luz —respondió con marcado sarcasmo. Aclarándome que realmente es un *Bunque* por eso había encomillado la palabra con los dedos.

Señalando hacia la derecha, continué preguntando:

—¿Y este? ¿Por qué en el los productos de primera necesidad están tachados?

—¡Aaah...! —exclamó Miguel al ver mi interés—. Debido a la perenne escasez a ese lo nombre: Zona de exterminio masivo, su imagen lo dice todo.

Sentí un vacío inmenso dentro de mí.

—A cada rato vendo alguno a algún turista —manifestó él.

—¿Pero los turistas compran este tipo de cuadros? —cuestioné asombrado, y él me respondió:

–¡Nooo....! qué coño van a comprar estos que están aquí escondidos. Me refería a un abstracto bien matizado de colores, con eso voy escapando; o sea, viviendo. Porque sabrás que los vendo en dólares, no es mucho pero así vamos escapando.

Yo le di mi aprobación con un ligero gesto de mi cabeza.

–Por mi obra te darás cuenta de que yo no soporto esto –dijo Miguel–. Mira si es así, que el otro día al fin reuní algunos *fulas*[102] con la venta de un cuadro y me fui con mi mujer y mi hija a comprar un ventilador en la *shopping*. Estando ya en la caja para pagar, se escuchó en la música indirecta que hay en la tienda una canción que dice así: *"everybody bye bye... hasta mañana..."*. Este estribillo encaja perfectamente para la hora del cierre de la tienda, pero como todos sabemos que este cantante vive en el continente multicolor y que detesta a la revolución y su demoníaco líder; yo astutamente aproveché el momento para enfocarme como un verdadero revolucionario, y expresé a toda voz: ¡Eeeh...! ¡Este que está cantando es el *gusano* que quiere que la revolución se caiga!

¡Óyeme!, todo el mundo me miró con cara de asombro. Los gentes de la seguridad se mandaron a correr y acto seguido quitaron la música. Yo por mi parte sabiéndome con argumentos para protegerme con su hipócrita ideología continué el enfoque, pero esta vez con los dólares que tenía en mi mano. Entonces argumenté: Si tengo estos dólares es porque mi suegra fue a la casa de cambio del oro y la plata y entregó las reliquias de gran valor que aún conservaba de su madre, y con estos miserables pocos dólares que resolvió, estoy pagando lo que con mis "principios" no puedo comprar. Estos dólares constituyen una deshonra para mí que soy un trabajador de avanzada y abnegado proletario de esta revolución, pues los líderes que los dólares tienen, son los fundadores del verdadero ideal capitalista. ¡Los creadores del imperialismo!

Hizo una pausa y mirándome directamente a los ojos, me confesó:

–Nadie se atrevía a pronunciar una palabra. Todos se miraban asombrados como si yo fuese un loco. Entonces continué:

Respetando nuestros propios "ideales", lo justo sería pagar los sesenta y siete dólares que cuesta el ventilador con el verdadero valor de nuestra moneda nacional; la cual ya no vale nada en ninguna

---

[102] Dólares en argot popular.

parte del mundo y que hoy mismo gracias a la providencia misericordiosa de nuestro gobierno, allá afuera en la misma esquina, en la casa de cambio está a un dólar por ciento veintisiete pesos cubanos.

Los allí presentes se miraron espantados, y sólo uno de ellos, un viejito, se atrevió a exclamar: ¡Coñooo...!

Y hasta un ahogo de tos le dio que necesito de algunas palmaditas en la espalda dadas por un paisano allí presente.

Miguel viendo que yo también estaba como electrizado, me dio unas palmaditas por el hombro y continuó:

–Ahí mismo aproveché y les hice esta tremenda demostración. O sea que, en realidad el ventilador vale la modesta suma de ocho mil quinientos nueve pesos cubanos. Y como mi salario no supera los ciento veinte pesos al mes; tendría que trabajar seis años para poderle comprar a mi hijita este necesario efecto electroméstico hecho en China.

Nadie pronunciaba una palabra –decía Miguel sin dejar de continuar su narrativa–. Realmente es una fortuna para un compañero como yo el sacrificarme y venir a este tipo de tiendas donde no falta nada. Y no me quejo, porque sé que esta situación al igual que la falta de plátanos, malanga y boniatos, es provocada por el bloqueo. De lo que me estoy quejando es que deben poner otra música y un mural con las fotos de los únicos patriotas que son nuestro ejemplo; porque la verdad es que este tipo de tiendas pervierten la austera moral revolucionaria.

La ironía de aquella ideología exaltada por Miguel, me hizo reír con honda tristeza de la ignominia que nos sumergía sin decidir aún sacudírnoslas de encima.

–Me rio de nuestra propia desgracia –le aclaré y le comenté lo que había pensado. Él prosiguió:

–Por eso, antes de irme de la tienda les dije: Los principios Marxistas Leninistas y comunistas, no sólo deben gritarlos en las plazas o escribirlos en las vallas. Esos principios deben de estar en los platos vacíos y en la miseria de nuestros hogares, no en el fondo de la basura de estas tiendas donde les toca hablar al billete.

Lo miraba sonriente y moviendo afirmativamente mi cabeza.

–Déjame decirte que –continuó Miguel–, ese mismo día me encontré en la guagua a un viejo amigo mío que desde joven se integró a la juventud comunista cuando estábamos en la secundaria. Al verlo en el fondo del ómnibus, alegremente le salude gritándole: ¡Comunistaaa…!

Él abrió sus ojos llenos de espanto y comenzó a escudarse el rostro entre los pasajeros que estaban a su lado simulando que no era con él. Mientras que a mi paso por la guagua todo el mundo me esquivaba. Nadie quería sentirse aludido con mi efusivo saludo de: ¡Comunista! ¡Comunistón! Hasta llegar a donde él.

Todo el mundo nos miraba llenos de expectación. Él, muy bajito al oído me expresó: ¡Ñooo… *asere* que fuera de pico tú eres!

—¿Qué pasa *brother*? ¿No te sientes orgulloso de ser comunista? —le respondí jocosamente, y al no tener respuesta, pues hasta viraba la cara para no verme; abusando de la confianza lo abrace al tiempo que le decía:

—Tienes que trabajar más duro en la ideología para que te bajen de esta caldera rodante y te den un ¡*Lada* Rojo! —Le especifiqué.

Mirándome con su cara roja como un tomate y apreciando gotas de sudor en su rostro; en el mismo tono afable le comenté: ¡Con lo que te gustan a ti las cosas de la *yuma*, es del carajo mantener la doble moral!

Él me miró profundamente como diciéndome: no te cojo por el cuello porque me sabes muchas cosas, pero preferiría tener el *Lada* para no encontrarme más nunca contigo; al menos en una guagua. Y yo, sonrientemente le expresé: No te lo cojas tan a pecho que la ideología te puede hacer perder el sentido del humor.

Me reí con sus ocurrencias que de veras resultaban osadas para un país como este.

—Hay que tener valor para hablar así —le dije estrechándole la mano efusivamente.

Él comenzó a recoger algunos tubos de pinturas de oleos y pinceles que tenía fuera de lugar y los acomodó sobre una mesita; donde también había una especie de urna que protegía una antigua cajita de seis lápices de colores usados. E imaginado su pasado, risueñamente señalando el estuche de plástico, le pregunté:

—¿Fueron el comienzo de tu inspiración?

—¡Nooo… qué va! Fueron el origen de mi frustración —expresó frunciendo el entrecejo, y tomando en sus manos la urnita, continuó:

—Mami no dejaba que nadie los usara, pues eran los únicos colores que habían. Creo que en todo el barrio.

−¡Pa'l carajo! −exclamo mi conciencia y quedé observando un enorme barquito de papel confeccionado con una hoja de periódico extranjero con el rótulo del "El Libre". Lo tome entre mis manos y recordé aquellos más pequeños que cuando niño había confeccionado. Sonriéndome por aquellos recuerdos estaba, cuando le escuché decir:

−Te imaginas que fuese de tamaño real.

Lo miré con asombro, y él confesó:

−Se realizaría mi sueño infantil de ser el timonel y junto a mi familia llegar al continente multicolor.

Quedé de una sola pieza al escucharlo. Él, clavando su mirada en la mía, concluyó:

−Si de veras un barquito de papel fuese funcional no quedaría nadie en este lugar.

Esta declaración me hizo sentir una grata brisa dentro de mi interior y tras tomar un respiro, seguí recorriendo con la vista la pared llena de frases escritas por amigos ocasionales y otras sacadas de libros. Deteniéndome en una justamente donde la luz del día golpeaba, en voz alta leí: *"Libertad es el derecho que todo hombre tiene a ser honrado, y a pensar y hablar sin hipocresía"*. José Martí.

−Esa frase cruzó el muro de la historia y nada la detendrá −ratificó Miguel en tono grave y continuó:

−Como muy bien dijo el propio Apóstol en otra de ellas, esa frase tiene: *Luz, ala y color*.

Lleno de orgullo, Miguel expresó:

−Por eso la pinté justamente ahí, donde la fuerza del sol la ilumina cada día con sus tonos de belleza. Es un sitial de honor en mis humildes paredes. La saqué del libro *"La Edad de Oro"*, del primer artículo nombrado: *"Tres héroes"*. Deberías leerlo.

−Tengo la impresión de haberlo leído −afirmé.

Recorriendo con la vista otro ángulo de la pared y pensando en algún desnudo, le señalé un pequeño marco que estaba tapado completamente con una camisa.

−Es el espejo, está completamente manchado debido a que ha perdido el azogue con los años −dijo con espíritu conformista y me sugirió:

−¿Quieres verte en él?

—¡No, no, no...! gracias, era pura curiosidad –afirmé ocultando el temblor de mi voz.

—Créeme, es bien gracioso verse en ese prehistórico espejo descascarado y manchado como una nube blanca. Te da la impresión de estar en el más allá, como si fueses un fantasma –me confesó jocosamente.

Después de ratificarle mi negativa, disimuladamente me corrí hacia el otro extremo de la barbacoa. Pasándome su brazo sobre mi hombro y mirándome fijamente, me confesó:

—¡Estamos vivos de milagro!

Y señalando un sitial en la pared donde hábilmente tallado en madera preciosa el nombre de Jesús formaba una cruz, Miguel lleno de pasión afirmó:

—¡Sólo Él salva!

La frase me cortó la respiración y lleno de vergüenza recordé su sacrificio. No supe que decir y mi vista que evadió la suya rodó por el cuarto y se detuvo sobre un cuadro cubierto por un paño que reposaba en un rincón. Miguel que no se perdía ni un detalle de lo que yo miraba, comentó:

—Es mi última obra, aún no le he puesto nombre –su voz sonó trágica y aturdida, cual si presintiera algo. Se agachó tomándola por el borde inferior y colocándola sobre el caballete, la destapó frente a la luz de la ventana.

Una carreta tirada por un viejo y cansado buey de mirar indiferente, avanzaba por un bravo mar tinto en sangre. Sobre su baranda, una paloma pálida y triste parecía observar la intrepidez de los viajeros que a pesar de estar manchados por el miedo, la incertidumbre y el dolor; atesoraban dentro de ellos las ansias de vida y libertad. En sus rostros identifiqué a mis amigos quedados en la Isla que esperanzados en el futuro e inocentes, ignoraban las negras bocas que con sus mirillas verdes acechaban a la carreta en la oscuridad.

—¡Nooo...! –fue el grito que escapó de mi garganta.

—¿Qué te pasa? –cuestionó Miguel acercándoseme.

Pálido por la visión y sin fuerzas para sostenerme, me dejé caer sentado sobre la colchoneta; no atinaba a responder. Un ruido de pasos se sucedió en la escalera. Cusín y Leonor llegaron a mi lado, y viéndome aún un poco aturdido, preguntaron por lo ocurrido.

—Le mostraba los cuadros —dijo Miguel preocupado—. Al ver este último se impresionó muchísimo.

—Le voy a preparar un cocimiento de tilo —aseguró Leonor alarmada y descendió con premura.

—Miguel, recuerda que él estuvo en coma. Tal vez tenga algún trauma y aún no se ha recuperado del todo —comentó su hermana, evitando darle fuerzas a sus propias palabras.

Él hizo un gesto de comprensión y ayudando a enmascarar la conversación, me pasó la mano sobre el hombro y dándome unas palmaditas, me confesó:

—Ese cuadro fue un sueño que tuve, olvídalo.

—Miguel déjalo aquí conmigo para que tome el tilo que mamá le está preparando —le propuso Cusín, y la madre desde la cocina le sugirió:

—Hijo mío, aprovecha y ve a ver si resuelves una botella de luz brillante; casi no queda y mira como está tiznando la llama.

Mi nerviosismo no daba para más, aquella escena del cuadro quedó prendida en mi mente y me entró una desesperación por comunicarme con ellos que no atinaba a nada. Una impaciencia sin límites se había apoderado de mi interior y crecía como lava de un volcán en erupción.

Después del almuerzo retomamos la charla del cuadro y por qué me había afectado. Cusín se afanaba por hacerme comprender el estrés que mi accidente me imprimía. Pero ya recuperado con mi verdadera personalidad, les expliqué mi verdadero origen y les comuniqué mi decisión de largarme de la Isla Roja; en un lugar así yo no resistiría por mucho tiempo.

Miguel argumentó que en los últimos años muchos compatriotas habían escapado cruzando el mar en rudimentarias embarcaciones. En ocasiones eran tan precarias, que por sí solas resultaban una elocuente muestra del grado de desesperación de sus ocupantes. Muchos jamás alcanzaban la libertad.

—Los grupos que luchan porque el país volviera a ser multicolor, estaban infiltrados por la Seguridad del Estado —dijo Miguel—. Es un terror mal sano lo que se ha grabado en las mentes. Muchos tiene un policía dentro de su cabeza. Cualquier rebeldía es traición a la patria, a la revolución y al Comandante en Jefe, por ende: ¡Paredón! —Fue el eslogan con que Miguel finalizó y definió lo sufrido por su propia familia.

—¡Es horrible! —dijo en un temblor Leonor, mirando fijamente la foto del entrañable mártir fusilado.

—Después de tantos fusilamientos y encarcelaciones, parece que hemos perdido el impulso —gruñó Miguel.

—Tengo tanto miedo de que se repita la tragedia —expresó la madre mientras miraba al cielo implorando a su adorada identidad que se apiadara de ellos y los protegiese.

—¡Nadie va a caer preso! —le auguró su hijo, tocando con fuerza el marco de madera en señal de alejar los malos presagios. Leonor, cuya voz era todo un lamento, expresó:

—Los desmanes físicos y sicológicos que sufren los presos políticos tienen una extensión a exprofeso sobre los familiares. La prisión es la antesala de la muerte.

Acomodándose esta vez su canosa y corta cabellera, cual si recopilara calma para sus inmensas preocupaciones, aquella sufrida señora dirigiéndose nuevamente a mí, manifestó:

—Yo escucho todos los días la Voz de la Esperanza.

—¿Qué es eso? —le pregunté pensando en alguna aparición religiosa. Entonces me explicó:

—Es una emisora de radio fundada por compatriotas en el continente multicolor —y pincelando con tragedia el tono de su voz, continuó:

—El otro día informaron de una madre que falleció por tomar agua de mar. Ella dejó la poca agua potable que quedaba a su hijita que gracias a esto soportó hasta ser rescatada.

Se me erizó la piel al escucharla. Más ella prosiguió:

—¡Oh... cuánta desgracia Virgen Santa, pon tu mano y detenla ya!

Tras este clamor, sus lágrimas se derramaron reflejando el dolor de muchas madres en un sólo y entristecido rostro. La calma de una pradera abarcó la habitación, y ensimismados en nuestros pensamientos nadie se atrevió a romper aquella quietud, hasta que el más pequeño de los presentes declaró:

—El otro día mis amiguitos y yo cogimos una foto del Comandante que estaba en el aula, la llevamos al baño y allí la pisoteamos y la orinamos.

—¡Saliste a Papi! —exclamó Cusín evidentemente emocionada. En la cara de su hermano mayor se dibujó una sonrisa de orgullo.

—¿Qué es eso? —cuestionó atemorizada la madre, ya salida de su trance.

Un enorme y entusiasta abrazo sobre Chiqui, fue el premio que le otorgaron sus hermanos evitando con esto un regaño.

—Mira que a los muchachos se les ocurren cosas —dijo Cusín plena de alegría al saber el valor que dentro del pequeño germinaba y que cual un árbol comenzaba a crecer. En ese instante Miguel expresó:

—Imagínense un mausoleo en el centro de la ciudad que dé servicio a la población como baño público y en el fondo de su fosa reposen los restos del Dictador en Jefe.

Aplaudiendo estábamos el hipotético proyecto, cuando una mujer joven cargando una bebé de ojos claros y cabellera rubia, se paró en el umbral de la puerta. Acto seguido Miguel me la presentó como su esposa Carmen Rosa. Ella sonrió con dulzura y yo elogié la belleza de la princesita.

La niña, inocentemente hacia flotar agarrado de un hilo un condón completamente inflado y decorado con flores de rojo carmesí; hechas con un creyón labial. Comprendí que aquí también habían eclipsado a los bondadosos Reyes Magos.

—¡Déjense de comparaciones y vamos a comer! —anunció Leonor sonando con la espumadera un caldero lleno de arroz con suerte y croquetas de ave.

—¡Qué rico! Me encantan las croquetas de pollo —exclamé ante la idea del suculento menú.

—¿Dé qué pollo usted está hablando? —me cuestionó Miguel frunciendo el ceño.

—Del que están hechas las croquetas —inocentemente le respondí, y al instante me aclaró:

—Mi mamá dijo: croquetas de ave. ¡De averigua con que están hechas!

Nos reímos sanamente y sentándonos a la mesa comenzamos a deleitarnos con el exquisito menú, y tras lograr con una cucharita sacarme la masa de croqueta que se me había pegado en el cielo de la boca, continué disfrutando de aquella cena. Más tarde conversando sobre mi futura vida, me puse de acuerdo con todos y decidí dejar el hotel y quedarme con ellos hasta el fin de mis días. De esta manera, en la intimidad y familiaridad de la conversación, acordamos la salida ilegal de la Isla mediante la fórmula criolla, y en la cual mi cuñado llevaba meses trabajando junto a unos amigos.

Le manifesté lo peligroso que era llevar niños. Miguel me aclaró que los niños eran adoctrinados y manipulados, y que todos los años por etapas, con el eslogan de voluntario, en pésimas condiciones trabajaban arduas jornadas en el campo como si fueran hombres. Y que sobre todas las cosas, los niños eran los principales rehenes en caso de que alguien desertara en un país multicolor. Definido que nadie de la familia quedaría detrás, Miguel con su esposa y la niña se retiraron con una vasija llena de comida y varias de las misteriosas croquetas.

La tarde parecía terminar con un bostezo de rutina, cuando de repente una asfixiante humareda con olor a petróleo inundó todo el inmueble.

—¿Qué coño es esto? —fue lo primero que pasó por mi mente, cuando oí la voz de Leonor que me alertaba.

—¡Rápido, rápido! ¡Cúbrase la nariz con un pañuelo y salga para el balcón! ¡Están fumigando de nuevo! El olor de la fumigación es muy fuerte y a mí me provoca asma —terminó diciendo con la voz ya apagada por un paño.

Prácticamente con los ojos cerrados por la espesa nube de humo y tras haberme quitado la camisa y cubrirme parte del rostro, salí al balcón.

No pude precisar qué lugar era mejor. Dentro o fuera de la casa resultaba lo mismo, pues el humo de la fumigación era tan espeso que las azoteas y edificios vecinos semejaban estar entre nubes empercudidas.

—¿Hasta cuándo hay que soportar esto? ¡Coooñooo…! —fue el grito de un vecino que retumbó en el inmueble. Y desde la planta baja en respuesta, otro potente grito argumentó:

—¡Hasta que tengamos cojones para tumbarlo!

—Cualquier día de estos se va a formar un titingó que no va haber quién lo detenga —musité lleno de esperanza.

Inmersa en aquella irrespirable humareda, Leonor se acercó a mí y entre el ahogo de su tos, me alertó:

—Tenga cuidado con la baranda, no se vaya a recostar a ella que esta vencida y se puede caer al vacío.

—¡Oh mi Dios, por poco lo hago! —dije para mis adentros al instante que daba dos pasos hacia atrás recostándome a la pared y sintiendo como un escalofrío me recorría desde la cabeza a los pies.

–¡Gracias! –le respondí a través de la tela de mi camisa.

–Están fumigando contra los mosquitos debido a una epidemia de dengue que se rumora ha matado a varias personas, incluyendo a niños, pero el gobierno no ha dicho nada al respecto –dijo Cusín, quien ya me tenía sujeto por un brazo y me obligaba a mantenerme pegado a la pared.

–¡Ay mi hijita! –dijo Leonor–, ten mucho cuidado con lo que dices.

–Mami, tú siempre callando a uno –replicó la hija, y la madre llena de temor argumentó:

–No quiero que la amarga experiencia de tu padre se repita.

Miré lleno de compasión a través de la asfixiante humareda a esta sufrida mujer que muy triste me confesaba:

–Me avisaron de su tumba después de un mes de fusilado. Fue sólo entonces cuando pude llevarle flores a aquel terreno baldío donde yace mi amor, que fue y es gran parte de mi vida.

Y no fue el ardor o irritación que el humo provocara en los ojos, sino el intenso dolor de aquel momento inolvidable el que hizo que dos enormes lagrimones corriesen por sus mejillas. Cusín la abrazó tiernamente y así ambas quedaron hasta que una benefactora corriente de aire terminó por llevarse la desagradable humareda.

–Discúlpeme el estar sin camisa –le dije–, es que no tenía con que cubrirme.

–No se preocupe, aquí usted está como en su casa –me respondió ella con mucha humildad.

Llegó la noche con la familiaridad de costumbre. Para esa hora el televisor en blanco y negro de más de veinte años de uso se extremó como ya venía haciendo desde hacía mucho tiempo. El Chiqui le proporcionó con rudeza varios golpes a un costado del viejo mueble y por momentos logró que la imagen se estabilizara. De todas formas daba igual, estaban retransmitiendo una marcha del pueblo combatiente frente a la oficina multicolor. Pero él, muchacho al fin, decidió probar suerte en el otro canal. Tomando en sus manos un alicate, lo aprisionó a la espiga pelada del cambia canales y al hacer presión para pasar los mismos, recibió una fuerte descarga eléctrica que le hizo soltar la herramienta de un tirón.

–¡Cojones...! –exclamó el muchacho, al tiempo que se aprisionaba con fuerza ambas manos contra su pecho y daba vueltas como un loco por la habitación. Las dos mujeres de la casa se acercaron al instante.

–¿Qué palabrotas son esas mi hijo? ¿Qué ha sucedido? –enérgicamente cuestionó la madre. Chiqui no pronunció ni una sola sílaba, aún el efecto de la descarga se apreciaba en él.

–Al tratar de cambiar los canales con la pinza, lo cogió la corriente –expliqué conmocionado por lo ocurrido. Y recogiendo el alicate del suelo lo puse de nuevo sobre el televisor.

–Qué pena tengo con usted –dijo Leonor–. Esta juventud de hoy en día tiene una forma muy grosera de expresarse. Las vulgaridades nos están minando y ni tan siquiera hay respeto a una visita. ¡Oh Virgen Santa! ¿Qué será del futuro sin valores humanos? –terminó con las manos puesta sobre su cabeza.

–Déjame verte la mano –le dijo la hermana preocupada, y tras comprobar que estaba un poco colorada, seriamente le advirtió:

–Te he dicho mil veces de que cojas un trapo. Cualquier día de estos te vas a electrocutar.

–Perdóname mi hermana –dijo lleno de nobleza–. Tengo el dedo hinchado del leñazo que me dio.

–¿Cuándo saldremos de toda esta mierda? –manifestó Cusín mientras le friccionaba el dedo.

Por un breve espacio de tiempo comentamos el incidente. Luego decidimos pasar la noche jugando al dominó. Apenas habíamos comenzado la segunda partida, cuando quitaron la corriente y tuvimos que continuar con un quinqué tan antiguo como la misma llama. Leonor manifestó su preocupación ante un prolongado apagón, ya que los alimentos que estaban en el refrigerador se podrían echar a perder como había ocurrido en tantas otras veces.

Una cucaracha voladora hizo su aparición planeando sobre nuestras cabezas y provocando cierto pánico entre las mujeres, pero el certero chancletazo de Chiqui contra una pared, aplastó la misma. Al filo de la media noche, después de haber matado varios mosquitos impertinentes y ya todo caído en calma, pusieron la corriente. Chiqui y Leonor se acostaron juntos en la misma cama y se pusieron a escuchar en la radio el popular programa musical Nocturno.

Mi bello y recién estrenado amor se acurrucó junto a mí en su estrecho pin pan pun. Un rato después apagó la rústica vela y al igual que yo guardó silencio. Y aunque la idea de la fuga no nos dejaba pegar los ojos y a sabiendas de que nuestras vidas cambiarían de un momento a otro, nos aventuramos a no desperdiciar oportunidad alguna. En silencio fundimos nuestros cuerpos sudando hasta la colchoneta; la cual en complicidad con nuestro placer, guardó para sí el secreto.

Al despertarme todos estaban levantados desde hacía mucho tiempo. Cusín me llevó el desayuno a la cama diciéndome con zalamería:

–¡Buenos días! Gracias a ti tenemos algo para comenzar la mañana.

–Aún tengo ganas de ti –le confesé mirándola profundamente. Ella me respondió con una sonrisa, y al oído, casi a punto de besarme me reveló:

–En mi casa no es fácil practicar tus ritos de amor, en ese aspecto no eres un turista.

Sus ojos y voz llena de picardía se confabularon, mientras sus dedos encontraban algo singular en mí. Sin pérdida de tiempo mis manos se deslizaron con ternura debajo de su bata y justamente cuando apretaba sus voluminosas nalgas.

–¡Te agarré con las manos en la masa! –Tal un trueno, la gruesa voz irrumpió en la pequeña habitación y más rápido que una bala solté aquellas macizas razones con el alma parada en seco. El sonido metálico de un caldero al caer, precedió la exclamación de Leonor:

–¡Ay mi hermano que susto me has dado! Como tengo los nervios hoy yo, y ahora apareces tú dando ese grito y sin avisar.

–¡Dame un abrazo mi hermana! Y pon a hacer café. No importa con lo que esté mezclado. ¡Me lo tomo igual! –respondió en similar tono aquella voz que un instante atrás casi me detiene el corazón. Suerte que ya yo estoy curado de espanto.

–¿Por qué no me pasaste un telegrama? –escuché decir a Leonor.

–Mi hermana, el aparato del correos cuando no está roto la operaria no viene o está reunida –respondió él.

–¡Tío Carlos! –exclamó Cusín bajando las escaleras. Imaginé los besos y el abrazo familiar del momento.

–¡Qué linda estás! –sentenció este. El tío, con su característica voz de trueno, continuó:

–¡Traje esta jaba llena de *jama*[103] para la semana!

Y tal si estuviese en un mercado mencionó:

–Ajos, cebollas, frijoles, una calabaza, dos aguacates, una barrita de guayaba y una rueda de queso. ¡Y una pierna de puerco!

–Tú siempre pensando en nosotros –fue la frase de agradecimiento expresada por Leonor.

–¡A comer lechón! –anunció a toda voz el tío.

–¡Sssh...! Habla bajito que tenemos visita –dijo Leonor–. Es un señor turista que Cusín trajo.

–¿Español, italiano o...? –aún no había terminado de indagar la nacionalidad, cuando en un susurro Leonor de cuajo le respondió:

–Es de Cuba.

–¡Cubano...! –le escuché exclamar al tío. Luego reinó un breve silencio en el cual sólo pude dar oídos a un cuchichear que de seguro se refería a mí.

–Deja que conozcas a mi novio –dijo su sobrina entusiasmada.

–¿Novio...? ¡Y duerme contigo! –le escuché decir e imaginé que se quedó boquiabierto.

–La edad de piedra ya pasó –respondió Cusín alegremente. Y la visualicé señalando hacia su pequeño acuario donde dos hermosos *goldfish* de largas colas color naranjas se desplazaban con la ternura y torpeza que los caracteriza.

–Romeo y Julieta –dijo ella–. Nosotros somos versión moderna.

Imaginé mi Dulcinea con su cara radiante de felicidad.

–¡Ay Carlos! Tú no sabes cómo han cambiado los tiempos –le escuché decir a Leonor resignada.

–¿Qué tal el hombre? –preguntó el tío sin rodeos.

Oyéndolos hablar en tono muy confidencial, con premura desayuné y me vestí. Descendiendo de la barbacoa estaba, cuando justamente Cusín finalizaba el relato.

–Hablando del Rey de Roma y asoma su corona –afirmó mi media naranja.

–Encantado de conocerlo, me llamo Nelson –le dije.

–Carlos Abimael De la Paz y Escarnostich, orgullo de mis padres y de la familia –me respondió al tiempo que terminaba de ponerse en pie.

---

[103] Comida en el argot cubano.

—No se moleste —alegué, tratando de evitar el amable gesto cuando ya era tarde. Apretándonos con igual fuerza la mano, nos miramos profundamente a los ojos por algunos segundos.

—Aquí está el café acabadito de colar, es la segunda vuelta. Hoy estamos votando la casa por la ventana —aseguró Leonor.

El aroma de la infusión se expandía por la salita comedor estimulándonos a deleitarnos con tan grato sabor.

—¡Delicioso! —exclamó Carlos, y con picardía sentenció en la pregunta:

—¿De la diplotienda? ¡Eeeh...!

Leonor sonrió, a la vez que le hacía un guiño de aprobación. Luego de alabar la aromática infusión. Sacó de una antiquísima tabaquera un genuino habano de la región más occidental del país, mordió el mismo por un extremo y escupió el pedazo sobre un rincón del suelo.

—¡Oye que no hay frazada! —le dijo su hermana—. Estoy limpiando con un ripio de toalla vieja.

Y señalándole el recipiente que estaba sobre una mesita que hacia esquina en la sala, le ordenó:

—¡Coge el cenicero!

Una latica vacía de refresco importado recortada y desflecada por los bordes, resultó ser una burda imitación de éste útil recipiente. Con su inseparable y antigua fosforera, con maestría innata, tras varias bocanadas lo encendió. El humo inundó la habitación impregnando su aroma tan fuerte como la infusión, y haciendo referencia al café que aún humeaba en la tacita, jocosamente me dijo:

—¡Qué suerte la mía! Dos vicios en uno aquí es prácticamente un lujo —y aludiendo al pernil, agregó:

—La crie a palmiche puro, ni el hueso va a quedar para hacer el cuento.

—La verdad que tú te cuelas por el ojo de una aguja para traernos siempre algo de comer —afirmó Leonor, muy risueña.

—No me confiscaron la carne gracias a un hermano Masón apodado Machito que es conductor del tren. Él guardó el pernil en su taquilla. Por supuesto yo siempre lo ayudo con algo —y guiñándole un ojo, continuó:

—Esta vez le dejé una rueda fresca de queso blanco hecho en casa igual a la que traigo aquí. Por cierto, tendrás un pedazo de pan para acompañar con una lasquita de dulce guayaba que les compré en la finquita de tío Filito.

—Pan fresco ni hablar. Aquí solo queda un pancito del viernes que le había guardado a Cusín —le confesó Leonor con un suave tono de voz.

—¡Del viernes y hoy es martes! —exclamó el tío abriendo sus aguajirados ojos, y llevándose una mano a la cabeza retiró su pachanga polvorienta aún del camino. Al tiempo que frotaba su mollera, con los dedos calculaba el grado de dureza de dicho alimento.

—Tuéstalo bien para matarle el sabor a moho —sugirió.

El rostro de Leonor reflejó lo bien que lo conocía.

Continuamos hablando de todo un poco. Carlos Abimael De la Paz y Escarnostich indagando por mi vida, y yo escuchando anécdotas de su viaje de más de catorce horas en tren, debido a infinidad de contratiempos y registros que se efectúan en el camino para evitar la entrada de alimentos a la ciudad por los pasajeros.

—¡Buenos días! —fue el sorpresivo saludo de una parejita de agradable semblante. Ellos, agarrados de la mano, ratificaban que estaban hechos el uno para el otro. El pelo negro y lacio de ella, llevando un cintillo por todo adorno, caía cual cascada hasta la cintura. Un sin número de finísimos aritos plateados en una de sus muñecas realzaban la sencillez de esta muchacha que se veía aún una adolescente. Él joven en exagerada camiseta para su talla, un short de patas anchas verde botella y unas gastadas chancletas mete dedos, lo hacían verse más flaco de lo que en verdad estaba.

Respondimos al saludo, y Cusín exclamó:

—¡Llegó el once! Los pobres están pasando más trabajo que un forro de catre viejo y todavía dicen que el trece es el número de la mala suerte.

Leonor recriminó a su hija por la jarana e invitó a los recién llegados a sentarse, anunciándoles que les iba a preparar una meriendita. Él joven se acercó al sofá, y conocedor del muelle suelto, acomodó este alambrón de manera tal que no lo pinchase ni le perforara la tela de su short al sentarse. Su compañera continuó hasta la cocina.

—¿A ustedes que les sucedió? —preguntó el tío Carlos sin rodeos.

—La semana pasada casualmente el día once —dijo el recién llegado—, fue el cumpleaños de mi mujer.

Tras señalar a la flaca que desde la cocina le devolvió una agradable sonrisa, continuó:

—No tenía nada que regalarle a Finita y decidí hacer una donación de sangre, ya que por la misma te dan el derecho de comer con un acompañante en una pizzería o a coger una botella de ron, o a un cubo de cerveza cuando venga la pipa. —Quedé atónito ante lo dicho, y el tío expresó:

—¡Caballeros! ¡En qué país estamos viviendo! ¡Le zumba la berenjena a la miseria que hemos llegado! ¡Donar sangre por un almuerzo!

El joven, cuando vio que el tío se calmaba, continuó:

—A veces nada más hay ron, y por supuesto todo hay que pagarlo.

—¡Pa'su escopeta! ¡Pa'coger la pizzería habrá que pertenecer al partido! —exclamó el tío poniéndose de pie.

—Bueno, no es una pizzería como tal, más bien es un comedor obrero. A veces hay arroz con chícharos o harina con frijoles negros —dijo el flaco. El tío y yo nos miramos con tremenda cara.

—Tampoco crean ustedes que muy bien cocinada —dijo el joven con cara de disgusto y continuó:

—En el comedor que me asignaron para que no se roben los cubiertos tuvieron que partirle un diente al tenedor y abrirles un huequito con un clavo a las cucharas de aluminio. Las bandejas tienen incrustadas una numeración, la cual apuntan en una libreta vieja que tienes que firmar para que no se las lleven. Con las bandejas de aluminio la gente hace antenas de televisión o resuelven para tapar un hueco en la ventana o cualquier otra cosa. Hay días y hasta semanas enteras que no abren.

—¡Ñooo…! —clamó Carlos Abimael De la Paz y Escarnostich.

—¿Lo de la mala suerte, por qué? —pregunté lleno de curiosidad.

Saliendo de la cocina, la espigada Finita con su voz timbrada, me contestó:

—Lo de la mala suerte es porque ese día cuando Jesús y yo fuimos a la comida, se nos colaron en el cuarto del solar donde vivimos que casualmente tiene el número once y nos mudaron.

—¡Qué los mudaron! ¿Para dónde? —preguntó Carlos Abimael De la Paz y Escarnostich.

—Eso quisiera saber yo —contestó la flaquita—. No dejaron ni los interruptores. Se llevaron hasta la máquina del refrigerador y el grifo del fregadero. Incluso trataron de zafar la tasa del baño que recién la habíamos puesto, y eso que era una taza chiquitica de círculo infantil, pues nunca hemos podido conseguir una tasa de baño original. Para qué contar, hasta un paquetico de chícharos con gorgojos que tenía guardado en una gaveta para hacerlos en un caso de apuro; también se lo llevaron.

–¡Coñooo…! –exclamó a secas el tío alzando sus brazos–. ¿Qué es esto caballeros?

–Esta Isla es la antesala del infierno –razonaba para mis adentros–. A mi llegada todo parecía ideal, más resultaba una gran mentira. Aquí se vivía más que una ruina social, aquí reinaba la verdadera ruina humana, donde vivir resultaba la lucha de cada día.

–Hasta el dolarito que tenía en el altar se lo llevaron –expresó la muchacha con gran aflicción.

–¡Pues claro chiquilla! ¡Un dólar es un dólar! –exclamo el tío.

–Era mi dólar de la suerte –dijo ella apesadumbrada–. Yo le tenía hasta una velita encendida

–¡Apretaste chiquilla! ¿Qué es eso? –le emplazó Carlos Abimael De la paz y Escarnostich a boca de jarro.

–¡Na'! Yo tengo esa costumbre desde que resolví el primero y hasta ahora *Washington* nunca me ha fallado –manifestó ella muy ufana.

El tío y yo nos miramos perplejos, y con mucha cautela de reojo la observé de arriba abajo. Ella continuó:

–Ahora le pido a la virgencita que me resuelva aunque sea uno para encenderle una velita. Es la única forma segura que tengo de pedirle al poderoso y bendito *Washington* que me deje conseguir alguno de sus parientes lo más pronto posible. En este país, sino tienes familiares en el extranjero, te comes tremendo cable.

Me reí de golpe y le pedí disculpas por no poder contenerme ante su desgracia. Cusín me miró por mi falta de tacto y la miró. Ella hizo un ademán aprobatorio y continuó:

–Las ropas que llevamos puestas –dijo Finita–, más otras cositas que nos regalaron, es lo único que tenemos. De ir a la tienda ni hablar, sino tenemos ni con qué caernos muertos.

–¿Y la policía? ¿Qué hizo la policía? –preguntó el tío lleno de inquietud.

–¿Qué policía tío, tú viniste repatriado o qué? –le increpó su sobrina–. La policía es para problemas políticos, reprimir, registrar, robar y proteger a quien tú sabes.

—Ya nosotros estamos hartos de toda esta mierda en que vivimos–, comenzó diciendo Finita–. Por eso vinimos a decirle a Miguel que estamos decididos a irnos con él.

Aquella declaración a boca de jarro provocó un silencio cómplice que agolpó la habitación. Carlos Abimael de la Paz y Escarnostich, esta vez sí se había quedado de una pieza.

—¿Ustedes piensan irse del país? —cuestionó el tío a secas y su hermana llena de ecuanimidad le dijo:

—Sí, tenemos planes de irnos del país. Te cuento más tarde.

Y dirigiéndose a la muchacha, le manifestó:

—Ay Finita, tú sabes que yo te aprecio mucho, piensa bien lo que vas a hacer. No le provoques un disgusto a tu mamá que está viejita y convaleciente de una isquemia.

Finita cerró los ojos y moviendo la cabeza como si algo la fuese a volver loca, elevo su rostro. Tras respirar profundamente, la volvió a mirar y muy seria le respondió:

—Mi madre sabe muy bien que desde allá la puedo ayudar mucho más, pues hoy mismo no tenemos ni que cocinar. Mami sabe que esta revolución está diseñada para crear dificultades.

—¡Que no se mueva nadie coño! ¡Quieto todo el mundo! —fue la violenta orden dada por una voz de trueno que dejó sin habla a todos en aquella sala. Un estrepitoso corretear por el interior del inmueble amenazando con tumbar el edificio, terminó por paralizar nuestro aliento. Aún estábamos cuestionándonos con la mirada, cuando otro grito pero ahora procedente de la azotea, informó lleno de euforia:

—¡Aquí está coño, aquí está! ¡La cogimos!

Yo sentí cierta frialdad en mi espina dorsal, y junto a los demás, lleno de temor me paré en la puerta para observar lo que acontecía. El temible vecino Guevara vistiendo uniforme de miliciano, estaba junto a un hombre joven vestido de civil que poseía una microonda en su mano; se encontraban en uno de los balcones interiores. El policía que comandaba el operativo, blandiendo su pistola en mano y clavando su vista en los altos, ásperamente cuestionó:

—¿Cómo es?

—Es de las grandes. Ya le arranqué la cajita receptora y la voy a tirar pa'bajo junto con otra antena de FM. ¡Pa'que se desbaraten! —gritó eufórico el que al parecer había realizado el hallazgo.

—¡Perfecto! —respondió el policía a cargo del operativo, el cual continuó vociferando órdenes.

Vi corretear por los pasillos a varios sicarios pistolas en mano, seguidos por el delegado que vestido con su uniforme militar nos observaba con un mirar inquisitivo. En el corredor del balcón superior opuesto al nuestro, aparecieron dos jóvenes con las manos esposadas a la espalda, de los cuales uno completamente despeinado y con el rostro hecho una furia, dejaba escapar de sus labios un grueso hilo de sangre.

Tras ajustarse su boina negra, el sicario que dirigía el operativo, señalando al que los conducía, preguntó:

—¿Hicieron resistencia?

El corpulento policía alzando el brazo mostró un moño de pelo de varias pulgadas de largo e informó:

—¡Se lo corté!

El esbirro comenzó a reír sarcásticamente y expresó:

—¡Allá en la unidad se le va a quitar esa mariconería!

—¡Libertad, libertad! ¡Vivan los Derechos Humanos! —gritó el joven y al instante fue golpeado en la cabeza con aquel grueso tolete; mientras que otro sicario le gritó:

—¡E'tate quieto, po'que te voy a de'cojona' to'ooo...! ¡Qué Libe'ta' ni libe'ta', ni el coño e tu madre! ¡Viva la 'evolución! ¡Oí'te! ¡Viva la 'evolución!

—¡Métolo en la jaula cojones! ¡Aquí hay que aprender a re'petar a la revolución! —ordenó despóticamente el sicario de mayor graduación.

Al ser conducidos los infractores hacia la escalera, otro de las boinas negras que se encontraba oculto tras una columna, saliendo de improviso le propinó fuertemente una patada en el vientre al primer joven y este arqueado de dolor rodó escaleras abajo. Todos tragamos en seco. Por la expresión de Leonor de cerrar los ojos y la acción de llevarse una mano a la boca y la otra al pecho, pensé que le daría un infarto. Temiendo lo peor, me le acerqué por detrás y le puse mis manos sobre los hombros. Al instante salió del apartamento otro agente que enfundando su pistola, informó:

—¡Capitán! Todo ha quedado confiscado junto con varias revistas extranjeras, una máquina de escribir y, ¡una declaración de los Derechos Humanos que les ripié en la cara y se la hice comer a uno de estos *gusanos* de mierda!

—¡Muy bien! —respondió el jefe de la operación y después de panear con la vista a todos los vecinos del inmueble, nos advirtió:

—Voy a acabar con esta crápula de vagos y *gusanos* que lo único que hacen es venderse al imperialismo, poner antenas parabólicas y ver películas y canales extranjeros.

Nadie respondió, sólo el delegado Guevara y el hombre que hablaba por la microonda asintieron con orgullo sus cabezas. Cargado por varios policías, vimos sacar de la vivienda los trofeos del operativo que consistieron en un video, un televisor a color y una grabadora, más una jaba llena de casetes y una máquina de escribir de los años cuarenta y pico.

Comentando en voz baja lo sucedido estábamos, cuando apareció Miguel junto a su esposa y la niña. Luego de un efusivo saludo a su tío, mi cuñado entregó la niña en los brazos de su hermana. Cusín con honda ternura besó a su sobrinita y le arregló un poco los cabellos. La abuela con ambas manos sujetó la carita de la nena y con mucho apego le estampó un beso en su mejillita. Miguel nos miró muy sereno y cuestionó:

—¿Es cierto de que metieron un operativo para confiscar la parábola de Tatico?

—¡Así mismo mi herma! —comenzó diciendo Cusín—. Se lo llevaron preso junto a Panchito el zapatero ñoco de la esquina.

—Todo acabo de ocurrir hace un rato. ¡Esto se puso feo! —dijo Leonor muy atemorizada.

—¡Los chivatearon! —argumentó Finita llena de resentimiento—. ¡No soporto más tanta vigiladera!

—¿Y qué vas a hacer para evitarlo? —dijo Miguel.

—¡Ir nos contigo! —respondió firmemente.

La puerta se cerró a un certero golpe provocado por el pie de Miguel, y atravesando la salita se dirigió a la cocina, donde se sirvió un poco de café en una latica de refresco recortada por el borde superior. Tomó un sorbo y se pasó la mano por la cabeza como si de esta forma aliviara la carga acumulada durante días. Apuró el poco café que quedaba en la latica, aprovechando hasta la última gota. Luego de cerrar bien puertas y ventanas y cerciorándose que nadie vigilaba; haciendo un gesto con el brazo, Miguel nos convidó a sentarnos alrededor de la mesa.

La joven pareja para acercarse al grupo rodó el carcomido sofá provocando que se le desprendiera una de sus patas delanteras. Leonor muy alarmada expresó:

−¡Cuidado...! que eso lo compró mi papá cuando se casó en el año treinta y seis y hasta ahora lo he conservado.

−¡Mamá…! −exclamó Miguel.

−No he dicho nada malo, cuido lo poco que tenemos −declaró ella.

Tras disculparse, Jesús trataba de restaurar a su lugar la pata del sofá. Entonces Carlos Abimael De la Paz y Escarnostish, expresó:

−En casa yo solo tengo taburetes, esos si duran una eternidad y no se aburren de coger culos.

−¡Tíiio...! −exclamó Cusín abriendo los ojos e indicándole con los mismos mi presencia. Yo me sumé a la risa de los demás.

−¡Coño!, ustedes están hoy muy susceptibles −dijo el tío.

−Dejen eso y vamos al asunto −instó Miguel−. El mar está hecho un plato y todo parece indicar que se mantendrá así. Hace una semana que la balsa está esperando por el buen tiempo y como este llegó.

−¡No vamos a esperar más! −la exclamación unísona del joven matrimonio acuñó la insinuación.

−¡Bajito coño, bajito, que nos pueden escuchar! −dijo Miguel y continuó:

−Me alegro que ustedes dos se hayan decidido, pues nos ayudaron mucho y no me hacía a la idea de que se quedaran. ¡Éntrenle aquí!

Las palmas de las manos se sonaron en diferentes direcciones sellando el acuerdo. La alegría inundaba los rostros y a boca de jarro Miguel disparó:

−¡Esta noche nos vamos!

Todos nos miramos sorprendidos.

−Las condiciones son perfectas para la travesía −dijo Miguel.

−Ciento por ciento peligrosa −aseguró el tío Carlos y haciendo aún más grave la voz, dijo:

−No hace mucho allá en el pueblo, en casa de Pérez el barbero, estando yo sentado en el sillón donde recortan las greñas, oí una historia del cieguito Hipólito que esperaba turno. Era sobre una media prima de él llamada Evelyn que intentó irse con su marido, el niño y otros más, pero un mal tiempo los cogió en medio de la noche y el niño de ellos desapareció. Ante la desesperación, el dolor y la tristeza, ambos padres decidieron lanzarse al mar inmolándose ante tan irreparable pérdida.

Un silencio sepulcral invadió el ambiente. Carlos Abimael De la Paz y Escarnostich aprovechando el impacto de su narración, afirmó:

—Piensen bien qué es lo que van a hacer.

—¡Coñooo tíooo…! ¡Has puesto tremenda podrida! ¡Pa'l carajo con tu historia! —exclamó Miguel disgustado. Y mostrando negar lo escuchado, optó finalmente por ponerse de pie y caminar por la reducida habitación.

—Tu tío Carlos tiene razón, es muy peligroso. Yo se los he dicho mil veces y aún no me canso de repetirlo —comentó Leonor.

—Es una historia, no todas son iguales. Incluso allá en el pueblo hay otra historia muy sonada en la que un niño quedó sólo en alta mar y los delfines lo empujaron hasta un pescador.

—¡Oooh… es increíble! ¡Son milagros del Señor! —exclamó Leonor persignándose.

—Pero muy cierta —sentenció el tío Carlos, quien con gesto meditativo esta vez preguntó:

—¿De qué está hecha la balsa?

—La construimos con el techo de una van que estaba parada por falta de piezas en el taller donde trabaja un socio que también se va con nosotros; él fue el de esta idea. Una noche fuimos al taller y brincamos la cerca del patio y con una tijera de hojalatero cortamos a la redonda el techo. Después lo sacamos por encima de la cerca y en una camioneta del mismo taller que es la que maneja mi socio, llevamos y escondimos el techo en un sitio cercano a la salida. Después lo cargamos hasta donde hemos hecho la balsa —narraba Miguel con la mayor naturalidad del mundo.

—¡Coooño, están hechos unos Ninjas! —expresó el tío. Sonreímos.

—El techo virado al revés semeja un bote —dijo Miguel—, la parte posterior es plana y perfecta para colocar el motor. Además, toda esta pieza va revestida de poliespuma y cámaras de camión llenas de aire. En su conjunto, todo está reforzado con maderas, y también llevamos los remos hechos con unos recortes de las vallas de tránsito que desarmamos en la carretera.

—¡Coooño sobrino! Estás hecho un *Rastafary*[104]! —dijo Carlos Abimael De la Paz y Escarnostich.

---

[104] No gozan de muy buena reputación.

–¿De dónde coño voy a sacar las cosas si aquí no venden nada y ni hay ferreterías? –expresó Miguel a secas.

–Por lo que has dicho parece que está bastante buena –manifestó el tío.

–Cualquier cosa que flote es buena –expresó Jesús, asiendo al instante a su esposa por la cintura. Ella con mucha ternura clavó sus vivos ojos en él y tras este acto, se besaron cual palomas en el alero.

–Déjense de escenitas y pónganse para esto –dijo la esposa de Miguel.

–Carmen Rosa, nosotros ya estamos dispuesto a todo –le respondió su hermano apretando aún más a la delgadita Finita. Al verlos uno junto al otro, comprendí porque realmente les decían el once.

–A partir de este momento nadie puede salir de la casa –ordenó Miguel poniéndose de pie y agregó:

–Nos vienen a recoger alrededor de las ocho de la noche.

–¿Cuánta gente va? –preguntó el tío Carlos con aire de duda.

–Todos los que quepan –dijo su sobrino–. Si temes algo te puedes quedar, nadie va obligado.

–Tengo mi vida hecha y nadie depende de mí –aseguró muy orondo Carlos Abimael De la Paz Escarnostich y agregó:

–Además, algún día el caballo estira la pata. Soy más joven, por lógica lo veré.

–Llevan tantos años esperando a que se muera, que algunos se han podrido de viejos –sentenció Cusín.

Yo, con que se caiga y se le parta una pata en tres pedazos y se quede cojo, me conformo –declaró Finita con los ojos llenos de un éxtasis malicioso.

–¡Qué es eso! –profirió Leonor.

–También quisiera que en la caída se trozara la lengua y no pudiese hablar jamás –manifestó Finita y sentenció:

–Que sufra, que sufra antes de que se muera.

–¡Ay qué horror! –exclamó Leonor llevándose las manos a la boca. Los demás nos reímos siniestramente.

–Leonor, espero que tú aún tengas un poco de cordura y no te metas en esta locura –expresó su hermano Carlos.

–Son mis hijos –comenzó diciendo Leonor–. Donde vayan iré. Me estoy muriendo de miedo pero de todas formas sin ellos sería morir de tristeza. Ahora, si es por la libertad que su padre soñó y el bien de ellos, entonces será por algo lindo.

Como rocas que se desprenden en un despeñadero, Cusín y Miguel se abalanzaron sobre su madre que los recibió con los brazos abiertos. Algunas lágrimas rodaron sin hacerse esperar. Carmen Rosa con la niña que ajena a todo dormía en los maternales brazos, se sumaron al grupo. Le siguieron Jesús y Finita. Yo me acerqué al final para darle también mi apoyo.

–¿Y ahora? –preguntó el tío Carlos.

–Esperar a que Chiqui llegue de la escuela. Hoy tiene clases de Defensa Civil –respondió Leonor llena de disgusto.

–¿Pero al niño le están dando clases militares? –cuestionó asombrado Carlos Abimael De la Paz y Escarnostich.

–Aberración comunista que te enseña desde la misma infancia a tener un enemigo social –sentenció Miguel y simulando con sus brazos, disparó:

–¡Pum, pum, pum!

Quedé frio, me dio la impresión de que nos había fusilado.

–¡No lo hagas más! ¡Nunca más en mi presencia! –le imploró la madre aferrando contra su pecho sus delicadas manos, y con el rostro tumbado y los ojos cerrados, pareció haber quedado en una plegaria.

Su hijo corrió hacia ella y la abrazó pidiéndole humildemente disculpas. Cusín también abrazaba apesadumbrada a su madre. Todos guardamos silencio.

–Discúlpeme madre mía, discúlpeme –dijo el hijo severamente conmovido.

Muy despacio, Miguel se dirigió a la cocina donde se sirvió otro poco de café, pero esta vez en la tacita sin el asa. De regreso, le dijo a su tío:

–Si te quedas es por qué quieres.

El pariente tras mirarle a los ojos, movió la cabeza apesadumbrado con la situación, y guardando silencio se quedó estático en medio de la habitación.

–¡Tííito! –dijo Cusín dulcemente–. Nosotros sabemos que como tú no hay dos.

Y cogiéndolo del brazo se lo llevó para la cocina; donde Leonor ya colaba nuevamente café.

Carlos Abimael De la Paz y Escarnostich no paraba de darle mil indicaciones a Leonor, la cual no cedía terreno a su decisión de apoyar a sus hijos en la salida clandestina del país.

En la sala, teniendo cuidado con el alambre, el matrimonio se acomodó con asombrosa facilidad en el maltrecho sofá. Mientras que yo, parado en el balcón, sin tan siquiera acercarme o tocar la abandonada baranda que amenazaba caerse, quedé contemplando las mugrientas, descoloridas y deterioradas paredes exteriores de los edificios que nos rodeaban. Observando todo este deterioro social, pensé:

–Al fin me largaré también de esta pesadilla –finalizando la frase estaba, cuando escuché la voz matizada de incertidumbre que mi media naranja me dirigida:

–¿Estás seguro de que quieres irte con nosotros?

–Claro que sí mi vida –respondí con alegría. Ella sonrió, y cruzando sus brazos por encima de mis hombros, nos besamos tiernamente.

Una bandada de palomas cruzó lejos en la distancia el cielo, llevándose consigo un pedazo de mis recuerdos. Mi Habana, mi hermosa y bella Habana. Aquella otrora y hermosa ciudad ahora desnuda ante mí, me hacía entristecer debido al cruel y canallesco abandono al que estaba siendo sometida. Techos y azoteas en deplorable estados, calles y aceras invadidas de escombros y basuras se veían por doquier. Así como de tanques oxidados y antenas mutiladas, de paredes descascaradas y balcones amputados y apuntalados que parecían competir unos contra los otros en su calamidad. Exactamente en uno de estos vetustos balcones que quedaba más abajo y a un costado de la acera del frente, una mujer más bien de la tercera edad, después de echar un vistazo y comprobar que no hubiese nadie que la observara, se levantó el batilongo hasta la altura de su pelvis e inclinada hacia adelante entre los balaustres de la baranda, lanzó un potente chorro de meáo hacia la calle. Luego se limpió con un trozo de papel y también lo dejo caer, más esté fue levitando en la tenue corriente del aire hasta entrar por una ventana abierta de un piso superior.

–¡Ay de quién lo encuentre! –gritaron hasta las más recónditas neuronas de mi mente.

–¡Qué clase de descarada es Silvia! –expresó mi media naranja roja de la indignación–. Ya nadie respeta a nadie, se ha perdido la vergüenza y hasta el pudor. La revolución a podrido a la gente.

Asombrado y al mismo tiempo conteniendo la risa, manifesté:

—Ya aquí no queda más nada por ver.

Adentro, en la cocina, comenzaba el ajetreo de prepararse la cena de despedida. El exquisito olor del lechón asado, plátanos tostones y yuca con mojo, se mezclaban junto a unos frijoles negros bien espesos y una deliciosa ensalada. Todo este arte culinario me hizo recordar la típica cena de la Noche Buena cuando yo era un niño y León y Lolo, siempre se las ingeniaban para conseguir lo imprescindible y celebrar a escondidas ese memorable día. Sólo faltaba el vino tinto, la cerveza y los refrescos que en esta ocasión, lo reemplazaban una deliciosa limonada que de lo fría que estaba sudaba la jarra. De todas formas este almuerzo quedaba insuperable, hasta el extremo de que Finita que también participaba en la elaboración del mismo, declaró:

—El sólo olor a comida que sale de esta cocina ya constituye en sí un delito ante el cruel racionamiento a que nos encontramos sometidos.

Nos miramos, y para mis adentros expresé:

—¡De madre el que se quede aquí! ¡Que el último apague la luz!

El tiempo se deslizó con su clásica monotonía y la tranquilidad de la tarde se hacía más placentera debido a la siesta que envolvía a toda la familia; interrumpida sólo por el trinar de los tomeguines enjaulados que colgaban de un alambre de perchero sujeto a una viga desnuda que sobresalía de un alero desprendido tiempo atrás.

Muy calladito sin hacer ruidos, aproveché para ir al baño, pues mi estómago no había perdido la costumbre de dar la talla ante momentos difíciles. Después de haberle enviado una pestilente carta al Comandante, con cautela cerré la puerta del baño. Cusín que no me perdía ni pie ni pisada, con voz tenue me interrogó:

—¿Y esa cara?

—No encontré papel —le dije en voz baja—. Tuve que estrujar la portada de una revista "*Verde Olivo*"[105] y limpiarme con ella; no fue fácil.

Cusín se tapó la boca con las manos y se dejó caer sobre el respaldar del sofá desmollejada de la risa. El viejo mueble volvió a perder la pata cayendo de golpe. Jesús y Finita que reposaban la

---

[105] Como su nombre lo indica, una revista militar de las FAR. Tremenda mierda.

comida acostados en el suelo en la sala, se levantaron mirándola con caras de asombro. Ella, respirando profundamente con los ojos cerrados y las manos aún sobre la boca, logrando contener su risa les manifestó:

–Es un secreto militar.

–¡Probó pura cartulina marxista! –reveló Chiqui, a quien no se le iba ninguna.

Se rieron sanamente. Y alzando los hombros, no tuve otra opción que resignarme ante aquella obligada alfabetización anal. Cusín, tomándome del brazo y pegándose muy tiernamente a mí, me dijo:

–Tienes una suerte envidiable, recién acabas de llegar y ya hoy mismo te largarás de aquí sin saber exactamente lo que sentimos. Pero si durante semanas, meses o años tuvieses que limpiarte el fondillo con un pedazo de cartulina y por error embarrarte un dedo y no tener agua para lavártelo, y ni tan siquiera una astillita de jabón para quitarte el mal olor impregnado en tu dedo. ¡Nooo…! No te vas a cagar en el coño de tu madre. ¡Sino en la del otro! Y de seguro que comenzarías a comprender el principio de la esencia misma del comunismo –con una amplia y feliz sonrisa, terminó por decirme:

–El papel sanitario es un lujo de los capitalistas y de la *gusanera* de Miami.

La miré lleno de asombro, tragué en seco y apreté ligera y reconfortadoramente lo que tú sabes. Otro día más aquí y podría perder un atributo de caballero.

Sabiendo todos escapado la siesta, reanudamos las charlas que solo tocaban acerca del futuro que nos esperaba tras el éxito de la peligrosa travesía. Más tarde Cusín y yo, parados en el peligroso balcón, contemplamos el paisaje de las deterioradas azoteas de aquella barriada tan popular. Decidida, feliz y dulcemente, Cusín le abrió la puerta a la jaula de los tomeguines y emocionada les dijo:

–¡Salgan y vuelen que todos oigan su canto!

Estuvimos muy quietos hasta verlos descubrir la puertecita de salida y emprender el vuelo de la libertad.

Yo en mi propio interior estaba seguro que esas avecillas jamás regresarían a la jaula donde comían. Inundados de felicidad, nos besamos llenos de pasión.

Leonor y Finita preparaban una suculenta caldosa como cena de despedida. Mi princesa de los sueños aprovechando la ocasión, me alertó sobre mi estómago. La miré de reojo insinuándole que con la comida no se juega. Deleitándome con el exquisito olor que aún se escapaba de la olla, recordé aquel viejo refrán de mi bisabuela Josefa que dice: "El amor entra por la cocina".

Momentos antes de la hora de la partida, tras otro análisis del proyecto y de la situación sin salida para la familia en aquel régimen dictatorial, llegamos nuevamente a la conclusión de que era la única opción. Miguel planteó dejar una luz encendida para no levantar sospechas, y a último momento antes de cerrar la puerta, cogió una tiza y en la pared escribió: ¡La peste al último!

Leonor lo apoyó con una ligera sonrisa. Cusín advirtió que camináramos con la mayor naturalidad debido a que Guevara estaba por el edificio y que a los vecinos no se les escapaba ni una. En ese mismo instante, un morenito todo sudoroso dobló a toda prisa por uno de los pasillos del inmueble tropezando con Chiqui. Sin nada que mediara entre ellos, quedaron estáticos por un instante. El morenito lo miró lleno de travesura, mostrando una sonrisa amplia y blanca como la leche. Chiqui lo abrazo efusivamente y le dijo:

—Sólo me llevo tú amistad en mi abrazo.

Electrizado por la frase, este simpático morenito quedó en medio del pasillo observando como el grupo continuaba la marcha.

—¡En boca cerrada no entran moscas! —le increpó Miguel al su hermano.

—Él participó en lo del baño —expresó noblemente el muchacho. Esta vez su hermano mayor lo miró profundamente y después de guiñarle un ojo y desordenarle un poco el pelo con la mano, le exhortó a continuar.

Llegamos a la calle donde una camioneta de carga completamente cerrada nos esperaba. Miguel observó al hombre que estaba parado en el portal de la casa roja, y al estar aquél de espaldas a nosotros, ordenó montar. Justo en ese instante apareció un policía de detrás del ruinoso muro pintoreteado y acercándose al chofer le pidió un aventón.

—No vamos en esa dirección —fue la respuesta del chofer, hombre de complexión robusta, facciones finas y pelo corto ondulado.

Molesto por no lograr su objetivo, el policía exigió los documentos, y señaló que el carro tenía chapa roja estatal y que se estaba empleando para uso personal. El sicario comenzó revisando el carné de identidad y al comprobar que el conductor era de un municipio distinto al que nos hallábamos, preguntó:

—¿Dónde e'tá tu hoja de ruta?

El chofer que al parecer lo tenía todo fríamente calculado, de la guantera del carro sacó una tablilla con varios papeles acuñados y firmados según lo previsto. El policía revisó una y otra vez los papeles, y al ver que estaban en orden, señaló que no había justificación para estar transportando personal ajeno a la empresa, y exigió bajarnos a todos amenazando llevarse detenido al chofer. Rápidamente el acompañante del chofer, quitándose la pachanguita decorada con hojas verdes, lo abordó dándole un rango que no tenía:

—¡Teniente! ¿Usted no se acuerda de mí?

—¡No compay! —expresó el policía, mirándolo con detenimiento.

—Usted estuvo con el coronel Osvaldo Raúl en la panadería de los turistas la otra noche y les regalé dos libras del pan especial. ¿Recuerdas? —le habló en tono confidencial, y lleno de compañerismo argumento:

—¿De veras no se acuerda usted?

—No, yo nunca he ido —contestó el esbirro con cierto lamento en la voz.

—Es que atiendo a tantos todos los días que a veces confundo las caras —le dijo él y acomodándose los brillosos cabellos ondulados bajo su desgastada pachanguita, más pausado le preguntó:

—¿Sabes dónde queda la panadería de Obispo?

—Sí —contestó como un disparo el sicario.

—Siempre que pases temprano en la mañana que es cuando estoy, puedes que resuelvas algo. Tal vez una librita crujiente y calientita.

Dicho esto, le extendió una libra de pan fresco y crujiente de las que traían en una jaba dentro del carro. El miserable policía, muy orondo pegó su nariz y olfateó el alimento y luego la sujetó bajo su brazo. Nuestro amigo terminó por aclarar:

—Con mucho gusto te llevaríamos pero tenemos a la vieja en el hospital y estoy apretado con la gasolina y se nos va hacer tarde.

Un poco receloso pero más dócil, el sicario nos miró y al tiempo que devolvía los documentos con su característico canturrear, dijo:

—¡Oye compay! Mañana voy po'allá.

—Yo siempre estoy ahí —la frase impregnada de seguridad fue la certera respuesta.

La puerta del chofer se cerró de golpe y tras un autoritario gesto de la mano, el esbirro ordenó:

–¡Muévanse!

Estábamos en marcha, cuando el policía reaccionó y gritó:

–¿Quién tú ere' compay?

Nuestro amigo sacando la cabeza por la ventanilla y llevándose las manos a la boca a modo de alto parlante, le contestó:

–¡Pepito!

Y nuevamente acomodado en su puesto, mirándonos agregó:

–El de los cuentos, pues yo me llamo Rolando.

Las risas se hicieron presentes en el interior del vehículo.

–¡Por poco se jode todo! –exclamó Miguel.

–¡Tranquilo mota, tranquilo!, que hoy yo salí con el pie derecho – dijo jocosamente el chofer.

Carlos Abimael De la Paz y Escarnostich y yo, nerviosamente nos sonreímos. Aprovechando la ocasión, Miguel nos confesó que Rolando era el socio de aquella noche en el taller y quien también había resuelto el motor sacándolo de allí mismo. Nos presentó a Héctor y Luisa; esta última sonrió y mi cuñado sentenció:

–Yo voy a ser el padrino de la boda de ellos, cuando lleguemos a tierras de libertad.

La joven mostrándonos su amable sonrisa, se ajustó el hermoso pañuelo floreado que en magnifica combinación de matices verdes, semejaban una foresta tropical. El tío Carlos asintió la presentación con la cabeza y yo con un gesto de la mano.

–Luisa es sordo muda –dijo Héctor–. Ella cumplió varios años en prisión por sabotear los billetes en circulación, pintándoles una suástica en la espalda al Dictador en cada billete en que este apareciera. A los chavitos[106] con una lámina de metal los friccionaba por el dobles central hasta dejarlos al borde de la rotura.

–Ingeniosa la muchacha –aseveró Carlos Abimael De la Paz y Escarnostich.

–En el juicio no la dejaron ni hablar –dijo Héctor. El tío Carlos y yo quedamos perplejo.

–Por eso es que se va –acentuó Miguel.

–Pero allá tampoco va a poder hablar –comentó el tío con mucho

---

[106] Moneda nacional con más valor que la moneda original.

respeto.

—Pero ella no va para hablar, ¡sino para comer! —especificó suspicazmente el novio. Nos reímos sanamente, y Héctor sentenció:

—¡Para vivir en libertad!

Rolando el hermano de Luisa, tras una profunda aspiración bucal al certero disparo de su aparato de asma, y después de varias inhalaciones en las que su pecho se inflamó, expresó:

—Desde que tengo uso de razón he tenido múltiples atomizadores, desde el más arcaico hasta éste.

Y mostrándome el spray de salbutamol en la mano derecha, lleno de resignación continuó:

—Tengo que exprimirlo hasta lo último, cada día es más difícil comprarlos. El gobierno los tiene racionados, quiere controlarte hasta los ataques de asma.

—Dicen que el abuso del mismo puede llegar a afectar el corazón —le advertí.

—Los crónicos como yo no tenemos otra opción —manifestó desalentado.

—Debes cuidarte, aún estás joven —le dije.

—Tal vez cuando cruce el charco el clima continental le dé un alivio a mis pulmones —expresó él.

—Cuando llegues haz una dieta para que bajes de peso —sugirió el tío Carlos. Rolando, liberando una sana sonrisa, manifestó:

—No jodas que voy a ir a pasar hambre. ¡Eso sería el colmo!

Todos nos reímos de buena gana, incluyendo la mudita que mostró una amplia sonrisa. Rolando nuevamente volvió a hacer uso de su atomizador, y finalizada su aspiración, sin mediar otra palabra sacó varias libras de pan y las repartió entre todos nosotros. A mí me tocó un trozo de casi media libra que acerqué a mi nariz; quería oler el pan hecho para los extranjeros, pero boquiabierto quedé al mí olfato exclamar:

—¡Pan cubano!

La noche comenzaba a hacerse realidad cuando en un recodo de la carretera el vehículo dejó la vía y se adentró por un terraplén lleno de marabú. Los gajos de esta inhóspita planta golpeaban sin compasión las ventanillas del carro. El chofer apagó las luces y continuó el camino a través de aquella sombría maleza.

—¿Por qué escogieron este lugar? —preguntó Carlos Abimael De la

Paz y Escarnostich.

–Para acá sólo bajan los mosquitos –le respondió Rolando.

–¡Voy a tener que fumigarlos! –expresó el tío Carlos.

–¡Por favor, Carlos! Contrólate el vicio –le sugirió su hermana.

–Hasta aquí llegamos –aseguró Rolando, deteniendo la marcha y apagando el motor.

La puerta lateral de la camioneta se abrió y el aire viciado de su interior escapó a la frescura de la noche. Había transcurrido más de media hora y mi cuerpo necesitaba reajustarse a su medida. Realicé varios arqueamientos estirando los músculos, y dándome de palmadas, comencé a mover los hombros y a frotarme los brazos contra el cuerpo. La presencia de los mosquitos se hizo notar y comencé a espantarlos.

–Ya el turista está bailando el guaguancó –afirmó Rolando señalándome, y entre el sonreír de algunos, Leonor expresó:

–Y nosotras también.

–Es insoportable la cantidad de mosquitos que hay –manifestó Cusín, y al instante Carmen Rosa le sugirió a Miguel el tapar bien a la nena, pues la tierna piel de ella sería la más apetecida y podrían infectarse las picadas o coger dengue. Realmente para la niña los mosquitos eran un peligro.

–¡Rápido! ¡Vamos moviéndonos hacia allí! –ordenó Rolando indicando el camino a seguir.

Comenzamos la marcha en fila india a través de un oscuro sendero. Héctor iba de puntero separando las ramas que obstaculizaban el avance; algunas inevitablemente nos golpearon en el rostro. Poco a poco nos fuimos adentrando en aquellos matorrales de mala muerte.

A pesar de que la marcha se realizaba por un precario trillo sólo reconocido por nuestros guías, nadie emitía opinión. El crujir de las hojas secas se hizo cómplice de nuestros pasos. Se avanzaba lentamente, pero con pasos seguros nuestra caravana serpenteaba aquella intrincada maleza sabiendo que habíamos comenzado la maratónica carrera hacia la tan añorada libertad.

En estos lugares los insectos se vuelven locos ante el calor de la sangre, picándonos incluso en plena marcha por encima de las ropas. Mi guayabera de hilo resultó nada antes estos ataques. Debido a los perseverantes mosquitos pegados a mi cara, a veces me abofeteaba aplastando a los que amenazaban introducirse por mi nariz. El sudor se mezclaba con la sangre ya chupada junto con algún rastrojo de tela de araña que se pegaba al rostro. Tuve que escupir en varias ocasiones para evitar saborear su insípida naturaleza, al inesperadamente absorber alguno de ellos. Esta infernal plaga de coleópteros resultaban los verdaderos guardianes de este inhóspito paraje. Con sus osados ataques lograban que el más temerario de los seres tuviese que espantar la mula.

Dejando atrás el marabuzal, con sumo cuidado cruzamos una cerca de alambre de púas que delimitaba un desértico potrero. La noche resultó clara debido a una hermosa luna llena que nos alumbraba desde la derecha, provocando que las sombras se tornaran largas fundiéndose en la hierba rala que crecía en islotes. El croar orquestado de las ranas, grillos y saltamontes, junto al zumbar imbatible de los mosquitos, armonizaban nuestros pasos que dejaron de ser ágiles debido al fango que se pegaba a nuestro calzado. A pesar de soplar un viento débil pero muy fresco que presagiaba lluvia, cálidas gotas de sudor rodaban por nuestras mejillas. El cielo ajeno a todo, nos mostraba sus inigualables estrellitas inspiradoras de tantos y tantos sueños cumplidos o por cumplir.

La fila avanzaba en silencio, sólo interrumpida por nuestro jadear cansado o por el repentino ahogo provocado por algún trastocado insecto en su vagar.

–Vamos a detenernos aquí –ordenó Héctor, e interrumpimos la marcha.

–¿Qué pasa? –preguntó el tío Carlos.

–Hay que cruzar un arroyo –respondió Héctor, quien ágilmente llevando la iniciativa cruzó de primero, y al llegar al otro extremo, nos dijo:

–Los espero de este lado para darles la mano.

El puentecito resultó ser un viejo y desgastado tronco de una palma que ante nuestro peso se arqueaba dando la impresión de llegar al límite de la flexibilidad. Lo sentí ceder bajo mis pies y comprendí el inmenso valor de las mujeres, pues a punto estuve de exclamar creyéndome caer al canal de no más de un metro de ancho. Continuamos la marcha llegando a una arboleda de caletas baja y tupida que comenzaba a ambientar el sitio costero. Bordeamos un poco la vegetación y por un atajo nos introdujimos en la espesura, donde los rayos de luna al filtrarse entre las ramas, crearon una atmósfera de bosque macabro y lleno de brujas.

La luz se tejía entre los deformes troncos, creando una verdadera red de tristeza e indiferencia que se esforzaba por aplastar las más claras esperanzas. La intrepidez de nuestras ansias de libertad, nos hacían ignorar todas estas espesas penumbras y seguir adelante por un sendero que ahora se sustituía por un suelo rocoso. Encorvados y sujetándonos de los gajos, avanzábamos y avanzábamos con solo la ilusión de que íbamos en pro de nuestra libertad. El andar se tornó tortuoso y no menos lleno de ciertos peligros para las mujeres. En ocasiones cruzamos por encima de troncos caídos, de los cuales huían notorios seres del reino animal, creando estos cierto pánico entre las damas que al verlos desplazarse a rincones más oscuros y lúgubres, casi siempre interrogativamente exclamaban:

–¿Qué fue eso? ¿Lo vistes? ¿Qué cosa era?

Carmen Rosa huyéndole a un eventual encuentro con una de estas alimañas, piso en falso y un: ¡Aaayyy…! seco se oyó, enfriándonos a todos. Al caer fue a parar directamente sobre Leonor, quien también cayó de bruces sobre el accidentado camino, arrastrando en la caída a la esposa de Héctor. La marcha se detuvo al instante y Miguel le preguntó a su esposa: ¿qué le había pasado? Y esta le respondió que no se veía casi nada y que metió un pie en un hueco y se había torcido el mismo.

–Caballeros, hay que tener cuidado donde se pisa –dijo Miguel–. No podemos accidentarnos. En esta travesía se necesita el esfuerzo de cada uno de nosotros. Todos somos imprescindibles. Acto seguido le preguntó a su esposa:

–¿Estas bien?

Ella le sonrió consoladoramente, y él la emplazó con otra pregunta:

–¿Te duele mucho el tobillo? ¿Crees que puedas continuar?

Esta vez ella, levemente hizo un gesto de lamento con la cabeza, y comentó que sentía un agudo dolor que no la dejaba afincar el pie. Miguel le dio la nena a Leonor y se rasgó su camisa logrando varias tiras. Cusín tan ágil como su profesión exigía, le vendó lo más que pudo el pie a su cuñada, y se continuó la marcha.

La caleta quedó atrás y apareció el tupido mangle. Mis botas tejanas ya secas del fango anterior, percibieron la humedad marina y el salitre penetró provocando la ardentía a una llaga formada en mi calcañar. Pensé en Carmen Rosa y su adolorido e inflamado pie, en

Miguel con la niña en sus brazos, en Chiqui y en las mujeres. También en los demás, que llevaban las mochilas y que permanecían callados.

Las ansias por largarnos de la maldición de la Isla Roja, superaban todas las molestias del camino.

–Llegamos –afirmó Rolando en tono confidencial.

–Descansen un rato –dijo Miguel dándole la niña a su esposa que ya se encontraba sentada sobre las piedras y comenzaba a masajearse el tobillo. Leonor se sentó a su lado y le asistía.

–¿Dónde está la cosa? –preguntó el tío Carlos.

–Si tuviera boca te muerde –le insinuó Miguel al tiempo que le señalaba el lugar exacto.

La balsa se encontraba camuflada con espeso ramaje. La curiosidad nos llevó al tío Carlos y a mí a retirar los gajos y ver la balsa que transportaría todas nuestras ansias de libertad.

–Inmensa –dijo Carlos Abimael De la Paz y Escarnostich.

–¡Está genial! –exclamé lleno de emoción.

–¡Eh! ¿Qué sabe usted de balsas extranjero? –me cuestionó Carlos Abimael De la Paz y Escarnostich.

–No crea usted que yo nací ayer –le dije. Y recordando frases de mi bisabuela Josefa, tal como: "anillo al dedo", afirmé:

–Nunca dejes que te den gato por liebre.

El me miró extrañado. Realmente yo no era un extranjero, y dentro de este grupo yo si era un experto balsero.

Me volví para buscar a mi compañera, pero ella se había acomodado ya sobre un tronco caído. Con el semblante sereno, Cusín miraba la inmensidad. Vi brillar sus hermosos ojos llenos de ilusiones, vislumbré la libertad que ya la embriagaba haciéndole palpitar su corazón. A su lado, Chiqui ignorando los jejenes y mosquitos que pululaban el lugar, permanecía en silencio, comportándose como un hombrecito. Frase que le escuché decir a su madre en más de una ocasión.

La quietud de la plateada marea alta, mostraba los filosos dientes de perros que relucían cuales cristales diseminados por la pulida superficie. Agazapados, Jesús y Finita permanecían callados y tomados de la mano. Carmen Rosa arrullaba y arropaba a su niñita que momentos atrás jirimiqueaba. Leonor le masajeaba el pie. Me acerqué a Cusín y le pregunté:

–¿Te sientes bien?

Sólo obtuve el movimiento afirmativo de su cabeza. Su mirada fija en mis ojos me dio la seguridad de conocer su decisión de seguir adelante. Su rostro irradió belleza bajo la luz de la luna tropical, y pensé:

–Tendrá que jugarse la vida para ser libre.

Después de unos segundos contemplándonos, nos besamos.

–¡Eeeh… turista! Déjese de peliculitas y venga a cargar –me dijo Héctor estimulándome a la faena, a la vez que me hacía señas de por dónde debía situarme para alzar la embarcación y llevarla hasta el agua; distante sólo unos metros. Exceptuando a Leonor y Carmen Rosa con la niña, se repartieron las fuerzas y nos posicionamos alrededor de la balsa esperando por la orden.

–¡Arriba, vamos! –exhortó nuestro líder.

Cual si fuese un gigantesco pastel de bodas, alzamos la balsa hasta la altura de la cintura y recorrimos con sumo cuidado el espacio que nos separaba hasta la orilla del mar. Uno de los primeros en penetrar al agua fui yo, que iba en la parte delantera introduciéndome hasta el pecho.

–Quédense ahí y sujeten la balsa –ordenó Miguel al tío Carlos y a mí, y señalando al donante de sangre, le dijo:

–Ven conmigo.

Los cuatro hombres se dirigieron al anterior escondite y comenzaron a traer los envases de agua y combustible. Las mujeres se acomodaron en la embarcación. Miguel y Héctor trajeron el motor colocándolo en lo que ellos llamaron espejo de popa. Comprobado que nada quedaba olvidado, se dio la orden de subir y acto seguido repartieron los remos.

–Este es el tuyo –me indicó Miguel el rudimentario remo alcanzándomelo–. Remaremos sólo para despegarnos de la costa y después para atravesar un bajío entre los cayos que hay unas millas delante de nosotros. Cuando pasemos esos islotes, es directo con el motor hasta la *yuma*.

Brillaron los ojos y una expresión de felicidad amordazó nuestros rostros. Sentía latir los corazones. Aquellas palabras daban nueva vida a mis sueños y a los anhelos de los que junto a mí viajaban.

–No llegué en mi vida pasada, pero en esta, ¡seguro que sí! –me dije en un grito de júbilo interior, al tiempo que comenzábamos a remar con energía de gigantes dispuestos a conquistar la libertad.

Orientada la proa, la balsa se despegó de la costa con la suavidad de un pañuelo de seda que flota en el aire. El chapotear de los remos al penetrar en el agua era la música heroica de nuestras almas. A pesar del sofocante calor que la noche aún no había aplacado, por momentos corría un aire fresco ayudando a nuestros sudorosos cuerpos y agitado respirar a mantener el ánimo del principio. La luna se presentó como un sol fluorescente en medio de la noche y plateando la sabana del mar, le dio un encanto sin igual. Nuestros rostros adquirieron el tono cenizo, propio de cadáveres escapados de un siniestro funeral.

–Sólo pasaremos esta noche en el mar –afirmó Héctor, repleto de seguridad. Luego miró apasionadamente a su bella Luisa, la cual daba la impresión de ser de cera. Ella sólo asentía con la cabeza y una sonrisa capaz de hacer soñar a un insomne.

Avanzados unos cincuenta y pico de metros, dejamos de remar. Después de darle varios tirones a la cuerda de arranque, Rolando logró hacer brotar un ronronear que colmó pleno de esperanzas nuestros corazones.

La balsa se movió cual caballo pinchado por las ancas. Un ligero hundimiento en la popa y la proa se levantó unos centímetros en busca de una hegemónica altura. El empuje soberbio de aquella própela, hizo que nuestros cuerpos se reclinaran hacia atrás rompiendo la inercia para luego volver a nuestra postura anterior. Atrapados en el impulso, nos sentimos renacer, y al ir este en aumento, logró que las cabelleras femeninas ondearan su magia de mujer dándoles matices realmente bellos en negro, en gris y plata. Miré al timonel para reafirmarme del éxito. Y al igual que ingenuos niños que alcanzan caramelos en una piñata, nos sonreíamos.

Dirigí mi vista hacia el frente donde la proa rompía la mar en calma, y de ahí hacia la penumbra del horizonte, donde en poco tiempo debería aparecer una barrera de cayos; estos serían el punto más peligroso debido a la vigilancia que en ellos existe.

La serenidad del mar y la buena visibilidad que brindaba la luz de la luna, permitieron el rápido avance de la rustica embarcación que debido a su ingenioso diseño aerodinámico, se deslizaba como la mejor de su tipo. Construida con todos los derechos reservados, el techo del van resultaba una maravilla en su función de lancha rápida.

Esto me trajo a la memoria mi querida: "La Esperanza" y la de aquel grupo de matanceros que me habían rescatado. ¡Oh!, cuánta nostalgia me inundó, suspiré e hice de tripas corazón con aquellos recuerdos. Y lleno de orgullo en mi pensamiento reflexioné:
—La libertad era una quimera, más ahora iba en pos de ella.

No habían transcurrido cuarenta minutos cuando ya estábamos frente a los cayos que se mostraban en silencio, oscuros, siniestros y tenebrosos. La agudeza de nuestros ojos llegó a su máximo en busca de algún detalle revelador de los temibles sicarios guardafronteras.
—Apaga el motor —ordenó Héctor a nuestro timonel.

Al instante se cumplió la orden y nuestra gallarda nave de libertad, se desplazó producto de su propia inercia motriz, acercándonos en completo silencio al cayerío. Sin mediar palabras aferramos nuevamente los remos, tales si estos fueran armas mortales con las cuales pudiésemos defender nuestra nave y nuestras vidas. Ese fue el instinto surgido en mí, temiendo la presencia de un encuentro con militares, pero realmente eran sólo los deseos de no estar dispuesto a perder ni un sólo segundo en el avance hacia la tan anhelada libertad.

Vivíamos minutos de gran tensión, donde los nervios hicieron gala de control bajo la perfecta iluminación a la cual nos sometía la plateada luna. La incertidumbre de ser observados desde el callado y lóbrego islote, hacía brotar espesas gotas de sudor. Tras un breve bojeo, llegamos a una abertura practicada entre los manglares, y con el brazo extendido señalando hacia un oscuro boquete, Miguel reveló:
—¡Es por allí!

A través de ese estrecho y tenebroso pasadizo se podía apreciar en su otro extremo la claridad de la hermosa luna veraniega, indicando esta que allende estaba el añorado mar abierto.

Remábamos con la cadencia de un viejo vals, introduciéndonos con suavidad en el interior de aquel canal. A pesar de la presión de nuestras ideas, los enormes e implacables mosquitos del lugar se hicieron sentir como nunca antes. Mi corazón palpitaba a cada movimiento de mis brazos. Cusín se había aferrado a uno de mis muslos, como si quisiera absorber a través de él mi valor, sin saber que resultaba su temor el que me daba energías para seguir sin detenerme a pensar en esta travesía de brujas.

Aquel acuoso y silencioso canal no parecía terminar nunca y por momentos daba la impresión de haberse estirado varios kilómetros a fin de impedir nuestra salida. Los minutos corrían logrando con ello aumentar el nerviosismo. Prácticamente comenzábamos a dejar detrás el angosto canal para adentrarnos en el verdadero y amplio mar, cuando cual botella que revienta con su contenido, una explosión nos hizo alzar las miradas hacia el infinito.

Sobre nosotros una poderosa luz roja comenzó a resplandecer haciendo cambiar la expresión de los cadavéricos rostros por el de asombrados y perplejos seres que descubren con desolación el principio del fin de un sueño que recién había comenzado a nacer. Desde la siniestra isla, alguien ajeno a nuestras vidas trataría de impedir lo anhelado por todos, obligándonos a caer de nuevo en la pesadilla de nuestra existencia

–¡Alto! –se oyó la lejana orden que erizó hasta los pelos aún no descubiertos, y el traquetear de una poderosa arma le clavó su impresionante retumbar al solitario paraje.

–¡Arranca el motor Roly! –ordenó Miguel.

–¡Hazlo ya! –exigió Héctor, cuando ya varias luces de bengalas soleaban vivamente en lo alto. Lejos, a más de una centena de metros desde los tenebrosos manglares que dejábamos atrás, se escuchó el feroz mandato:

–¡Cojoneees… tírenles que se vaaan…!

Allá en la distancia destellaron los mortíferos fogonazos comunicándonos que venían por nosotros, ésta era la letal carta de presentación de la ignominiosa metralla. La ráfaga cortó el aire confundiéndose con el ronronear del motor que comenzaba a empujar la balsa tal si fuese una efímera pluma. Silbaban a nuestro lado los ardientes plomos mensajeros del dolor y la muerte. A toda voz tronaba la lluvia de disparos cortando el aire, reclamando algún cuerpo donde justificar su vil existencia. Nuestros corazones palpitaban como nunca antes, sabíamos que la velocidad del brutal plomo caliente era el detalle preciso para apagar nuestras vidas. Nuestros cuerpos se agazaparon evitando lo peor; hasta la luna de plata se escondió. Escuché el impresionante chasquido de la metralla que impactaba el motor inutilizándolo.

–¡No tiren coño! ¡No tiren que hay niños! –el clamor de Leonor desgarró con despero la noche. Y sin ningún temor, su enérgico pecho buscó el sendero del plomo mortal que viajaba hacia nuestros cuerpos chamuscando la carne.

Resultaba tan fuerte las luces de las bengalas y el destello de las balas trazadoras, que sólo la impotencia podía mostrar su estandarte entre nosotros.

La madre cayó de bruces sobre su hijo menor y sobre su nieta, logrando cubrir con el desespero a Carmen Rosa.

—¡Mamíii...! —gritó Cusín ahogada en llanto.

—¡Mamáaa...! ¿y la niñaaa...? —interrogó Miguel sacudiéndola por los hombros.

—Yo los cubro a todos con mi vida —dijo Leonor, apretando con ahínco la masa familiar.

—¡Escápate hijo que no te cojan! —le dijo la madre, pero él no hizo caso y se echó sobre ellos cubriéndolos.

Los disparos continuaron por interminables segundos hasta que la lancha después de dar un brusco giro se detuvo encallándose en un bajío.

Sudorosos, jadeantes, cálidos y llenos de latidos descontrolados que rebotaban entre sí, resultó el amasijo de cuerpos aferrados entre las almas. El anhelo por ser una coraza de piel blindada de la cual no pudiese escaparse la vida al encuentro con los insensibles plomos de odio que cortaron la fresca noche, quedaba resumido allí; donde el aroma fatídico y trágico se adueñaba de todo.

—¡Huye! —me exhortó Cusín al oído.

—Contigo vine y contigo me quedo hasta la muerte. No me pidas nunca que te abandone —dije lleno de valor.

Sus dedos se enroscaron en mi corto pelo volteando mi rostro hacia ella, y logrando mirarme a los ojos, me repitió el mismo deseo. La contemplé con el corazón hecho pedazos. Entre los dos se tendía como primera víctima la ilusión, su muerte me transmitió un eco triste y desesperanzador que comenzaba a oprimirme. Un manto de silencio mortuorio se había posado sobre nuestras almas ya faltas de esperanzas. Desarropándome la inquietud del momento e infundiéndome valor, me erguí para enfrentar a los esbirros de aquella emboscada.

Entonces sentí que unos dedos fundidos en mi ropa cedieron la presión de su último intento; tal vez por protegerme, por alertarme, o tal vez por contener el dolor que le causara la pérdida de los sueños y la vida. Sin respetar las más elementales órdenes humanas, aquel brazo cayó inerte. Su cuerpo se derrumbó sobre las piernas de su compañera que, al comprobar la flacidez del mismo, profirió un sonido gutural aterrador; haciendo salir al resto del grupo del letargo impotente en el cual nos habíamos sumido.

Ante la realidad de aquel grito y esperando transformarlo en una negativa; desesperada Cusín preguntó:

–¿Qué pasa?

–Héctor está muerto –dijo Rolando con voz trémula. Luisa envuelta en llanto acariciaba con ternura el rostro de su amado.

–¿Qué tú dices? –cuestionó Cusín con la voz quebrada por el dolor. Aún el eco de la última vocal no había terminado de perderse en aquel fatídico momento, cuando otro grito desgarrador, esta vez proferido por Finita corto la trágica noche.

–¡Aaay, aay, ay, asesinos... mataron a mi marido! ¡Lo han matado! –Ella haciendo una mueca que enmascaró hasta su alma, no pudo terminar de expresar lo que sentía. Y arrodillándose ante el rostro destrozado de Jesús, sollozaba sin control.

–¡Revisen a los niños! –indicó Miguel, lanzándose como un relámpago sobre el amasijo formado por su madre, su mujer, Chiqui y la niña, terminando por arrebatarle a esta última de los brazos a Carmen Rosa.

–¡Está bien, está bien! –respondió ella con voz de quien teme perder algo.

–¡Coño Carmen Rosa! ¡La niña está muerta! –clamo Miguel.

Aún no sé cómo pudo expresar esa frase. La aspereza de lo dicho, cual lija rayó el abismo de mis oídos. Vi como poco a poco fue desenvolviendo la colchita ensangrentada sin tener el verdadero coraje de llegar a la suave piel de aquel tierno angelito.

–Mi hermano también está muerto –pronunció Carmen Rosa en un profundo lamento al tiempo que comenzaba una inaudible plegaria. Miguel alzó su vista al infinito y teniendo a su hijita en los brazos, se arrodilló en el centro de la balsa. Su cabeza hacía desesperados movimientos negando la verdad.

–¿Por qué, por quéee...? –la interrogante de Miguel rebotó con lastimero eco en los manglares. La magnitud de la pregunta arrodilló a Leonor que con los ojos cerrados, cuestionó:

–¿Por qué no pusiste tu mano Virgen Santa?

–¡Aaay... Dios míooo...! –gritó Cusín al ver a su hermano con la niña.

—¡Aaay mi niñaaa... mi niñita lindaaa...! —se lamentaba Miguel manteniendo su postura. Mientras Carmen Rosa le pasaba la mano por la frentecita al tierno angelito que parecía dormir. Nuevamente varias ráfagas cortaron el aire con su desafiante mensaje de dolor y muerte; acompañadas esta vez por unos desaforados ladridos que les sirvieron de fondo.

—¡Basta yaaa...! ¡Paren, pareeen...! —grito Carmen Rosa fuera de control.

—Creo que estoy herida —comentó Leonor.

—¡Mamá! —exclamó Cusín palpándole el cuerpo desesperadamente.

—¡Madre, madre! —repitió Miguel aferrando contra su pecho el tierno cuerpecito que al parecer dormía.

Espontáneamente sobresalieron las francas palabras de:

—Yo estoy bien,

La infantil voz sonó triste pero segura, mostrando un cambio dentro de su alma. Al unísono, su grupo sanguíneo lo nombró.

—Algún día ellos pagarán por esto —dijo con voz queda, y llevándose al pecho la mano embarrada por la sangre de su madre y marcándose una cruz con la mismo, emotivamente dijo:

—¡Lo juro!

Sorpresivamente se escuchó un jeremiqueo proveniente de la sábana ensangrentada, y tan rápidos como un destello, destaparon por completo el cuerpecito; comprobando que no tenía ninguna herida.

Carmen Rosa recordó haber suministrado una fuerte dosis de benadrilina a su hijita para evitar que con su llanto revelara nuestra presencia. La sangre de la herida que la abuela tenía en el costado había manchado el cobertor de la niña. Eso era todo.

—¡Mi niña está viva! ¡Está viva! —clamó Carmen Rosa llena de lágrimas.

—¡La niña está viva! —repetimos.

Miguel en señal de humildad y agradecimiento, extendió sus brazos al cielo y dijo:

—¡Gracias Señor, gracias!

Y volviéndose hacia su madre, lleno de inquietud la cuestionó por su herida. Esta heroína cargada de ternura, los consoló diciéndoles:

—No sean tontos que no voy a morir.

—¡Pero mamá! —dijo Miguel angustiado.

—No te preocupes hijo, no es nada grave —la frase contenía el tono más seguro de la tragedia que estábamos viviendo.

—¡Que no se mueva nadie coño! ¡Quieto todo el mundo cojones! —el tenebroso mandato rasgó la noche haciéndonos más vulnerables de lo que ya éramos.

La balsa humildemente encalló en la orilla, y con todos nuestros ánimos vencidos, fuimos desembarcando en silencio. Carlos Abimael De la Paz y Escarnostich que tantas preguntas hiciera, había desaparecido sin dejar rastro. Cusín al comprobar su fuga, me pidió que me uniera a él y regresara a la ciudad.

—No seas boba, ya nadie puede cambiar mi destino —le dije, tras una triste sonrisa.

Las órdenes de los esbirros de que no se moviera nadie, ya colmaban el ambiente. Los ladridos de los perros difundían el terror, y fieles a los instintos de sus entrenadores, se apresuraban por mostrar sus habilidades en el arte de atrapar y desguazar humanos.

—¡Ahí están Sargento! ¡Los trabamos! —gritó inflamado de saña el que sujetaba a los perros.

—¡Quieto todo el mundo porque al que se mueva les parto las patas! —dijo el más altanero de los sicarios.

—¡Bájense todos de la balsa y siéntense en la arena! ¡Quiero un solo grupo y que nadie se mueva cojones! —ordenó el que fungía como jefe y que sin pérdida de tiempo orientó a su subalterno:

—Si alguien se mueve suéltales los perros. ¡Ellos sí no entienden!

Como verdaderas fieras salvajes los perros ladraban amenazadora y desaforadamente. De pronto recordé aquella vieja frase de mi bisabuela Josefa al decir: "Perro que ladra no muerde". Cuán desacertada podría resultar ahora.

—¡Cuidado con los niños! ¡No quiero que los muerdan! —exigió Leonor en puro pánico.

—¡Cállate vieja! —tronó la áspera orden del jefe de la banda de uniformados por encima del ladrar de los perros, que desafiantes, mostraban sus enormes y filosos colmillos.

—¡Que nadie se mueva cojones! —gritó el esbirro— ¡No lo voy a repetir máaa...!

Y traqueteó su arma calada con una espantosa y tiznada bayoneta.

—¡No tiren por favor que hay niños! —Suplicó a puro gritó la madre casi ahogándose en el balbucear de su desesperación.

–¡Quiero silencio! ¡Cojones! –gritó con saña el Sargento pasando en abanico la mirilla de su temible arma AK-47 sobre nuestras almas que estaban en un puro nervio. Después de comprobar que nadie se movía, activó su transmisor, y pegado al aparato repitió:

–¡Aquí gallo pinto! ¡Aquí gallo pinto! Cambio.

Un ruido de interferencia se escuchó y tras este indagaron:

–¿Todo bajo control? Cambio.

–¡Positivo! Cambio –respondió, y acto seguido le cuestionaron:

–¿Cuántos son?

Volvió a escucharse el sonido y él respondió:

–Más de diez. Cambio.

–Mantengan el control que ya vamos para allá –se escuchó decir en la radio, y el característico sonido ocupó su presencia.

Los perros no paraban de ladrar, y Finita y Luisa de llorar. El más altanero y áspero de los sicarios les exigió grotescamente que se callaran. Pero Finita desatinadamente grito:

–¡Están muertos! ¡Tú los mataste! ¡Los mataste hijo de puta!

–¡Cállate cojones! ¡Te he dicho que te calles! –gritó el esbirro. Ella, llena de odio y ahogada por el llanto, le reclamó:

–¿Por qué los matastes coñooo…? ¿Por qué fuiste tan hijo de puta de matarlos? ¡Eeeh…! ¡Contéstame so mierdaaa…! ¿Por quéee…?

–¡Si te has vuelto loca… cálmateee…! –ordenó violentamente el sicario y rastrillando su AK-47 la amenazó:

–¡Cálmate cojoneees…! ¡Cálmate porque te voy a salar la vidaaa…!

Gritaba fuera de sí aquel esbirro con la poderosa arma temblándole en las manos. Más la viuda, cara a cara a este sanguinario, pausadamente y llena de saña, repitió su reclamo:

–¿Por qué los matastes hijo de puta? ¿Por quéee…?

–¡Porque se querían ir! –respondió el miserable soldadito lleno de odio–. ¡Yo cumplo órdenes! ¡Cállate de una vez!

Finita poseída por los nervios, desatinadamente varias veces gritó:

–¡No me callo naaa'… coño, no me callo naaa'…! ¡Asesinooosss…!

–¡Cállate coño, cállate yaaa…! –le advirtió el militar lleno de nerviosismo. Finita no paraba, y su desaforado grito de:

–¡Hijos de putaaas…! –Retumbó bajo la impresionante luna que palideció ante el violento culatazo que aquella espigada mujer recibió en su rostro. La vi caer de bruces sobre el claro de playa y su espesa sangre junto a algunos fragmentos de sus hermosos dientes marcaron sobre la blanquecina arena el salvajismo de nuestro captor.

Miguel tan veloz como una centella se lanzó sobre el vil sicario, pero el otro que estaba a un costado lo interceptó clavándole la bayoneta en el costillar. Miguel giró en el aire con una visible mueca de dolor y llevándose ambas manos a la herida, también cayó retorciéndose sobre el claro de la playa.

–¡Miguel! –gritaron espantadas Cusín y Leonor.

Me levanté cuál si un resorte me hubiese activado en pleno, pero la temible bayoneta frente a mi pecho y el furioso gruñir de los perros ya sobre mí, fueron el freno definitivo para no engrosar las filas de los caídos.

–¡Un paso más y te mato! –me espetó el miserable sicario, firmemente parado a algunos pasos frente a mí.

–¡Nooo… Nelson, nooo…! ¡No te muevas, nooo…! ¡Por favor hazlo por mí! –fue el grito desesperado y lleno de demandas dado por Cusín.

–¡Muévete cojones! ¡Muévete otra vez si tú eres guapo de verdad! ¡Muevete para que veas cómo te meto un bayonetazo que no te va a salvar ni el médico chino! –vociferó el sicario presto a cumplir su veredicto.

Sentía hervir toda la sangre en mis venas, e inflamado mi pecho estaba dispuesto a continuar, más de ahí no pasó la acción. Quedé estático y un gran desaliento de impotencia me embargo poco a poco. Descontrolados, los perros ladraban tan cerca de mí que sentía el aliento rabioso de su mala alimentación.

La situación se volvía confusa, cuando el grito atemorizante del que comandaba la operación, hegemónicamente ocupó el espacio:

–¡Que no se mueva nadie cojones, que no se muevan! ¡Porque yo si enfrío a cualquiera! –dijo sádicamente el esbirro.

–¡No te muevas Miguel, por favor no te muevas! –le rogaba su madre llena de desesperación.

–Aconséjelo vieja, aconséjelo, porque estos animales no han comido y si se los suelto, ¡aquí no va a quedar títere con cabeza!

Tras los militares tomar mejor posición y control de la situación, y sintiéndose dueño de la situación, despóticamente el sicario que le había propiciado el brutal golpe a Finita, me ordenó:

—¡Regresa a tu sitio y estate tranquilito, si no quieres que también te la aplique! Oye consejo. ¡Porque te parto pa'encima y te salo' la vida!

Vi claramente el destello de odio en sus ojos y comprendí que estos irracionales combatientes revolucionarios no tenían nada que ver con los aparentemente humanitarios soldados de la revolución que se hizo con el pueblo y para bien de todo el pueblo. Esta bestialidad era el siniestro reflejo de la oscura alma revolucionaria engendrada en la sierra[107]; la gran mentira uniformada, aquí mostraba su identidad.

Miré a Miguel encorvado sobre la arena, la herida le sangraba y no le quedaba ya de otra que aguardar por su destino. También comprendí en su mirar que tendríamos que estar mejor preparados para hacerle frente a estas roñosas bestias convertidas en míseros mercenarios al servicio del despótico Dictador que desgobierna la Isla. Con mi cabeza aún erguida, obedecí sentándome en mi lugar.

El demonio uniformado que momentos atrás salvajemente golpeara a Finita, aún con su mirada sedienta de violencia se paró frente a nosotros. Con el arma en ristre y colocando siniestramente su dedo sobre el gatillo, apuntó a la cara de Miguel. Sólo ante la orden dada por su jefe de mantenerse en calma y de demostrarle este que todo estaba bajo control, fue que no llevó a cabo sus siniestros instintos. Y con la crueldad reflejada en su rostro, optó por vigilarnos en silencio. Mi alma no presentía nada bueno, podrían incluso comenzar a matarnos, de estos esbirros esperaba lo peor.

El que por la correa sujetaba los perros, hizo un montaje con su arma, se agachó y lanzó una bengala que al igual que las otras iluminó el lugar dándole tonos rojos y negros de aspecto desagradable. Entonces la radio, tras su característico ruidito, habló:

—¿Algún problema Gallo Pinto?

—No. Cambio —respondió el que fungía como jefe.

—¿Entonces por qué han lanzado otra bengala? Cambio —cuestionó la voz y el ruidito remató.

—Estamos chequeando el área y contando los prisioneros. Son

---

[107] Lugar donde este engendro del mal comenzó a hacer realidad todo su maquiavélico plan de subyugar al pueblo y destruir nuestra patria.

ocho, además dos bajas y dos menores, en total son once. ¡Cambio! –dijo el soldado.

—¿Cómo qué once? –se escuchó la voz airada a través de la radio. El ruidito clamó su presencia y los perros ladraron.

—¡Discúlpeme Capitán! Déjeme contar de nuevo. ¡Cambio! –dijo el soldado, y tras un rápido conteo en que fue apuntando con su poderoso fusil calado a cada uno de nosotros, rectificó:

—Sí, son doce los que trataban de escapar. ¡Cambio!

—¿Contaste bien esta vez? –cuestionó con rigor la voz y el ruidito la imitó.

—¡Sí mi Capitán, son doce! ¡Cambio! –ratificó el militar que fungía como jefe del grupo.

—¿Algún herido? –preguntó la voz a través de la frecuencia y el característico sonar.

—¡Si mi Capitán! Una bocona que perdió algunos dientes, un guapito que pinché y una vieja con un tiro a sedal –dijo con desprecio el inescrupuloso militar.

—¡Que se jodan! –se escuchó la grotesca voz, y tras el típico chasquido radial se oyó:

—¡Mantengan la posición y la técnica necesaria que estamos en camino! ¡Alerta, mucha atención! ¡Verifique que ningún elemento haya escapado! ¡Cambio! –Y el ruidito.

—¡Todo bajo control mi Capitán! –respondió el sargento, y el oficial a través de la radio le informó:

—La neutralización del grupúsculo y su medio se ha efectuado a las veintitrés horas. ¡Cambio! –el ruidito.

—¡Positivo, cambio! –respondió el sicario y con su característica prepotencia ordenó:

—Las mujeres que se sienten en este claro de la playa, al menor movimiento extraño suelto los perros.

Esta operación se llevaba a cabo cuando el ruidito de la radio cortó el aire, y tras identificarse el oficial, interrogó:

—¿Qué tipo de medio se le ocupó al grupúsculo?

—Una lancha de construcción casera con motor –respondió el jefecillo militar que resultaba el único con micro-onda.

—¡En cuanto controlen la situación sáquenla del agua! ¡Es necesario inutilizar el medio! ¡Cambio! –ordenó el superior.

—¡Positivo, cambio! –respondió el tenebroso Sargento.

A Miguel le permitieron hacerse un rudimentario vendaje con su propia camisa evitando así una hemorragia. Mientras que Finita apretaba entre sus labios un paño. Todos fuimos atados con las manos a las espaldas. Solo Carmen Rosa que permanecía con la niñita en los brazos quedó sin ser atada.

Luego nos sentaron a la orilla frente al mar, las mujeres delante y nosotros un espacio detrás de ellas. Leonor pidió que al menos ataran al niño con las manos por delante pero fue en vano.

Las tiras plásticas ajustadas sin ningún tipo de escrúpulo mordían la piel obligándonos mover las manos en busca de una imposible mejor posición, logrando solo pellizcar aún más la epidermis. Los cadáveres yacían en el claro de la playa más pálidos que la propia luz que los bañaba. Momentos atrás, acatando lo ordenado por el jefe del trío militar, Rolando y yo habíamos colocado los cuerpos inertes sobre la arena; despegados un poco del rompiente de la marea. Los sabuesos tras olfatear los cadáveres y comprender la naturaleza misma de la muerte, de manera repulsiva retrocedieron. La balsa había sido amarrada a una caleta cercana a la orilla.

El guardia con los perros, tras inspeccionar los paquetes y repartir entre ellos el pan que quedaba, tomó un pomo y lo destapó. Después de oler el contenido, sorbió un trago directo de la boca de la botella y exclamó:

—¡Es limonada!

Saboreó la misma y exhortó a su jefe a tomar.

—¡Pruébela Sargento, está fría!

Al este señalarle con un gesto de la mano que más tarde lo haría, el subalterno, alzando el pomo se lo entregó al más sádico y grotesco de nuestros captores. Al momento, éste bebió la mitad del envase.

—Ten cuidado flaco, no vaya a ser que tenga algo —le insinuó jocosamente el sargento. Ellos rieron burlonamente.

—¡Que diabólicos! —expresó Cusín llena de odio.

—¡Cierra la boca, *gusana* de mierda! —escupió el esbirro su frase.

—¡Ni *gusana* ni mierda! ¡Tú eres un vil asesino! ¡Tú si eres un mierda! —le riposto ella haciendo un gesto con el rostro lleno de dureza y dolor señalando los cuerpos inertes y al de los heridos. Tras este fatídico paneo, le clavó la vista al esbirro y le espetó:

—¡Ellos solo querían ser libres!

—¡Qué libres de quéee…! —gritó el sicario lleno de saña—. ¡Lo que trataban era de irse del país! ¡Eh, eeeh…! ¡Querían llegar allá para ponerse a hablar mierda de la revolución! ¡Eh, eeh…! ¡Nosotros tenemos la orden de partirles las patas a quien intente escapar. No podemos dejar salir a nadie! ¡A nadie! ¡Oíste bien! ¡A nadie! ¡Y van a pagar por esto! ¡Eh, eeeh…! ¡Esto les va a costar caro! ¡Estos muertos son por culpa de ustedes, por tratar de irse del país! ¡Eh, eeeh…!

Alcé la vista cuando ya todo era inevitable y comprendí que el comunismo donde quiera que se arraigue malograba mi existencia. ¿Qué me pasaría después? No lo podía predecir. Ante mí, tendido sobre la ensangrentada arena, el cuerpo de un joven que desde que lo conocí sólo había dado sangre, primero en gesto noble, más ahora por la libertad. Junto a él, Héctor, los dos, inmóviles bajo el baño de plata lunar resultaban escalofriantes y fantasmagóricos. Finita tapaba su destrozada boca con un paño ya ensangrentado por la hemorragia. Miguel, el león herido y doblegado, apretaba con su codo el tapón que el mismo se había colocado en la abertura del bayonetazo dado. Los demás permanecíamos en silencio, y callando nuestro propio dolor y resignación no atinábamos a nada.

Los perros hacía rato habían dejado de ladrar. Mi vista se posó sobre Cusín, ahora preocupada por la pérdida de sangre de su madre, de Finita y de su hermano. Pero atada como estaba, no acertaba a nada y se resignaba a indicarles que controlasen los sangramientos.

Chiqui, con sus avispados ojos llenos de odio, contemplaba los rostros de sus despiadados captores, de los que hirieron a su madre y hermano, y apagaron la vida de aquellos amigos de la casa. Por vez primera veía de cerca a los heroicos soldados revolucionarios, titulares en represión y muerte. Sus juveniles pupilas fotografiaban las caras de los verdugos que le impidieron conocer la libertad y marcaban su vida de un luto insalvable; donde ya no existiría el futuro soñado. Porque, ¿quién podría devolverle a aquellos cuerpos inertes su sonrisa y darle acción a sus manos que tantas veces lo despeinaron cuando iban de visita a la casa? Algún día tendrían que pagar por esto y mucho más, a no ser que Dios se los cobre antes. El silencio precoz que lo envolvía definía el cambio de su vida infantil a una madurez precipitada, marcada por las ansias de una justa venganza que tal vez el tiempo aplacaría.

Mi ser, defraudado por tanta calamidad e imposibilidad de alcanzar la añorada libertad, cayó en un resbalón inequívoco de espiritualidad haciéndome pensar por un momento que mi vida era peor que una maldición gitana.

Nuestra sangre que hervía en derrota, resultaba ahora desagradable al paladar de los jejenes y mosquitos que con feroz apetito invadían el lugar; no obstante, hicieron incontable el tiempo para los terribles guardianes de este inhóspito paraje. Los temibles perros continuaban observándonos sin proferir ladridos.

Un silencio sepulcral aprisionó las palabras, nuestros cuerpos habían perdido el calor de la contienda y comenzamos a sentir un frío fúnebre. El tiempo, tan inmaterial como su esencia, se hacía más efímero. Y permaneciendo nosotros en la misma posición, oímos el repetitivo sonar de la suave ola en la orilla, y la brisa que pasaba sin prisa dejó que la radio anunciara la inminente llegada de los refuerzos militares.

Una Lancha rápida llena de soldados fuertemente armados, con la furia de su impulso se encalló en la orilla. El primero en saltar de la misma fue un oficial de severo mirar y musculosa complexión, al cual siguieron los demás con brío de legionarios corceles apocalípticos.

—¿Dónde están los balseros? —bramó su voz, que al instante identifiqué como la escuchada momento atrás por la radio.

—¡Son éstos Capitán! —respondió el militar responsable de la captura.

—¿Averiguaste el nombre del jefe de este grupúsculo? —increpó a secas.

—Aún no mi Capitán —respondió el sicario.

—¿Qué coño estabas haciendo? —inquirió rudamente el Capitán. El despótico Sargento calló.

—¡Recójanles los carnés de identidad! —ordenó el Capitán. Acto seguido comenzaron a efectuar el cacheo sin el menor escrúpulo.

—¡No me toques los senos! ¡So mierda! —gritó Cusín, dándole un mordisco en el brazo al militar que la registraba. La temible arma había caído casi delante de ella, pero una fuertísima bofetada la hizo caer de lado. Y oprimiendo fuertemente el brazo herido, el sicario recogió tan rápido como pudo el AK-47.

—¡La próxima vez te saco los dientes! ¡perra! —espetó con sus mandíbulas apretadas.

Todos miramos a este sicario de mierda que también nos miró a todos cual si fuese un lobo feroz. Miguel observándolo con ojos de águila deseosa de destrozar su presa, no tuvo otra opción que apretar sus brillosos dientes. El Capitán se le acercó, y ya junto a él, arropado de agresividad dijo:

–¡Eeeh…! ¿Qué le pasa a este balsero de mierda?

–A ese lo pinché para que se tranquilizara, mi Capitán –informó el sargentico altaneramente. Miguel hizo un ademán como para levantarse, y el militar lo pateo por el pecho obligándolo a quedar en igual posición.

–¡Cálmate mi hermano, cálmate! ¡No te dejes provocar! –gritó Cusín con su rostro enardecido. Le vi brillar los ojos, la vi respirar llena de furia, la vi más hermosa que nunca. ¡Qué mujer más guapa!

–¡Si tienes cojones de verdad, salta de nuevo que yo mismo te voy a partir la siquitrilla! –le espetó el Capitán con el mayor despotismo del mundo a su prisionero, propinándole una fuerte pata en la pierna que lo hizo estremecer.

Aún tirado de lado sobre la arena, Miguel mantenía la vista fija en el gigantesco oficial, quien con gesto altanero y desmedido, desenfundó su pistola. Y pegándole el cañón a su cabeza, rastrilló su arma con ímpetu y con igual rudeza le dijo:

–¡Te doy un tiro y pa'la pinga! ¡Me da igual dos que tres!

–Si lo mata, tendrá que matarme a mí también –alegué humildemente desde mi posición, con la sangre completamente helada.

–¿Y quién cojones eres tú? –me gruñó al rostro el Capitán.

–Soy el turista que salvaron y que salió en la televisión –expresé con voz opaca, pero audible.

–¡Pero qué clase de hijo de puta es este! –gritó el sicario y volviéndose al subordinado responsable de la captura, le espetó en la cara:

–¿Cómo coño tú no me dijiste que había un turista en el grupo? ¿Estás comiendo mierda o qué?

El militar quedó impávido, mientras el grotesco Capitán caminaba a grandes pasos por el claro de la playa terminando por enfundar su arma.

–¿Vamos a ver qué opina de esto el Coronel Ramiro? –dijo el Capitán acomodándose su gorra verde olivo–. Con ese la cosa va a hacer distinta. Porque él sí que fusila a Masantín el Torero si se sale de la línea.

Sus palabras realmente provocaron un frío en mi alma que creo no haberlo sentido nunca antes.

El oficial enfrascado en el saqueo de la embarcación se nos acercó y ordenó que fuésemos cacheados nuevamente, y que se nos despojara de todas las cosas menos de la ropa. Después de repartido su miserable botín y de haberse comido todo el pan, se pusieron de acuerdo respecto a la información a dar sobre los hechos. Luego nos montaron en la lancha rápida y en cuestión de un poco más de un cuarto de hora arribamos a un cuartel enclavado en la construcción de una vieja fortaleza a orillas de la desembocadura de un río llamado Cojimar.

La luna se había corrido y mostraba un color fantasmagórico. Nuestras sombras se proyectaron en el arcaico muro formado por enormes bloques carcomidos por el tiempo, pero aún refugio seguro ante cualquier plomo agresor. Nos ubicaron en una terraza superior al aire libre, sentándonos a varios metros de separación unos de otros. Ni idea tenía de que nos iba a acontecer. Todos guardábamos un luctuoso silencio. Permanecimos con las manos atadas, incluso para hacer las necesidades en el mismo lugar en que estábamos.

La madrugada caminaba sigilosa cuando comenzaron a llamarnos para el primer interrogatorio. En este proceso nos libraron de las ataduras sólo para hacernos escribir un dictado a favor del Dictador en jefe y todos los aparentes beneficios que gracias a este tirano había alcanzado la Isla. Miguel, en uno de los pases que casualmente ocurrieron entre nosotros, me dijo que era para identificar la letra de los que escribían consignas contra la tiranía; por eso él había cambiado los rasgos de su escritura. Recordé que en una de las conversaciones que sostuvimos a solas, él me reveló que en varias ocasiones en horas de la noche sobre las aceras de las paradas de las guaguas se dedicó a escribir con chapapote consignas contra la dictadura. Él consideraba que esta técnica era muy buena, pues los patrulleros al pasar no la veían y los mensajes lograban durar más tiempo. Mi corazón latió de orgullo sabiendo que mi otrora cobardía quedó enterrada en aquel mismo instante en que le expresé mi disposición a escribir junto con él un cartel en cualquier pared que se prestara a la proclama. Aunque realmente él era de la firme opinión de que si a tiros ellos tomaron el poder, a tiro limpio había que sacarlos. Mi cuñado se consideraba todo un patriota, pero ante la imposibilidad de enfrentar a una dictadura que encarcelaba y fusilaba sin el menor escrúpulo cualquier idea opositora y con la experiencia de su padre vivida en su propia carne, había decidido huir en una balsa, pues él no quería condenar a su niñita a una huerfanidad segura. Al finalizar los interrogatorios, ya el sol de la mañana comenzaba a picar. En ningún momento se les prestó atención a los heridos y las vendas de los mismos ya presentaban las costras de la sangre coagulada sobre las mismas.

El sol amenazaba con cocinarnos en aquella terraza con vista a un mar prometedor de los más bellos sueños. A un costado de la muralla, un pueblecito con casitas tan viejas como la fortaleza, lucían con vergüenza sus descoloridos verdes; a excepción de la recién pintada en rojo.

Horas más tarde, sumados a otro grupo de prisioneros, desde allí fuimos conducidos en dos camionetas de color rojo tierra con las tétricas siglas G2 que, en su interior semejaba una jaula para perros sarnosos capturados en las insalubres calles del peor pueblo de este engendro tercermundista. Carmen Rosa fue la excepción por llevar la niñita en brazos. A ella se la llevaron en otro vehículo similar al nuestro. El encargado del protocolo de entrada a esta jaula móvil fue un soldado que más parecía una bestia enfundada en una hoja de plátano que una persona.

—¡No se puede hablar ni escupir en el suelo! ¿Entendido? ¡De lo contrario les aplico un correctivo! —gruñó el esbirro mostrándonos sus dientes de un blanco inusual.

Hecha esta advertencia, guardamos silencio en el interior del sofocante transporte. Tras cerrarse herméticamente las puertas, prendieron una potente luz incandescente que nos alumbró el rostro durante todo el camino haciendo más sofocante el reducido y hermético espacio; impropio aún para animales feroces. Prácticamente nos transportaban como sardinas en lata.

Con las manos aún atadas a la espalda, las esposas de alta calidad apretaban nuestras muñecas cual tenaza de jaiba colora'. Sólo nos quedaba la triste y única posibilidad de saber cómo éstas herramientas de sometimiento, hacían nuevas marcas en nuestra carne alrededor de nuestras articulaciones.

La mirada de la bestia uniformada, no nos abandonaba ni por un solo momento. Su insociable rostro parecía no haber tenido nunca infancia, tal si hubiese nacido para ésta ominosa profesión de cancerbero del infierno. Qué trabajo tan miserable para el comienzo de su juventud; pasar la vida siendo un vil carcelero no era cosa que pudiese albergar yo en mi alma. ¡Pa'l carajo! Si hubiese sido yo, de veras que me corto las venas. Sentí incontrolables deseos de vomitar y aunque mi estómago estaba vació, sentía un peso enorme dentro de él que me llenaba de nerviosismo. Deseando aliviar mi malestar, intenté provocar un vómito haciendo fuertes arqueadas, hasta que una de ellas terminó por llevar un buche amargo al interior de mi nariz y a todo mi paladar; casi me asfixio.

Molesto y sin el menor escrúpulo, el esbirro me dijo:

—¡Si te vomitas, lo vas a recoger con la lengua!

Todos nos miramos pero esta vez se sumaron los odios prisioneros en nuestros ojos. Él hizo un gesto grotesco con el rostro a modo de perro bulldog, continuando sereno y alerta.

Rolando que venía a mi lado disimuladamente me tocó con el codo. Lo miré con discreción y en su cara se dibujó una leve sonrisa llena de satisfacción. Su cómplice mirada me indicó el cierre de su portañuela completamente mojada. Corrí la mirada al suelo y vi cómo se comenzaba a formar un charco que se extendía en varias direcciones debido al movimiento del carro. El olor a orina hizo más penetrante la viciada atmósfera de este calabozo rodante.

El vehículo que nos conducía al departamento de más alta seguridad en la isla, atravesó la ciudad bajo un sol que prometía derretir el asfalto. Desde la cabina y a través de la microonda, se comunicaron con el lugar y se les informó que todas las medidas estaban tomadas para cuando llegásemos. Segundos antes de nuestro arribo, las puertas se abrieron con sincronismo de relojes suizos y se cerraron con igual maestría. La camioneta se detuvo en un parqueo interior muy espacioso, quedando en una posición en la cual la sombra de un alero solo daba en el cristal frontal de la cabina.

Los militares se bajaron haciendo gala de una depurada disciplina superior a las de las huestes estalinistas, penetrando rápidamente al inmueble. Mientras, el abrasador sol recalentaba la parte posterior del carro jaula en donde nos hallábamos.

Los minutos comenzaron a pasar de forma lenta, y el sol,

indetenible en su labor, parecía empeñado en fundir las paredes metálicas del carro. El interior se había transformado en una verdadera cafetera a punto de ebullición. El sudor corría por entre mis piernas y la gotera de mi barbilla formó una enorme mancha en mi pantalón, aparentando ser cómplice de la desobediencia. Todos estábamos empapados de sudor y a punto de asfixiarnos.

Debido a la viciada atmósfera y a la pérdida de sangre, más pálido que una vela, Miguel se desplomó quedando inerte sobre el piso de aquel pequeño horno. La sangre de su herida manchó el piso y su rostro babeante pegado a la lata caliente del suelo me partía el alma. Permaneció así todo el tiempo sin que nadie pudiese socorrerle.

Estábamos prácticamente asfixiados, el enrarecido ambiente nos consumía del todo, cuando de repente se abrió la puerta lateral de aquel van de la muerte. Dada la orden, salimos de uno en uno y con pasos precipitados, pues aparentaban estar retrasados. Al descender Rolando, el musculoso militar de grotesca figura lo golpeó con calculada violencia casi pegado a la ingle. Nuestro amigo cayó doblado sobre sus rodillas y luego al suelo, contorsionándose con su boca abierta en extremo y dando arqueadas.

–¡Vamos *gusano*! ¡Levántate! –le gritó el esbirro despectivamente y tras golpearlo sin piedad varias veces con la punta de su gruesa bota militar, le espetó:

–¡No soporto a los flojos!

–¡Aquí a los gallos finos se le cortan las espuelas! –vociferó otro de los esbirros quien blandiendo un temible tolete en la mano, sentenció:

–¡Aquí todo el mundo canta!

Al llegar mi turno, bajé a la defensiva de lo que pudiera suceder. Solo sentí un fuerte golpe en mi nuca que me envió de cabeza contra el suelo. El sabor de mi sangre caliente abarrotó mi paladar y tragando la misma sin proferir siquiera una queja, repleto de odio lo miré de reojo.

–¡Ese es el terrorista infiltrado por la CIA! –espetó el seguroso esbirro a mis espalda.

–¡Patéale el culo antes de que lo cambiemos por compotas! –vociferó otro uniformado sicario.

La orden no llegó a cumplirse, pues ya me había incorporado y evitando otra vil agresión continué la marcha. Al mismo tiempo otros militares sin ningún escrúpulo arrastraron a Miguel cual puerco criollo recién sacrificado, dejando un rastro de sangre desde el carro jaula hasta el local donde comenzarían la agonía eterna de violaciones a nuestros derechos humanos.

Ya adentro, resultó ser un salón donde enormes consolas de aire acondicionado mantenían una temperatura inferior a cualquier temperatura llamada agradable. Nuestros cuerpos sudorosos tiritaban de frío. Los espasmos se apoderaron de mí desde el primer momento provocando sobresaltos imposibles de controlar. Los dientes castañetearon como el mejor de este instrumento musical español. Traté de ajustar mi empapada camisa al cuerpo, pero esto resultó peor. El frío desordenó el control de mis músculos que vibraban cual nervio al descubierto. El glaciar clima resultaba capaz de partirle un pulmón a cualquiera que como nosotros acabábamos de sufrir elevadas temperaturas. Los nuevos verdugos que nos recibían portaban abrigos militares.

Se escucharon nuevas órdenes dadas por los oficiales. A estos cancerberos del infierno no le podíamos ver el rostro. Estábamos obligados a mirar hacia la pared; alertándonos que, de incumplir la orden se le aplicaría un correctivo al infractor. Nos ordenaron arrodillarnos en el suelo, siempre de frente a la pared y en esta posición nos retiraron las esposas. Un esbirro de mayor rango nos comunicó que estábamos en el último reducto, bastión inexpugnable de la revolución. Frase que realmente me dio deseos de retorcerme de la risa. Pero me contuve debido a la severidad con la que se dictaba el reglamento de aquel santuario de la interrogación; al parecer supremo en reprimendas y abusos físicos.

Después de darnos una ficha numérica y colocarnos en fila india, fuimos conducidos por diversos pasillos y corredores a media luz. Tras una estrecha escalera que bajamos, nos detuvimos a la entrada de una habitación. Siempre volviéndonos de cara hacia la pared para no ver a los nuevos carceleros, los cuales perennemente se mantenían en comunicación con su microonda. A pesar de estar separados por varios metros, sólo dejaban de usarla cuando se encontraban frente a frente.

Llegamos a un recinto donde nos ordenaron desnudarnos por completo y nos obligaron a ponernos el uniforme de prisioneros comunes ante la mirada de varios guardias y guardianas fuertemente armados; al extremo que llegué a pensar que los mismos se podían herir al dar un resbalón. Sólo les faltaba las caretas antigases, las patas de rana y el *esnoquer*. Resultaba una verdadera exageración de instrumentos de artes marciales, armas de fuego y aditamentos. Al final pensé que era una payasada sin sentido, pero deseché esta idea al ver en sus caras la perfecta estupidez de un guerrero de las cavernas. Tres de ellos plasmados de fiereza, fueron los encargados de conducirme al calabozo situado en un ancho corredor verde claro, franqueado por gruesas rejas que funcionan eléctricamente por control remoto.

Frente a la puerta del calabozo, uno de los carceleros que me escoltaba seleccionó de un amasijo de llaves la correcta para un enorme candado. Abrió el mismo y descorrió el cerrojo confeccionado por un pestillo de hierro de una pulgada de grosor y casi medio metro de largo. Luego hizo girar la puerta constituida completamente por una plancha de hierro que forraba a una reja de balaustres idénticos a todos los de aquel siniestro lugar.

La puerta del calabozo fue cerrada con violencia, y a la par del sonido respondí sujetándome e irguiendo mi antebrazo derecho, al tiempo que muy bajito gruñí:

–¡Coge!

Permanecí así unos segundos hasta sentirlos marchar. Mi vista clavada en aquella horrible puerta de hierro permaneció incontables minutos.

–¡Eeeh tú, calvo! –estalló en mi oído la grotesca expresión logrando sacarme de mi encierro mental. Era un moreno bien fuerte que permanecía acostado en la parte superior de lo que fungía como cama.

–¿No piensas hablar? –cuestionó.

Lo miré fijamente y él opto por sentarse, acomodando un par de brillosos tenis de marca que le estaban sirviendo como almohada y unas medias emperucidadas. Tomo aire hinchando su corpulento pecho y la camiseta blanca como un coco que al parecer me resultaba recién estrenada, cedió ante aquella ejercitada musculatura.

Lo miré más serio de lo que yo creía que podía mirar. Él movió todos los dedos de sus pies descalzos cual si estuviesen tocando un piano.

–¿Qué te pasa calvo? ¿Te comieron la lengua los ratones? –volvió a inquirir frunciendo el rostro.

Tragué en seco y observé al otro hombre que permanecía de pie al fondo del calabozo, un blanco alto y delgado; este solo me miraba. Comprendí que nada bueno podía esperar de ellos. Estos dos eran agentes de la seguridad, de eso yo me la juego al pega'o, ya estaba bien camao del bajo y vil proceder de la Seguridad del Estado. Este par de ratas encerradas aquí adentro esperándome para darme la bienvenida no me presagiaba nada bueno. Sabía que ellos podrían disponer de mí como lobos hambrientos. Por lo que para mis adentros, con la mayor serenidad del mundo, me dije:

–Ten muchísimo cuidado con estas ratas inmundas. Aquí sí que tu vida no vale ¡ni un kilo prieto! Como bien dijera mi bisabuela Josefa ante algo que iba rumbo al más allá.

–¿Qué te pasa calvo? ¿Te vas a quedar callado? –interrogó con el mismo tono socarrón que ya lo caracterizaba. Lo miré con desprecio.

–¡Oye calvo! ¡A mí sí que no me pongas cara de duro que tú lo que tienes es tremenda cara de balsero arrepentido!

Y acto seguido cayó de pie en el centro del calabozo, y entretejiendo todos sus dedos, estiró sus macizos brazos hacia adelante como midiendo la distancia entre los dos.

Lo miré sabiendo que tendría que enfrentarlo, sabía que esa rata estaba ahí exactamente para provocarme. Yo no tenía miedo, pues me sabía muerto, y ya estaba dispuesto, ¿no sé cómo?, a llevármelo en la golilla. El otro que aún permanecía callado, supuse que jugaría la contra partida. La de hacerse el bueno en primera instancia para ganar mi confianza ante este peligro que tenía prácticamente encima de mí, o descojonarme si le fuese necesario.

Sabía que el principal objetivo de ellos era sacarme información; convencido estaba que ellos sabían quién era yo. Ya hacía mucho tiempo que había dejado de ser un come mierda, había aprendido mucho de estos hijos de putas. Entonces, dirigiéndome siempre hacia el que estaba al fondo, comencé a hablar, a decirles lo que yo sabía que ya ellos sabían y a enriquecerles con algunos detalles para que se viesen premiados en su cochina labor de zapa.

–¡Sí! Me cogieron fugándome en una balsa. ¡Quería ser libre! –dije.

–¡A mí sí que no me jode nadie! ¡Con esa calva colora! ¡Ja, ja, ja! –rio sarcásticamente y con su característica socarronería expresó:

—¡Aquí se te va a pasa la insolación!

—¡Qué clase de comemierda es este tipo! Fuera de aquí le hubiese partido un diente —me dije para mis adentros.

—¿De qué parte tú eres, calvo? —preguntó con su característico tono de ofensa.

—De Lawton —a secas le respondí.

—¡De Lawton...! A mí no me vengas con cuentos que tú tienes tremenda cara de *yuma* —expresó con tremenda socarronería.

—¡Bingo! —gritaron mis neuronas—. Este tipo sabe que no soy de aquí. Son dos hp con todas las de la ley como lo presentí. No pude evitar cierta sonrisita en mi rostro como premio a mí mismo. Me sentí renacer en mi orgullo propio y mirándolo de frente comencé a cavilar. No te creas que te voy a hacer nada fácil; si me vuelves a decir clavo te voy a explotar la carota con tremendo gaznatón, para que veas que yo si soy de Lawton. Tú eres un tremendo hijo de puta con órdenes dadas. Pero tus jefes me tienen por un extranjero ¿No sé de dónde coño? pero así es. No creo que tengas órdenes de matarme, ya me hubiesen ejecutado. Sí me vuelves a llamar calvo ¡Que lo soy y a mucha honra! Te voy a reventar la cara y me voy a defender como una fiera, y a lo mejor me pongo de suerte y hasta te saco un ojo.

—¡Oye calvo! —dijo casi frente a mí.

—¡Pufff...!

Desperté a solas, el silencio era enorme. Estaba tirado en el suelo, me fui a mover pero el dolor me hizo apretar los dientes. ¡Qué suerte, los tengo todos! Y a pesar de que me sentía molido como un grano de maíz, sonriéndome a duras penas me senté. Créanme, sin alardes, me picaba aún la palma de mi mano derecha. Vi mi escarlata honor ya seco en el suelo y a pesar de sentirme todo descojonado, comencé a reírme, y así, en tan precaria situación empecé a detallar mi nueva habitación.

La celda no superaba los tres metros de largo por dos de ancho. Asidas a la pared por cadenas en ángulos, cuatro planchas de hierro servían de camas. Los extremos de las planchas presentaban los bordes doblados hacia arriba, imposibilitando el sentarse con los pies colgados. Por única ventana, un respiradero a través del cual resultaba imposible mirar hacia el exterior o apreciar luz alguna. En la parte superior de la puerta, una luz fluorescente permanecía encendida el tiempo que ni sus fabricantes ofrecían. En un rincón, el tragante destinado a las necesidades fisiológicas y a una cuarta de altura sobre este, un pequeñito saliente de tubería para beber agua. En la parte alta, otro pedazo de tubo suplía la función de ducha; por supuesto cuando ponían el agua. Este estrecho conjunto lindaba con la insalvable puerta de salida, frente a la cual en un espacio de unos ochenta centímetros cuadrados me encontraba aún sin moverme.

La puerta se abrió con una velocidad tal que superó el chirrido de sus grotescos pestillos. Sin más ni más me agarraron por debajo de los brazos dos corpulento guardias y me arrastraron hacia el pasillo, sacándome por completo del calabozo. Me ordenaron ponerme de pie, cosa que hice a duras penas. A empellones me condujeron a otra celda, casi al final del tenebroso pasillo lleno de puertas tapiadas.

Al igual que la primera vez que estuve frente a una de ellas. La macabra puerta tapiada se abrió con su grotesco ruido y bien ensayada maniobra que de tantas veces repetidas frente a tantos compatriotas, sé que en mí, perduraría en mi mente por toda la vida. Cerrada la puerta, quedé en otro calabozo idéntico al anterior, supuse que así serían muchos en aquella tenebrosa galera.

Los reos que allí se encontraban me observaron sin pronunciar palabras. Solo les bastaba contemplar todas mis magulladuras y moretones para saber que no estaba allí por equivocación. Tampoco les preocupaban los motivos ni acciones que me llevaron allí, para eso tendrían tiempo.

Les eché un vistazo sin ningún tipo expresión en la mirada, para mí ellos eran tan fatales como yo. Más desdicha que aquí en otro lugar no se podría hallar. Ni cuando me morí me sentí como ahora me sentía.

–¡Hola! –fue el suave saludo de un hombre mucho mayor que yo que estaba sentado con los pies recogidos en la plancha de hierro superior.

–¿Qué te paso? ¿Te caíste por alguna escalera? –preguntó el hombre suavemente y en voz baja.

–Tuve una pesadilla, nada importante –conteste en igual tono, moviendo ligeramente la cabeza.

Ellos sonrieron en franco gesto de apoyo y solidaridad; presentí que era uno más en este grupo. Aunque también sabía que en lugares como este no se puede confiar ni en la madre que te parió.

—Me llamo Humberto y este es Manuel —continuó él y señaló a un joven que permanecía recostado al fondo del calabozo. Luego expresó:

—Lo último que se pierde es la esperanza.

Esta última palabra me causó un sentimiento perdido y muchas cosas lindas de la vida pasada y de esta recién comenzada existencia, me pasaron de repente sin poder tan siquiera aferrarme a una de ellas.

—El problema es no morirse —sentenció Manuel, sacándome del letargo en el cual ya iba cayendo.

Estaba muerto antes de llegar aquí y cuando de nuevo muriese, no sé si descubriría otra vida y, ¿qué nuevo infierno comunista, encontraría? —me preguntaba mentalmente, cuando Humberto en voz baja y agradable, continuó:

—Hoy entraste, nadie puede asegurar cuando volverás a salir. De nada vale que tengas abogados ni influencia extranjera. Estás en Villa Rojiza, La Meca de la Seguridad del Estado.

—Cambia esa cara —dijo Manuel—. Llegué igual que tú, aturdido e impaciente, sin ánimos de nada, pero Humberto haciéndome reflexionar logró cambiar mi ánimo.

Hizo un alto y afirmó:

—Presiento que seré uno más en el presidio político e intransigente.

Vi como su pecho de hinchaba de orgullo y también tuve la impresión de leerle sus labios. Hablaba a tan bajito que sólo el silencio de aquel lugar lo hacía audible. Él miró a su compañero, y afirmando esta vez con la cabeza dándole más valor a sus palabras, prosiguió:

—Él lleva aquí más de tres años y no han podio doblegar su ideal. A hombres como él son a los que el régimen teme.

Humberto se veía delgado en extremo, de semblante apacible y de un sonreír que denotaba paz. Más la ausencia de algunos dientes revelaba que estos habían sucumbidos debido a la pésima atención en la prisión. De barba rala y canosa, al igual que su pelo de cabellos gruesos que reposaban sobre las orejas, era todo lo que él mismo podía acariciarse al pasar su mano sobre su cabeza. Pronunciadas entradas ampliaban su frente, y su piel de matiz trigueña, delataba una ausencia de sol idéntica a un enfermo crónico que lleva postrado parte de su existencia.

Manuel se corrió por entre la estrecha separación que dejaban las bandejas de hierro para sentarse en la parte superior de la otra. Acomodó una triste y empercudida almohada que por su color y olor, confesaba haber dado reposo por años a miles de cabezas. Con un gesto de la mano me convidó a sentarme. Obedecí colocándome en el otro extremo de la misma plancha metálica. Sin preámbulos Humberto preguntó cuál si fuese un interrogador:

—¿Cómo te llamas?

—Nelson —respondí mecánicamente.

—¿Cuál es tu causa? —preguntó.

Lo miré indiferente, y luego de un breve silencio respondí:

—Me cogieron en una balsa.

—Habla bajito —me alertó Humberto, en tanto Manuel se sellaba con el dedo índice los labios.

—¿Te advirtieron que no se puede hablar? —cuestionó Humberto. Reconocí afirmativamente con la cabeza.

—Ni escribir, ni leer —sentenció el veterano, acomodándose en la plancha de hierro, y casi en un susurro prosiguió:

—Habla bajito, aunque de todas formas ellos nos están escuchando.

Miré lleno de recelos aquellas compactas paredes pareciéndome verdaderamente imposible que en ellas se ocultara algún micrófono. Mi falta de experiencia ante este engendro que ahora me tenía cautivo me hizo reflexionar ante la maldad represiva de estas siniestras tropas de la seguridad del estado.

—La técnica utilizada por estas ratas comunistas —dijo Humberto—, es de la más alta y eficiente del mundo. Han sido entrenadas por la terrorífica KGB soviética y la no menos siniestra Éxtasis alemana.

Di con mis nudillos algunos golpes en la pared, y muy convencido afirmé:

—Esto es concreto puro.

—¿Y qué? Puedes estar seguro que, de que nos escuchan, nos escuchan —ratificó él muy seguro de lo que decía. Guardé silencio, ya yo no dudaba nada.

—Continuemos, mudos no nos vamos a quedar —dijo Humberto con cierta sonrisa y agregó:

—Sólo queda prohibido hablar o revelar algún plan o nombre, es la única autocensura que debemos acatar. Por lo demás, que sepan cómo pensemos, por eso estamos aquí. Ellos le temen a las ideas. Le temen al pensar.

Terminó expresando emocionado. Y tocándolo por los hombros Manuel le recordó:

–Habla bajito coño, que si no nos aplican un correctivo.

El ademán de su mano me convidó a expresar mi narración, la cual hice de punta a cabo sin ningún reparo. Luego ellos me contaron sus fracasos.

El primero fue Humberto. Él comenzó diciéndome que lideraba un grupo de Derechos Humanos y que recogía firmas contra el régimen de la Isla. Él había caído por poner un cartel en la puerta de su casa en el cual declaraba que allí vivía un opositor a la dictadura. Debido a esto le hicieron un registro y le encontraron debajo de su cama unas latas de pinturas viejas y unos cartones, material subversivo suficiente para ser arrestado. Él fue retenido en una unidad de la policía donde lo esposaron por los pies a un demente agresivo; el cual sin el consentimiento de los familiares había sido sacado de Mazorra, un tenebroso hospital psiquiátrico. Este enfermo mental estaba siendo manipulado con fines de tortura, física y sicológica. Gracias a que Humberto, ingeniero naval de vasta cultura, hablándole muy amigablemente y entregándole toda su insípida e intragable comida, lograba calmarlo tan solo a medias. También logró conocer el nombre del enfermo, así como del hospital. Al salir de aquel calabozo para una breve visita familiar que le permitieron, al darle el beso de despedida a su mujer, le pasó la información escrita en un papelito que llevaba oculto en una cavidad formada en su encía debido a un crecimiento óseo sobre sus dientes. Ella valientemente con la nota debajo de la lengua, guardó silencio y le sonrió dándole ánimos. Al descubrirse lo sucedido, la Seguridad del Estado en represalia lo envió a una sala especial del mismo centro psiquiátrico que queda en las afueras de la ciudad. Allí le aplicaron múltiples electroshock tratando de modificarle la conducta. Tétrica denominación dada por el régimen a la costumbre que tiene de tratar de convertir en un vegetal humano a ciertas personas desafectas a los métodos y la ideología del estado. En esta sociedad hay un extraño concepto de que aquella persona que no esté de acuerdo con ellos, está loca.

De milagro sus familiares descubrieron esta monstruosidad, provocando que los oficiales de la Seguridad abortaran el plan. Sin habérsele hecho aún un juicio, Humberto había sido confinado al parecer sin tiempo límite a este calabozo. También él había intentado postularse oficialmente en las falsas elecciones de su barrio. Proclamado utópicamente que él sería capaz de traer beneficios a todos los vecinos del lugar y otras cosas más que favorecían verdaderamente al pueblo. Así como divulgar hacia el exterior noticias de sucesos que les acaecían a la población y el estado deplorable en que se encontraban los presos políticos. Delitos estos por los que el fiscal le pedía más de una veintena de años en prisión. Él mantenía los bríos por considerar su lucha justa y necesaria, asegurando que el triunfo llegaría algún día y que el país volvería a ser multicolor.

Su historia me hizo ebullir por dentro reviviéndome los recuerdos de cuando acompañé a mis amigos a poner y escribir carteles contra el régimen que nos avasallaba, de la impotencia que sentía ante la imposibilidad de derrotarlos. Así como la apatía de una inmensa mayoría a arriesgar la vida por una nueva República; siendo la resignación y sumisión de casi todo el pueblo a vivir adoctrinado y subyugado lo que lograba la falta de unidad para una lucha objetiva. No hay peor enemigo de la libertad que el servilismo de los oprimidos. Cuánta nostalgia e impotencia por no saberme un héroe, de haber claudicado y decidir huir. Huir resultaba para muchos la fórmula perfecta ante la pesadilla de tantos años.

Humberto me sacó de todo este ensimismamiento al tocarme por los hombros y decirme:

—¿Qué pasa?

—Nada, sólo recuerdos que divagan en mi mente —le respondí.

Él alisó varias veces una pequeña tira desgarrada de una toalla, y llevándose ésta a la nuca, recogió su canoso pelo y lo ató. Formando un pequeño rabo de mula de tres pulgadas a lo sumo.

—Es un símbolo —aseguro con expresión alegre y agregó:

—¡Claro está! Ellos no lo saben, porque si se enteran me convierten en un cepillo.

A pesar de toda mi tragedia no pude contener una leve sonrisa.

Humberto me contó que ante la ausencia de libros, papel y lápiz, todos los días ejercitaba su intelecto creando poemas que repetía hasta memorizar. Y entusiasmado, nos recitó su última parodia que dice así:

—Dictador nuestro que estás en los primeros puestos,
enfangado y despreciado sea nombre.
Imponiéndonos su maldita revolución
y haciéndose su voluntad,
tanto en su propio y asqueroso Comité Central;
así como también en nuestras casas
y en mucha de nuestras mentes.
El pan nuestro de cada día, garantícelo al menos hoy.
Perdone nuestras desviaciones ideológicas
como también nosotros perdonamos a nuestros vecinos
y compañeros que nos han chivateado por años.
Más no nos dejes caer en deseos de vivir honradamente
y libéranos del capitalismo "Yanqui".
Porque tuyo es el terror, el hambre y la mentira,
por todos los años de su sangrienta tiranía.
Dictador en jefe.
¡Muérete!

Sentí palpitar mi corazón, semejante representación me llenó de repulsión y asco. Fui hacía el escusado y escupí.

—Él se cree un Dios, un Faraón, El Papa del Comunismo, y tan sólo es un terrorista, un títere del demonio que ha sembrado el pánico desde sus inicios poniendo bombas en cines y lugares públicos —dijo Humberto con el pecho agitado y agregó:

—Así hizo su revolución; aterrorizando vilmente a toda la población y luego fusilando y encarcelando a todo el que alce la voz. El día que muera debemos meterlo en un sarcófago redondo y llevarlo a batazos hasta el letrina de la historia.

Después de escuchar esta sentencia, lleno de curiosidad le pregunté:

—¿Por qué usaste comillas con los dedos en la palabra yanqui?

Mostrando una irónica sonrisa, muy ecuánime Humberto me informó:

—Los únicos capitalistas malos son los yanquis.

Oímos el golpear de un tolete sobre la puerta de metal.

—¡Silencio! —dijeron desde el exterior con rudeza, y la ventanilla practicada en la parte superior de la puerta se abrió. La mirada del carcelero intentó intimidarnos. Nosotros aparentamos estar quietos y en silencio, más evadiendo su mirar logramos que se marchara.

Manuel, de semblante sereno, cuya sonrisa armonizaba con su carácter, su espigada figura y su pelo rubio, parecía ser el más cuerdo dentro de aquella celda. Ahora, aprovechando la cobertura, acomodó su cuerpo sobre la plancha de hierro y comenzó la narración de su odisea.

–Mi hermano Julián junto a una veintena de personas, hace varios años huyó en un remolcador. Durante parte del viaje fueron perseguidos y tiroteados por un camaronero lleno de agentes de la Seguridad del Estado y voluntarios rojos. Julián, junto a su padrino de bodas que era maquinista de la nave, trabó el timón y el acelerador de forma tal que ante las embestidas del otro barco y los potentes chorros de agua que por momentos amenazaron hundirla, jamás se detuvo. Ellos se refugiaron en un camarote interior tirándose unos sobre los otros en el piso, y debido a la rotura de todos los cristales y esquirlas de balas y metal que rebotaron en las paredes del remolcador, muchos resultaron heridos de gravedad incluyendo varios niños.

Hubo un silencio sepulcral y él continuó:

–Esta vez fue distinto. Mis familiares y yo estábamos sentados al borde de un viejo puente que en otra época sirvió de embarcadero. Había caído la noche y esperamos el arribo de una lancha rápida que conducida por Julián vendría por nosotros. Todos vestíamos de oscuro y teníamos una lamparita de triste iluminar para señalar el lugar y al mismo tiempo aparentar estar de pesquería. Sin apenas darnos cuenta la vimos a nuestro lado. Entró con el sigilo de un tiburón que se desliza a flor de agua, sus movimientos como pañuelo de seda fina la colocaron paralela al viejo atracadero. Estaba completamente pintada de negro.

–¡Rápido monten! –dramatizó Manuel la voz del hermano, y con los recuerdos agolpándose en el rostro, continuó:

–Comenzamos a abordarla a toda prisa. Primero las mujeres con los niños y detrás los hombres. Faltando mi primo Javier y yo, se escuchó el grito de: ¡Alto!, y el tronar de las ametralladoras o fusiles automáticos. No sé bien, yo de armas no conozco nada.

–¡Me voy! Fue lo último que le oí decir a Julián –dijo el hermano con voz queda y continuó:

–La lancha comenzó a desplazarse, yo tenía un pie puesto sobre ésta, y con la impresión al oír los disparos, opté por lanzarme al muelle. Mi primo Javier, ágil como un gato montés saltó sobre la embarcación. Sólo el zumbido leve, idéntico al de una mosca, fue lo único que escuché.

Vi venir a los guardias corriendo desesperadamente por el carcomido puente de madera que tras estremecerse, lo oí quejarse bajo el brutal golpear de sus botas. Ellos llegaron hasta donde yo permanecía tendido, y sin saber a ciencia cierta donde se hallaba la lancha; continuaron disparando a ciegas. Los disparos y bengalas retumbaron en la noche, silbando junto con ellos la muerte que desesperada por poseer a algún alma mostraba su verdadera voz. Algunos de los guarda fronteras consumieron todo su parque. Otro me pateó, gritándome infinidad de ofensas innecesarias. Luego me maniataron y me despojaron del reloj japonés que me regaló mi madre cuando aprobé la secundaria.

Hizo un alto en el que se frotó la muñeca izquierda con los dedos añorando aquel regalo. Por un instante quedó meditando lo pasado y tal vez, también lo que le esperaba en aquel lugar. Entonces agregó:

–Ahora somos tres en esta tumba.

–De la cual tenemos que salir –afirmé.

–¡Y saldremos! –aseguró Humberto.

–¿Cómo? –pregunté con la curiosidad embobecida en mi rostro.

–¡Por la puerta! –expresó jocosamente Humberto–. Es la única salida.

Nuestra mísera expresión de alegría fue tan sólo una máscara ante el hermético encierro en que nos encontrábamos, y Humberto finalizando sentenció:

–Aquí están presas las ideas, los sueños y la libertad.

Se oyó un ruido y nuevamente se abrió la escotilla de la puerta de acero. La expresión gruñona de un esbirro nos ordenó callarnos inmediatamente o recibiríamos un correctivo. Un silencio de odio sepulcral se hizo presente hacia aquellos ojos de buitre que nos observaba a través de la abertura. Esta se cerró instantes después de comprobar nuestra confabulada calma. En el rostro de mis compañeros y en el mío, aprecié una leve silueta de alegría y los ojos brillaron de esperanza. Algún día tendríamos libertad para decir estas verdades a los cuatro vientos.

Cuando todo parecía volver a la calma, escuchamos pasos que se acercaban deteniéndose justo frente a nuestra celda. Después de toda la sinfonía de chirridos y ruidos metálicos que la identificaban como capaz de grabar en la psiquis sus sonidos por toda una vida, la puerta se abrió.

–¡Afuera! ¡Rápido! –Retumbó en mis oídos la orden gruñida por el carcelero. Obedecimos, y en el pasillo siempre de cara a la pared, con sofisticada técnica y brutal destreza, fuimos cacheados.

–Negativo, sólo hay unos grabados en la pared hechos con cucharas –informó el guardia que registró el calabozo. Hubo silencio. Presentí ver sus miradas en nuestros cráneos intentando escudriñar nuestras ideas, pero al parecer el sexto sentido les hizo captar el odio emanado de nuestros pensamientos y al presentirlo ordenó:

–¡Adentro!

De nuevo en el calabozo mirándonos a la cara, preguntándonos con el rostro que era lo que buscaban, concluimos que sólo querían intimidarnos por nuestras risas que en este lugar están prohibidas. Una quietud sin igual invadió el calabozo y nos recogimos a nuestros rincones. Sólo el golpear de un cuerpo en la celda vecina rompía nuestra engañosa indiferencia a aquellas paredes panteonarías. Humberto, habituado ya a su perenne morada, aclaró que la desesperación por salir llevaba a personas a golpearse y que de esa forma a veces los trasladaban hacia un hospital; aliviando la claustrofobia de la eterna solitaria.

Hubo un toque de metales en la puerta y nos sirvieron a cada uno una bandeja de aluminio con una mísera ración de algo que no sé si se le pueda llamar alimentos. Probé aquella bazofia fría, insípida y aguada que me supo a mierda, y casi intacta la devolví.

Yo no dejaba de pensar en Cusín, en su alegría, en sus ansias de ser libre como el viento. Así, entre recuerdos, me vino a la mente aquel bello instante de la estrella fugaz que nunca vi y de los tres deseos que nunca me confesó, pero que ahora mi espíritu me develaba con precisión: Sus sueños de casarse vestida de blanco en un amor verdadero, salir del país y llevarse con ella a su familia; todos estas aspiraciones se desvanecieron como gotas de rocío. Qué triste resultaba la realidad, pues era más difícil su feliz cumplimiento que el de volver a ver otra estrella fugaz.

Yo no perdí mi fe y con humildad me arrodillé y pedí al Amoroso Padre Celestial que me librara de este camino de sombra y muerte por el cual estaba transitando. Más calmada mi alma, quedé meditando qué les habría ocurrido a mis amigos capturados, y pensado siempre en Cusín me quedé dormido por no sé cuánto tiempo. Al despertar descubrí con gran recelo que mis dos compañeros habían desaparecido. Mi reposo fue tan profundo que no llegué a oír los chirridos de la dantesca puerta.

¿A dónde los habían llevado? ¿Dónde estarían los otros que participaron conmigo? ¿Qué sería de Cusín? Estas y otras preguntas se agolparon en mi mente haciéndome divagar entre miles de conjeturas y temores que sólo resultaban en presentimientos fundamentados en la experiencia de mi vida anterior y en mi propia tragedia. Durante las horas que pasé sólo y arrinconado en aquel mísero calabozo, escuché el golpear de la celda de al lado y el abrir y cerrar de rejas; siendo esto lo único que delataba la presencia de vida humana en aquella ergástula comunista.

Transcurrieron varios días hasta que por fin se abrió la puerta. Esta vez no era para el sospechoso y reducido e intragable alimento reglamentado, sino para ser conducido a través de los enrejados y tenebrosos pasillos hasta una oficina en la cual un oficial de alta graduación e impecable uniforme verde olivo me esperaba. Tras haberse cerrado la doble puerta del local y sentados ambos con un buró de por medio, observé el reloj de pared y presentí que la hora era una falsedad más, un engaño a mi psiquis. El esbirro comenzó a interrogarme sobre mi verdadera procedencia y los motivos que me habían llevado a aquel lugar.

–¿Ya olvidaste que te rescatamos en el mar y que gracias al Comandante te salvamos la vida? –fue una de sus acusadoras preguntas.

–¡Oh…! El Comandante –expresé sin más ni más.

–Sí… ¡El Comandante! –dijo con firmeza encrespando sus puños, y automáticamente vociferó:

–¡El Comandante en jefe!

Y poniéndose bruscamente de pie, saludó imaginariamente al tirano.

–¡Aquí no vengas a hacerte el loco, porque te va a costar muy caro! ¡Oíste bien…! ¡muy caro…! –me gritó a la cara.

Aquella hegemónica frase me causó la sensación de saberme un hombre muerto, y muerto realmente ya yo lo estaba. Así que ya me daba lo mismo chicha que limoná'. El esbirro volvió a sentarse, y más moderado me imputó:

—Se te dio honorabilidad al visitar los más elevados y destacados lugares turísticos e históricos de la Isla. También te entregamos la orden, ¡Turista del Honor Rojo!

—Al comienzo todo fue bonito —contesté lacónicamente.

—¡Bonito! — exclamó rodando el grueso expediente contenido en la carpeta de cartulina que mostraba el número de varios dígitos y letras asignado a mi caso. Y dando un ligero golpe sobre el buró, se echó para atrás toscamente.

Tuve la ligera impresión de que el apesadumbrado mueble, conocedor de este soberbio impulso, se preparó a recibir otros de mayor intensidad. Afirmé mecánicamente con un ligero movimiento de la cabeza.

—¡Lo reconoces así como si nada! ¡Ajáaa...! —expresó con brutal fuerza, inculpándome amenazadora y hegemónicamente. Apoyándose con las manos en el buró y poniéndose de pie bruscamente; vi el golpear de su silla contra la pared. Y gruñendo, continuó diciendo:

—¡Aquí a los contrarrevolucionarios, a los mercenarios, a los espías, a los opositores, a los disidentes y a cuanta cosa nos pinte un farol, los aplastamos como a los *gusanos* que son!

Se pasó la mano por su boca limpiándose la baba que reclamaba su lugar y luego de frotar la misma mano sobre la tela de su pantalón, tomó aire y se irguió mucho más.

Simplemente lo miré tratando de descubrir dentro de sí su verdadera alma, llegando a la conclusión en un presagio propio mío de que no la poseía.

—¿Te siente arrepentido de haber traicionado a la Revolución? —cuestionó a secas, y mirándome fijamente a los ojos trató de intimidarme.

—No —contesté escuetamente.

Y acercando su rostro casi al mío, con su vahoso aliento de comedor obrero, me interrogó:

—Tú no serás tan descarado de venir a decirme de que te vas por problemas económicos, como dicen todos estos pendejos que pasan por aquí. ¿Verdad? Espero que tengas cojones para decirme tus verdaderos motivos.

—Es obvio que me voy por problemas políticos. No soporto dictaduras como estas —expresé con la mayor ecuanimidad de mi vida. Fingir para qué, era la pura verdad. No soportaba el comunismo y desde niño siempre había deseado en cagarme en la madre del Comandante en jefe. Cuestión que le hice saber y por la cual recibí un grandísimo bofetón que me tiró contra un ángulo de la habitación. No sé ni cómo no perdí un diente.

Alcé la vista y vi la añejada esfera de tenue blanco febril que fiel a su causa, cada día evocando su sinfónico tic, tac, entristeció la tarde exactamente a la hora en que mataron a Lola. Era una hora fatal como todas las que marcaba en este siniestro local.

Tras haberme recuperado en mí silla, este corpulento esbirro lleno de soberbia apoyo nuevamente sus dos manos sobre el buró e inclinándose hacia adelante, descaradamente me dijo:

—Oí todas las conversaciones que en el hotel sostuviste con la jinetera. Fue esa puta de mierda la que te desvió ideológicamente. Te estuvimos chequeando segundo a segundo. Aquí lo sabemos todo de todos, y al que se salga de la línea le partimos los timbales. Grábate en la mente que todo lo que tenemos se lo debemos al Comandante. ¡Al Comandante en jefe!

Así dio comienzo su alegato amenazante, humillante, ofensivo, y más que aberrante, asqueroso. Sentí deseos de vomitar todas sus demagógicas palabras. Más la ecuanimidad de la cual hacía gala en su presencia, provocaron que se les inflamara las venas del cuello y rojo como una fresa, apoyando sus dos manos sobre el maltrecho buró e inclinándose sobre mí, mirándome fijamente reveló:

—Ahora irás derecho a mostrar tu *gusana* cara ante el heroico pueblo revolucionario, para que sea él quien te juzgue. Así comprenderás lo grandioso de nuestro ideal rojo.

Sin mediar otras palabras, apareció en la puerta el mismo soldado que me había traído. De regreso, ya en el interior de la celda, quedé pensativo reflexionando sobre los hechos ocurridos.

En el interrogatorio casi no me dejaron hablar, las preguntas fueron tan específicas que no me permitieron expresar mi criterio acerca de la gran diferencia que hallé entre lo que me mostraron y la población real. Además, la hegemonía y demagogia del Dictador abarcaba todo el interés. La función de ellos era evitar que algo manchara la imagen del temible tirano. El Comandante en Jefe era el centro de la causa, la razón de toda aquella estupidez que sólo conducían al país a un abismo de subyugamiento y miseria total.

Estaba preocupado por el paradero de mis amigos. ¿Qué sería de Cusín? Miles de preguntas venían a mi mente en aquella solitaria celda sin sentir pasar los días. Sólo los escasos ruidos en el siniestro pasillo, el abrir y cerrar de otros calabozos, los breves segundos de la entrega del intrigoso y asquerosos alimento más el horario de baño, era lo que yo marcaba como horas, las cuales sumaron días. Y debido a no haber recibido artículos para el aseo, mis dientes comenzaron a competir con la mugre de mis ropas. Si no llegaban a matarme de hambre lo harían de insalubridad, pues ya sentía una extraña picazón en todo mi cuerpo.

El retumbar de agresivas botas en el suelo del tétrico pasillo me hizo prestar atención a sus movimientos que fueron a detenerse justo frente a mi calabozo. La puerta se abrió con el tenebroso quejido de siempre y me ordenaron salir. Fui escoltado por varios soldados y un oficial, hasta un local del represivo inmueble donde me ordenaron vestirme con mi mal oliente ropa de civil. Allí se me esposó y me introdujeron en una camioneta idéntica a la que me trajeron. En su interior tuve la sorpresa de encontrarme con Miguel, Manuel, Rolando y Humberto. Ellos me lanzaron una preocupante mirada y en sus tétricas sonrisas comprendí que seríamos conducidos a un lugar irrelevante. Nunca pensé en el traslado a otra prisión, pues a la mente me vinieron las palabras del vil esbirro amenazándome con la justicia del pueblo revolucionario. Presentí lo peor. Íbamos camino a algún lugar previamente preparado donde nuestra dignidad y decoro enfrentarían la prueba suprema ante la injuria y la barbarie de las asquerosas hordas comunistas.

El vehículo comenzó a sonar su sirena militar, logrando con esto abrirse paso entre la gran chusma enardecida que se aglutinaba en las calles por las que circulábamos. Golpes frenéticos impactaban contra las paredes metálicas del carro provocando un ensordecedor estruendo en el interior de la jaula móvil. Evitando los violentos impactos que abollaban la lata, terminamos aglutinándonos en el centro del vehículo. La gritería exterior competía con cualquiera que fuese de pánico, creando un caos muy lejos de la palabra humano. De locos era la actitud de quienes nos rodeaban en aquella plaza a la cual habíamos ido a parar.

Conducido a empujones por nuestros captores y entre golpes dispersos de la multitud, llegamos a lo alto de una plazoleta donde ya se encontraban las mujeres y el Chiqui. En sus rostros se veía la desesperanza y el temor hacia aquella miserable chusma que se dejaba arrastrar por un régimen que los manejaba como autómatas, y que tal vez algún día muchos de ellos llegarían a estar en el lugar que hoy ocupábamos nosotros.

Cusín y yo nos vimos, y al entrelazar nuestras miradas sentí vibrar todo mi ser, sabía que nuestro encuentro llegaba trágicamente a su fin. Sus hermosos ojos brillaron a pesar de la apagada esperanza que se nos imponía. Pero en el inigualable lenguaje de las miradas, intensamente le dije: te amo. Escuché su: te quiero. Cuando un brusco tirón rompió el cruel encanto del brevísimo mensaje; quedando todos colocados uno al lado de otro.

A nuestras espaldas un paredón de gruesas tablas en el cual aparecía pintado un enorme y desagradable gusano embarrado de estiércol con un sombrero de copa azul lleno de estrellas y listas rojas y blancas. A un costado de este improvisado paredón, la tribuna con varios micrófonos y una gigantesca bandera roja que ondeaba su liderazgo sobre las miles de banderitas rojas que rodeaban toda aquella plaza; llena también de consignas y carteles donde el infaltable: SOCIALISMO O MUERTE, era el hegemónico.

Frente a nosotros una muchedumbre irracional, ansiosa de violencia, aumentaban eufóricamente los deseos de una genuina ejecución sumaria. Algunos con cascos blancos, otros con gorras militares, otros en uniforme estudiantes, y civiles en general. Y portando sus emblemáticas pañoletas rojas los pioneritos comunistas; esos que cada mañana gritan que quieren ser como el Che. No era menos cierto, este guerrillero solo engendraba odio. Toda aquella multitud resultaba una masa compacta y sudorosa de caras irritadas que vociferaban eufóricas sus ansias por acometer un salvajismo. Sus manos se alzaban agresivas portando palos y piedras que habían sido con anterioridad transportadas en camiones al lugar. Comprendí que toda aquella masa enardecida en su conjunto, no era más que el asqueroso y pestilente grajo de la sociedad que la engendraba.

El aire de la mañana resultaba caliente y presagiaba el peor destino para nuestras vidas. Permanecíamos de pie ante aquella multitud desaforada que pedía nuestros cuerpos para ser castigados.

Prometían superar la más feroz de las medidas adoptadas por la nueva inquisición. Sus almas sedientas de violencia destellaban sangre en sus pupilas. Aquella multitud vestida de diversos tonos de verde y blandiendo sus armas, clamaban por comenzar el vil acto de repudio.

Una joven de copioso pelo negro desbordado sobre sus hombros, usando una gorra negra con una estrella al frente, subió a la tribuna. Y después de aplacar el multitudinario repetir de: ¡Pin, pon, fuera, abajo la gusanera! Comenzó diciendo:

—¡Compañeros! —y con saña incriminó:

—¡Ellos traicionaron la Revolución y pusieron en peligro nuestra soberanía!

La multitud enloquecida, al unísono comenzó a gritar desaforadamente:

—¡Que muera la escoria!

Después de que repitieran la frase por varios minutos. Ella con gestos suaves de las manos aparentaba querer calmar a la multitudinaria bestia que tenía frente a sí. Y atrás agitar su abundante cabellera, llena de protagonismo continuó:

—Les informaré que después de grandes investigaciones en un proceso transparente como no hay otro en el mundo. Descubrimos y demostramos ante nuestro siempre victorioso y glorioso pueblo revolucionario, estudiantil y trabajador, y ante el mundo unipolar. La complicidad y el solapado trabajo que una vez más desde hace muchos años la *gusanera* interna y la mafia de Miami, junto con el apoyo del gobierno imperialista, vienen realizando para desacreditar a nuestro invencible, heroico e inigualable y siempre victorioso ¡Comandante en jefe!

El énfasis de esta última frase provocó que la desaforada chusma reunida en aquella plaza de manera frenética aplaudiese y coreara afónicamente el nombre propio del siniestro líder comunista; ensordeciendo abruptamente a cualquier sistema auditivo.

La muchacha continuaba profiriendo insultos de la más baja calaña, y dando detalles de los sucesos y de mi participación como líder. Difamando sin el menor pudor ni escrúpulo alguno mi verdadera existencia.

—¡El turista de mierda! Traicionando nuestra hospitalidad, demostró ser un terrorista del imperio multicolor. Traía instrucciones precisas de formar un grupúsculo con miembros de la oposición y hacer sabotajes a nuestros centros turísticos, a nuestras fábricas, hospitales, escuelas y ¡círculos infantiles!

La gritería superaba el audio de los altoparlantes colocados en la plaza. La euforia se desbordaba sin control, y enardecidos, agitaban sus brazos enarbolando los palos, las piedras y otros objetos. La muchacha que dirigía desde la tribuna, hacía gestos pidiendo aún control para seguir su verborrea declaración.

–La audacia de nuestros queridos, nobles y fieles combatientes guarda fronteras, poniendo arriesgo sus propias vidas, impidieron con su heroicidad e indoblegable valor moral e intransigencia revolucionaria que estas escorias llevaran a cabo sus pérfidos planes.

Los aplausos ocuparon toda la plaza. Y la declamadora, con su aberrante decir en este preparado discurso, señalándome directamente, continuó:

–El intentaba sacar a los *gusanos* y contrarrevolucionarios de forma clandestina. ¡Poniendo en peligro la seguridad nacional y la vida de inocentes!

Y señalándonos desde su tribuna, con un despótico e incriminatorio gesto acompañada del salivazo rabioso de su boca, vociferó:

–¡Ellos se querían ir del país!

Fue tan fuerte el grito que dio ante los micrófonos que, los altoparlantes retumbaron como un trueno. Y bajo el corear de las consignas, la multitud salvaje y desenfrenada que latía delante de nosotros no esperó a más. Una lluvia de bolsas de excrementos, huevos podridos, palos y piedras de diversos orígenes, cayeron sobre nosotros, que al descubierto en aquella tarima, resultábamos una diana perfecta al peor de los tiradores.

Con las manos esposadas a las espaldas nos resultaba imposible evitar las violentas descargas de los múltiples objetos. Sentí miedo en lo más profundo de mi ser y evitando el espectáculo, traté de alcanzar con la mirada el azul del cielo.

La belleza inmaculada del espacio infinito me dio una honda tristeza y opté por esconder mi mirada en un punto cercano a la plaza, donde se erguía majestuosa una palma real. Sus penachos, aunque verdes, batían al viento su libertad. Pensé en el inquieto sinsonte que entona su canto y en aquel vuelo de palomas que cuando niño me magnetizaba y me hacía sonreír. Pensé en mi perro sato, en el más común de los desgreñados gatos y en aquella mariposa que ocasionalmente se posó sobre la rosa que le regalara a mi madre en su día. Pensé en todos mis seres queridos. Pensé en mi bisabuela Josefa que abrazándome efusivamente me daba un beso en la frente. Pensé en Dios, no había tiempo ya de pensar en más.

–¡Muera la escoria! ¡Muera la escoria! ¡Muera la escoria! –Era el desafuero de miles de gargantas clamando una sentencia, cuando algunos en su frenesí ya habían cruzado la barrera que limitaba el paso entre ellos y la plataforma en la cual nos hallábamos.

Vi trepar al estrado a aquella jauría de viles cobardes que eran incapaces de gritar y clamar por su verdadera libertad. Vi que ya llegaban hasta mí y me volví hacia mis amigos para encontrar consuelo en sus ojos, pero la brutal masacre me encadenó la mirada. Miguel, tendido en el suelo con la boca destrozada y tinto en sangre, llegaba a su final. Manuel comenzaba a soportar una tremenda paliza que se prolongaría más allá de la muerte. Busqué a Cusín sabiendo que sería la última vez, pero no la hallé. Una jauría humana había eclipsado toda esperanza.

–¡Oh Dios, apiádese de mí! –exclamé en un halo de fe que aún me quedaba dentro.

Una pesada piedra cruzó el aire e impactándome en el rostro me hizo cerrar los ojos. Un agudo dolor invadió mi cabeza exigiendo con urgencia que parara todo aquello. Otro golpe de igual magnitud pero ahora en mi nuca, terminó por apagar mis cinco sentidos, haciéndome caer en un inmenso vacío en forma de espiral que de pronto me acercó a voces que se tornaron definidas a pesar de un hegemónico zumbido idéntico a una turbina aérea. Abrí los ojos sin encontrar una imagen real en la cual poder fijar mi vista.

–¡Ya despertó! Ha salido de la pesadilla –dijo llena de entusiasmo la más hermosa voz que me acompañara durante el viaje. Tenue, pero muy reconfortadora, la sonrisa se manifestó en mi rostro. Me sentí resucitar.

Mi vista se restableció tan diáfana como siempre, y paseándola por todos aquellos rostros fecundos de alegría que me observaban en silencio, descubrí en ellos la dicha de la vida, de la nueva vida que tanto anhelábamos. Capricho con el rabo entre las patas y acurrucado entre los chicos, también me observaba con asombro.

—Cuando te mejores llama a Cusín. Le dices que todo salió bien, que tenga paciencia. Yo sé que tú la vas a sacar —me dijo María Eugenia con esa voz tan segura que la caracteriza.

—¡Cusín...! —pronuncié su nombre tan leve como un suspiro. ¿Qué sería de ese sueño que sin contenerme me humedeció la vista?

—No te pongas así, verás que todo se resuelve —me alentó Orquídea pasándome suavemente su mano por mi frente.

Comencé a detallar el interior del helicóptero. Exceptuándome a mí que permanecía acostado en la camilla y en el centro de la nave, todos estaban sentados a los laterales. Ellos resultaban alegres y triunfales rostros que, Orestes ratificó con la siguiente expresión:

—¡Al fin somos libres!

Máximo con los dos puños cerrados y pulgares en alto, en señal de victoria y lleno de regocijo, reafirmó la célebre frase de nuestro Apóstol José Martí:

—¡*Sin patria pero sin amo*!

Una interferencia radial atrajo mi atención y aunque no comprendí la conversación efectuada en inglés, sí identifiqué el inconfundible ¡*Okay*! sellando cada conversación.

—Todo está listo para el arribo de ustedes —fueron las primeras palabras que le entendí al piloto, quien también hablaba en perfecto español y que dirigiéndose al grupo, informó:

—Estamos volando sobre los cayos, arribaremos en unos minutos.

Muy risueños, mis compatriotas asintieron con sus cabezas. Máximo que iba a mi lado, me dijo:

—¡Óigame! ¡Usted ronca que ni un tractor atorado!

Ellos se rieron. A mí me entró un poco de tos y tendí a encorvarme. Entonces Orestes me aconsejó:

—No te muevas que tienes puesto un suero, has estado delirando.

—¡Mamá, mira qué lindo! —dijo el más pequeño expedicionario que junto a su hermano parecían hipnotizados frente a las escotillas.

—¡Esos puentes son una maravilla! —sentenció Máximo.

—Aquí sí no hacen pedraplenes —afirmó el guajiro.

Las muchachas, aún más emocionadas por el vuelo, lucían preciosas. Margarita cerró los ojos como buscando los recuerdos de su alma y al abrirlos, alzando las cejas, una lágrima cruzó su mejilla y de sus labios escapó la frase:

—¡Llegamos!

El tan añorado triunfo se hacía realidad. Hubo un breve silencio en el que sólo se oyó el tronar del motor y el zumbar de las hélices. El helicóptero cruzaba veloz el espacio con una enorme carga de sueños y alegrías. El silbar de las aspas y las turbinas retumbaban en mis oídos, y cuales campanas de gloria oía los diálogos en inglés con la base cercana. Parecía un cuento de hadas, la libertad me embriagaba.

–¿Cuándo fue que nos vio el helicóptero? –pregunté sintiéndome más repuesto a Máximo.

–Llegó después que una pequeña avioneta de Hermanos al Rescate nos hubo localizado –me respondió. Y me contó que uno de la tripulación había descendido sujeto por el cable del güinche para asegurarme en la camilla. Y que realizó la misma operación al subir los niños, después las mujeres y por último ellos.

–Estas personas arriesgan sus vidas para salvar a quienes ni tan siquiera conocen y tal vez no vuelvan a ver jamás. No hay con qué pagarles –dijo Máximo–. ¡Gracias a Dios que los ha puesto ahí!

Silbaban los motores y ronroneaban las aspas, cuando por la radio del helicóptero trasmitieron la noticia del descubrimiento de una balsa con un rotulado color naranja a un costado. El corazón me dio un brinco inevitable y pensé en el Ampa. Les pedí de favor que me dejaran confirmar la noticia que darían por la radio. Quería estar seguro del rescate del Ángel Pablo, y en mi atormentado malestar escuché:

–¡Aquí Coquí, aquí Coquí! Balsa con el nombre "La Esperanza" escrito en naranja se encuentra abandonada y flotando a la deriva. Comienzo búsqueda de posibles sobrevivientes en la zona. Cambio. ¡*Okay*!

–¡*Okay*! –fue la respuesta.

Sentí un nudo en mi garganta, apreté fuertemente los dientes, me llevé la mano a la cara para ocultar mi sentir. La frialdad de la noticia arrastró nuevamente mi alma a un vacío ya conocido.

–No te pongas así –me dijo afligida la madre de los niños y tratando de consolarme, agregó:

–Puede que sea un error.

–Tal vez lo recogió algún yate, eso sucede a veces –comentó el copiloto.

Recliné la cabeza para no atormentarme más de lo que ya estaba. Y a través de una escotilla pude observar el majestuoso mar de impecable azul turquesa salpicado de espumas delatoras de un verano que recién comenzaba. El paisaje me mostraba el apacible bregar de variados yates, veleros y otras embarcaciones de recreo que en grácil armonía infundían una belleza de paz tropical sobre aquellas playas de blancas arenas. Al tratar de hacer un cálculo mental de la cantidad que había, mí pensar se disparó:

–¡De aquí no hay necesidad de irse!

El verde cayerío se mostraba lleno de playas resplandecientes bajo el brillo de los cálidos rayos del sol. La frescura del aire traía consigo el genuino calor de la estación y un nutrido grupo de pelícanos y gaviotas cruzó sin reparos muy por debajo de la nave.

–¡Coño gaviotas! –susurré tan leve que tan sólo mis oídos lo captó.

Cocoteros y otras plantas costeras se mezclaban con múltiples casas y negocios típicos de la zona que, con el color barro de muchos de sus techos de tejas a dos aguas, le daban el toque de distinción a un paraíso tropical. En muchos puntos también pude ver el ondear de la inconfundible y emblemática bandera tachonada de estrellas. Un hormiguear de carros de diversos colores y formas, transitaba por una autopista que se adentraba unas veces en el mar para luego ir ensartando en su camino cayos, islas y repartos. Tras este hermoso y turístico paisaje, llegamos a la base.

La puerta de la nave se corrió y dos paramédicos apresurándose por cargar mi camilla, lucharon contra el cajón de aire de las hélices aún en movimiento.

–¡Apártense! –ordenaban las autoridades de emigración a los camarógrafos que estaban recogiendo todo el acontecer del final de esta travesía. Las cámaras fotográficas destellaban sin parar, los locutores se esforzaban porque se les respondiesen sus preguntas. Yo sencillamente con un leve gesto de mi diestra les di a entender que no tenía ningunos deseos de hablar. Repentinamente mi alma sintió un magnetismo que erizó mis células de emoción. Allí, a tan sólo unas decenas de metros, henchida de orgullo ondeaba majestuosamente una enorme bandera tricolor con su medio centenar de estrellas. Era la misma bandera que había liberado a Europa y a muchos otros pueblos. Aquel esplendoroso ondear de la insignia nacional norteamericana me trasmitió la certeza de que realmente ya era hombre libre y que, aquí se haría realidad mi soñar. Sentí honda pena al reconocer que la mía, de tan grande e incomparable heroicidad y belleza como aquella, y a la cual había aprendido a amar desde pequeño, hoy sólo ondeaba mancillada por la vileza de un déspotico y enajenado tirano que en innumerables ocasiones la hizo mercenaria.

Todo transcurría más veloz que el mismo tiempo, cuando Orestes, con esa seguridad ya característica en su voz, me dijo:

–No te preocupes mi hermano, estaré al tanto tuyo.

Estando en el interior de la ambulancia, respiré más calmado, y tras cerrarse las puertas comunicaron que el vehículo partiría. La sirena y las luces de la ambulancia cortaron el aire en su indetenible viaje hasta el hospital. Durante el urgente trayecto, la agradable temperatura del aire acondicionado, los efectos de los medicamentos, más la seguridad de hallarme en tierra firme y el alivio a tanta tensión, lograron rendirme.

Al despertar me sentí los ojos hinchados de tanto dormir. Más repuesto y lúcido, le eché un vistazo a la pulcramente limpia habitación de color azul claro con cortinas a ambos lados de la ventana. Mi suero había sido retirado. La exquisita temperatura existente me llevó a respirar con hondo placer, sintiendo la frialdad de este controlado clima en mis pulmones. Daba la impresión de ser mediodía, más no sentía hambre. Revisé el brazalete puesto en mi muñeca, en él tenía mi nombre, una numeración y la fecha. Traté de incorporarme pero me resultó imposible, parecía que habían triturado mi cuerpo en una máquina de moler carne.

Me encontraba prácticamente desnudo y lleno de cremas. Realicé otro intento y con gran esfuerzo logré sentarme. Un sordo dolor recorrió mi cuerpo; sentí frío y me tembló la piel. Tenía puesto un camisón largo abierto por detrás, me lo ajuste un poco. Tiré un vistazo a la habitación y no hallé ninguna prenda de vestir.

A un costado de la cama se hallaba una mesita y sobre la misma un vaso junto a un termo. Además, había una cajita de servilletas muy finas y un teléfono con más teclas de las que yo estaba acostumbrado a ver; también había un control remoto. Al frente, en el otro extremo de la pared sujeto por un brazo metálico, un televisor aguardaba por ser encendido. A un costado, la puerta que conduce al baño estaba entreabierta.

–¡Coñooo...! Esto parece más un hotel que un hospital –sentenció mi pensamiento. En realidad yo sólo había conocido la belleza de los hoteles en las fotos de las revistas, pues sólo en mi sueño había podido hospedarme en un hotel.

—¡Del carajo la vida, eeeh! —exclamé.

Retiré la sábana que cubría mis muslos y me puse de pie. La frialdad del piso me hizo estornudar. Me limpié la nariz con la bata. Acto seguido me estiré hasta hacer crujir mi esqueleto como nunca antes, y sonriendo de satisfacción, exclamé:

—¡Al fin llegué!

Debido a la cantidad de días sin caminar, mis pasos resultaron imprecisos e inseguros. Y dirigiéndome hacia la ventana del cuarto, miré a través de los cristales quedando absorto. Un hermoso jardín con árboles protegiéndolos al fondo, se dejaba ver en todo su esplendor. El elaborado césped de un tono verde ensoñador, incitaba a descansar sobre él. Unos juguetones pajaritos picoteaban la hierba mientras otros se bañaban en una fuente de tres niveles en la cual el agua salpicaba fresca y cristalina. Más allá observé el parqueo lleno de autos y una impresionante vista del centro de la ciudad, con un impecable cielo azul; justamente el bello telón de fondo.

Quedé extasiado contemplado aquella vista donde en perfecto sincronismo pasaba un nutrido vuelo de palomas que infundían felicidad, paz y libertad; me sonreí. Era una bendición el haber llegado.

Mis ojos se nublaron al recordar a Dios. Entonces me arrodillé junto a la ventana e incliné mi cabeza hasta tocar el suelo. Y mostrando las palmas de mis manos al cielo, comencé mi plegaria dando gloria al Padre Celestial, y en nombre de Jesucristo concluí con un emocionado amén.

Más concentrado en mi nueva vida, mi mente viajó noventa millas atrás. ¿Qué estaría haciendo ahora mi madre? ¿Cuántos días han pasado sin saber de mí? ¿Y la Flaca? Recordé su sonrisa con nostalgia y creí escuchar:

—¡Ay mi Chiiini!

Una extraña sensación me recorrió por dentro. Ella era única, Presentí que la extrañaría, pero haciendo comparación con las noches que en delirios pasé con Cusín, para mis adentros exclamé:

—¡Qué sueños!

Con rapidez me levanté el batilongo y cogí mi orgullo entre las manos y, al revisarlo comprobé que el nombre había desaparecido.

—¡Qué locura! —dije en un suspiro y dándome unas palmaditas en el pecho, pensé:

—La verdad es que en sueños uno es un salvaje haciendo el amor.

Orgulloso comencé a acariciarme la barba que ya crecía de forma rebelde. Me rasqué la nuca y al masajearme el cuello, este me ardió cual si tuviera brasas pegadas en él. Entonces noté la ausencia del collar de caprón que debía llevar colgado. Por instinto mis manos buscaron sobre mi pecho y con más lógica revisé la cama y debajo de esta. ¿Cómo era posible que se me hubiese perdido si todo el tiempo estuve con la ropa puesta?

—Me desvistieron aquí en el hospital —me respondió mi sagacidad, la cual también me recordó que en el sueño ya no lo tenía. Y aunque todo puede suceder pues emigrar es del carajo, más reflexivo y seguro me dije:

—No creo que hayan votado el collar con el estuche de los documentos plasticados.

Encaminé mis pasos hacia el baño. Al entrar, de repente me vi en el pulcro espejo que estaba sobre el lavamanos. Un brinco en el estómago me paralizó por completo. Erizado de pies a cabeza quedé extasiado contemplando mi chamuscado rostro.

—¡Estaba frito! —exclamó impresionada mi propia alma interior. Tenía un rostro distinto al que siempre me creí tener. Ni mi propia madre creo que me reconocería. Después de tantos días sin verme en un espejo, estaba más feo que un carajo. ¡Pero qué coño! Ya estaba aquí. Lentamente moví mi cuerpo saliéndome del área del espejo y de igual manera regresé a este. Tras esta innegable prueba de autenticidad, al verme de nuevo y reconociéndome como tal, muy emocionado y lleno de alegría, me sonreí como un tonto. Más para salir de cualquier tipo de dudas me pellizqué en el brazo, y tras esto exclamé:

—¡Cojones estoy vivo!

Y con toda la alegría del mundo reflejada en mi rostro, me acaricié suavemente todo el mentón, Mi deslucida barba comprendió que estaba demás.

Al abrir la puerta de espejo del botiquín, hallé sin estrenar lo necesario para rasurarme y asearme. Al colocar la pasta dental de exquisita transparencia azul marino sobre el cepillo de dientes, quedé fascinado, y al olerla su fragancia me cautivó, y entusiasmado expresé:

–¡Coño, esta sí es *yuma*!

Al instante una duda vino a mi mente.

–Puede que se le haya quedado olvidado a alguien y me busque un problema. ¡Shhh…! No lo creo, todo está sin estrenar –me respondí lleno de convicción, y aún más seguro de mí mismo, me exhorté:

–¡Despierta Nelson! ¿Qué coño te pasa? ¡Despierta Nelson que estás en la *yuma*!

Más rápido de lo que canta un gallo ya era hombre nuevo. Satisfecho con mi propia figura, muy orondo me miré nuevamente en el espejo y orgulloso de mi mismo, exclamé:

–¡Estoy entero!–

Salí del baño con nuevos bríos y un futuro por delante, el mundo estaba a mis pies. Alce la vista y nuevamente el televisor quedó frente a mí. Puramente por instinto cogí el control remoto y encendí la tele. Una muchacha muy linda anunciaba una crema de no sé qué… todo en inglés. Fui cambiando los canales hasta detenerme en uno que casualmente daba un breve de noticias en español. Minutos después, en éste vi las escalofriante imágenes de un joven balsero que fue encontrado ahogado flotando a la deriva. Así como que a media milla de distancia también se halló una balsa vacía. La cual llevaba escrita con letras color naranja la palabra "La Esperanza". Quedando bajo investigación si existe alguna conexión entre estos dos hallazgos. Hasta ahí la noticia, pues esta sería ampliada en detalles a las seis.

La anécdota del Ampa cobró vida en mí y un impredecible malestar golpeó mi pecho. Recostándome a la cama, recliné la cabeza por unos segundos. Respiré hondo, tragué en seco y comprendí que si no podía extirpar, al menos debía de enterrar en el lugar más lejano de mis recuerdos toda la tragedia vívida.

Decidido a averiguar por mi perdido collar con mis documentos, me dirigí hacia la puerta y la abrí con cuidado, pues me sentía desnudo con aquel batilongo. Con cierta discreción miré a través de la abertura hacia el pasillo, con tan buena suerte que venía una enfermera casi idéntica a la de los sueños. Su pelo, contrario a una noche de estrellas, era de un matizado sol de verano jugueteando sobre sus hombros.

–¡Pssst…! –fue el sonido que mis labios emitieron para llamar su atención. Cuando me miró, apenado y con voz tímida le dije:

—¡Señorita por favor!

Al escucharme, una enorme sonrisa le afloró en los labios y con un andar muy zalamero se aproximó.

—¡Coño, está hecha una mula! —exclamó mi instinto varonil, y este a su vez sin perder un instante de su efusividad comparativa, se cuestionó:

—¿Será esta la mula que tumbó a Genaro?

—¿Qué desea el caballero? —cuestionó ella de la manera más agradable del mundo. Y yo, tal si hubiese recibido una descarga eléctrica, temiendo que hubiese leído mi pensamiento, casi sin habla le respondí:

—Soy un balsero y no encuentro mi ropa.

—Al bañarse hay que saber guardar la ropa —me dijo con la sonrisa más agradable del mundo. Me sonrojé, y respirando profundamente logré quitarme la cara de tonto que de seguro tenía. Entonces, con más aplomo indagué:

—¿Quién me atiende aquí?

—Ahora mismo voy a avisar —respondió ella. Y su contagioso andar me dejó con la boca hecha agua.

—¡Ay flaca! —la exclamación se me escapó, y mordiéndome los labios con la cara hecha un poema, sin autosuficiencia me elogié:

—¡Qué suerte tengo para las enfermeras!

Minutos después en mi habitación, sentado en la cama y cubierto con la sábana, recibí al médico junto a la enfermera y un trabajador de inmigración que lucía una hermosa corbata de hojas secas color marrón que combinaba magistralmente con la camisa y el pantalón. El doctor de cuello y corbata perfectamente anudada y de impecable bata blanca hasta las rodillas, llevaba colgado en su bolsillo superior un solapín en el cual puede leer: Mr. Pérez. Al instante, para mis adentros me dije:

—¡Ñooo...! ¡Los Pérez están colados en todas partes!

—¿Cómo se siente compatriota? —preguntó el doctor, y le respondí:

—Aún estoy muy adolorido y tengo tremendo ardor alrededor del cuello, la cara y esta parte de las manos.

Terminé mostrándole las mismas. Con mucha naturalidad, el doctor me comentó:

—Llegué hace siete años igual que tú. Todo quemado y hecho leña, con una mano a'lante y otra atrás. Y ¡mira!

Tras esta exclamación, me mostró su preciosa corbata, donde la legendaria Estatua de la Libertad se erguía teniendo de fondo la flamante bandera de los Estados Unidos. Y más pausado me dijo:

—Ayer juré la bandera y ya soy ciudadano de este grandioso país donde tengo derecho a escoger por quien voto. Aquí, echando p'alante y quemándome las pestañas, revalidé mi título. Ahora soy parte del prestigioso colectivo de este hospital. Así que no te me amilanes y ponte para las cosas. Aquí, teniendo mucha fe, excepto las estrellas todo se puede alcanzar. Porque con el billete en la mano, hasta por el firmamento tu vueltecita te puedes dar.

Abrí los ojos lleno de asombro, y el doctor retomando su profesión, me explicó:

—Con esta crema que te estamos aplicando, en unos días tendrás la piel completamente hidratada y recuperada. Eso sí... por un tiempo no debes exponerte al sol.

Volviéndose hacia la preciosa enfermera que lo acompañaba, le indicó:

—Cero calmantes y que coma lo que desee.

Y señalándome con el índice como padre que da un sermón, terminó por decirle a la enfermera:

—No dejen de darles las pastillas indicadas. Hay que desparasitarlo.

—¡Como a los perros! —exclamé.

El señor de inmigración se rio con decencia y abrió una carpeta en la que pude observar los documentos que yo traía en un sobre plasticado sujeto en mi collar.

—¿Son suyos? —preguntó por rutina.

—Sí —le respondí sonriente, y él comentó:

—Según los de tu grupo estuviste como siete u ocho días en el mar.

Simplemente afirmé con la cabeza. Él con más seriedad continuó la entrevista. Le expliqué que los documentos correspondían a mi identificación en Cuba. Que para evitar que se dañaran durante el viaje los preservé de esa manera, o por si me pasaba lo peor y me encontraban, pudieran identificarme.

—Esas fotos son las de mis padres y mi novia —dije—, y esos son números de teléfonos y direcciones de algunos amigos que me pudieran ayudar aquí.

Finalizada la entrevista, cuando el señor se disponía a marcharse, le dije:

—Señor, ¿cómo podré avisarle a mis familiares de que estoy bien?

—Bueno, tal vez ayer escucharon la noticia en la radio o la televisión; la han dado varias veces —tras afirmar esto, se arregló la corbata y se marchó.

Quedé incrédulo al escuchar que la llegada mía ya había sido informada por la radio. No había tenido en cuenta este detalle. Cada minuto que pasaba era crucial para mí. Necesitaba avisar a mis amigos en Cuba. Llegar no resultaba todo, la vida era lo fundamental. Estaba aquí. ¿Pero a qué precio? Tal vez mi madre hubiese muerto de angustia por la desesperación y la incertidumbre de los días sin saber de mi paradero. ¿Qué había ocurrido en mi casa? La pregunta se convertía en un enigma para mí. La ansiedad que sentía sólo se aplacaría escuchando la voz de los míos. Una simple noticia por la radio podría darles un halo de júbilo. Pero debía llamar, no sólo por ellos, sino por Mario.

Cuando quedé sólo, recogí el pijama que me dejaron en el closet, y ya vestido caminé hacia información. La frialdad del piso nuevamente me hizo estornudar y tuve que limpiarme la nariz con la palma de la mano. Apoyándome en las paredes, logré recorrer todo aquel infinito pasillo de pulido granito.

Una enfermera de piel oscura, gorda y de pelo corto muy brilloso color rojo fuego, me salió al encuentro. Le expliqué mi caso. Ella de lo más amable y de forma atenta, sin dejar de repetirme: o*kay*, o*kay*, llamó a otra más delgada que sí hablaba español.

—Le comprendo señor —dijo amablemente la enfermera que fungía de intérprete—, pero usted no debe estar aquí. Tiene indicado guardar reposo. Además, no debe andar descalzo, en su habitación hay medias y zapatillas. Debe regresar a su habitación. Por favor cumpla con lo establecido.

En la habitación encontré las medias con un diseño especial para no resbalar y las chancletas de felpa color azul. Observé nuevamente el teléfono, lo descolgué y su tono no me indicó nada.

—¿Qué número marcar? —cuestioné en mi mente y más también—. ¿Y todos estos símbolos que aparecen en las teclas para que cosa son?

De verás que el subdesarrollo me mordía una vez más.

Cuando hube colgado, todas las esperanzas de avisarles se me iban al vuelo. Tras rascarme los huevos y calzarme lo pies; cubano al fin, volví al pasillo y me aventuré a caminar hacia el otro extremo. En un espacioso salón encontré a un señor muy elegante cuya corbata roja a cuadros lo hacía lucir mucho más joven de lo que en realidad era. Él estaba recostado al mostrador de información que hay en el lugar.

–Coño qué clase de coincidencia más cabrona. Los tres primeros hombres que acabo de ver, todos usan corbatas –declaró mi pensamiento en puro éxtasis y en igual condición comprendí que ya no estaba lejos el día en que también pudiera vestirme luciendo una formidable corbata. Con mucho respeto le pregunté al señor. Al este hablarme en español, volví a recobrar los ánimos y le conté mi historia.

–No te desesperes muchacho, sé por lo que estás pasando. El hijo de mi hermana junto a unos amigos de la infancia salió en un bote de recreación que sustrajeron de una presa camagüeyana. Ellos le acoplaron un motor y después de veinte horas de navegación, a consecuencia de la vibración se partió al medio el casco plástico que conformaba toda la embarcación. Estaban a sólo unas millas de Cayo Maratón. Estos valerosos muchachos llegaron a la playa nadando y trajeron consigo el cadáver de mi sobrino –dijo con voz grave y triste–. Él no era muy buen nadador.

Pensé en mí mismo que no era capaz de nadar más allá de veinte metros. Que cuando me abollaba en la playa casi siempre los pies terminaban hundiéndoseme y con un dolor en la columna vertebral del carajo. Hay de aquellos que se tiran al mar sin tan siquiera saber nadar.

Tendiéndome su mano para ayudarme a andar, el atento señor me condujo a un espacioso salón y me invitó a sentarme en uno de los magníficos sofás que allí se encontraban.

–Vine a visitar a una cuñada que está ingresada. Casualmente el hijo de ella vino por Pedro Pan[108] y hoy es un arquitecto renombrado.

No sé a lo que se refirió con lo del nombre del niño volador; me quedé bota'o. Pero de todos modos sus palabras llenas de calma me hicieron sentirme seguro.

---

[108] Plan llevado a cabo a comienzos de los '60 para rescatar de las garras del comunismo cubano a los jóvenes de muchísimas familias trayéndolos al exilio.

—Posiblemente hoy la manden para la casa –aseguró el distinguido señor mientras se acomodaba en el borde del sofá, y reclinándose hacia atrás me explicó:

—Sólo vine a traerle este anillo de oro dieciocho que ella siempre lleva consigo desde los primeros días del exilio. Me lo dio para que se lo lustrase.

Mostrándome la pieza en una cajita de estuche, pude observar el llamativo anillo que en vez de una hermosa joya, tenía el perfil de nuestro Apóstol José Martí y un grabado a la redonda que decía: *Ser culto para ser libre*. Era un trabajo muy fino, y en cierta medida para mí emotivo.

—Es la primera vez que veo algo así –dije sinceramente y para mis adentros medité:

—Recién acabo de llegar, y veo que aquí la patria le corre por las venas a muchos cubanos.

—Para nosotros los exiliados, los genuinos e intransigentes. ¡Cuba es lo primero! –manifestó el señor lleno de orgullo. Sintiendo renacer mi amor patrio le pregunté:

—¿Qué significa Cuba para usted?

El ilustre señor espigó su frente más alta de lo que podría estar e inflamado su pecho en honda respiración, expresó:

—Cuba es como una sublime novia que vive en mis sueños a la que sólo puedo ver a través de la enorme realidad de una interminable pesadilla.

La emoción en sus ojos ratificó que Cuba era más que una pasión, era la esencia misma de su vida.

—Recordar lo más bonito que he tenido, y saberlo perdido y destruido, es como que te roben la sal de la vida –terminó por decirme este honorable señor, tras lo cual con gran simpatía me comunicó:

—Aquí traigo una coladita de café y unos pastelitos de guayaba y queso que son una delicia. También traigo unas croqueticas de jamón que a mí cuñada Silvia le encantan. Pruebe usted una, ¡verá qué rica están!

Apenado le respondí que no. Pero él insistió, y no me quedó otra opción que disfrutar de aquel crujiente y exquisito pastel. Él amable señor también me invitó a comerme una croquetica que aún estaba calientica. El hambre vieja que traía arraigada a mi exprimida panza me arañó por dentro y no me pude contener. La acepté, y cuál no fue mi asombro al comprobar que no se me pegaba en el cielo de la boca.

Después de darle las gracias, tomé agua fría de un bebedero empotrado en la pared. De regreso, el distinguido caballero ya me tenía una copita desechable llenita de un exquisito café cubano.

–¡Oh, gracias! –expresé antes de sorber la aromática infusión que debido a su genuino sabor, no me pude contener de enjuagarme toda la boca con este néctar negro que había estado desterrado de mi paladar desde niño. Créanme, ¡me supo a gloria!

–¿Delicioso? –cuestionó él con amplia sonrisa.

–¡Coooño, la vida misma! ¡Aquí uno merienda como un rey! – exclamé con el alma. Entonces el señor comentó:

–Siempre espero el horario de visita allá afuera en el banco, no me gusta estar aquí. Porque viejo y hospital hacen mala pareja, pero el calor que está haciendo afuera me obligó a entrar.

Tampoco me gusta sentarme en esos sofás, pues te envuelven y te pierdes en ellos. Me gustaban más los de mimbre y caoba de los años cuarenta, venían hasta tallados por hábiles artesanos. ¡Qué carpinterías la de aquellos tiempos! Yo soy carpintero ebanista y aún sueño con el cepillo y el martillo, pero no te asustes, ¡nunca con la hoz!

La sátira de la última palabra me hizo acompañarlo en la sonrisa, y él continuó:

–Ayer ganaron los Marlín. ¡Qué clase de juego! En Cuba yo era del Almendares.

–Yo de los Industriales. ¡Qué cambios nos da el comunismo! – pensé para mis adentros mientras me sonreía.

–Vine –dijo él– cuando Camarioca en un yate privado propiedad de mi cuñado junto a toda mi familia.

Contaba muy orgulloso, y con su semblante lleno de paz, continuaba:

–Tengo dos hijos. El menor es abogado y está casado con una jueza cienfueguera que se auto sancionó trabajando en su propio tribunal a unos pasos de las oficinas de Seguridad del Estado y emigración. Casi la cogen a la hora de la tarjeta blanca que autoriza la salida. Pero ella muy creyente y con su fe en Cristo logró evadir el proceso investigativo y llegó como refugiada hace varios años.

Ahora viven en California. El otro el mayor, es el propietario de una tienda y de un restaurante. Ya tengo varios nietos. Gracias a Dios la vida me sonrió de nuevo en este país.

Sin mediar otra palabra, el señor sacó su billetera y extrajo dos billetes de a veinte dólares y agarrándome por la muñeca, me los puso dentro de la mano. Mi cara de asombro y mi decoro no permitirían esto, más sin yo poder expresar palabras, me dijo:

—¡Tenga! que usted acaba de llegar con el pie derecho. Y para que se sienta un poquitico más seguro, le estoy entregando esta tarjeta de mi carpintería para que vaya a ver al manager y empiece a trabajar cuanto antes. ¡Aquí los cubanos no estamos sólo para darnos la mano! Estamos para ayudarnos. Eso mismo haga usted cuando llegue otro compatriota suyo.

¡Oh, tanta dicha no cabía dentro de mí! Sentí llegar la emoción hasta mis ojos. Con profundo placer le di gracias al Dios Verdadero y luego a este generoso señor que el mismo Dios puso en mi camino. Él se sonrió para sus adentros, y a la mente me vino la pícara frase de mi bisabuela Josefa que muchas veces me decía: "¡Quién sólo se ríe de sus maldades se acuerda!"

—Usted hoy puede darse con un canto en el pecho de lo dichoso que se ha puesto —dijo el señor, poniéndome esta vez la mano en el hombro.

—Llegar no es fácil —comenté.

—Y ahora mucho menos —expresó el señor—. Anoche mismo acaban de aprobar una nueva ley que ya la han bautizado con el nombre de: Pies secos o pies mojados.

—¿Y eso que tiene que ver conmigo? —pregunté lleno de curiosidad.

—Contigo no, porque ya tú estás aquí —respondió él con su característica sonrisa—. Pero ahora los cubanos para poder quedarse aquí en los Estados Unidos tienen que poner los pies en tierra firme, de lo contrario, si los cogen en el mar como te ocurrió a ti, los devuelven para Cuba.

—¡Coñooo, escapé por los pelos! —se me escapó la frase robándome el aliento.

—En mi opinión creo que no es justa —dijo él con seriedad.

Cuán dramática sería mi expresión, que este hombre dándome unas palmaditas en el hombro y llenándome de aliento, me dijo:

—Cambie esa cara que usted acaba de comenzar una nueva vida.

De repente, una bellísima muchacha en avanzado estado de gestación y elegantemente vestida de maternidad, se me acercó mostrándome un llavero.

–¿Conoce usted ésta pata de conejo? –me preguntó.

–¡Coño, claro que sí! –exclamé cual un disparo–. Te juro que tengo el nombre en la punta de la lengua. ¡Es, es, es…!

–¡Habanero, Coooño! ¡No quisiste venir conmigo y por poco te jodes! Y yo pensando que tú eras de Pinar del Rio –expresó aquel enigmático merolico de la valla de gallos–. Desde que te vi en la televisión me dije: A ese pelón lo conozco yo. Me quiso tumbar con el cuento de que era de la Habana y de verdad que lo eras, ¡coño! ¡De verdad que eres habanero!

–Cristóbal Batista –dije orgulloso de haber sacado aquel nombre del baúl de los recuerdos. Al instante nos estrechamos la mano y nos abrazamos.

–Bueno cuanto me alegro, por lo que veo queda usted en muy buenas manos –manifestó el señor que aún estaba a nuestro lado. Y tras mi agradecimiento y un cordial saludo, se despidió, no sin antes recordarme que lo llamara.

Yo permanecía aún de pie, así me sentía más seguro. Había declinado sentarme nuevamente en el sofá temiendo no poder pararme después.

–¿Cuál es tú nombre habanero que no lo recuerdo? –cuestionó Cristóbal muy campechanamente y le respondí como un hermano. Hablamos por más de media hora de los años que habían pasado, de cómo se reparó el diente y de lo bien que a él le iba. Y de cómo su fe en Dios ahora lo bendecía aumentándole su familia. Luego pasamos a hablar de cómo resolver mis primeros meses para arrancar en este gran país. En una de las tantas cuestiones, su hermosísima compañera que por cierto era de Pinar del Rio y aquí en Miami trabaja en una escuela; siendo casualmente ella la única en el grupo que hablaba inglés, me dijo:

–Aquí no hay tiempo que perder. En cuanto te estabilices comienzas a estudiar inglés; esa es la llave que abre todas las puertas.

Me sonría como un tonto moviendo afirmativamente la cabeza. Aún no acababa yo de reponerme de mis alegrías, cuando una gran exclamación invadió el salón.

—¡Mi yuntaaa...!

Quedé de una sola pieza al ver que el Rafa' con los brazos abierto y acompañado de su esposa Marisol. Él, sin perder el derecho a su palabra, continuó:

—¡Coño por poco no llegas! ¡Estabas irreconocible! Nunca creí que fueses capaz de hacer esto, de veras que no creía que eras tú. ¡Coño qué clase de alegría el estar juntos de nuevo!

Y sin más preámbulos, me anunció:

—De aquí te vas para mi casa hasta que arranques. ¡Dime! ¿Cómo dejaste aquello? ¿Cómo está la gente por allá?

Tras responderles a todas sus preguntas y presentar a ambas amistades, le expliqué mi preocupación por la llamada a mi casa en La Habana. Él accedió a efectuarla desde su celular con cobertura de larga distancia. Yo al ver aquel pequeño aparato, sin poder contenerme expresé:

—Del carajo la vela el atraso que he dejado atrás. Allá no hay línea para poner un teléfono ni el policlínico del barrio donde vive mi prima Sandrita y aquí no hace falta línea. Aquí la gente lleva el teléfono colgado a la cintura.

Tras reírnos sanamente del atraso tecnológico de nuestra nación, le di el número del teléfono de mi casa y sin preámbulos lo marcó. Esperamos varios segundos hasta que comunicó. Me cedió el celular y escuché como el repiquetear del lejano timbre me hacía visualizar la sala de mi dulce y añorado hogar. La sangre me hervía en las venas por las ansias de hablar; dio timbre varias veces y se cayó la llamada.

—¡Estos teléfonos de la Habana son una mierda! —exclamé descontrolado. Y dándome cuenta de mi palabrota, llevándome la mano a la frente, muy apenado les dije:

—Discúlpenme, el desespero y la impaciencia me hacen perder el control. Tengo los nervios que no valen nada.

—Oye, cógelo con calma que ya estás en la *yuma.* ¡Estás en Miami! —dijo Cristóbal Batista con esa espontaneidad que lo caracterizaba.

—No te pongas nervioso mi yunta que ya estás aquí —me dijo el Rafa'–. Aquí todos los problemas se resuelven. ¡*Okay*!

Esta última frase tuvo una sonoridad fantástica.

Tratando de comunicar estábamos, cuando casualmente el señor que había conocido momentos atrás regresaba. Al encontrarnos con el dilema de no poder comunicar, con toda la calma y paciencia que la propia edad le infundía, nos explicó:

—Les voy a contar algo que tal vez desconozcan. En los años sesenta y parte de los setenta, la comunicación con Cuba era a través de una operadora de allá, de la isla. Cuando se establecía la comunicación, la operadora le cuestionaba de forma muy despectiva al familiar que contestaba al teléfono:

—¿Quiere recibir la llamada del ¡*gusano* de Miami! que está en la línea?

Por supuesto, el familiar que contestaba de forma muy pacífica y noble, le respondía que sí. Recuerdo que tan sólo daban unos minutos y sin previo aviso cortaban la llamada. Y si no les gustaba lo que estaban hablando, ya tú sabes, tal vez les hicieran una visita en casa. Porque ellos escuchan todo lo que se habla.

—Realmente yo era un niño en aquella época –dije de forma vaga ante su comentario.

—Ahora es diferente –dijo el señor–. El desarrollo de las comunicaciones ha quitado de en medio a esas desagradables operadoras. La gente se queja de lo cara que es la comunicación con Cuba, pero no se quejan de que los escuchan. Aunque allá todos se cuidan de lo que hablan, porque en el fondo ellos siempre nos están escuchando.

Lo miré perplejo y mudo ante su disertación, pues hay tantas cosas que se van quedando en el olvido y no es justo callar tanta demagogia. Entonces el señor argumentó:

—Nosotros lo viejos, los que sufrimos en nuestra madurez el desgarrador zarpazo de esa traumática y vil revolución, recordamos y en cierta medida perdonamos, pero nunca olvidamos. En el fondo esperamos que algún día se haga justicia a tanto desmán. Al menos yo espero que se erradique y prohíba la continuación del demagógico Partido Comunista Cubano. También abrigo la esperanza de que se juzguen a los tenebrosos líderes del partido y jefes de la Seguridad del Estado por crímenes de lesa humanidad contra nuestro pueblo.

Y con igual seriedad en sus palabras, expresó:

—Espero que usted no sea de esos que al año y un día empiezan a llorar por ir a ver a su abuelita o a una tíiita que hace mucho que no ve. Porque en verdad, el tener que jugarse la vida en el mar para escaparse de un país en el cual como ciudadano eres sometido por la política del régimen, ya es humillante. Por lo cual se hace denigrante que después de alcanzar la libertad, se regrese como un dócil corderito al país en donde los que gobiernan ya te han despojado de tus valores morales. Porque aquí muchos gritan y reclaman y se escudan en muchas variantes de la verdadera democracia. Pero cuando llegan allá, no tiene el valor de reclamar para sus familiares los derechos que deberían tener. Yo los he escuchado decir que ellos no tienen nada que ver con la política. ¡Con la política de allá! qué se entienda. ¡Con la política que los avasalla y los vuelve unos sumisos ante los agentes vestidos de verde olivo!

—¿Usted no piensa regresar? —le pregunté sin vacilar y él me respondió:

—¡Si joven, cómo no! Yo regresaré el día en que desaparezca el régimen que ha desangrado y arruinado nuestra patria. Regresaré el día que no tenga que pedirle permiso a ninguna autoridad dictatorial y pagar una abusiva suma de dinero por permitirme visitar la tierra donde nací. Regresaré con la frente en alto, sabiéndome que no me dejaré humillar por ningún militarucho ni sentirme amenazado por la porra que los domina. Regresaré por la puerta ancha con mi frente bien alta. Sabiéndome con todos los derecho que tiene que tener un cubano en su propia patria y saberme que nunca tuve que bajar la cabeza ante los que me reprimieron y saquearon el país, haciéndome emigrar.

Quedé maravillado ante tanta dignidad. Cristóbal Batista con una jubilosa expresión se le acercó al señor y pasándole un brazo por encima del hombro, le dijo:

—Yo no regresaré hasta que esos hijos de putas se mueran y no quede ni rastro de su cochina doctrina.

—Ni mi familia ni yo pensamos regresar hasta que aquello se acabe —expresó el Rafa.

Sin poderlo evitar, le pregunté:

—¿Usted es anticomunista?

El señor mirándome a los ojos, a secas me respondió:

—¡A mucha honra, porque también soy cubano y cristiano!

—¡Yo también! —expreso Cristóbal Batista lleno de orgullo.

¡Coño! la verdad es que esta tertulia se estaba poniendo buena cuando con voz suave capaz de serenar una tormenta, infundiéndome la confianza que pensé haber perdido y aconsejándome calma.

Marisol me entregó una vez más el diminuto aparato.

El timbre acampanado y achacoso del arcaico Kello retumbó en mi oído y la voz que respondió fue la de mi hermana Martica. ¡Cuánta alegría vibró en mi corazón! Se anudaron las palabras en mi garganta. No sé cuántas cosas tiernas nos dijimos.

–¡Mami! –me contestó Martica muy emocionada–. ¡Mami está en casa de la Flaca! Fue para allá a darle ánimo. Sabíamos que estabas en el hospital pero que no era grave. Unos amigos tuyos contaron la historia por la radio y todos aquí nos pusimos contentísimos. Vamos a preparar una comida por tu llegada. Déjame decirte que aquí olía a funeral pero Mario siempre nos dio muchas esperanzas, él confiaba en tu éxito.

–Mi hermana dile a Mario que no salga hasta que yo hablé con él – le dije lleno de emoción. Pero segundos antes de que se interrumpiera nuevamente la comunicación, mi cuerpo recibió una descarga atronadora al escuchar con cuánto entusiasmo mi hermana me comunicaba:

–Nelson, estate alerta. La Carreta de la Libertad ya está en camino.

FIN.

ALFREDO HERNANDEZ RODRIGUEZ.
"Freddy"

20 de Mayo de 1992,
3:00 PM

Made in the USA
Lexington, KY
25 November 2019